EVA SEIFERT

Ein schwedischer Sommer

ROMAN

blanvalet

MIX
Papier aus verantwortungsvollen Quellen
FSC® C014496

Verlagsgruppe Random House FSC® N001967

1. Auflage

Dieses Werk wurde vermittelt durch die Literarische Agentur
Thomas Schlück GmbH, 30161 Hannover
Redaktion: Margit von Cossart
Umschlaggestaltung und -motiv: www.buerosued.de
dn · Herstellung: sam
Satz: Uhl + Massopust, GmbH
Druck und Bindung: GGP Media GmbH, Pößneck
Printed in Germany
ISBN 978-3-7341-0643-9

www.blanvalet.de

Für meine Familie

1. Teil

April 2018

1

Beate

Der Nieselregen fiel leicht in mein Gesicht, das seltsam erhitzt war, und die feinen Regentropfen kühlten meine Wangen. Sie mischten sich mit meinen langsam versiegenden Tränen. Es war furchtbar kalt an diesem Freitagmorgen Ende April, viel kälter, als es in den vergangenen Wochen gewesen war, und ich zog meinen dünnen Mantel fest um mich. Ich hatte Gespräche der Gäste mit angehört, die sich über das Wetter unterhielten, hatte hier und da einen Fetzen ihrer Erzählungen aufgeschnappt, hatte immer mal wieder freundlich genickt und unzählige Hände geschüttelt. Aber eigentlich hatte ich gar nichts mitbekommen.

Die Kälte, die an meinen in einer schwarzen Strumpfhose steckenden Beinen hochkroch, war mir egal, und wer von unseren Verwandten und Bekannten gekommen war, war mir auch egal. Erst recht, was sie zu erzählen gehabt hatten. Jetzt waren sie alle fort. Meine Kinder Caro und Steffen kümmerten sich mit meinen beiden Schwestern um die Formalitäten, rechneten mit dem Café ab und würden dann wohl wieder nach Hause fahren, während ich erneut hier stand. Ich wollte noch einmal mit ihm allein sein. Mit Frederik, meiner großen Liebe. Wir waren beinahe dreißig Jahre verheiratet gewesen, im August hätten wir unsere Perlenhochzeit gefeiert.

Wir hatten noch so viel vorgehabt. Wollten reisen, wenn er in Rente ging und wir endlich mehr Zeit haben würden. Wollten die bunten Basare von Marrakesch sehen und das Pergamonmuseum in Berlin besuchen, in Venedig eine Fahrt mit einer Gondel machen …

Wir hatten Höhen und Tiefen in unserer Ehe erlebt, zuletzt mehr Tiefen. Das musste ich wohl vor allem seiner Krankheit zuschreiben – im Nachhinein. Sie hatte ihn verändert, schon, als er noch nicht davon wusste, und erst recht, als wir die Diagnose bekamen. Koronare Herzkrankheit, die vor fünf Jahren durch einige kleinere Angina-pectoris-Anfälle eingeleitet worden war. Erst hatte er die immer wieder auftretenden Schmerzen in der Brust zu ignorieren versucht, schließlich hatte ich ihn im wahrsten Sinne des Wortes zum Arzt geschleift.

Doch Frederik hatte nicht wahrhaben wollen, dass er sich in Behandlung hätte begeben müssen. Statt etwas zu unternehmen, war er hartherzig und immer verschlossener geworden – und entsetzlich eigensinnig. Weniger arbeiten? Undenkbar! Die Ernährung umstellen? So ein Unsinn! Mit dem Rauchen aufhören? Unmöglich. Und mehr Sport treiben? Na ja, er war mit seinen Kollegen vom Versicherungsstammtisch kegeln gegangen, aber dass dabei ordentlich gebechert und gegessen wurde, ließ er unerwähnt. Alles für die Katz also. Es hatte mich traurig und wütend gemacht, dass er nichts für seine Gesundheit hatte tun wollen.

Ich starrte auf das nun mit Erde zugeschüttete Grab. Der Sarg war aus Mahagoniholz, ich hatte ihn mit roten Rosen und weißen Lilien schmücken lassen. Es waren *meine* Lieblingsblumen, Frederik hatte sich nicht besonders viel aus Pflanzen gemacht. Er hätte wahrscheinlich auch gut damit leben können, ohne Blumenschmuck beerdigt zu werden. Pah, *damit leben können* – was für eine Wortwahl! Leben könnte er vielleicht jetzt noch, wenn er nur befolgt hätte, was die Ärzte gesagt hatten. Der verdammte Sturkopf.

Ich hörte Schritte hinter mir. Eine Hand legte sich auf meinen Rücken.

»Du wirst ja ganz nass bei dem Regen, Beate.«

Christine, mit ihren vierundvierzig Jahren die jüngste von uns Schwestern. Ich zuckte mit den Schultern. Sie verstand das wohl falsch, nahm ihre Hand weg und stellte sich neben mich. Schnell fasste ich ihre Hand und drückte sie fest als Zeichen dafür, dass ich froh war, dass sie bei mir war. Auch wenn ich einen Moment vorher noch fest davon überzeugt gewesen war, allein sein zu wollen, so war es nun doch schön, sie in dieser Situation bei mir zu haben.

Gleiches galt für unsere älteste Schwester Ramona, die wir nur Mona nannten. Sie erschien an meiner anderen Seite. Gemeinsam schauten wir einen Moment schweigend auf das Grab, das mit Kränzen von Verwandten und den Freunden aus der Versicherungsagentur geschmückt war. Obwohl jeder von ihnen seine eigene kleinere oder größere Agentur führte und sie damit eigentlich in Konkurrenz zueinander standen, hatte sich dieses Netzwerk über die Jahre gehalten. Frederik hatte zu Beginn seiner Selbstständigkeit einen Stammtisch gegründet und war bei den Kollegen sehr beliebt gewesen.

Ich hatte mich in den vergangenen Jahren ein wenig von meinen Schwestern zurückgezogen, hatte genug mit meinem eigenen Leben um die Ohren gehabt, mit meinen Kindern und mit Frederik. Natürlich hatten wir uns dann und wann gesehen oder telefoniert, aber jede von uns dreien war sich doch im Grunde selbst genug gewesen. Nun waren Caro und Steffen längst erwachsen und standen auf eigenen Beinen. Ich merkte immer öfter, dass ich sie ziehen lassen musste. Wahrscheinlich würden sie mich erst wieder richtig brauchen, wenn sie selbst Kinder hatten. Und jetzt war auch noch Frederik fort. Ich war allein, vollkommen allein. Es tat gut, meine Schwestern in der Nähe zu wissen. Wir sollten uns unbedingt wieder mehr umeinander kümmern.

»Caro lässt dich noch mal drücken«, sagte Mona. »Sie und Olaf mussten gleich nach dem Kaffeetrinken zurück nach Ahrensburg. Das weißt du, nicht?«

Ich nickte. »Ja, wir hatten schon vorher darüber gesprochen. Olaf muss heute Abend wegen eines für ihn sehr wichtigen Kongresses nach Hamburg. Caro wollte bei mir bleiben, aber…« Ich ließ den Satz in der Luft hängen.

»Du wolltest es gar nicht?«, fragte Christine, und es klang überrascht.

Wieder zuckte ich mit den Schultern. »Ich weiß auch nicht, was mit mir los ist. Ich stecke in so einem Gefühlschaos. Ich glaube, ich muss mich erst mal wieder sortieren.«

»Das verstehe ich gut.« Mona lächelte verständnisvoll und legte den Arm um mich. »Du warst in der vergangenen Woche ja so gut wie abgetaucht.«

Ich seufzte. »Dafür schäme ich mich ein bisschen, dass ich Caro und Steffen mit allem belastet habe. Es ist nicht richtig, dass ich die Kinder mit der Organisation so gut wie allein gelassen habe. Danke auch euch, dass ihr mit eingesprungen seid und tatkräftig mitgeholfen habt: beim Kartenschreiben, dem Raussuchen der Adressen, den Telefonaten, dem Gespräch mit dem Pfarrer … Ich konnte einfach nicht … Mir war alles zu viel …« Ein Kloß bildete sich in meiner Kehle, als ich an die vergangene Woche dachte. Schnell schluckte ich. »So kenne ich mich gar nicht.«

»Wir dich auch nicht«, sagte Christine und streichelte mir liebevoll über die Wange. »Aber es ist ja vollkommen verständlich.«

Dankbar sah ich von ihr zu Mona. »Es tut gut, dass ihr da seid.« Ich seufzte erneut, und plötzlich spürte ich Nässe und Kälte, merkte, wie durchgefroren ich war. Es kam mir vor, als hätte mich jemand ruckartig aus einem warmen Nebel zurück in die Realität gezerrt. »Vielleicht sollten wir doch langsam wieder zurückgehen.« Ich warf noch einen letzten Blick auf Frederiks Grab. Ich hatte es überstanden. Dann hakte ich mich bei Mona und Christine unter.

»Du musst dir nicht so viele Gedanken um deine Kinder machen«, meinte Mona da. »Du hast ihnen, vor allem deinem Sohn, immer sehr viel abgenommen. Aber sie sind groß, stark und selbstbewusst. Trau ihnen zu, Verantwortung zu übernehmen.«

Ich schaute meine ältere Schwester nachdenklich an. In ihrem Blick lag keine Kritik an meiner Erziehung, nichts Herablassendes, wie es sonst durchaus mal vorkommen konnte. Nein, ihr Blick war voller Wärme.

»Vielleicht hast du recht«, murmelte ich zögerlich.

»Bestimmt«, bemerkte Mona selbstsicher wie immer. »Sie scheinen besser mit dem Tod ihres Vaters fertigzuwerden als du.«

Christine sog scharf Luft ein. Neben ihren durchaus guten Eigenschaften war Mona leider nicht immer besonders taktvoll. Aber ich wusste, von wem es kam, und nahm es ihr nicht übel, außerdem hatte ich weder die Kraft noch die Lust, sie hier und jetzt zurechtzuweisen.

»Caro hat schon sehr getrauert«, erklärte ich dennoch. »Sie hat alles versucht, Frederik zu einem Lebenswandel zu bewegen, genauso wie ich. Wie oft hat sie mit Engelszungen auf ihn eingeredet, seine Ernährungsgewohnheiten zu ändern, mehr Sport zu treiben, seine Medikamente zu nehmen. Ich glaube, zum Schluss war sie einfach verzweifelt aufgrund seiner Sturheit. Wenn sie und Olaf mal am Wochenende zu Besuch kamen, war sie manchmal richtig ungehalten Frederik gegenüber. Ich glaube, in der letzten Zeit hat sie sich unbewusst schon langsam von ihrem Vater entfernt, vielleicht sogar verabschiedet. Sie kamen immer seltener zu uns.« Ich seufzte erneut. »Wahrscheinlich hatte Caro längst das Stadium erreicht, in dem ich erst jetzt bin.«

»Welches Stadium?«, fragte Christine.

»Das der Wut auf Frederik. Darüber, dass er nichts für seine Gesundheit getan hat, nichts, um am Leben zu bleiben.«

Wir drei schwiegen eine Weile. Der Kies knirschte unter unseren Füßen. Wir kamen jetzt zum älteren Teil des Friedhofs, er befand sich in der Nähe des Ausgangs.

»Und Steffen?«, fragte Christine. »Wie hat er den Tod seines Vaters verkraftet?«

Ich zuckte mit den Schultern. »Ihr kennt Steffen, er ist sehr pragmatisch. Hat genug mit seinem eigenen Leben zu tun, mit seinem Job als Projektleiter bei Mercedes-Benz.« Ich dachte kurz an ihn und seine Freundin

Tatjana, mit der er seit zwei Jahren in Bremen zusammenlebte. Dem heimeligen Lilienthal, in das Frederik und ich gezogen waren, kaum dass wir verheiratet waren, und in dem wir das Haus für unsere Familie gebaut hatten, hatte er schnellstmöglich den Rücken gekehrt und war schon früh in die benachbarte Großstadt gezogen. Er hatte in mehreren WGs gelebt. Ob Tatjana seine Frau fürs Leben war? Ob er nun endlich sesshaft wurde? Bisher hatte er sich eher treiben lassen. »Ohnehin hatten Steffen und Frederik nie das beste Verhältnis zueinander«, fuhr ich fort. »Er hätte es niemals so gesagt, aber im Prinzip hat Frederik Steffen für verantwortungslos und egoistisch gehalten, war der Meinung, dass er nur tat, was ihm Spaß machte, und sich sonst um nichts kümmerte. Und Steffen fand seinen Vater furchtbar konservativ und kurioserweise ebenfalls egoistisch.«

»Wieso das?«, fragte Christine.

»Weil er zu viel gearbeitet hat?«, warf Mona ein, bevor ich antworten konnte.

Ich nickte nur, denn ich nahm an, dass dies genau das war, was Mona selbst über Frederik dachte. Ebenso war ich mir ziemlich sicher, dass sie Steffen für einen Drückeberger hielt.

»Sagt mal… Wer war denn jetzt eigentlich alles da?«, fragte ich nun. Ich wollte nicht weiter auf die Befindlichkeiten meiner Familienmitglieder eingehen und wechselte lieber das Thema. Außerdem interessierte es mich auf einmal wirklich. »Ich habe, ehrlich gesagt, kaum etwas mitbekommen, kann mich nur an unzählige Hände erinnern, die ich geschüttelt habe.«

»Du weißt so gar nicht, wer da war?«, fragte Christine verwundert.

Ich verneinte. »Die Wichtigsten, schätze ich …«

»Also«, setzte sie an. »Onkel Heinz und seine neue Frau waren da, deine Freunde aus Magdeburg …«

»Ach, das interessiert doch niemanden«, unterbrach Mona sie. »Das Spannendste war ja wohl, dass unser werter Herr Bruder sich hat blicken lassen.«

Ein mulmiges Gefühl machte sich in meinem Bauch breit. »Ja, stimmt, Leo war da …«, antwortete ich zögerlich.

»Hattest du ihn noch eingeladen?«, fragte Mona. »Er stand nicht auf der Liste, meine ich.«

»Ja, habe ich«, murmelte ich.

»Aber das ist doch selbstverständlich, finde ich«, kam mir Christine zu Hilfe. »Immerhin ist er unser Bruder. Ich halte es für angemessen, dass er zur Beerdigung seines Schwagers kommt.«

Ich nickte schweigend, dankbar für Christines Unterstützung. Weil ich Monas Reaktion auf Leo gefürchtet hatte, hatte ich bis zum Schluss für mich behalten, dass ich ihm auch eine Trauerkarte geschickt hatte.

»Das sehe ich nicht so. Wir haben uns seit ewigen Zeiten nicht mehr gesehen, was ich wirklich nicht bedauere. Schließlich hatten wir uns noch nie viel zu sagen.«

»Aber sollte man nicht wenigstens in solch einem traurigen Moment zusammenstehen?«, versuchte ich leisen Widerspruch, obwohl ich wusste, dass ich bei Mona keine Chance hatte. Meine ältere Schwester war niemand, der seine Meinung schnell änderte, und vor allem konnte man in einer Diskussion mit ihr niemals gewinnen. Entweder hatte sie die besseren Argumente oder sie brachte ihre Ansichten so überzeugend wie energisch rüber, dass ich nichts mehr entgegenzusetzen hatte. Mal davon abgesehen, dass mir in solchen Momenten ohnehin nie etwas Passendes einfiel.

»Pah. Wenn jemand stirbt, braucht man sich auch nicht mehr zu bemühen, dann ist es ja wohl zu spät, oder?«

»Ich finde es jedenfalls schön, dass er extra von Stockholm hergekommen ist, um heute hier zu sein und Beate an diesem Tag beizustehen«, beharrte Christine.

»Ich genauso«, murmelte ich.

In diesem Augenblick war ich einfach zu schwach, um Widerstand zu leisten, auch wenn Mona und ich in der Vergangenheit oft genug aneinandergeraten waren. Deswegen gestand ich auch nicht, dass ich Leo nicht nur eine Trauerkarte geschickt, sondern sogar daruntergeschrieben hatte, dass ich es wirklich schön fände, wenn er käme. Klammheimlich war ich sehr froh, unseren Bruder nach so langer Zeit einmal wiedergesehen zu haben. War nicht Familie das Wichtigste? Nur leider erkannte man das häufig erst viel zu spät. Aber diese Gedanken mochte ich Mona gerade nicht auf die Nase binden.

»Und, wo ist er jetzt?«, giftete Mona weiter. »Kaum hab ich ihn am Grab gesehen, war er auch schon wieder weg. Er hätte wenigstens den Anstand haben und mit uns reden können.«

Sowohl Christine als auch ich blieben still. Ich bemerkte, wie Christine zur Seite sah.

»Wie? Ihr habt mit ihm gesprochen? Mehr als das übliche ›Guten Tag‹ und ›Herzliches Beileid‹?«, fragte Mona.

»Mhm …«, machte ich.

»Na ja, ein bisschen«, gab Christine zu. »Er war schon eine ganze Weile vor der Beerdigung an der Kapelle. Ist wohl direkt vom Flughafen hergekommen. Da warst du noch nicht hier.«

»Und hinterher musste er gleich wieder zurück zum Flieger, sodass er nicht mit ins Café kommen konnte«, ergänzte ich. Ich nahm an, dass er vor allem deshalb nicht länger hatte bleiben können, weil er einer direkten Konfrontation mit Mona aus dem Weg gehen wollte. Zu Recht, wie sich gerade zeigte.

»Aha. Und, was erzählt der feine Herr Doktor? Hat er sich wenigstens dafür entschuldigt, dass er Omas altes Büfett auf den Sperrmüll geworfen und Opas Münzsammlung meistbietend verscherbelt hat?«

»Mensch, Mona, das sind doch alte Kamellen!« Mich ärgerte das Verhalten meiner älteren Schwester. Sich nach all den Jahren immer noch über solche Dinge aufzuregen, fand ich irgendwie kindisch. »Ja, zugegeben, es ist damals bei der Verteilung des Erbes ziemlich ungerecht zugegangen, aber das ist ewig her. Sollte man da nicht irgendwann mal drüber wegkommen?«

»Ich nicht«, schimpfte Mona. »Wenn er sich mal vernünftig bei uns entschuldigen würde für den Mist, den er so verzapft hat, für die Sachen, die er uns weggenommen hat … dann könnte ich ihm vielleicht verzeihen. Aber so … Für mich ist unser Bruder nur ein aufgeblasener Feigling, der immer alles in den Allerwertesten geschoben bekommen hat. Das ist meine Meinung von ihm, und wenn er die jemals ändern wollen würde, müsste er sich mal wirklich was einfallen lassen.« Sie hatte sich von mir gelöst und ging mit vor der Brust verschränkten Armen und verbissenem Gesichtsausdruck neben mir weiter. »Es ist einfach zu viel passiert«, fügte sie resigniert hinzu.

Ich blickte zu Christine. Sie wirkte einerseits genervt

und andererseits hilflos. Ihre Augen waren auf die alten Gräber gerichtet, die wir passierten. Auf dem einen Grabstein prangte ein Engel, der mitfühlend auf die Erde unter sich sah. Ein friedliches Bild. Wenn es bloß überall friedlich sein könnte, dachte ich. Ich konnte Mona ein bisschen verstehen. Sie, als die Älteste, hatte besonders viel zurückstecken müssen, nachdem der ersehnte Sohn auf den Plan getreten war. Doch war seitdem viel Zeit ins Land gezogen, und man konnte Leo nicht unbedingt die Schuld an allem geben. Zudem schien Mona trotzdem in ihrem Leben erreicht zu haben, was sie wollte. Meiner Meinung nach könnte sie zufriedener sein.

»Wir haben schon so oft darüber diskutiert«, sagte Christine schließlich, »vielleicht sollten wir es für den Moment einfach dabei belassen. Jetzt ist nicht der richtige Zeitpunkt für alte Familienstreitigkeiten, finde ich.«

Ich war Christine unheimlich dankbar für ihren Einwurf. Leo war für Mona noch immer ein heißes Eisen, und Christine wollte offenbar ebenso wenig einen Streit mit Mona riskieren wie ich. Christine war stets der ausgleichende Pol zwischen uns Schwestern gewesen. Mona, mit ihrer impulsiven, extrovertierten und manchmal bestimmenden Art die Dramaqueen, und ich, eher ruhig und bodenständig, immer bemüht, das Beste aus einer Situation zu machen, hatten uns bereits als Teenager aneinander abgearbeitet. Andererseits wirkten wir drei für Außenstehende häufig wie Pech und Schwefel, und das stimmte, denn wenn es darauf ankam, hielten wir zusammen und ließen nichts aufeinander kommen. Ich hatte mich von Monas Lebensfreude und Energie oft mitreißen lassen, sie hatte von meinem realistischen Denken und meiner Genauigkeit aber ebenso profitiert. Auch wenn meine Ordnungsliebe sie in der Vergangenheit oft genug in den Wahnsinn getrieben hatte.

»Sollen wir gleich noch mit zu dir kommen, Beate?«, fragte Christine.

Christine war die einfühlsamste von uns. Sie bemerkte immer sehr schnell, in welcher Gefühlslage sich jemand befand oder welche Stimmung zwischen Personen herrschte. Meine jüngere Schwester war mir während der vergangenen Tage eine besondere Stütze gewesen.

Dennoch schüttelte ich den Kopf. »Danke, aber ich glaube, ich möchte einfach nur allein sein. Mich, wie gesagt, etwas sortieren. Es zumindest versuchen.«

»Du kommst zurecht?«, fragte Mona, jetzt wieder in einem versöhnlicheren Ton.

»Ich denke schon. Selbst wenn es seltsam sein wird, in das leere Haus zu kommen.«

»Wenn du doch Gesellschaft brauchst oder dir irgendetwas fehlt, dann melde dich bitte«, sagte Christine. »Du weißt, ich kann in zwei Stunden bei dir sein.«

Mona nickte zustimmend. »Genau. Du lässt von dir hören, ja?«

»Das mache ich.« Ich konnte selbst nicht verstehen, warum ich lieber allein in meinem großen einsamen Haus in Lilienthal sein wollte, als noch eine Weile länger meine Schwestern um mich zu haben, vielleicht noch gemeinsam durch die alten vertrauten Straßen Bremens oder durch den schönen Bürgerpark zu spazieren, dessen grüne Weite mich bereits als Jugendliche immer geerdet und gleichzeitig fasziniert hatte. Wahrscheinlich brauchte ich nur etwas Ruhe. Ich hatte schon früher alles mit mir selbst ausgemacht. Vielleicht war es auch die Angst davor, die alten Familiengeschichten wieder ausgraben und

Monas Ärger über die ihr angetanen Ungerechtigkeiten erneut ertragen zu müssen. Dafür war ich an diesem Tag eindeutig nicht in der Verfassung.

Außerdem, so seltsam es klingen mochte, war dies Frederiks Tag, und ich wollte an ihn denken, an uns und an mich. Und nicht an das, was vor vielen, vielen Jahren zwischen uns Geschwistern vorgefallen war. Vielleicht hatte ich meine Schwestern aus demselben Grund fortgeschickt wie zuvor meine Tochter Caro und ihren Mann Olaf sowie meinen Sohn Steffen und seine Freundin Tatjana. Ich spürte, dass nicht nur etwas endete – mein Leben als Ehefrau und Mutter, die Zeit als Familie in unserem gemeinsamen Haus –, sondern dass etwas Neues begann. Ich hatte sehr jung geheiratet, und nun konnte ich mit meinen fünfzig Jahren einen Neuanfang wagen. Darin lag zwar eine enorme Herausforderung, aber auch eine Chance.

Ich musste mir in Ruhe darüber klar werden, ob ich das, worüber ich schon seit einer Weile nachdachte, wirklich in die Tat umsetzen wollte.

2

Christine

Dass wir so schnell wieder von Beate hören würden – und vor allem mit solchen Neuigkeiten –, hätten wohl weder Mona noch ich erwartet. Keiner hätte für möglich gehalten, was sie uns eine knappe Woche nach der Beerdigung ihres Mannes verkündete. Direkt nach Frederiks Tod war sie so unsagbar traurig, war ein paar Tage lang sogar kaum ansprechbar gewesen. Und nun das.

Da sie nach dem Schulabschluss in Bremen geblieben war und ich seit Langem in Braunschweig lebte, konnten wir uns zwar nicht viel sehen, doch hatte ich in der schwierigen Zeit von Frederiks Tod bis zu seiner Beerdigung beinahe jeden Abend und Nachmittag nach meiner Arbeit in der Schule mit ihr telefoniert. Dabei hatte allerdings meistens ich gesprochen, sie war ungewohnt still gewesen. Beate hatte Frederik wirklich geliebt. Nach der Beerdigung war sie mir gefasster erschienen, als würde sie langsam wieder die Alte, die sich nie hatte unterkriegen lassen. Aber Beate war noch nie jemand gewesen, der vor verrückten Ideen übersprühte, also erwartete keiner von ihr – schon gar nicht in der derzeitigen Situation –, dass sie uns derart überraschen würde.

Unsere Schwester bat Mona und mich zu einem Gespräch, und bereits einen Tag nach ihrer mysteriösen Ankündigung trafen wir drei uns erneut an einem Freitagnachmittag in Bremen. Mona und ich kamen mit demselben Zug an – sie aus Berlin, ich aus Braunschweig, wir mussten beide in Hannover umsteigen, sodass wir uns schon dort verabredet hatten.

Beate wirkte seltsam abgeklärt, kein bisschen mehr durcheinander und unsicher, wie sie es noch am Freitag zuvor gewesen war. Sie schien etwas Dringendes auf dem Herzen zu haben, und Mona und ich waren äußerst gespannt, was Beate von uns wollen konnte, sodass wir uns gleich in ein kleines Café im Bremer Hauptbahnhof setzten.

»Ich werde unser Haus verkaufen«, sagte Beate in einem derart sicheren Ton, der zeigte, dass es sich nicht um eine Laune handelte, sondern um einen Entschluss nach reiflicher Überlegung.

»Wie bitte?« Mona fand ihre Stimme zuerst wieder. »Das kann nicht dein Ernst sein. Du liebst dieses Haus. Wolltest nie woanders leben.«

Ich schaute nur entgeistert von einer zur anderen. Beates Entschluss überraschte mich ebenso wie Mona, aber ganz so überzeugt wie sie war ich nicht.

»Nur weil ich dreißig Jahre im Heckenrosenweg 17 gelebt habe, heißt das doch wohl nicht, dass ich an dieses Haus gekettet bin«, erwiderte Beate beinahe angriffslustig.

»Wieso willst du das Haus denn überhaupt verkaufen?«, schaltete ich mich nun ein in der Hoffnung, dass mir ein versöhnlicherer Ton gelungen war. »Und so schnell nach … Willst du nicht mehr in dem Haus wohnen, weil dort überall Frederik ist?«

Dankbar sah Beate mich an. »Ja, sicher, das ist ein Grund. Aber es wird mir auch schlichtweg alles zu viel. Das Haus ist groß, war für eine vierköpfige Familie genau das Richtige. Doch nur für mich allein? Es macht so viel Arbeit. Schon der Garten …«

»Du könntest dir einen Gärtner nehmen oder eine Putzfrau beschäftigen«, schlug Mona vor. »Das kannst du dir doch leisten, oder?«

Sie schien nicht zu glauben, dass Beate ihr Haus wirklich verkaufen *wollte*. Es überraschte mich ja ebenfalls. Klammheimlich hatten Mona und ich Beate wohl immer für ein bisschen spießig gehalten.

»Ja, vielleicht. Frederik hat uns gut abgesichert, aber … Ach, ich möchte einfach da raus. Neu anfangen.« Sie zuckte mit den Schultern und schlürfte dann verlegen an ihrem Latte macchiato.

»Was ist denn mit deinen Kindern?«, fragte ich.

»Carolin und Steffen führen ihr eigenes Leben, die beiden können sich nicht um das Haus kümmern. Und wollen es wohl auch nicht.« Beate seufzte.

»Kann ich mir vorstellen«, murmelte Mona.

»Die beiden haben wirklich genug um die Ohren«, sagte Beate unmissverständlich. Und irgendwie schwang da ein »Aber was weißt du denn schon?« mit, hatte ich das Gefühl.

Klar, unsere Schwester Ramona, die sich irgendwann den Künstlernamen Mona Rodin zugelegt hatte, natürlich französisch ausgesprochen, hatte keine Ahnung von Familie. Sie hatte hier und dort eine Liebelei gehabt, Affären, sogar Beziehungen, hatte gebrochene Herzen hinterlassen. Sie war nicht oberflächlich, doch sie wusste nicht, wie man Beziehungen am Leben erhielt, was es mit einem machte, jemanden zu haben, der einen in- und auswendig kannte, mit dem man alles, wirklich *alles*, teilte. Und schon gar nicht wusste sie, was die Liebe zu einem Kind mit einem machte. Wie allumfassend dieses Gefühl war. Was man alles opferte, erreichte, gab und kämpfte, nur für sein Kind. Im Gegensatz zu Mona war ich verheiratet gewesen, wenn auch seit vier Jahren geschieden, aber diese Ehe hatte mir das Wichtigste gegeben, was das Leben für mich zu bieten hatte – Kinder. Emil und Elena waren inzwischen zwanzig und achtzehn Jahre alt und mehr oder weniger selbstständig.

Mona war das komplette Gegenteil von Beate. Wo Beate verständnisvoll, pragmatisch und zuverlässig war, war die ungebundene Mona lebenslustig, spontan und ein bisschen verrückt. Sie hatte in Paris gelebt, in London, Barcelona, eine Zeit lang in Kapstadt und war seit ein paar Jahren in Berlin heimisch. Ihre Engagements als Jazz- und Chansonsängerin trugen sie noch immer dann und wann durch die Lande, inzwischen allerdings im Wesentlichen durch Deutschland, Österreich und die Schweiz. Keine exotischen Aufenthaltsorte mehr wie damals, als sie jung gewesen war. Ihr Leben war ruhiger geworden. Selbst eine nicht ganz erfolglose Sängerin konnte eben mit den Jahren bequemer werden, auch wenn sie auf der Bühne noch immer ganz die Grande Dame war, die ihre kupferroten Locken schüttelte und mit ihrer dunklen, rauchigen Stimme eine Edith Piaf oder einen ihrer eigenen Songs ins Mikrofon hauchte.

Manchmal fragte ich mich, wie wir drei eigentlich Schwestern sein konnten. Beate und Mona waren so grundverschieden. Ich hatte immer das Gefühl, ich würde irgendwo zwischen den beiden stehen. Und wahrscheinlich war das auch so. Ich versuchte stets zu vermitteln. Nicht weil ich diese Rolle unbedingt wollte, sondern weil ich meistens tatsächlich beide Seiten bis zu einem gewissen Punkt verstehen konnte. So war es vielleicht nicht verwunderlich, dass Mona der fröhliche Single, Beate die viele Jahre glücklich verheiratete Ehefrau und Mutter und ich die geschiedene Alleinerziehende war. Trotz der Unterschiede verstanden wir uns, und wenn es mal krachte, versöhnten wir uns hinterher. Manchmal dauerte das allerdings, denn wir waren alle drei mehr oder weniger ausgeprägte Sturköpfe. Darin, immerhin, waren wir uns ähnlich. Und wir waren füreinander da, wenn es drauf ankam. Das hatte sich in den vergangenen Jahren immer wieder bestätigt.

»Ich verstehe, dass dir das alles zu viel wird. Es ist ja auch wirklich ein großes Haus. Aber so schnell? Und ich meinte eben nicht, dass deine Kinder dir bei der Gartenarbeit helfen sollen, sondern dass Caro oder Steffen vielleicht gern selbst dort wohnen würden. Irgendwie hängt man doch an so einem Haus, wenn man da praktisch die wichtigsten Jahre seines Lebens verbracht hat«, gab ich zu bedenken.

»Ja, natürlich hänge ich an dem Haus. Nur habe ich andere Pläne.« Beate klang geheimnisvoll. »Den Entschluss zu verkaufen habe ich im Grunde schon vor einer Weile gefasst. Ich habe angefangen, darüber nachzudenken, als es mit Frederik immer schlechter ging.« Sie zögerte. »Findet ihr das schlimm? Darüber nachzudenken, was man nach dem Tod des Ehepartners macht, wenn der noch gar nicht tot ist?«

Mona schüttelte den Kopf.

»Du musstest ja damit rechnen, dass es irgendwann

dazu kommen wird, wenn Frederik nichts unternimmt«, bemerkte ich.

Beate nickte.

»Was wolltest du eigentlich gerade sagen?«, fragte Mona vorsichtig.

»Ach so, ja. Also, Caro hat ja selbst ein schönes Haus in Ahrensburg und wird wohl dort wohnen bleiben. Schon aus beruflichen Gründen. Und weil Olaf dort sicher nicht wegwill.«

»Und Steffen?«, hakte ich nach.

»Ja …«, murmelte Beate. »Das ist schwierig. Ich hoffe, dass er jetzt endlich seinen Platz im Leben gefunden hat, aber sicher bin ich mir da nicht. Bei ihm weiß ich noch nicht so recht, wo die Reise hingehen soll …« Sie ließ den Satz in der Luft hängen.

Mona sinnierte: »Er weiß das wohl selbst nicht, oder?«

Beate zuckte mit den Schultern. Wir wussten beide, worauf Mona anspielte. Steffen war die Personifizierung von »In den Tag hinein leben«.

»Er hat halt so viele Interessen … Und nicht so viel Geld. Im Grunde reicht ihm seine Wohnung momentan völlig aus. Vielleicht bleibt er ja auch gar nicht in Bremen.«

»Na ja, Geld hat er bestimmt, er gibt es nur … auf andere Weise aus, als er könnte, würde ich mal sagen«, spöttelte Mona. »Er fährt gern dicke Autos, macht teure Fernreisen und beschenkt seine Freundin mit hübschen Klunkern. Versteh mich nicht falsch, da ist nichts Schlechtes dran.« Sie ließ ihre goldenen Armreifen demonstrativ klimpern. »*Diamonds are a girl's best friend.* Aber wenn man so lebt, kann man eventuell kein Geld mehr zur Seite legen.«

»Siehste, passt doch zu dir.« Ich grinste Mona an und knuffte sie in die Seite, damit sie – hoffentlich – merkte, dass sie sich ein wenig zurückhalten sollte.

Wir hielten Steffen zwar beide für einen kleinen Angeber, der sich überall durchmogelte, nur sprach sie es wesentlich deutlicher aus als ich. Vermutlich hatten Frederik und vor allem Beate ihm einfach immer zu viel abgenommen. Während Caro schon frühzeitig recht selbstständig gewesen war, sich um Bewerbungen, Geldangelegenheiten und Arzttermine selbst gekümmert hatte, hatte Beate für Steffen alles organisiert. Er war schließlich Legastheniker und brauchte Unterstützung. Eine ganze Weile hatte er nichts gemacht und auf Kosten seiner Eltern gelebt. Die hatte das aber anscheinend nicht weiter gestört.

Dennoch hatte er irgendwann sein Abitur geschafft und eine Ausbildung zum Mechatroniker bei Daimler im Mercedes-Benz-Werk in Bremen begonnen. Darin musste er wohl gut gewesen sein, denn man legte ihm nahe, ein duales Studium der Mechatronik zu absolvieren. Dafür war er eine Zeit lang in Sindelfingen gewesen. Seit ein paar Jahren war er zurück im Werk in Bremen und lebte als Projektleiter gar nicht schlecht.

»Und für den Mercedes wird er wohl nicht so viel bezahlen müssen«, ergänzte ich noch, um ihn ein bisschen vor der Naturgewalt von einer Tante in Schutz zu nehmen.

Aber Mona konnte einfach nicht besonders gut mit Steffen, genauso wenig, wie sie mit Frederik gekonnt hatte. Der Himmel wusste, warum. Dabei ließ auch sie sich gern mal »treiben«. Sie würde es nicht hören wollen, ich war jedoch der Meinung, dass Mona und Steffen sich in manchen Dingen sehr ähnlich waren. Sie reiste ähnlich gern wie Steffen und ließ sich das, genau wie er, auch etwas kosten. Am liebsten reiste sie allerdings allein. Und sie fand überall Anschluss – Männer, Frauen, Wandergruppen, Studienreisende … Mona kam mit allen gut zurecht und hatte nie Langeweile. Wenn sie mit ihren Lovern reiste, waren die Beziehungen allerdings schnell Geschichte. Vermutlich bekam Mona die große Nähe einfach nicht.

Im Großen und Ganzen lebte unsere älteste Schwester sehr bescheiden. Sie wohnte seit Jahren in ihrer kleinen, aber gemütlichen Zweizimmerdachgeschosswohnung in Berlin, die mit ein paar alten, auf Flohmärkten oder bei Entrümpelungen ergatterten Möbelstücken eingerichtet war. Ein Auto brauchte sie nicht, da sie mitten in der Stadt lebte, umgeben von zahlreichen Geschäften des täglichen Bedarfs und in der Nähe eines Kleinkunsttheaters und einiger Bars, wo sie dann und wann auftrat. Sie musste also ihren Kiez nie verlassen, außer für ihre Reisen und Tourneen – oder um uns Schwestern zu besuchen. Sie liebte ihren Stadtteil Kreuzberg, der früher ziemlich verrufen gewesen war, sich in den letzten Jahren aber ordentlich gewandelt hatte. Da sie schon so lange in ihrer Wohnung lebte, war diese bezahlbar geblieben, während ringsum die Mietpreise in die Höhe schossen.

Wenn Mona allerdings unterwegs war, brauchte sie paradoxerweise einen gewissen Luxus um sich. Die Aussage: »Reise mit Stil« hätte von ihr stammen können. Sie liebte es zudem, sich auf exquisiten Veranstaltungen blicken zu lassen und dort teure Kleidung zur Schau zu tragen. Dafür gab sie den größten Teil ihrer Honorare aus. Männer durften sie gern hofieren und kostbare Geschenke machen. Wäre sie ein paar Jahre jünger, wäre Steffen vermutlich der ideale Mann für sie.

»Ist ja gut«, lenkte Mona nun ein. »Dein Entschluss, das Haus zu verkaufen, steht also fest?«

»Ja«, antwortete Beate nun wieder mit fester Stimme. »Die Kinder zieht es nicht mehr nach Lilienthal.« Sie machte eine Pause, als ob sie Kraft tanken wollte für das, was sie uns als Nächstes sagen würde. »Außerdem habe ich schon einen Käufer gefunden.«

»Du hast was?« Monas überraschter Ausruf ließ nicht lange auf sich warten.

»Das ging aber wirklich schnell.« Auch ich konnte meine Überraschung nicht verbergen.

»Ja, das stimmt«, sagte Beate. »Der Sohn einer guten Freundin von mir sucht seit Längerem ein Haus in oder um Bremen. Sie wohnen zurzeit in einer Zweizimmerwohnung in Oberneuland. Doch jetzt erwarten sie ein Baby und wollen sich dringend vergrößern. Sie zahlen mir vierhundertfünfundzwanzigtausend Euro, und ich muss mich um nichts mehr kümmern. Muss mir nur noch eine Wohnung suchen.« Sie zuckte mit den Schultern.

»Okay, das ist echt super!« Mona nickte anerkennend.

»Ja, Lilienthal ist eine gute Wohngegend, wie ihr wisst, perfekt gelegen in Bremens Speckgürtel. Das Haus wäre ich in jedem Fall schnell losgeworden, aber es jemandem zu verkaufen, den ich kenne, macht mich natürlich besonders glücklich. Wir gewinnen alle. Ich bekomme eine ordentliche Stange Geld, mit der ich mir einen schönen Neustart ermöglichen kann, und tue einem jungen Paar noch etwas Gutes. Das Haus wird bald wieder voller Leben und Trubel sein.«

»Das freut mich für dich, Beate.« Ich nahm sie in den Arm. »Aber ich muss sagen, du überraschst mich. Wann hast du das denn alles organisiert?«

»Ich weiß nicht. Irgendwie hat sich alles auf seltsame Weise gefügt. Meine Freundin Angela hat mir vor einiger Zeit mal erzählt, dass ihre Kinder ein Haus suchen und nichts finden würden. Und plötzlich ist bei mir der Groschen gefallen.«

»Schicksal, ich sag's ja immer. Nichts geschieht ohne Grund. Wenn sich eine Tür schließt, öffnet sich irgendwo eine andere«, sinnierte ich.

»Ach, Christine, du immer mit deinen Sprüchen«, fing Mona gleich wieder an zu lästern. »Fünf Euro für die Phrasendreschmaschine.«

»Lass sie«, meinte Beate. »Sie hat ja irgendwie recht.«

»Hast du schon eine Wohnung in Aussicht?«, fragte ich gespannt.

Beate schmunzelte. »Das nun doch nicht. Ich weiß noch nicht so recht, wo ich hinziehen will. In die Stadt oder aufs Land. Ich spiele sogar mit dem Gedanken, zu Caro in die Nähe zu ziehen. Wenn da irgendwann mal Kinder kommen sollten, wäre ich gern für sie da.«

»Wann musst du denn aus dem Haus raus sein?«

»In vier Monaten, zum 1. September, übernehmen die beiden das Haus. Sie haben natürlich einiges umzubauen, bevor das Kind im Oktober kommt.« Beate fuhr sich durchs Haar. »Aber das ist längst nicht alles. Wie ihr ja wisst, habe ich ein paar Stunden pro Woche in Frederiks Versicherungsbüro die Sekretariatsarbeit gemacht. Das hat sich ja nun leider auch erledigt.« Sie schien ihre mühsam bewahrte Fassung zu verlieren. Kurz überlegte ich, sie wieder in die Arme zu nehmen, doch da straffte sie die Schultern und sprach mit fester Stimme weiter: »Ich werde mir über kurz oder lang einen neuen Job suchen müssen. Und ich möchte wieder eine Aufgabe haben, etwas, das mich fordert. Ich bin schließlich noch jung. Frederik war ja zehn Jahre älter als ich.«

»Na, dann geht der Spaß ja jetzt richtig los.«

Ich stöhnte. Kaum jemand war so unsensibel und taktlos wie unsere Schwester Mona.

Beate schüttelte verärgert den Kopf. »Mensch, Mona, wie wäre es, wenn du mal denken würdest, bevor du redest!« Tränen schossen ihr in die Augen. »Ich weiß, dass du mein Leben langweilig findest und Frederik nie besonders gut leiden konntest, und ja, Frederik hat viel gearbeitet, und ja, es war nicht immer leicht für mich. Aber wir haben uns geliebt, und in jeder Beziehung muss man Kompromisse eingehen. Was weißt du denn schon davon? Wer bist du, über die Beziehungen anderer zu urteilen?«

Sie hielt inne, atmete tief durch, bemerkte dann, dass sie die Aufmerksamkeit der anderen Cafégäste erregte. Schnell wischte sie die Tränen weg und griff nach ihrem Latte macchiato. Wie durch ein Wunder blieb Mona ruhig, sagte ganz gegen ihre Gewohnheit nichts. Hatten die Worte sie etwa erreicht? Oder gar getroffen? Was Beate gesagt hatte, stimmte. Mona sprach immer sofort aus, was ihr in den Sinn kam. Das konnte sehr verletzend sein. Wenn das hingegen jemand anderes bei ihr tat, konnte sie damit gar nicht gut umgehen. Seltsam, dass das bei vielen Leuten so war. Normalerweise hätte Mona jetzt sofort zurückgeschossen. Verstohlen blinzelte ich zu ihr hinüber. Sie wirkte blass – und älter als sonst. Nicht zu fassen – Mona Becker alias Mona Rodin war getroffen.

Aber da redete Beate schon weiter, leiser jetzt, wieder etwas ruhiger: »Mona, ich hab dich lieb, auch wenn du Rücksicht und Sensibilität absolut nicht mit Löffeln gefressen hast. Dennoch verurteile ich deinen Lebensstil nicht, und ich möchte, dass du auch meinen nicht verurteilst. Ich habe mein Leben geliebt, genau so, wie es bis vor Kurzem war. Jeder richtet sich eben so ein, wie er es für richtig hält. Die Hauptsache ist doch, dass man mit dem glücklich ist, was man hat.«

»Weise Worte«, sagte ich und nahm Beates Hände in meine. Ebenso hielt ich Mona meine Linke hin als Zeichen, dass sie sie nehmen sollte. »Wieder Freunde?«

Mona zögerte eine Moment. Dann lächelte sie. »Noch besser: Schwestern und Freundinnen«, sagte sie und schlug ein. Gleichzeitig lachend und weinend drückten wir uns die Hände. »Und ich halte dich nicht für spießig. Vielleicht beneide ich dich klammheimlich sogar ein bisschen dafür, dass du jemanden hattest, mit dem du alles teilen konntest und mochtest.« Sie straffte die Schultern. »Wenn mich allerdings irgendwann einmal einer darauf ansprechen sollte, werde ich leugnen, so etwas jemals gesagt zu haben.«

Mit Tränen in den Augen lächelte Beate. »Danke. Ich bin so froh, euch zu haben. Ihr seid mein ›Es‹ und mein ›Über-Ich‹.«

»Die Frage ist nur, wer ist wer?« Ich lachte ebenfalls. Der Sturm war vorüber.

»Dank Mona konnte ich euch aber bisher noch nicht alles erzählen …«, hob Beate an.

»Was? Jetzt sag nicht, du hast einen anderen Mann«, schoss es aus Mona heraus.

»Tatsächlich kann ich mir heute bei dir auch alles vorstellen«, ergänzte ich.

»Nein, Himmel! Was denkt ihr denn von mir? Es ist etwas anderes. Und es betrifft euch.« Nun wurden wir richtig neugierig. »Ich habe viel nachgedacht. Alles wird sich nun für mich ändern. Früher, als ich es mir je ausgemalt hätte. Zu früh. Ich werde in eine kleine Wohnung umziehen – wer weiß, wohin. Ich werde mir einen neuen Job suchen – wer weiß, welchen. Ich werde allein sein. Und ich verfüge jetzt über einen ganz schönen Batzen Geld. Deswegen kam mir eine Idee, und ich bin wirklich gespannt, was ihr dazu sagen werdet. Ich kann überhaupt nicht einschätzen …«

»Mein Güte, nun sag schon«, unterbrach ich sie ungeduldig. »Das ist ja nicht zum Aushalten.«

»Also, es ist so … Ich wollte euch fragen, ob ihr mit mir zusammen eine Weltreise machen würdet. Ich würde natürlich alle Flüge und Hotels bezahlen und so …«

Gespannt sah Beate in die Runde. Keiner von uns sagte etwas. Dann begannen Mona und ich gleichzeitig zu schreien, und wir fielen uns gegenseitig um den Hals.

»Da ist absolut genial!«

»Du bist verrückt!«

»Großartige Idee!«

»Völlig irre!«

»Wann soll es losgehen?«

»Wo soll es hingehen?«

»Moment mal«, die Euphorie legte sich etwas, denn ich war langsam, aber sicher auf den harten Boden der Realität zurückgefallen. »Ich kann nicht weg. Ich muss arbeiten. Ich kann nicht einfach für ein paar Wochen dem Unterricht fernbleiben. Wie soll das gehen? Wer soll meine Schüler übernehmen?«

»Lass dich krankschreiben«, warf Mona ein.

Ich brauchte nichts zu sagen, ein Blick genügte. Natürlich würde ich mich nicht für einen Urlaub krankschreiben lassen. Dafür war ich viel zu gewissenhaft und verantwortungsbewusst. Ich wäre nicht mal in der Lage gewesen, zu meinem Arzt zu gehen und ihm irgendein Leiden vorzuschwindeln. So etwas konnte ich gar nicht.

»Na ja, wir brauchen ja nicht monatelang unterwegs zu sein«, meinte Beate. »Wir können doch die sechs Wochen Sommerferien nehmen. Das müsste gehen, oder?«

Ich nickte. »Klingt gut.«

»In sechs Wochen kann man bestimmt schon einiges von der Welt sehen«, sprach Beate weiter.

»Super!« Mona klatschte in die Hände. »Bei mir ist in der Sommerpause ohnehin nichts los. Dann ist es also geritzt. Wir machen in den Sommerferien eine Weltreise…«

3

Beate

An diesem Abend fuhren weder Mona noch Christine nach Hause. Zu aufwühlend war der Tag und zu aufregend waren die Neuigkeiten gewesen, die ich ihnen in dem kleinen Café im Bremer Hauptbahnhof offenbart hatte. Für uns alle. Nun, da ich mit meinen Schwestern darüber gesprochen hatte, war ich absolut sicher, dass mein Entschluss, das Haus zu verkaufen und wegzuziehen, richtig war. Es wirkte jetzt schon seltsam kühl und leer, fast fremd – ohne Frederik hatte es seine Behaglichkeit verloren.

Noch fast die ganze Nacht saßen wir zusammen und schmiedeten Pläne, redeten, durchsuchten alte Unterlagen, tauschten Erinnerungen aus, leerten eine Flasche Wein nach der anderen, lachten und weinten gemeinsam. Irgendwann gingen wir dann doch zu Bett – Mona brachte ich in Steffens früherem Zimmer unter, Christine lag nun in Caros ehemaligem Kinderzimmer in deren altem weißem Himmelbett. Mit neunzehn war meine Tochter ausgezogen, um zum Studium nach Hamburg zu ziehen, wo sie Olaf kennengelernt hatte. Von da an war alles sehr schnell gegangen. In Windeseile der Bachelor of Science als Ingenieurin, eine Stelle mit Zukunft in einem großen Unternehmen, im vorletzten Jahr Hochzeit und Hauskauf.

Ein paar Monate nach den Feierlichkeiten traten Frederiks Beschwerden verstärkt auf: immer häufigere und schlimmere Schmerzen in der Brust, zusätzlich Herzrhythmusstörungen. Als ich meinen Mann endlich zum Arzt hatte zerren können, war die Erkrankung schon in einem fortgeschrittenen Stadium gewesen. Eine Bypassoperation hätte ihn womöglich retten können, aber davor hatte er zu große Angst. Er machte einfach weiter wie bisher, ignorierte alle Anzeichen. Und dann folgte vor zwei Wochen beinahe unausweichlich der Herzinfarkt. Er hatte mal wieder lange im Büro gesessen, wohl über ein paar Akten gebeugt, mit einem Schinkenbrötchen in der Hand, das man hinterher angebissen auf seinem Schreibtisch fand. Er hatte es nicht mehr geschafft, den Notarzt zu rufen. Und ich war jetzt allein, eine Witwe. Niemand lag mehr neben mir im Bett, keiner saß morgens mit der Zeitung am Frühstückstisch, wenn ich aus dem Bad kam, niemand abends neben mir auf dem Sofa und ärgerte sich mit mir über das Fernsehprogramm. Ob ich mich jemals daran würde gewöhnen können?

Um mich herum war es ruhig, offenbar war ich die Erste, die wach wurde. Mein Kopf dröhnte. Ich tastete mit einer Hand den Nachtschrank ab, die Augen geschlossen. Da musste doch irgendwo eine Schachtel Aspirin liegen. Meine Hand zog wie ferngesteuert die Schublade auf, bekam den Blister zu fassen, nun musste ich mich nur noch aufsetzen – langsam, ganz langsam – und die Augen öffnen. Zum Glück waren die Rollläden heruntergelassen und das helle Sonnenlicht, das mir fröhlich einen guten

Morgen wünschen wollte, konnte nur leicht durch die Ritzen hereinblitzen.

Blinzelnd sah ich mich um. Hier, in meinem Schlafzimmer, sah alles beinahe so aus wie damals, als wir eingezogen waren. Kleiderschrank, Bett und Nachttischchen hatten wir neu gekauft und nie ersetzt. Ich hatte nicht das Bedürfnis gehabt, etwas zu verändern, doch nun kam mir mit einem Mal alles alt vor. Alt und verbraucht. Ich wusste noch genau, wie das Babybettchen neben meinem Bett gestanden und erst Steffen und dann Caro darin gelegen hatte. Wo war nur die Zeit geblieben? Ich war gespannt, ob bei Caro und Olaf bald das erste Kind unterwegs sein würde. Ob die beiden, wenn denn Kinder kamen, mich um Hilfe bitten würden? Dass sich bei Steffen in nächster Zeit Nachwuchs einstellte, konnte ich mir nicht vorstellen. Er genoss das Leben in vollen Zügen, nichts ließ erkennen, dass er und seine Freundin Nachwuchs überhaupt in Erwägung zogen.

Wenn ich es recht bedachte, hatte sich im ganzen Haus im Laufe der Jahre kaum etwas verändert: Möbel, Bücherregale, CDs und DVDs, Fernseher, Sofas, Sessel, Bilder an den Wänden. Die Kinder und ich würden noch eine Menge Zeit hier verbringen müssen, um alles durchzusehen, zu sortieren, wegzuwerfen oder in ihre jeweiligen Heime zu transportieren. Ich würde meine Sachen erst mal einlagern, um dann später ganz in Ruhe umziehen zu können, wenn ich bis Reisebeginn keine neue Bleibe fand. All das musste in den nächsten sieben, acht Wochen geschehen, bevor die Sommerferien in Niedersachsen begannen und wir zu unserer Reise starten wollten. Zudem musste ich meine Bewerbungsunterlagen auf Vordermann bringen. Nach dieser Zeit wäre ich sicher mehr als urlaubsreif.

Ich seufzte. Mein Kopf dröhnte beim Gedanken an all die Dinge, die zu erledigen waren, noch mehr. Aber ich war niemand, der sich einem Problem nicht stellte. Gleich am kommenden Morgen würde ich damit anfangen, meine Unterlagen zu ordnen, doch nun musste ich erst einmal etwas gegen meine Kopfschmerzen tun.

Ich nahm das Aspirin und schlich hinunter in die Küche. Nachdem ich die Tablette mit einem Glas Wasser heruntergespült hatte, stellte ich die Kaffeemaschine an. In dem Moment kam Christine mit dunklen Augenringen und in einem Nachthemd von mir zur Tür herein.

»Zu wenig Schlaf, was?«

Wir hatten viel geredet in der letzten Nacht. Vieles aus der Vergangenheit, das wir nicht voneinander wussten oder vergessen hatten, war zur Sprache gekommen. Die Weltreise würde also in vielerlei Hinsicht ein spannendes Erlebnis für uns alle werden.

»Mhm«, murmelte sie nur. Mit Blick auf mein Wasserglas ergänzte sie: »Aspirin? Hast du noch eine?«

»Hier, nimm.« Ich drückte ihr eine Tablette aus dem Blister.

Christine nahm sich ein Glas, ließ Wasser aus dem Hahn hineinlaufen und setzte sich zu mir an den Küchentisch. Stöhnend rieb sie sich die Stirn.

»Wir sind ziemlich versackt gestern, was?«

»Das kann man wohl sagen. Christine, ich werde zu alt für so was. Ich kann nicht mehr die Nächte durchmachen. Schon gar nicht mit schwerem Rotwein.«

»Obwohl er wirklich gut war.«

»O ja, das war er.«

»Aber ich weiß, was du meinst. Manche Dinge gehen einfach nicht mehr.«

»Viele Dinge.«

»Na ja, einige gehen doch noch. Wir sind schließlich nicht alt! Wir stehen in der Blüte unserer Jahre, wie man so schön sagt. Mitte vierzig zu sein ist gar nicht so schlecht. Man weiß, was man kann, wer man ist, braucht sich und anderen nichts mehr zu beweisen …«

Ich nickte. »Stimmt schon. Du hast nur ›man weiß, wo man hingehört‹ vergessen. Und das ist bei mir leider gerade weggebrochen.«

Christine griff über den Tisch und nahm meine Hand. »Warum willst du eigentlich gerade jetzt diese Reise unternehmen?«

Ich sah auf. »Gute Frage. Einerseits, weil ich einfach mal ganz rauswill aus allem, mir mal keine Gedanken über Frederiks Tod, das Haus, mein Leben machen will. Weil jetzt gerade ein großer Abschnitt zu Ende ist und bald ein neuer, ganz anderer beginnen wird. Weil ich momentan so viel Geld und Zeit habe wie wahrscheinlich nie wieder. Und andererseits, weil ich etwas mit *euch* machen will. Irgendwie war doch jeder in den vergangenen Jahren so beschäftigt mit sich selbst und seinem Alltag, dass wir uns beinahe aus den Augen verloren haben. Ich meine nicht, dass wir keinen Kontakt mehr zueinander hatten, so wie es bei Leo der Fall ist, aber die Vertrautheit, die Innigkeit zwischen uns, wie es sie früher gab, die ist uns doch abhandengekommen.«

»Da hast du wohl recht«, pflichtete Christine mir bei. »Leider.«

Wenn man Familie hatte, war man ständig beschäftigt, das kannten wir beide nur zu gut. Oft hatte Mona versucht, uns Schwestern zusammenzutrommeln und uns zu ihren Auftritten in mehr oder weniger weit entfernten Städten eingeladen, aber Christine und ich hatten in den allermeisten Fällen abgesagt. Immer war irgendetwas dazwischengekommen. Entweder fand ich keinen Babysitter für Caro und Steffen, wenn Frederik mal wieder keine Zeit hatte, oder ein Kind war gerade krank oder wir selbst waren zu eingespannt gewesen. Christine hatte, sogar als die Kinder noch klein gewesen waren, schnell wieder in Vollzeit gearbeitet und war an den Wochenenden häufig schlichtweg ausgebrannt gewesen. Gründe gab es zahlreiche, warum man nie einfach so eine Auszeit nehmen konnte. Und das, obwohl wir nicht einmal besonders weit voneinander entfernt wohnten. Braunschweig war gerade mal zwei Stunden weg von Bremen, Berlin drei. Und Braunschweig lag sogar auf dem Weg von Bremen nach Berlin, wir hätten uns doch eigentlich gut mal in der Mitte treffen können, sollte man meinen. Wir hätten es ab und zu möglich machen *müssen*, uns alle drei zu treffen. Aber hinterher war man immer schlauer.

Irgendwann hatte Mona aufgegeben. Das letzte Mal, dass wir uns zu dritt gesehen hatten, war an Christines Geburtstag vor einem Jahr gewesen.

»So darf es nicht weitergehen«, sagte Christine energisch. »Wir müssen uns wieder mehr umeinander kümmern, sollten mehr gemeinsam unternehmen. Die Reise ist eine großartige Idee! Lass uns beim Frühstück überlegen, wo wir überhaupt hinwollen.«

Zum Glück war Samstag, denn diese Überlegungen würden sicherlich noch eine gewisse Zeit in Anspruch nehmen.

»Ich werde mich mal schnell anziehen und dann Brötchen holen. Bis dahin ist Mona vielleicht aufgewacht, und wir können eine Liste unserer Wunschziele machen.«

»Gute Idee.«

Wir genehmigten uns ein üppiges Frühstück und ließen es uns so richtig gut gehen. Ich hatte nicht nur Brötchen besorgt, nein, im Supermarkt neben dem Bäcker war ich so richtig in einen Kaufrausch geraten – zum ersten Mal seit langer Zeit. Und zum ersten Mal seit zwei Wochen konnte ich auch wieder vernünftig essen. Mit Lachs, Sekt, frisch gepresstem Orangensaft, Weintrauben und feinsten Käsesorten starteten wir in den neuen Tag, fast so, wie wir den alten beendet hatten.

»Also, wohin soll unsere Reise gehen?«, setzte Christine irgendwann mit vollem Mund an, während ihr mein selbst gemachtes Holunderblütengelee über die Finger lief.

»Ich wollte schon immer mal nach Dubai«, erwiderte ich mit ebenso vollem Mund. »In dieses Riesenhotel. Wie heißt es noch gleich?«

»Du meinst dieses Ding, das aussieht wie ein aufgeblähtes Segel?«, murmelte Christine.

»Irgendwas mit Arab?«, steuerte Mona bei.

»Stimmt, Burj al Arab. Genau das.«

»Na, da willst du es aber gleich so richtig wissen. Ist das nicht eines der teuersten Hotels der Welt? Dann fliegen wir da hin, bleiben eine Nacht und fliegen gleich wieder zurück?«

»Ach, Christine, warum musst du denn jetzt so realistisch sein? Ist das nicht eigentlich mein Part? Na gut, du hast ja recht. Also nicht das Burj al Arab. Vielleicht auch nicht unbedingt Dubai. Ist vielleicht momentan ein bisschen zu aufregend, die arabische Welt. Würde sagen, die lassen wir erst mal weg. Was ist mit Afrika?«

»Na ja, Nordafrika muss es zurzeit auch nicht gerade sein. Südafrika, Namibia und so ginge. Wäre bestimmt ganz interessant«, meinte Mona. »So eine nette Safari-Lodge, den ganzen Tag am Pool liegen und vielleicht mal einen Elefanten oder eine Antilope vorbeilaufen sehen…«

»Ja… Den ganzen Tag am Pool liegen… Ich weiß nicht… Macht man dafür eine Weltreise? Dann könnte man auch einfach nach Malle fahren«, gab ich zu bedenken. »Lasst uns doch mal überlegen, was unsere persönlichen Traumziele wären. Vielleicht nimmt sich jede einen Zettel und schreibt, sagen wir, drei Länder oder Orte auf?«

»Das finde ich gut«, sagte Christine. »Hier sind Zettel und Stifte.«

Nun wurde es erst mal ruhig am Tisch. Jede von uns Schwestern musste nachdenken. Ich hätte gedacht, dass es mir leichtfallen würde, meine Lieblingsziele aufzuschreiben, aber überraschenderweise war es tatsächlich schwierig, die drei Orte zu nennen, die ich wirklich am allerliebsten besuchen wollte, und dabei Sicherheit, politische Stabilität, Wetter, interessante Sehenswürdigkeiten oder auch Stressfaktor abzuwägen. Offenbar erging es Mona und Christine ähnlich, denn beide grübelten, an ihren Stiften kauend, über ihrem Blatt Papier.

Ich begann mit meinen Überlegungen in Europa. Im Süden waren Frederik, die Kinder und ich viel gewesen. An spanischen und italienischen Badestränden hatten wir die meisten unserer Sommerurlaube verbracht. Frederik musste es im Urlaub immer warm haben, zudem war er ganz und gar nicht der Typ Individualreisender. Er hatte gern schon im Vorfeld alles perfekt organisiert, sogar die Ausflüge gebucht. Mir war das recht gewesen, denn so hatte ich weniger Arbeit. Jetzt konnte ich mir durchaus vorstellen, eine andere Art von Urlaub zu machen. Jedenfalls ein bisschen anders. Zwei Urlaubsziele waren mir besonders wichtig. Mal sehen, was meine Schwestern zu meinen Vorschlägen sagten. Schnell schrieb ich sie auf, legte den Stift hin und drehte das Blatt um. Es war gut, dass wir vereinbart hatten, dass jeder drei Ziele nennen durfte, so würde niemand den Wunsch einer anderen ablehnen können.

Gespannt wartete ich, bis die anderen beiden fertig waren. Was würde wohl Mona gewählt haben? Drei große Städte oder irgendeine tolle Insel? Vielleicht die Seychellen? Und Christine? Ich wusste, dass sie Skandinavien mochte. Schweden kannte sie seit ihrem Auslandsaufenthalt während des Studiums, sie hatte später mit ihrer Familie ein paarmal dort Urlaub gemacht. Stockholm, wo Leo wohnte, war ihre Traumstadt, auch die norwegischen Fjorde reizten sie. Bei ihr war zudem irgendetwas mit Gesundheitsaspekt denkbar. Heiße Quellen auf Island oder Yoga in Indien?

Christine legte ihren Stift zur Seite und griff eilig nach ihrem Sektglas, das sie in einem Zug leerte. Sieh an, es musste sie ebenfalls eine gewisse Überwindung gekostet haben, sich zu entscheiden. Ich wurde immer aufgeregter. Wo würde uns unsere gemeinsame Reise hinführen?

Mona hatte bemerkt, dass Christine und ich fertig waren, denn sie sah kurz hoch und blickte nervös zwischen uns hin und her.

»Bin gleich so weit, bin gleich so weit«, murmelte sie und kaute wieder am Ende ihres Bleistifts. »Schwierig ist das. Ist überall so schön.« Sie nahm einen ordentlichen Schluck Sekt und schrieb dann energisch ihre drei Wunschziele auf. Mit einem Seufzer ließ sie schließlich ihren Stift fallen und lehnte sich zurück. »Und nun? Wie geht es weiter? Nehmen wir jetzt von jedem die drei Wunschziele als gesetzt an oder werden sie noch diskutiert?«

»Wie sieht überhaupt der finanzielle Rahmen aus, Beate?«, fragte Christine. »Du wirst dir ja sicher ein bestimmtes Budget für die Reise überlegt haben.«

Wir waren alle so aufgeregt und redeten wild durcheinander.

»Was stellt ihr euch eigentlich für Transportmittel vor?«, überlegte nun wieder Mona eifrig. »Bustouren in den jeweiligen Ländern oder Mietautos oder ohnehin nur an einem Ort bleiben? Hotels oder Herbergen? Rucksack oder Rollkoffer? Vielleicht hätte ich das fragen sollen, bevor ich meine drei Wünsche aufgeschrieben habe …« Sie seufzte erneut. »Ich hätte ja im Leben nicht gedacht, dass es so eine Herausforderung sein könnte, sich auf drei Hauptziele in der Welt festzulegen. Fiel euch das auch so schwer?«

Christine und ich nickten einträchtig. Eine Weile schwiegen wir alle drei.

Schließlich erwiderte ich: »Ich denke, wir sollten einfach einmal unsere Zettel anschauen. Vielleicht erübrigt sich dann ja schon die ein oder andere Frage.« Meine Schwestern nickten zum Zeichen dafür, dass sie einverstanden waren.

»Wer fängt an?« Mona schaute aufgeregt hin und her, ihre Wangen waren gerötet. Ich hatte sie lange nicht so enthusiastisch gesehen.

»Jede liest erst mal nur ihren Hauptwunsch vor«, antwortete ich. »Dann geht es reihum weiter.«

»Du machst es ja spannend. Aber gute Idee. Also, Beate, es ist deine Reise. Fängst du an?« Christine sah ebenfalls sehr glücklich aus.

»Ach, startet ihr mal. Ich bin ja so gespannt, was ihr notiert habt!«

»In Ordnung. Soll ich beginnen?«, fragte Mona. Wir nickten. »Also, mein Erstwunsch ist – tatataaa – Kuba. Ist ja momentan recht beliebt, aber ich wollte da tatsächlich schon immer mal hin. Besonders nach Havanna. Ich hoffe, das sagt euch zu …«

»Ist bestimmt interessant«, sagte Christine. »Davon nicht so weit entfernt ist das Land, das ich auf meiner Liste als zweites aufgeschrieben habe: Peru. Und da speziell die Inka-Stadt Cusco und, wenn es uns möglich sein sollte, Machu Picchu.«

»Oje …« Mona verzog das Gesicht. »Liegt das nicht beides sehr hoch, und muss man nach Machu Picchu nicht *wandern?* Ich fürchte, dass das nicht unbedingt etwas für mich ist. Aber ich kann mir ja ein paar nette Tage im Hotel machen, während ihr euch die Anden raufkämpft.«

»Nichts da«, warf ich energisch ein. »Alle sind mit dabei. Wir machen diese Reise schließlich *gemeinsam.* Ausnahmen gibt es nur bei Krankheit. Außerdem kann man da mit einem Bus hochfahren, meine ich. Oder, Christine?«

»Ich glaube schon«, murmelte diese etwas eingeschüchtert. »Könnte sein, dass es sogar direkt am Machu Picchu ein Hotel gibt. Aber um die Details müssten wir uns dann noch kümmern.«

»Sicher, dies ist ja nur eine Liste unserer Traumziele. Ist doch klar, dass da keine von uns einen bereits perfekt ausgearbeiteten Reiseplan vorlegen kann«, sagte ich mit Nachdruck in Monas Richtung. »Ich finde den Vorschlag toll. Das ist ganz bestimmt einer der faszinierendsten Orte auf dieser Erde. Und jetzt bin ich dran. Ich habe nämlich zwei ähnlich aufregende Plätze auf meiner Liste.« Mona stöhnte verhalten. »Wenn nicht sogar drei«, fügte ich geheimnisvoll hinzu und schaute dabei mit – wie ich hoffte – strengem Blick über den Rand meiner Brille zu meiner älteren Schwester. »Also, mein Platz eins: Thailand. Und wenn es geht, würde ich das gern mit ein paar Tagen in Vietnam verbinden, was ja quasi gleich nebenan liegt.«

»Toll!«, rief Christine. »Dass ich da nicht selbst draufgekommen bin! Vietnam sollten wir unbedingt mitnehmen. Hanoi soll sehr schön sein, und diese berühmte Landschaft mit den ganzen Inseln … Ich komme nicht auf den Namen.«

»Du meinst die Halong-Bucht. Da hat mir mein Duettpartner auf der Gala in Peking vergangenes Jahr ständig von vorgeschwärmt. Da solle man unbedingt eine Bootstour machen, erwähnte er immer und immer wieder. Daran kann ich mich erinnern. Wie war bloß noch sein Name? Irgendwas Japanisches, er kam aus Tokio … Na, egal. Seine Fähigkeiten waren ohnehin begrenzt.«

Ob sie nun seinen Gesang meinte oder auf irgendwelche anderen Talente anspielte, ließ sie offen und brachte damit Christine und mich zum Grinsen. Dass Mona kein Kind von Traurigkeit war, war bekannt, aber würde sie mit Kollegen, mit denen sie einen gemeinsamen Auftritt hatte, ins Bett gehen? War das nicht unprofessionell? Na ja, vielleicht hatte sie es auch erst hinterher getan. Sozusagen nach der Arbeit, im Taumel und der Euphorie nach einem gelungenen Auftritt und einer alkoholgeschwängerten After-Show-Party? Mona hatte mal erzählt, dass irgendein chinesischer Mogul sie zu seiner Geburtstagsparty eingeladen hatte, die er mit Hunderten von Gästen in Peking gefeiert hatte. Neben Mona und ihrem dubiosen japanischen Gesangspartner waren noch diverse andere mehr oder minder berühmte internationale Schauspieler und Sänger anwesend gewesen beziehungsweise aufgetreten. Der Herr und seine bezahlten Freunde hatten es sich so richtig gut gehen lassen, hatte Mona berichtet.

»Aber es soll dort wirklich toll sein. Hab's nach diesem Dauerwerbefeuer mal gegoogelt. Sollten wir machen. Thailand auch. Da können wir wenigstens mal am Strand liegen, und ich muss nicht ständig laufen. Wanderschuhe hab ich eh keine.«

»Die solltest du dir womöglich vorher zulegen«, meinte ich. »Ist in manchen Regionen nicht das schlechteste Schuhwerk.«

»Wenn dir richtige Wanderschuhe zu extrem sein sollten, kannst du es ja mit Trekkingschuhen versuchen. Die sind nicht so hoch, wirken eher wie ein Turnschuh. Da kann man auch mal in Städten mit herumlaufen«, fügte Christine, die im Gegensatz zu Mona gern wanderte und sich in der Natur aufhielt, hinzu.

»Aber meine Stilettos kommen auch in den Koffer«, bestimmte Mona energisch. »Es wird ja wohl hier und dort mal eine Gelegenheit für ein wenig Nachtleben geben. Oder etwa nicht?«, fügte sie beinahe ängstlich hinzu.

»Wir sorgen schon dafür, dass all unsere Interessen berücksichtigt werden.« Ich konnte mir ein wenig Spott nicht verkneifen.

»Mal im Ernst, es ist uns doch wohl allen klar, dass nicht nur Sightseeing auf dem Plan stehen kann, oder?«, gab Christine zu bedenken. »Ein bisschen Relaxen an einem netten Pool oder den schönsten Stränden dieser Welt muss drin sein, genauso wie kulinarische Genüsse und Spaß. Wenn wir ausschließlich von einem Ort zum nächsten hetzen, werden wir zwar viel sehen, aber sonst kaum etwas von dieser Reise haben – und uns womöglich am Ende gegenseitig auf den Keks gehen. Das wäre sehr schade.«

»Ganz genau«, stimmte ich ihr zu. »Und vielleicht ist es deswegen auch nicht schlecht, unsere Liste mit Reisezielen nicht zu umfangreich werden zu lassen. Ob es nun bei den neun Punkten bleiben soll oder ob noch mehr ›erlaubt‹ sein werden, weiß ich nicht. Möglicherweise ergeben sich weitere Orte durch den Verlauf unserer Reise. Durch Flugverbindungen, Wartezeiten etc. Wenn wir, nur als Beispiel, Thailand und Vietnam verbinden, könnte man allein dafür schon gut und gerne vierzehn Tage einplanen. Doch so viel Zeit haben wir nicht. Wir sollten nicht vergessen, dass wir maximal sechs Wochen zur Verfügung haben.«

»Wobei ich noch mal mit der Schule absprechen muss, wann dort die Vorbereitungen für das nächste Schuljahr starten«, hakte Christine ein. »Meist steht das ja bereits in der letzten Ferienwoche an.« Sie sah uns an. »Wenn es nicht anders geht, müsste ich früher zurück, und ihr beendet die Reise ohne mich.«

Ungewohnt mütterlich nahm Mona Christine in den Arm. »Keine Angst, du wirst nichts verpassen. Wir kriegen das schon hin.«

Und ich fügte hinzu: »Alle bei allem. Das sollte unser Motto werden, finde ich. Wenn du zurückmusst, fahren wir auch zurück.«

»Das hört sich gut an«, sagte Christine erleichtert. »Und wir haben ein Motto, unglaublich! Alle bei allem … Klingt gut.«

»Also, Schwestern, darauf die Hand«, sagte ich nun, und ich fühlte mich beinahe kämpferisch.

Mona legte eine Hand auf meine, Christine legte ihre Hand auf Monas, dann riefen wir zusammen: »*Alle bei allem!*«

»Sehr schön. Nun aber weiter mit der Liste. Wer ist dran?«, fragte Christine.

»Ich, glaube ich«, meinte Mona. »Wir waren einmal rum. Also, nach Kuba steht bei mir Kyoto auf der Liste. Damals, bei der Feier in Peking, wollte ich eigentlich gern noch weiter durch Asien reisen und dorthin. Ich hab's leider nicht geschafft, was ich wirklich sehr bedauerlich fand. Kyoto soll eine der kulturell und geschichtlich bedeutendsten Städte Japans sein, falls euch der Name nichts sagen sollte.«

»Höchstens vom Kyotoprotokoll«, murmelte Christine.

»Hat dir das auch dein namenloser Partner empfohlen?«, neckte ich und betonte das Wort »Partner« auf ziemlich zweideutige Weise. »Scheint wohl Eindruck bei dir hinterlassen zu haben, der Mann.«

»Richtig, das Kyotoprotokoll. Das ist dort entstanden«, antwortete Mona in Christines Richtung. Sie ignorierte meine Anspielung. »Aber Kyoto hat viel mehr zu bieten. Die Stadt verfügt über unheimlich viele buddhistische Tempel und Shinto-Schreine und ist insgesamt eine der am besten erhaltenen Städte Japans, da es im Zweiten Weltkrieg aus Respekt vor seinen religiösen Bauwerken nicht wie die meisten anderen japanischen Großstädte dem Erdboden gleichgemacht wurde. Es ist Zentrum der Geisha-Kultur und der Teezeremonien Japans, der Zen-Garten ist weltbekannt, ebenso die kaiserlichen Bauten. Und nein«, fügte sie nun scharf hinzu, wobei sie zu mir schaute, »mein *namenloser Partner* hat definitiv keinen Eindruck bei mir hinterlassen. Er konnte nur von vielen interessanten Orten erzählen. Das hat mir auf dieser ansonsten stinklangweiligen Party, auf der jeder nur zeigen wollte, wie toll er ist, den Abend gerettet. Dass er sich den gesamten Abend für mich ›freigehalten‹ und dann erwartet hat, dass ich mir den Rest der Nacht für ihn ›freihalten‹ würde, kann ich nicht ändern. Der arme Mann war so gar nicht mein Typ, und daher musste ich mich schließlich bedauerlicherweise mit Kopfschmerzen auf mein Zimmer verabschieden. Glücklicherweise ging mein Flug nach Hause am nächsten Morgen schon recht früh, sodass ich keiner dieser Nasen mehr über den Weg laufen musste. Es ist wirklich erstaunlich, wie viele Leute sich für etwas Besseres halten, nur weil sie über ein bisschen mehr Geld oder mehr Berühmtheit verfügen als der Normalsterbliche.« Mona schüttelte sich. »Ich lobe mir alle kleinen Bars, Theater und Kulturzentren dieser Welt. Da findet doch die wahre Kunst statt. Jedenfalls so, wie sie mir Spaß macht. Wie dem auch sei. Christine, du bist an der Reihe. Wie lautet deine *numero due?*«

»Meine Nummer eins, denn mein zweiter Wunsch passte ja so schön zu Kuba. Meine Nummer eins ist Neuseeland!«

Von Neuseeland waren wir alle begeistert, wir einigten uns darauf, einen Abstecher nach Australien einzubauen.

Dann war ich wieder an der Reihe. Ich zögerte ein wenig. »Ich bin nicht so sicher, ob euch das nächste Ziel so gut gefallen wird.«

»Ach, komm! Nach den ganzen Survivaltouren, die ihr mir schon aufgebrummt habt, kann es doch gar nicht mehr schlimmer werden«, witzelte Mona.

»Na gut. Also, für Frederik und mich …« Ich spürte wieder mal einen Kloß im Hals, aber ich ließ nicht zu, dass er größer wurde, und schluckte rasch, bevor ich zu erzählen fortfuhr. »Für Frederik und mich gab es einen Ort, der uns beide irgendwie magisch angezogen hat. Wir hatten mal einen Reisebericht darüber gelesen und wollten unbedingt hin, wenn wir irgendwann so richtig viel Zeit hätten. Das möchte ich nun gern tun, quasi für ihn und mich. Ich weiß, wir hatten Nordafrika ausgeschlossen, aber es wäre nur für zwei Tage oder so.« Mona und Christine warteten gespannt. »Es ist Marrakesch«, schloss ich endlich.

»Marrakesch?«, fragte Mona ungläubig. »Das ist doch in Marokko, nicht? Warum denn gerade Marrakesch? Ich kann mir noch vorstellen, dass es dir dort gefallen könnte, aber was hätte Frederik da gewollt?«

»Ich finde Marrakesch toll und würde da auch unheimlich gern hin«, warf Christine ein, bevor ich auf Monas spitze Frage eine passende Antwort fand. »Kann man denn da inzwischen wieder hinfahren? Gab es da nicht vor ein paar Jahren einen Terroranschlag? Ich weiß gar nicht, wie die politische Lage dort ist.«

»Ja, es gab 2011 einen Anschlag auf ein Café und im März dieses Jahres eine gewalttätige Demonstration. Verständlich, dass du dir darüber Sorgen machst«, gab ich zu. »Das ging mir nicht anders. Deswegen hab ich vergangene Nacht vorm Schlafengehen noch ein wenig im Internet recherchiert. Dabei bin ich auf die Reiseempfehlung des Auswärtigen Amtes gestoßen. Man solle sich von Menschenansammlungen und Demonstrationen fernhalten und Reisen in abgelegene Gebiete meiden, zum Beispiel in die Sahara und an die Grenzen nach Algerien und Mauretanien.«

»Ach, das bekommen wir schon hin«, meinte Mona.

»Genau, wir haben ohnehin nicht vor, in entlegene Gegenden zu reisen, und in Demos wollen wir auch nicht geraten.«

»Außerdem brauchen wir ja nicht allzu lange dort zu bleiben«, stimmte ich zu. »Nur mal eben auf den Basar und dann wieder ins Flugzeug.«

»Na ja oder so ähnlich«, meinte Mona. Anschließend nannte sie ihr letztes Wunschziel: Südafrika, da sie so gern noch einmal nach Kapstadt wollte. Lange diskutierten wir Christines drittes Reiseziel, die Osterinsel. »Puh, das ist doch furchtbar einsam dort«, gab Mona zu bedenken.

Ich grübelte: »Die Osterinsel liegt ziemlich weit entfernt von allem anderen, oder?«

Christine versuchte, uns zu beruhigen. »Also, was die Entfernung angeht … Die Osterinsel liegt im Pazifik und eigentlich auf dem Weg von Kuba und Peru nach Neuseeland und Australien. Da müssen wir also quasi eh lang. Die Einsamkeit … Na ja, du hast die ganze Zeit deine Schwestern bei dir, Mona. Vielleicht ist es da zur Abwechslung mal ganz nett, ein bisschen Ruhe und Weite zu haben? Und ganz menschenleer ist es dort ohnehin nicht.

Ein paar Einwohner gibt es schon und vermutlich außer uns noch andere Touristen.«

»Wir kriegen die Osterinsel auf jeden Fall unter«, bemerkte ich. »Mir scheint, du hast ein Faible für mystische Orte, Christine.«

»Wir wissen doch, dass Christine auf Mystisches steht«, brummelte Mona.

»Hey, Beate, was mystische Orte angeht, bist du mit Marrakesch mindestens genauso dabei wie ich, oder?«, gab Christine eifrig zurück.

»Kann sein. Also, da können wir uns ja schon mal eine mögliche Reiseroute überlegen. Fangen wir mit dem an, was am weitesten entfernt, oder mit dem, was am nächstgelegenen ist?«, fragte ich.

»Kommt auf die verfügbaren Flüge an«, meinte Christine. »Und die Kosten.«

»Mal sehen … Was haben wir denn?«, beeilte ich mich zu sagen und nahm alle Zettel an mich. »In Asien Japan, Thailand und Vietnam. Australien und Neuseeland. Osterinsel. Mittelamerika mit Peru und Kuba.«

»Mona hatte noch Südafrika genannt«, ergänzte Christine.

»Stimmt. Und die USA kommen gar nicht vor. Da müssen wir mal überlegen, ob wir sie für diese Reise links liegen lassen und uns demnächst mal separat vornehmen oder ob es dort ein, zwei Orte gibt, die wir alle gern sehen wollen und die wir irgendwie mit einbauen könnten. Dann kommen also noch Südafrika und Marokko dazu. Hab ich alles?«

»Ja, hast du«, sagte ich.

»Moment mal«, unterbrach Mona da. »Dein letztes Ziel fehlt doch noch, Beate.«

»Ach ja, richtig«, murmelte ich verlegen. Ich atmete einmal tief durch, dann ließ ich die Bombe platzen: »Mein drittes Ziel ist Schweden. Genauer gesagt, Stockholm. Djursholm. Ich möchte, dass wir zu unserem Bruder reisen. Zu Leo.«

1968

»Renate, Renate, hörst du mich? O mein Gott, helft ihr, so helft ihr doch!«

»Holt den Mann dort weg!«

»Der Notarzt ist unterwegs.«

»Was ist passiert? Ist sie dort eingeklemmt?«

»Ja, und er hat den Laster gefahren.«

»Ist das seine Frau?«

»Ja, und sie hat gerade erst ihre zweite Tochter zur Welt gebracht.«

»Wie schrecklich! Was für ein entsetzlicher Unfall!«

4

Christine

»Du bist ja total verrückt«, empörte sich Mona. »Warum sollen wir zu unserem sogenannten Bruder fahren und uns damit die komplette Reise vermiesen? Ist dir klar, dass er bei der Beerdigung nur ›Hallo‹ und ›Tschüs‹ zu mir gesagt hat? Und hat er sich in all den Jahren mal um uns bemüht? Versucht, irgendetwas wiedergutzumachen? Nein, hat er nicht.«

»Mona ...«, versuchte ich einzuschreiten, aber da wetterte sie schon weiter.

»Und wegen ihm durfte ich nicht Gesang studieren. Nein, ich musste was ›Bodenständiges‹ lernen und mich in der Ausbildung abschuften, während er tun und lassen konnte, was er wollte. Für uns Mädchen und das, was wir wollten, war ja kein Geld da, wir sollten doch am besten schnell heiraten und ausziehen. Ich hätte schon viel früher Sängerin werden können, wenn ich nicht wegen Leo hätte verzichten müssen! Jahrelang musste ich mich mit miesen kleinen Jobs durchschlagen.«

»Mona, jetzt wirst du ungerecht«, warf ich schnell ein, als ich die Chance witterte, mal zu Wort zu kommen. »Das musst du unseren Eltern zuschreiben, da konnte er nichts für.«

»Christine«, schoss sie zurück, »bei aller Liebe, aber was weißt du denn schon? Du, als die jüngste von uns, hast doch überhaupt nichts mitgekriegt.«

Da hatte sie nicht ganz unrecht. Mona war die älteste von uns vieren, dann war, nach zwei Jahren, Beate gekommen. Leonhard war wieder zwei Jahre jünger als sie. Vier Jahre nach unserem Bruder war ich geboren worden. Ich war das Nesthäkchen, und während meine Schwestern ihre Kämpfe ausgetragen hatten, war ich immer einfach so mitgelaufen, unauffällig. Sie hatten mir sozusagen den Weg geebnet. Was bei ihnen noch unmöglich gewesen war, war bei mir zumindest verhandelbar. Ich habe viele Streitereien miterlebt, musste sie aber nicht selbst durchleiden. Und ein klein wenig war es auch zu meinem Vorteil, dass mein Bruder älter war als ich. Unsere Eltern hatten in der Tat immer darauf Wert gelegt, ihn umsorgt und gut untergebracht zu wissen. Mona würde ganz klar sagen, dass er uns – vor allem ihr und Beate – vorgezogen worden war. Wenn er bekommen hatte, was er brauchte, war fast immer ein kleines Stück für mich abgefallen. Als er klargemacht hatte, in welche Richtung sein Leben gehen sollte, und unsere Eltern dies – schweren Herzens – akzeptiert hatten, durfte ich mich frei entwickeln. Was andererseits bedeutet hatte, dass man sich einfach nicht mehr darum kümmerte, was ich tat, mir aber zumindest keine Steine in den Weg legte.

Später legte ich dann ein glänzendes Abitur hin und konnte auf meinen Traumberuf hin studieren, den ich auch heute noch mit Leib und Seele ausübte: Ich war Lehrerin für Deutsch, Biologie und Sport. Zu unseren Eltern hatte ich zeit ihres Lebens kein besonderes Verhältnis. Ich habe früh gewusst, wie mein Leben aussehen sollte, und versucht, es so zu gestalten. Natürlich gab es immer wieder Phasen des Zweifels und Phasen von Ausschweifungen, das große Ziel verlor ich dennoch nie aus den Augen. Allerdings musste ich irgendwann erkennen, dass man nicht alles planen konnte und nicht alle in meinem Spiel so mitmachten, wie ich es wollte. Meine Scheidung war der größte Misserfolg meines Lebens, ein grandioses Scheitern, das mich bis ins Mark erschütterte. Ich hatte keine Ahnung gehabt, dass etwas schiefgelaufen, dass Heiko unglücklich gewesen war – bis es zu spät war und er mich vor vollendete Tatsachen stellte. Ich erinnerte mich an jedes Wort unseres Gesprächs.

»Mir reicht es jetzt«, sagte er an jenem schicksalshaften Tag vor fünf Jahren, meinem neununddreißigsten Geburtstag. »Ich ziehe zu Susanne.«

Mir blieb die Luft weg. »Susanne?«, fragte ich verblüfft.

»Ja, genau, Susanne Berndt, deine Freundin und Kollegin. Du hast auch wirklich von nichts eine Ahnung«, fügte er beinahe ungläubig hinzu. »Wie oft hab ich versucht, mit dir zu reden. Darüber, dass du nur noch für deine Arbeit und für unsere Kinder da bist. Eigentlich für alle, nur nicht für mich. Darüber, wie sehr ich mir gewünscht hätte, dass du dir mehr Zeit für mich nimmst, dass wir zwei mal wieder etwas unternehmen, nun, da die Kinder aus dem Gröbsten raus sind. Dass du dich für meine Arbeit interessierst. Hast du mitbekommen, dass ich in eine andere Abteilung versetzt worden und dort jetzt Abteilungsleiter bin? Ich wette nicht.«

Die letzten Worte spuckte er mir beinahe entgegen, so viel Verachtung lag in seiner Stimme. Wann hatte er versucht, mit mir zu reden? Ich konnte mich nicht erinnern.

Oder meinte er damit, wenn er mich mal wieder angefasst hatte, weil er Sex wollte? Hätte er danach mit mir reden wollen? Diese Momente waren mir tatsächlich unangenehm geworden, denn er schien mich nur noch zu berühren, wenn er Hintergedanken hatte. Nie nahm er mich einfach mal so in den Arm oder gab mir einen Kuss. Nicht so wie früher.

Ja, wir hatten uns auseinandergelebt, aber das war meines Erachtens nichts, was man nicht hätte wieder beheben können. Dass ich nun an allem schuld sein sollte, hatte ich nicht begreifen können. Weh hatte es mir dennoch getan. Unsere Ehe war mir, war uns wohl anscheinend schlichtweg aus den Händen geglitten, obwohl sie einmal so perfekt gewesen war. Wie hatte das nur passieren können? Dies war etwas, das mir auch noch fünf Jahre nach unserer Trennung und vier Jahre nach unserer Scheidung nachhing und in so mancher Nacht Kopfzerbrechen bereitete. Und dass ich auf diese Weise meine beste Freundin verloren hatte, hatte mich bis heute im Griff. Ich habe damals die Schule gewechselt, weil ich es nicht mehr ertragen konnte, in ihrer Nähe zu sein. Und immer noch fiel es mir schwer, ernsthafte Beziehungen zu anderen Menschen aufzubauen, seien sie freundschaftlicher oder intimer Natur.

Über meine Gedanken hatte ich verpasst, was Mona weitergewettert hatte, aber nun brachte sich Beate ein.

»Leo trifft keine Schuld, Mona. Das waren unsere Eltern. Ihnen hätte man das alles vorwerfen können, nicht unserem Bruder.«

»Warum bist du denn plötzlich auf seiner Seite? Du warst doch sonst immer genauso wütend auf ihn wie ich!«

»Ich bin nicht auf seiner Seite …«

»Wegen ihm musstest du eine Ausbildung zur Bürokauffrau machen. Das wolltest du gar nicht, wenn ich mich recht erinnere. Und dann waren Renate und Horst froh, als sie dich früh verheiratet hatten.«

Mona nannte unsere Eltern fast immer nur bei ihren Vornamen. Sie hatte mal gesagt, dass sie sich für sie einfach nicht wie Vater und Mutter anfühlten und schon gar nicht wie Mama und Papa.

»Letzteres war immerhin freiwillig«, sagte Beate spitz. »Und noch mal: Das haben unsere Eltern verbockt, nicht Leonhard. Der hat es nur schweigend hingenommen.«

»Er konnte doch immer tun, was er wollte. Selbst als er ›nur‹ eine Ausbildung zum Schlosser angefangen und sie damit bitter enttäuscht hat, weil sie in ihm ja was Besseres gesehen haben, den Stammhalter, der ihren Laden mal übernimmt, haben sie ihn unterstützt. Und wir? Wir mussten immer sehen, wie wir klarkamen. Was ›Anständiges‹ lernen und dann am besten sofort heiraten, Kinder kriegen und uns ruhig verhalten.«

»Ja, du hast recht«, gab Beate zu. »Das war totaler Mist. Unsere Eltern hatten eben eine furchtbar konservative Einstellung: Mädchen an den Herd, Sohn führt das Geschäft weiter.« Beate hielt einen Moment inne. »Ich finde, wir sollten ihm eine zweite Chance geben«, sagte sie schließlich.

»Warum? Wir haben ihm bereits eine zweite und eine dritte Chance gegeben«, giftete Mona, »und nie hat er sich hinter uns gestellt. Er hätte ja mal sagen können: ›Das geht so nicht, lasst doch die Mädchen auch studieren oder das machen, was sie wollen. Lasst Mona Sängerin werden, wenn sie das möchte.‹ Er hätte ihnen mal sagen sollen, dass sie uns Kinder ungerecht behandeln, dass wir Schwestern genauso viel wert sind wie er. Und dann hat er noch all die tollen Sachen geerbt: Omas Antiquitäten, das Gründerzeitsofa, das gute Porzellan … Für uns blieb der schäbige Pflichtteil. Da hätte er doch gut die Möglichkeit gehabt, einen Schritt auf uns zuzugehen und uns etwas abzugeben. Er wusste nämlich, wie gern ich die alten Möbel gehabt hätte. Aber nein, nichts.«

»Er ist jetzt auf uns zugegangen. Bei der Beerdigung. Er möchte sich mit uns versöhnen«, sagte Beate ruhig. »Er hat mit mir gesprochen. Ihm tut das alles leid. Er meinte allerdings auch, dass wir aufhören müssten mit den alten Geschichten.«

»Pah«, machte Mona abfällig.

»Er hat also *dich* angesprochen?«, hakte ich nach, ohne Monas Bemerkung weiter zu beachten. »Direkt auf die Vergangenheit?«

»Na ja«, antwortete Beate, »er sagte, dass er es leid sei, allein zu sein, immer außen vor zu sein.« Sie zögerte. »Und dass er gar nicht ganz versteht, warum wir alle so sauer auf ihn sind.«

»Aha, da ist es ja schon wieder«, muffelte Mona. »Keine Spur von Reue. Was sollen wir also bei ihm?«

»Moment … Wieso ist er allein? Er hat doch Familie«, warf ich ein, wieder ohne auf Monas Bemerkung einzugehen.

Beate zuckte mit den Schultern, dann sprach sie weiter. »Er hat noch etwas gesagt. Er meinte, dass sich Dinge verändert hätten. Dass er uns bräuchte, um ein Puzzle wieder zusammenzusetzen.«

»Ich sehe nicht ein, warum wir für ihn da sein sollen, wo er nie etwas für uns getan hat«, sagte Mona ärgerlich. »Und was meint er mit Puzzle?«

»Er erwähnte alte Tagebücher und Briefe einer gewissen Maria«, erklärte Beate. »Er hat mich gefragt, ob ich wüsste, ob wir eine Maria in der Familie hätten. Ich habe das verneint. Sagt euch der Name irgendetwas?«

Einen Moment lang waren wir alle still, dachten nach.

»Mir nicht«, antwortete ich schließlich. »Dir, Mona?«

Ich konnte sehen, wie sie mit den Kiefern mahlte. Irgendetwas arbeitete in ihr. »Nein«, meinte sie dann. »Ich kenne nur die Maria aus der Bibel, die mit der jungfräulichen Empfängnis und so.«

»Ach, Mona…« Beate seufzte.

»Mich würde schon interessieren, was unser Bruder da entdeckt hat«, warf ich ein. »Und warum das für ihn Fragen aufwirft oder wichtig ist. Ich wäre dabei.« Auffordernd sahen Beate und ich Mona an.

Die zögerte, eine spannungsgeladene Stille entstand. Schließlich atmete sie geräuschvoll ein und aus und sagte betont gelangweilt, wie mir schien: »Okay, was soll's. Ich bin zwar nach wie vor nicht besonders gut auf unseren lieben Bruder zu sprechen, den arroganten, egoistischen kleinen Angeber, aber einem guten Rätsel oder einem schmutzigen kleinen Geheimnis auf die Spur zu kommen, dafür war ich schon immer zu haben.«

Mich schüttelte es. Mona hielt wirklich ziemlich wenig von unserem Bruder. Egal.

»Fahren wir also zu Leo«, sagte ich.

1968

»Frau Becker, Herr Becker, guten Tag. Ich bin Dr. Busch. Sie, Frau Becker, sind vor einer Woche hier bei uns in das Weser-Krankenhaus eingeliefert worden, mit schweren inneren Verletzungen.« Er sah in die vor ihm liegende Akte, räusperte sich. »Quetschungen, Prellungen, Stauchungen. Es grenzt an ein Wunder, dass Sie überhaupt noch laufen können.«

Horst Becker atmete schwer. Die Schuld lastete auf seinen Schultern. Schweiß stand ihm auf der Stirn. Kurz ließ er die Hand seiner Frau los, um sich seine Stirn mit einem großen, karierten Stofftaschentuch abzutupfen. Umständlich steckte er es in die Innentasche seines dunkelbraunen Cordjacketts zurück, in dem ihm bei diesen sommerlichen Temperaturen ohnehin viel zu heiß war. Erneut griff er nach Renates Hand, die im Gegensatz zu seiner eiskalt war. Immer wieder fragte er sich, wie dieses Unglück hatte geschehen können. Wieso nur hatte er diesen Lastwagen gefahren? Eigentlich hatte sein Schwager die Fuhre übernehmen sollen, aber der hatte irgendwas zu erledigen gehabt und gemeint, er werde später zum Helfen kommen. Er, Horst, könne den Laster mit den Baumaterialien doch mal eben selbst fahren, er sei ja nicht so groß.

Horst hatte nicht ablehnen mögen, obwohl er noch nie mit

einem größeren Auto als mit seinem Fiat gefahren war. Voll beladen hatte er vor ihrem neuen Haus zurückgesetzt und Renate einfach übersehen. Es war entsetzlich, ihre Schreie verfolgten ihn Nacht für Nacht. Sie hatte gerade irgendetwas vom Boden aufgehoben, und er hatte sie beim Zurücksetzen eingeklemmt. Er hatte eine Zeit lang gedacht, sie würde es nicht überleben. Aber sie war stark, seine Renate! Sie überlebte, und ein paar Tage später konnte sie sogar ihre Zehen wieder bewegen. Ein Wunder! Und nun saßen sie hier bei diesem grässlichen Arzt. Es war, als hielte er ein Damoklesschwert über sie. Er faselte gerade irgendetwas Unverständliches, seine Sätze wimmelten nur so von medizinischen Fachbegriffen. Es war ihm anscheinend völlig egal, ob Renate und Horst Probleme hatten, ihm zu folgen.

Endlich machte Dr. Busch eine Pause, sah von seinen Papieren auf, in denen er zuvor geschäftig geblättert hatte. »Jedenfalls hatten Sie wirklich Glück im Unglück. Daher sollten Sie auch nicht zu schockiert darüber sein, dass Sie mit ziemlicher Sicherheit keine Kinder mehr werden bekommen können.«

Horst spürte, wie Renate in sich zusammenzubrechen drohte. Ein schriller Schrei drang durch den Nebel, der ihn plötzlich umgab, zu ihm vor. Eilig legte er den Arm um seine Frau und drückte sie fest an sich, rieb sich mit der anderen Hand über Augen und Stirn.

»Was sagen Sie da? Wir können keine Kinder mehr bekommen?«, stieß er mühsam hervor.

»Ja, es sieht ganz danach aus. Die Eileiter und der Uterus sind stark in Mitleidenschaft gezogen worden. Werden sich wahrscheinlich nicht mehr regenerieren. Manchmal geschehen zwar noch Zeichen und Wunder, aber ich würde nicht zu sehr darauf bauen.« Er tippte auf seiner Gegensprechanlage

herum. »Schwester, würden Sie Frau Becker dann bitte wieder auf ihr Zimmer fahren?« Während er seine Papiere zusammensammelte, murmelte er: »Schwester Hilde wird Sie jetzt wieder zurück auf Station bringen. Ein paar Tage werden Sie noch hierbleiben müssen.« Und mit Blick auf seine Patientin ergänzte er: »Nehmen Sie es nicht so schwer, immerhin haben Sie schon zwei Kinder.« Mit diesen Worten griff er nach seiner Mappe, schob sie sich unter den Arm und verließ leichten Schrittes den Raum.

In Horsts Armen brach Renate in Tränen aus.

5

Christine

Es war allerhand zu tun, bevor es losgehen konnte. Zunächst einmal hatte ich sieben Wochen Schule hinter mich zu bringen, die mich ziemlich forderten. Zum Glück würde ich schon eine Woche vor dem offiziellen Ferienbeginn freibekommen, denn Leo wollte uns gerne bereits an Mittsommer bei sich haben. Das ging nur, weil mein Schulleiter sehr verständnisvoll und ein ausgemachter Familienmensch war und ich zudem dieses Jahr nur zehnte Klassen unterrichtete, die mit ihren Prüfungen bereits ein paar Tage vor den Ferien durch sein würden. Es passte also alles, als hätte es genau so sein sollen.

Meine Schüler waren wunderbar – dies war ein besonders netter Jahrgang, den ich nun zum Abschluss brachte –, aber jetzt hatten sie größtenteils einfach keine Lust mehr. Sie lechzten nach der ganzen Schufterei nach einer Pause, freuten sich auf die Sommerferien. Die meisten würden im Herbst eine Ausbildung beginnen, manche wollten auf die gymnasiale Oberstufe wechseln, andere hatten noch keine Ahnung, was aus ihnen werden sollte.

Um sie machte ich mir Sorgen. Auch wenn ich nach rund zwanzig Jahren im Beruf wusste, dass ich nicht alle retten konnte, schien es mir immer ein wenig wie ein persönliches Scheitern, wenn manche »meiner« Kinder nach der Schule einfach erst mal nur herumhingen oder Hartz IV bezogen. Einige fingen sich nach einer gewissen Zeit wieder, von anderen hörte ich nichts mehr. Keiner wusste später, wo sie geblieben waren, was aus ihnen geworden war. Ich konnte nur hoffen, dass sie irgendwann den Dreh bekommen hatten. Ein paar Wochen noch, dann hatten alle ihre Abschlussprüfungen hinter sich, wir würden uns das letzte Mal auf der Entlassungsfeier der zehnten Klassen kurz vor den Sommerferien sehen.

Und danach würde ich mit meinen Schwestern zu unserer Weltreise starten, angefangen im kleinen Djursholm in der Nähe von Stockholm. Bei unserem Bruder, mit dem wir so viele Jahre keinen Kontakt gehabt hatten. Nun gut, ganz so war es nicht. Während meine Schwestern, vor allem Mona, ihn wirklich gemieden hatten, hatte ich einfach immer viel zu viel mit meinem eigenen Leben zu tun gehabt. Das war bereits in unserer Jugend so gewesen. Leonhard war vier Jahre älter als ich und bereits nach dem Abi ausgezogen. Der Bund war ihm erspart geblieben, wegen irgendwelcher Rückenprobleme wurde er ausgemustert. Schon damals sahen wir ihn kaum zu Hause. Es war, als hätte er Reißaus genommen. Und das, obwohl unsere Eltern ihn doch immer so gepampert hatten, wie meine Schwestern ihm vorwarfen.

Beate und Mona nahmen die ihnen auferlegte Ausbildung hin und wohnten während dieser Zeit noch mehr oder weniger trotzig zu Hause, doch sobald sie ihr eigenes Geld verdiente, war auch Mona weg. Sie zog es zuerst nach Hamburg, wo sie eine Weile als Verkäuferin arbeitete, dann verschlug es sie nach Paris, wo sie ein paar

Jahre blieb, die sie im Nachhinein als die besten ihres Lebens bezeichnete. Sie lebte in einer verrückten Künstlerkommune und lernte die unterschiedlichsten Leute kennen. Doch irgendwann besann sie sich auf ihr eigentliches Ziel und investierte alles, was sie besaß, in ihre Gesangsausbildung. Das musste eine spannende, aber auch harte Zeit für sie gewesen sein, mit wenig Geld, viel Arbeit, jedoch mit dem, was sie eigentlich wollte.

Beate und ich blieben am längsten bei unseren Eltern. Vielleicht standen wir beide uns deswegen besonders nahe. Irgendwann lernte Beate Frederik kennen. Er war zehn Jahre älter als sie und arbeitete im selben Unternehmen wie sie, sie wurde ihm zu Beginn ihrer Ausbildung zugeteilt. Inwieweit er dabei schon seine Finger im Spiel hatte, wussten wir nicht. Mona und ich witzelten immer, dass Frederik Beate erst in sein Büro und dann in sein Bett geholt hatte. Als Beate zwanzig wurde, heirateten sie, und nachdem Frederik eine eigene Versicherungsagentur eröffnet hatte – ein Vor-Ort-Ableger des Mutterkonzerns –, nahm er selbstverständlich Beate als persönliche Assistentin mit.

Aber bald wurde Beate schwanger, nach der Geburt blieb sie mit ihrem kleinen Sohn zu Hause. Steffen kam in den Kindergarten, sie brachte Carolin zur Welt. Da Frederik während dieser Zeit nicht ohne Assistentin arbeiten konnte, wurde Beate ersetzt. Johanna war jung, hübsch und voller Ambitionen. Zum Glück war sie so engagiert, dass sie nach ein paar Jahren weiterzog, um selbst Karriere zu machen. Beate ergriff die Chance – gegen den Wunsch ihres Mannes, er hatte sich wohl an Unterstützung »von außen« und an eine Frau, die sich um Haushalt und Kinder kümmerte und abends auf ihn wartete, gewöhnt – und eroberte sich wieder ihren Platz in Frederiks Agentur. Grummelnd akzeptierte er, nicht ohne dann und wann darauf hinzuweisen, dass die Assistenz bei ihm ja eigentlich eine Vollzeit- und keine Teilzeitstelle war und er zusätzlich zu seiner verantwortungsvollen Tätigkeit wirklich nicht auch noch im Haus mit anpacken könne. Aber Beate biss sich durch und schaffte alles: vormittags Job, nachmittags Haushalt und Kinder. Und anscheinend lief es für sie und Frederik auch ganz gut. Sie sahen sich tagsüber mehr als so manch anderes Paar und hatten sich dennoch abends etwas zu erzählen.

Ich, das Nesthäkchen, blieb während meines Studiums im Elternhaus wohnen – nach dem Tod unseres Vaters war meine Mutter froh, nicht ganz allein zu sein. Im Laufe der Zeit hatten meine Eltern nämlich gespürt, wie einsam es um sie herum geworden war. Zwei ihrer vier Kinder hatten praktisch überhaupt keinen Kontakt mehr zu ihnen, und das dritte, Beate, war mit seiner eigenen Familie beschäftigt. Da war es ganz nett, zumindest die »kleine« Christine noch um sich zu haben, auch wenn ich ziemlich viel unterwegs war. Neben Lernen und Jobben gab es ja das Leben an sich zu entdecken: Partys, Reisen, Spaß haben – und natürlich die Liebe. Unsere Eltern ließen mich machen, sie erwarteten von keinem von uns mehr viel.

Die größte Enttäuschung für sie war vermutlich Leo. Er ging mit der mittleren Reife von der Schule ab und begann eine Schlosserlehre. Anfänglich hofften sie, dass er ihr Eisenwaren- und Farbengeschäft übernehmen würde, doch er machte ihnen eines Abends sehr deutlich, dass er das niemals gewollt, dass er etwas ganz anderes im Sinn hatte. Ich kann mich noch gut erinnern, ich hatte die angespannte Atmosphäre bemerkt und mich in mein Zimmer verdrückt. Die Stimmen waren immer lauter geworden, am Ende weinte unsere Mutter und Leo verließ türenknallend das Haus.

Und dann vollzog er eine völlige Kehrtwendung. Für alle überraschend machte er neben der Lehre an der Abendschule das Abitur nach. Es folgte ein Medizinstudium in Hannover, er blieb allerdings in Bremen wohnen, in einer WG mit seinen beiden besten Freunden, wahrscheinlich seinem einzigen Halt. Irgendwann in dieser Zeit lernte er während eines Urlaubs in Schweden Åsa kennen und fing noch im Studium an, Schwedisch zu büffeln. Vermutlich hatte er da schon den Plan gefasst, so bald wie möglich zu Åsa nach Schweden zu ziehen, was er dann auch direkt nach dem Abschluss tat. Sie hatten also einige Jahre eine Fernbeziehung, aber sie musste wohl die Richtige gewesen sein, denn sie waren bis heute zusammen. Unser Vater erlebte gerade noch, wie sein Sohn das Medizinstudium abschloss und nach Schweden ging, bevor er starb. Er hätte eigentlich stolz auf Leo sein können, doch das war er nicht. Der Stammhalter übernahm nicht das Familienunternehmen, er verließ auch noch das Land und brach den Kontakt zu uns ab. Unsere Mutter vermutete bis zu ihrem eigenen Tod, dass ihr Mann an gebrochenem Herzen gestorben war.

Heute war Leonhard Kardiologe – und spezialisiert auf das Legen von Herzkathetern – am Karolinska-Universitätskrankenhaus in Solna, das zu dem großen Karolinska in Stockholm gehörte. Er schien mit seinem Leben im Reinen zu sein, sich mit Arbeit und Familie wohlzufühlen. Was für ein Werdegang! Vielleicht war er sogar der Erfolgreichste von uns Geschwistern. Aber wahrscheinlich gab es keinen objektiven Maßstab für Erfolg im Leben. Mal gewann man, und mal verlor man. Jeder erlebte bestimmt gute und schlechte Phasen.

Dass ich also gar keinen Kontakt zu Leo hatte in all diesen Jahren, stimmte nicht ganz. Als Leo und Åsa heirateten, schrieb ich eine Karte und schickte eine Kleinigkeit – er lud uns nicht ein. Auch zu den Geburten seiner drei Töchter gratulierte ich ihm. Ich schrieb Karten zu Weihnachten und zu den Geburtstagen, schickte hier und da ein Foto von uns. Er tat dasselbe, aber er war nicht da gewesen, als Emil und Elena getauft wurden, und ich war nicht bei den Taufen seiner Kinder. Ich kannte sie gar nicht. Er wollte Distanz zu seiner alten Umgebung, das spürte man deutlich. Wahrscheinlich wollte er nicht Mona begegnen, vielleicht auch nicht Beate und unserer Mutter. Unsere Eltern haben ihm trotzdem vieles vererbt. Åsa suchte sich aus, was sie haben wollte, der Rest wurde zu Geld gemacht. Wir hätten die alten Dinge behalten. Nicht aus finanziellen Gründen, sondern aus Nostalgie. Wir hingen an den Erinnerungen. Ich konnte verstehen, dass Mona sauer darüber war, dass Leo nicht für Gerechtigkeit gesorgt hatte.

Nun denn, vielleicht war es langsam an der Zeit, mit diesen alten Kamellen abzuschließen. Keine von uns musste am Hungertuch nagen, keine von uns hatte nicht letztlich doch noch das erreicht, was sie wollte. Wir mussten wirklich langsam damit aufhören, Leo für alles verantwortlich zu machen, und uns stattdessen darum kümmern, wieder eine Familie zu sein und zusammenzuhalten.

Da die Sommerferien dieses Jahr früh lagen und wir schon am 21. Juni abreisten, würden wir das Mittsommerfest am Tag darauf in Schweden miterleben können, was ich bisher noch nicht geschafft hatte und worauf ich mich sehr freute. Es war die eine Nacht im Jahr, in der die Sonne – je nachdem, wo man sich befand – fast nicht unterging. Ganz im Norden blieb es die gesamte Nacht hell, in Stockholm würde es für ein paar Stunden zumindest dämmern. Und da die Winter in Skandinavien sehr dunkel waren, feierte man diese hellen Nächte besonders.

Ich hatte schon meinen großen Koffer, den, den ich nur sehr selten benutzte und der ganz hinten gestanden hatte, vom Dachboden geholt sowie eine Kiste mit Briefen und Fotos, die nun über den ganzen Teppich in meinem Schlafzimmer verteilt lagen. Nicht überraschend, dass ich ins Grübeln gekommen war, denn vor mir lag die Post von Leo, ein Bild von seiner Hochzeit, daneben Fotos seiner drei Mädchen. Meine Güte, Elin, seine Jüngste, war schon zwölf Jahre alt. Sie sah Mona unheimlich ähnlich. Wusste sie das? Wussten sie voneinander? Liv sah auf dem alten Foto aus wie ein kleiner Wirbelwind, und das war sie als Kind wohl auch gewesen. Hatte sich gerauft und war auf jeden Baum geklettert, was man so hörte. Jetzt musste sie etwa neunzehn sein.

Sofia, Leos mittlere Tochter, war sechzehn und wunderschön. Sie kam nach ihrer Mutter. Åsa hatte während ihres Studiums als Model gejobbt und es bis in den H-&-M-Katalog gebracht. Nach ihrem Abschluss hatte sie dem »Zirkus«, wie sie es heute nannte, aber den Rücken gekehrt und arbeitete fortan eher hinter der Kamera. Sie war Fotografin mit eigenem Studio, fotografierte Hochzeiten, Kinder, Einschulungen, Konfirmationen, alles, was sich so ergab. Highlight war einmal im Jahr eine Reportagereise, die sie mit ihrer Freundin Malin unternahm. Malin war Journalistin und unter anderem zuständig für Reiseberichte, und jedes Jahr fuhren die beiden für zwei bis drei Wochen in irgendeine abgelegene Gegend dieser Erde, über die Malin dann schrieb und von der Åsa die Fotos schoss.

Es wäre schön, mehr Kontakt mit Leos Familie zu haben, dachte ich. Langsam freute ich mich direkt darauf, zu unserem Bruder zu fahren. Ich wollte seine Mädels unbedingt besser kennenlernen. Immerhin war ich ihre Tante, meine Güte! Auch ihre Mutter war eine interessante Frau. Und was wusste ich eigentlich von Leo? Vielleicht würden wir einmal ganz in Ruhe über die Vergangenheit sprechen können und seine Sicht der Dinge erfahren.

6

Mona

Ich hatte meinen großen violetten Koffer unter meinem Bett hervorgezogen. Den, in den ich am meisten hineinbekam und den man am Flughafen inmitten des ganzen Gepäcks am besten wiedererkennen konnte. Er war ziemlich verstaubt, aber sonst noch völlig in Ordnung. Nachdem ich ihn inspiziert hatte, schob ich ihn zurück an seinen Platz. Ich freute mich auf die Reise mit meinen Schwestern, sehr sogar. Nicht so positiv sah ich dem Zusammentreffen mit Leo entgegen, aber sein Geheimnis reizte mich, das konnte ich nicht leugnen.

Und noch etwas anderes reizte mich sehr. Etwas, oder besser jemand, von dem meine Schwestern keine Ahnung hatten. Stockholm hielt eine bittersüße Erinnerung für mich bereit: Jonas Lundgren. Er war ein schwedischer Jazztrompeter mit großartiger Fingerfertigkeit und außergewöhnlichem Zungenschlag – und auch sonst mit nicht zu verachtenden Techniken vertraut. Ich war Backgroundsängerin auf der Tour gewesen, auf der wir uns kennengelernt hatten. Sie hatte uns quer durch Europa geführt. Fünfzehn Jahre war das jetzt her, eine verdammt lange Zeit. Und dennoch hatte ich immer wieder an ihn denken müssen …

Nach der Tournee brachte er mich nach Stockholm, und ich verliebte mich sofort in diese Stadt. Er führte mich ins Grand Hôtel, und ich wollte nie mehr irgendwo anders übernachten müssen. Er schlief mit mir, und ich wollte nie mehr Sex mit einem anderen haben. Wir trafen uns drei Jahre lang immer wieder, mal bei mir in Berlin, mal in Stockholm, mal ganz woanders. Er war meine große Liebe. Der einzige Mann, mit dem ich es aushalten konnte, mit dem ich die Tage verbringen mochte, ebenso wie die Nächte. Der einzige Mann, der mir nie auf die Nerven ging. Ich war kurz davor gewesen, mich ihm ganz zu öffnen, ihm alles über mich mitzuteilen, ihm von meiner Vergangenheit zu erzählen und ihn meinen Schwestern vorzustellen, ja, ich hätte ihn vermutlich sogar geheiratet. Wenn er mich gefragt hätte. Doch von einem Tag auf den anderen war alles aus gewesen. Ich war gedemütigt, beschämt und völlig fertig gewesen. Irgendwann hatte ich mich wieder gefangen. Ich habe niemandem von Jonas erzählt, noch nicht einmal Beate oder Christine. Er war einfach zu nah an mein Innerstes herangekommen.

Es würde aufregend werden, in »seine« Stadt zurückzukehren. Wenn nicht sogar nervenaufreibend. Jonas Lundgren. Ich ließ seinen Namen auf mich wirken. Was war aus ihm geworden? Ich würde ihn treffen, auch wenn es womöglich wehtat. Früher hatte er ständig in einer Kneipe namens Fasan herumgehangen, war sogar einer der Teilhaber gewesen. Wenn es den Laden noch gab, müsste ich ihn dort antreffen können. Vielleicht, wenn ich ihn wiedersah, würde ich endlich mit der Sache abschließen können. Oder wenigstens eine weitere dieser Nächte von damals erleben. Damit ließ sich der Besuch bei unserem Bruder in dem kleinen, aber schicken Kaff Djursholm zwölf Kilometer nördlich von Stockholm vielleicht ein bisschen versüßen.

Und schon wanderten meine Gedanken bedauerlicherweise wieder von Jonas zu Leo. Bis ich vier war, hatte ich eigentlich eine schöne Kindheit. Okay, als ich zwei war, das war kurz nach Beates Geburt, hatte Renate einen schweren Unfall und konnte sich lange nicht richtig bewegen. Ich erinnere mich noch daran, wie wir immer Rücksicht nehmen mussten, wir durften in ihrer Gegenwart nicht toben oder womöglich auf ihr herumklettern, wie Kinder es nun mal so gern taten. Sie brauchte viel Schlaf, und wir hatten eine Zeit lang eine Haushaltshilfe – eine strenge ältere Frau, die Martha hieß und jeden Tag für ein paar Stunden kam. Aber sie war für den Haushalt da und um sich um »das Baby« zu kümmern, wie sie immer sagte, nicht, um mit mir zu spielen. Ich war auch für »das Baby« da, so gut es eine Zweijährige eben konnte. Also eigentlich half ich nicht wirklich, dennoch liebte ich meine kleine Schwester über alles und versuchte sie zu trösten, wenn sie weinte, oder sie zu beschäftigen, wenn ihr langweilig war.

Horst war nicht viel da, er musste sich um das Geschäft kümmern, das Familienunternehmen, das sein Großvater gegründet und dem sein Vater zur Blüte verholfen hatte. Von morgens bis abends stand er in seinem Eisenwaren- und Farbengeschäft Beckers Baubedarf, verkaufte Nägel und Schrauben, Tapeten, Lacke und PVC-Böden. Damals war von der Baumarktschwemme noch nichts zu ahnen, und so liefen die Geschäfte gut. Auch wenn er manchen Kunden nur vier Schrauben verkaufte, andere deckten sich mit allem Möglichen ein, und alle schätzten die gute Beratung. Es ging uns nicht schlecht damals, Beate und ich wurden zunehmend ein Herz und eine Seele, und unsere Mutter kümmerte sich um uns, so gut sie es eben vermochte.

1970 wurde dann Leonhard geboren, der lang ersehnte Junge, der Nachfolger für Beckers Baubedarf, das Kind, auf das man nach dem Unfall schon nicht mehr zu hoffen gewagt hatte. Er war wie ein Wunder. Und plötzlich waren alle anderen unwichtig. Klar, Geschwisterkinder fühlten sich fast immer zurückgesetzt, wenn ein Baby geboren wurde, doch das war es nicht. Sie zogen Beate und mir nicht das neue Baby vor oder kümmerten sich mehr um Leo, einfach weil er ein hilfloser Säugling war, nein, sie freuten sich mehr über ihn, waren stolzer auf ihn, zeigten ihn überall herum, während wir nur die niedlichen Mädchen waren, die zu mehr als zum Niedlichsein nicht zu gebrauchen waren. Unsere Eltern sahen von Anfang an in Leo den Stammhalter für die Familie.

Man musste es so sagen: Unsere Eltern waren schlichtweg furchtbar altmodisch und grundspießig. Dazu kam wohl noch, dass er ihr Lichtblick nach dem zugegebenermaßen schrecklichen Unfall war. Ich habe in den vergangenen Jahren viel darüber nachgedacht und bin zu dem Schluss gekommen, dass Leo ihnen wie der Erlöser vorgekommen sein musste. Er war das Zeichen dafür, dass Renate »geheilt« war, obwohl die Rückenschmerzen ihr Leben lang blieben. Sie konnte wieder Kinder bekommen. Was für eine Erleichterung musste das gerade auch für unseren Vater bedeutet haben. Insofern konnte man sie schon ein bisschen verstehen.

Was ich nicht verstehen und ihnen bis heute nicht verzeihen konnte, war, dass sie weiter so ungerecht waren.

Nicht nur in unserer Kindheit, auch später noch in der Pubertät und als wir erwachsen waren. Bis über ihren Tod hinaus ging ihre Ungerechtigkeit. Warum? Warum konnten sie uns nicht alle als gleich wertvoll empfinden? Waren Beate und ich weniger wichtig, weil wir schon vor dem Unfall da waren? Weil wir Mädchen waren? Was für eine gequirlte Sch... Es machte mich noch immer wütend. Nach all den Jahren. Und dass Leonhard sich nie auf unsere Seite gestellt, uns nie etwas abgegeben, sich nie mit uns verbündet, sondern immer alles angenommen hatte, was ihm angeboten wurde, auch.

Ich merkte, wie die Säure in meinem Magen wieder aufzusteigen drohte. Eine kleine Unpässlichkeit, die mich schon ewig verfolgte. Ein empfindlicher Magen, so ein Ärgernis! Ich kramte in meiner Handtasche nach den säurehemmenden Tabletten, die ich immer dabeihatte. Eigentlich hatte ich am Laptop gesessen, um meinen beruflichen Kontakten Bescheid zu geben, dass ich in den kommenden Wochen nicht zu erreichen sein würde. Zum Glück passierte in meiner Branche im Sommer ohnehin nicht viel. Aber einen Auftritt bei einem Stadtfest würde ich absagen müssen. Das war nicht schön, womöglich drohte mir eine Vertragsstrafe, wenn sie keinen Ersatz mehr fanden, das nahm ich jedoch in Kauf. Die Reise mit meinen Schwestern war mir wichtiger, und das finanzielle Risiko hielt sich in Grenzen.

Hoffentlich ging Leo nicht davon aus, dass wir in seinem Haus übernachteten. Ich musste Beate und Christine unbedingt davon überzeugen, ein Hotel zu nehmen. Vielleicht konnte ich sie mit dem Grand Hôtel in Stockholm ködern? Genau, ich würde unseren Aufenthalt in Schweden übernehmen und sie in das vornehmste Hotel des Landes einladen. Das konnten sie unmöglich ablehnen. Wobei, Luxus war möglicherweise gar nicht so ein attraktiver Köder für meine Schwestern, wie er es für mich wäre. Beate war für gewöhnlich in ihren Urlauben mit Mittelklassehotels zufrieden gewesen. Obwohl, vielleicht hatte das auch einfach nur Frederik so bestimmt, wer wusste das schon … Christine war noch weniger zu beeindrucken, sie war gern mal mit Zelt und Rucksack unterwegs, trotzdem würden sie bestimmt nicht Nein sagen, wenn sie von Lage und Aussicht des Hotels erfuhren. Es lag mitten in der Stadt, direkt am Wasser, dort, wo die Schärenschiffe abfuhren. Gegenüber befand sich das Kungliga Slott, das Schloss von Carl Gustaf und seiner Silvia, und die zauberhafte Altstadt Stockholms, Gamla Stan, mit ihren hübschen bunten Häuschen und kleinen Gässchen. Stockholm war wirklich schön.

Leo und Jonas, aus völlig unterschiedlichen Gründen womöglich die beiden Männer, die mich in meinem Leben am meisten geprägt hatten. Mich beschlich das Gefühl, dass dieser Stockholm-Besuch mein bisheriges Leben völlig auf den Kopf stellen könnte.

7

Beate

»Hallo, Mama, ich bin's«, hörte ich Caro durch das Telefon sagen. »Ich hoffe, ich störe nicht.«

»Hallo, mein Schatz, natürlich nicht«, sagte ich, obwohl ich gerade in einem riesigen Haufen Chaos saß. Neben mir türmten sich Kartons voller Bücher, Videokassetten und Fotos, zwei große Müllsäcke standen rechts und links von mir, einer gefüllt mit Kram, der wegkonnte, und einer voller Sachen für die Altkleidersammlung. Dazwischen saß ich im Schneidersitz mit Briefen von Frederik an mich auf dem Schoß. Schnell wischte ich mir die Tränen aus dem Gesicht, die immer wieder zu fließen begannen, und putzte mir die Nase. Zum Glück hatte ich das Telefon mit ins Schlafzimmer genommen und hinter mir auf das Bett gelegt, sonst wäre ich gar nicht rechtzeitig hingekommen, als es geklingelt hatte. »Ich sortiere nur ein bisschen. Papas alte Sachen.«

Schweigen in der Leitung. Oje, sie war noch nicht so weit. Ich hingegen musste diese Dinge einfach loswerden, konnte es nicht mehr ertragen, Frederiks Kleidung und seine persönlichen Dinge wie die Briefmarkenalben um mich zu haben, auch wenn es mich schmerzte. »Ich muss ja das Haus leer räumen und kann schlecht alles in die neue Wohnung mitnehmen«, beeilte ich mich zu sagen. »Wolltest du denn noch etwas hier aus dem Haus haben?«

Carolin seufzte leise. »Nein, ich habe ja schon alles durchgeschaut und mir einiges mitgenommen. Du hast sicher recht, man kann nicht alles aufbewahren. Hast du etwa eine Wohnung gefunden und es mir noch nicht erzählt?«

»Nein. Ich habe mir überlegt, dass ich jetzt, vor meiner Reise, alles wegschaffe, was ich nicht mehr behalten will. Eine Wohnung werde ich mir doch erst suchen, wenn ich wiederkomme. Das Haus ist ja erst ab dem 1. September verkauft.«

»Aber dann bleibt dir nicht mehr viel Zeit«, sagte Caro besorgt. »Es ist nicht so leicht im Moment, guten, bezahlbaren Wohnraum zu bekommen.«

»Ich weiß, ich habe mir ein paar Wohnungen angeschaut, und die haben mir einfach nicht zugesagt. Was soll ich da machen? Ich weiß eigentlich auch gar nicht so recht, wo ich hinwill. Es ist nicht zu ändern. Und ich will nichts überstürzen, sondern mich wirklich erst entscheiden, wenn ich weiß, wo ich mich wohlfühle. Ich lagere meine Möbel ein und ziehe in eine Pension oder zu Marlene.« Meine Freundin hatte eine schöne, große Villa in Bremen-Horn und gemeint, ich könne sogar ganz bei ihr einziehen. Sie hatte im Obergeschoss eine voll eingerichtete Zweizimmerwohnung, die leer stand, seit ihr Sohn nach Frankfurt gezogen war, aber das war mir doch etwas zu viel Nähe. »Als Übergangslösung ist das perfekt, oder?«

»Na gut, wenn du das so entspannt angehen kannst …« Caro klang nicht überzeugt. Sie kannte mich allerdings gut genug, um nicht zu widersprechen. Wenn ich eine Entscheidung getroffen hatte, ließ ich mich im Allgemeinen nur noch sehr schwer davon abbringen. »Wenn alle Stricke reißen, kommst du zu mir nach Ahrensburg oder suchst dir was in Hamburg, wenn Ahrensburg dir zu klein ist«, überlegte sie. »Dann wärst du bei uns in der Nähe, das wäre doch auch schön.«

»Das stimmt«, sagte ich nachdenklich. »Das habe ich mir auch schon überlegt. Aber ich weiß nicht so recht ... Also, wenn du mich brauchst, komme ich natürlich sofort, nur kenne ich im Hamburger Raum ja außer euch niemanden ...«

»Stimmt, das ist wohl so. In Lilienthal und Bremen hast du deinen Sportverein, deine Freundinnen ... Und wir arbeiten ja auch viel ... Schwierige Entscheidung.«

»Eben«, sagte ich entschlossen, »und weil das alles so schwierig ist, vertage ich diese Entscheidungen auf nach der Reise. Wahrscheinlich sehe ich dann klarer. Und du kannst ebenfalls darüber nachdenken, ob du dir vorstellen könntest, deine Mutter so ganz in der Nähe zu haben.«

»Vielleicht hast du recht«, murmelte Caro.

Im Gegensatz zu mir waren ihr diese Überlegungen wohl neu. Ich hatte schon viel hin und her gedacht, mir waren etliche Ideen für meine Zukunft gekommen, aber keine war mir bisher völlig überzeugend und attraktiv genug erschienen.

»Wisst ihr denn jetzt, wo ihr überall hinwollt?«, fragte sie.

»Es bleibt dabei: Mona würde gern nach Kuba, Japan und Südafrika, Christine hatte als ihre wichtigsten Wunschziele Neuseeland, Peru und die Osterinsel angegeben, und ich, wie du ja weißt, Marrakesch, Thailand, Vietnam. Aber als Erstes geht's nach Schweden, wo wir tatsächlich deinen Onkel Leo besuchen. Das haben wir jetzt fest entschieden.«

»Oh, wirklich? Obwohl ihr bisher fast gar keinen Kontakt gehabt habt?«

»Ja, das stimmt. Aber auf Papas Beerdigung haben wir mit ihm gesprochen. Es klang etwas mysteriös, er meinte, er habe Tagebücher und ein paar Briefe im Nachlass unserer Eltern gefunden, die ihn sehr verwirrt hätten. Und nun haben wir beschlossen, mit ihm gemeinsam der Sache auf den Grund zu gehen.«

»Das klingt ja richtig spannend. Ich finde es gut, dass ihr euch wieder ein wenig annähert. Wenn jemand, der einem nahesteht, stirbt, merkt man doch erst wieder, wie wichtig die Menschen um einen herum sind.« Caro seufzte erneut.

Ob sie daran dachte, wie ihr Verhältnis zu ihrem Vater zuletzt gewesen war? Oder ging ihr die Sache mit einem möglichen Umzug ihrer Mutter aus dem vertrauten Elternhaus zu sehr durch den Kopf? Ich beschloss, nicht weiter nachzufragen.

»Ich fände es auch schön, wenn wir wieder mehr Kontakt zueinander hätten.«

»Sind denn Mona und Christine damit einverstanden?«, fragte Caro nachdenklich. »Ich kann mir gar nicht vorstellen, dass Mona da zugestimmt hat. Sie hat immer so vehement gegen ihren Bruder gewettert.«

»Ja, bei ihr war es am schwierigsten. Aber irgendwie hat sie dieses Geheimnis um die Tagebücher neugierig gemacht.« Ich zuckte mit den Schultern. »Bei Mona weiß man nie, was ihr als Nächstes durch den Kopf schwirrt.

Das war schon so, als wir noch Kinder waren. Vom einen auf den anderen Augenblick hatte sie eine neue Idee. Oft genug hatte ich Schwierigkeiten, ihr zu folgen.«

»Das glaube ich.« Ich hörte meine Tochter durch das Telefon lächeln. »Sie ist da so ganz anders als wir. Aber ich habe sie früher immer dafür bewundert, dass sie so spontan und unternehmungslustig war. Sie war für mich immer eine extrem coole Tante.«

»Die ausflippen würde, wenn sie wüsste, dass du sie gerade Tante genannt hast.« Wir lachten beide.

»Wann fahrt ihr noch mal?«, fragte Caro dann.

»Am 21. Juni, das ist ein Donnerstag. Wir müssen uns nach den Sommerferien von Niedersachsen richten wegen Christine. Weißt du schon, dass sie ein paar Tage vor Ferienbeginn freibekommt? Das geht dieses Jahr, weil sie nur Abschlussklassen unterrichtet. Es passt super, wir wollen nämlich unbedingt zur Mittsommerfeier in Schweden sein, und das ist am Wochenende vor den niedersächsischen Sommerferien. Leo macht da wohl eine kleine Feier bei sich zu Hause und hat uns dazu eingeladen. Am 9. August geht die Schule wieder los, da müssen wir also spätestens wieder zurück sein. Wie gesagt, mir bleibt dann noch etwas Zeit zum Packen, Vorbereiten und Aussortieren hier im Haus.« Da war es wieder, das Thema, das Caro nicht so mochte.

»Ach, das schöne Haus …« Meine Tochter schluckte hörbar. »Da kann man wirklich nichts mehr machen? Du willst es unbedingt verkaufen?«

»Was heißt unbedingt? Mir fehlen die Alternativen. Ihr wollt es nicht haben, und mich hält hier nichts mehr. Alles ist so voller Erinnerungen. Dies war das Heim für uns als Familie, für Frederik und mich. Jetzt seid ihr alle weg. Was soll ich also noch hier?« Das kam wahrscheinlich schonungsloser bei Caro an, als es gemeint war. Ich hörte sie erneut schlucken, und eine Weile sagte sie nichts, deswegen ergänzte ich: »Das sollte jetzt kein Vorwurf sein. Ihr lebt euer eigenes Leben, und das ist völlig in Ordnung so. Ich bin jetzt in diesem Haus allein, dem Haus, das immer so voller Leben war. Ich bin es nicht gewohnt, dass es um mich herum so ruhig ist, ich kann das einfach nicht mehr gut ertragen, jetzt, da Frederik fort ist.« Dass er »tot« war, konnte ich noch nicht aussprechen.

»Ich verstehe das, Mama«, murmelte Caro. »Es ist nur so schade. Und es geht so schnell.« Sie holte tief Luft, dann fragte sie leise: »Bist du denn nicht traurig?«

Ich schluckte. »Doch. Natürlich bin ich traurig, entsetzlich traurig. Ich habe furchtbar viel geweint. Aber jetzt will ich wieder nach vorne blicken. Weißt du, wir wissen seit etwa fünf Jahren von Papas Krankheit. Und seitdem hat sich sein Zustand stetig verschlechtert. Vielleicht ist es so, dass ich schon seit Langem Abschied genommen habe.«

Ich hörte Carolin am anderen Ende der Leitung aufschluchzen. »So wird es wohl sein. Ich denke, so ähnlich war es bei Steffen und mir auch«, flüsterte sie. »Aber das Haus … Kannst du es nicht vielleicht vermieten?«

»Darüber habe ich nachgedacht. Nur ist es nicht so leicht, gute Mieter zu finden, und wenn man sie gefunden hat, muss man sich trotzdem weiter um alles kümmern. Oder einen Verwalter einsetzen, der wieder Geld kostet. Eigentlich würde ich mir gern eine Eigentumswohnung kaufen. Am liebsten irgendwo direkt in der Stadt, mit Theatern, Cafés und Straßenbahn direkt vor der Tür. Das kann ich mir allerdings nur leisten, wenn ich das Haus verkaufe.«

Wieder sagte sie eine Weile nichts. Meine Tochter war sehr überlegt. Ganz anders als ich. Gut, ich dachte auch viel nach, aber meine Gedankengänge waren irgendwie schneller als ihre. Nicht so schnell wie Monas natürlich. Bei Caro dauerte es, bis sie eine Antwort fand. Das hatte mich früher, als sie noch ein Kind war, manchmal regelrecht geärgert, weil ich dachte, sie hätte mir nicht zugehört oder wollte nicht antworten. Bis ich irgendwann begriffen hatte, dass sie einfach nur genau nachdachte, ihre Entscheidungen oder ihre Worte sorgsam abwog. Ich musste lernen, meine Ungeduld im Zaum zu halten. Immerhin wusste ich dann, woran ich war.

»Verstehe«, antwortete sie endlich. »Du hast alle rationalen Argumente auf deiner Seite. Wahrscheinlich ist es nur so ein emotionales Ding bei mir. Die ganzen Kindheitserinnerungen und so. Aber ich werde damit klarkommen, Mama. Bestimmt. Irgendwann. Du sollst das machen, was für dich das Beste ist.«

»Danke, meine Liebe. Ich bin froh, dass du es so siehst.«

»Ich muss Schluss machen«, sagte sie, und ich merkte an ihrer Stimme, dass es noch etwas gab, das ihr auf dem Herzen lag. »Ich habe einen Arzttermin.«

»Einen Arzttermin?«

»Ja, ich muss zum Gynäkologen. Olaf und ich versuchen ja nun schon seit Längerem schwanger zu werden. Irgendwie klappt es nicht. Wir haben beschlossen, den Ursachen jetzt mal auf den Grund zu gehen.«

»Oje, das tut mir leid«, sagte ich erschüttert. »Und das sagst du mir mal eben so nebenbei?« Ich bemerkte, dass es vorwurfsvoller klang, als es gemeint war. »Entschuldige, das sollte nicht so hart rüberkommen. Ich dachte nur … wir könnten über alles reden …«

»Ja, natürlich können wir das.« Caro atmete am anderen Ende der Leitung hörbar aus. »Olaf wollte, dass wir es erst noch für uns behalten. Er meinte, dass sonst immer alle nachfragen und das dann den Druck erhöhen würde.«

Da hatte Caros Mann wohl nicht ganz unrecht.

»Und jetzt sprecht ihr darüber?«

»Olaf nicht. Aber ich bin da anders als er. Ich kann so etwas nicht nur mit mir selbst ausmachen. Deswegen habe ich diesen Termin für Olaf und mich organisiert. Er müsste jeden Moment nach Hause kommen, er macht heute extra früher Schluss.« Sie wirkte unruhig, so als ob sie ständig zur Haustür oder auf die Uhr schauen würde.

»Ich hatte mich tatsächlich schon gefragt, wann es bei euch mal so weit sein würde. Ich wusste ja, dass du gern Kinder hättest, hatte aber bisher angenommen, dass ihr einfach noch warten wolltet.« Dass es jetzt nicht klappen sollte, tat mir in der Seele weh. Caro wäre eine tolle Mutter, da war ich mir sicher. »Lass den Kopf nicht hängen, Liebes. Bestimmt wird alles gut!«

»Ich hoffe es, Mama.«

»Viel Glück! Und halt mich auf dem Laufenden, ja?«

»Danke. Das mache ich. Bis dann!«

Ich beendete das Gespräch. Das waren ja wieder Neuigkeiten. Irgendwie kam es im Moment für uns ziemlich dicke.

Ich legte das Telefon zur Seite und verscheuchte die negativen Gedanken mit einem Kopfschütteln. An die Arbeit. Es gab noch viel auszumisten. Und außerdem musste eine Weltreise organisiert werden. Mit dem ersten

Stopp in Schweden. Am Abend würde ich unserem Bruder eine E-Mail schreiben.

Gerade wollte ich mich wieder in die alte Post vertiefen und überlegen, was ich davon behalten wollte, als das Telefon erneut klingelte. Seufzend schüttelte ich mir die zahlreichen Umschläge und Karten von den Beinen, stand auf und griff nach dem Telefon. Ich nahm das Gespräch an und lief weiter in die Küche, um mir einen Kaffee zuzubereiten.

»Beate Mertens.«

»Hallo, Mama.«

Es war Steffen. Was für eine Überraschung, er meldete sich nicht so oft.

»Hallo, mein Schatz, schön, dass du anrufst. Wie geht es dir?«

»Ganz gut, danke. Also, ich rufe an, weil sich bei mir was ergeben hat.« Steffen kam immer schon schnell zur Sache.

»Oh, das klingt aufregend. Was ist denn passiert?«

»Ich gehe nächstes Jahr im Januar nach Peking. Weiß noch nicht, für wie lange, wahrscheinlich zwei, drei Jahre oder so. Ich soll da bei der Produktion der C-Klasse ein bisschen nach dem Rechten schauen.«

»Das ist ja toll, herzlichen Glückwunsch. Oder was sagt man da?«

Auch wenn ich mich für meinen Sohn freute, haute mich seine Nachricht doch im ersten Moment von den Socken. Ich hatte ja schon vermutet, dass er noch nicht so recht sesshaft geworden war und dass er möglicherweise ins Ausland wollte, aber das kam jetzt doch sehr plötzlich.

»Passt schon, danke.«

»Du bist ja ganz schön spontan …«

»Och, so spontan auch wieder nicht. Ich klettere hier gerade die Karriereleiter hoch, es ist ganz normal, dass der Führungsnachwuchs ins Ausland geschickt wird.«

Selbstbewusst war er, mein Sohn, das musste man ihm lassen.

»Toll«, sagte ich. Irgendwie fiel es mir schwer, die Konversation mit Steffen in Gang zu halten, von ihm kam allerdings auch nicht viel. »Und, was sagt Tatjana dazu? Kommt sie mit?«

»Ja. Sie findet das ganz spannend. Vielleicht kann sie dort in ihrem Beruf als Kosmetikerin arbeiten, für die Expat-Damen, wer weiß? Oder sonst finden wir bestimmt irgendwas für sie. Wird sicher nett.«

Ich fragte jetzt nicht, was Expat bedeutete, um zu vermeiden, dass Steffen wieder sein leicht genervtes »Ach, Mama« hören ließ, mit dem er immer zum Ausdruck brachte, dass er mich wahlweise für alt, altmodisch oder begriffsstutzig hielt.

»Bestimmt«, sagte ich stattdessen. Tatsächlich war das ja nun der perfekte Aufhänger für das Thema, das mir momentan so am Herzen lag. »Du, Steffen, wir hatten ja schon mal darüber gesprochen, dass ich das Haus verkaufen will. Jetzt wird es konkret. Das junge Pärchen, von dem ich erzählt habe, der Sohn einer Freundin, sie wollen den Vertrag machen.«

»Na, das ist doch prima, dann sollen sie es nehmen«, sagte er abgeklärt. Ganz anders, als Caro noch eben reagiert hatte.

»Du willst es also definitiv nicht?«

»Nein«, erwiderte er schlicht.

»Okay.« Ich war ein bisschen verdattert über diese leidenschaftslose Antwort und musste erst einmal nachdenken, wie ich weiter mit ihm darüber sprechen konnte. »Ich hatte nur überlegt, ob du es nicht bereuen könntest, wenn du und Tatjana… wenn ihr mal Kinder bekommt…«

»Ach, Mama, ich weiß gar nicht, ob Tatjana und ich überhaupt Kinder haben wollen. Uns gefällt unser Leben so, wie es ist. Und was das Haus angeht… Hier haben wir eine schöne Wohnung, und ein Haus bedeutet verdammt viel Arbeit. Ich hänge nicht an dem alten Kasten und will schon gar nicht in irgendeinem Vorort leben. Jetzt gehen wir ja ohnehin erst mal nach China, und wer weiß, wo wir dann leben werden? Vielleicht kommen wir gar nicht wieder zurück nach Bremen, keine Ahnung.«

Das war ja vielleicht ein Tag. Meine Kinder waren definitiv erwachsen geworden. Sie waren weggezogen und würden auch nicht wiederkommen. Meine Entscheidung, mich von dem Haus zu trennen, fühlte sich immer richtiger an.

»Es ist also in Ordnung für dich, wenn ich das Haus verkaufe?«

»Ja, sicher. Ist doch auch besser für dich. Dann hast du diesen ganzen Ballast nicht mehr.«

Einerseits war ich erleichtert über seine Antwort, da ich das Haus ja praktisch schon verkauft hatte. Andererseits war ich schockiert darüber, dass er seinem Elternhaus so ohne Emotionen gegenüberstand.

»Falls du ein paar Sachen behalten möchtest, solltest du bald vorbeikommen«, sagte ich schnell, denn ich merkte, wie sich ein Kloß in meiner Kehle bildete. »Ich bin beim Aussortieren und möchte vor unserer Abreise alles weghaben, was nicht in meine neue Wohnung mitkommt. Wir fahren ja schon in ein paar Wochen.«

»Geht klar, ich komme morgen oder übermorgen vorbei. Aber ich werde nur ein paar Dinge aus meinem Zimmer mitnehmen. Ich hab ja eigentlich schon alles.«

»Ist gut. Ruf am besten vorher an, ich bin viel unterwegs momentan.«

»Gut, bis dann!« Und schon hatte er aufgelegt.

Immerhin hatte er mich über die Neuigkeiten in seinem Leben informiert. Das war doch nett. Aber nur informiert, nicht um Rat gefragt. Er traf seine Entscheidungen längst unabhängig von mir. Ich war nicht mehr der wichtigste Mensch in seinem Leben, eher eine Randfigur.

Der lösliche Kaffee, den ich mir gemacht hatte, schmeckte fahl. Ich goss ihn weg. Dann nahm ich mir eine leere Kiste und ging zurück ins Schlafzimmer. Unsere Post und die meisten der Bücher kamen zum Altpapier, die Briefmarkenalben würde ich einem Sammlerverein überlassen. All das hatte in meinem neuen Dasein nichts mehr verloren.

8

Christine

Endlich war es so weit – wir standen am Flughafen. Drei aufgeregte Hühner mit gerade noch vom Gewicht her toleriertem Handgepäck plus Handtaschen. Was hatte ich in den vergangenen Wochen alles erledigt: im Internet recherchiert, Sonnencreme und Mückenspray gekauft, mit meinen Schwestern telefoniert und gesimst, damit alle immer auf dem gleichen Stand waren, eine neue Wanderhose gekauft, Schuhe und ein hübsches Sommerkleid, Reiseführer gewälzt, alles eingepackt und wieder ausgepackt …

Beate hatte unseren Aufenthalt bei Leo mit ihm abgesprochen – wofür Mona und ich ihr dankbar waren –, Hotels an unseren Reisezielen herausgesucht, die wir aber erst vor Ort festmachen wollten, wenn wir wussten, wo genau wir abstiegen, und ellenlange Listen mit Sehenswürdigkeiten an den jeweiligen Orten erstellt. Ich hatte mich um unser *Around-the-World*-Flugticket und die Planung der einzelnen Flüge gekümmert. Erst einmal hatten wir drei Tage in Schwedens Hauptstadt vorgesehen, von dort wollten wir unsere Route um die Welt Richtung Osten fortsetzen. Die Flugdaten ließen sich zur Not gegen Gebühr umbuchen, für den Fall, dass wir wider Erwarten länger bei Leo brauchen sollten. Nun hatten wir einen dicken Umschlag voller Tickets. Ich hatte ziemliche Recherchearbeit geleistet und war froh, dass es endlich losging.

Mona hatte ihr Versprechen wahr gemacht und uns für drei Nächte Zimmer im Grand Hôtel Stockholm gebucht – Superior-Zimmer mit Aussicht. Ich wollte nicht wissen, was sie dafür hatte hinlegen müssen. Leo hatte uns natürlich angeboten, bei ihm zu Hause in Djursholm zu wohnen, aber Mona hatte bereits das Fünf-Sterne-Hotel gebucht. Um ehrlich zu sein, waren wir ganz froh, eine Ausrede zu haben, denn wir wussten ja nicht, was das Zusammentreffen mit Leo brachte. Ich hoffte sehr, dass wir uns aussprechen konnten und wieder versöhnen würden. Mir waren diese Spannungen in der Familie schon immer sehr unangenehm gewesen.

Unserer ältesten Schwester ging es offenbar nicht so. Sie war da nicht so sensibel, und wenn ihr etwas nicht passte, tat sie es kund, ohne Rücksicht auf Verluste. Sie war eine ehrliche Haut, hatte aber leider die Diplomatie noch nicht für sich entdeckt. Wenn sie beschloss, auf stur zu schalten, dann ging nichts mehr. Von ihr hing es ab, ob es uns gelang, einen Weg zueinander zu finden. Und natürlich ebenso von Leo. Er war zwar derjenige gewesen, der den Kontakt gesucht hatte, aber im Grunde hatte er nichts zu verlieren. Wenn wir uns wieder näherkamen, war das bestimmt schön für ihn, wenn nicht, änderte sich für ihn nichts. Und stur konnte er auch sein, du meine Güte!

Ich erinnerte mich noch gut an die zahlreichen Auseinandersetzungen mit meinen Schwestern und unseren Eltern. Er ließ sich nie etwas gefallen, seine Wutausbrüche waren gefürchtet. Manchmal sah man ihn tagelang nicht, wenn ihn etwas ärgerte oder beschäftigte, dann zog er sich einfach zurück in sein Zimmer oder wer weiß, wohin. Oft knallte es dann noch einmal extra mit Mona, die sich seinen Ärger nicht gefallen lassen wollte. Beate war die emotionalste von uns, diejenige, die schnell weinte, wenn etwas querlief. Andererseits nahm sie die Stimmungen der anderen nicht so gut wahr, da konnte sie ein ähnlicher Trampel sein wie Mona.

Die Einfühlsamste unter uns Geschwistern war wohl ich. Oft musste ich den Streit zwischen meinen Schwestern schlichten. Meistens war es um ganz banale Dinge gegangen, aber die eine verstand nie, was die andere wollte, und so stritten sie aneinander vorbei. Ich versuchte zu beruhigen und sprach mit beiden. Die Lösungsvorschläge, die ich ihnen dann brachte, verblüfften sie meistens, und sie fragten sich hinterher, warum sie nicht selbst darauf gekommen waren, manchmal auch, warum sie überhaupt gestritten hatten.

Seltsam, dass mir diese Fähigkeit in meiner eigenen Ehe nicht zugutegekommen ist, schoss es mir jetzt durch den Kopf. Aber wahrscheinlich war es immer schwieriger, den Weg zu finden, wenn man selbst derjenige war, der ihn suchte.

»Alle Passagiere für den Flug DY4506 nach Stockholm begeben sich bitte zum Gate 15.«

Ich erwachte aus meinen Erinnerungen. Etliche Leute um uns herum nahmen hektisch ihre Handgepäckstücke und liefen los – in unterschiedliche Richtungen.

»Oje, das ging aber schnell. Wo müssen wir hin? Habt ihr's schon entdeckt?«, fragte Beate.

Wir waren auf den letzten Drücker am Flughafen angekommen, hatten gerade eben erst die Sicherheitsschleuse passiert und waren noch etwas orientierungslos.

»Da lang«, rief ich, als ich ein Hinweisschild entdeckte. Wir griffen nach unseren Rucksäcken, die wir auf dem Boden abgestellt hatten, und hasteten los, die Tickets in der Hand.

»Nicht so schnell«, rief Mona, bevor es plumps machte. »Ah, verdammt, so ein Mist!«

Beate und ich blieben stehen und drehten uns um. »Was ist denn …? Oh.« Mona war wohl mit dem Fuß im Träger ihres Rucksacks hängen geblieben, und nun lag sie bäuchlings auf den glänzenden hellen Fliesen. Ihr Rucksack, den sie sich ganz neu in einem Outdoorladen gekauft hatte – soweit ich wusste, hatte sie in ihrem ganzen bisherigen Leben noch nie einen besessen –, hing noch an ihrem Knöchel, ärgerlich rieb sie sich das Knie.

Beate und ich konnten nicht anders, prustend platzte das Lachen aus uns heraus.

»Sehr witzig«, grummelte Mona und versuchte aufzustehen, was ihr aber nicht so recht gelang, weil sich der Träger des schweren Rucksacks um ihr Bein gewickelt hatte und sie nun wie ein Betonklotz herunterzog. Gleichzeitig war ihr der Tragegurt ihrer Handtasche um den Hals gerutscht, sodass sie aussah wie einer dieser Bernhardiner-Lawinenhunde mit dem Fässchen am Halsband. »Könnte mir vielleicht mal jemand helfen?«

Erneut ertönte die Durchsage: »Die Passagiere des Fluges …«

Beate und ich versuchten uns zusammenzureißen. Ich zog Monas Rucksack hoch, Beate reichte ihr die Hand.

»Na endlich.« Mona war tatsächlich ein bisschen angesäuert. »Danke, dass ihr euch bequemt habt, mir zu helfen. Zum Glück kam gerade der zweite Aufruf für unseren Flug, sonst hättet ihr mich wahrscheinlich bis morgen hier liegen lassen.« Sie sammelte ihre Siebensachen ein und schüttelte den Kopf. Aber als sie in unsere Gesichter sah, die rot vom Lachen waren, musste auch sie grinsen. »Ihr seid mir ja schöne Reisebegleiter. Möchte gar nicht wissen, was ihr mit mir macht, wenn ich am Machu Picchu in eine Felsspalte falle. Wahrscheinlich lasst ihr mich einfach da liegen.«

»Nein, das machen wir natürlich nicht«, sagte Beate und hakte sich bei Mona unter. »Es war bloß zu komisch …«

»Na ja, und dass es gerade dir passiert ist«, ergänzte ich und nahm Monas anderen Arm. So setzten wir unseren Marsch Richtung Gate fort. »Unsere Grande Dame ist genauso aufgeregt wie wir. Das ist ziemlich beruhigend.«

»Was ihr immer mit mir habt. Natürlich bin ich aufgeregt, was denkt ihr denn? Bloß weil ich schon oft geflogen bin und in vielen Städten der Welt unterwegs war, soll ich nicht mehr aufgeregt sein?« Sie schob ein zischendes »Pff« hinterher.

»Ich schätze, es ist tatsächlich, weil du immer so schick bist und weltgewandt wirkst. Man kann sich einfach nicht vorstellen, dass dir mal ein Missgeschick passiert.«

»Oder überhaupt irgendetwas misslingt«, ergänzte Beate. »Neben dir kann man sich leicht mal ganz klein und dumm fühlen.«

Abrupt hielt Mona an und zog uns so zusammen, dass wir einen Kreis bildeten. »Okay, ihr zwei, ich verrate euch jetzt mal ein Geheimnis. Eigentlich hätte ich gedacht, würdet ihr als meine Schwestern, als meine engsten Vertrauten, das längst wissen, aber anscheinend ist dem nicht so.« Sie legte eine dramatische Pause ein, dann näherte sie sich unseren Gesichtern und flüsterte verschwörerisch: »Das ist alles nur Show.« Sie zog ihren Kopf wieder zurück und bedeutete uns mit einem Ruck weiterzugehen. »Ich habe gelernt, meine Makel zu vertuschen oder als Stärken zu verkaufen, je nachdem. Insgeheim bin ich furchtbar unsicher. Ich würde mich sogar als schüchtern bezeichnen, ihr habt ja gar keine Ahnung, was ich alles täte, wenn ich mich nur trauen würde.«

Ich war erstaunt und beeindruckt zugleich. Konnte das wirklich sein? War Mona tatsächlich ein normaler Mensch? Eine von uns?

Beate sah skeptisch aus. »Mona, das nehmen wir dir nicht ab.«

»Doch, ehrlich. Du weißt doch, wie das ist mit der Selbstsicht und der Fremdwahrnehmung. Ich kenne mich halt schon ziemlich lange und erinnere mich gut, wie ich früher war. Ich war nicht sehr beliebt in der Schule, wurde gehänselt wegen meiner roten Haare. Ich habe mich viele Dinge nicht getraut, und Unterstützung von zu Hause habe ich ja eh keine bekommen. Irgendwann kam dann ein Punkt, an dem ich mir sagen musste: Ist doch alles egal. Wenn du jetzt nicht anfängst, das zu tun, was dir wichtig ist, wirst du nie da hinkommen. Von da an bin ich mutiger geworden, habe häufiger den Mund aufgemacht und gemerkt, dass es wirklich was bringt. Heute bin ich bestimmt nicht mehr richtig schüchtern, aber es gibt diese Momente noch, in denen ich unsicher werde, mich nicht traue. Dann verstecke ich mich hinter meiner Rolle, der weltgewandten, leicht verruchten Jazzsängerin Mona Rodin. Das klappt meistens. Ich habe dennoch nicht vergessen, wie ich früher war.«

»Es ist toll, das von dir zu hören, Mona«, sagte ich ergriffen. So hatte ich meine große Schwester noch nie betrachtet. »Ich glaube, diese Reise wird uns viel über uns zeigen und uns einander viel näher bringen.«

»Wenn wir nicht gleich unseren ersten Flug verpassen«, drängte Beate.

»Keine Sorge«, Mona wies auf ein Hinweisschild, »wir sind da.«

9

Christine

»*Du gamla, du fria, du fjällhöga nord …« Du alter, du freier, du gebirgiger Norden …* Die schwedische Nationalhymne schallte uns am Ausgang des Stockholmer Hauptbahnhofs, wo wir mit dem Arlanda-Express vom Flughafen aus angekommen waren, von einem Straßenmusiker entgegen. Die strahlende schwedische Vormittagssommersonne ließ mich blinzeln. Stockholm. Es war schön, wieder hier zu sein. »*Jag hälsar dig, vänaste land uppå jord, din sol, din himmel, dina ängder gröna …*«, sang der Mann weiter. War er ein Student? Er wirkte sehr jung, hatte aber eine schöne, reife Stimme. *Ich grüße dich, lieblichstes Land der Erde, deine Sonne, deinen Himmel, deine grünen Wiesen.* Wie passend. Ich grüße dich auch, du wunderschönes Land. Ich war glücklicher, wieder in Stockholm zu sein, als ich gedacht hätte.

»Was singt er, Christine?«, fragte mich Beate.

»Das ist die schwedische Nationalhymne. Sie handelt von der Schönheit Schwedens und von seinen ruhmreichen Zeiten.« Und davon, dass der Sänger im Norden leben und im Norden sterben will, dachte ich den Text still weiter. Unvermittelt stiegen mir Tränen in die Augen, und ich musste mich wegdrehen. *Jan.* »Da ist der Taxistand«, rief ich schnell. »Oder wollt ihr mit der *tunnelbana* fahren?«

»*Tunnelbana?*«, fragte Beate. »Ist das hier die U-Bahn?«

»Genau.«

Beate war die Einzige von uns dreien, die noch nie in Schweden gewesen war.

»Moment mal, wieso kennst du die schwedische Nationalhymne, Christine? Sprichst du etwa Schwedisch?«, fragte Mona.

»Ja, etwas. Ich habe doch ein Semester in Schweden studiert, Biologie. In Uppsala. Die Seminare für uns Austauschstudenten waren zwar auf Englisch, aber wir haben trotzdem alle einen Schwedisch-Kurs belegt.«

»Ach ja«, sagte sie, »stimmt ja. Hatte ich ganz vergessen. Trotz meiner Aufenthalte hier habe ich kaum etwas von der Sprache behalten. Bist du auch schon mal in Stockholm gewesen?«

»O ja. Das erste Mal mit Heiko, dann ein paarmal während des Auslandssemesters und danach ein weiteres Mal im Urlaub mit Heiko und den Kindern. Ich mag die Stadt.« Obwohl hier damals das Unglück mit Jan begonnen hatte.

»Ich auch«, flüsterte Mona.

»Wann bist du noch mal hier gewesen, Mona?«, fragte Beate. »War das nicht während irgend so einer Europatournee?«

»Vor ziemlich genau fünfzehn Jahren. Und richtig, es war eine Art Festivaltournee, ich bin in mehreren Städten Europas aufgetreten. Sie startete in Berlin und endete in Stockholm. Ein paar der Musiker kamen aus Stockholm, sie haben mir nach Abschluss der Tournee die Stadt gezeigt.«

Ich sah Mona an. Sie wirkte nachdenklich. Eine Weile sagte keine von uns ein Wort. Ich wollte jetzt nicht über Jan sprechen, hatte Mona ohnehin noch nie von ihm erzählt, und Mona schien ebenso nicht mehr erzählen zu wollen. Ich wusste nicht, welche Leiche sie im Keller begraben hatte, nur dass sie öfter in Stockholm gewesen war.

»Nehmen wir ein Taxi«, sagte Mona, griff nach ihrem großen Rollkoffer und marschierte los.

Als der Fahrer unsere drei Riesenkoffer eingeladen hatte, setzte sich das Taxi in Bewegung. Ich saß vorne. Das Beifahrerfenster war heruntergelassen, und er fragte freundlich, ob uns das stören würde. Ich verneinte, bevor die anderen etwas erwidern konnten. Ich wollte gern die warme Luft auf meiner Haut spüren, wollte so viel wie möglich von dieser Stadt aufsaugen. Wir fuhren vorbei am Sheraton-Hotel, was mich innerlich zum Jubeln brachte, denn das bedeutete, er nahm die touristische Route am Wasser entlang und fuhr nicht durch die um die Mittagszeit sicherlich verstopfte Innenstadt.

Ich lehnte mich aus dem Fenster und konnte gerade noch einen Blick auf das Stadshus mit seinem markanten Turm erhaschen. Vor uns erhob sich bereits das halbrunde Riksdagshus, der schwedische Reichstag, auf seiner Insel, und nur ein kleines Stück weiter befanden wir uns vor der Königlichen Oper, während rechts von uns, auf der anderen Seite des Wassers, das Kungliga Slott, das Königliche Schloss, sichtbar wurde. Dahinter befand sich Stockholms Altstadt. Wir würden auf jeden Fall ein paar Stunden Sightseeing einplanen müssen.

Unser Chauffeur wurde nicht müde, uns auf die vielen

Sehenswürdigkeiten auf unserem Weg hinzuweisen – in perfektem Englisch, obwohl er anscheinend Inder oder Pakistani war. Schon tauchte das Grand Hôtel vor uns auf.

»Machen Sie Urlaub in Stockholm?«, fragte er.

»Ja, unter anderem«, antwortete ich auf Schwedisch.

»Oh, Sie sprechen Schwedisch?«, fragte er interessiert.

»Ja, ein wenig, ich habe ein Semester in Schweden studiert. In Uppsala«, fügte ich hinzu.

»Wie interessant«, sagte er. »Meine Tochter studiert auch in Uppsala. Meteorologie. Mein Sohn ist in Lund an der Universität. Waren Sie schon einmal in Stockholm?«

»Ja. Und ich genieße es, wieder hier zu sein.« Solange die Erinnerungen wegbleiben, fügte ich in Gedanken hinzu.

»Wenn Sie Zeit haben, sollten Sie eine Fahrt in die Schärengärten unternehmen. Sie sind wirklich wunderschön.«

»Wir werden es versuchen. Aber wir wollen unserer Schwester«, ich zeigte auf Beate, »erst mal die Stadt mit den wichtigsten Sehenswürdigkeiten zeigen sowie die schönen Parks und Geschäfte hier. Leider haben wir nicht allzu viel Zeit.«

Er nickte still. »Da wären wir.«

Wir hielten vor einem eindrucksvollen Gebäude. Mona hatte uns erzählt, dass das Luxushotel Ende des 19. Jahrhunderts erbaut worden war. Ein Page kam uns mit einem Wagen entgegen und nahm uns unsere Koffer ab. Oha, ich fing an zu fürchten, dass dieser Aufenthalt hier für mich eine Spur zu luxuriös werden könnte. Beate und ich tauschten Blicke. Ja, sie fühlte sich offenbar auch nicht ganz wohl ob solcher Behandlung.

Mona hingegen warf mit Schwung ihren Rucksack auf den Wagen, schüttelte ihre Lockenmähne und stolzierte voran, während ich den Taxifahrer bezahlte. War sie jetzt wieder in ihre Rolle geschlüpft oder war sie einfach immer so?

Beate und ich schlenderten hinterher, wobei wir uns staunend (Beate) und glücklich (ich) umsahen. Nicht nur das imposante Hotel selbst raubte uns den Atem, sondern vor allem die Lage. Direkt auf der anderen Straßenseite befand sich der Kai, an dem ein paar Schärenschiffe und Yachten lagen, gegenüber des Ausläufers der Ostsee thronte das Schloss. Wandte man den Blick weiter nach links, schaute man an den Inseln Stadsholmen mit Gamla Stan und Skeppsholmen vorbei, wo das alte Segelschiff Af Chapman lag, das heute eine Jugendherberge war. Södermalm konnte man mehr erahnen als sehen. Ein ganz eigener Stadtteil, etwas alternativ und ein Paradies für Nachtschwärmer, Kneipengänger und Künstler.

Stockholm war auf vierzehn Inseln errichtet worden, und Wasser war allgegenwärtig. Wir sollten wirklich eine Sightseeingtour mit dem Boot unternehmen, überlegte ich und wünschte mir, dass unser Aufenthalt länger dauern könnte als drei Tage und Nächte. Länger in dieser atemberaubend schönen Stadt zu verweilen wäre ein Traum. Aber schon jetzt saß uns der Zeitplan unserer Weltreise im Nacken.

Die Aussicht aus meinem Zimmer war unglaublich. Ich saß bestimmt eine halbe Stunde auf dem breiten Sessel vor dem offenen Fenster und versank im Anblick der Stadt. Die Schuhe hatte ich abgestreift und meine Füße auf die Fensterbank gelegt. Die Schiffe, das glitzernde

Wasser, die Menschen, die von der Arbeit kamen und zur U-Bahn oder zum Bus hasteten, die Touristen, all das sog ich auf und verlor mich ein Stück weit in mir selbst, bis es lautstark an meiner Zimmertür klopfte. Mona hatte uns tatsächlich Einzelzimmer besorgt. Einerseits war das ganz nett, so konnten wir uns langsam an das Zusammensein gewöhnen, andererseits auch ein wenig seltsam für mich. Ich wäre gut mit einer sehr intensiven Schwesternzeit klargekommen. Aber wir wussten ja, dass Mona ihre Privatsphäre schätzte.

»Christine, schläfst du?«, hörte ich Beates Stimme von der Tür.

»Nein, ich komme.« Mühsam erhob ich mich von meinem Sessel. Meine Beine waren ganz steif. Wie eine alte Frau humpelte ich zur Tür. »Komm rein.«

»Ich habe ausgepackt, geduscht und Leo eine WhatsApp geschickt, dass wir gut angekommen sind. Er fragt, wann wir ihn besuchen wollen. Er hat morgen frei. Außerdem hat er zum Mittsommerfest am Nachmittag ein paar Freunde eingeladen, und wir sind dazu ebenso herzlich willkommen. Er meinte, wir sollten uns das nicht entgehen lassen. Samstag und Sonntag hat er auch noch Zeit.« Sie schaute bedeutungsschwanger über den Rand ihrer Brille hinweg.

»Er möchte uns also wirklich sehen«, resümierte ich.

»Zumindest muss ihm die Sache mit den Tagebüchern und den Briefen ziemlich wichtig sein.«

»Na, dann sollten wir wohl gleich morgen Vormittag zu ihm fahren. Vielleicht so gegen zehn?«

»Genau das hat er auch vorgeschlagen. Wir könnten gleich nach dem Frühstück los. Åsa freut sich schon, sagt er.«

»Åsa … Es ist Jahre her, dass wir uns zum letzten Mal gesehen haben.«

»Zu seiner Hochzeit war ja niemand aus unserer Familie eingeladen. Seine Kinder wissen wahrscheinlich nicht einmal etwas von der buckligen Verwandtschaft aus Deutschland.«

»Ich habe hin und wieder eine Karte geschickt, zu den Geburten, zu Weihnachten und so, das weißt du ja. Åsa habe ich, glaube ich, nur drei Mal getroffen, zuletzt auf der Beerdigung unserer Mutter vor zehn Jahren. Einmal ganz am Anfang, als sie in Bremen waren, um Leos Wohnung aufzulösen, sind wir uns abends zufällig im Ostertorviertel über den Weg gelaufen. Er wollte ihr wohl ein paar Kneipen zeigen. Dann noch einmal etwas später mit Heiko während unseres ersten Skandinavienurlaubs kurz nach Vaters Tod. Heiko hat darauf bestanden, Leo kennenzulernen, er hat einfach nicht verstehen können, wie man den Kontakt zu seinen Geschwistern abreißen lassen kann. Ich konnte ihm nie begreiflich machen, was eigentlich zwischen uns stand. Aber vielleicht war das auch nicht zu begreifen.« Ich zuckte mit den Schultern.

»Jedenfalls waren auf Leos und Åsas Hochzeit nur ihre Brüder und ihre Eltern und die beiden Trauzeugen. Ich kann gar nicht verstehen, dass Leute nicht richtig groß feiern wollen, wenn sie heiraten.«

»Vielleicht haben sie nur Åsas engste Verwandtschaft eingeladen, weil sonst mehr aufgefallen wäre, dass nur Gäste von ihrer Seite dabei waren«, mutmaßte ich.

»Könnte sein.« Beate dachte nach. »So oder so kann man verstehen, dass Leo uns nicht dabeihaben wollte. Wir waren so wütend auf ihn, dass wir ihm nie mehr eine Chance gegeben haben.« Beate wirkte aufrichtig traurig.

»Ich freue mich wirklich auf morgen. Aber ich habe auch Angst. Vielleicht werden wir endlich mal unseren Bruder kennenlernen. Also so richtig, meine ich.«

»Es ist zweifellos ziemlich aufregend. Ich hoffe, dass Mona sich vernünftig benimmt.«

»Das hoffe ich auch ...« Beate seufzte.

»Wie kommen wir eigentlich zu ihm? Hat er was gesagt?«

»Wie, du hast ihn schon mal besucht und weißt nicht mehr, wo er wohnt?«, antwortete Beate erstaunt.

»Als Heiko und ich bei ihnen waren, wohnten sie noch in Åsas und Malins Studentenbude in Stockholm-Södermalm.«

»Bist du während deines Auslandssemesters nicht zu ihm gefahren?«

»Nein. Na ja, jein.« Ich zögerte einen Moment, dann erzählte ich weiter. »Ein Kommilitone hat mich einmal von Uppsala aus zu Leos und Åsas Haus in Djursholm gefahren, da waren sie gerade erst eingezogen. Aber ich habe keine Erinnerungen mehr daran, erst recht nicht an den Weg. Wir saßen eine Weile davor im Auto und schwiegen uns an. Ich bekam plötzlich wieder Angst, nachdem unser Treffen in Södermalm nicht besonders ... wie soll ich sagen ... harmonisch verlaufen war, und bat meinen Begleiter, mich schnell wieder zurückzufahren.«

»Okay, Moment. Das ist ja interessant. Ich habe ganz offenbar überhaupt keine Ahnung. Was war das bitte für ein Kommilitone?«

Ich stöhnte innerlich auf und rieb mir über die Augen. »Jan. Er studierte auch Biologie in Uppsala und war in meinem Seminar. Er war ein bisschen in mich verknallt.«

Sie musste nicht alles wissen. Ich hatte nicht vor, jemals irgendjemandem zu erzählen, wer Jan war, wie viel er mir wirklich bedeutet und wie unschön alles geendet hatte. Nicht einmal meinen Schwestern, meinen engsten Vertrauten. Es war keine Geschichte, auf die ich besonders stolz war.

»Soso. Und er hat dich mal eben so zu deinem Bruder gefahren, der keinen Kontakt mit dir haben wollte?«

Ich zuckte mit den Schultern. »Wie gesagt, er war halt in mich verliebt. Wahrscheinlich wollte er mir damit etwas Gutes tun oder mir beweisen, dass er trotz meiner seltsamen Familie zu mir stand. Was weiß ich.«

»Er muss ziemlich in dich verliebt gewesen sein.« Beate sah mich genau an, ich konnte ihrem Blick nicht standhalten und schaute zu Boden. »Na gut«, lenkte sie schließlich ein. »Und danke für die ›seltsame Familie‹.« Freundschaftlich knuffte sie mich in die Seite. »Kommen wir zur nächsten Frage. Wieso hast du Angst bekommen? Also, warum ist euer Treffen damals schlecht gelaufen?«

Ich musste einen Moment nachdenken, versuchte, mich in die Situation zurückzuversetzen. »Åsa hatte kurz davor gestanden, ihr Fotografiestudium abzuschließen, Leo hatte gerade erst im Krankenhaus angefangen. Sie waren verlobt, was ich aber zu dem Zeitpunkt noch nicht wusste. Wie gesagt, es war Heikos Idee gewesen, einen Abstecher zu ihnen zu machen, als wir auf dem Weg die Küste entlang nach Norden waren. Ich hatte keine Ahnung, was ich unserem Bruder sagen sollte, dennoch rief ich an. Åsa ging ans Telefon. Ich fragte nach Leo, er war nicht da. Also schilderte ich ihr unser Anliegen. Sie war sehr freundlich, meinte, dass wir natürlich vorbeikommen könnten. Leo sei abends wieder da. Also fuhren wir zu den beiden. Als wir dort ankamen, merkte ich gleich, dass etwas nicht stimmte. Leo war es offenbar nicht so recht wie Åsa, dass wir sie besuchten. Vielleicht hatte er auch einfach nur einen schlechten Tag, jedenfalls war er nicht sonderlich begeistert, uns zu sehen. Er sagte so etwas wie: ›Ich weiß zwar nicht, was ihr hier wollt, aber wenn ihr schon mal da seid, kommt rein.‹«

»Das war in der Tat nicht sehr nett von ihm. War damals schon irgendetwas geschehen? Mit unseren Eltern oder so?«

»Ich weiß es nicht. Warte ab, es kommt noch besser. Ich erklärte ihm, dass Heiko ihn gern kennenlernen wolle, wir auf dem Weg zum Nordkap seien und so weiter. Åsa brachte uns Getränke und etwas zu knabbern. Wir saßen auf einem kleinen roten Sofa. Um uns herum standen Kisten und Kartons, sie waren offenbar dabei zu packen für ihren Umzug nach Djursholm. Leo war zu Beginn nur kühl, aber später, als Heiko ihn zu unserer Familiensituation befragte, wurde er ungehalten, regelrecht wütend. Was ihn das anginge, und warum ihm eigentlich immer alle die Schuld gäben und so weiter. Ich habe das in dem Augenblick gar nicht verstanden. Also, was er insgesamt meinte, natürlich schon, aber warum er plötzlich so ärgerlich war auf Heiko und mich, das wollte mir nicht in den Kopf. Irgendwann sagte Heiko, dass es wohl momentan keinen Zweck hätte, miteinander zu reden, dass er und ich es allerdings schön fänden, wenn man sich grundsätzlich wieder annähern könnte. Leo erwiderte dann nur, dass er darauf gut verzichten könne.«

»Autsch«, sagte Beate. »Das war ja wie ein Schlag ins Gesicht. Allerdings hat dein Ex ganz gut reagiert in dieser aufgeheizten Stimmung.«

»Ja, das stimmt. Er konnte ziemlich diplomatisch sein.

Bis auf das Mal, an dem er mir mitgeteilt hat, dass man mit mir ja nichts mehr anfangen könne und er jetzt zu meiner besten Freundin ziehen werde.« Beate wollte etwas dazu sagen, aber ich winkte ab. »Ist schon gut. Jedenfalls sind Heiko und ich dann gegangen. Leo blieb mit verschränkten Armen und starrem Blick in seinem Sessel sitzen, Åsa begleitete uns zur Tür. Dort flüsterte sie mir etwas zu: ›Ihr habt leider einen schlechten Zeitpunkt erwischt. Ich dachte, es würde passen, aber vorhin hat deine Schwester angerufen.‹ Als sie meinen fragenden Blick sah, ergänzte sie: ›Mona. Sie hat ihn ziemlich angefahren. Sie wollte irgendwas von ihm haben, was er angeblich aus Bremen mitgenommen hatte, meinte, es würde ihr gehören. Sie hat ihm praktisch vorgeworfen, er hätte es ihr gestohlen. Und Leo glaubt nun, dass ihr ihn nur aushorchen wollt.‹ Als ich sie fragte, was das gewesen sein könnte, meinte sie: ›Das ist ja das Seltsame. Es soll sich bloß um ein paar Zeugnisse von ihr handeln und alte Fotos und Briefe. Leo wusste gar nichts davon. Wobei er ein paar Kartons aus Bremen bisher auch gar nicht ausgepackt hat. Er hat sie gleich in unser neues Haus geschafft, will sie irgendwann mal in Ruhe durchsehen.‹ Dann meinte sie, dass sie gar nicht verstehen könne, warum Mona diese Unterlagen so wichtig sind, zuckte mit den Schultern und umarmte uns beide. Danach sind wir gegangen.«

»Hast du jemals mit Mona darüber gesprochen?«, fragte Beate.

»Nein. Ich wollte es, aber wir hatten ja zwei Wochen Urlaub vor uns, und danach, als wir wieder zu Hause waren, habe ich es einfach vergessen. Es ist mir erst wieder eingefallen, als ich ein Jahr später mit Jan in dessen klapprigem kleinem Saab vor ihrem Haus in Djursholm saß und darüber nachdachte, warum wir eigentlich keinen Kontakt mehr hatten, was bloß unser ganzes Leben lang zwischen uns gestanden hat. Dann fiel mir auch die Sache mit den Familienfotos und Unterlagen wieder ein, und als mir klar wurde, dass ich sowohl von deren Existenz als auch über deren Verbleib nichts wusste, bin ich wieder abgehauen. Ich habe ein paar Tage später mit Mona telefoniert. Sie meinte, dass Leo einiges aus unserem Elternhaus mitgenommen hätte, darunter eben auch Ordner mit Zeugnissen und Fotos von ihr. Genau das hatte Åsa ja schon gesagt. Ich habe es dann dabei belassen und nicht weiter nachgebohrt, dachte wahrscheinlich, es wäre nichts Wichtiges und eine Sache rein zwischen den beiden.«

»Das nehme ich auch an. Seltsam ist allerdings, dass Mona Leo deswegen angefahren haben soll. Das hätte man doch ganz friedlich klären können. Interessant zu wissen wäre, ob diese ominösen Unterlagen inzwischen wieder aufgetaucht und bei Mona angekommen sind.«

Ich nickte. »Wir sollten sie fragen. Vielleicht können wir die Sache ein für alle Mal aus der Welt schaffen. Es ist ja alles so lange her, dass keiner mehr richtig weiß, um was es damals ging.«

»Das wäre schön«, stimmte Beate mir zu. »Eigentlich seltsam, dass wir uns von all diesen Kleinigkeiten so haben beeinflussen lassen, oder?«

»Ja, das ist richtig, dazu kam, dass wir alle Familien hatten und er so weit weg lebte. Schon wir drei Mädels hatten in den Jahren, als unsere Kinder noch kleiner waren, so wenig Gelegenheit, einander mal zu sehen. Irgendwie ist der Kontakt einfach eingeschlafen.«

»Was wirklich eine Schande ist. Und du hast recht, die vergangenen Jahre sind so vorbeigeflogen, es ist schon schwierig genug, sich regelmäßig um die Menschen zu kümmern, die einem wichtig beziehungsweise in der Nähe sind.«

»Wir geloben Besserung. Wenn Mona es zulässt…« Ich grinste. »Wo steckt sie denn eigentlich?«

»Sie wollte auspacken und duschen. Wir können ja mal bei ihr klopfen.«

»Ja, ist gut. Was wollen wir denn mit dem angebrochenen Tag anfangen? Gleich Sightseeing?«

»Von mir aus gern. Ich möchte von dieser Stadt, von der Mona und du so begeistert seid, so viel wie möglich sehen. Vielleicht können wir erst irgendwo eine Kleinigkeit zu Mittag essen.«

Mein Magen schien ob dieser Aussicht laut »Ja« zu schreien, denn augenblicklich meldete er sich mit einem Grummeln. Ich hatte seit dem Morgen nichts mehr gegessen, und auch da hatte ich vor Aufregung kaum mehr als einen Kaffee und ein Scheibe Toast mit Marmelade herunterbekommen. Man ging schließlich nicht alle Tage auf Weltreise.

»Das klingt sehr gut für mich«, stimmte ich zu. »Mal sehen, was Mona dazu sagt.«

Ich griff nach meiner Handtasche und einer Strickjacke. Kurz überlegte ich, meine etwas schickeren schwarzen Pumps mit dem kleinen Absatz aus dem Koffer zu holen – immerhin befanden wir uns in einer Großstadt –, entschied mich aber doch für meine bequemeren Outdoorsandalen, die robust waren und trotzdem nicht ganz so derb wie die Trekkingschuhe, die ich eingepackt hatte.

Beate und ich gingen zu Monas Zimmer hinüber. Gerade als ich klopfen wollte, sagte Beate: »Warte mal, da liegt ein Zettel vor der Tür.«

Ich sah zu meinen Füßen hinunter, tatsächlich. »Was steht drauf?«

»›Bin runter in die Cadier-Bar gegangen. Habe alles dabei für einen Ausflug in die City. Liebe Grüße, Mona‹«, las Beate vor. »Unsere werte Schwester. Wollte wohl schon mal ein bisschen die Atmosphäre genießen.«

»Aber nicht mit uns«, ergänzte ich.

Beate schaute mich bedeutungsschwanger an, ohne etwas dazu zu sagen. Wir wussten beide, dass wir uns mit Mona an unserer Seite auf den einen oder anderen Konflikt einzustellen hatten. Sie war eben durch und durch ein Einzelgänger.

Die Cadier-Bar. Obwohl ich nicht wusste, was uns dort erwartete, begann ich, mich unwohl zu fühlen. Sollte ich doch noch schnell zu den Pumps wechseln? Aber nein, wir würden ja viel laufen. Das wollte ich mir nun wirklich nicht antun.

Schweigend stiegen wir in den Lift und fuhren hinunter. Als wir die Bar betraten, sahen wir Mona schon von Weitem. Sie trug ein schwarzes Hemdblusenkleid mit einem zierlichen goldenen Gürtel, der ihre schlanke Taille betonte, und – natürlich – schwarze Pumps mit einem Absatz, mit dem ich mich gerade mal am Abend auf die Straße begeben würde, und selbst dann nur, wenn ich wüsste, dass ich mit dem Auto direkt vor die Tür fahren würde und mich vor Ort nicht von der Stelle bewegen müsste. Ihre kupferroten Locken hatte sie hochgesteckt, aber so, dass ihr ein paar Strähnen neckisch ins Gesicht fielen, in der Hand hielt sie ein großes Glas Weißwein. Angeregt unterhielt sie sich mit dem Barkeeper, der kurz aufsah, als er neue Kundschaft am Eingang entdeckte. Ihr Blick folgte seinem, und sie winkte uns fröhlich zu, als sie uns erkannte – bis sie unsere Outfits registrierte. Sie betrachtete zuerst Beates Jeans und ihre Ballerinas, dann meine Outdoorsandalen und den Sommerrock, den ich dazu trug. Mein Selbstbewusstsein nahm die nächste Treppe in Richtung Keller.

»Hallo, ihr beiden, da seid ihr ja endlich«, rief sie und warf nebenbei ein paar Geldscheine auf den Tresen. Keck nickte sie dem Barkeeper einen Abschiedsgruß entgegen und stolzierte eilig auf uns zu. Sie hakte uns beide unter und zog uns durch die Lobby zum Ausgang. »Na, ich schätze, wir werden wohl irgendwo draußen etwas essen. In den Lokalen des Hotels ist ja Smart Casual angesagt, da passt ihr zwei gerade nicht so richtig hin.«

»Oh, wie reizend von dir, Mona. Wir sind halt nicht solche Püppchen wie du«, donnerte Beate, sichtlich sauer. »Wir sind auf Weltreise, Himmel noch mal, und jetzt gerade wollen wir Sightseeing machen, nicht *Germany's next Topmodel* gewinnen. Hast du vor, in solchen Schuhen durch Neuseeland zu stolzieren, oder hast du noch etwas anderes dabei?«

»Für jede Situation das Passende, Schätzchen. Und nenn mich bitte nicht Püppchen.«

Beate lief rot an und drehte sich weg. Das tat sie immer, wenn die Gefahr bestand, dass sie ausfallend werden könnte. Ich legte meine Hand beruhigend auf ihren Unterarm und sagte zu Mona: »Bitte versuch, nicht so ein Snob zu sein, Mona. Wir werden uns den Rest der Reise nicht mehr in solchen Hotels aufhalten, deswegen haben wir eher bodenständigere Kleidung eingepackt. Falls wir heute Abend schick essen gehen wollen, brezeln wir uns ein bisschen auf. Stimmt's, Beate? Aber für den Moment ist es genau richtig so. Schaut mal, da vorne hat das Grand Hôtel ein kleines Café direkt an der Uferpromenade. Vielleicht könnten wir dort eine Kleinigkeit essen, in Ruhe aufs Wasser schauen und anschließend gestärkt die Innenstadt unsicher machen. Etwas Vernünftiges im Magen wird uns jetzt sicher allen guttun.«

Beate seufzte. »Wahrscheinlich hast du recht. Frieden, Mona?«

»Klar, von mir aus sowieso.«

»Vielleicht kannst du es uns nächstes Mal einfach ein bisschen freundlicher sagen, wenn dir etwas nicht passt, okay?«, ergänzte ich.

»Sicher.« Mona war noch eingeschnappt, aber das würde sich bald wieder geben.

Wir gingen über die Straße und fanden einen freien Tisch. Die Sonne wärmte unsere Gesichter, wir beobachteten die vorbeiziehenden Menschen, Touristen in leichter Sommerkleidung und Stockholmer in Anzügen und Kostümen, die von einem Termin zum nächsten hetzten, und die Schiffe, die vor uns an- und ablegten. Unser Mittagessen war köstlich, ich hatte mir ein Avocado-Sandwich und eine Cola bestellt, Mona war wieder beim Weißwein, gepaart mit einer Lachspaj, und Beate verschlang ihren Caesar Salad, als hätte sie seit Tagen nichts gegessen, doch die Preise verschlugen mir die Sprache. Wenn es hier draußen schon so teuer war, was würde dann wohl ein einfaches Abendessen in einem der Restaurants drinnen kosten? Ich hoffte, dass wir uns darin einig waren, es uns heute gut gehen zu lassen, aber in den nächsten Tagen und Wochen einen Gang herunterzuschalten. Beate war mit mir bestimmt einer Meinung, bei Mona war ich mir da nicht so sicher. Wir würden sehen.

Wir brachten Mona während des Essens auf den neuesten Stand, was den Besuch bei unserem Bruder am morgigen Tag anging.

»Christine hat erzählt, dass du vermutest, Leo hätte noch ein paar Sachen von dir«, sprach Beate dann die ominösen Unterlagen an, die schon für so viel Unmut gesorgt hatten. Ich hätte das Thema lieber unter den Tisch fallen lassen, aber Beate wirkte gänzlich unbekümmert.

»Was für Sachen?«, fragte Mona und sah in meine Richtung.

Danke, Beate, dachte ich. Nun hatte ich den Schwarzen Peter. »Ich weiß nicht genau. Irgendwelche Ordner, Zeugnisse, Fotos, keine Ahnung. Ich war doch damals mit Heiko mal bei Åsa und Leo, als sie noch in Södermalm wohnten. Unser Bruder war ziemlich kühl uns gegenüber gewesen, gelinde gesagt. Wir haben telefoniert, als ich wieder zurück war, und du meintest, er hätte ein paar Dinge von zu Hause mitgenommen, die dir gehören würden.«

Mona zog die fein gezupften Augenbrauen hoch. Warum nur traf man immer wieder auf Menschen, neben denen man sich klein und dumm vorkam? Und das trotz allem, was man erreicht und geschafft hatte, und obwohl man dem anderen womöglich überlegen war. Und warum nur war einer dieser Menschen meine Schwester? Da half es auch nicht, dass sie behauptete, sie wäre im Grunde gar nicht so. Ich konnte es ihr nicht recht abnehmen.

»Du meine Güte, das muss ja schon Jahrzehnte her sein. Keine Ahnung, was das war. Es ist jedenfalls nicht mehr wichtig. Ich habe in den vergangenen Jahren nichts vermisst. Und wenn doch, ist es längst ersetzt oder abgeschrieben.«

»Es muss dir aber zu der Zeit ziemlich wichtig gewesen sein. Du hast Leo offenbar ordentlich angemotzt.«

Ich sah zu Beate hinüber. Warum nur verfügte sie über das diplomatische Geschick einer Bratwurst?

»Ich kann mich wirklich nicht mehr erinnern.« Mona riss die Augen auf, was andeutete, dass dieses Gespräch anfing, sie zu nerven. »Oder weißt du etwa noch, mit wem du vor über zwanzig Jahren telefoniert hast und was du da gesagt hast?«

Beate schüttelte den Kopf und schien endlich lockerzulassen. Ich konnte mir nicht vorstellen, dass Mona sich weder an dieses Telefonat erinnerte noch daran, dass Leo angeblich wichtige Papiere mitgenommen hatte. Aber ich hatte auch überhaupt keine Lust, wegen dieser alten Kamellen wieder einen Streit mit meiner ältesten Schwester zu riskieren. Zumal ich mir denken konnte, worauf das Ganze hinauslief, sollte man sie auch noch der Lüge bezichtigen. Sie würde schnurstracks das Weite suchen.

»Ihr kennt mich doch, ich bin halt ziemlich emotional und schieße schnell mit dem raus, was mich stört«, setzte sie etwas versöhnlicher hinzu.

»Du wirst es morgen also nicht ansprechen?«

»Nein, das habe ich absolut nicht vor. Da gibt es wirklich Wichtigeres.«

Ich war erleichtert. Dann würde zumindest das Thema nicht wieder zu einem Streit zwischen unserem Bruder und uns führen. Tretminen gab es ja auch so noch genug. »Gut. Lasst uns überlegen, was wir uns gleich alles anschauen möchten.« Ich wollte das Thema wechseln und zog einen Stadtplan von Stockholm aus der Tasche, den ich von zu Hause mitgebracht hatte. »Absolute *must-sees* sind ja wohl Gamla Stan mit dem Stortorget, dem Marktplatz, und natürlich das Schloss, das Rathaus, in dessen Blauer Halle jedes Jahr das Essen nach Vergabe der Nobelpreise stattfindet. Sehenswert sind dort auch der Goldene Saal und ein Aufstieg auf den Turm, von dem aus man eine fantastische Aussicht über Stockholm hat. Dann wäre da noch der Reichstag, die Halbinsel Djurgården, wo unter anderem das Vasa-Museum, das Nordische Museum und das ABBA-Museum stehen. Da müssen wir sehen, ob wir so was auch anschauen wollen beziehungsweise die Zeit haben. Ansonsten ist Djurgården ein nettes Naherholungsgebiet, in dem sich das Freilichtmuseum Skansen befindet. Das könnte man mit einem Spaziergang am Kai entlang durch Östermalm verbinden, der Stadtbezirk ist mit seinen imposanten Gebäuden recht beeindruckend. Der Kungsträdgården ist ein sehr hübscher Park, in dem ab und an Konzerte stattfinden, im Winter gibt es dort eine Eislaufbahn. Dahinter beginnt das eher moderne Stockholm mit dem Stadtteil Norrmalm und dem architektonisch umstrittenen Platz Sergels Torg, in dessen Nähe sich das große Kaufhaus Nordiska Kompaniet befindet. Vom Sergels Torg kommt man direkt in die Drottninggatan, die interessant ist, wenn wir noch ein bisschen shoppen gehen wollen. Im Grunde ist alles gut fußläufig zu erreichen. Natürlich gibt es vieles mehr zu sehen, aber ich denke, das schaffen wir gar nicht an einem halben Tag. Worauf also hättet ihr am meisten Lust?«

»Klingt alles toll«, meinte Beate, die sich die Stationen auf dem Stadtplan mit angeschaut hatte. »Arbeite doch mal einen Spaziergang mit den wichtigsten Highlights durch die Innenstadt aus, Christine. Wir folgen dir einfach. Nicht, Mona?«

»Klar.« Mona hatte entspannt zurückgelehnt mit verschränkten Armen zugehört, zeigte sich jedoch nicht weiter interessiert.

»Gern. Am Abend könnten wir nach Södermalm fahren oder laufen, je nachdem, wie fit wir noch sind, und dort in ein Restaurant oder eine Kneipe einkehren, wenn ihr Lust habt«, fuhr ich fort. »Dann würde ich sagen, laufen wir jetzt erst mal zu der Brücke da vorne.« Ich zeigte auf eine Brücke schräg gegenüber von unserem Aufenthaltsort. »Von dort aus kommen wir nach Gamla Stan. Wir können zum Schloss schlendern und zur Tyska Kyrka, der Deutschen Kirche, weiter zum Ritterhaus und zu verschiedenen Palais. Das wird wahrscheinlich die meiste Zeit in Anspruch nehmen. Von dort aus gehen wir über diese kleine Brücke hier«, ich zeigte wieder auf den Stadtplan, »rüber nach Riddarholmen und von dort aus weiter Richtung Stadshuset. Dann müssen wir über den Verkehrsknotenpunkt beim Hauptbahnhof, Slussen, der aber auch nicht ganz uninteressant ist, weil sich dort die Schleuse befindet, die den Mälar-See von der Ostsee trennt. Von dort aus weiter zur Drottninggatan, Sergels Torg, Kungsträdgården und nach alldem wahrscheinlich erst mal wieder für ein kurzes Päuschen zurück ins Hotel. Da können wir immer noch überlegen, was wir am Abend machen wollen. Was meint ihr?«

»Prima! Dann lasst uns schnell zahlen und losmarschieren.« Beate freute sich. »Mona, meinst du, du schaffst das, oder möchtest du dir doch eben im Hotel andere Schuhe anziehen?«

»Pfff«, stieß Mona verächtlich aus. »Bei mir ist alles gut. Das hier sind meine bequemen Stadtschuhe.«

Ich sah sie vor meinem inneren Auge mit ihren Pumps auf dem Machu Picchu herumstöckeln und lachte. »Auf geht's.« Wir standen auf und schnappten uns unsere Taschen.

Völlig erschöpft fielen wir ein paar Stunden später im Grand Hôtel auf mein Bett, ließen Taschen und Einkaufstüten fallen und streiften die Schuhe von unseren Füßen.

»Wie bescheuert, am Anfang einer Weltreise so viel einzukaufen«, schimpfte ich mit mir selbst. »Wo soll das bloß noch hinführen?«

»Aber die Sachen waren einfach so toll und gerade reduziert«, sagte Mona.

»Und wir müssen unseren Lieben zu Hause doch auch etwas mitbringen«, ergänzte Beate.

»Ja, stimmt, aber …« Ich seufzte. »Zum Glück habe ich einigermaßen sparsam gepackt, ich dachte mir schon, dass sich während der sechs Wochen einiges an Kram ansammeln würde. In Zukunft muss ich mich wirklich zurückhalten, bitte stoppt mich das nächste Mal.«

»Mich auch«, sagte Beate.

»Mich auch«, stimmte Mona müde mit ein. »Aber bevor ich gleich auf deinem Bett einschlafe, Christine, will ich lieber mal schnell duschen gehen.« Ächzend erhob sie sich. »Wie geht es danach weiter? Mit dem Taxi nach Söder? Oder lieber schick essen in der Oper im Operakällaren oder hier im Hotel?«

»Ach, ich brauche nichts Schickes. Lieber was, wo sich der Stockholmer so trifft, wenn er einen netten

Abend verbringen will«, meinte Beate. »Dieses Södermalm klingt doch gut. Und ausnahmsweise gern mit dem Taxi, ich bin nämlich völlig fertig.«

»Da wäre ich dabei. Mona, kennst du dort ein nettes Lokal?«

»Ich denke schon. Wenn es die noch gibt, in denen ich früher immer war ... Vielleicht das Fasan, das ist sehr nett. Befindet sich in einer ehemaligen Bierhalle, man serviert schwedische Hausmannskost. Da gehen viele Stockholmer Kulturschaffende hin. Daneben gibt es einen Klub, wenn wir noch abfeiern wollen.« Sie grinste. »Das Nytorget 6 ist nicht weit davon entfernt und auch sehr gemütlich, ebenfalls mit schwedischer Hausmannskost, aber nicht ganz billig.«

»Klingt beides perfekt«, sagte Beate.

»Gut. Also, wo soll es hingehen?«

»Entscheide du, Mona.«

»Okay, ich würde sagen, wir versuchen es erst mal mit dem Fasan. Ist ein bisschen größer, da haben wir möglicherweise bessere Chancen, einen Tisch zu bekommen. Ich werde in der Rezeption anrufen und sie bitten, uns ein Taxi zu bestellen, für ... sagen wir, in einer halben Stunde?«

»Gut. Dann wollen wir uns mal beeilen!«, sagte ich.

Eine Dreiviertelstunde später standen wir vor dem Fasan. Wir hatten alle geduscht und uns umgezogen. Ich hatte mich für meinen geblümten knieumspielenden Sommerrock und ein hellblaues Top entschieden, darüber trug ich eine kurze beigefarbene Strickjacke. Meiner Ansicht nach hätten dazu auch meine geliebten Teva-Sandalen wieder gepasst, aber das traute ich mich nach heute Mittag nicht, also hatte ich meine schwarzen Pumps aus dem Koffer gekramt. Die mit Monas Schuhen natürlich wieder mal nicht mithalten konnten. Ihre Füße zierte ein edles Paar spitzer schwarzer High Heels, die mit einer Blume verziert waren. Dazu trug sie eine dunkelgrüne samtene Hose mit ausgestelltem Bein und ein schwarzes Spitzentop mit Blazer. Sie musste einen Zauberkoffer haben, der einfach alles schluckte, was man in ihn hineinstopfte.

Beate stieß mich an und zeigte auf Monas Hände. Ihre Nägel waren rot lackiert, und zwar makellos. Es gab keine Anzeichen, dass sie irgendwo übergemalt hätte, keine Ungleichmäßigkeiten.

»Wann, um alles in der Welt, hat sie es denn noch geschafft, sich die Nägel zu lackieren?«, raunte ich Beate zu.

»Keine Ahnung, ich hab's gerade mal geschafft, nicht mehr zu müffeln und meine Haare einigermaßen in den Griff zu bekommen«, sagte sie.

Ich musterte sie. Beate hatte ihre brünetten, zu einem Bob geschnittenen Locken mit dezenten Spangen zurückgesteckt. Sie trug einen knielangen dunkelblauen Rock, dazu eine geblümte Bluse über einem weißen Top. Sie sah hübsch aus, frisch und fröhlich, sie leuchtete von innen heraus, so, als ob es ihr wirklich gut ginge.

»Du siehst toll aus«, erwiderte ich aufmunternd.

»Danke. Aber sind sie nicht eklig, diese perfekten Menschen?«, fragte sie und nickte in Richtung Mona, die uns gerade nicht hören konnte, weil sie den Taxifahrer bezahlte.

Ich knuffte sie in die Seite, konnte mir ein Grinsen dennoch nicht verkneifen. »Denk daran, niemand ist perfekt. Wir glänzen eben vor allem mit unseren inneren Werten.« Ich lachte und hakte mich bei ihr unter.

»Was gibt es zu kichern?«, fragte Mona, als sie zu uns kam, erwartete aber keine Antwort und hakte sich auf meiner anderen Seite unter. »Hier ist es also. Sollen wir reingehen? Ich habe einen Bärenhunger.«

»Ja, los, ich auch«, sagte Beate.

Wir setzten uns gerade in Bewegung, da blieb ich plötzlich stehen. Ich hatte etwas entdeckt. »Es ist seltsam, aber das Haus da drüben, das kommt mir irgendwie bekannt vor. Wie heißt die Straße hier?«

»Blekingegatan«, sagte Mona.

Ich stutzte, überlegte. »Ich bin mir nicht ganz sicher, ich glaube allerdings, dass Leo und Åsa damals dort schräg gegenüber gewohnt haben. Ist ja schon ewig her ...«

»Das wäre ja ein Ding«, meinte Beate. »Sollen wir hingehen?«

»Was glaubst du denn, da jetzt noch zu finden?«, fragte Mona.

»Keine Ahnung, wahrscheinlich nichts. Es interessiert mich einfach. Lasst uns nur mal eben kurz rübergehen. Vielleicht erinnere ich mich dann ja wieder besser.«

»Na schön«, brummte Mona, »nur nicht zu lange. Ich habe so einen Hunger.«

Wir liefen auf die andere Straßenseite. Je näher wir dem Gebäude kamen, desto sicherer wurde ich mir, dass dies der Ort war, an dem ich Leonhard vor so vielen Jahren getroffen hatte – und wo wir so unglücklich auseinandergegangen waren. Die halbrunden Erker, die Bögen über den Türen – die eine führte in ein Geschäft, die andere war die Eingangstür. Ganz oben im fünften Stock hatten Åsa, Leo, Åsas beste Freundin Malin und noch ein Student, an dessen Namen ich mich nicht mehr erinnern konnte, damals in einer WG gewohnt. Mit einem

Mal war ich ganz nervös, fühlte mich zurückversetzt zu dem Tag vor vielen Jahren. Meine Hände zitterten.

Wir gingen zur Tür, Beate stand ganz dicht hinter mir und sah mir neugierig über die Schulter, während ich mit dem Zeigefinger an den Klingelschildern entlangfuhr. Was erwartete ich zu finden? Plötzlich stutzte ich. Da, ganz oben stand: Malin und Per Johansson. Konnte das sein? War Åsas beste Freundin hier wohnen geblieben? Vielleicht hatte sie geheiratet. Ich kannte ihren Mädchennamen nicht, und Malins gab es in Schweden wahrscheinlich wie Sand am Meer. Aber möglicherweise war sie es. Ich erzählte meinen Schwestern von dieser Entdeckung.

»Und was machen wir jetzt? Willst du klingeln?«, fragte Beate.

»Das kann ich doch nicht machen, ich kenne sie ja eigentlich gar nicht. Warum auch?«

»Du kannst wohl schlecht hochgehen und sagen: ›Hallo, ich bin Christine, ich bin die Schwester von Leonhard Becker, der mit deiner Freundin Åsa verheiratet ist. Stimmt es, dass die beiden hier mal gewohnt haben? Ach, und übrigens, mein Bruder und ich sind zerstritten, seit wir uns damals in dieser Wohnung getroffen haben.‹« Weder Beate noch ich sagten etwas, sodass Mona ungerührt fortfuhr: »Na los, sehen wir zu, dass wir im Fasan einen Platz bekommen. Du kannst Åsa ja morgen nach der Wohnung fragen.«

Wir willigten ein und gingen zurück zum Restaurant. Warme Luft schlug uns entgegen, als wir die Tür öffneten. Es war ziemlich voll für einen Donnerstagabend, wie Mona prophezeit hatte. Es musste etwa halb acht sein, vielleicht waren einige der Gäste direkt von der Arbeit hergekommen. Wir bekamen glücklicherweise noch einen Vierertisch in der Mitte, ließen uns erschöpft auf die Stühle fallen, als hätten wir gerade einen Marathon hinter uns, und bestellten uns erst mal jede ein Bier, denn das passte einfach zu diesem Ort.

Während wir das kühle Gebräu genossen, schauten wir in die Karte und ließen die Atmosphäre auf uns wirken. Hier war es wirklich nett. Voll und trubelig, aber auch gemütlich und urig. Ein Restaurant ganz nach meinem Geschmack. Wenn jetzt noch das Essen gut war, würde ich es definitiv in die Liste meiner Lieblingslokale, die ich in irgendeinem Winkel meines Kopfes angelegt hatte, aufnehmen. Ich entschied mich für Västerbottenpaj, eine Art herzhafte Tarte mit Salat, Beate nahm die mit Pilzen gefüllten öländischen Kartoffelklöße, und Mona griff mit ihrem Bärenhunger zu einem Stück Innenschenkel vom Ren mit Waldpilzen, Äpfeln und eingekochter Schwarzwurzel. Eine Zeit lang kauten wir schweigend vor uns hin, als wir unseren größten Appetit gestillt hatten, nahmen wir unser Gespräch wieder auf.

»Morgen ist also der große Tag«, begann ich, und gleich fing es wieder an, in meinem Magen zu kribbeln.

»Genau. Um zehn Uhr sollen wir da sein. Er wohnt in Djursholm im …«, Beate holte ihr Portemonnaie aus der Handtasche und kramte einen zerknitterten Zettel hervor, »… Strandvägen 7, das ist direkt am Wasser. Leo hat gesagt, dass wir mit der U-Bahn, der Roten Linie, vom Östermalmstorg nicht weit von unserem Hotel bis zum Danderyds sjukhus fahren können. Von dort nehmen wir einen Bus zum Djursholmstorg, den Rest können wir laufen. Ich hab die Verbindungen schon rausgesucht.«

»Prima. Mit der U-Bahn zu fahren ist mal was anderes.«

»Entschuldigung«, hörte ich da eine Stimme hinter mir in gebrochenem Deutsch, »ich habe gehört, dass ihr Deutsch sprecht. Darf ich fragen, wo ihr herkommt?«

Ich drehte mich um und wollte gerade einen abwimmelnden Kommentar abgeben, als Mona antwortete: »Das kommt darauf an. Meine Schwestern hier wohnen bei Bremen und in Braunschweig, ich bin aus Berlin.«

»Aus Berlin …« Der Fremde schien zu überlegen. Ich betrachtete ihn genauer. Er sah gut aus, eigentlich genau so, wie man sich einen Schweden besten Alters vorstellte. Dunkelblondes, an den Seiten grau meliertes Haar, leicht gebräuntes Gesicht, ein paar Lachfältchen um die Augen. Ganz jung konnte er nicht mehr sein, etwa Anfang, Mitte fünfzig, dennoch hatte er etwas Jungenhaftes an sich. Reif, aber gleichzeitig fröhlich. Er trug ein rosa Hemd, das sein markantes Gesicht noch betonte, dazu eine lässige Jeans. »Es tut mir leid, wenn ich mich aufdränge, aber ich habe euch beim Hereinkommen gleich bemerkt, und …«

»Ist okay, es war nett, dich kennengelernt zu haben. Wir sind allerdings nur zu Besuch in Stockholm und reisen morgen weiter«, warf Beate ein, der es anscheinend jetzt schon reichte, angegraben zu werden.

»Nein, bitte …« Der Mann flehte nun beinahe. »Ich meine, eine Stimme erkannt zu haben. Bist du es, Mona?«

Mona runzelte die Stirn. Dann weiteten sich ihre Augen. »Meine Güte, Jonas?«

10

Mona

Da war er. Tatsächlich. Und nun, urplötzlich, wurde ich doch nervös. »Jonas«, hörte ich mich flüstern.

Reiß dich zusammen, Mona, zischte ich mir im Geiste zu. Hatten die anderen etwas von meiner Unsicherheit bemerkt? Ich stand auf, und er kam mir entgegen. Sollte ich ihm die Hand geben oder ihm einen Kuss auf die Wange drücken oder gar nichts tun? Er nahm mir die Entscheidung ab und umarmte mich einfach.

»Mona, diese Stimme würde ich immer und überall auf der Welt wiedererkennen.« Er schob mich ein Stück von sich weg, um mich zu betrachten, ließ mich aber nicht los. »Du siehst toll aus«, flüsterte er mir dann ins Ohr. »Hast dich kaum verändert seit damals.«

Mein Körper schien von einem Moment auf den anderen in Flammen zu stehen. Er hat immer noch diesen Einfluss auf mich, stellte ich mit einem gewissen Entsetzen fest.

»Jonas, darf ich dir meine Schwestern vorstellen? Das ist Beate und das unser Küken Christine.« Meine Hände zeichneten die Anführungszeichen in die Luft. Christine würde sich jetzt vermutlich fragen, warum ich das gesagt hatte. Ich hatte absolut keine Ahnung. »Willst du dich nicht zu uns setzen? Oh … Wahrscheinlich bist du nicht allein hier oder musst arbeiten …«

»Nein, ich arbeite fast gar nicht mehr hinter der Theke. Ich bin nur einer der Chefs und agiere im Hintergrund.« Er lächelte, und ich war sofort wieder wie verzaubert. »Ich bin mit ein paar Freunden unterwegs, sie stehen drüben an der Bar«, fuhr er zu erklären fort. Er winkte kurz einer Gruppe von drei Männern zu. »Aber das macht nichts, sie kommen gut ohne mich zurecht.« Jonas setzte sich auf den letzten freien Platz am Tisch. »Beate, Christine, ich hoffe, ich störe nicht.« Meine Schwestern schüttelten den Kopf. »Ich bin Jonas Lundgren«, sagte er und gab beiden die Hand. »Mona und ich kennen uns seit … seit ungefähr fünfzehn Jahren, richtig?«

Ich nickte, froh darüber, inzwischen wieder festen Boden in Form eines Stuhls unter meinem Hintern zu haben. Wer weiß, wie lange ich mich sonst noch auf den Beinen hätte halten können.

»Moment, kennt ihr euch von dieser Festival-Tour, von der du erzählt hast, Mona?« Beate folgerte blitzschnell.

»Genau«, antwortete ich, bemüht, meine Stimme wiederzufinden. Ich räusperte mich. »Jonas ist Jazztrompeter, und er hat uns ausländischen Musikern damals viel von Stockholm gezeigt.« Nur am Anfang waren wir in der großen Gruppe zusammen unterwegs gewesen, hatten nach dem Konzert die Stadt unsicher gemacht, aber bald schon waren die anderen wieder abgereist. Jonas war der Grund dafür gewesen, dass ich noch ein zweites und drittes Mal nach Stockholm gekommen war. Beate und Christine würden das bald herausfinden, das wäre in Ordnung, aber sie sollten nicht erfahren, wie ernst es mit ihm gewesen war. Ich wollte nicht schwach vor ihnen wirken. Das Geständnis heute Morgen am Flughafen war Offenbarung genug gewesen. Keine Ahnung, was in mich gefahren war, so viel preiszugeben. Das war so gar nicht meine Art. Immer hübsch stark und unabhängig sein, so kam man am besten durchs Leben, wie ich hatte lernen müssen. Nein, ich würde vorgeben, dass es nur um den Sex und eine schöne Zeit in einer fremden Stadt gegangen war. Was noch nicht einmal ganz gelogen war. »Wie geht es dir, Jonas? Was machst du so?«

»Ich trete ab und an in ein paar Kneipen in Schweden auf, aber die Nachfrage war in den letzten Jahren nicht mehr besonders groß. Es sind viele gute junge Leute nachgekommen, was nicht so schlimm ist, denn ich hatte das Tourleben ziemlich satt, wollte endlich sesshaft werden. Ich hatte keine Lust mehr, dauernd Engagements hinterherzuhecheln und von einer Stadt in die nächste zu ziehen. Deswegen lebe ich jetzt davon, dass ich Trompetenunterricht gebe, und von meiner Musikalienhandlung. Und ich bin natürlich auch immer noch Teilhaber des Fasan, allerdings nicht mehr aktiv tätig. Die Musikalienhandlung ist übrigens gleich um die Ecke, in der Götgatan. Die Musik hat mich nicht losgelassen, ich bin nur froh, dass es etwas ruhiger geworden ist. Wie ist es bei dir?«

»So ähnlich.« Ich lachte verlegen. Was sollte ich sagen? Dass ich im Wesentlichen vom Ruhm vergangener Zeiten lebte? »Also, ich trete so viel wie möglich auf, meistens in Berlin, wo ich so meine Kneipen habe, aber auch in anderen Städten Deutschlands, gelegentlich in Österreich und der Schweiz. Zum Glück habe ich eine kleine Stelle an der Hochschule für Musik, wo ich Gesangsunterricht gebe und Studenten einmal pro Woche etwas über die Praxis erzählen darf.«

»Das klingt doch gut«, sagte Jonas.

Ich konnte nicht einschätzen, ob er das wirklich so meinte oder nur freundlich sein wollte. Alternde Musiker mussten entweder irgendwo ein festes Engagement vorweisen oder unglaublich berühmt sein, um sich mit ihrer Berufung über Wasser halten zu können. Für so spezialisierte Musiker wie uns Jazzer war es umso schwieriger. Ich hoffte, dass es mit meiner Kombination noch viele Jahre so weitergehen würde, bevorzugt bis zur Rente, denn das sicherte mir mein Auskommen. In jungen Jahren hatte ich glücklicherweise sparsam gelebt und einiges zurückgelegt, als es eine Zeit lang richtig gut lief, aber auch mein kleines Vermögen würde irgendwann aufgebraucht sein, wenn ich keine Engagements mehr hätte. Wie es dann weiterging, daran mochte ich nicht denken.

»Ich vermisse mein altes Leben«, gab ich zu. »Es war schön, bekannt zu sein, für meine größte Leidenschaft bezahlt zu werden, das tun zu können, was ich immer am meisten geliebt habe, zu reisen, viele tolle Menschen kennenzulernen ...«

»Vor allem, tolle Menschen kennenzulernen«, wiederholte Jonas und sah mir dabei tief in die Augen.

Mein Herz tat einen Sprung, und plötzlich begann es in meinem Bauch zu kribbeln. Und auch zwischen meinen Beinen kribbelte es ganz vertraut. Du meine Güte, das konnte doch nicht wahr sein, nach der langen Zeit!

Im nächsten Augenblick nahm Jonas das Gespräch wieder auf. »Was macht ihr in Stockholm?«, fragte er in die Runde.

»Wir wollen unseren Bruder besuchen. Und natürlich diese wunderschöne Stadt kennenlernen«, sagte Beate und fügte hinzu: »Also ich, natürlich, Christine und Mona kennen Stockholm ja schon.«

»Euer Bruder lebt hier?« Es schien fast ein wenig vorwurfsvoll, wie er mich nun ansah. »Und da bist du nicht öfter in Schwedens schöner Hauptstadt?«, fragte er an mich gewandt.

»Wir verstehen uns nicht besonders gut«, murmelte ich, denn Leo war kein Thema, das ich jetzt mit Jonas besprechen wollte. Eigentlich hätte es mir gereicht, ihn den Rest des Abends nur anzusehen und seiner sanften, leicht rauen Stimme zu lauschen. Es war nicht zu glauben, was hier mit mir passierte, ich benahm mich ja wie ein Teenager! Ich hatte ihn treffen wollen, um mit ihm abzuschließen, allenfalls eine nette Nacht mit ihm zu verbringen wie in alten Zeiten. Aber das Gegenteil geschah gerade. Ich war dabei, mich Hals über Kopf in ihn zu verlieben. Wieder einmal.

»Entschuldigt mich kurz, ich muss mal eben für kleine Mädchen«, flüsterte ich, griff nach meiner Tasche und war schnell wie der Wind weg.

Auf der Toilette schloss ich rasch die Tür hinter mir und lehnte mich gegen sie. Das war nicht gut, das war gar nicht gut. Ich spürte, dass ich wieder mit Jonas zusammen sein wollte, mehr als alles andere auf der Welt. Und dieses Gefühl war nicht nur körperlich. Ich konnte ihm einfach nicht widerstehen. War das nicht unglaublich dumm von mir? Ich war so verletzt gewesen, damals, vor zwölf Jahren, als ich gerade vierzig geworden war. Er sollte der Mann meines Lebens sein, ich hätte mir alles mit ihm vorstellen können, das ganze Paket.

Doch bei meinem letzten Besuch in Stockholm war die Wahrheit ans Licht gekommen. Er hatte eine Frau, war seit fast zehn Jahren verheiratet. Klar, sie war selten da, sie war deutlich jünger als er, Cellistin, reiste für Engagements durch die Weltgeschichte. Sie hätten sich voneinander entfernt, hatte Jonas erklärt, überhaupt seien sie sich nie wirklich nahe gewesen, die vielen Reisen hätten ihre Beziehung zerstört und so weiter. Pah, sie hätten sich ja längst scheiden lassen können, wenn sie sowieso nichts mehr verband oder, wie Jonas behauptet hatte, nie wirklich verbunden hatte. Was für eine lahme Ausrede!

Die Entdeckung hatte mich völlig aus der Bahn geworfen, ich hatte zeitweise gedacht, sterben zu müssen, hatte nichts mehr gegessen, kaum geschlafen und viel zu viel Alkohol getrunken. Als diese Phase vorbei war, war ich nur noch entsetzlich wütend gewesen und hatte jeden von Jonas' Versuchen, mit mir zu reden, sich zu entschuldigen oder zu erklären, unerbittlich abgewehrt, fast boshaft und aggressiv. Schließlich war ich für ein Jahr zu einem Bekannten nach Paris geflüchtet, der gerade eine Sängerin für seinen Nachtklub suchte, und irgendwann hatte Jonas dann aufgegeben. Mir war das recht gewesen, denn ich brauchte die Ruhe, um mich wieder zu sammeln. Und letztendlich war ich aus der Sache gestärkt hervorgegangen, mit dem festen Entschluss, mich niemals wieder so sehr emotional an jemanden zu binden oder vor anderen Menschen Schwäche zu zeigen. Das hatte bisher ganz gut funktioniert. Doch Jonas schien den Schlüssel zu besitzen, mit dem er das große, eiserne Schloss zu meiner Burg wieder aufschließen konnte.

Würde er mich ein zweites Mal in den Abgrund stürzen? Ich wusste nicht einmal, ob er noch mit seiner Cellistin verheiratet war.

Ich kam aus meiner Kabine heraus und ließ mir am

Waschbecken kaltes Wasser über die Handgelenke laufen. Dann trocknete ich mir die Hände ab, überprüfte mein Augen-Make-up – tadellos, die Investition in teure, wasserfeste Schminke hatte sich gelohnt –, zog die Lippen nach und fingerte anschließend in meiner Handtasche nach einem Stift und etwas, das ich als Zettel nutzen konnte. Ich fand die Boardingcard von unserem Hinflug. Darauf schrieb ich entgegen aller Vernunft: *Ruf mich an, wenn du möchtest. Grand Hôtel, Zi. 626. Oder Handy.* Ich notierte noch schnell meine Handynummer und ging zurück in den Gastraum.

Die drei waren in ein munteres Gespräch verwickelt. Jonas schaute kurz fragend auf und lächelte, als ich ihm unter dem Tisch den Zettel in die Hand schob. Auch Christine sah mich einen Moment lang an – kritisch. Dass sie aber auch immer Antennen für so etwas haben musste!

Wir aßen gut und unterhielten uns sehr nett miteinander. Ein Bier folgte auf das nächste, und irgendwann saßen Jonas' Freunde mit bei uns am Tisch. Das Restaurant hatte sich bereits geleert, die Kellnerin schlich um uns herum, um endlich abkassieren zu können. Ich wurde sehr an alte Zeiten erinnert und fühlte mich unglaublich wohl in Jonas' Nähe, was irgendwie beängstigend war. Dennoch, ich wollte ihn wiedersehen und mit ihm reden. Endlich, nach all den Jahren, war ich dazu bereit.

Beate hatte in der letzten halben Stunde ständig gähnen müssen. »Ich denke, wir sollten jetzt Schluss machen. Ich bin müde, und wir haben morgen einen anstrengenden Tag vor uns.«

»Ich finde auch«, sagte Christine. »Außerdem sieht das Personal so aus, als hätte es gern Feierabend.«

Ich hätte ewig so weitermachen oder gleich in den Klub nebenan wechseln können, um noch ein bisschen zu feiern, sah aber ein, dass sie recht hatten.

»Jonas, wir müssen.« Ich registrierte das Bedauern, das in meiner Stimme lag.

»Natürlich …« Er stand mit mir zusammen auf, half mir in meinen Blazer und flüsterte mir ins Ohr: »Ich werde mich bei dir melden.« Laut sagte er: »Ich schreibe dir mal meine Handynummer auf, falls ihr in Stockholm Gesellschaft sucht.« Er hatte verstanden und wahrte den Schein.

Jonas brachte Beate, Christine und mich zur Tür, wo er mir einen Kuss auf die Wange gab. »Es war sehr schön, dich wiedergetroffen zu haben, Mona Rodin.«

Ich nickte, dann lief ich schnell zu den anderen, die bereits im Taxi saßen.

11

Leonhard

»*Älskling*, wann kommen deine Schwestern noch?«

Åsa fragte nun schon zum dritten Mal. Und ebenfalls zum dritten Mal lief sie mit dem Putzlappen durch das Wohnzimmer. Sie fand immer wieder ein paar neue Flecken. Offenbar war sie aufgeregter als ich, und das war wirklich bemerkenswert, denn sie war ja nicht diejenige, die ihre Schwestern – welche seit ewigen Zeiten nichts mit ihr zu tun haben wollten – nun wiedertraf. Ich sollte derjenige sein, der vor Nervosität nicht mehr aus noch ein wusste. Schließlich hatte ich mit den dreien seit vielen Jahren praktisch keinen Kontakt mehr. Aber ich versuchte, das alles nicht zu sehr an mich heranzulassen. Wenn das Zusammentreffen nicht gut läuft, bleibt eben alles beim Alten, sagte ich mir immer wieder. Ich hatte meine eigene Familie, meine Töchter und meine Frau, die mir wichtiger waren als alles andere auf der Welt.

Åsa war der Meinung gewesen, ich solle auf jeden Fall zu Frederiks Beerdigung fahren, man müsse wenigstens in einem Todesfall Versöhnlichkeit zeigen. Mit Beate hatte ich dann ein paar Worte gewechselt, doch sie hatte abwesend gewirkt. Verständlicherweise. Christine hatte mich begrüßt und sich ein wenig mit mir unterhalten. Die beiden schienen mir zumindest neutral gegenüberzustehen. Mona dagegen hatte mir die kalte Schulter gezeigt, sie musste mich wirklich hassen. Wie trat man jemandem gegenüber, der einen hasste? Ich wusste nicht, was ich ihr getan haben könnte. Sicher, unsere Eltern hatten mich bevorzugt, aber was hätte ich dagegen ausrichten sollen? Keine meiner Schwestern hatte erkannt, dass auch ich nicht glücklich gewesen war, dass unsere Eltern versucht hatten, mich in eine Richtung zu zwingen, in die ich absolut nicht gehen wollte. Sie warfen mir wohl vor, dass ich sie nicht genügend unterstützt hatte, doch hatten sie das für mich getan?

In Åsas Familie war es immer harmonisch zugegangen. Sie verstand sich gut mit ihren beiden Brüdern und den Eltern. Ich hatte mich bei ihnen sofort wohlgefühlt, geborgen und akzeptiert, so wie ich war. Das kannte ich von zu Hause nicht. Ich hatte immer das Gefühl gehabt, die Erwartungen meiner Eltern nicht erfüllen zu können. Nie war das gut genug, was *ich* machen wollte, nie hatte das gereicht, was ich geben konnte. Auch meine Freunde waren nie gut genug gewesen.

Besonders schlimm war es gekommen, als ich die Schule abgebrochen und eine Ausbildung zum Schlosser angefangen hatte. Ich hatte mich geweigert, ihr Familienunternehmen zu übernehmen! Das war in ihren Augen einfach unerhört und undenkbar. Sie hatten es mir bis zum Ende nicht verziehen, hingenommen zwar, weil sie es sich so hingedreht hatten, dass ich mit der Ausbildung ja womöglich doch noch ihr Geschäft übernehmen könnte. Nur, was sollte ich da? Die Zeiten für die kleinen Läden waren ohnehin längst vorbei, erst recht für kleine Werkzeuggeschäfte wie Beckers Baubedarf. An jeder Ecke konnte man Tante-Emma-Läden schließen und große Baumärkte eröffnen sehen. Aber unsere Eltern waren für rationale Argumente ebenso wenig zugänglich wie für meine persönlichen. Sie konnten es nicht verstehen. Als ich später für mich selbst feststellte, dass es ja mein Leben war, dass ich es nicht nur in Opposition zu meinen Eltern verbringen wollte und deshalb überraschend für alle das Abitur nachholte und Medizin studierte, waren sie etwas versöhnt, wirklich akzeptiert haben sie es jedoch nicht.

Ich schaute auf. Åsa stand noch genauso fragend vor mir wie eine Minute zuvor.

»Um zehn«, antwortete ich. »Entschuldige, ich war in Gedanken.« Als ich ihren besorgten Blick sah, legte ich die Zeitung, in der ich eben gelesen hatte, neben mir auf das Sofa und winkte sie zu mir heran. Sie näherte sich langsam, vorsichtig wie eine Katze, und kaute dabei auf ihrer Unterlippe. Meine Frau … Sie war das Beste, was mir in meinem Leben je passiert war. Als sie vor mir stand, griff ich schnell nach ihrer Hand und zog sie zu mir heran, sodass sie mir in den Schoß fiel. Zärtlich streichelte ich ihr Gesicht, sah ihr tief in die Augen. »Meine liebe, wunderbare Frau, ich bin so froh, dass ich dich habe.«

Sie lächelte, und ich sah, wie ihre Augen sich vor Rührung mit Tränen füllten. »Ich bin so aufgeregt«, sagte sie, »und weiß eigentlich gar nicht, warum. Vielleicht … vielleicht weil unsere letzte Begegnung mit Christine so schwierig verlaufen ist. Dabei mag ich sie irgendwie.« Åsa war es von Anfang an schwergefallen zu verstehen, dass meine Familie so anders war als die ihre, so … zerrüttet. Sie hatte mir immer wieder Karten zu Weihnachten und zu den Geburtstagen meiner Schwestern und deren Partnern und Kindern hingelegt, damit ich sie schrieb. »Wenigstens das«, hatte sie stets gesagt. Ich hatte mich meistens gefügt, auch wenn es mir schwergefallen war.

»Unglaublich, es ist über zwanzig Jahre her.«

»Eigentlich lange genug, um wieder ganz neu anzufangen, oder?«

Ich zuckte mit den Schultern. »Ich weiß nicht. Was soll das bringen? Sie haben mich mein Leben lang geschnitten. Ich war immer der Sündenbock für alles. Das geht nicht spurlos an einem vorbei.«

Åsa legte einen Arm um mich und streichelte mein Haar. »Das verstehe ich. Es wäre dennoch schön, wenn ihr euch wieder vertragen würdet. Ihr müsst euch ja nicht heiraten«, sie grinste, »aber wenigstens dann und wann mal telefonieren, euch besuchen. Ich hätte so gern, dass unsere Mädchen deine Familie kennenlernen, dass sie erfahren, wo du herkommst. Außerdem muss ich immer darüber nachdenken, wie es wohl wäre, wenn sich unsere Töchter so zerstreiten würden. Zufälligerweise hat uns das Schicksal auch drei Mädchen geschenkt … Ich könnte es nicht ertragen, wenn sie nichts mehr miteinander zu tun haben wollten.« Sie wandte den Blick ab.

»Das wird nicht passieren, mein *älskling*. Sie wachsen ganz anders auf. Wir lieben sie alle gleich.«

»Ja, schon. Trotzdem kann immer etwas passieren, das Menschen entzweit. Und dann ist es so wichtig, dass man miteinander redet, sich gegenseitig mitteilt, wie es einem mit der Situation geht, was man empfindet und was einen verletzt hat.«

»Du hättest Psychologin werden sollen.«

»Ach«, sie schlug spielerisch gegen meinen Arm, »du weißt, was ich meine. Als Fotografin sehe ich so etwas in den Menschen.«

»Du bist die beste Fotografin, die ich kenne.«

»Bin ich womöglich die einzige, die du kennst?«

Ich lachte. »Auf jeden Fall verspreche ich, dass ich mein Bestes geben werde.«

»Das ist alles, worum ich dich bitte.«

»Und egal, was passiert, zwischen uns beiden und in unserer Familie wird sich nichts ändern. Das verspreche ich ebenfalls.«

»Ich liebe dich, Retter meines Herzens.«

»Ich liebe dich auch, meine wunderbare Frau.«

Wir küssten uns lange und innig.

»Jetzt versuch, nicht mehr zu viel zu putzen, *min älskling*. Es glänzt alles, ich trau mich gar nicht mehr, irgendetwas anzufassen. Ich glaube, so ordentlich sah es hier seit unserem Einzug nicht mehr aus.«

»He, was soll das denn bitte heißen?« Åsa schlug mit dem Putzlappen nach mir. »Aber danke. Eins noch … Warum hast du sie eigentlich gerade *jetzt* eingeladen?«

Ich sammelte mich einen Moment. »Du erinnerst dich doch an die Kartons, die wir im April beim Renovieren des Dachbodens entdeckt haben?« Åsa nickte. »Ein paar hatte ich damals, nach dem Tod meines Vaters, aus Bremen mitgebracht, als meine Mutter unsere Zimmer ausgeräumt hat, weil sie sie an Monteure vermieten wollte. Weil ich schnell wieder wegwollte, habe ich alles, was mir einigermaßen interessant erschien, in irgendwelche von meiner Mutter schon halb gepackten Kartons, die in meinem Zimmer standen, gestopft und in mein Auto verfrachtet. Du hast damals alles in Ruhe mit mir durchsehen und mit meinen Schwestern sprechen wollen, ich wollte allerdings nur schnell weg.«

Åsa nickte erneut und sagte langsam: »Ich kann mich erinnern … Es ging dir nicht besonders gut …«

»Das lag an meiner Mutter, die nur dastand und mich kaum ansah. Und wohl auch an dem Haus und an den Erinnerungen, die plötzlich wieder in mir hochkamen. Ich durfte früher zum Beispiel genau jenes Zimmer nicht verlassen, bevor ich alle meine Hausaufgaben fertig hatte, ich hatte keine Privatsphäre, ständig kam jemand herein, um zu überprüfen, was ich tat, ob ich lernte oder irgendwelches ›rebellisches Zeug‹ las. Mein Vater hat mich angebrüllt, als er *Das Kapital* bei mir fand. Und so weiter.«

Åsa sah mich schockiert an. »Das ist traurig. Langsam verstehe ich, warum du nie gern nach Hause wolltest.«

Ich zuckte mit den Schultern. »Es gab auch gute Zeiten, aber meistens war es schwierig. Einen Tag nachdem mein Vater das Marx-Buch entdeckt und beseitigt hatte, waren meine Rolling-Stones-Platten sowie die Hälfte meiner Bücher verschwunden. Alles eben, was nicht ganz regelkonform erschien. Er hat meine Sachen einfach weggeschmissen!«

»Du warst ja ein richtiger Rebell«, staunte Åsa, bevor sie ernst fortsetzte: »Seltsam, dass du mir das alles nie erzählt hast.«

»Ach, ich hatte mit alldem abgeschlossen. Eigentlich wollte ich damals nur, dass man mich in Ruhe ließ. Dass ich das machen durfte, was mich interessierte. Irgendwann habe ich tatsächlich auf stur umgeschaltet.«

Åsa grübelte eine Weile, kaute erneut auf ihrer Unterlippe, während sie gedankenverloren meine Hand streichelte. »Ich hoffe, wir kriegen das mit unseren Töchtern besser hin. Die Pubertät ist wirklich schwierig. Und manchmal könnte ich regelrecht ausflippen, wenn ich daran denke, was unsere drei für einen Mist verzapfen …«

»Aber das ist etwas völlig anderes, *älskling*. Bei uns war das nicht nur die Pubertät, es waren falsche Erwartungen, Enttäuschungen, sehr konservative Ansichten unserer Eltern und wahrscheinlich falsch verstandene Liebe. Meine Eltern haben uns wohl geliebt, sie hatten nur eine sehr seltsame Art, das zu zeigen. Da sind wir beide doch ganz anders. Wir lieben Liv, Elin und Sofia über alles, das wissen sie. Sie dürfen sich frei entwickeln, und egal, was kommt, was sie auch anstellen mögen, sie können immer auf uns zählen.«

Åsa seufzte, und wieder füllten sich ihre Augen mit Tränen. Mit dem Handrücken fuhr sie sich über die Nase, schniefte kurz und sagte dann: »Und was war jetzt mit den Kartons?«

»Ach ja, da waren wir stehen geblieben. In den meisten waren alte Erinnerungsstücke aus meiner Kindheit und Jugend. Zeugnisse, Urkunden, was weiß ich. In einem von ihnen fand ich Kinderfotos von mir, ein paar Ordner und darunter eine flache Holzkiste, die mit einem verblassten blauen Band sorgsam verschnürt war.«

»War das die Kiste mit diesen Tagebüchern und den Briefen einer gewissen Maria? Die, die seltsamerweise auf Schwedisch waren?«

»Genau. Ich hatte sie mir vor Frederiks Beerdigung angesehen …«

»Stimmt, ich erinnere mich«, warf Åsa ein. »Du warst ziemlich durcheinander danach.«

»Das bin ich immer noch. Das, was ich darin alles gefunden habe, hat mich zutiefst verwirrt. Ich kann mir überhaupt keinen Reim darauf machen. Schon gar nicht, was diese Dinge bei unseren Eltern zu suchen hatten. Deswegen brauche ich meine Schwestern, und deswegen habe ich Beate nach Frederiks Beerdigung noch mal angerufen und ihr davon erzählt. Wenn es jemanden gibt, der Licht ins Dunkel bringen könnte, dann Beate, Christine und Mona.«

12

Christine

Ich war aufgeregt, aber ich genoss es auch, in der *tunnelbana* zu sitzen und die Menschen zu beobachten, von denen jedoch nicht viele am Morgen stadtauswärts unterwegs zu sein schienen. Nachdem wir die Technische Hochschule und die Universität passiert hatten, hatte sich die U-Bahn gewaltig geleert. Zurückgeblieben waren ein paar Rentner, die mit ihren Hackenporsches wohl zum Einkaufen unterwegs waren oder in den Schären spazieren gehen wollten. Da man unter der Erde sonst nicht viel sah, hingen wir alle unseren Gedanken nach.

Danderyds sjukhus, das Krankenhaus von Danderyd, war die letzte Haltestelle vor der Endstation. Als wir aus dem U-Bahnhof heraustraten, schien uns die Sonne fröhlich entgegen, sodass wir blinzeln mussten. Es war ein herrlich warmer Sommertag, die Kühle des Morgens hatte sich bereits verflüchtigt. Wir standen an einer vielbefahrenen trostlosen Straße, die wir überqueren mussten, um zu unserem Bus zu gelangen, hinter uns ragten Hochhäuser empor.

»Nicht gerade das Schweden, das man sich so vorstellt«, sagte Beate.

Immerhin standen auf dem Warterondell zwischen den

Bussen Traubenkirschen, die weiß blühten. Man hatte versucht, die Tristesse zu bekämpfen.

»Das wird gleich besser«, erwiderte ich. »Du weißt doch, wie das mit den Umgebungen von Bahnhöfen und Busbahnhöfen so ist. Sie sind meistens mittendrin, eben dort, wo die Menschen sind, weil sie dort wohnen oder arbeiten. Außerdem führt hier auch noch die E 18 lang. Warte mal ab, Leo wohnt am Wasser, direkt in den Schärengärten, wenn ich mich recht entsinne. Du wirst begeistert sein.«

»Wie? Warst du schon mal bei ihm zu Hause?«, fragte Mona entgeistert.

»Nein, war ich nicht. Nicht direkt jedenfalls. Ich stand vor Jahren mal vor seiner Tür, habe mich aber nicht hineingetraut. Beate weiß das schon.«

»Das ist ja interessant«, murmelte Mona. »Bin ich hier also die Einzige, die keine Ahnung von nichts hat?«

»Jetzt werd nicht gleich sauer.« Beate hatte wohl das Gefühl, für mich einspringen zu müssen. Ich war ihr dankbar. »Sie hat mir gestern davon erzählt, als wir in ihrem Zimmer auf dich gewartet haben, während du längst die Hotelbar aufgesucht hattest, ohne uns Bescheid zu sagen.« Angriff war immer noch die beste Verteidigung.

»Ist ja gut. Welchen Bus müssen wir jetzt nehmen?«, fragte Mona. Ablenkung war auch keine schlechte Taktik.

»Den Richtung Danderyds sjukhus via Stocksund. Ich glaube, da drüben steht er schon.«

Wir hasteten über die Straße, zeigten dem Fahrer unser Tagesticket und stiegen ein. Ich behielt recht. Kaum hatten wir die E 18 hinter uns gelassen, veränderte sich die Landschaft, die Gebäude wurden niedriger und die

Straßen kleiner. Wir kamen an einem Fluss und einem Yachthafen vorbei, viel Grün lag um uns herum. Als wir Stocksund verließen, bog der Bus ab, und die Umgebung veränderte sich weiter. Große Grundstücke befanden sich nun am Wegesrand, auf denen die typischen roten oder gelben Schwedenhäuser standen, hier und da lugte hinter alten Bäumen auch mal eine herrschaftliche Villa aus Stein hervor.

»Djursholm torg«, sagte der Fahrer.

Wir wurden aus unseren Gedanken gerissen. Völlig unvermittelt fanden wir uns erneut im Zentrum eines kleinen Ortes wieder.

»Diese Richtung«, sagte Beate und schritt sicher mit Leos Beschreibung in der Hand voran.

»Wir hätten Leo etwas mitbringen sollen«, fiel mir plötzlich ein. Vor Schreck blieb ich stehen. »Ein Gastgeschenk. Du meine Güte, jetzt kommen wir mit leeren Händen.«

»Nein, kommen wir nicht«, beruhigte mich Beate. Sie merkte wohl, wie aufgeregt ich war. »Ich habe etwas von zu Hause mitgebracht.« Sie öffnete ihren Rucksack. »Das kommt natürlich von uns allen. Zwei schöne Flaschen Wein aus dem Bremer Ratskeller und eine Tafel Hachez-Schokolade sowie eine Packung Hachez-Pralinen.«

»Da wird er sich freuen.« Ich seufzte erleichtert. »Ein Gruß aus der Heimat. Die Schokolade hat er früher so gemocht.«

»Danke, dass du daran gedacht hast«, sagte nun auch Mona. »Ich hatte das über der ganzen Packerei und dem Organisieren völlig vergessen. Hier ist es übrigens wirklich sehr schön.«

Wir sahen uns um. Ja, tatsächlich, das war es. Vor uns

lag eine kleine Bucht mit zahlreichen Yachten, dahinter das Meer mit ein paar verstreut liegenden Inseln.

»Die Schweden lieben Boote«, erklärte ich den anderen. »Es heißt, jeder Schwede träume von einem Haus – zumindest einem Ferienhaus – an einem See oder am Meer und einem Boot.« Ich konnte mir das sehr gut vorstellen. Es war auch Jans Traum gewesen.

Wir liefen eine Weile den Strandvägen entlang, auf der einen Seite das Wasser, das vom Sonnenlicht glitzerte, auf der anderen die hübschen schwedischen Holzhäuser mit ihren gepflegten Vorgärten. Hier lässt es sich bestimmt gut leben, dachte ich. Völlige Ruhe und endlos scheinende Natur, dazu Stockholm mit seinen unzähligen Angeboten jeglicher Art in greifbarer Nähe. Tief sog ich die warme Sommerluft ein, genoss den Duft des Wassers und der weißen Blüten der Schwedischen Mehlbeere, die am Straßenrand wuchs.

Um zur Auffahrt zu gelangen, die zum Haus unseres Bruders führte, mussten wir einen Hügel erklimmen, der wirklich nicht von schlechten Eltern war. Das hatten die anderen in dieser Gegend überhaupt nicht erwartet.

»Womöglich wäre es doch besser gewesen, wenn wir von der U-Bahn-Station ein Taxi hierher genommen hätten …« Mona schnaufte.

»Das sind die Schären«, sagte ich keuchend. »Da ist es nicht immer flach, bloß weil man sich am Meer befindet.«

Beate hatte wohl beschlossen, zu schweigen und sich ihren Atem lieber gut einzuteilen.

Mit hochroten Gesichtern, verschwitzt und völlig aus der Puste standen wir drei nun vor Leos Haus. Wir mussten uns erst einmal sammeln, um Luft zu schnappen, und auch, weil wir von dem Anwesen mehr als beeindruckt waren. Es war ein Grundstück direkt über dem Wasser gelegen. Das Haus selbst war groß, aber nicht riesig, und wirkte einladend. Es war aus Holz und gelb-weiß gestrichen, ein echter schwedischer Traum. Eine große Veranda im Erdgeschoss streckte sich der Sonne entgegen, anscheinend lief sie fast um das ganze Haus herum, sodass man zu jeder Tageszeit ein Plätzchen im warmen Licht finden konnte. Am schönsten war es aber sicherlich, wenn die Sonne im Südosten stand, in den Garten schien und das Meer zum Leuchten brachte. Über dem Erdgeschoss gab es ein weiteres Stockwerk, mit Fenstern in alle Himmelsrichtungen. Solch einen Ausblick vom Schlafzimmer aus zu haben, musste fantastisch sein.

Mona fand als Erste die Sprache wieder: »Er hat sich gemacht, unser Bruder, der Herr Herzspezialist.« Sie schüttelte den Kopf. »Wer hätte gedacht, dass er sich jemals so etwas würde leisten können.«

»Ich weiß gar nicht, ob Ärzte in Schweden so viel verdienen«, grübelte ich. »Bestimmt nicht schlecht, aber so gut …«

»War es nicht so, dass Åsa einen ziemlich reichen Papa hat oder hatte?«, überlegte Beate. »War er nicht ein Geschäftsmann, Chef von H & M oder so?«

»Das nicht«, antwortete ich, »aber es stimmt schon, ihr Vater ist wohlhabend. Arvid Sandström gehörte Edberg Mekaniska, die Stahlkonstruktionen produzieren, meine ich. Irgendwann hat er die Firma für ein Heidengeld an Skanska verkauft.«

»Woher weißt du das alles?«, fragte Mona.

»Hab ich mal gegoogelt. Hat mich halt interessiert, in was für eine Familie unser Bruder eingeheiratet hat.«

»Jedenfalls kann ich verstehen, dass dich das Haus und das Anwesen abgeschreckt haben, als du das letzte Mal hier warst, Christine«, sagte Beate.

»Das tut es auch jetzt wieder«, antwortete ich. »Aber diesmal ist es trotzdem ganz anders. Die Sonne scheint, alles wirkt so hell und freundlich. Als ich damals unten im Auto saß, war es dunkel, und das Haus sah von unten riesig aus, beinahe bedrohlich. Und dann diese lange Auffahrt! Vielleicht hatte das etwas Symbolhaftes, diese Anhöhe ersteigen zu müssen. Ich habe es nicht geschafft.«

»Nun«, sagte Mona, »diesmal hast du es geschafft. Diesmal gibt es kein Zurück. Seht mal, die Tür geht auf.«

Sie hatte recht, aber nicht Leo stand in der geöffneten Haustür, sondern eine junge Frau, die sich eine Tasche über die Schulter schwang und uns entgegenkam.

»Ist das Liv?«, raunte Beate mir zu.

»Ich glaube schon«, antwortete ich.

Als sie an uns vorbeikam, sagte sie auf Schwedisch: »*Hej. Ni måste vara mina fastrar.*« Dabei blieb sie nicht stehen, sondern verlangsamte nur ihren Schritt.

»*Hej*«, antwortete ich. »*Ja, det stämmer.* Liv?«

»Immerhin sprecht ihr Schwedisch«, sagte sie, nun in fließendem Deutsch, während sie rückwärts lief, um uns weiter mustern zu können. »Tut mir leid, hab's eilig. Ich muss zur Uni, noch schnell ein paar Bücher aus der Bibliothek ausleihen. Ach, und seid nett zu meinem Vater.«

Mona neben mir sog scharf die Luft ein. »Schätze, sie ist nicht so gut auf uns zu sprechen. Was hat sie zuerst gesagt?«

»Dass wir ihre Tanten sein müssen«, übersetzte ich.

»Na, dann lasst uns mal hineingehen. Da vorne steht Åsa«, sagte Beate seufzend.

Wahrscheinlich dachte sie wie ich, dass da noch viele Brücken zu bauen waren, und zwar nicht nur zwischen uns und unserem Bruder.

»Hallo, schön, dass ihr da seid!« Åsa kam uns mit offenen Armen entgegen. »Ich freue mich ja so, euch endlich mal wiederzusehen! Wie lange ist das jetzt her? Zehn Jahre?«

»Ach, wer will schon die Jahre zählen?« Mona schob sich vor und ließ sich von Åsa sichtlich widerwillig in den Arm nehmen. »Ich glaube, es war bei der Beerdigung unserer Mutter, also kommt das ganz gut hin.«

Ich wurde nervös. Mona würde doch nicht bereits bei der Begrüßung die alten Vorwürfe wieder auspacken? »Es ist auf jeden Fall lange her«, drängte ich mich dazwischen. »Viel zu lange.«

»Ich bin froh, dass du das sagst«, meinte Åsa. Dann wandte sie sich Beate zu. »Hallo, Beate, wie geht es dir? Hast du die erste traurige Zeit einigermaßen überstanden?«

»Ach, danke, es geht schon«, sagte Beate und winkte ab.

Sie wollte jetzt offenbar nicht über Frederiks Tod sprechen, wahrscheinlich aus Angst, dass alles wieder hochkommen könnte. Die Situation war ohnehin nervenaufreibend genug.

»Kommt rein, Leo ist ganz gespannt.« Åsa verstand und wechselte geschickt das Thema. »Ihr müsst Liv entschuldigen, sie hatte es sehr eilig. Elin ist mit Freunden unterwegs – ein paar Dinge für später besorgen«, ergänzte sie bedeutungsvoll. »Und Sofia ist beim Sport. Ich hoffe, ihr werdet unsere drei nachher noch kennenlernen. Ihr bleibt doch bis zum Abendessen? Ich glaube, Leo hat euch erzählt, dass wir heute *midsommar* feiern? Das ist eines der wichtigsten Feste in Schweden, ihr solltet es nicht verpassen. Später kommen auch ein paar Freunde und Nachbarn.«

Wenn es gut zwischen uns läuft, gern, aber was, wenn nicht?, überlegte ich. Doch Beate ergriff die Initiative.

»Das wäre sehr schön«, sagte sie und nickte uns aufmunternd zu.

»Prima!« Åsa führte uns zur Haustür, in der nun auch unser Bruder auftauchte.

Leonhard war ein gut aussehender Mann mit vollem braunem Haar, das an den Schläfen grau meliert war, seine braunen Augen blickten uns warm entgegen. In seinem dunkelblauen T-Shirt und den karierten Shorts wirkte er erholt, fast als wäre er im Urlaub. Dies ist kein Mensch, der Böses vorhat, schoss es mir durch den Kopf. Dies ist nur jemand, der verstehen will und der Versöhnung sucht, aber nicht weiß, wie man sie erreichen kann.

»Willkommen in unserem Haus«, sagte er freundlich und machte eine einladende Geste. Es gab keine Umarmung wie von Åsa. Er war doch unsicher. Wie wir. »Kommt herein. Ach, bitte zieht im Flur die Schuhe aus, das ist in Schweden so üblich.«

»Wer mag, kann Besucherschlappen bekommen.« Åsa zog ein paar Crocs aus dem Schuhregal unter der Garderobe im Flur hervor. »Sind frisch aus der Waschmaschine.«

Wir nahmen dankend an. Da es wieder ein sehr warmer Tag werden sollte, waren wir alle barfuß in Sandalen beziehungsweise Pumps unterwegs.

»Möchtet ihr etwas zu trinken? Und danach vielleicht eine Runde durchs Haus drehen?«

Åsa war wirklich sehr offen und gastfreundlich. So, wie ich es bei den allermeisten Schweden kennengelernt hatte.

»Ich würde sehr gern euer Haus anschauen«, sagte ich.

Die anderen stimmten mir zu. Åsa brachte jedem ein Glas mit kühlem, sprudelndem Wasser. Leo ging voran durch einen langen Flur. Links befand sich die Küche, ein großer heller Raum mit elfenbeinfarbenen Landhausmöbeln, einem großen massiven Esstisch und passenden Stühlen.

»Ist das nicht IKEA?«, raunte Mona mir zu.

Ich sah genauer hin. »Ich denke schon. Sieht hübsch aus«, raunte ich zurück. Ich hatte absolut kein Problem damit, wenn jemand, der Geld hatte, sich mit günstigen Möbeln einrichtete. Vielleicht sah Mona das anders.

»Meist sitzen wir in unserer Küche«, sagte Åsa. »Irgendwie ist sie das Herz unseres Hauses.«

»Gegenüber ist das Gäste-WC«, sagte Leonhard und zeigte nach rechts. »Das da ist die Tür zum Keller, wo Åsa ihr Fotolabor hat, was sie noch dann und wann benutzt«, er zeigte auf eine Tür unter der Treppe. »Dort sind auch unser Vorratsraum und eine kleine Werkstatt. Hier ist noch ein Arbeitszimmer, das Åsa und ich gemeinsam nutzen. Sie macht dort ihre Buchführung und die digitale Bearbeitung ihrer Bilder und so was.«

Der kleine Raum befand sich wieder auf der linken Seite des Flures, ein großer Schreibtisch mit Computer war zu sehen, daneben ein Laptop. Aus dem Fenster sah man hinaus auf die Straße, die wir hochgekommen waren. Ich nahm an, dass dies die schattigste Seite des Hauses war. Die gelb getünchten Wände waren dekoriert mit bunten Teppichen und vielen Fotos, die dramatisch inszenierte Landschaften zeigten, aber auch einfache Familienszenen. Ein sehr gemütliches Arbeitszimmer, befand ich.

Der Raum geradeaus war das Wohnzimmer. Es war überwältigend. Die gesamte Seite zum Meer war verglast, davor lief die Veranda entlang. Die Schiebetüren nach draußen waren geöffnet, warme, salzige Luft, die die leichten weißen Vorhänge aufblähte und zaghaft hin und her schaukelte, wehte herein. Zur Linken nahm ich eine helle Sofalandschaft wahr mit bunten Kissen und einem bearbeiteten Baumstamm als Couchtisch. Dahinter stand eine Schrankwand aus heller Buche mit Glasvitrinen und Regalen, in denen sich zahlreiche Bücher aneinanderreihten und Kristallgläser funkelten.

Wenn man nach rechts sah, schaute man durch große Fenster zur Seite hinaus auf die Einfahrt. In dieser gemütlichen Ecke befand sich das Esszimmer mit einem großen antiken Esstisch und zusammengewürfelten Stühlen. Ein alter Büfettschrank beherrschte die Szene, darauf lag ein weißer Tischläufer aus Spitze. Eine Vase aus türkisfarbenem Glas mit bunten Blumen bildete einen angenehmen Kontrast zu den dunklen Möbeln.

Auf der Veranda konnte ich zwei Liegen erkennen. Dahinter sah man das satte Grün der weiten Rasenfläche, die sich jäh vom dunkelblauen Meer absetzte. Über allem thronte der hellblaue Himmel. Unwillkürlich lief ich die paar Schritte zur Fensterfront, der Anblick war einfach magisch schön. Im Gras standen mehrere aneinandergereihte weiße Metalltische mit ebenso weißen verschnörkelten Metallstühlen. Die Tafel war festlich gedeckt, mit weißen Tischdecken, Kristallgläsern und Blümchenservice. Ganz hinten am rechten Ende der Tischreihe stand ein Kirschbaum in einem mit einer Mauer umfassten Beet, an dem sich zahlreiche kleine gelb-rote Früchte zeigten. Ein wenig entfernt auf der anderen Seite entdeckte ich die Mittsommerstange, ein mit Blättern und Blumen überzogenes Kreuz mit zwei begrünten Kränzen an jeder Seite, die Enden mit der Spitze verbunden durch eine Blättergirlande. An der Spitze hing die schwedische Flagge. Die Stange lag noch, angelehnt an einen Felsen.

»Die *majstång* stellen wir nachher gemeinsam auf.« Åsa war an meiner Seite erschienen. »Wenn ihr erst hinausgehen wollt?«

Ich sah zu meinen Schwestern und zu Leo zurück, Beate kam näher, dann folgte Mona und schließlich, etwas zögerlich, unser Bruder.

»Es ist wunderschön«, sagte Beate. »Ihr habt wirklich ein kleines Paradies. Hier lässt es sich bestimmt gut leben.«

»Danke«, antwortete Leo, von dem wir bisher noch nicht sehr viel gehört hatten. »Wir fühlen uns hier auch sehr wohl. Ich möchte nie wieder weg.«

»Das kann ich mir vorstellen«, bemerkte ich seufzend.

»Für Ärzte sollen die Bedingungen in Schweden im Allgemeinen besser sein als in Deutschland, hört man. Stimmt das?«, fragte Mona.

»Ich kann das nicht so gut beurteilen«, gab Leo zu, »denn ich habe nie in Deutschland gearbeitet, bin ja gleich nach dem Studium nach Schweden gezogen und habe im Krankenhaus angefangen. Erst in Danderyd, danach am Karolinska, dann habe ich meinen Facharzt in Kardiologie gemacht. Ich kann mich nicht beklagen. Aber du hast recht, wenn ich mit einigen meiner deutschen Studienkollegen spreche, scheint es so, als ob es mir hier etwas besser ginge. Wir haben weniger lange Schichten und mehr Freizeit.«

Wir traten in den Garten hinaus. Vor uns lagen zwei kleine Inseln, ein paar weiße Boote schipperten gemächlich auf dem dunklen Wasser an uns vorbei.

»Bitte kommt, setzt euch«, sagte Åsa und führte uns zum linken Ende der langen Tafel, auf der bereits ein köstlich aussehender Erdbeerkuchen unter einer Glasglocke stand. »Hier können wir nachher Kaffee trinken und Kuchen essen. Wenn ihr schon Appetit habt, bringe ich euch gern ein paar *köttbullar* und eine *paj*.«

»*Älskling*«, sprang Leo ein, »für ein Mittagessen ist es, glaube ich, noch ein bisschen früh. Wie wäre es, wenn ich mit meinen Schwestern erst mal nach oben ginge und die Unterlagen durchschaue? Wir könnten ja vielleicht in …«, er schaute auf seine Armbanduhr, »… in einer guten Stunde wieder herunterkommen und dann gemeinsam essen?« Er sah in die Runde. »Es sei denn, ihr seid jetzt hungrig …«

Wir schüttelten einhellig den Kopf.

»Danke, Åsa, aber das Frühstück im Grand Hôtel war wirklich sehr reichhaltig«, sagte Beate, »wir sind noch ziemlich satt.« Mona und ich stimmten ihr zu.

»Oh, ihr seid im Grand Hôtel abgestiegen?«, fragte Åsa staunend.

»Ja, Mona hat uns eingeladen. Sie wollte uns zum Beginn unserer Weltreise ein bisschen Luxus verschaffen, weil wir später wahrscheinlich eher weniger Komfort haben werden.« Mir war es unangenehm, dass wir in der teuersten Herberge abgestiegen waren, vor allem vor Åsa und Leo.

»Klingt toll, was ihr vorhabt! Davon müsst ihr mir später unbedingt mehr erzählen. Aber gut, dann stürzt euch erst mal in die staubigen Unterlagen, und wir reden später …«

Åsa konnte den Satz nicht zu Ende bringen, denn in dem Moment kam ein blonder, braun gebrannter Mann in heller Leinenhose und weißem Hemd um die Ecke gebogen. Ich schätzte ihn auf Mitte, Ende vierzig.

»*Hej*, hier seid ihr alle, da kann ich ja lange vor der Tür warten«, rief er auf Schwedisch und kam winkend auf unsere kleine Gruppe zugelaufen. Er gab Åsa einen Kuss auf die Wange, dann ging er zu unserem Bruder, gab ihm die Hand und schlug ihm freundschaftlich mit der anderen auf die Schulter. »*Hej, jag är David, trevligt att träffas.*« Er drehte sich um und reichte auch uns nacheinander die Hand. Mona und Beate stellten sich ebenfalls mit ihren Vornamen vor.

»*Hej*«, sagte ich und freute mich, mein Schwedisch mal wieder etwas bemühen zu dürfen. »*Jag heter Christine, trevligt att träffas. Vi är Leos systrar från Tyskland.*«

»Ah, ihr seid Leos Schwestern aus Deutschland. Wie schön, euch mal kennenzulernen«, wechselte er gekonnt ins Deutsche.

»Du sprichst Deutsch?«, fragte Beate gleich. »Irgendwie scheint hier so ziemlich jeder zumindest ein paar Brocken sprechen zu können.«

»Ja, das stimmt«, antwortete David, »viele Schweden hatten Deutsch in der Schule, bei mir kommt noch dazu, dass meine Großeltern Deutsche waren, sie kamen aus Bayreuth. Meine Großmutter hat immer nur Deutsch mit mir gesprochen, sie meinte, dass ich es dann später leichter haben würde.«

»Eine kluge Frau«, sagte Åsa.

»Das stimmt. Mein Vater hat das nicht so verfolgt, er war da lockerer, aber sie hat recht behalten, ich hatte es wirklich leichter in der Schule.« An Leo gewandt, setzte er fort: »Leo, ich habe die Fachzeitschriften, nach denen du gefragt hast, im Auto. Und auch die Frühkartoffeln vom Hof meines Vaters sowie zwei Kisten Schnaps. *Nils Oscars Maltvodka* und *Gammal Norrlands*.«

Leo nickte anerkennend. »Prima, ich danke dir, dann ist der Abend ja gerettet. Sollen wir die Sachen eben ausladen?«

David nickte. »*Vi ses i kväll*, Åsa«, verabschiedete er sich von Leos Frau, und uns fragte er: »Seid ihr heute Abend auch mit dabei?«

»Möglich«, sagte Mona keck.

David lächelte ihr zu, dann gingen die beiden Männer um das Haus herum zu Davids Auto.

»Du meine Güte, was habt ihr denn mit dem ganzen Schnaps heute vor?«, fragte Beate.

»Nun ja«, antwortete Åsa schulterzuckend, »es ist eben *midsommar*.«

»Was bedeutet dieses Fest für die Schweden? Was steckt dahinter? Und was macht man da?«, fragte Beate weiter.

»Trinken, scheint mir«, warf Mona ein. »Und essen.«

»Das stimmt.« Åsa lachte. »Aber *midsommar*, oder Mittsommer auf Deutsch, ist noch so viel mehr. Ursprünglich war es ein Fruchtbarkeitsfest, man stieß quasi mit den Göttern an. Das sieht man natürlich heute nicht mehr so, trotzdem ist es eines der wichtigsten Feste in Schweden geblieben, neben Weihnachten, Ostern und Lucia, unserem Lichterfest im Winter. Interessanterweise steigt in Schweden die Geburtenrate im März, also neun

Monate nach *midsommar*, immer rapide an. Es funktioniert also doch mit der Fruchtbarkeit.« Sie grinste. »Ihr solltet wirklich dabei sein, es ist lustig. David kommt, meine beste Freundin Malin und ihr Mann sind eingeladen und viele mehr. Es gibt Musik, Tanz und leckeres Essen. Man sagt, die Mittsommernacht sei magisch.«

»Hoffentlich sind wir nicht zu fruchtbar«, spöttelte Mona. Alle lachten. »Aber nein, es klingt sehr nett. Danke für die Einladung«, fügte sie hinzu.

Leo kam wieder aus dem Haus zu uns. »Ich habe die Kartoffelkiste in die Küche gestellt und ein paar Flaschen *Gammal Norrlands* in die Gefriertruhe.«

»Prima«, sagte Åsa. »Dann werde ich mich jetzt mal an die Vorbereitungen machen. Wir sehen uns später.« Sie ging ins Haus.

»Gut.« Leo nickte. »Lasst uns nach oben gehen. Ich habe dort einiges zusammengetragen, was ich euch zeigen möchte.«

Wir folgten ihm in die obere Etage des Hauses. Wieder gelangten wir in eine helle, geräumige Diele, von der mehrere Türen abgingen. Auch durch das Fenster hier oben war das Meer zu sehen. Wie gut muss es einem gehen, wenn man so aufwächst, dachte ich. Wahrscheinlich wusste man dann gar nicht zu schätzen, wie gut man es hatte. Und vermutlich hatte man die gleichen Probleme, wie wenn man in Deutschland oder in vielen anderen Teilen dieser Erde aufwuchs. Kinder wollten groß werden und all das dürfen, was die Erwachsenen durften, Teenager mussten sich von ihren Eltern lösen und ihren eigenen Weg finden, alle mussten mit Krankheit, Trennungen, Tod zurechtkommen.

»Hier ist Livs Zimmer, dort Elins, auf der Seite wohnt

Sofia, daneben ist das Bad, dahinten schlafen wir, und um die Ecke haben wir noch zwei Gästezimmer«, erzählte Leo weiter. »Das eine habe ich momentan in Beschlag genommen.«

Er grinste fast ein bisschen verlegen und öffnete die Tür. Vor uns lag ein gemütliches Zimmer mit Dachschräge, das Fenster zeigte Richtung Vorgarten und Auffahrt. Die Wände leuchteten in zartem Hellgelb, neben den Fenstern wehten luftige weiße Vorhänge mit bunten Blumen. Es standen ein großes weißes Himmelbett, ein weißer Schrank und ein weißer Sekretär mit Stuhl in dem Raum. Alles war voller Papiere, Bücher, Fotos. Vor dem Bett stand ein geöffneter Umzugskarton, der halb ausgepackt war. Ein Windstoß zog durch den Raum und drohte die Blätter aufzuwirbeln. Hastig traten wir ein, und Leo schloss die Tür hinter uns. Trotz des offenen Fensters lag ein muffiger Geruch in der Luft.

»Was ist das?«, fragte ich.

»Das sind alte Briefe, ein paar Ordner und Fotoalben unserer Eltern und irgendwelcher anderer Verwandter«, erklärte Leo. »Hab ich beim Aufräumen des Dachbodens in Kartons gefunden. In einem Karton steckte eine Holzkiste mit Tagebüchern und ein paar Briefen dieser Maria, von der ich euch erzählt habe.«

»Ich wusste, dass du die Sachen hast«, schoss es da aus Mona heraus. »Warum hast du diese Kiste mitgenommen? Sie gehört mir.«

»Wieso gehört sie dir? Es scheinen doch vor allem Unterlagen unserer Eltern darin zu sein«, fragte Beate.

»Weil ich diese Sachen beim Ausmisten nach Horsts Tod entdeckt habe und Renate mir versprochen hat, dass ich sie eines Tages bekomme.« Sie schnaufte. »Es wäre das Einzige gewesen, was ich von unseren Eltern jemals bekommen habe. Oder hätte bekommen sollen.«

»Moment mal«, fiel ich ein. »Geht es hier um diese Kiste, von der du damals erzählt hast? Wegen der ich mit Leo so aneinandergeraten bin, obwohl ich davon überhaupt keine Ahnung hatte?« Ich sah zu meinem Bruder hinüber und hoffte, dass er verstand, dass ich mit der Sache nichts zu tun hatte. »Du hast mir erzählt, da seien irgendwelche Zeugnisse und Fotos von *dir* drin.«

»Ach, was weiß denn ich, was ich damals erzählt habe. Wahrscheinlich warst du mir einfach zu neugierig«, schimpfte sie.

Ich wich zurück. »Ich war nicht neugierig. Ich habe ja überhaupt nicht weiter nachgefragt.« Warum musste ich mich jetzt verteidigen? »Ich hatte bloß gerade Leo besucht und hinterher erfahren, dass er stinksauer wegen eines Anrufs von dir war, in dem du ihm, offenbar ziemlich lautstark, vorgeworfen hattest, er habe etwas aus deinem Eigentum mitgenommen. Beinahe so, als hätte er dir *absichtlich* etwas gestohlen. Und dadurch ist unser Treffen damals so unglücklich verlaufen. Er war böse auf mich und hat mich quasi rausgeworfen, weil er meinte, ich würde mit dir unter einer Decke stecken. Da wird man ja wohl seine Schwester mal fragen dürfen!«

Ich war wirklich sauer, sonst hätte ich mich nie so gehen lassen. Was bildete Mona sich ein?

»Ich kann mich gut an diesen Tag erinnern«, sagte Leo leise.

»Ich mich auch«, sagte ich, nun etwas ruhiger. »Zumal ich mich danach nicht wieder zu dir getraut habe, weil ich dachte, es wäre irgendwie meine Schuld gewesen.«

»Ach, Christine«, sagte Leo, »ich habe nie etwas gegen dich gehabt.« Er zuckte hilflos mit den Schultern.

Unwillkürlich drohten Tränen in mir aufzusteigen, schnell wischte ich mir mit den Händen über die Augen und holte tief Luft. »Das alles für nichts?«, fragte ich dann.

Leo stand genauso ohnmächtig, wie ich mich fühlte, in der Ecke am Fenster. »Na ja«, begann er zaghaft, »und weil ihr mich immer geschnitten habt.«

»Pah, wir dich geschnitten«, keifte Mona. »Dass ich nicht lache. Du hast doch immer alles in den Hintern geblasen bekommen, dich haben unsere Eltern die ganze Zeit bevorzugt. Leonhard hier, Leonhard da. Wir konnten sehen, wo wir bleiben. Nie hast du dich mal auf unsere Seite gestellt, hast dich immer nur um dich gekümmert und gemacht, was du wolltest. Am Ende hast du unserem Vater auch noch das Herz gebrochen, weil du seinen Laden nicht übernehmen wolltest und dich dann nach Schweden aus dem Staub gemacht hast. Uns mit unserer verbitterten Mutter allein gelassen. Wir durften uns um die Frau kümmern, die sich nie um uns geschert hat. Du hast dir immer nur die Rosinen rausgepickt. Und trotzdem hast du all die schönen Sachen geerbt.« Wütend drehte Mona sich um und starrte mit vor der Brust verschränkten Armen die Wand hinter sich an.

Leo seufzte und fuhr sich durch das Haar. Mit einem Mal sah er sehr alt und müde aus. Er nahm einen Stapel Papiere vom Schreibtischstuhl und ließ sich darauf fallen. Er tat mir plötzlich sehr leid.

»So war es gar nicht«, flüsterte er.

»Doch, so war es«, giftete Mona. »Genau so.«

»Bitte«, sagte ich. »Lasst jetzt mal Leo erzählen. Ich möchte seine Sicht der Dinge hören. Endlich.«

Ich schob ein paar Fotos, die auf dem Bett lagen, zur Seite und setzte mich auf die frei gewordene Ecke. Aus den Augenwinkeln nahm ich wahr, wie Beate sich auf den Boden rutschen ließ und an die Wand lehnte. Nur Mona blieb stehen, drehte sich jedoch mit nach wie vor verschränkten Armen offensichtlich widerwillig um.

Eine Weile sah Leo mich mit leerem Blick an, er schien nachzudenken, doch dann bemerkte ich, dass ein Wandel in ihm vorging. Er rieb sich mit den Händen über das Gesicht, wie um Erschöpfung und Zweifel fortzuwischen, und setzte sich aufrechter.

»Na schön«, sagte er. »Vielleicht ist es jetzt wirklich an der Zeit, alles ganz offen zu besprechen, trotz aller Ängste. Wir haben uns nie mal alle vier hingesetzt und in Ruhe – oder wenigstens halbwegs in Ruhe – darüber geredet, wer in unserer Familie welche Verletzungen zu ertragen hatte.« Leo schaute von einem zum anderen, niemand sagte etwas. Beate sah ich aus dem Augenwinkel nicken. Leo nickte ebenfalls. »Ich habe mich immer wie ein Fremdkörper in unserer Familie gefühlt«, begann er langsam. »Eigentlich weiß ich gar nicht, wieso, aber dieses Gefühl habe ich rückblickend im Grunde schon, seit ich denken kann. Unsere Eltern haben mich geliebt, ja, das habe ich gemerkt, und irgendwann, viel, viel später, habe ich das Gefühl gehabt, dass sie mich sogar mehr liebten als euch, aber ich habe mir das nicht ausgesucht, ganz bestimmt nicht.«

»Das mag sein, du hast es dennoch ausgenutzt«, erwiderte Mona, nicht mehr ganz so laut.

»Wahrscheinlich schon«, gab Leonhard zu. »Ich habe es als kleiner Junge genossen, alles zu dürfen und alles zu bekommen, was ich haben wollte. Natürlich, welches Kind würde das nicht ausnutzen? Ich habe das nicht durchschaut. Ich war doch ein Kind! Wie hätte ich erkennen sollen, dass nur meine Wünsche erfüllt wurden und eure nicht? Im Gegenzug wurde ich dafür herumgereicht und präsentiert vor Verwandten und Bekannten, musste immer den gut erzogenen Jungen geben, höflich sein, gepflegt aussehen, durfte nicht raufen, toben, auf Bäume klettern oder sonst irgendwas machen, das Jungen in dem Alter so tun. Sie wollten mich wohl beschützen, hatten Angst um mich, auch das begriff ich erst viele Jahre später. Bereits von klein auf haben sie mir eingeimpft, dass ich Vaters Geschäft mal übernehmen würde. Das war ganz klar, und als Kind war ich stolz darauf. Irgendwann begann ich aber, das alles nervig zu finden. Ich merkte, dass ich anders war, als sie sich mich vorstellten. Wir kamen einfach in so vielen Punkten nicht zueinander, konnten nicht miteinander reden. Und dann merkte ich, dass ich ihre Erwartungen nicht erfüllen konnte, schon gar nicht in der Schule, wo ich zu dem Zeitpunkt keine besondere Leuchte war. Ich hatte keine Lust mehr, überall das Mustersöhnchen zu geben, die Liebe und Fürsorge unserer Eltern drohte mich zu erdrücken.« Er seufzte erneut.

Auf mich wirkte mein Bruder, als hätte er jahrelang darauf gewartet, das alles endlich loszuwerden. »Und dann hast du angefangen zu rebellieren, stimmt's?«, fragte ich.

»Genau«, fuhr er fort. »Ich ging so schnell wie möglich von der Schule ab und machte eine Lehre. Irgendeine, völlig egal welche, Hauptsache weg. Als Schlosser konnte ich sofort anfangen, da waren meine Noten nicht so wichtig. Ich verdiente mein eigenes Geld, natürlich nicht sehr viel am Anfang, aber ich schaffte etwas aus eigener Kraft. Das stärkte mein Selbstbewusstsein sehr. Leider begriffen unsere Eltern nicht, dass ich damit auch aus der Verantwortung, das Geschäft übernehmen zu müssen, herauskommen wollte. Ganz im Gegenteil, sie haben es nach dem ersten Schock sogar so hingedreht, dass das vielleicht ganz gut zu einem Baubedarfsgeschäft passen würde. Das eigentliche Handwerk wollte mir Vater dann nach und nach beibringen. Ihr wisst schon, Buchführung und so. Also musste ich mir etwas anderes einfallen lassen, um aus der Nummer rauszukommen.« Leo verstummte für einen Moment und blickte aus dem Fenster.

Meinen Schwestern und mir hatte es die Sprache verschlagen. Dies waren für uns völlig neue Töne. Nie hatten wir unseren Bruder nachdenklich erlebt, nie erwartet, dass es in seiner Kindheit oder später in seiner Jugend auch nicht leicht gewesen sein könnte. Natürlich hatten wir die Streitereien zwischen ihm und unseren Eltern mitbekommen, dennoch hatten wir in Leo immer nur den bevorzugten, eingebildeten Bengel gesehen, niemals den eingeengten, traurigen und einsamen Jungen. Ich konnte nicht einschätzen, was diese Erkenntnis mit Mona und Beate machte, mich jedenfalls schockierte sie sehr.

»Und du hast es geschafft«, sagte ich, um Leo zu ermutigen weiterzusprechen.

»Ja. Ich machte nebenbei an der Abendschule mein Abi«, fuhr Leo fort, »und schloss mit einem Notendurchschnitt ab, der mich selbst überraschte. Wahrscheinlich bist du endlich auf der richtigen Spur, dachte ich damals. Damit konnte ich sogar Medizin studieren, das Fach, das mir am weitesten von unseren Eltern und ihrem Geschäft entfernt schien und das mich am meisten interessierte. Es lief erstaunlich gut und machte mir sogar Spaß. Im Urlaub mit ein paar Studienkollegen lernte ich dann Åsa kennen. Ich wusste gleich, dass sie die Richtige für mich ist, und sie erzählte mir, dass Ärzte in Schweden händeringend gesucht würden. Ich besuchte einen Schwedisch-Kurs und bekam erstaunlich schnell eine Anstellung. Den Rest kennt ihr ja. Es fügte sich einfach alles bei mir. Arbeit, Liebe und dass ich mich so ganz leicht aus meiner Verantwortung zu Hause stehlen konnte.« Er zuckte mit den Schultern.

Eine Weile war es völlig still im Raum.

»Ich glaube, ich verstehe dich«, sagte ich schließlich. »Aber ich verstehe nicht, wieso wir uns danach aus den Augen verloren haben. Und wieso wir uns … wie soll ich sagen … zerstritten haben.«

»Das verstehe ich auch nicht so recht, Christine«, antwortete Leo. »Vor allem du und ich. Wir hatten eigentlich keine Probleme miteinander. Es war schwieriger mit euch«, er blickte sorgenvoll zu Mona und Beate hinüber. »Ihr wart immer wie eine Einheit gegen mich, wie eine Mauer. Ich hatte das Gefühl, dass ihr mich regelrecht hasst.«

»Pff«, machte Mona und schaute wieder die Wand an.

»Du, Christine«, fuhr Leo fort, »kamst nach mir, du warst nicht Teil dieser ›Verschwörung‹ gegen mich beziehungsweise gehörtest ebenso wie ich nicht so richtig dazu.«

»Was meinst du damit?«, fragte ich.

»Es kam mir einfach so vor, als würden Mona und Beate immer zusammenhalten. Aber anstatt dich mit mir zu verbünden oder dich zumindest mal auf meine Seite zu stellen, hast du versucht, zu deinen Schwestern zu gehören.«

Ich fühlte mich durch diese Bemerkung angegriffen, sodass ich schon etwas zu meiner Verteidigung sagen wollte, doch dann horchte ich tiefer in mich hinein und begriff, dass Leo nicht ganz unrecht hatte.

»Leo, ich hatte nie das Gefühl, dass ich nicht dazugehören würde.« Ich schaute zu Mona und Beate hinüber und dachte darüber nach, wie eng mein Verhältnis gerade auch zu Beate war, wir waren eigentlich wie beste Freundinnen. Besonders während meiner Trennung von Heiko und der darauffolgenden Scheidung hatte sie mir immer wieder zugehört und eine Schulter zum Ausweinen geboten. »Aber ich muss dir recht geben darin, dass sie schon immer eine starke Einheit gebildet haben und ich mich an ihnen orientiert habe«, fuhr ich fort. »Oft genug habe ich auch zwischen ihnen vermittelt. Ich gebe zu, dass ich dich und deine Sorgen nicht wahrgenommen habe.« Ich hielt inne, kam erneut ins Grübeln. »Vielleicht bin ich auch bloß zu feige gewesen, um mich zu deinen Gunsten gegen sie zu stellen«, musste ich mir schließlich eingestehen. »Es ist immer leichter, auf der Seite der Starken zu stehen als auf der der Schwachen. Andererseits kamst du uns ja auch gar nicht schwach vor, du hattest jederzeit die Unterstützung unserer Eltern. So wirkte es jedenfalls damals.«

Leo nickte. »Es ist seltsam. Ich bin früher immer am besten mit dir klargekommen, Christine, obwohl diejenige, die am meisten den Kontakt zu mir gesucht hat, Beate war.«

»Wie bitte?« Mona wandte sich abrupt um. »Seit wann steht ihr wieder in Kontakt?«

»Seit Mutters Tod, nicht, Beate?« Leo war sich offenbar keiner Schuld bewusst. Mona hingegen war schon wieder auf hundertachtzig.

»Also seit zehn Jahren?« Sie war außer sich. »Du hast seit zehn Jahren wieder Verbindung zu unserem Bruder, erzählst ihm womöglich brühwarm alles aus unserem Leben und hältst es noch nicht einmal für nötig, uns darüber in Kenntnis zu setzen?«

Beate richtete sich auf. »Ich weiß gar nicht, warum du dich so darüber aufregst. Als Leo zur Beerdigung unserer Mutter kam, haben wir uns ein bisschen unterhalten, danach haben wir uns dann und wann geschrieben oder Fotos der Kinder gemailt und gelegentlich telefoniert. Was ist denn dabei?«

»Was dabei ist? Wir haben uns alle von Leo ferngehalten, nur du nicht. Ohne es uns zu sagen. Das nennt man jemanden zu hintergehen, Beate«, schimpfte Mona.

»Wieso, du hättest das ja auch machen können. Wir haben nie vereinbart, dass wir nicht mit Leo sprechen dürfen. Wie kindisch wäre das auch.« Nun war Beate diejenige, die die Arme vor der Brust verschränkte, während Mona wie ein Tiger auf und ab lief.

»Ich fasse es nicht.«

»Ich habe Leo ebenfalls dann und wann geschrieben«, gab ich zu, woraufhin ich einen wütenden Blick von Mona erntete. »Und wenn ich gewusst hätte, dass ihr«, ich sah von Beate zu Leo und wieder zurück, »auch miteinander zu tun hattet, hätte ich vielleicht noch mehr unternommen. Ich habe es immer so sehr bedauert, dass sich unsere Kinder nie kennengelernt haben, Leo.« Ich schüttelte den Kopf. »Warum hast du denn bloß nichts gesagt, Beate? Ich habe dir doch erzählt, dass ich mich seit dem Treffen mit Leo auf Södermalm nicht mehr so recht an ihn herangewagt habe. Wenn ich gewusst hätte, dass ihr euch wieder angenähert habt, hätte ich es auch versucht.«

»Tut mir leid«, sagte Beate. »Aber wie du dich erinnern wirst, hast du mir erst gestern von dem Vorfall erzählt.«

»Okay. Ja, stimmt wohl«, musste ich zugeben. »Vielleicht hätten wir einfach mal offen über die ganze Angelegenheit sprechen sollen«, meinte ich resigniert.

Beate nickte. »Das wäre wahrscheinlich sinnvoll gewesen. Aber irgendwie scheinst du, Leo, immer ein Tabuthema zwischen uns gewesen zu sein.«

»Hier kommen ja vielleicht Sachen auf den Tisch …«, sagte Mona.

»Ja, genau«, meinte Beate, »und ich bin froh drum. Apropos ›Sachen auf den Tisch‹. Was ist jetzt eigentlich mit dieser geheimnisvollen Kiste?«

»Das würde ich auch gern mal wissen. Also, was sind das für Unterlagen, Mona, dass sie solch einen Wert für dich haben?«, fragte Leo ganz ruhig.

»Das habe ich euch doch schon hundertmal erklärt«, sagte Mona genervt.

»Nein«, schaltete sich nun Beate wieder ein. »Das hast du nicht.«

»Ihr müsstet es inzwischen aber längst selbst herausgefunden haben. Leo hat's ja auch erklärt. Briefe unserer Eltern, alte Familienfotos, Zeugnisse von mir. So Kram halt, nichts Interessantes.«

»Das scheint mir aber doch«, meinte Leo. »Warum hast du so ein Interesse daran, diese Kiste zu bekommen, dass du uns sogar angelogen hast?«

»Das ist eine Frechheit«, giftete Mona, »ich habe euch nicht angelogen.«

»Das hast du wohl«, sagte Beate. »Du hast Christine erzählt, da seien nur Zeugnisse und Fotos von *dir* drin.«

»Ach, lasst mich doch alle in Ruhe. Mir reicht es jetzt, ich gehe. Und ich nehme das hier mit.« Wütend begann Mona, alles, was auf dem Bett und dem Boden verstreut lag, in die Kiste zu werfen.

»Halt«, rief Beate, »was tust du denn da?« Sie griff nach Monas Arm, doch die schüttelte sie ab.

»Ich nehme nur mit, was meins ist.« Sie machte unbeirrt weiter.

»Das wirst du nicht«, schritt Leo ein und stellte sich drohend vor Mona, versperrte ihr so den Weg zur Tür. Dann hielt er ihr ein blaues samtenes Säckchen vor die Nase. »Oder könnte dein Ärger vor allem hiermit zu tun haben?«

»Was ist das?«, fragte Beate, während Mona nur starr auf den hübschen Beutel vor ihrem Gesicht sah.

»Schmuck«, erwiderte Leo lapidar. »Er wirkt ziemlich wertvoll.«

»Zeig mal«, sagte Beate und hielt die Hand auf. Leo reichte ihr das Säckchen, und sie zog ein mit Diamanten besetztes Armband daraus hervor. »Das ist von unserer Oma«, sagte sie. Ich trat zu ihr, um mir das Armband genauer anzusehen. Es kam mir nicht bekannt vor, aber ich konnte mich an unsere Oma ohnehin kaum noch erinnern. »Woher hast du es?«, fragte Beate.

»Aus *Monas* Kiste.«

Alle Blicke richteten sich auf Mona.

»Es ging nicht nur um irgendwelche Unterlagen in dieser Kiste, die angeblich dir gehörte und die Leo dir weggenommen haben soll«, fasste Beate beinahe beängstigend ruhig zusammen, »es ging dir um Omas Schmuck.« Sie griff ein weiteres Mal in das Säckchen und förderte eine zu dem Armband passende, ebenfalls mit Diamanten besetzte Halskette zutage.

»Ich habe keine Ahnung, was das ist«, entgegnete Mona, doch ihre Stimme war nur ein Flüstern, was sie verriet. Ihre sonst so allgegenwärtige Selbstsicherheit war verschwunden, ihre Fassade gebrochen. Ohnehin glaubte ihr niemand mehr. »Natürlich ging es mir um die Unterlagen. Da waren Tagebücher drin, die ich …«, fuhr sie fort und hielt wieder inne. Und plötzlich war sie wieder da, ihre – wie sie ja behauptet hatte – über Jahre antrainierte Schutzschicht aus Selbstbewusstsein gepaart mit einem Hauch Arroganz. »Ach, kommt… Was soll das hier alles? Dann behaltet doch den ganzen Kram«, fauchte Mona, »ist eh nichts Wichtiges, nur Familienerinnerungen. Werdet glücklich damit.« Sie ließ die Papiere los, die sie eben noch in der Hand gehabt hatte, und wollte sich an Leo vorbeischieben, der blieb jedoch standhaft. »Ich habe keine Lust darauf, dass ihr alle auf mir herumhackt. Das bringt nichts. Wir werden nie Freunde werden, Leo. Lass mich jetzt durch.«

Unser Bruder sah erst zu Beate, dann zu mir.

»Lass sie durch, Leo. Wenn sie so drauf ist, kann man sowieso nicht mit ihr reden«, sagte Beate.

Ich zuckte hilflos mit den Schultern, woraufhin Leo zur Seite trat.

Mona drehte sich an der Tür noch einmal um. »Ihr seid Verräterinnen«, sagte sie an Beate und mich gewandt, dann zog sie die Tür hinter sich zu und ging.

Wir hörten ihre Schritte auf der Treppe und schließlich die Haustür ins Schloss fallen. Durch das Fenster konnte ich sie mit schaukelnder Handtasche und wehender Strickjacke in der Hand über den Rasen und die Auffahrt hinuntereilen sehen. Dann verschwand sie aus meinem Blickfeld. Leo, Beate und ich sahen uns betrübt an, keiner sagte einen Ton. Da klopfte es zaghaft an der Zimmertür.

»Ist alles in Ordnung?«, fragte Åsa. »Ich habe gehört, dass jemand aus dem Haus gegangen ist.«

»Nein, nichts ist in Ordnung«, sagte Leo. »Mona hat es vorgezogen, uns zu verlassen, nachdem wir herausgefunden haben, dass sie mehr über diese Dokumente wissen muss, als sie zugeben will. Und vor allem, nachdem ich sie mit dem Schmuck unserer Großmutter konfrontiert habe, den sie uns ganz offenbar vorenthalten wollte.«

»Oje.« Åsa seufzte. »Meint ihr, dass sie sich wieder beruhigen wird?«

»Keine Ahnung«, erwiderte Beate. »Sie ist ja immer schnell aufbrausend, aber diesmal fühlt sie sich von uns allen hintergangen, meint, wir hätten uns gegen sie verschworen. Was seltsam ist, denn eigentlich hat sie *uns* hintergangen. Kann sein, dass wir sie heute nicht mehr zu Gesicht bekommen.«

»Wie schlimm ist das mit dem Schmuck?«, fragte Åsa weiter.

»Na ja«, gab Beate zurück. »Böse ausgedrückt könnte man sagen, sie wollte uns übervorteilen. Der Schmuck ist sehr wertvoll.«

»Noch böser ausgedrückt: Sie wollte uns bestehlen, also das tun, was sie mir immer vorgeworfen hat. Kurios.« Leo war so verwirrt, dass er beinahe schmunzelte. »Warum nur hat sie den Schmuck haben wollen?«

»Sie war sauer, weil du so viele tolle Teile aus Omas und Opas Vermächtnis bekommen hast, Leo«, erklärte Beate. »Sie wollte wahrscheinlich auch etwas haben.«

»Oder sie brauchte Geld«, grübelte ich. »Sie hat doch

erzählt, dass sie sich mit miesen Jobs durchschlagen musste, um sich ihren Traum von einem Gesangsstudium zu erfüllen. Da hätte ihr der Schmuck bestimmt geholfen.«

»Meinst du wirklich, dass sie ihn verkauft hätte?« Beate war sich da offenbar nicht so sicher. »Sie hing doch so an Omas Sachen.«

Ich zuckte mit den Schultern. »Wieder etwas, das wir nur von ihr selbst erfahren können.«

»Meine Güte … Warum hat sie denn nichts gesagt?« Leonhard schüttelte den Kopf. »Åsas Familie ist sehr wohlhabend, ihre Eltern haben uns immer unterstützt. Wir sind nicht darauf angewiesen. Außerdem bin ich kein Unmensch. Ich hätte ihr den Schmuck sofort gegeben, wenn sie etwas gesagt hätte.«

»Tja, davon wäre Mona im Leben nicht ausgegangen«, bemerkte Beate.

Hilflos sahen wir uns eine Weile an, bis Leo schließlich tief ein- und wieder ausatmete.

»Vielleicht machen wir erst einmal allein hier weiter«, sagte er. »Obwohl ich den Eindruck habe, dass gerade Mona Licht ins Dunkel bringen könnte. Es war so vieles in dieser Kiste, das ich nicht verstehe. Es waren tatsächlich auch ein paar Unterlagen von ihr drin, sie liegen dort auf dem Schreibtisch«, er zeigte auf eine Registermappe. Leo musste alles, was offensichtlich Mona gehörte, fein säuberlich einsortiert haben. »Ich wollte ihr die Mappe eigentlich mitgeben. Und wie ich schon sagte, waren außerdem Briefe unserer Eltern in der Kiste, alte Fotos von Menschen, die ich nicht kenne, und Briefe einer gewissen Maria aus Karlskrona, die sich mit ein paar Leuten in einem Kaff namens Ellanda geschrieben hat. Außerdem ein paar Kladden, wohl Tagebücher. Wusstet ihr, dass wir Verwandte in Schweden haben? Oder hatten?«

»Nein. Wen denn?«, fragte ich.

»Das kann ich nicht genau sagen. Es scheint nur so, als hätten irgendwelche unserer Ahnen in der Nähe von Växjö, das ist eine Stadt in Småland, gelebt.«

»Was?«, fragten Beate und ich wie aus einem Mund.

»Wie kann das denn sein?«, wollte ich wissen.

Und Beate ergänzte: »Und woher weißt du das?«

»Ich habe die Briefe und Tagebücher überflogen. Sie sind auf Schwedisch«, erklärte Leo. »Und ich habe mich gefragt: Was machen sie im Nachlass unserer Eltern, wenn es nicht irgendeine verwandtschaftliche Verbindung zu Maria gibt?«

Das klang logisch, auch wenn ich mir keinen Reim auf das Ganze machen konnte. »Unsere Eltern haben nie etwas von einer schwedischen Verwandtschaft erzählt«, meinte ich. »Oder?« Fragend sah ich Leo und Beate an, die beide den Kopf schüttelten. »Und selbst wenn es eine sehr entfernte Verwandtschaft gewesen wäre, die ihnen nicht weiter wichtig war, hätten sie dann nicht zumindest etwas gesagt, als du, Leo, mit Åsa zusammengekommen bist? Oder als ich das Auslandssemester in Uppsala angetreten habe? Oder als Mona in Stockholm auftrat? Hätte man da nicht normalerweise so etwas gesagt wie: ›Oh, wie lustig, wir haben doch Verwandte in Schweden, die könntet ihr mal besuchen.‹ Oder nicht?« Ich war verwirrt.

»Das würde dafür sprechen, dass es entweder keine Verwandten von uns sind und die Unterlagen zufällig in den Besitz unserer Eltern gelangt sind«, überlegte Beate, »oder dass sie schlichtweg nichts von diesem Teil unserer

Familie wussten. Und da sie die Briefe und Tagebücher nicht verstanden haben – denn ich bezweifle stark, dass unsere Eltern Schwedisch konnten –, haben sie sie einfach ignoriert.«

»Aber in dem Fall hätten sie sie doch auch wegwerfen können«, gab ich zu bedenken.

»Ich habe noch eine andere Idee«, warf Leo ein. »Könnte es sein, dass unsere Eltern etwas geheim halten wollten?« Fragend sahen Beate und ich unseren Bruder an. »Lasst mich euch von einem dieser Tagebücher erzählen«, entgegnete er.

13

Mona

Wütend stürmte ich davon. Was sollte das alles? Was warfen sie mir vor? Warum stand *ich* hier als die Dumme da? Nur wegen eines blöden Kartons mit alten Sachen? Sollten sie den Kram doch behalten, wenn er ihnen so wichtig war. Sie würden ohnehin nichts damit anfangen können, da war ich mir sicher.

Nach allem, was Renate mir damals erklärt hatte, handelte es sich um Briefe unserer Großeltern und Eltern, Onkel und Tanten. Es waren Geburts-, Tauf- und Heiratsurkunden dabei – und eben die Sachen von Maria. Nichts Wichtiges eigentlich. Es war nur interessant … für mich. Vermutlich für niemanden sonst. Doch ich wollte noch nicht mit der Sache herausrücken, wollte mir erst selbst meine Fragen beantworten, bevor ich mit meinen Geschwistern sprach. Dafür brauchte ich die Tagebücher dieser Maria, die zusammen mit vielem anderen in dieser Kiste gelegen hatten all die Jahre. Offenbar tatsächlich nur vergessen auf einem Dachboden, hatte die Antwort auf all die Fragen geschlummert, die ich mir vor Jahren angefangen hatte zu stellen. Und ich hatte Leo Diebstahl vorgeworfen!

Nun erkannte ich, wie dumm das gewesen war. Ich hätte damals einfach sagen sollen: »Hey, ich vermisse da eine ganz bestimmte Kiste, die mit einem blauen Band zugeschnürt ist. Kann es sein, dass jemand von euch sie aus Versehen an sich genommen hat, als wir das Haus ausgeräumt haben?« Dann hätte vermutlich niemals jemand diese Kiste geöffnet, und ich hätte sie wieder bei mir gehabt. Niemand hätte je bemerkt, dass ich die Briefe, die Tagebücher und Omas unglaublich kostbaren Schmuck in meinen Besitz hatte bringen wollen. Er hatte mir mein Gesangsstudium finanzieren sollen, für das meine Eltern kein Verständnis gehabt hatten und schon gar kein Geld hatten geben wollen. Geld war ja immer nur für Leos Wünsche da gewesen. So hatte ich meine Zeit damit vertrödeln müssen, an irgendwelchen Supermarktkassen zu sitzen oder Regale einzuräumen, um mich während des Studiums über Wasser zu halten. Ich hatte zeitweise zwei bis drei Jobs gleichzeitig gehabt. Es war eine wirklich harte Zeit gewesen. Aber am Ende war ich ausgebildete Jazzsängerin, und dann endlich konnte mein Leben beginnen! Ich war so dumm gewesen damals. Und jetzt sah ich keine Möglichkeit, aus dieser Nummer unbeschadet wieder herauszukommen.

Es war lustig, dass Leo gesagt hatte, er habe sich immer wie ein Fremdkörper in unserer Familie gefühlt, denn genau so erging es mir auch. Vielleicht war es etwas anders als bei ihm, denn er war der Junge im Haus, der Erbe, die ganze Hoffnung seiner Eltern darauf, dass ihr Lebenswerk fortgeführt würde. Und damit hatte er die ganze Zeit allein dagestanden, das sah ich nun ein. Er hatte es auch nicht leicht gehabt. Bei mir war es eher so, dass ich immer das Gefühl hatte, nicht zu dieser Familie zu passen. Sie waren alle so spießig, konservativ und verbohrt, verfolgten einen klaren Weg, der von Anbeginn an vorgegeben war und den sie niemals infrage stellten. Selbst meine Schwestern waren so.

Beate hatte früh geheiratet und dann alles gemacht, was ihr Mann gewollt und was ihr Umfeld von ihr erwartet hatte. Brav Kinder bekommen, sich aufopfernd um sie gekümmert und später ein bisschen was zum Haushaltsgeld dazuverdient. Christine hatte sich zwar etwas »moderner« entwickelt, wenn man so wollte, aber auch bei ihr war alles wie am Schnürchen gelaufen: Abitur, Studium, Hochzeit, Referendariat, Anstellung als Lehrerin, zwei hübsche Kinder. Der einzige Bruch in ihrem Lebenslauf war ihre Scheidung.

Ich war da ganz anders, ebenso zielstrebig zwar, doch ich nahm das mit, was sich mir am Wegesrand bot, ließ mich treiben. Früher war ich mal in diese, mal in jene Stadt gezogen, hatte einen Freund hier, dann dort gehabt, zwischendurch auch mal eine Freundin. Ich hatte schon früh die Musik für mich entdeckt, bereits in der Grundschule, würde ich behaupten, aber es war mein Musiklehrer in der Oberstufe gewesen, der meine Leidenschaft für den Gesang in mir entfacht hatte, insbesondere für den Jazzgesang. Und nicht nur das, auch die Leidenschaft für sich. Wir hatten ein Schuljahr lang eine heiße Affäre – er war mein erster Mann –, danach hatte ich mein Abi in der Tasche und ging fort. Wir sahen uns nie wieder, der Gesang dagegen blieb. Ich war das Gegenteil von spießig, ich war wild, rebellisch, wagemutig und hing am liebsten mit Alternativen ab, Künstlern natürlich, und solchen, die es gern sein wollten.

Schon als Jugendliche hatte ich mich oft gefragt, ob ich als Baby womöglich vertauscht worden war. Das war natürlich albern, und ich kann auch gar nicht sagen, warum mir das so wichtig war zu erfahren, aber ich wollte einfach in diesen alten Unterlagen ein bisschen nachforschen. Vielleicht hatte es ja noch jemanden wie mich in der Familie gegeben? Eine Art schwarzes Schaf, das seinen eigenen Weg gegangen und von der Familie verstoßen worden war.

In diesem Moment vibrierte mein Handy. Eine WhatsApp. Wollten sie mich auffordern zurückzukommen? Nein, eine unbekannte Nummer. Ich öffnete die Nachricht.

Hej, Mona. Was machst du gerade? Es war schön, dich gestern nach so langer Zeit wiederzusehen. Hast du Lust, das zu wiederholen? Heute ist midsommar. Lass uns etwas zusammen machen. xxx, Jonas

Jonas … Ich spürte eine Welle der Erleichterung. Ich fühlte mich gerade wie der einsamste Mensch auf der Welt, da kam mir eine Nachricht von ihm genau recht. Schnell tippte ich zurück:

Bin irgendwo in Djursholm. Lief nicht so gut mit meinem Bruder. Bin dort heute Abend zum Feiern eingeladen, aber wird jetzt wohl nichts mehr. Also gern … M.

Ich sah mich um. Wo war ich eigentlich? Ich war einfach losgelaufen, erst am Wasser entlang, dann irgendwo abgebogen. Jetzt hatte ich keine Ahnung mehr, wo ich mich befand und wie ich wieder zur U-Bahn kam.

Die Antwort von Jonas ließ nicht lange auf sich warten.

Sieh dich nach einem Straßenschild um und bleib, wo du bist. Komme so schnell wie möglich zu dir.

Mein Retter! Ich stand mitten in einem Wohngebiet mit ziemlich großen Grundstücken an einer ziemlich kleinen Straße. Auf der Suche nach einem Schild lief ich weiter. Ah, eine Kreuzung.

Slottsvägen, Ecke Henrik Palmes Allé tippte ich. *Beeil dich, bitte!*

Zwanzig Minuten später bog Jonas mit seinem schwarzen Volvo um die Ecke. Erleichtert warf ich mich ihm in die Arme und dachte erst im zweiten Moment darüber nach, wie man das auffassen konnte.

»Was ist denn passiert?«, fragte er sanft und strich mir eine Haarsträhne aus dem Gesicht.

»Was total Blödes, eigentlich. Wir haben uns bloß über eine Kiste voller alter Briefe gestritten. Leo hat mir vorgeworfen, ich hätte sie alle angelogen. Die anderen haben das auch gemeint, jedenfalls haben sie nichts dagegen gesagt. Deshalb bin ich dann gegangen.«

»Kann man das denn nicht klären?«, fragte Jonas einfühlsam.

Unbewusst rieb ich mir über die Stirn, denn dies war der wirklich unangenehme Teil. »Na ja, ehrlich gesagt waren in der dämlichen Kiste nicht nur diese alten Briefe, sondern auch Tagebücher und ein Samtbeutel mit ziemlich wertvollem Schmuck unserer Oma. Ich hatte ihn nach dem Tod unseres Vaters in seinem Nachtschrank gefunden und beiseitegeschafft, um damit mein Gesangsstudium zu finanzieren.« Jonas sah mich gespannt an. Er lächelte ein wenig, so als ob er ahnte, was nun folgen würde, sagte aber nichts. »Den anderen habe ich nichts davon erzählt«, gab ich leise zu. »Sie hätten es mir vielleicht ausgeredet oder, schlimmer noch, ihren Anteil haben wollen.«

Zärtlich legte Jonas seinen Finger unter mein Kinn und hob mein Gesicht an. »Du hast richtig Mist gebaut«, stellte er nüchtern fest. Ich konnte keinen Vorwurf in seiner Stimme ausmachen, deshalb nickte ich. »Komm, steig ein. Nicht weit von hier ist das Zentrum, vielleicht finden wir dort ein Café, das noch geöffnet hat«, sprach er leichthin weiter. »Diese dumme Geschichte lässt sich bestimmt wieder geraderücken.«

Ich bezweifelte das zwar, aber Jonas' ruhige Art tat mir gut, sofort entspannte ich mich. Er wusste einfach immer, was zu tun war, wenn ich mich mal wieder in irgendetwas verrannt hatte. Er brauchte nicht viel zu sagen, es reichte, dass er bei mir war. Ich spürte, dass die alte Verbundenheit zwischen uns sofort wieder da war.

Ich sah auf die Uhr. »Es ist gerade mal halb eins. Ich hoffe doch stark, dass da noch ein Café geöffnet hat.«

»Na ja, es ist halt *midsommarafton*, da schließen die Geschäfte am frühen Nachmittag. Selbst in Stockholm. Die Straßen sind dann zum Teil wie ausgestorben.«

»Ach ja, Mittsommer …« Ich verzog das Gesicht. »Das Fest werde ich ja nun wohl verpassen.«

»Nein, ganz bestimmt nicht, du hast schließlich einen waschechten Schweden an deiner Seite. Wir werden schon etwas finden. Außerdem sagt man, die *midsommar*-Nacht sei magisch, Elfen würden über die Wiesen tanzen und Trolle herumwandern. Alles ist möglich zur Sommersonnenwende.« Jonas' Augen leuchteten. »Vielleicht erleben wir ja sogar eine Versöhnung zwischen dir und deinen Geschwistern. Es steht so viel auf dem Spiel.« Ich seufzte. Jonas lächelte und fuhr fort: »Warum war dir dieser Schmuck denn so wichtig? Du hast es doch letztlich auch so geschafft, bist eine tolle Sängerin geworden.«

Dankbar lächelte ich zurück. Jonas war so ein lieber Mensch. »Das wusste ich doch damals noch nicht. Und es war wohl auch die Gelegenheit, die aus mir einen Dieb gemacht hat. Der Schmuck hätte mir vieles erleichtert.

Nachdem ich mein Abi in der Tasche hatte, machte ich eine Lehre zur Einzelhandelskauffrau, was meine Eltern unterstützten. Doch für mich war das ganz schrecklich, das war ich überhaupt nicht. Ich habe die Ausbildung mit Ach und Krach beendet, danach wollte ich nur von zu Hause weg. Ich trieb mich in den spannenden Städten dieser Welt herum, lebte in WGs mit anderen Künstlern, wo permanente Armut herrschte, wir aber glücklich waren. Ich trat in netten Bars und schäbigen Kneipen auf, in schicken oder halbseidenen Klubs, auch mal im Theater, hatte hier und da Mäzene, die mir einerseits meinen Lebensunterhalt finanzierten und mir andererseits viele weitere Bekanntschaften und Kontakte ermöglichten und mir eine Welt zeigten, von der ich nie zu träumen gewagt hätte.«

»Und irgendwann reichte dir das alles nicht mehr«, sagte Jonas. Eigentlich wusste er vieles von dem, was ich ihm erzählte, bereits. Trotzdem hörte er mir geduldig zu.

Ich nickte. »Stimmt. Ich liebte es zu singen, aufzutreten. Mir wurde klar, dass dies genau das war, was ich machen wollte, nichts anderes. Doch ich wollte nicht ständig von anderen abhängig sein, und schon gar nicht wollte ich am Hungertuch nagen müssen. In mir reifte immer mehr der Wunsch, die Sache mit dem Gesang noch einmal richtig anzugehen, professionell. Meine Leidenschaft galt einzig und allein dem Jazzgesang. Da meine Stimme aufgrund meiner laienhaften Technik gelitten hatte, brauchte ich eine anständige Ausbildung mit einem fundierten theoretischen Background und dem Wissen um das Drumherum in der Branche.«

Jonas nickte verständnisvoll. »Du hast es durchgezogen, hast einen Studienplatz bekommen.«

Er wusste, wie hart es in der Musikbranche zuging. Selbst wenn man gut gerüstet war, blieb es schwierig, Fuß zu fassen. Mit einem abgeschlossenen Studium hatte man mehr Alternativen, sollte es mit der Musikerkarriere nicht klappen.

»Ja, obwohl ich schon nicht mehr ganz jung war. Von meinen Eltern konnte ich keine Unterstützung mehr erwarten. Sie hatten natürlich ganz und gar nicht gutgeheißen, was ich in den Jahren zuvor mit meinem Leben angestellt hatte, ganz im Gegenteil.«

Ein bitteres Lachen kam aus meiner Kehle, als ich ihre entsetzten Gesichter wieder vor mir sah und mich an Horsts Worte erinnerte. »Gesang willst du studieren? Nein, dafür gebe ich mein schwer verdientes Geld nicht her. Sieh selbst zu, wie du klarkommst, oder mach was Anständiges.« Genau, was *Anständiges* hatte er gesagt und mich angewidert angesehen. So als ob es etwas Unanständiges wäre, Sängerin zu sein.

»Und was war dann?«, fragte Jonas.

Es tat so gut, bei ihm zu sein und sich alles von der Seele reden zu können.

»Den Rest kennst du. Ich hab meinen Abschluss gemacht, ganz ohne die Hilfe meiner Eltern.«

Jonas nickte wieder. »Und weshalb waren dir diese Unterlagen, diese Briefe und Tagebücher so wichtig? Warum hast du deinen Geschwistern nichts davon erzählt?«

Wir hielten vor einem Café an, das tatsächlich noch geöffnet war. Wir nahmen Platz an einem Tisch am Fenster, und Jonas bestellte zwei Tassen Kaffee. Während wir tranken, erzählte ich ihm die ganze Geschichte, einfach alles. Über unsere Familie, über Leos Einsamkeit und wie wir ihn, angeblich und wohl tatsächlich, immer ausgegrenzt hatten, das Verhältnis zu meinen Schwestern, zu unseren Eltern und darüber, wie ich mich immer anders gefühlt hatte.

»Ich wollte herausfinden, wer ich bin, was wir für eine Familie sind, was unsere Eltern für Geheimnisse vor uns hatten und so weiter, und hatte gehofft, dass diese alten Briefe und Tagebücher mir dabei helfen könnten. Warum ich Leo, Beate und Christine nicht gleich die Wahrheit gesagt habe, weiß ich gar nicht mehr. Vielleicht, weil ich erst einmal selbst Klarheit haben wollte, bevor irgendwelche Steine ins Rollen kamen. Vielleicht, weil ich geglaubt habe, dass Leo die Dinge absichtlich an sich genommen hatte, was ja anscheinend gar nicht so war, vielleicht, weil ich einen einmal gemachten Fehler nicht mehr zugeben konnte und aus der Sache einfach nicht wieder rauskam.« Ich seufzte. »Wahrscheinlich war es mir auch peinlich, vor den anderen zuzugeben, dass ich gar nicht so selbstsicher bin, wie ich immer wirke.«

Jonas lächelte. »Ich weiß.« Seine Augen strahlten so viel Wärme und Verständnis aus. Er kannte mich in- und auswendig. Und er hatte mich trotzdem geliebt. Zumindest hatte er das damals behauptet. »Was, wenn du dich bei ihnen entschuldigst und ihnen erzählst, was du mir eben erzählt hast?«, fuhr er fort. »Meinst du nicht, dass sie dir verzeihen werden?«

»Weiß nicht«, murmelte ich. »Ich habe keine Ahnung, ob ich es täte.« Wie würde ich es aufnehmen, wenn die Seiten vertauscht wären? Wenn Beate oder Christine mich belogen oder mir ebensolche Vorwürfe gemacht hätten? Jahrelang. Würde ich noch etwas mit ihnen zu tun haben wollen, sie gar noch lieben können?

»Ich glaube, sie hätten dich verstanden, wenn du es

ihnen damals so erklärt hättest wie mir«, überlegte Jonas. »Die Sache mit den Unterlagen und besonders die mit dem Schmuck. Wenn sie gewusst hätten, was du durchmachst, dass du wirklich Geld brauchtest, hätten sie ihn dir bestimmt überlassen oder dir anders geholfen.« Zweifelnd sah ich Jonas an. Ich war mir da nicht so sicher. »Vielleicht solltest du mehr Vertrauen in die Menschen haben. Nicht alle wollen dir etwas Böses«, setzte er fort und sah mir tief in die Augen. Ob er damit auch sich selbst meinte? Hätte ich ihm damals doch eine zweite Chance geben sollen? Könnte ich ihm womöglich heute eine zweite Chance geben? »Ich habe mich scheiden lassen, nachdem du mich verlassen hattest«, sagte Jonas unvermittelt.

Unbewusst richtete ich mich auf, straffte die Schultern, baute meine innere Abwehrmauer, die in der vergangenen Stunde beinahe völlig in sich zusammengefallen war, in Sekundenschnelle wieder auf. Nun kam also unsere unrühmliche gemeinsame Vergangenheit auf den Tisch.

»Hast du das also«, stellte ich barsch fest.

Jonas bemerkte die Veränderung meiner Gemütslage sofort und stellte sich darauf ein.

»Mona«, sagte er sanft, »jetzt lass uns endlich einmal darüber reden. Du hast deinen Ballast abladen dürfen, und jetzt bin ich dran.«

Ich nickte, bei so vielen Geständnissen und Seelenstripteases kam es auch nicht mehr drauf an. »Na schön. Du warst verheiratet, als wir zusammenkamen. Und anstatt mit mir reinen Tisch zu machen, hast du es mir die ganze Zeit verheimlicht. Bis ich es selbst herausgefunden habe. Herausfinden *musste*.«

Seine Frau, eine Cellistin, war überraschend früher von einer Konzertreise zurückgekommen und hatte uns in flagranti in seinem, in *ihrem* Ehebett erwischt. Keine schöne Erfahrung.

»Celia und ich waren schon lange kein richtiges Paar mehr. Es gab praktisch nichts mehr, was uns miteinander verband«, fügte Jonas hinzu.

Richtig, sie hieß Celia. Celia, die Cellistin, jetzt erinnerte ich mich wieder.

»Natürlich«, entgegnete ich zynisch, »der Klassiker.«

Er war nicht der erste Mann, von dem ich so etwas hörte. Oft genug hatte ich während meiner wilden Jahre mit Männern zu tun gehabt, die eine Ehefrau hatten und daneben die ein oder andere Geliebte. Und manchmal war ich eine davon gewesen. Das hatte mir nichts ausgemacht, da mich mit jenen Männern nur eine Beziehung zum gegenseitigen Zweck-Nutzen verband. Doch bei Jonas war es anders gewesen. Ganz anders. Ihn hatte ich geliebt. Richtig geliebt, mit Haut und Haar. Ihm konnte ich seinen Betrug nicht vergeben.

»So war es wirklich. Sie kam nur noch in unsere Wohnung, um ihre Kleidung zu waschen und ihren Koffer neu zu packen. Selbst wenn sie ein paar Tage in Stockholm auftrat, war sie nicht bei mir.« Er zuckte mit den Schultern. »Sie hatte längst jemand anderen, aber es war praktisch, bei mir zu bleiben. Ich hatte schließlich eine schöne Wohnung und war nicht völlig mittellos.« Nun war es an Jonas, bitter aufzulachen. »Für mich war es im Grunde auch ein pragmatisches Verhältnis, ich war nicht allein. Und irgendwie hing ich an ihr, obwohl uns so vieles trennte. Aber als ich dann dich traf, war es um mich geschehen.«

»Oh, bitte, mach dich nicht lächerlich …« Ich stöhnte.

»Mona, das war wirklich so, auch wenn du es nicht glauben willst.« Er klang zunehmend verzweifelt.

»Und warum hast du dich dann nicht gleich von Celia, der Cellistin, getrennt, wenn ich dir angeblich so wichtig war?«

»Das hätte ich. Ich wollte es ihr nach unserem letzten Treffen sagen. Celia sollte zwei Tage später von ihrer Reise zurückkommen. Doch dann kam sie früher als geplant wieder, und plötzlich war alles anders.« Jonas seufzte und rieb sich mit der Hand über das Gesicht. »Du hast mich nur noch angeschrien, wenn ich versucht habe, es dir zu erklären. Später konnte ich dich gar nicht mehr erreichen. Deine Telefonnummer stimmte nicht mehr und deine Adresse ebenfalls nicht, jedenfalls kamen meine Briefe an dich alle mit dem Hinweis ›Empfänger unbekannt‹ an mich zurück. Irgendwann habe ich es aufgegeben.«

»Ich bin für ein Jahr nach Paris gegangen, wo mir ein Bekannter von früher einen Job in einem Nachtklub angeboten hatte. Nicht ganz das, wovon ich träumte, aber so konnte ich allem für eine Weile den Rücken kehren. Die Wohnung in Berlin hatte ich in der Zeit an Studenten untervermietet«, erinnerte ich mich und fügte leise hinzu: »Ich brauchte den Abstand. Du hast mir wirklich geschrieben?«

Jonas nickte. »Ich habe alles versucht, was mir eingefallen ist, um dich wiederzufinden. Bin einmal sogar nach Berlin gereist. Aber es war aussichtslos. Du warst wie vom Erdboden verschwunden.«

Nachdenklich strich ich mir über meine säuberlich lackierten Nägel. »Ich dachte, du hättest mich vergessen.

Hättest dich mit deiner Frau wieder versöhnt und würdest glücklich mit einer netten kleinen Familie in Stockholm leben.«

Jonas lachte auf, doch es klang traurig. »Nein. Keine Familie. Keine Frau. Ich habe die Konsequenzen gezogen und mich von Celia scheiden lassen, was ich damals, während unserer gemeinsamen Zeit, schon hätte tun sollen. Vielleicht hätte ich dich dann nicht verloren.«

Ich sah hoch und blickte Jonas direkt in die Augen, die mich unendlich traurig, aber auch voller Freundlichkeit anschauten. Als er nach meiner Hand griff, zog ich sie nicht weg.

»Du bist nicht der einzige Mensch, der Fehler gemacht hat, Mona.«

1970

»Guten Morgen, Frau Müller, wie geht es Ihnen?«

»Ach, Frau Beier, danke, gut. Das ist ja wieder ein herrlicher Tag heute!«

»Das stimmt. Aber morgen soll es schon wieder regnen.«

»Oh, wie schade. Dann sage ich Helmut gleich, dass er heute unbedingt noch den Rasen mähen muss.«

Es entstand eine kurze Pause. Christa Müller zupfte an ihrer Strickjacke, dann beugte sie sich verschwörerisch zu ihrer Bekannten Mechthild Beier hinüber.

»Sagen Sie mal, Frau Beier, mein Mann hat gestern Frau Becker gesehen, mit einem Kinderwagen. Er hat Stein und Bein geschworen, dass da ein Baby drinlag.« Verlegen zupfte sie wieder an ihrer Strickjacke. »Ob das ihr eigenes ist? Eigentlich kann sie seit dem Unfall keine Kinder mehr bekommen.«

»Ja, das stimmt. Es hat wohl doch wieder geklappt. Und es ist ein Junge! Sie sind überglücklich. Hatten sich ja immer sehnlichst einen Stammhalter gewünscht.«

»Oh, das ist wunderbar! Es geschehen eben doch noch Zeichen und Wunder.«

»Ja, das ist wirklich schön für sie.«

»Ich muss los, Frau Beier, noch schnell zum Markt. Es

war nett, Sie mal wieder getroffen zu haben. Einen schönen Tag wünsche ich Ihnen!«

»Danke, gleichfalls, Frau Müller!«

14

Leonhard

»Ja, erzähl uns von den Tagebüchern. Und von den Verwandten in Schweden«, sagte Beate.

»Vielleicht finden wir dann raus, weshalb Mona diese Kiste so wichtig ist«, meinte Christine. »Anscheinend war der Schmuck ja nicht das Einzige, worum es ihr ging.«

»Als ich den Karton beim Ausmisten auf dem Dachboden entdeckt habe, ist mir gleich klar gewesen, dass es sich um die Sachen handelt, die Mona gesucht hat. Bei unserem Umzug damals hatte ich etliche Kartons dort oben abgestellt, weil wir nicht wussten, wohin mit den Dingen, die sich darin befanden. Ich hatte das völlig vergessen. Åsa und ich hatten uns vorgenommen, die Sachen nach und nach durchzuschauen. Sieht man ja, wie gut das geklappt hat.« Ich schüttelte unwillkürlich den Kopf.

»Du hast nichts vermisst«, warf Christine ein. »Da sieht man mal, wie wenig man eigentlich wirklich braucht.«

»Wohl wahr«, stimmte ich zu. »Frederiks Tod hat wohl unbewusst das Bedürfnis in mir ausgelöst, mich endlich mit meiner Vergangenheit auseinanderzusetzen. Es waren Schulhefte und -bücher dabei, Bilder von mir, die ich als Kind gemalt hatte, Fotos von Freunden, die ich gar nicht mehr kannte, Briefe, Andenken und so weiter.« Ich schüttelte wieder den Kopf. »Was man so alles ansammelt mit den Jahren… So entdeckte ich auch die Kiste mit dem blauen Band in einem der Kartons. Die Kiste, die Mona so am Herzen lag.«

»Und darin hast du den Schmuck gefunden«, ergänzte Beate.

Ich nickte. »Genau. Und eben die Briefe und Tagebücher, weswegen ich mir all diese Fragen gestellt habe, die ihr euch auch stellt: Wer hat diese Briefe geschrieben, und worum geht es darin? Warum hat Mona so ein starkes Interesse an diesen Dingen, dass sie mich an jenem Abend vor über zwanzig Jahren so dermaßen beschimpft hat, mir sogar vorwarf, sie bestohlen zu haben? Oder waren die Unterlagen nur ein Vorwand, und es ging ihr allein um den Schmuck? Warum hat sie gesagt, es seien nur Zeugnisse darin?«

Beate und Christine nickten zustimmend. Sie sahen sehr nachdenklich aus.

»Es ist und bleibt seltsam«, murmelte Christine.

»Erzähl uns einfach, was du beim Lesen herausgefunden hast«, bat Beate. »Ich bin so gespannt.«

»Also, die Briefe unserer Eltern erscheinen mir völlig uninteressant, die Fotos und Briefe unserer Großeltern, darunter Feldpost von Opa aus dem Krieg, waren schon faszinierender, weil wir diese Zeit nicht miterlebt haben. Ich habe außerdem Geburts-, Tauf- und Heiratsurkunden gefunden. Vieles ist in altdeutscher Schrift geschrieben, sodass ich Mühe hatte, es zu lesen. Es betrifft Menschen, die wir nicht mehr kennengelernt haben. Spannend sind halt diese Unterlagen auf Schwedisch aus der Kiste. Keine Ahnung, wie die in den Besitz unserer Eltern gelangt sind. Da wäre wie gesagt die Korrespondenz von Maria aus

Karlskrona, die sich mit einer Familie Olsson von einem Hof in Ellanda – das ist ein winziges Dorf in Småland – schrieb. Besagte Maria scheint in den Sechzigern ein paar Jahre lang mit ihren Geschwistern immer wieder in den Sommerferien dort hingefahren zu sein, denn es gibt Briefe dieser Familie Olsson, in denen sie Maria und ihre Brüder für das folgende Jahr einladen. Die Kinder müssen sich in Ellanda sehr wohlgefühlt haben, denn in einem Brief wird etwas aufgegriffen, was Maria wohl vorher geschrieben haben muss: dass sie die Zeit dort sehr genossen habe und traurig sei, wieder weit weg ›in der großen, kalten Stadt‹ zu sein. In später datierten Briefen schreiben sich vor allem ein Anders Olsson und Maria. Sie scheinen viel füreinander empfunden zu haben, ja, vielleicht sogar ineinander verliebt gewesen zu sein.«

»Wie schön …« Christine seufzte. »Da bekommt man irgendwie gleich Lust, nach … Wie heißt der Ort noch?«

»Ellanda.«

»… nach Ellanda zu fahren.«

»Von wann ist denn der letzte Brief?«, fragte Beate.

Ich sah auf den Stapel, der vor mir auf dem Schreibtisch lag. »Ich habe noch nicht alles gelesen, aber der letzte Kontakt scheint Ende 1969 stattgefunden zu haben. Maria schreibt, dass sie sich darauf freut, bald wieder mit ihren Geschwistern nach Ellanda zu kommen. Dann sind da die Tagebücher dieser Maria – das meiste darin ist das Geschreibsel eines Kindes beziehungsweise Teenagers, weswegen ich bisher nur eines, das letzte, genauer gelesen habe. Außerdem diese kleine Holzfigur.« Ich hielt die hübsche Schnitzerei hoch.

»Was ist das?«, fragte Christine, nahm die Figur in die Hand und drehte sie hin und her.

Es war ein weibliches Wesen mit einem so langen Kleid, dass die Füße nicht sichtbar waren, langen Haaren und einer Art Krone mit fünf kleinen Spitzen auf dem Kopf.

»Es sieht aus wie eine Lucia, die schwedische, na ja, eigentlich sizilianische, Lichtbringerin, deren Namenstag in Schweden am 13. Dezember immer sehr groß gefeiert wird«, antwortete ich. »Das hier oben«, ich zeigte auf die Krone, »wird ihr Lichterkranz sein.«

»Eine schöne Schnitzarbeit«, sagte Christine und reichte mir die kleine Lucia zurück. »Sie muss jemandem viel bedeutet haben, sie ist ganz glatt vom vielen Anfassen.«

»Stimmt, das ist mir noch gar nicht aufgefallen.«

»Das scheint ja alles ganz interessant zu sein«, warf Beate ein, »wenn man sich mit der Familiengeschichte beschäftigen oder mal einen Eindruck vergangener Zeiten bekommen möchte, aber ich verstehe nach wie vor nicht, wieso Mona diese Unterlagen so wichtig sind. Weshalb sie so ein Geheimnis darum macht. Sie hätte uns sagen können, dass sie ein bisschen nachforschen will.«

»Seltsam ist auch, dass unsere Mutter Mona versprochen hat, sie ihr zu überlassen. Die beiden haben sich doch gar nicht gut verstanden«, bemerkte Christine.

»Mich beschäftigt eher die Frage, ob unsere Mutter irgendetwas dazu *gesagt* hat«, ergänzte ich.

»Was meinst du damit?«, fragte Christine.

»Na ja, ich stelle mir die Situation so vor, dass Mona und unsere Mutter nach Vaters Tod seine Unterlagen durchgesehen haben. Eigentlich hätten wir das alle zusammen machen müssen oder zumindest ihr – ich war ja zu dem Zeitpunkt nicht gern zu Hause gesehen. Schließlich hat Mutter mich für den Tod unseres Vaters verantwortlich gemacht.«

»Das ist hart.« Beate war empört.

»Ja, sie sagte mir mal ins Gesicht, dass ich ihm das Herz gebrochen hätte, weil ich mich so gegen sie beide gestellt und das Lebenswerk von Generationen vernichtet hätte.«

»Ach du meine Güte«, sagte Christine. »Das muss schlimm für dich gewesen sein.«

Ich winkte ab. »Ist schon gut, ich habe es verkraftet, war ja ohnehin schon hier. Jedenfalls vermute ich, dass sie irgendwelche Versicherungs- oder Geschäftsunterlagen gesucht haben, Geburtsurkunden oder Rentenbescheide, irgendetwas, das Mutter nach Vaters Tod brauchte. Vielleicht auch etwas, was Mona brauchte, wer weiß. Dabei haben sie wohl diese ganzen Familienerinnerungen gefunden. Nur erschließt sich kein vernünftiger Grund, aus dem Mona sie hätte besitzen wollen. Den Schmuck mal ausgenommen.«

Die beiden dachten offenbar nach, es war eine ganze Weile ruhig im Zimmer. Schließlich sagte Christine: »Das ist gut möglich. Aber es bleibt dabei: Wir können es nur von Mona selbst erfahren, fürchte ich.«

»Von Mona oder vielleicht, indem wir die Sachen komplett durcharbeiten«, ergänzte Beate.

»Dann lasst uns das tun.«

Ich beschloss, vorerst noch nicht den Brief zu erwähnen, der mich so aufgewühlt hatte. Ich wollte Beate und Christine alles in der richtigen Reihenfolge zeigen und herausfinden, ob sie dieselben Schlüsse zogen wie ich.

15

Beate

Leo las einen der Briefe vor, den er gleich übersetzte.

Hej Maria,
wie geht es dir? Ich hoffe, du bist nach dem Sommer bei uns gut nach Hause gekommen. Es war schön, dich wieder bei uns gehabt zu haben, die Tage sind einfach lustiger, wenn du da bist. Ich freue mich schon sehr, dich und deine Brüder im nächsten Jahr wiederzusehen. Grüße soll ich dir natürlich auch von Ida ausrichten, die ständig davon spricht, dass sie »ihre Schwester« vermisst, und selbstverständlich von unseren Eltern.

Kurz nachdem du weg warst, hat Minka Junge geworfen, die hätten dir gefallen! Der alte Siegfried wollte sie ersäufen. Ich kann dich direkt vor mir sehen, wie du ganz ärgerlich wirst, während du dies hier liest. Aber keine Sorge, er ist damit nicht durchgekommen, wir suchen gerade nach Leuten, die sie haben wollen. Ida fragt mal in der Schule herum.

Vor einer Woche hat die Schule wieder angefangen. Alles ist beim Alten, außer vielleicht, dass ein neuer Lehrer eingestellt wurde. Er kommt aus Växjö und wird bestimmt einen furchtbaren Schrecken bekommen haben, als er bemerkt hat, dass er nun an einer kleinen Dorfschule unterrichten muss. Ansonsten ist Ida und mir ein bisschen langweilig, deswegen streiten wir gerade viel. Es ist ja nicht so, dass auf dem Hof nicht genug Arbeit wäre, aber seit du und deine Brüder wieder fort seid, ist es schrecklich ruhig auf dem Hof geworden. Es ist schade, dass ihr nicht immer bei uns sein könnt.

Ich freue mich, bald wieder von dir zu lesen, wenn du schon nicht hier sein kannst.

Dein Anders

Wir alle lauschten gespannt, als Leo den nächsten Brief vorlas – es war die Geschichte zweier Jugendlicher, die sich gut verstanden und sich nach und nach immer mehr zu bedeuten schienen.

Hej Maria,
vielen Dank für deinen Brief! Ich habe mich sehr gefreut, von dir zu hören! Tut mir leid, dass du uns alle so vermisst, aber wir vermissen dich auch. Ida spricht andauernd von dir. Ich glaube, sie hätte lieber dich zur Schwester als mich zum Bruder. Neuerdings hat sie so viele Geheimnisse, die sie mit keinem so recht teilen mag. Ich weiß nicht, was in ihrem Kopf vorgeht, irgendwelche »Frauendinge« scheint mir.

Ida konnte übrigens zwei der Katzenkinder an Freundinnen vermitteln, die andere hat unser Nachbar Jesper Eriksson genommen. Jetzt haben wir noch eine, vielleicht ist sie ja nächsten Sommer noch bei uns, wenn du wiederkommst.

Erstaunlich, dass du sogar den knurrigen Siegfried vermisst! Ich werde dich daran erinnern, wenn du wieder hier bist. Aber ich kann verstehen, dass er für dich einfach zu

Ellanda dazugehört. Das tut er ja auch. Auf seine Launen könnte ich allerdings durchaus so manches Mal verzichten. Du kennst ihn ja. Aber er arbeitet gut, und ohne ihn müssten wir alle noch viel mehr ran.

Freut mich, dass ihr gut wieder zu Hause angekommen seid! Ich kann verstehen, dass du Karlskrona erst mal als grau empfindest, es ist eben eine große Stadt mit der Werft und den vielen Gebäuden, aber du wirst dich sicher ganz schnell wieder einleben. Und nächstes Jahr kommt ihr wieder, dann werden wir ganz oft zum Baden an den Furen-See fahren, vor dem kleinen roten Ferienhaus am Ufer in der Sonne liegen und über die Wiesen und Felder laufen, versprochen! Ich zähle mit dir die Tage bis zu den nächsten Sommerferien.

Tut mir leid, dass es ständig Ärger gibt zwischen eurem Vater und deinen Brüdern. Warum bloß lässt er sie nicht einfach machen? Bengt ist doch ein kluger Kerl, kein Wunder, dass er keine Lust hat, wie Onkel Bertil auf der Werft zu schuften. Und Magnus hat es offenbar auch nicht leichter. Ja, er ist schon etwas bequemer als Bengt, aber ihn deswegen gleich für einen Tunichtgut zu halten? Es sind doch seine Söhne, er sollte nett zu ihnen sein und ihnen etwas zutrauen. Ehrlich gesagt bin ich froh, dass unser Papa ganz anders ist. Ich hoffe, die Lage bei euch entspannt sich wieder. Ich denke an euch, lass den Kopf nicht hängen, meine liebe Maria!

Bis bald,
dein Anders

Stundenlang saßen wir drei auf dem Boden und sortierten, lasen und diskutierten. Irgendwann hatte Åsa uns etwas zu essen hochgebracht, jedem einen Teller mit einem Stück *paj* und Salat, dazu Wasser und Saft, eine Thermoskanne mit Kaffee und drei Stücken ihres selbst gebackenen Erdbeerkuchens. Wir waren dankbar über die Verpflegung und darüber, dass sie uns in Ruhe weiterarbeiten ließ. Eine Stunde später hatten wir die meisten der Briefe und Urkunden entschlüsselt und beschlossen, am kommenden Tag weiterzumachen. Die ersten Gäste würden gleich eintrudeln.

Als Christine und ich nach einer Dusche nach unten kamen, waren bereits einige Männer dabei, die Mittsommerstange aufzurichten. Eine kleine Kapelle, bestehend aus Fidel und Akkordeon, spielte fröhliche Musik, ein paar Mädchen und Frauen saßen auf der Wiese und banden Kränze aus Wildblumen, andere standen beim Büfett. Die Frauen trugen fast alle helle Sommerkleider oder Trachten, die Männer waren ebenfalls hell gekleidet, mit weißen Hemden und beigefarbenen Hosen. Leo heizte den Grill an, der neben dem Büfett aufgebaut war, und winkte uns zu. Er wirkte gelöst.

Åsa sah uns in der Verandatür stehen und eilte uns entgegen. »Wie schön, dass ihr bleibt! Kommt mit, ich stelle euch meine Freundin Malin und ihren Mann vor.« Sie hakte uns beide unter und führte uns über den Rasen zu einer hochgewachsenen blonden Frau und einem ebenso stattlichen Mann, der ein wenig älter wirkte. Die beiden unterhielten sich mit Leo. »Malin, Per, ich möchte euch Leos Schwestern Christine und Beate vorstellen. Sie sind aus Deutschland angereist. Beate, Christine, das sind meine Freundin Malin und ihr Mann Per. Mit Malin bin ich schon seit der Schulzeit befreundet, wir sind unzertrennlich. Sie ist Journalistin, und wir haben während des Studiums in einer WG gewohnt.«

»Stimmt.« Malin lachte herzhaft. Sie hatte ein raues Lachen. Ich mochte sie auf Anhieb. »Freut mich, euch kennenzulernen. Gibt es nicht noch eine dritte Schwester?«

»Ja«, sagte ich zögerlich, »aber es gab leider heute Mittag einen kleinen Zwischenfall, woraufhin sie sich zurückgezogen hat.«

»Oje, nichts Ernstes, hoffe ich«, sagte Malin.

»Sie sollte unbedingt dabei sein«, schaltete sich Per ein. »Sonst würde sie wirklich etwas verpassen. Åsas und Leos Feste sind legendär, und *midsommar* ist sowieso ein absolutes Muss.«

»Schauen wir mal«, sagte Åsa.

»Åsa«, wechselte Malin das Thema, »ist es in Ordnung, wenn mein Bruder nachher auch noch kommt? Er ist auf einer anderen Feier bei sich in Stocksund, aber da möchte er nicht so ewig bleiben.«

»Klar, gern«, erwiderte Åsa, »es wäre nett, ihn mal wiederzusehen. Warum kommt er nicht gleich her, wenn die andere Feier nicht so spannend ist?«

»Da muss er hin. Irgendwas mit Kollegen …« Malin winkte lachend ab.

»Verstehe. Ach, noch etwas, Malin. Ich brauche deine Hilfe. Christine und Beate haben keine Blumenkränze. Kannst du ihnen zeigen, wie man sie bindet?«

»Klar, kein Thema«, antwortete Malin.

»Danke, mach dir keine Umstände. Ich brauche nicht unbedingt einen Kranz auf dem Kopf. Das ist doch bestimmt eher etwas für junge Frauen«, sagte ich.

»Oh, nein, absolut nicht. Kommt mit.« Sie zog uns mit sich. »Wir sehen uns später, Schatz«, rief sie ihrem Mann zu, der verständnisvoll lächelte und sich Leo zuwandte.

Wir setzten uns weiter hinten ins Gras, wo mehrere fein sortierte Häufchen Waldgeißblatt, Mohn, Rotklee, Wald-Storchschnabel, Ackerwinde, Glockenblume, Veilchen und Lavendel lagen. »Die habe ich heute Morgen mit ein paar anderen gepflückt. Ein Teil ist für die Kränze, der andere … Ich erklär es euch: Der Legende nach soll man sieben Sorten Blumen von sieben verschiedenen Wiesen sammeln – wobei man absolut still sein muss. Den Strauß legt man nachts unter sein Kopfkissen. Dann wird man von dem Mann träumen, den man mal heiratet.«

Sie suchte eine Handvoll Blumen, Gräser und kleine Birkenzweige aus und band diese geschickt zusammen.

»Ich glaube, das mit den Männern hat sich bei uns erledigt«, meinte Christine. Malin sah sie fragend an. »Na ja, ich war schon mal verheiratet und bin seit vier Jahren geschieden.«

»Da könntest du doch wieder einen tollen Kerl kennenlernen und ein zweites Mal heiraten«, sagte Malin fröhlich. »Und du, Beate?«

»Ich war mit meiner großen Liebe verheiratet. Frederik ist vor zwei Monaten gestorben.«

»Oh, das tut mir leid«, erwiderte Malin mitfühlend. »Dann steht dir wahrscheinlich nicht der Sinn nach diesem Brauch. Aber, weißt du, die *midsommar*-Nächte haben etwas Magisches an sich. Man muss nicht an dieses ganze Zeug glauben, an Elfen und Trolle und an weissagende Träume oder so, trotzdem haben sich verrückterweise schon für viele Menschen die Dinge in *midsommar*-Nächten ganz seltsam gefügt.«

»Entschuldige, wenn ich da abgeklärt wirke, aber ich glaube nicht an so was. Menschen finden sich, und Menschen verlieren sich wieder. Man wird geboren, man stirbt. So einfach ist das, meiner Meinung nach. Das ist wohl eher etwas für Christine.«

Malin sah fragend zu Christine hinüber.

Meine Schwester sah nachdenklich aus. »Ich glaube nicht an den Zufall, sondern an das Schicksal. Oder an Gott, wenn man so will. Und ich bin fest davon überzeugt, dass es viel mehr zwischen Himmel und Erde gibt als nur das Wörtchen ›und‹.«

»Verstehe. Schön gesagt«, bemerkte Malin schmunzelnd. »Ich habe tatsächlich auch schon viele ›Zufälle‹ erlebt, die einfach zu bedeutungsvoll waren, um nur Zufälle zu sein.« Sie half mir, ein blau-gelbes Band um meinen Kranz zu wickeln.

»Hallo«, hörten wir in dem Moment eine leise Stimme.

»Mona, du bist wieder da!«

Unsere Schwester hatte jemanden bei sich. Ich blinzelte gegen das Sonnenlicht. Es war Jonas, der Jazztrompeter, den wir am Abend zuvor im Fasan getroffen hatten. Er stand ein wenig hinter ihr – und er hielt ihre Hand.

»Ja. Ich habe mich blöd verhalten und wollte mich bei euch entschuldigen, wollte mit euch reden. Ist Leo auch irgendwo?« Sie schaute sich um.

»Ich hole ihn«, sagte Malin, erhob sich, setzte ihren Blumenkranz auf und lief in Richtung Grill. Ich sah, wie sie mit Leo sprach und zu uns herüberzeigte. Er wiederum nickte, nahm sich die Schürze ab und reichte sie Per, der die Grillaufsicht übernahm. Leo lief am Büfett vorbei, vor dem sich eine Traube von Menschen versammelt hatte, und kam auf uns zu.

»Hallo, Leo«, sagte Mona, als unser Bruder bei uns war. »Ich hoffe, ich sprenge nicht die Party.«

»Das hoffe ich auch«, meinte Leo trocken. »Du hast jedenfalls das Potenzial dazu.« Er grinste schief.

Mona lächelte schüchtern. »Tut mir leid, diese Sache mit dem Schmuck. Ich hätte Omas Juwelen nicht einfach für mich beanspruchen dürfen, aber nachdem du damals nach Omas Tod die schönen Möbelstücke bekommen hattest, die Münzsammlung und alles – obwohl du damit noch nicht einmal etwas anfangen konntest –, habe ich nicht lange überlegt und mir dieses Samtsäckchen genommen. Ich fand, dass mir auch etwas zustand von Omas Erbe, und habe es in die Kiste mit den anderen Sachen gesteckt. Einerseits wollte ich eine Erinnerung an Oma haben, andererseits dachte ich, dass ich vielleicht das ein oder andere Stück veräußern könnte, um mir mein Gesangsstudium zu finanzieren. Ich war zu der Zeit ziemlich abgebrannt. Als die Kiste mit dem Schmuck dann weg war, ist für mich eine Welt zusammengebrochen.«

»Ach, Mona.« Ich konnte nicht anders und nahm meine Schwester in den Arm. Was war das vertrackt zwischen uns. Das war so unnötig. »Du solltest uns wirklich besser kennen. Wir hätten dir den Schmuck doch alle gegönnt, wenn wir gewusst hätten, dass du so daran hängst und Geld brauchst. Ich war versorgt, Christine hat noch zu Hause gewohnt, und auch Leo hätte dir den Schmuck bestimmt überlassen, wenn du ihn nur vernünftig gefragt und die Lage erklärt hättest. Nicht?«

Leo und Christine nickten bekräftigend.

»Wirklich?«, fragte Mona ungläubig und sah schüchtern zu unserem Bruder hinüber.

»Warum hast du bloß so eine unheimlich schlechte Meinung von mir?«, fragte Leo. »Natürlich kann man mit mir reden. Ich habe Verständnis für schwierige Lebenssituationen und falsche Entscheidungen, das kannst du mir glauben. Wir hätten das schon viel früher klären können, Mona, wirklich.«

Unsere älteste Schwester seufzte. »Es tut gut, das zu hören. Tut mir leid, dass ich nicht offen mit euch gesprochen habe und dass ich dir, Leo, vorgeworfen habe, mich bestohlen zu haben. Es tut mir leid, dass ich so verbohrt war und dir nie eine Chance gegeben habe, dass ich nie versucht habe, vernünftig mit dir umzugehen.«

Mona wirkte etwas verloren, wie sie so neben Leo stand, die Hände ineinander verschränkt. Ich beobachtete, wie Jonas ihr im Hintergrund aufmunternd zulächelte. Ob er ihr Mut gemacht hatte, diesen Schritt zu wagen? Wenn er tatsächlich diesen guten Einfluss auf unsere Schwester hatte, sollte er unbedingt bei ihr bleiben.

Leo breitete seine Arme aus. »Komm her, große Schwester«, sagte er, und Mona ließ sich, erst noch unsicher, dann deutlich erleichtert, hineinfallen.

Ich bemerkte, wie Christine Tränen in die Augen stiegen, und auch mir erging es nicht anders. Wie auf ein Zeichen traten wir zu Leo und Mona und legten unsere Arme ebenfalls um die beiden, sodass wir eine große, starke Umarmungskugel bildeten. So sollte Familie sein! Offenheit, Vertrauen, gegenseitiger Respekt, Liebe und Vergebung, waren das nicht die Dinge, auf die es am Ende ankam?

Als wir uns nach einer Weile wieder voneinander lösten, räusperte sich Mona. Beinahe scheu blickte sie zu Jonas hinüber und hielt ihm die Hand hin. Er kam und ergriff sie.

»Es gibt da noch etwas. Es ging mir nicht nur um den Schmuck«, sagte sie. »Ich wollte etwas über unsere Familie herausfinden, und ich schätze, es war mir einfach peinlich.« Sie sah auf den Boden und fuhr mit der Fußspitze einen imaginären Kreis nach. »Leo hat vorhin gesagt, er habe sich immer wie ein Fremdkörper in unserer Familie gefühlt, und, wisst ihr, ein Stück weit ging es mir auch so. Ich war zwar nicht so ausgeschlossen, wie Leo es gewesen sein muss, aber ich fühlte mich anders. Alle waren so geradlinig und, bitte entschuldigt, auch ein wenig konservativ, da hatte ich manchmal das Gefühl, nicht dazuzupassen. Ich hatte gehofft, dass ich mit diesen alten Familienerinnerungen herausfinden könnte, warum ich so bin, wie ich bin. Deshalb habe ich auch die Kiste mit den Briefen und Tagebüchern in den Karton gesteckt. Ich hatte die verrückte Hoffnung, dass ich vielleicht jemanden unter unseren Ahnen ausfindig machen könnte, der ebenso anders war als der Rest der Familie – nämlich so wie ich. Und wisst ihr noch etwas? Ich glaubte, dass ich diese Person gefunden hatte. Habt ihr die Briefe von Maria und ihrem Freund, diesem Anders, gelesen?«

»Ja«, erwiderte ich.

Die anderen nickten.

»Ich hatte mir ein paar der Briefe und eines der Tagebücher an jenem Tag gleich mitgenommen und später von einer Freundin, die viel in Skandinavien herumgereist ist, übersetzen lassen. Was für eine besondere junge Frau«, fuhr sie fort. »Ich fühlte mich ihr irgendwie verbunden. Sie war genauso emotional wie ich und hat so viel erlebt.« Mir schien, dass Mona mit Marias Briefen schon weiter gekommen war als wir. »Und weil ich mich der Erklärung für mein Ich so nahe fühlte, war ich so wütend und traurig und verletzt, als die Unterlagen plötzlich weg waren. Ich wollte so gern weiterforschen, mehr erfahren über Maria, über unsere Familie und über mich«, erklärte sie weiter. »Renate hatte den Karton mit der Kiste und allem möglichen anderen Kram von früher in mein altes Kinderzimmer gestellt. Doch als ich kam, um ihn zu holen, war er weg. Renate erzählte mir, dass Leo viele Sachen mit nach Schweden genommen hätte. Was sollte ich da anderes glauben, als dass du diese Dinge absichtlich weggenommen hast? Ich bin ja davon ausgegangen, dass sie dir gesagt hat, dass es mein Karton ist.« Sie sah zu Leo hinüber.

»Ich war nicht in deinem Zimmer, Mona«, erklärte Leo nun. »Ich habe nur Kartons aus meinem Zimmer mitgenommen und aus dem Flur und Sachen aus dem Schuppen, die ich dort gelagert hatte. Vielleicht hat Mutter die Kartons umgeräumt? Es standen so viele herum … Sie hat mir jedenfalls nichts dazu gesagt, hat ohnehin kaum mit mir gesprochen. Du musst mir glauben, bis vor acht Wochen hatte ich nicht ansatzweise eine Ahnung von dem Inhalt dieses Kartons.«

»Ich glaube dir«, sagte Mona. »Und ich bin froh, dass wir das endlich geklärt haben.«

»Ich auch«, sagte ich.

»Ich auch«, sagte Christine. »Können wir jetzt alle endlich Frieden miteinander schließen, die Vergangenheit ruhen lassen und eine Familie sein?«

»Ja, das wäre schön«, antwortete Mona.

»Das wünsche ich mir auch«, meinte ich.

»Nicht ganz«, sagte Leo. Wir sahen ihn fragend an. Er hob entschuldigend die Hände. »Doch, doch, ich finde es toll, dass wir uns wiedergefunden haben. Lasst uns endlich normal miteinander umgehen, uns schreiben, telefonieren und dann und wann besuchen, eben alles, was normale Geschwister so miteinander tun. Nur ganz ruhen lassen kann ich die Vergangenheit noch nicht. Setzen wir uns morgen noch einmal an diese Unterlagen, ja? Sie haben einfach zu viele Fragen in mir aufgeworfen. Und mich interessiert das Leben dieser Maria.«

»Na sicher, uns auch«, sagte Mona. »Deswegen sind wir doch hier!«

»Nicht nur deswegen«, widersprach ich, »aber ja, natürlich. Das interessiert uns alle.«

»Gut.« Leo nickte zufrieden. »Vielleicht kannst du uns ja morgen berichten, was du schon über Maria weißt, Mona.« Als Mona nickte, fuhr er fort: »Jetzt sollten wir uns allerdings schnell am Büfett anstellen, sonst ist gleich der Lachs aufgegessen. Der ist seltsamerweise beim Mittsommerbüfett grundsätzlich als Erstes weg. Und dann sollten wir feiern, tanzen, singen und Spaß haben. Ihr werdet die Schweden heute auf eine Art und Weise kennenlernen, wie sie einem nur zur Sommersonnenwende begegnet.«

Die meisten Gäste hatten ihre Teller bereits gut gefüllt und sich an die lange Reihe zusammengestellter Tische gesetzt. Schnäpse und Bier wurden ausgeschenkt. Es war so ein harmonisches Bild, diese lange, wunderbar dekorierte und reichlich gedeckte Tafel auf dem hellgrünen Rasen inmitten von Leos Garten, an dem viele fröhliche Menschen saßen, dahinter die Steilküste und das Meer der Schären.

Wir schlenderten hinüber zum Büfett, das Christine, Mona und ich bestaunten. Es gab die Kartoffeln, die Leos

Kollege David wie versprochen mitgebracht hatte, einen großen, aufgeschnittenen Lachs, eingelegte Heringe, Sauerrahm mit Dill, Knäckebrot, verschiedene Sorten Käse und Eier mit Schnittlauch.

Åsa winkte uns hektisch zu, und Leo beeilte sich, unsere Teller zu füllen und uns zu unseren Plätzen zu begleiten.

»Unsere Kinder stelle ich euch später vor«, raunte er uns zu.

Dann gesellte er sich zu seiner Frau, die bereits an der Tafelmitte saß. Er sagte ein paar Worte auf Schwedisch und erhob ein kleines Schnapsglas. Dann begann er ein schwedisches Lied zu singen, in das alle Gäste lautstark mit einstimmten. Ich sah mir ihre Gesichter an. Da waren Åsa und Leo auf der linken Seite. Sie saßen mit dem Rücken zum Haus, also mit Blick auf das Wasser. Neben Åsa saßen Malin und Per, dann kamen ein paar Männer und Frauen, die ich nicht kannte. Christine saß neben mir, ich hatte den Platz ganz außen gewählt, und Mona mir gegenüber. Neben ihr saß Jonas. Mona und er gingen sehr vertraut miteinander um, und wieder einmal bemerkte ich, wie entspannt sie in seiner Nähe wirkte. Sie hatte ihn als einen »Bekannten« vorgestellt, aber er schien ihr eindeutig einmal mehr bedeutet zu haben. Ich konnte mich nicht erinnern, dass sie nach dieser Europatournee von jemandem erzählt hätte, mit dem es etwas Ernstes gewesen wäre. Doch nun wirkte es genau so. Noch nie hatte ich meine ältere Schwester in Gegenwart eines Mannes so losgelöst erlebt. Sie glühte direkt vor Glück. Jonas tat ihr ganz offensichtlich gut. Ebenso tat es ihr wohl wie uns allen gut, diesen Konflikt mit Leo endlich beigelegt zu haben.

Neben Leo saßen drei junge Frauen. Das mussten seine Töchter sein, Sofia, Elin und Liv. Letztere hatten wir ja schon kurz kennengelernt. Neben Liv saß ein junger Mann. Ob das ihr Freund war? Am anderen Tafelende waren zwei Plätze frei. Dieser David, der am Vormittag da gewesen war, um die Kartoffeln zu bringen, fehlte noch, und hatte Malin nicht gesagt, dass ihr Bruder auch kommen wollte? Wahrscheinlich waren die beiden freien Stühle für sie bestimmt.

Das Lied war beendet, der Schnaps wurde auf ex geleert. »*Skål!*«, erklang es von allen Seiten. Wir versuchten es den anderen nachzutun, aber ich musste nach der Hälfte aufgeben. Harte Alkoholika waren noch nie mein Ding gewesen.

»Du kannst auch Bier oder Cider haben, wenn dir das lieber ist«, sagte da jemand mit warmer Stimme hinter mir.

Ich drehte mich um. Es war David, er hatte zwei Flaschen Bier in der einen Hand und zwei weitere Flaschen, auf deren Etiketten Birnen abgedruckt waren, in der anderen.

»Ich nehme das da.« Ich zeigte auf die Birnen.

»*Päroncider*«, erklärte David. »Gute Wahl. Damit hältst du länger durch.« Er öffnete die Ciderflaschen und gab mir eine, anschließend setzte er sich auf die Mauer des kleinen Beets direkt hinter mir. Wir stießen an und tranken. »Wie gefällt dir *midsommar* so weit?«

»Gut«, sagte ich. »Leckeres Essen, lustige Trinksprüche.«

David lachte. »Ja, trinken können wir Schweden gut. Und fröhlich sind wir gern.«

»Das scheint mir auch so.« Ich konnte nicht umhin,

an meinen Bruder zu denken, an unsere Familie, die bis vor ein paar Minuten noch so traurig gewesen war, auf der ein Schatten gelegen hatte. Nun war er endlich weggezogen.

David bemerkte wohl, dass meine Stimmung schwankte, denn er sah mich lange an. »Weißt du, dass die Sonne heute Nacht zu keinem Zeitpunkt richtig untergehen wird?«, fragte er schließlich.

»Davon habe ich gehört«, antwortete ich unsicher. Ich war einfach niemand, der gut Smalltalk halten konnte. Deswegen fragte ich: »Was machst du beruflich, David?«

»Ich bin Kinderarzt, arbeite mit Leo am Karolinska in Solna«, antwortete er mit strahlenden Augen. »Da haben wir uns kennengelernt. Seitdem sind wir gute Freunde. Und was machst du, Beate?«

»Ach, nichts von Bedeutung. Ich habe Bürokauffrau gelernt, meine zwei Kinder großgezogen und zuletzt in Teilzeit in der Versicherungsagentur meines Mannes als Sekretärin gearbeitet. Da mein Mann kürzlich gestorben ist, hat sich alles verändert. Ich bin allein, habe keinen Job mehr und entschieden, unser Haus zu verkaufen. Ich werde mir irgendwo eine nicht zu große Wohnung nehmen, und was dann beruflich läuft, werden wir sehen.« Ich nahm einen großen Schluck von meinem Birnencider.

»Und da sagst du, du würdest ›nichts von Bedeutung‹ machen? Du hast zwei Kinder großgezogen, das allein ist schon eine enorme Leistung, und momentan scheint dein Leben ja auf dem Kopf zu stehen. Es tut mir leid, dass dein Mann verstorben ist. Darf ich fragen, was passiert ist?«

»Koronare Herzkrankheit, fünf Jahre lang, schließlich der Herzinfarkt. Er hat sich nie an das gehalten, was die Ärzte ihm empfohlen haben. Erst als die Schmerzen in der Brust immer häufiger und stärker auftraten, konnte ich ihn wieder zum Arzt schleifen. Da hätte er sich einer Bypassoperation unterziehen müssen, doch davor hatte er zu große Angst … In meiner Verzweiflung habe ich sogar Leo gebeten, auf ihn einzureden, aber auch das hat leider nichts gebracht. Frederik wollte partout nicht ins Krankenhaus und sich schon gar nicht operieren lassen. Tja, und jetzt ist er tot.«

»Du bist wütend auf ihn«, sagte David.

Ich sah ihn an. Er hatte nicht zum ersten Mal mit dem Tod zu tun. »Ich kann doch nicht wütend auf meinen Mann sein, weil er tot ist …«

»Natürlich kannst du das. Er hat es nicht verhindert. Er hat es ignoriert, war feige, hat sich nicht gekümmert, und deswegen bist du jetzt allein.«

Seine Worte trafen etwas in mir, den viel beschriebenen wunden Punkt. Ich hatte mir das nie eingestehen wollen, aber genau so war es. Ich war unendlich traurig, verletzt, einsam – und wütend, so furchtbar wütend. Ich spürte eine Woge des Zorns in mir aufsteigen, gleichzeitig schossen mir die Tränen in die Augen.

David erfasste die Situation sofort, legte den Arm um mich, zog mich vom Stuhl und flüsterte: »Komm, wir gehen ein bisschen spazieren.«

Wir stellten unsere Flaschen auf die festliche Tafel, und ich ließ mich wegführen von den fröhlichen Stimmen. Wie durch einen Nebel nahm ich wahr, dass hinter uns das nächste Trinklied angestimmt wurde. David lief mit mir weiter, zu einer Treppe am Rand der Felsen, die ich noch gar nicht bemerkt hatte. Vorsichtig gingen wir die Stufen hinunter. Unten angekommen, erkannte ich einen kleinen Strand, versteckt zwischen den Felsen, mit einem Steg und einem Ruderboot. Wir setzten uns auf die Bank, die vor der Felswand stand, und endlich konnte ich alles herauslassen, was sich in den Wochen nach der Beerdigung in mir angestaut hatte.

Die Tränen kamen wie reißende Sturzbäche, hemmungslos weinte ich mich in Davids Armen aus, schließlich erhob ich mich unvermittelt, griff nach einem angeschwemmten Ast und warf ihn wütend ins Wasser. »Frederik, du verdammter Mistkerl, was hast du mir angetan? Du elender Feigling!«, rief ich dem Ast hinterher. Eine Weile stand ich reglos da, schwer atmend starrte ich auf die kleinen Wellen, die friedlich vor meinen Füßen plätscherten, dann wurde mir bewusst, dass David noch hinter mir auf der Bank saß. Und plötzlich war es mir unendlich peinlich, mich vor einem fremden Mann so gehen gelassen zu haben. Verschämt drehte ich mich um, wischte mir mit der Hand über die Augen. Meine Güte, ich musste furchtbar aussehen!

David kam zu mir, ganz langsam, und als er bei mir war, nahm er mich einfach wieder in den Arm. Wie ein Vater sein Kind in den Arm nahm, wenn es traurig war oder sich verletzt hatte, ganz selbstverständlich. Ohne sich an meinem tränennassen Gesicht zu stören, ohne durch meinen Auftritt unangenehm berührt zu sein, ohne das Gefühl zu haben, etwas sagen zu müssen.

Er führte mich zurück zu der Bank im Schutz der Felsen, wo er mich weiter fest an sich gedrückt hielt. Es tat so gut, endlich einmal selbst getröstet zu werden, nicht diejenige sein zu müssen, die für die anderen da war. Es tat so gut, einfach loslassen zu können. Erst jetzt bemerkte ich, wie ich in den vergangenen Jahren, während Frederiks Krankheit, nur noch funktioniert hatte, immer versucht hatte, alles am Laufen zu halten und dafür zu sorgen, dass es ihm, aber auch den Kindern gut ging. Ich wollte unsere heile Welt bewahren. Wo war ich dabei geblieben?

Wir saßen eine gefühlte Ewigkeit da.

Als ich mich bewegte, setzte David sich auf und zog wortlos sein Hemd über den Kopf. Ich muss ihn entsetzt angesehen haben, denn er sagte schnell: »Keine Angst, ich bin kein Mann, der einen schwachen Moment bei einer Frau ausnutzt.« Er lachte, wobei sich kleine Lachfältchen um seine Augen bildeten. Er trug noch ein T-Shirt darunter, das er auch auszog und in zwei Teile riss, von denen er mir einen reichte. »Hier, für die Nase.«

Mit dem Rest des T-Shirts ging er ans Wasser, befeuchtete es ein wenig und kam dann zurück zu mir, um mir sanft das Gesicht abzuwaschen und mir die Stirn zu kühlen. Ich kam mir vor wie ein Kind. Im angenehmen Sinne. So etwas hatte noch nie jemand mit mir gemacht, außer meiner Mutter früher. Frederik war nicht so fürsorglich gewesen. Nicht mir und nicht den Kindern gegenüber. Ich fühlte mich mit einem Mal auf eine Art und Weise geborgen, die ich noch nie bei einem Mann erlebt hatte.

Wieder drohten mir Tränen in die Augen zu steigen, diesmal vor Rührung. Schnell lehnte ich mich an Davids Schulter. Ich wusste nicht, dass es so etwas gab, dass sich Mann und Frau so warmherzig und liebevoll miteinander verhalten konnten. Dabei hatte ich Frederik doch wirklich geliebt. Oder? Ich war mir dessen immer so sicher gewesen. Wir hatten es gut miteinander gehabt, waren freundlich und respektvoll miteinander umgegangen, auch der Sex war gut gewesen. Anfangs noch leidenschaftlich, später eher weniger. Aber war das nicht normal so? Wir hatten zwei wundervolle Kinder in die Welt gesetzt, waren gemeinsam einmal die Woche zum Tanzen gegangen. Ansonsten hatte jeder seine persönlichen Bereiche gehabt. Frederik hatte sich um die Arbeit und das Geld gekümmert, ich mich um die Familie.

Damals, als wir im selben Unternehmen gearbeitet hatten – er der selbstsichere, aufstrebende Sachbearbeiter, ich die junge, etwas naive Auszubildende –, hatte er mich gefragt, ob ich mit ihm ausgehen würde. Ich war geplatzt vor Freude und Stolz. Als er mich wenig später fragte, ob ich ihn heiraten wolle, fühlte ich mich wie im siebten Himmel.

War das vielleicht gar keine richtige Liebe gewesen, sondern etwas anderes? Viele glückliche Gefühle in mir, die ich mit Liebe verwechselt hatte? Ich war sechzehn gewesen, als ich ihn kennenlernte, meine Güte. Er hatte mich beeindruckt und auch meine Eltern schnell auf seine Seite gezogen. Sie fanden ihn perfekt. Der perfekte Mann für ihre Tochter mit der Aussicht auf die perfekte Familie und das perfekte Leben. Vielleicht war es schlichtweg *zu* perfekt gewesen? Perfekt, aber nicht mehr authentisch?

Ich wusste es nicht, mir war nur klar, dass ich noch viel nachzudenken haben würde. Alles, was ich in diesem Moment wusste, war, dass es auch ganz anders sein konnte. Ich sah David an. Er blickte stumm auf das Wasser, in dem sich die Sonne spiegelte, die einen beinahe goldenen Schein auf sein Gesicht warf. Als er bemerkte, dass ich ihn anschaute, wandte er sich mir zu. Seine braunen Augen strahlten Wärme und Verständnis aus.

Und plötzlich passierte es einfach. Ich richtete mich auf und küsste ihn. Küsste diese weichen, sanften Lippen, erst zaghaft, dann mutiger. Er nahm es an, zunächst überrascht, dann jedoch merklich erfreut. Ich schloss die Augen, genoss es, seine Lippen auf meinen zu spüren, genoss das wohlige Kribbeln im Unterleib, das ich so lange nicht mehr gespürt hatte. Schon seit vielen Jahren nicht mehr. Der Kuss wurde leidenschaftlicher, ich ließ meine Zunge in seinen Mund gleiten, erforschte ihn, bis ich plötzlich ein schlechtes Gewissen bekam.

Vorsichtig schob ich ihn von mir weg. Was tat ich hier eigentlich? Was war nur mit mir los? Waren den ganzen Tag über zu viele Emotionen auf mich eingestürmt, sodass ich nun vollends die Kontrolle verlor? Ich war eine frisch verwitwete Ehefrau, Himmel! Das ging so nicht!

»Es tut mir leid«, murmelte ich, »ich weiß nicht, was mit mir los ist.«

»Es muss dir nichts leidtun«, erwiderte David.

»Aber ich sollte mich so nicht verhalten«, entgegnete ich, schockiert über mich selbst, »mein Mann ist gerade erst verstorben ...«

»Du bist durcheinander, deine Gefühle stehen kopf«, entschuldigte er sich für mich. »Das ist völlig verständlich. Ich hätte nicht mitmachen dürfen.« Er fuhr sich mit der Hand durch das Haar.

»Nein, nein, dich trifft wirklich keine Schuld!«, widersprach ich. »Es tut mir leid, dich ...«, ich suchte nach dem passenden Wort, doch es fiel mir nichts Besseres ein, »... dich benutzt zu haben.«

David lachte schelmisch, und das Eis war gebrochen. »Du hast mich nicht benutzt.«

Nun wurde ich rot, ich konnte die Wärme auf meinen Wangen spüren, aber da hatte David mir schon den Arm um die Schultern gelegt. Eine freundschaftliche Geste, mit der er erneut jedes Gefühl von Peinlichkeit nahm.

»Ich mag dich, David«, flüsterte ich. »Du bist ein wirklich netter Kerl …«

»Au weia, wenn Frauen so einen Satz anfangen, nimmt das immer ein böses Ende«, sagte er grinsend, doch dann wurde er ernst. »Du musst dich nicht erklären, Beate, und dich auch für nichts entschuldigen. Es ist alles gut.«

Dankbar sah ich ihn an. Er war ein schöner Mann, kein Schönling, eher ein erwachsener Junge, der seine fröhliche, leichte Seite im Laufe der Jahre nicht verloren hatte. »Dies heute war ein wirklich denkwürdiger Tag für mich«, setzte ich an. »Mein Bruder, meine Schwestern und ich haben einen alten Familienstreit aus dem Weg geräumt, haben seit Langem zum ersten Mal wieder richtig miteinander gesprochen. Ich habe Leos Frau kennengelernt und seine Freunde, ich erlebe zum ersten Mal überhaupt Mittsommer, und meine Schwester Mona hat einen Mann getroffen, von dem ich nichts wusste, der aber in ihrer Vergangenheit eine große Rolle für sie gespielt haben muss. Und jetzt bist auch noch du aufgetaucht, und ich bin vollends verwirrt.« Ich machte eine Pause, in der David nichts sagte, mich nur aufmerksam anschaute. »Weißt du, ich hatte nie einen anderen Mann außer Frederik. Ich war so jung, als wir zusammenkamen.«

Eigentlich war es für mich äußerst ungewöhnlich, vor einem beinahe Fremden mit solchen Dingen herauszuplatzen, aber bei David machte es mir seltsamerweise nichts aus. Er war jemand, mit dem man über alles reden konnte, das spürte ich.

»Er war also deine große Liebe?«

Ich zuckte mit den Schultern. »Ich denke schon.«

David runzelte die Stirn, fragte jedoch nicht nach.

»Erzähl mir etwas von dir, David«, sagte ich, anstatt

die unausgesprochene Frage zu beantworten. »Ich kenne nicht mal deinen Nachnamen.«

Wieder lächelte er. »Da gibt es nicht so viel zu erzählen. Mein Name ist David Roselius, und wie du bereits weißt, bin ich deutscher Abstammung, tatsächlich aber noch nie in Deutschland gewesen. Ich bin fünfundvierzig Jahre alt und geschieden. Meine Frau hat mich bereits fünf Jahre nach unserer Hochzeit verlassen. Sie ist auch Ärztin. Wir haben gemeinsam in einem Projekt in Kenia gearbeitet, dort verliebte sie sich in einen kanadischen Missionar und brannte mit ihm durch.« Er zuckte mit den Schultern, sah aber sehr traurig aus. »Manchmal läuft es einfach schlecht«, bemerkte er, als er meinen mitleidigen Blick sah. »Ich habe leider keine Kinder und seitdem keine Beziehung gehabt, die länger als ein Jahr dauerte.« Er wirkte so traurig, dass ich nun diejenige war, die Trost spenden wollte. Ich nahm seine Hand in meine. Gedankenverloren streichelte er mit dem Daumen über meine Haut. »Ich hätte gern eine nette Familie gehabt wie Leo und einen Stall voller Kinder, doch es kommt eben nicht immer so, wie man es plant. Und jetzt ist es in Ordnung, wie es ist. Es geht mir gut, ich bin gesund und führe ein schönes Leben. Und im Krankenhaus habe ich viele Kinder um mich, die mich brauchen.«

»Ich mag dich sehr, David Roselius«, platzte ich heraus. Heute überraschte mich wirklich nichts mehr. »Mir ist gerade klar geworden, dass ich mich in meinem Leben womöglich einige Male furchtbar geirrt habe und dass es einiges gibt, über das ich noch nachdenken muss. Meine Schwestern und ich werden sechs Wochen auf Weltreise gehen, viel Zeit, um nachzudenken, also.«

David nickte kaum merklich und lächelte wieder, dann

erklangen vom Haus her plötzlich wieder Musik und ein Jubelruf.

»Oh, sie spielen *Små grodorna, Kleine Frösche.* Es ist *das* Mittsommerlied. Da müssen wir dabei sein. Komm schnell mit.« David half mir auf, zog sein Hemd über, und geschwind eilten wir die in den Fels gehauene Treppe hinauf.

Als wir um das Haus herumkamen, saß kein einziger der Gäste mehr auf seinem Platz. Alle standen im Kreis um den Mittsommerbaum herum, gerade setzte sich die Menge in Bewegung.

»Komm, komm«, sagte David, und gemeinsam reihten wir uns zwischen die Tänzer ein. »Einfach mitmachen«, rief er mir zu. »Es geht um kleine Frösche, die lustig anzusehen sind, weil sie keine Ohren und keine Schwänze haben. Bei *›öron‹*, Ohren, die Hände an die Ohren legen und mit ihnen wackeln, bei *›svansar‹* an den Steiß. Bei *›ko-ack-ack-ack‹* wird gehüpft.«

Und schon ging es los. Ob Jung, ob Alt, alle sprangen im Kreis herum und sangen, grölten und juchzten. Es war ein völlig verrückter Spaß, wenn auch ziemlich anstrengend. Ich sah Jonas und Mona, die beide ausgelassen und glücklich wirkten. Ich musste meine Schwester unbedingt später fragen, was es mit Jonas auf sich hatte. Daneben tanzte Christine mehr schlecht als recht mit, sie wirkte nicht ganz bei der Sache. Neben ihr waren Liv und Elin, die versuchten, ihr rechtzeitig Anweisungen zu den nächsten Schritten zu geben. Mir im Kreis gegenüber sah ich Åsa und Leo und einen Mann, den ich nicht kannte, dann folgten Malin und Per.

Als das Lied vorbei war, nahm David vom Büfett zwei weitere Flaschen Cider. Diesmal handelte es sich um welchen mit Apfelgeschmack. Wir wollten zurück zur Tafel, doch Leo hielt uns auf dem Weg auf. Elin und Sofia hatten sich bei ihm untergehakt, Liv stand mit einer Ciderflasche in der Hand neben ihnen.

»Beate, warte kurz, ich möchte dir meine Mädels einmal richtig vorstellen.« Er war sichtlich stolz. »Liv, unsere Älteste, hast du ja schon kennengelernt.« Er schaute seine groß gewachsene brünette Tochter an, die mir wesentlich freundlicher als bei unserer ersten Begegnung am Vormittag, aber dennoch etwas verhalten, lässig zunickte.

»Freut mich«, grüßte ich sie mit einem, wie ich hoffte, besonders offenen Lächeln. Sie schien mir diejenige von Leos Töchtern zu sein, die von unseren »guten Absichten« noch am meisten überzeugt werden musste. »Du gehst zur Uni?«, fragte ich. »Was studierst du?«

»Medizin«, antwortete sie knapp. O ja, da würden noch viele vertrauensstiftende Maßnahmen nötig sein, bis sie ihre Tanten voll akzeptierte.

»Sie hat gerade angefangen«, ergänzte Leo mit leuchtenden Augen, »und ist sehr ehrgeizig. Aber sich auf Kardiologie spezialisieren wie ihr alter Vater will sie nicht. Das weiß sie schon ganz sicher.« Er grinste.

»Ach, Papa«, sagte sie und schaute ihren Vater liebevoll an.

Siehe da, die störrische Liv war nicht nur bildschön und offenbar sehr clever, sie hatte auch eine weiche Seite.

»Macht doch nichts«, gab Leo ebenso liebevoll zurück. »Du musst nicht in meine Fußstapfen treten. Mach, was du willst, Hauptsache, du wirst glücklich. Hauptsache, ihr alle werdet glücklich.« Er sah jeder seiner Töchter eindringlich in die Augen. Das war offenbar die Lektion, die er für sein Leben gelernt hatte.

»In welche Richtung möchtest du denn gehen, Liv?«, fragte ich.

»Wahrscheinlich Pädiatrie wie David.«

Mein Herz tat einen leichten Sprung, als dieser Name fiel, und ich blickte kurz zu dem Mann neben mir, der fröhlich lächelte.

»Liv wird ihr medizinisches Praktikum bei uns auf der Kinderstation machen, das ist bereits fest eingeplant«, erklärte er.

»Das ist ja toll!«

David würde seine Arbeit bestimmt voller Begeisterung an seine Praktikantin vermitteln können.

»Und dies hier ist Sofia, unsere Sportskanone«, fuhr Leo nun mit seiner Vorstellungsrunde fort und sah zu seiner mittleren Tochter, die an seinem rechten Arm hing. Sie trug – im Gegensatz zu den meisten anderen der anwesenden Frauen, die leichte, helle Kleider anhatten – schwarze Shorts und ein pinkfarbenes Trägertop, das ihre wohlgeformten Oberarme zur Geltung brachte.

»Freut mich«, sagte ich wieder und war überrascht, als Sofia sich von ihrem Vater löste und mich in den Arm nahm.

»Mich auch«, antwortete sie wie ihre Schwester in perfektem Deutsch, »es ist so schön, Papas Familie endlich mal kennenzulernen.«

Ich war von dieser spontanen Geste der Zuneigung so gerührt, dass ich erst einmal schlucken musste, um den Kloß, der sich in meiner Kehle bilden wollte, loszuwerden. »Das finde ich auch, Sofia«, sagte ich.

Sofia hakte sich lächelnd wieder bei Leo unter, der ihr einen Kuss auf das Haar gab. Noch war sie kleiner als er. Sie wirkte nicht so gertenschlank wie ihre große Schwester, eher wohlproportioniert und sehr definiert. Kein Gramm Fett zu viel, aber dafür Muskeln. Wahrscheinlich lag das am häufigen Training.

»Welche Sportarten magst du am liebsten?«, fragte ich.

»Och, eigentlich alles«, gab Sofia unbekümmert zurück. »Rudern, Handball, Schwimmen … Aber ich bin auch gern im Fitnessstudio oder laufe einfach nur mal eine Runde.« Ich mochte mir nicht vorstellen, wie ihre Runden aussahen. »Vielleicht werde ich mal Sportlehrerin, wer weiß.«

»Ganz bestimmt wirst du das«, meinte nun Elin, die Jüngste. »Du redest ja von nichts anderem.«

Auch sie sprach gut Deutsch. Wie wunderbar, dass Leo seine Muttersprache an die Mädchen weitergegeben hatte und sie zweisprachig aufwuchsen. Elin war die Einzige von Leos Töchtern, die blond war. *Noch*, womöglich, das konnte sich im Laufe der Jahre ändern. Soweit ich mich von Fotos her erinnern konnte, waren Liv und Sofia früher auch heller gewesen.

»Und das ist – *last, but not least* – unsere Elin. Sie ist gerade zwölf geworden und lässt sich von nichts und niemandem die Butter vom Brot nehmen.« Leo lachte, woraufhin Elin ihrem Vater einen Knuff in die Seite gab.

»He du«, rief er spaßhaft empört aus und rieb sich mit schmerzverzerrtem Gesicht die Seite.

»Da gratuliere ich herzlich«, sagte ich. »Wann hattest du denn Geburtstag?«

»Vorgestern.«

»Oh, dann ist das hier vor allem deine Feier, oder?«

»Nee, die war schon.« Elin grinste und erzählte munter von ihrem großen Tag: »Ich durfte Mittwoch meine drei besten Freundinnen einladen, und sie haben bei mir geschlafen. Wir haben eine Pyjamaparty gemacht, eine DVD geguckt und ganz viel ungesundes Zeug gegessen.« Sie warf einen Blick auf ihre sportliche Schwester. »Nix für Sofia also.«

»Elin«, sagte Leo leicht tadelnd und wuschelte seiner Jüngsten durch das kurze blonde Haar. In dem Moment erklang wieder Musik, und Elin fing an umherzuhüpfen.

»Kommt, es geht weiter, lasst uns wieder tanzen gehen!« Sie löste sich von Leo und zog an Sofia, die sich gespielt widerwillig mitreißen ließ.

»Filip und ich gehen jetzt zu ihm nach Hause, okay?«, fragte Liv ihren Vater.

»Natürlich, grüß seine Eltern von uns.« Leo gab seiner Ältesten einen Kuss auf die Wange, die David und mir kurz zunickte und dann zum Haus lief. Mein Bruder, dessen Blick ihr folgte, seufzte. »Sie werden so schnell groß. Filip ist ihr erster Freund.« Wir sahen alle Liv nach, die im Haus verschwand. »Wollt ihr nicht tanzen?«, fragte Leo schließlich. »Ich werde mich mal zurück an den Grill stellen. Nicht, dass da noch etwas verbrennt.«

»Ich glaube, wir setzen uns erst einmal wieder, nicht?«, fragte David und sah mich an.

Sein Blick ließ meine Knie weich werden. Was war denn bloß mit mir los? Statt einer Antwort nickte ich nur und nahm einen Schluck von meinem Apfelcider. Er war sehr lecker und erfrischend. Einige der anderen Gäste hatten ebenfalls wieder Platz genommen, viele blieben aber auch beim Mittsommerbaum und tanzten weiter zur Musik.

Kaum dass wir saßen, lief Malin an uns vorbei. Mit einem Augenzwinkern raunte sie mir zu: »Ich habe doch gesagt, dass die *midsommar*-Nächte magisch sind.«

Mona und Jonas gehörten zu jenen, die weitertanzten, registrierte ich, eng umschlungen. Åsa kam mit einer gewaltigen Torte aus dem Haus, die sie in die Mitte der Tafel stellte. Nach den Anstrengungen war bei allen schon wieder genug Platz im Magen, um sich auf diese frische Kalorienbombe zu stürzen.

Es folgten weitere Trinklieder und Tänze, David zog mich ein ums andere Mal auf die Tanzfläche. Spät in der Nacht verabschiedeten wir uns dann von Åsa und Leo und vereinbarten, uns Samstagmittag wieder einzufinden, um mit der Vergangenheitsbewältigung weiterzumachen. Wir teilten uns mit Malin und Per, Jonas und Mona ein Großraumtaxi nach Stockholm. David wohnte in Danderyd und wurde auf halber Strecke rausgelassen. Christine war nicht mit dabei. Åsa sagte, dass sie mit Malins Bruder spazieren gegangen sei. Wir sollten uns keine Sorgen machen.

So hatte sich also anscheinend für jede von uns drei Schwestern etwas … wie sollte man sagen … ergeben. David hatte mir seine Telefonnummer aufgeschrieben, ganz unverbindlich. Aber tief in meinem Inneren war ich mir sicher, dass ich ihn gern wiedersehen wollte – irgendwann. Mona und Jonas wichen einander nicht von der Seite, er stieg sogar mit am Grand Hôtel aus und begleitete sie zu ihrem Zimmer. Also würde ich unser Gespräch von Schwester zu Schwester wohl erst einmal verschieben müssen.

Was für ein verrückter Tag! Das konnte ja ein heiterer Sommer werden.

16

Christine

Ich hatte bemerkt, dass Beate am Tisch beinahe in Tränen ausgebrochen wäre. Aber David hatte intuitiv reagiert und war mit ihr von der Gesellschaft weggegangen, zu einem kleinen Weg, der offenbar zwischen den Felsen hindurch hinunter zum Meer führte. Einen Augenblick lang hatte ich überlegt, ob ich meiner Schwester nachgehen sollte, doch sie schien sich in Davids Gesellschaft wohlzufühlen, und ich wollte nicht stören. Und kurz darauf hatte ich dann eigene Sorgen.

Ich hatte ihn entdeckt. Er war später gekommen, aber es war unverkennbar Jan Höglund. Er hatte Åsa und Leo begrüßt und ein paar andere. Danach war er zu Malin gegangen. Kannten sie sich? Sie wirkten sehr vertraut.

Der Fluchtreflex erfasste mich, ich stand wie ferngesteuert auf und lief ins Haus. Dort irrte ich zunächst ziellos umher, nur um mich irgendwann im oberen Stockwerk wiederzufinden, in dem Gästezimmer mit den ganzen alten Unterlagen unserer Familie. Irgendwer hatte sie in der Zwischenzeit sorgsam in den Karton zurückgelegt. Würde hier jemand nach dem Fest übernachten?

Ich setzte mich auf das Bett und rieb mir mit den Händen über die Augen. Plötzlich fühlte ich mich unendlich müde. Jan Höglund. Bei meinem Bruder zu Gast. Malins Worte dröhnten mir in den Ohren: *Ich habe tatsächlich auch schon so viele ›Zufälle‹ erlebt, die einfach zu bedeutungsvoll waren, um nur Zufälle zu sein.* Was tat er hier? Woher kannte er Leo und Åsa und Malin? Stockholm war schließlich eine Großstadt und nicht irgendein Dorf. Und noch wichtiger war die Frage: Was sollte ich jetzt tun? Ich konnte mir wohl kaum ein Taxi rufen und heimlich, still und leise verschwinden. Früher oder später würde man sich Sorgen machen. Womöglich würden sie denken, dass ich den Steilhang hinunter ins Wasser gefallen war. Nein, das konnte ich meinem Bruder und seiner reizenden Frau nicht antun.

Mitten in meine Gedanken hinein klopfte es an der Tür. Es war Åsa, Leos aufmerksame, sensible Frau.

»Entschuldige, ich habe gesehen, dass du reingelaufen bist. Aber du bist nicht wieder herausgekommen. Geht es dir gut?«

Zunächst sagte ich nichts. Dann klopfte ich auf das Bett, um ihr zu zeigen, dass sie sich neben mich setzen sollte. »Hast du einen Moment Zeit?«, fragte ich.

»Natürlich«, sagte sie. »Was gibt es denn?«

»Wer ist der Mann, der gerade gekommen ist? Der bei Malin war?«

»Du meinst den großen Blonden?« Wir mussten beide lachen, denn diese Beschreibung traf auf etwa achtzig Prozent der anwesenden Männer zu.

»Ich glaube, er trug ein dunkles T-Shirt mit einem Elch drauf«, erklärte ich.

»Ah, okay. Das ist Malins Bruder Jan.«

»Ihr Bruder? Er heißt Höglund mit Nachnamen.«

»Ja, das ist Malins Mädchenname.«

Ich ließ mich nach hinten auf das Bett fallen. »Ach du meine Güte …« Erneut schlug ich die Hände vors Gesicht. »Er ist Malins Bruder. Dann kennt sie ja die ganze Geschichte.«

»Was für eine Geschichte denn?«

»Eine lange, eine sehr lange Geschichte.« Ich seufzte. »Jan und ich kennen uns. Ich habe doch in den Neunzigern ein Semester in Uppsala studiert, da wart ihr gerade nach Djursholm gezogen. Die Kurzfassung ist, dass wir ein paar Monate zusammen waren, ich war bis über beide Ohren in ihn verliebt. Er hat mich schließlich wegen einer anderen sitzen gelassen. Ich bin abgehauen, ohne noch einmal mit ihm zu sprechen.« Åsa musste nicht alles wissen. Zu tief waren Schmerz und Scham in mir verwurzelt.

»Verstehe«, sagte Åsa. »Klassische Geschichte also.« Sie dachte offenbar nach, denn einen Moment lang sagte sie nichts. »Warst du damals nicht schon mit Heiko zusammen?«, fragte sie dann. Mist, sie hatte blitzschnell kombiniert. »Ihr habt uns mal in Södermalm besucht, als wir kurz vor unserem Umzug standen. Nicht lange danach habt ihr geheiratet, wenn ich mich recht entsinne.«

»Stimmt. Man kann dir echt nichts vormachen«, antwortete ich zerknirscht. »Ich hätte Heiko für Jan verlassen«, murmelte ich.

»Dann bist du die Frau, wegen der Jan damals so fertig war. Er hat beinahe zehn Kilo abgenommen und war kurz davor, depressiv zu werden. Malin hatte mir mehrmals ihr Herz ausgeschüttet, weil sie sich solche Sorgen um ihn gemacht hat. Sie hätte dich nicht in die Finger bekommen dürfen … Sie war unglaublich sauer auf die Frau, die ihrem kleinen Bruder so wehgetan hat.«

»Warum ging es ihm schlecht?«, fragte ich. »Er hat

doch *mir* wehgetan, er hat doch *mich* verlassen.« Wie konnte er dann so gelitten haben?

»Die Details sind mir nicht bekannt. Ich weiß nur das, was Malin mir erzählt hat. Jan kannten wir da noch nicht so gut. Ich hatte ihn zwar schon ab und zu getroffen, auf WG-Partys und so, aber erst an Malins dreißigstem Geburtstag hat auch Leo ihn kennengelernt. Seitdem laufen wir uns immer mal wieder bei irgendwelchen Feiern über den Weg«, erklärte Åsa. »Jedenfalls, soweit ich weiß, hatte er keine andere. Angeblich bist du seine große Liebe gewesen. Als du plötzlich so mir nichts, dir nichts weg warst, ist für ihn eine Welt zusammengebrochen. Monate später noch war nichts mit ihm anzufangen.«

»O mein Gott«, murmelte ich. »Ich hatte ja keine Ahnung …«

»Es sind ein paar Jahre ins Land gegangen seitdem«, sagte Åsa aufmunternd. »Komm wieder mit runter, es wird bestimmt nicht so schlimm werden.«

»Wie geht es Jan denn jetzt? Ist er darüber weggekommen? Ist er mit jemandem zusammen?«

»Ich glaube schon. Er hatte ein paar Beziehungen, hat auch einen Sohn, der aber bei seiner Mutter lebt.«

»War er verheiratet?«, fragte ich beinahe ängstlich.

»Nein.«

»Und er lebt von seinem Kind und dessen Mutter getrennt?«

»Ja, es lief mit ihr wohl nicht so gut.«

Wie traurig. Und es legte den Schluss nahe, dass er nie über uns hinweggekommen war. Ich konnte nicht auf dem Fest bleiben.

»Komm, Christine, es geht ihm gut, wirklich«, sagte

Åsa zuversichtlich und hielt mir die Hand hin. »Er macht einen positiven Eindruck.«

»Na schön, wenn nicht, kann ich ja immer noch gehen«, antwortete ich resigniert.

Gemeinsam gingen wir die Treppe hinunter und zurück auf die Veranda, wo wir kurz innehielten. Dann sah ich Jan. Er stand bei Malin, Per und Leo. Natürlich, wie sollte es auch anders sein!

Åsa spürte mein Zögern. Da kam mir die Band zu Hilfe, denn sie spielte die ersten Takte einer offenbar bekannten Melodie. Ein Raunen und Jubeln ging durch die Gästeschar, und mit einem Mal hielt es niemanden mehr auf den Stühlen. Wo auch immer man gerade war, alles wurde stehen und liegen gelassen. Die Gäste eilten zur Mittsommerstange und stellten sich in einem Kreis darum auf.

»Oh, jetzt kommt *Små grodorna*, da musst du unbedingt mitmachen«, sagte Åsa aufgeregt.

»Bitte, was kommt jetzt?«, fragte ich ahnungslos.

»Die kleinen Frösche, das wichtigste Lied an *midsommar.*« Sie klatschte in die Hände und freute sich wie ein kleines Kind. Als ihre Töchter an ihr vorbeieilten, Leo hatte sie mir und Mona vorhin kurz vorgestellt, rief sie: »Liv, Elin, nehmt ihr bitte mal Christine mit und zeigt ihr, wie es geht?«

Liv wirkte nicht sehr begeistert von der Idee, aber sie und ihre Schwester kamen zurück und nahmen mich an die Hand. Es gab kein Entkommen mehr… Auch Beate und David waren auf einmal wieder da, es schien meiner Schwester besser zu gehen.

Es war ein lustiges Lied, man kam sich ziemlich albern vor, aber das machte gar nichts, denn alle tanzten mit und hatten Spaß. Ich war leider nicht ganz bei der Sache, denn ich hatte Jan im Kreis gesichtet, und mir saß das Gespräch mit ihm im Nacken. Aber es musste sein. Es war wohl an der Zeit, dass wir endlich klärten, was zwischen uns stand, was damals vorgefallen war. Es tat mir leid, dass er solchen Kummer gehabt hatte. Das hatte ich nicht gewusst. Ich hatte immer gedacht, dass *ich* die Verlassene, die Gekränkte gewesen war – jetzt, mit diesem neuen Wissen, musste ich mir eingestehen, dass es gar nicht so eindeutig gewesen war.

Nach dem Lied verlor ich Jan aus den Augen, hatte also eine Art Verschnaufpause und konnte Kräfte sammeln für unser Zusammentreffen. Also ging ich erst einmal zum Büfett, um mir einen Mutmachschnaps zu genehmigen.

»Christine?«, hörte ich da plötzlich eine vertraute Stimme hinter mir.

»Jan.«

Ich drehte mich um, wusste nicht, was ich sagen sollte. Er sah so aus wie früher, nur ein bisschen älter. Hier und da hatten sich ein paar Fältchen in sein Gesicht gekerbt, aber das machte nichts, im Gegenteil. Ich fand, dass es ihn sogar noch attraktiver machte. Er sah reifer aus als damals, nicht mehr so jungenhaft, männlicher.

»Du bist es tatsächlich«, stellte er nüchtern fest.

Ich nickte. Ich hatte Angst. Gleich würde er es bereuen, mich angesprochen zu haben.

»Was machst du hier?«, fragte er.

»Ich habe Leonhard besucht. Er ist mein Bruder. Meine Schwestern sind auch da. Erinnerst du dich an das Haus? Wir haben schon mal davorgestanden. Vor über zwanzig Jahren.«

Er dachte nach, runzelte die Stirn. »Das war hier? Es

war im Winter und schon dunkel… Ich hatte ja keine Ahnung… Wir haben vor *diesem* Haus in meinem Saab gesessen?« Ich nickte. »Wie seltsam. Hier lebt Åsa, die beste Freundin meiner Schwester. Ich war aber noch nicht oft zu Besuch. Ich habe es nicht mit dem Anwesen von damals in Verbindung gebracht…« Er fuhr sich mit der Hand durch das volle blonde Haar.

In diesem Moment wirkte er unglaublich verletzlich. Ich hätte ihn am liebsten in den Arm genommen. Das ging natürlich nicht, das durfte ich nicht.

»Du hast geweint an jenem Tag, warst so verängstigt«, fuhr er fort.

»Ja.«

»Habt ihr euch wieder vertragen? Ich hätte dir so gern geholfen, aber ich wusste nicht, wie.«

»Wir haben uns heute Vormittag alle getroffen und viel geredet, ja. Ich glaube, es gibt noch einiges zu besprechen, ich denke jedoch, wir sind auf einem guten Weg nach all der Zeit.«

»Das freut mich, ehrlich. Ich kenne Leo kaum, Åsa ein wenig besser, weil sie früher mit Malin in einer WG gewohnt hat. Da habe ich öfter mal vorbeigesehen.«

»Das hat Åsa mir erklärt. Verrückte Welt.«

»Schon.« Jan betrachtete mich, schließlich sagte er: »Du siehst gut aus, Christine. Wie war das Leben zu dir in den vergangenen zwanzig Jahren?«

»Ach, es gab Höhen und Tiefen«, antwortete ich vage. Sollte ich ihm von Heiko erzählen? Doch er kam von selbst auf das Thema zu sprechen.

»Bist du noch mit deinem Freund von damals zusammen?«

»Nicht mehr. Heiko und ich sind seit vier Jahren geschieden. Seit meinem vierzigsten Geburtstag.« Vielleicht half ihm das. »Bist du mit jemandem zusammen?«

Jan war einen Augenblick still, schien zu überlegen. »Momentan nicht. Ich war ein paar Jahre mit einer Frau zusammen, Natalie. Das war schneller wieder vorbei, als wir erwartet hätten. Aber wir haben einen gemeinsamen Sohn.«

Was für eine seltsame Formulierung. Erwartete man, dass eine Beziehung früher oder später wieder auseinanderging?

»Das zumindest ist schön.«

Er lachte, es klang bitter. »Natalie wurde sehr schnell schwanger. Als wir Eltern wurden, waren wir überfordert, haben uns nur noch gestritten. Letztlich war keine Basis zwischen uns vorhanden, die stark genug gewesen wäre, um diese anstrengende Anfangszeit durchzustehen. Als Felix ein Jahr alt war, hat sie von einem Tag auf den anderen ihre Sachen gepackt und ist mit ihm verschwunden. Wir haben nur sporadischen Kontakt.«

»Das tut mir leid.« Was für eine deprimierende Geschichte. Und ich fühlte mich daran mitschuldig.

»Wir haben beide so einiges erlebt.« Jan schaute mich an. »Vielleicht hätte es ganz anders laufen können.«

»Vielleicht«, murmelte ich.

»Komm, lass uns zu den anderen zurückgehen. Wir können uns setzen und uns in Ruhe unterhalten.«

Ich hatte eigentlich gerade keine Lust, mich inmitten fröhlicher und betrunkener Menschen aufzuhalten, und an Ruhe war dort bestimmt nicht zu denken. Ganz davon abgesehen, dass ich Angst davor hatte, mich mit Jan durch unsere Vergangenheit zu wühlen. Dennoch willigte ich ein. Am Büfett wollte ich auch nicht bleiben.

Mich fröstelte, obwohl es noch recht warm war. Ich zog meine Strickjacke enger um mich, wie um mich zu verpuppen. Wir gingen schweren Schrittes zurück, die Vergangenheit lastete auf unseren Schultern, was die anderen Gäste zu bemerken schienen. Keiner kam in unsere Nähe. Wir setzten uns an das eine Ende der Tafel. Nur hier und da saßen noch ein paar Leute – ein knutschendes Pärchen, eine Gruppe von drei Männern und zwei Frauen, die wirkten, als wären sie in eine angeregte Diskussion verwickelt. Die meisten anderen tanzten oder standen in Grüppchen auf dem Rasen. Es schienen auch schon einige gegangen zu sein.

Ich setzte mich, Jan holte uns zwei Flaschen Bier, dann setzte er sich neben mich. Gedankenverloren kratzte er mit dem Daumennagel am Etikett der Flasche. Nahm einen großen Schluck, wischte sich mit dem Handrücken über den Mund.

»Tut mir leid, ich kann das nicht«, sagte er plötzlich, stand auf, griff nach der Bierflasche, ging zum hinteren Ende des Gartens und blickte auf das Meer hinaus.

Was sollte ich jetzt tun? Langsam ging ich ihm nach, stellte mich leise neben ihn und sah den kleinen Booten in der Ferne zu, die in den Schären herumschipperten oder lustig schaukelnd vor Anker lagen. Hier war von dem Trubel in Leos Garten kaum noch etwas zu merken. Man hörte Musik, Stimmen und Lachen im Hintergrund, dennoch fühlte es sich an, als wären wir weit weg.

So standen wir eine Weile ganz still. Eine warme Brise wehte um uns herum, und trotz der späten Stunde war es nicht dunkel geworden, nur ein bisschen dämmrig.

Schließlich wagte ich den ersten Schritt. »Jan, ich denke, wir sollten reden.«

»Warum?«, fragte er frostig. »Was gibt es denn zu sagen?«

Oje, das würde schwierig werden. Vielleicht sollte ich es einfach gut sein lassen und wieder gehen? Wir hatten uns jetzt so lange nicht gesehen, und es ging uns gut damit. Oder etwa nicht?

»Na schön«, sagte er, kurz bevor ich mich entschieden hatte, die Flinte ins Korn zu werfen und zum Haus zurückzugehen. »Gehen wir ein Stück.« Er lief am Holzzaun entlang, der die Rasenfläche von den steil zum Wasser abfallenden Felsen begrenzte, in Richtung Auffahrt, wo nun ein paar Autos und Fahrräder standen. Ich folgte ihm.

»Jan«, begann ich zögernd. »Ich habe vorhin etwas erfahren, das ich noch nicht wusste.« Er sah mich aufmerksam an. »Ich habe dich auf dem Fest gesehen und Åsa nach dir gefragt. Ich war mir nicht sicher, ob du es wirklich bist«, fügte ich erklärend hinzu. Dabei hatte er sich gar nicht so sehr verändert. Aber in dem Moment war es mir schlichtweg zu unwahrscheinlich erschienen, ihn bei meinem Bruder zu treffen. »Åsa sagte, dass Malin sich damals ziemlich Sorgen um dich gemacht hat, also dass du damals … Dass dich unsere Trennung ziemlich mitgenommen hat.« So, jetzt war es raus.

Abrupt blieb Jan stehen und sah mir fest in die Augen. »Das ist die Untertreibung des Jahrhunderts.« Er ging weiter.

»Aber ich … ich dachte … Na ja, du hattest doch mich verlassen.«

Jan drehte sich wieder zu mir um. »Ich soll dich verlassen haben?«, fragte er fassungslos.

Dann starrte er wieder auf das Wasser, wirkte so kalt

und abweisend, dass ich mich nicht traute weiterzusprechen.

Wäre die Spannung zwischen uns nicht so unerträglich gewesen, hätte dies ein wunderschöner Moment sein können. Ein klarer Sonnenuntergang, viel später in der Nacht als normalerweise, erst recht, als man es von Deutschland kannte. Die Sonne wäre nur für etwa drei Stunden weg, es würde zu keinem Zeitpunkt völlig dunkel sein. Die Inseln und Bäume vor und neben uns waren in dunkle Schatten getaucht, während die Häuser in unserem Rücken in dem unwirklichen Licht rotgolden leuchteten.

»War es denn nicht so?«, fragte ich vorsichtig zurück, denn das, was zwischen uns stand, wollte ich nun endlich ein für alle Mal geklärt haben.

»Du warst damals mit Heiko zusammen, schon vergessen? Und, so wie ich das eben verstanden habe, bist du nach unserem … nach unserer *Affäre* gleich wieder zu ihm zurückgerannt. Hast ihn offenbar sogar geheiratet.« Jan war wütend – und verletzt. Furchtbar verletzt.

Mit einem Mal wurde mir entsetzlich kalt. Ich umklammerte mich mit meinen Armen, ein Versuch, mich selbst zu wärmen … oder festzuhalten.

»Ich hätte ihn für dich verlassen, Jan«, flüsterte ich.

»Das hast du aber nicht getan«, murmelte er.

»Ich war mir nicht sicher, ob du es ernst meinst«, gab ich wahrheitsgemäß zurück und versuchte, so ruhig wie möglich zu bleiben. Doch ich merkte, wie sich ein Kloß in meinem Hals zu bilden drohte. »Sollen wir ein Stück von hier weggehen?«, fragte ich mit einem Krächzen in der Stimme.

Jan nickte. »Das wäre vielleicht nicht schlecht.«

Nur mühsam wollten sich meine Beine vom Boden lösen, ich war wie festgewachsen, als ob dies mein einziger Halt gewesen wäre. Was würde geschehen, wenn ich versuchte zu laufen?

Doch es ging. Irgendwie gehorchten mir meine Beine, und langsam setzten wir uns in Bewegung, liefen die Auffahrt hinunter. Ich warf einen letzten Blick auf die fröhlich und ausgelassen feiernde Gesellschaft bei der *majstång*, bemerkte Beate, die mit David, Leo und Åsa zusammensaß und völlig entspannt wirkte. Åsa hatte kurz aufgesehen, ob sie Jan und mich erkannt hatte, konnte ich jedoch nicht sagen. Als wir um das Haus gegangen waren, war es mit einem Schlag wieder viel ruhiger.

»Du warst dir nicht sicher?«, flüsterte Jan schließlich, als wir die kleine Straße vor dem Haus erreichten.

Ich registrierte eine Art Sicherheitsabstand zwischen uns. Jan schien sorgsam bemüht, es nicht zu einer zufälligen Berührung zwischen uns kommen zu lassen.

»Jan, ich habe immer auf ein Zeichen von dir gewartet, darauf, dass du mir sagst, dass es dir ernst mit mir ist«, versuchte ich mich zu erklären. Ich wollte meine Hand versöhnlich auf seinen Arm legen, aber er schreckte zurück. Dieser Tag war beinahe von Anfang an schwierig gewesen, und er würde auch schwierig enden, befürchtete ich. Dieses Gespräch war womöglich noch schlimmer als das, was wir Geschwister durchgemacht hatten. Musste denn alles so dramatisch sein? Es war Mittsommer, ein riesiges Fest in und für die Schweden, ein wunderschöner Sommertag – und jetzt das. Es hätte alles ganz anders werden können: romantisch, herzlich, da wir wieder mit unserem Bruder vereint waren, fröhlich. Doch nun war ich meiner früheren großen Liebe begegnet, die verrückterweise über drei Ecken mit meinem Bruder bekannt war. Was für ein Schock! Jan hatte mir damals das Herz gebrochen. Aber ich ihm anscheinend auch, so wie es gerade wirkte. »Ich hatte Angst, dass ich nur irgendeine kleine Austauschstudentin für dich gewesen sein könnte«, erläuterte ich weiter, »mit der du ein bisschen unkomplizierten Spaß haben wolltest, weil die nach dem halben Jahr ja wieder wegfahren würde.«

»Das kannst du nicht ernst meinen. Du wirst doch wohl gemerkt haben, dass ich nicht nur Spaß mit dir wollte. Wie kannst du überhaupt im Auslandssemester was mit jemandem anfangen, wenn du einen Freund zu Hause sitzen hast? Das ist wirklich schäbig, Christine. Ich hätte zumindest erwartet, dass du dich dann irgendwann von ihm trennst und nicht direkt zu ihm zurückläufst! Du hast uns beide hintergangen.«

»Ja, das war nicht richtig.« Ich schämte mich, natürlich fing man nicht einfach etwas mit jemandem an, wenn man bereits vergeben war, es war falsch und gemein von mir gewesen. Aber damals hatte ich schlichtweg nicht anders gekonnt. Jan war in meinem Seminar aufgetaucht, und ich war vollkommen hin und weg gewesen. Ich hatte keine Chance gehabt. »Heiko und ich sind schon sehr jung zusammengekommen, direkt nach dem Abi.«

»Das ist keine Entschuldigung, Christine«, unterbrach Jan mich.

»Ich weiß ja.« Beschwichtigend hob ich die Hände. »Ich wollte nur versuchen, es dir zu erklären. Vielleicht kannst du mich wenigstens ein bisschen verstehen.« Er zuckte mit den Schultern und ging stumm weiter. Wir kamen um eine Kurve und hatten erneut einen grandiosen Blick auf die Schären. Die Straße führte hinunter zum

Wasser. »Wir waren drei Jahre zusammen, als ich nach Uppsala kam«, fuhr ich fort. »Heiko war in unserer Beziehung derjenige, der den Ton angegeben hat, schon damals. Ich habe mich gern von ihm leiten lassen, zumal ich früher nicht über das stärkste Selbstbewusstsein verfügte. Er war sicher und weltgewandt, das imponierte mir, als wir uns kennenlernten. Im Laufe des Studiums merkte ich jedoch, dass ich meinen Weg gefunden hatte, wurde selbstsicherer, traute mich mehr und probierte dieses und jenes aus. Das überforderte Heiko, und ich fühlte mich zunehmend von ihm ausgebremst. Mein Auslandssemester kam daher wie ein Befreiungsschlag für mich. Ich blühte regelrecht auf, niemand kannte mich dort, ich konnte sein, wie ich wollte. Ich fühlte mich so frei und leicht. Und als ich dich traf, war es um mich geschehen. Ich habe mich von einem Augenblick zum nächsten in dich verliebt, Jan Höglund.«

Jan sah mich stumm an, seine Augen glitzerten verdächtig. Als er bemerkte, dass ich es sah, blinzelte er schnell.

»Jan, du warst derjenige, der so viel mehr aus mir herausgeholt hat in diesen paar Monaten, das Beste und Schönste, was in mir steckte. Ich war so glücklich mit dir, Jan. Du hast mich einfach umgehauen. Mir war alles andere egal, als ich dich traf. So kannte ich mich gar nicht. Und ich hätte alles stehen und liegen lassen, um bei dir zu bleiben. Hättest du nur einen Ton gesagt, ich hätte ein Umzugsunternehmen angerufen und meinen ganzen Kram nach Uppsala bringen lassen.«

Ungläubig schaute er mich an. »Das hättest du wirklich getan?«

»Ja, ohne Zweifel. Gut, wahrscheinlich hätte ich mir

das Umzugsunternehmen nicht leisten können, und wahrscheinlich hätte ich schon noch einmal nach Bremen fahren, meine Sachen selbst zusammenpacken und mit ein paar Leuten reden müssen, um einen sauberen Schlussstrich unter alles setzen zu können, aber ja, ich hätte es getan.« Erleichtert durch die unerwartete Wendung der Situation geriet ich ins Plappern.

»Wir hatten vier unglaubliche Monate zusammen, Christine. Bei mir war es nicht anders als bei dir. Ich war genauso in dich verliebt wie du in mich.« Er seufzte. »Nur kam dann alles anders. Warum bist du trotzdem gegangen?«

Nun seufzte ich, es war hart, sich an diese schwere Zeit zu erinnern. »Weil du plötzlich mit dieser Jenny rumgemacht hast«, sagte ich schließlich. »Was sollte das bloß? Ich war bereit, alles für dich hinter mir zu lassen, mein ganzes bisheriges Leben aufzugeben, und dann das.«

»Ich hatte nichts mit ihr.« Jans Stimme klang verzweifelt.

»Ich habe euch aber gesehen. Kurz vor den Weihnachtsferien. Auf der Party im Studentenhaus. Ihr habt wild geknutscht, und alles Weitere hat sich daraufhin sicher nahtlos angeschlossen.«

Offenbar musste Jan eine Weile nachdenken, um sich an den Tag zu erinnern. »Ich weiß nicht mehr genau ...« Er rieb sich die Stirn. »Dieser Abend im Dezember ... die Party ... meine Kumpels waren auch da?«

»Ja. Drei deiner Freunde, Mats, Mikael und ... Lars. Und noch eine andere Frau.«

Langsam schien die Erinnerung wiederzukommen. »Stimmt. Mats hatte Geburtstag und einen ausgegeben. Kerstin war da, die Schwester von Jenny.«

»Und ich hatte mir mit ein paar anderen ein Eishockeyspiel angesehen«, half ich ihm auf die Sprünge. »Ich bin später nachgekommen.«

»Ich erinnere mich wieder. Wir vier haben gefeiert, und es ging ziemlich feucht-fröhlich zur Sache. Jenny war auch da, ja, richtig. Sie war schon eine ganze Weile hinter mir her gewesen, aber ich wollte nichts von ihr, ganz sicher nicht ... An dem Abend hat sie sich an mich rangemacht. Ich wusste kaum, wie mir geschah. Und du, du hattest etwas anderes vor – genau, dieses Eishockeyspiel.«

Ich beobachtete Jan, wie er die Fäden wieder zusammenbrachte. Dieser folgeschwere Abend war viele Jahre her, doch die Szene, wie ich meinen Freund wild knutschend mit dieser Jenny auf der Tanzfläche angetroffen hatte, hatte sich tief in mein Innerstes gebrannt.

»Ja, so war das damals«, sagte ich schließlich. »Ich habe euch gesehen, und das hat mir gereicht.« Ich verschränkte die Arme vor der Brust und blickte zur Seite, konnte es nicht mehr ertragen, Jan anzusehen. Wir standen vor einem prächtigen Anwesen mit einem sorgsam angelegten Garten, doch ich hatte keine Augen dafür.

»Es ist nichts weiter passiert, Christine, das musst du mir glauben. Jenny war da und hat mit mir geflirtet, ja, aber ...« Er stockte. »Mats meinte damals zu mir, dass ich mir die Jenny bloß nicht entgehen lassen sollte, die wäre nämlich noch da, wenn du schon längst wieder weg sein würdest, und sie wäre doch so toll und so weiter. Kerstin ist dann mit eingestiegen, und irgendwann war ich einfach zu benebelt. Alle hatten auf mich eingeredet, sodass ich mich habe küssen lassen. Sie hörte gar nicht mehr auf ... Und das hast du gesehen?«

Ich nickte. »Ja.« Ich brachte nur ein Krächzen hervor.

»War das der Grund, aus dem du nach den Weihnachtsferien nicht mehr wiedergekommen bist?«

Wieder nickte ich. »Ja. Ich hätte sowieso nur noch drei Wochen im Januar gehabt mit einem Seminar, alles andere war durch. Wie die meisten meiner Kommilitonen habe ich dann beantragt, die Klausur schon im Dezember schreiben zu dürfen, habe einen familiären Notfall vorgeschoben. Das hat geklappt, und somit konnte ich vor Weihnachten verschwinden. Natürlich habe ich die Klausur verhauen, das war mir allerdings komplett egal.«

»Du bist weggegangen, ohne noch einmal mit mir zu sprechen?«

»Was gab es denn da zu besprechen? Schon vorher hatte ich die ganze Zeit auf ein Zeichen von dir gewartet, etwas wie ›Bitte bleib bei mir, ich möchte mit dir leben‹ oder auch nur ein ›Ich liebe dich‹, ganz zu schweigen von ›Willst du mich heiraten?‹. Nichts in der Richtung kam von dir, gar nichts. Und als ich dich dort so gesehen habe, war mir klar: Ich war nur eine kleine Affäre für dich, halt die süße Austauschstudentin, die man mal eben so mitnehmen konnte, weil sie nach dem Semester sowieso wieder verschwand. Den Rest gegeben hat mir diese Kerstin. Die habe ich nämlich ein paar Tage später in der Mensa getroffen. Sie meinte, dass es doch schön wäre, dass du und Jenny jetzt endlich *wieder* zusammen wärt. Sie würde so gut zu dir passen, und nachdem du dich noch mal ein bisschen ausgetobt hättest, stünde eurem Glück ja nichts mehr im Wege. Ich habe nicht gleich reagiert, und da hat sie noch angemerkt, dass ihr ja schon mal verlobt gewesen wärt und jetzt endlich heiraten könntet.« Mein Magen zog sich zusammen.

Ich konnte wieder genau spüren, wie ich mich damals gefühlt hatte.

»Was?« Jan war ehrlich fassungslos. »Das hat sie gesagt?« Ich zuckte nur mit den Schultern. »Da war nichts, wirklich nicht…« Jan fuhr sich durchs Haar. »Ja, es stimmt, Jenny und ich waren mal zusammen, vor dir. Aber es war schon lange vorbei. Wir hatten uns aus einer Laune heraus verlobt, haben allerdings sehr schnell bemerkt, dass wir nicht zueinander passten und die Sache beendet.«

»Für sie war das offenbar nicht so klar.«

Jan seufzte einmal mehr. »Ich kann es nicht fassen, dass sie so intrigant war.«

»Sie oder zumindest ihre Schwester. Und du hattest an dem Abend wirklich nichts mit Jenny?«

Unvermittelt hielt Jan an und sah mir in die Augen, griff nach meinen Händen. »Nein. Das musst du mir glauben. Ich habe nur dich geliebt.« Er schluckte. »Irgendwann habe ich mich wieder unter Kontrolle gehabt und bin dann ziemlich schnell von der Party verschwunden. Die ganze Woche habe ich dich nirgendwo mehr gesehen oder irgendwie erreicht. Dann kamen die Weihnachtsferien, und du warst weg. Weg aus Schweden und weg aus meinem Leben. Einfach so. Ohne irgendeine Nachricht oder irgendeine Adresse zu hinterlassen. Ich dachte genau das, was du *mir* vorwirfst: dass du mich nur benutzt hättest, um in deinem Auslandssemester ein bisschen Spaß zu haben.«

»Nein, so war es nicht«, murmelte ich. »Ich wollte nicht nur Spaß mit dir haben, ganz im Gegenteil. Ich wollte mein Leben mit dir teilen.«

»Warum hast du nicht noch mal mit mir geredet? Vielleicht hätten wir das klären können.«

»Wahrscheinlich hätte ich das tun sollen«, gab ich zu. »Ich war wohl zu verletzt.«

Jan nickte. »Verstehe. Das ging mir auch so.«

»Ich bin nach Hause gekommen und wollte alles nur schnell vergessen.«

Jan nickte wieder, und wir setzten unseren Weg fort, kamen nun zum Ufer, wo die Sonne einen rötlich goldenen Schimmer auf dem Wasser hinterlassen hatte, obwohl sie nicht mehr zu sehen war.

»Wie ging es weiter?«, fragte er. »Hast du deinem Freund von mir erzählt?«

Ich schüttelte den Kopf. »Nicht so richtig. Ich habe nur gesagt, dass ich in Schweden eine kleine Liebelei hatte, obwohl es ja in Wahrheit viel mehr gewesen ist. Ich habe mich mehrmals dafür entschuldigt, dann hat er mir verziehen, und wir haben recht bald geheiratet.« Ich atmete tief ein und wieder aus. Was für ein Drama! Wir blieben stehen und sahen eine Weile schweigend auf das Wasser. »Es gibt noch etwas, das ich dir sagen sollte.« Nun rutschte mir mein Herz richtig in die Hose. Es gab da eine Sache, die ich vor Jan all die Jahre verheimlicht hatte. Zum einen, weil ich es nie wirklich für möglich gehalten hatte, zum anderen, weil ich mit Jan schlichtweg nichts mehr hatte zu tun haben wollen.

Die Art, wie Jan mich ansah, ließ mir die Beine weich werden. Ich würde ihm ein weiteres Mal das Herz brechen. »Ich war schwanger.«

»Was?«

»Ich habe im März herausgefunden, dass ich schwanger bin.«

»Was hat das zu bedeuten?«, fragte er entgeistert. Jan wollte oder konnte es nicht begreifen.

Ich drehte mich weg, sah zu den Häusern, konnte es plötzlich alles nicht mehr ertragen. Es war einfach zu viel: die Sache mit Leo, die Sache mit Mona und jetzt mit Jan. Ich wünschte, der Boden täte sich unter mir auf und würde mich verschlingen. Ein für alle Mal.

»Na ja, eine Zeit lang war ich nicht sicher … Also, es hätte sein können, dass …« Ich begann zu schluchzen. »Ich … ich glaube eigentlich nicht, dass es so ist, denn ihr habt gar keine Ähnlichkeit … Aber es hat eine Zeit gegeben, da wusste ich nicht, ob … Also, es hätte möglich sein können, dass mein Sohn Emil von dir ist.« Jetzt war es raus. Ich musste es ihm einfach sagen, endlich reinen Tisch machen mit meiner Vergangenheit. Einen Moment lang sagte Jan gar nichts. Das Schweigen war beinahe schlimmer als jeder Wutausbruch, der mich hätte treffen können. Das hätte ich verdient gehabt. Aber mit dieser Totenstille konnte ich nicht umgehen. »Jan«, sagte ich flehend und hielt ihm die Hand hin in dem kläglichen Versuch einer versöhnlichen Geste.

Irritiert sah er auf meine Hand herunter, drehte sich schließlich von mir weg, lief ein paar Schritte, machte kehrt und kam zu mir zurück. Er wirkte wie der einsamste, traurigste Mensch auf der ganzen Welt.

»Du hast mir all die Jahre mein Kind vorenthalten?«, fuhr er mich an. »Du hast mir nicht nur mein Herz gebrochen, sondern auch noch mein Kind gestohlen?«

»Es tut mir leid …«, flüsterte ich.

»Es tut dir leid.« Seine Stimme nahm einen eisigen Ton an. »Das ist ja wohl das Allerletzte, Christine. Jetzt habe ich zwei Kinder, die ich kaum beziehungsweise gar nicht sehe!«

»Es ist doch gar nicht sicher …«, versuchte ich es noch

einmal. »Höchstwahrscheinlich ist Emil Heikos Sohn … Ich habe nie einen Test gemacht, aber ich hätte gespürt, wenn es anders gewesen wäre.«

»Und warum hast du mir nichts gesagt? Selbst wenn du der Meinung gewesen bist, dass ich dich betrogen und verletzt habe, hättest du es mir sagen müssen. Gleich. Nicht erst über zwanzig Jahre später. Und warum jetzt? Ich verstehe dich nicht, Christine. Und ich kann nicht begreifen, wie ich mich so sehr in dir irren konnte.«

Warum jetzt? Das konnte ich ihm auch nicht beantworten. Vielleicht, weil ich ihn heute zum ersten Mal seit damals wiedergesehen hatte? Vielleicht, weil an diesem Tag bereits so viel auf den Tisch gekommen war, dass ich, nachdem ich ihn überraschend wiedergetroffen hatte, glaubte, ebenfalls mit meiner ganz persönlichen Vergangenheit ins Reine kommen zu müssen? Wäre es besser gewesen, einfach weiterhin nichts zu sagen? Ich wusste es nicht. Das Einzige, was ich wusste, war, dass nun alles in Scherben lag.

Jan sah mich noch einen Moment an, als erwartete er eine Antwort. Doch eine Antwort, die alles wiedergutmachen würde, konnte ich ihm nicht geben.

»Ich … ich habe einen Fehler gemacht«, stammelte ich. »Es tut mir leid, Jan …« Wieder versuchte ich, ihm die Hand zu reichen, wieder ergriff er sie nicht. Stattdessen hob er seine Hände wie zur Abwehr.

»Ich muss das jetzt erst mal verdauen«, sagte er, drehte sich um und ging. Verschwand ein weiteres Mal aus meinem Leben.

Ich sah ihm nach, bis er um die erste Kurve herumgegangen war. Dann verließen mich all meine Kräfte. Auch die Tränen konnte ich nicht mehr zurückhalten. Ich sank zu Boden, vergrub mein Gesicht in meinen Händen. Alles kam hoch in mir, die Ängste, die Lügen, die innere Einsamkeit, das schlechte Gewissen, alles, was ich längst in mir begraben hatte, von dem ich gedacht hatte, es überwunden zu haben.

17

Christine

Noch lange saß ich weinend am Ufer. Irgendwann wurde mir jedoch zu kalt. Eine Weile lief ich am Wasser entlang, kam zu Leos Haus, sah Taxen wegfahren, ging daran vorbei, schlenderte ziellos weiter. Schließlich drehte ich um. Ich konnte nicht ins Hotel, denn ich kannte keine Telefonnummer eines Taxiunternehmens und hätte in meinem Zustand auch nicht zur U-Bahn-Station zurückgefunden. Ein Bus fuhr um diese Zeit bestimmt nicht mehr. Außerdem hatte ich nicht einmal meine Tasche dabei, die hatte ich in der Aufregung auf meinem Stuhl liegen lassen.

Ich beschloss also, zurück zu Leos Haus zu gehen. Es war leerer geworden im Garten, nur ein paar Gäste befanden sich noch an der Festtafel, einige andere hielten sich auf der Rasenfläche auf oder saßen an der Kante der Steilküste und sahen aufs Meer hinaus und in die Richtung, in der die Sonne bald wieder aufgehen würde. Der blaue Lichtstreif am Himmel wurde bereits wieder heller. Wie spät mochte es sein? Ich ging zu meinem Stuhl, meine Tasche lag noch so da, wie ich sie hingelegt hatte. Als ich mein Handy herausholte, sah ich, dass es bereits halb drei war. Mitten in der Nacht. Und da war eine Nachricht von Beate.

Wir sind schon zum Hotel, Süße, ich war so müde. Åsa meinte, du wärst noch mit einem Mann unterwegs und kämst zurecht. Melde dich, wenn etwas ist. Kuss, Beate

Mh… Ich käme zurecht… Das kam mir gerade nicht so vor. Für einen Moment fühlte ich mich noch mehr alleingelassen. Gerade jetzt hätte ich gut eine Schwester gebrauchen können, vor allem Beate. Sie nahm sich immer Zeit für einen, wenn man Kummer hatte. Aber ich konnte verstehen, dass sie müde gewesen waren und zurückgewollt hatten. Es war ein aufregender Tag gewesen. Und außerdem war ich selbst einfach weggegangen, ohne jemandem etwas zu sagen.

Seltsamerweise fühlte ich mich gar nicht müde, nur sehr erschöpft. Ich hatte viele Fehler gemacht. Schlimme Fehler. Würden mir Heiko und Jan je verzeihen können? Und was war mit Emil? Bei dem Gedanken an meinen Sohn brach mir der kalte Schweiß aus, und ich musste mich setzen. Ich liebte meine Kinder über alles. Wie hatte ich ihm das antun können? Was, wenn herauskäme, dass er mehr als zwanzig Jahre lang den falschen Mann für seinen Vater gehalten hatte? Er würde mich hassen, ohne Frage. Und das zu Recht. Diese Konsequenzen waren genau der Grund gewesen, warum ich mich nie getraut hatte, einen Vaterschaftstest machen zu lassen. Obwohl die Wahrscheinlichkeit, dass Emil Jans Sohn war, eigentlich nicht so groß war. Es gab nur eine Möglichkeit, wann es passiert sein konnte, nur einmal hatte sich alles überschnitten. Um Weihnachten herum.

Mit Jan hatte ich zuletzt etwa eine Woche vor meiner Abreise geschlafen, genau am Tag vor diesem schicksalhaften Abend, mit Heiko gleich nach meiner Rückkehr nach Deutschland. Emil war ein Septemberkind. Zwischen Jan und mir hat es nur dieses eine Mal, das gefährlich gewesen sein könnte, gegeben, versuchte ich mich zu beruhigen. Aber ein Mal konnte reichen. Nein, rief ich mich wieder zur Ordnung. Ich hatte die ganzen Jahre nicht geglaubt, dass Jan Emils Vater war, damit würde ich jetzt auch nicht anfangen. Nur in der Schwangerschaft war ich unsicher gewesen und kurz nach der Geburt. Doch dann hatten alle behauptet, sie würden Heiko in Emil erkennen, und ich war beruhigt, wollte gar nicht weiter darüber nachdenken und mein Glück gefährden. Dennoch … Sobald ich wieder zurück war, würde ich diesen Test machen lassen. Schon, um Jan die Sicherheit geben zu können. Und auch ich wollte es endlich schwarz auf weiß haben. Was ich allerdings machen würde, wenn das Ergebnis anders ausfiel, als ich hoffte, daran wagte ich nicht zu denken.

»Christine, da bist du ja wieder«, hörte ich da eine vertraute Stimme hinter mir. Åsa.

Ich drehte mich um und brauchte nichts zu sagen, mein Aussehen sprach wohl Bände.

»Oje, es ist nicht gut gelaufen«, sagte sie.

Ich schüttelte den Kopf. »Nein. Ich habe schlimme Fehler gemacht, und er hasst mich jetzt. Alle werden mich hassen.«

Åsa sah betroffen aus, fing sich jedoch schnell wieder und fand zu ihrem unerschütterlichen Optimismus zurück. »Das kann ich mir nicht vorstellen. Es wird bestimmt alles wieder gut.« Sie legte einen Arm um mich. »Ich habe deine Schwestern schon mal nach Hause geschickt. Sie waren müde, und außerdem dachte ich … Ich hatte gehofft, dass du dich mit Jan versöhnen würdest.«

»Das Gegenteil ist passiert.«

»Oh.« Åsa hielt für einen Moment inne. »Möchtest du, dass ich dir auch ein Taxi rufe?«, fragte sie dann. Als ich nur unschlüssig mit den Schultern zuckte, hakte sie sich mütterlich bei mir unter. »Komm mit. Du wirst heute Nacht in unserem Gästezimmer schlafen. Ich schicke Mona und Beate eine Nachricht. Wir haben uns schon für morgen verabredet. Sie werden mittags zu einem späten zweiten Frühstück wieder hier eintrudeln. Jetzt nimmst du erst einmal ein heißes Bad. Hast du noch Hunger?«

Ich schüttelte wieder den Kopf, woraufhin sie mich ins Badezimmer im Obergeschoss führte. Dort ließ sie Wasser in die Wanne laufen und gab etwas von dem fruchtigen Badezusatz hinzu, der auf dem Rand stand. Sie legte ein weiches Handtuch auf die Kommode, nahm mein Gesicht in ihre Hände und sah mir aufmunternd in die Augen. Ohne noch etwas zu sagen – als ob sie spürte, dass mir gerade jedes Wort zu viel war –, gab sie mir einen Kuss auf die Wange und ging hinaus. Ich hörte ihre leiser werdenden Schritte auf der Treppe, dann zog ich mich aus und sank in das heiße, schaumige Wasser. Mein Körper entspannte sich sofort, ich spürte, wie meine Muskeln weich und meine Augen müde wurden. Wie ferngesteuert wickelte ich mich anschließend in mein Handtuch, putzte mir die Zähne mit einer Zahnbürste, die Åsa aus einer großen Vorratsdose gekramt und mir hingelegt hatte, und ging in das Gästezimmer.

Åsa hatte die verbliebenen Unterlagen auf den Schreibtisch geräumt, die Tagesdecke abgezogen und ein weißes Nachthemd auf die frische, geblümte Bettdecke gelegt. Ich streifte es über und legte mich hin. Die Bettwäsche duftete nach Lavendel. Fast augenblicklich war ich eingeschlafen.

Ach, konnte das Leben nicht immer sein wie ein frisches, geblümtes Bett, das nach Lavendel roch?

Wir saßen noch beim Frühstück auf der Veranda, obwohl es schon fast Mittag war, als Beate und Mona eintrudelten.

Sie blinzelten der Sonne entgegen, während sie ums Haus herum traten, und setzten sich mit an den Tisch, Åsa schenkte ihnen Kaffee ein.

»Du siehst nicht gut aus, Christine«, bemerkte Mona in ihrer bekannt geradlinigen Art.

»Danke«, murmelte ich. »Kater.« Nach wie vor war ich nicht bereit, diese Sache vor meinen Schwestern auszubreiten, die so viele Jahre nicht über meine Lippen gekommen war. Obwohl es mir sicher helfen würde.

»Wo bist du denn gestern hin verschwunden?«, fragte mich Beate. »Åsa sagte, du seist mit Malins Bruder unterwegs gewesen.«

»Das ist richtig, wir waren spazieren. Irgendwann ist er dann nach Hause gefahren, und ich habe hier übernachtet. Es war schon spät.«

»Mehr war nicht?«

»Nein. Und bei euch?«

Mona lächelte geheimnisvoll. »Nun, ich hatte eine sehr … wie soll ich sagen … ausgefüllte Mittsommernacht.«

Ich hatte keine Lust, auf ihre Anspielung einzugehen, und fragte nicht weiter nach. »Das freut mich zu hören. Und du, Beate?«

»Es war ein wunderschöner Abend, allerdings auch sehr aufwühlend. Ihr habt euch solche Mühe gegeben, Leo und Åsa. Was für ein Erlebnis!«

Die beiden lächelten glücklich. »Freut mich, dass ihr euch wohlgefühlt habt«, sagte Leo.

Ich bemerkte, wie Åsa mir einen verstohlenen Blick zuwarf, doch ich wollte nicht allen die Laune verderben mit dem Chaos, das in mir herrschte und von dem meine Schwestern keine Ahnung hatten. Also beschloss ich, mich zusammenzureißen.

»Es war toll, endlich einmal ein schwedisches *midsommar*-Fest mitzuerleben«, sagte ich. »Vielen Dank an euch.«

»Ja, es war wirklich besonders«, stimmte Mona zu. »Und tatsächlich ein bisschen magisch, wie alle vorher behauptet haben.«

Sie lächelte und wirkte ungewohnt glücklich. Hatte das mit diesem Jonas zu tun, mit dem sie offenbar die vergangene Nacht verbracht hatte?

»Inwiefern magisch?«, fragte ich.

»Schau sie doch nur an«, meinte Beate. »Dieser Jonas, ihr angeblicher *Bekannter*, scheint sie völlig verzaubert zu haben.«

Tatsächlich, da rührte also ihre gute Stimmung her.

Mona lächelte verschmitzt, und es machte sich sogar ein Hauch Rot auf ihren Wangen breit. »Ich gebe zu, es ist schön, wieder Zeit mit ihm zu verbringen. Aber bei dir, Beate, sieht es doch nicht anders aus. Was hat es mit diesem David auf sich?«

Im Gegensatz zu Mona wurde Beate rot wie eine Tomate. Auch Leo sah sie interessiert an, während er von seiner *kanelbulle*, einer der typisch schwedischen Zimtschnecken, abbiss.

»David war sehr nett, wir haben viel geredet«, sagte sie schüchtern.

»Magst du ihn?«, fragte ich.

Beate nickte, und ich hätte schwören können, dass ihre Augen einen verträumten Ausdruck annahmen.

»Ist doch schön«, bemerkte ich.

»Denkst du? Geht das denn schon wieder? Ich meine, so kurz nach … nachdem Frederik …«

»Du kannst es noch nicht aussprechen«, sagte ich. »Dann bist du zwar noch nicht so recht darüber hinweg, aber die Liebe kommt halt, wann sie will.«

Wer wusste das besser als ich?

»Du solltest es einfach genießen«, sagte Mona, wieder ganz abgeklärt.

»David ist ein aufrichtiger Mann«, meinte Åsa, »es würde mir leid für ihn tun, wenn er nur benutzt würde. Es war allerdings ziemlich deutlich, dass er dich ebenfalls mag, oder nicht?« Lächelnd stupste sie ihren Mann an, der sich daraufhin beinahe beim Kauen verschluckt hätte.

»Kann sein. Ich weiß nicht.«

»Männer …« Åsa und Mona sagten es wie aus einem Mund und lachten.

»Wie dem auch sei«, fuhr Mona fort. »Heute soll es also noch einmal ans Eingemachte gehen, richtig? Wir wollen uns mit Maria beschäftigen?«

»Mit Maria und mit unserer Vergangenheit«, sagte Leonhard.

Ich hatte kein besonderes Interesse mehr an Nachforschungen zur Vergangenheit unserer Familie, ich hatte genug mit meiner Gegenwart zu tun, jetzt, da alle Wunden wieder aufgerissen waren. Aber bei Leo hatten diese Unterlagen einige Fragen aufgeworfen, wie er gesagt hatte, wir würden uns also damit beschäftigen müssen. Vielleicht würde es mich ablenken, kurzzeitig wenigstens.

»Was war es denn eigentlich, was dich in den Briefen so…«, ich suchte nach dem richtigen Wort, »…so…«

»…durcheinandergebracht hat?«, brachte Leo meinen Satz zu Ende. »Es war vor allem eins von Marias Tagebüchern, das mich verwirrt hat. Es endet sehr abrupt und enthält ein paar Ungereimtheiten.«

»Na dann los«, sagte ich.

2. Teil

Maria

Juni 1969

Es ging wieder nach Ellanda! Bengt und Magnus kabbelten sich wie immer. Wer hatte die besseren Noten? Und wer dafür die meisten Freunde? Die neuesten Schallplatten? Überhaupt, wer wusste mehr, wer konnte was besser? So war es zwischen den beiden mittlerweile neunzehn und siebzehn Jahre alten Jungen gewesen, solange Maria sich erinnern konnte. Alles war dazu geeignet, einen Streit zu entfachen. Es war noch genau wie früher, nur dass damals die Themen andere gewesen waren: Wer durfte am Fenster sitzen, wer bekam das Schinkenbrot, wer hatte den größeren Koffer zu tragen …

Maria seufzte. Den lieben langen Tag ging das so, aber solange ihre großen Brüder sie und ihren kleinen Bruder in Ruhe ließen, sollte es ihr egal sein. Per-Olov hatte Maria besonders ins Herz geschlossen. Warum, konnte sie sich nicht erklären. Eigentlich hatte sie sich eine Schwester gewünscht, als ihnen von den Eltern erklärt worden war, dass sie wider Erwarten noch ein Kind bekommen würden, und sie war zunächst enttäuscht gewesen, als die Mutter einen weiteren Knaben zur Welt gebracht hatte. Nun war sie jedoch glücklich mit dem Kleinen und hatte sich zu seinem Beschützer und Fürsprecher entwickelt.

Nervös zappelte Per-Olov auf der Bank hin und her. Er war das erste Mal mit dabei. Maria griff nach seiner Hand, sie war kühl und feucht.

»Warum bist du so aufgeregt?«, fragte sie zärtlich.

Ihr kleiner Bruder zuckte mit den Schultern. »Ich weiß ja nicht, wie es da ist.«

»Aber du kennst doch Tante Greta und Onkel Leif schon ein bisschen. Sie sind nett.«

Zweifelnd schaute Per-Olov zu Maria hoch. »Und die Arbeit?«

Maria nickte. »Die ist anstrengend, ja. Wir müssen allerdings nicht die ganze Zeit arbeiten. Die letzten Jahre waren wir auch ganz viel am See, sind mit dem Rad herumgefahren, in den Wald gegangen …«

Maria erinnerte sich an die letzten Sommer. Sie würde im Oktober sechzehn werden und war jetzt zum achten Mal auf dem Weg zum Hof in Ellanda, wo ihre Verwandten wohnten. Als sie das erste Mal mit ihren Brüdern als Erntehelferin dorthin gefahren war, war sie älter gewesen als Per-Olov jetzt, fast drei Jahre älter. Er war im Mai fünf Jahre alt geworden und damit, so hatte man beschlossen, konnte er sehr gut mit den Geschwistern den Sommer über nach Ellanda fahren und helfen.

Sie hatte bei ihrem ersten Aufenthalt auf dem Hof der Verwandten noch nicht auf dem Feld mitgearbeitet wie Bengt und Magnus, sondern in Haus und Stall geholfen: das Geschirr abgewaschen, die Küche gefegt, die Hühner und Gänse gefüttert, Eier eingesammelt, Kirschen und Pflaumen gepflückt und mit *mormor*, die damals noch gelebt hatte, im Bauerngarten Spinat und Kohlrabi gesät, später die Gurken geerntet. Im vergangenen Jahr hatte sie zum ersten Mal dabei geholfen, die großen Milchkühe zu melken, die anderen Bewohner des Hofs waren bei der Heuernte gebraucht worden. Auch das hatte ihr die Oma von Anders und Ida noch zeigen können. Dann war sie plötzlich eines Morgens nicht mehr aufgewacht.

Maria schloss die Augen und ließ den traurigen Sommer Revue passieren.

Wie jeden Morgen sollte sie die alte Frau wecken. *Mormor* lag in ihrem Bett mit dem rot-weiß karierten Bettbezug. Ihre Haut war weiß und glatt, sie sah so friedlich aus. Erst dachte Maria, sie würde noch schlafen, doch als sie die Hand auf ihren Arm legte, um sie zu wecken, fühlte sich der ganz kühl an. Sie sprach sie leise an, dann rüttelte sie ihren Arm. Nichts. Intuitiv wusste Maria, dass etwas nicht stimmte. »*Mormor*«, rief sie. Erst kam es nur als ein Hauchen aus ihrem Mund, dann versuchte sie es noch einmal. »*Mormor*, wach auf!« Diesmal war es ein Schrei. »Kommt, schnell! *Mormor* bewegt sich nicht mehr!«, rief sie.

Nicht nur ihre Tante stürzte ins Zimmer, auch ihr Onkel und Mia, die Magd. Alle waren alarmiert, so verzweifelt hatte ihr Rufen geklungen. Mia brach gleich in Tränen aus, Onkel Leif schob sie und die Magd aus dem Zimmer und schloss die Tür hinter sich. Drinnen hörten sie Tante Greta weinen. *Mormor* war ihre Mutter gewesen. Für Maria gehörte sie zu Ellanda wie das rote Holzhaus, der Stall und die Tiere. Wie Anders und Ida, ihr Vetter und ihre Cousine. Und viel, viel mehr als der seltsame Knecht Siegfried, ein Deutscher mit einem wettergegerbten, zerfurchten Gesicht, dem immer eine Zigarette im Mundwinkel steckte. Er war Maria ein bisschen unheimlich. Siegfried war stets mürrisch und schlecht zu verstehen. Auf ihn hätte sie gut verzichten können. Aber er leistet gute Arbeit, hörte sie Leif hin und wieder sagen. Der Onkel war offenbar froh, den Knecht zu haben.

Mia holte schließlich Anders und Ida aus dem Hühnerstall, wo sie bereits Eier für das Sonntagsfrühstück gesucht hatten. Nun standen die beiden fassungslos neben Maria in der Küche, Idas Gesicht war rot vor Aufregung und tränenüberströmt. Ihre Locken waren wie jeden Tag zu Zöpfen geflochten, aus denen sich stets vorwitzige Strähnen lösten, die ihr nun an der feuchten Wange klebten. Sie hatte die Hände vor die Augen geschlagen und murmelte unaufhörlich: »*Mormor, mormor, mormor* …«

Anders stand neben seiner Schwester. Ungeschickt streichelte er ihr über den Rücken. Er war blond wie Ida, seine hellblauen Augen glitzerten wie der schnelle kleine Bach, der hinter dem Haus entlangrauschte. Er hatte früher das schwere alte Wasserrad angetrieben, das hundert Jahre lang den Mühlstein in Gang gehalten hatte. Jetzt, da immer mehr Menschen in Fabriken, Büros oder Geschäften in weit entfernten Städten arbeiteten, wo alles Lebenswichtige produziert und verkauft wurde, nutzte man es kaum noch.

Auch in Karlskrona – dort lebte Maria mit ihrer Familie – gab es immer mehr Industrie. Riesige Schlote stießen grauen Qualm aus. Maria wusste, dass die Stadt im 17. Jahrhundert als Flottenstützpunkt gegründet worden war, von jeher war die Marine in Karlskrona stationiert. Die Hafen- und Schiffbaustadt war ideal am Meer gelegen an einer natürlichen Bucht, und so schufteten die meisten der Bewohner in der Werft. Marias Vater Bertil baute Schiffe wie schon sein Vater vor ihm und sein Großvater. Ihre Mutter Ulrika gehörte zu den erfolgreichen berufstätigen Frauen, sie war mit zwanzig Jahren als

Sekretärin auf der Werft eingestellt worden. Die Arbeitskraft der beiden wurde auch während der langen Sommerferien gebraucht, gleichzeitig war von Juni bis August jede helfende Hand auf dem Hof der Verwandten in Ellanda willkommen.

So kam es, dass die Kinder jeden Sommer in Ellanda verbrachten, seit Magnus und Bengt alt genug waren. Sie gaben immer gern damit an, dass Mutter und Vater sie zum ersten Mal allein in den Zug gesetzt hatten, als Bengt acht und Magnus sechs Jahre alt gewesen war. Sie hatten ein Schild um den Hals gehängt bekommen mit der Aufschrift: *Nach Växjö – werden am Bahnhof abgeholt*. Das war's. Den Rest hatten sie allein hinbekommen müssen. In der fremden Stadt hatte sie ein Onkel abgeholt, den sie zuvor kaum mal gesehen hatten. Sie waren mit dem Pferdewagen durch Wälder und Wiesen gefahren, die sie nicht kannten, hatten in einem Haus geschlafen, in dem sie nie zuvor gewesen waren. Klammheimlich schauderte es Maria immer ein wenig, wenn die Brüder die alten Geschichten erzählten – zum Beispiel von einem Mitreisenden, der sie bei Lessebo aus dem Zug hatte locken wollen, indem er ihnen von seinen kleinen Kaninchen vorgeschwärmt hatte. Sie hatten sich nicht beeindrucken lassen, sich zu einer Familie eine Bank weiter gesetzt und so getan, als würden sie dazugehören. Maria wusste nicht, was sie in der Situation getan hätte.

Man sollte ja nicht mit Fremden mitgehen, aber ob sie, Maria, sich getraut hätte, dem erwachsenen Mann zu widersprechen? Oder ob ihr überhaupt eine Ausrede eingefallen wäre? Nun waren Bengt und Magnus längst alte Hasen, kannten jeden Streckenposten und jeden Bahnübergang wie ihre Westentasche. Sie waren pickelig im

Gesicht, ungeschickt im Verhalten und immer noch dieselben Kindsköpfe wie früher. Mal ein Herz und eine Seele, dann wieder die schlimmsten Konkurrenten. Maria würde es niemals zugeben, aber sie war trotzdem froh, dass sie schon immer mit ihren großen Brüdern hatte reisen können.

Mormor war tot … Sie hatte oft unten bei dem Wasserrad gesessen und dem Plätschern und Glucksen gelauscht. Wie gern hatte Maria sich dann in ihren Schoß gekuschelt. Sie war ebenso traurig wie Ida und die dicke Magd, weinen konnte sie dennoch nicht. Noch nie hatte sie vor anderen geweint, zumindest nicht vor Menschen, die sie für schwach halten konnten, *ein Mädchen eben*. Nein, sie war genauso stark und zäh wie ihre Brüder! Na ja, fast.

Ihre Brüder, wo waren die eigentlich? Suchend schaute sie sich um. Anders schien ihren Blick aufzufangen.

Anders war ein sehr aufmerksamer Junge, das war Maria schon zu mehreren Gelegenheiten aufgefallen. Wo Bengt und vor allem Magnus laut, ungestüm und prahlerisch waren, war Anders leise und feinfühlig. Vielleicht nahmen ihn die anderen Jungen deswegen nicht ernst.

»Sie sind schon aufs Feld gegangen und wollen anfangen, mit Siegfried das Heu einzufahren. Er sagte, es solle zum Mittag hin Gewitter geben. Seine Narbe würde ihm das verraten, sie schmerzt wohl wieder.« Er zuckte abfällig mit den Schultern.

Über Siegfrieds rechte Wange zog sich eine lange Narbe, die ihn noch unheimlicher aussehen ließ. Zumal sie manchmal blasser und manchmal röter wirkte. Maria hatte einmal mitbekommen, wie Mia und Ida sich darüber unterhalten hatten. Er musste sie wohl schon gehabt haben, als er aus Deutschland gekommen war. Mehr wussten die beiden aber auch nicht. Stand ein Wetterumschwung bevor, fing sie an zu ziehen, behauptete er immer.

Anders und sie gingen schließlich aus der Küche, konnten ohnehin nichts Sinnvolles tun. Die weinende Ida hakten sie einfach unter und schoben sie mit sich hinaus. Sie leistete keinen Widerstand, beruhigte sich aber auch nicht. Also setzten sie Ida auf die Bank vor dem Küchenfenster, und nach einer gefühlten Ewigkeit, in der keiner wusste, was er sagen oder tun sollte, wandten sie sich wieder ihren Aufgaben zu. Wie jeden Tag fütterten sie die Hühner, misteten den Stall aus, molken die Kühe …

Ein paar Tage später fand die Beerdigung statt, zu der Leute von den ganzen umliegenden und zum Teil weit entfernten Höfen kamen, die Maria noch nie getroffen hatte. Die Großmutter war sehr beliebt gewesen. Wenn die Ernte des Wintergetreides im August anstand, nahmen Marias Eltern für gewöhnlich ihren Jahresurlaub und kamen für ein, zwei Wochen dazu. In diesem Jahr war nun alles anders. Bertil und Ulrika kamen zur Beerdigung schon früher nach Ellanda, denn *mormor* war auch Ulrikas Mutter gewesen. Doch während Ulrika zu ihrem Mann Bertil »weit weg« nach Karlskrona gezogen war, um dort ihr Glück zu machen, hatte Greta einen Mann aus der Gegend, Leif, geheiratet und war mit ihm und ihrer Mutter, die die eigene kleine Hofstelle nicht mehr hatte bewirtschaften können, auf dessen wesentlich größeren Hof gezogen. Ein schlechtes Gewissen war Ulrika geblieben, weil sie einfach so vom Land zu einem Mann in die Stadt geflohen war und den Hof der Familie damit aufgegeben hatte – letztendlich war auch das ein Grund, ihre Kinder in den Sommerferien regelmäßig zum Arbeiten nach Ellanda zu schicken.

Maria schlug die Augen wieder auf. Traurig musste sie daran denken, dass *mormor* in diesem Jahr nicht mehr da sein würde. Kein warmer Erdbeerkuchen mit frisch aufgeschlagener Sahne würde auf dem Tisch stehen und ihnen mit seinem Duft das Wasser im Mund zusammenlaufen lassen. Niemand würde sich die Zeit nehmen, alle Kinder an den wogenden Busen zu drücken und sich – jeder mit einem Teller Kuchen und einem Glas dicker Milch in den Händen – mit ihnen auf die Bank vor dem Haus zu setzen, um sich über die vergangenen Monate und den Winter in Karlskrona berichten zu lassen. Die Stadt war für *mormor* so weit entfernt, nie war sie weiter als bis nach Växjö gekommen, sodass sie immer gern ihren und den Erzählungen der Geschwister gelauscht hatte. Nur um anschließend den Kopf zu schütteln und zu sagen, was für eine verrückte Zeit es doch war.

Ich werde *mormor* vermissen, dachte Maria. Und wie es Anders und Ida und ihren Eltern wohl jetzt ging? Ob sie sich sehr verändert hatten? Wie war es ihnen auf dem Hof nach dem Tod der Großmutter ergangen? Sie hoffte, dass die Verwandten sich wieder gefangen hatten.

Auf Anders und Ida freute sie sich sehr. Sie hatten sich immer gut verstanden und neben der zum Teil recht harten Arbeit viel Spaß gehabt. Gern dachte sie an die Fahrten auf dem hoch beladenen Heuwagen oder daran, wie sie im nahegelegenen See gebadet, im Wald Verstecken gespielt oder Blaubeeren gesammelt hatten, aus denen die Großmutter dann manchmal einen Kuchen gebacken hatte. Maria seufzte. *Mormor.* Ein Ruckeln riss sie aus ihren Gedanken, der Zug hielt an.

»Los, aufstehen, du Träumerin!« Magnus schüttelte sie unsanft an den Schultern. »Wir sind da!«

Maria sah hinaus und las das Bahnhofsschild. VÄXJÖ. Schnell griff sie nach ihrer Tasche, die neben ihren Füßen auf dem Boden stand. Da bemerkte sie, dass Per-Olov auf ihrem Schoß eingeschlafen war. Liebevoll strich sie ihm über den Kopf.

»Komm, Kleiner. Wir sind da«, flüsterte sie. »Der Sommer beginnt.«

Suchend standen die Kinder am Bahnsteig.

Wer wird uns abholen?, fragte sich Maria. Da erblickte sie ihre Tante. »Greta, Tante Greta, hier sind wir!«, rief sie, so laut sie konnte, und fuchtelte wild mit ihrer freien Hand in der Luft herum – an die andere klammerte sich Per-Olov.

Ihre Brüder folgten ihrem Blick. Da stand sie, Greta Olsson. Groß gewachsen war sie, und sie trug wie immer ihre blonden Haare zu einem Knoten gewunden, aus dem ein paar Strähnen herausgefallen waren, die neckisch ihr Gesicht umspielten. Ein heller Mantel zum kurzen Rock und Schuhe mit kleinen Absätzen ließen sie eher aussehen wie eine moderne Stockholmerin als eine Bauersfrau von einem einsam gelegenen Hof in der schwedischen Provinz.

Sie ist so hübsch, dachte Maria.

Als Greta Olsson die Kinder entdeckte, hellte sich ihr Blick auf, und ein Lächeln breitete sich auf ihrem Gesicht aus.

»Maria, Bengt, Magnus … und der kleine Per-Olov, du bist auch dabei!«, rief sie und lief ihnen freudestrahlend entgegen. »Wie schön, euch wiederzusehen!«

Bengt gab Greta einen Kuss auf die Wange, aber Magnus wich der Umarmung seiner Tante peinlich berührt aus.

Männer, dachte Maria. »Du siehst toll aus, Tante Greta«, sagte sie begeistert.

»Danke, meine Kleine. Ich hatte heute einiges in der Stadt zu erledigen. Wie groß du geworden bist! Und Per-Olov, wir freuen uns alle sehr darüber, dich dieses Jahr auch in Ellanda begrüßen zu dürfen«, fuhr sie, an den Jüngsten in der Gruppe gewandt, fort. Sie ging in die Hocke. »Ida ist schon ganz gespannt auf dich, sie möchte dir unbedingt unser neues Kälbchen zeigen. Es heißt Micke.«

Per-Olov wagte es nun, hinter seiner Schwester hervorzuschauen, hinter der er sich versteckt gehalten hatte. Seine Augen wurden groß. »Wirklich?«

»Ja, es ist gerade drei Wochen alt. Kommt, lasst uns zum Wagen gehen.«

Greta nahm Per-Olov an die Hand, Maria kam auf ihre andere Seite. Die großen Jungen hatten sich bereits die Koffer geschnappt und liefen, aufgeplustert wie Hähne, Richtung Parkplatz vor. Maria musste kichern ob des Gebarens ihrer Brüder.

»Diese zwei Wichtigtuer«, sagte sie.

Greta folgte ihrem Blick. »Sie sind auch wieder so viel größer geworden.«

»Ja, am liebsten wären sie schon richtig erwachsen, sie verhalten sich aber gar nicht so«, antwortete sie versonnen, nur um sich gleich darauf auf den Mund zu schlagen.

Das war frech. Man sprach nicht schlecht über andere Menschen, erst recht nicht über Familienmitglieder. Ihr Vater hasste das.

»Schon gut.« Greta grinste nur. »Wollen das nicht alle Kinder und Jugendlichen? Älter sein, als sie sind? Erst später merkt man, dass man die Kindheit viel mehr hätte genießen sollen.«

Sie wurde still. Plötzlich wich das Strahlen in ihrem Gesicht einem fast verhärmten Blick. Maria bemerkte, dass Gretas Kiefer mahlten. Was war mit ihrer Tante los? Doch sie traute sich nicht zu fragen.

Schweigend gingen sie zum Auto. Wie stolze große Männer hievten Magnus und Bengt das Gepäck in den Kofferraum.

Als sie eingestiegen waren, fragte Bengt: »Seit wann fährst du Auto, Tante?«

Greta wurde aus ihren Gedanken gerissen. »Seit dem letzten Jahr. Es gibt immer mehr in der Stadt zu erledigen. Die Zeiten ändern sich, wisst ihr …«

Maria wurde langsam angst und bange. Was hatte sich auf dem Hof getan?

»Kann das nicht Onkel Leif machen? Oder Siegfried?«, fragte Magnus unbekümmert.

Greta lachte auf, doch sie wirkte gekränkt. »Nein.«

»Was ist mit Mia?«

Maria hätte Magnus am liebsten auf den Mund geschlagen.

»Mia ist nicht mehr da. Sie war der Meinung, sie könne in der Marmeladenfabrik in der Stadt mehr Geld verdienen und ein besseres Leben führen. Sie ist schon seit dem Winter weg.« Sie lachte wieder. Es klang zynisch. Da war er wieder, der strenge Zug um den Mund, der starre Blick. »Und Siegfried meint auch, wir sollten zukunftsfähiger werden. Er will den Hof vollständig umstrukturieren. Wir sollen nur noch auf Ackerbau setzen, unser ganzes Vieh will er verkaufen!« Ungehalten schlug sie mit der flachen Hand auf das Lenkrad. »Aber das ist Unsinn. Unsere Provinz lebt nicht umsonst vor allem von Weidewirtschaft! Und Leif sagt nichts dazu.« Tränen sammelten sich in ihren Augen, die sie ärgerlich wegwischte.

»Ach, Tante Greta«, versuchte Maria zu trösten, doch ihre Tante schien sie gar nicht zu hören.

»Leif sagt überhaupt nichts mehr«, fuhr sie fort. »Seit *mormors* Tod ... Meine Mutter hat immer alles zusammengehalten. Was sie gesagt hat, wurde gemacht. Sie hat schon viele schwere Zeiten durchgestanden, wusste immer, wie es weitergehen konnte.« Greta schniefte, wischte sich mit dem Ärmel über die Nase. »Aber auf mich hört niemand. Sogar die Kinder von den umliegenden Höfen ziehen nach Växjö oder in ähnlich große Städte. Sie hoffen auf eine großartige Zukunft.« Sie schnaubte verächtlich. »Pah. Die Dörfer, die Misthaufen, das ist ihnen allen zu piefig. Aber sie wissen gar nichts. Wie ist es bei euch in Karlskrona? Ist es da schöner als bei uns? Zwischen all den rauchenden Schloten? Geht es euren Eltern besser als uns? Lernt ihr mehr an euren Schulen als wir? Ist euer Vater mehr bei euch Kindern als Leif? Hat er mehr Geld durch seine Arbeit in der Werft? Muss er dort nicht genauso schuften wie die Landbevölkerung? Und Ulrika? Ist sie wirklich so glücklich als schicke Sekretärin des Abteilungsleiters, wenn sie abends erst spät heimkommt?«

»Nein, Tante Greta, es ist nicht besser in Karlskrona«, versuchte Maria erneut, ihre Tante zu beruhigen.

Doch die sprach unbeirrt weiter: »Und was macht ihr in der Zeit? Seid ihr allein zu Hause? Hängt ihr auf den Straßen herum? Das soll alles besser sein als das hier?« Greta zeigte nach draußen. »Ich weiß wohl, wie die Städter auf uns herabsehen. ›Die dummen Bauern‹, sagen sie. Aber schaut euch doch um, die Wälder, die Felder, die vielen kleinen Seen, die Tiere ... Es ist wunderschön bei uns. Und uns geht es gut. Wir haben Milch, Gemüse, Brot, Eier ... Was will man mehr? Natürlich sehen wir nicht so elegant aus wie die Städter. Und natürlich müssen wir viel dümmer sein. Auf dem Land gibt es schließlich keine Universitäten.« Sie schlug erneut auf das Lenkrad. »Und wie kommt ihr auf die Idee, dass jemand anderes besser geeignet wäre, mit dem Auto zu fahren, als ich?«

Als sie merkte, welch eine Tirade sie gerade losgelassen hatte, schwieg Greta und startete den Motor. Während der Fahrt sah sie nur noch konzentriert auf die Straße.

Betreten starrten Magnus und Bengt aus dem Fenster. Maria legte ihrer Tante zögerlich von hinten eine Hand auf die Schulter. Diese schaute sie ernst im Rückspiegel an, sodass Maria ihre Hand schon zurückziehen wollte. Aber da huschte ein trauriges kleines Lächeln über Gretas Gesicht, und sie drückte kurz Marias Finger. Danke, schien ihr Blick zu sagen.

Schwere Regenwolken hingen über der Landschaft, als sie von der kleinen Landstraße auf den Schotterweg abbogen, der sie nach Ellanda führte. Sie hatten den letzten etwas größeren Ort, Gemla, und ein paar verstreut liegende Höfe samt angrenzenden Feldern passiert, nun fuhren sie durch dichten Wald. Von der strahlenden Sonne, die sie noch in Växjö empfangen hatte, war nichts mehr zu sehen. Als sie die Weggabelung erreichten, an der die Äcker der Olssons begannen, entlud sich ein kräftiger Regenguss. Die Scheibenwischer des klapprigen roten

Volvos taten ihr Möglichstes, doch die Schlieren auf den Fenstern ließen das helle Grün der Wiesen und das dunkle der Bäume verschwimmen. Irgendwo weit entfernt donnerte es.

Das Auto holperte über die Steine, schließlich bog die Tante auf den menschenleeren Hof ein. Ein paar Hühner putzten sich im offenen Tor einer Scheune, gackerten aufgebracht über das viele Wasser, doch sonst wirkte der Platz vor dem Haus wie ausgestorben. Niemand erwartete sie auf der Bank vor dem roten Holzhaus. Niemand führte gerade eine Kuh zum Melkstand oder fuhr mit dem Trecker vor.

Unbeweglich blieben sie alle im Auto sitzen und warteten den Regenschauer ab. Als es nur noch tröpfelte, öffnete Greta entschlossen die Tür.

»Da sind wir. Husch, husch, schnell rein mit euch. Das Gepäck holen wir später.«

***

Am nächsten Morgen schien die Sonne wieder, die Luft war klar und roch frisch, Tau glitzerte auf den Grashalmen im Garten. Die Küche war hell und freundlich wie immer, als Maria sie betrat, ein Strauß mit rosa Pfingstrosen und tiefblauem Ziersalbei stand auf dem Esstisch, daneben fand sie einen Korb mit frisch gebackenem Brot, einen Teller mit Butter, Marmelade und eine große Kanne Milch. An ihrem ersten Tag hatte man sie ausschlafen lassen, alle anderen Hofbewohner waren längst auf dem Feld oder im Stall.

Im Stehen schenkte sie sich ein Glas Milch ein und genoss den ersten Schluck. Die Erinnerung wurde wieder wach. Ja, richtig, die Milch war hier viel gehaltvoller als zu Hause, sie hatte eine dicke Rahmschicht und schmeckte köstlich. Maria nahm sich eine Scheibe Brot, schmierte dick Butter und Marmelade drauf und ging damit nach draußen. Sie brannte darauf, den Hof zu erkunden. Als Erstes ging sie zum Kälberstall. Dort fand sie, wie erwartet, Ida und – Per-Olov. Ihr kleiner Bruder war wohl schon früher aufgewacht als sie selbst und ging vollkommen darin auf, Micke und die anderen kleinen Kälber zu füttern und zu streicheln.

»Ida!«, rief Maria.

Als die Cousine ihre Stimme vernahm, sprang sie auf und lief ihr entgegen. »Maria, es ist so schön, dass du wieder da bist!«, rief Ida und fiel ihr so stürmisch um den Hals, dass ihr beinahe das Brot aus der Hand gefallen wäre. »Endlich noch ein vernünftiges weibliches Wesen hier.«

Die Cousine war eineinhalb Jahre jünger als sie, und Maria musste ob ihrer Wildheit grinsen. »Vorsichtig, vorsichtig«, sagte sie und wand sich sanft aus der Umarmung. »Ich freue mich auch sehr, wieder hier zu sein. Wo sind denn alle?«

»Oh, Vater ist auf dem Feld, Siegfried repariert den Traktor, der ist mal wieder kaputt, bestimmt schon zum dritten Mal dieses Jahr, und Agatha kommt heute erst mittags …«

»Wer ist Agatha?«, fragte Maria und biss ein großes Stück von ihrem Marmeladenbrot ab. Irgendwie schmeckte die Marmelade in Ellanda viel fruchtiger als zu Hause und die Butter viel intensiver.

»Agatha Gustafsson, unsere neue Küchenhilfe. Sie ist keine Magd wie Mia, darauf legt sie Wert.«

»Aha«, sagte Maria kauend. »Was ist der Unterschied?«

»Nichts ... eigentlich. Außer vielleicht, dass sie hauptsächlich für die Arbeiten im Haus angestellt ist. Aber sie melkt auch und sammelt die Eier ein und so. Sie meint wohl, dass sich das besser anhört, moderner. Sie will zudem nicht bei uns wohnen, sondern kommt immer mit dem Rad von Gransholm rüber. Tut so, als wäre sie was Feineres.«

Ida hielt die Hände vor den Körper, als würde sie eine Handtasche tragen, zog die Augenbrauen hoch und spitzte die Lippen zu einem Kussmund.

Maria musste lachen. Ida war schon immer für jeden Spaß zu haben gewesen. »Da bin ich ja mal gespannt. Agatha, mh ... Na, mit dem Vornamen muss sie sich ja für was Besseres halten. Also, wenn sie nicht Gustafsson mit Nachnamen hieße.«

Jetzt war es an Ida zu lachen. »Du wirst ja sehen. Ich muss jetzt die Hühner und die Gänse füttern. Willst du mitkommen?«

»Ich würde mich gern erst noch ein bisschen umsehen. Nimmst du ihn mit?« Sie zeigte auf ihren Bruder.

»Klar, der ist wirklich süß. Oder er bleibt hier bei den Kälbern, wenn er will. Da kann nichts passieren. Ich bin ja gleich zurück.«

»Pass auf, dass er die Kleinen nicht überfüttert«, sagte Maria lachend mit Blick auf Per-Olov, der nun damit beschäftigt war, den Tieren Klee und Gras vors Maul zu halten. »Und wo ist Anders?«, fragte sie dann so beiläufig wie möglich.

»Der ist bei den Kartoffeln und jätet Unkraut. Papa sagt, dass es nächste Woche womöglich mit der Heuernte losgehen könnte. Das Wetter war sehr gut in den letzten

Wochen. Nur der Traktor spielt nicht mit. Papa macht sich große Sorgen.« Ida sah für einen Moment bedrückt aus, wurde dann aber wieder heiter. »Na ja, wir haben das immer irgendwie geschafft.« Sie zuckte mit den Schultern. »Wahrscheinlich werden wir uns wieder mit den Erikssons und den Pährssons zusammentun. Auf jeden Fall ist es gut, dass ihr da seid!« Ida strahlte wieder. »Ich muss jetzt weitermachen. Agatha wird immer so ärgerlich, wenn ich noch nicht mit dem Federvieh fertig bin, wenn sie kommt.« Ida rollte mit den Augen.

»Ist gut. Ich schaue mal nach den Kühen«, sagte Maria und ging langsam in die Richtung.

Sie wusste, dass bei der Heuernte jede Hand gebraucht wurde, und begann, sich innerlich auf die kommenden anstrengenden Tage vorzubereiten. Als sie im großen Tor des Kuhstalls stand, sah sie zurück. Ida war im Gänsestall verschwunden, Per-Olov sprang zwischen den Kälbern hin und her. Schnell stopfte sie sich den Rest ihres Marmeladenbrotes in den Mund und flitzte wieder aus dem Stall heraus und um die Ecke. Dort angekommen, war sie so aufgeregt, dass sie erst einmal auspusten musste. Dann ging sie ruhiger weiter in Richtung Kartoffelacker.

Warum sie nicht wollte, dass Ida wusste, dass sie als Erstes zu Anders ging, verstand Maria eigentlich selbst nicht so richtig. Aber auf ihn hatte sie sich am meisten gefreut, und sie wollte gern allein mit ihm sprechen, bevor mittags alle am großen Tisch zusammenkamen und die neuesten Neuigkeiten austauschten. Und am Abend zuvor waren Anders, Leif und Siegfried noch lange auf dem Feld gewesen, sodass Maria, die von der Fahrt sehr erschöpft gewesen und früh zu Bett gegangen war, sie nicht mehr angetroffen hatte.

Maria durchquerte den Gemüse- und den Kräutergarten, in dem die Olssons vor allem für den eigenen Bedarf anbauten. Dies war immer *mormors* Bereich gewesen. Die Großmutter hatte so viel über die Kräuter gewusst. Zum Beispiel, dass Salbei bei Halsschmerzen half, Ringelblume bei Hautreizungen oder Magenschmerzen und Knoblauch bei hohem Blutdruck. Maria seufzte. Es war so leer auf dem Hof ohne sie, und irgendwie wirkte der Kräutergarten zwar nicht verwahrlost, aber doch ein wenig vernachlässigt.

Auf einmal erblickte sie hinter der kleinen Hecke, die das Gärtchen vom Acker abgrenzte, Anders. Er stand gebeugt mit einer Hacke in der Morgensonne und zog das überflüssige Grün zwischen den Kartoffelpflanzen heraus. Die Arbeit war mühselig. Schweiß lief ihm übers Gesicht, den er immer wieder mit dem Ärmel des linken Armes wegwischte, ohne dabei seine Arbeit zu unterbrechen. Anders war so blond, dass sein Haar beinahe weiß wirkte. Sogar seine Augenbrauen und Wimpern waren fast durchscheinend. Darüber musste Maria immer wieder staunen, wenn sie ihn nach langer Zeit wiedertraf. Sie und ihre Brüder hatten früher auch blondes Haar gehabt, waren aber im Laufe der Zeit dunkler geworden, doch keiner war je so hell wie Anders gewesen.

Maria schaute dem Cousin eine Weile schweigend zu. Als ob er spürte, dass er beobachtet würde, drehte er sich plötzlich um. Er erkannte Maria, ein Lächeln huschte über sein Gesicht, und er richtete sich auf.

»*Hej, min lilla stjärnan*«, sagte er schmunzelnd, ließ die Hacke fallen und breitete die Arme aus.

Mein kleiner Stern, so hatte er sie schon immer genannt. Maria konnte sich nicht erklären, wie er darauf gekommen war, zumal er kaum älter war als sie selbst, nur wenige Monate. Er würde in ein paar Tagen sechzehn werden, sie erst im Oktober. Aber sie mochte es. Ihre Brüder sagten jedenfalls nie so etwas Nettes zu ihr.

Maria ging hinüber zu Anders und drückte sich schüchtern in seine Arme.

»Na, Cousine, da bist du ja. Du scheinst ja eine richtige Schlafmütze geworden zu sein! Gestern, als ich vom Feld kam, warst du schon im Bett und heute Morgen noch nicht wieder da raus. Ich glaube, wir müssen dich hier mal wieder ein bisschen erziehen.« Lachend schob Anders Maria von sich weg und betrachtete sie. »Gut siehst du aus, Fräulein Städterin. Und ich wette, du hast in der Zwischenzeit verlernt, wie man Unkraut jätet.«

Maria verstand wohl, dass Anders sie damit aufzog, um sie dazu zu bringen, ihm bei der unangenehmen Arbeit zu helfen. Es würde ihr nichts ausmachen. Sie war gern in seiner Nähe.

»Ich schätze, du bist hier ohne mich besser bedient«, erwiderte sie dennoch. »Ich werde wohl zurück zum Haus gehen und mich um das Mittagessen kümmern. Wahrscheinlich weiß *Agatha*«, sie zog den Namen bewusst lang, »meine Hilfe mehr zu schätzen.« Sie tat so, als wollte sie sich zum Gehen wenden.

»Halt, halt«, sagte Anders schnell, griff nach ihrem Arm und zog sie zu sich heran.

Sie war ihm nun ganz nah, konnte seine Seife riechen und die vom Schweiß und der Sonne glänzende rote Haut dicht vor sich sehen. Er sah ihr tief in die Augen. Aus unerfindlichen Gründen fingen ihre Knie an zu zittern, und etwas kribbelte in ihrem Bauch. Was war nur los mit ihr?

»Ich denke, Fräulein Städterin, dass Sie …« Weiter

kam er nicht, denn in dem Moment erschien Siegfried auf dem Feld.

»He, was macht ihr denn da?«, grölte er mit seiner rauen Stimme zu ihnen herüber. »Habt ihr keine Arbeit?«

Erschrocken stoben die beiden auseinander, und Anders zog schnell seine Hände zurück.

»Los, Anders, ich brauch dich, du musst mir mit dem Trecker helfen, Werkzeug anreichen. Mit dem Unkraut kann sie ja weitermachen.« Abschätzig sah er Maria an.

Was für ein unangenehmer Mensch, dachte Maria wie so oft. Nicht einmal eine Begrüßung kam ihm über die Lippen, obwohl sie sich seit einem Jahr zum ersten Mal wieder begegneten. Sie würde sich niemals mit ihm abfinden können. Hoffentlich war die neue Küchenhilfe, Agatha, wenigstens nett.

Anders zuckte mit den Schultern, warf Maria einen entschuldigenden Blick zu und ging dann in Siegfrieds Richtung. »Wir tun besser, was er sagt. Wir sehen uns später.« Mit den Händen in den Hosentaschen marschierte er dem grobschlächtigen Siegfried hinterher, der sich schon längst wieder umgedreht hatte und in Richtung Hof lief. Da machte Anders abrupt noch einmal halt.

»Danke übrigens für deine Briefe … an Ida und mich. Es ist nett, zwischendurch zu hören, wie es euch geht.«

Er grinste verlegen, riss einen Grashalm ab, steckte ihn sich in den Mundwinkel, drehte sich wieder um und schlenderte Siegfried, der gerade um die Stallecke gebogen war, hinterher.

Danke auch für deine Briefe, wollte Maria antworten, da war Anders jedoch schon außer Hörweite. Sie hatten sich nicht oft geschrieben, nur hin und wieder – zu ihrem

Geburtstag, zu Weihnachten, zu Ostern, mal zwischendurch. Mittsommer verbrachten sie immer in Ellanda. Da schrieb Maria dann für gewöhnlich an ihre Eltern daheim. Gern legte sie ein paar gepresste Wiesenblumen mit in den Umschlag, die mochte ihre Mutter so gern. Ihren Brüdern musste sie deren Unterschrift unter den Brief regelrecht abringen. Anders war nicht so faul. Oder schrieb etwa Ida die Briefe, so wie sie es auch tat, und Anders setzte wie die Brüder ebenfalls nur seinen Namen darunter? Nein, das konnte sie sich eigentlich nicht vorstellen. Es war ja auch gar nicht Idas Schrift. Andererseits… Hatte er sich eben, als er sich bedankt hatte, vielleicht bloß über sie lustig machen wollen? Er hatte so verschmitzt gegrinst und so selbstsicher gewirkt, wie er da mit den Händen in den Hosentaschen und dem Grashalm im Mundwinkel gestanden hatte.

Gedankenverloren begann Maria, das Unkraut zwischen den Kartoffelpflanzen herauszuziehen.

»He, Maria, komm ins Haus«, rief nach gefühlten Stunden auf dem Kartoffelacker Idas glockenhelle Stimme herüber. Ihre blonden Zöpfe hüpften auf und ab, als sie Maria entgegengelaufen kam. »Agatha hat das Essen fertig.« Als sie bei Maria zum Stehen gekommen war, musste sie erst einmal durchatmen.

»Ist gut, ich komme«, antwortete Maria verwundert. »Aber warum bist du so aufgeregt?«

»Weil… weil Agatha erzählt hat, dass sie Mia in Sandsbro getroffen hat, und…«

»In Sandsbro?«

»Ja, das ist hinter Växjö. Da ist die Marmeladenfabrik, in der Mia jetzt arbeitet«, erklärte Ida ungeduldig. Maria nickte, und Ida sprach schnell weiter. »Sie will heute Abend nach ihrer Schicht mal zu uns kommen.«

»Aha«, antwortete Maria, ohne wirklich zu verstehen, was daran so besonders sein sollte.

Doch da beugte Ida sich schon verschwörerisch zu ihr herüber und flüsterte, als ob jemand in der Nähe wäre, der sie hören könnte: »Sie bringt einen Mann mit!«

»Aha«, sagte Maria wieder und zeigte damit wohl nicht den Enthusiasmus, den ihre Cousine erwartet hatte.

Ungeduldig zog Ida sie mit sich in Richtung Hof. »Agatha sagt, es wäre ihr Verlobter.« Als keine Reaktion von Maria kam, erzählte sie schnell weiter. »Er kommt aus Öjaby, und ich glaube, er will fragen, ob er bei uns als Aushilfsknecht arbeiten kann.«

»Wie kommst du darauf?«

»Nur so eine Vermutung. Agatha meinte, sie bräuchten Geld.«

»Aha«, sagte Maria nur. Sie wusste mit dieser Information nicht so recht etwas anzufangen.

Ida zuckte mit den Schultern. »Er soll übrigens sehr gut aussehen …« Sie zwinkerte Maria fröhlich zu.

»Aber Ida!«, rief Maria entsetzt. »Was bringt dir das, wenn er schon verlobt ist? Außerdem bist du noch viel zu jung für so was.«

»Ach, Unsinn, zu jung … Ich bin vierzehn. Ich schaue doch nur ein bisschen und freue mich, dass mal jemand anderes auf dem Hof ist als dieser olle Siegfried oder mein Bruder.« Sie kicherte. »Jetzt komm, sonst haben deine gefräßigen Brüder den ganzen Eintopf weggefuttert, bevor wir überhaupt in der Küche sind.« Sie hakte sich im Gehen bei Maria unter. »Und verrat mich nicht, ja?«, fügte sie verschwörerisch hinzu.

Maria grinste und streichelte der Cousine über den Kopf. »Natürlich nicht, Kleine.«

Aber insgeheim wunderte sie sich ein wenig. War Ida das Leben auf dem Land auch zu langweilig wie so vielen zurzeit? Sie betrachtete die Jüngere beim Gehen. Wie sie ihren Körper bewegte! Letzten Sommer war sie doch noch ein Kind gewesen, und am Morgen, als sie sich begrüßt hatten, war sie ihr flapsig und verspielt vorgekommen, zu jedem Spaß bereit. Auf einmal wirkte Ida viel reifer, sie würde bestimmt schon bald zu den Tänzen und Feiern der Großen mitgehen wollen. Ob sie selbst sich auch so verändert hatte? Nein, beschloss sie. Sie war dieselbe wie immer.

Erschöpft fiel Maria am Abend nach einem langen, anstrengenden ersten Arbeitstag auf die Eckbank in der Küche. Agatha hatte das Abendessen vorbereitet – eine riesige Platte voll Pyttipanna, gebraten in der großen gusseisernen Stielpfanne, dampfte auf dem Tisch vor sich hin und verströmte einen für die hungrigen Kinder beinahe magischen Duft, obwohl es eigentlich ein Resteessen war. Die traditionellen Bestandteile waren klein geschnittene Kartoffeln, Wurststückchen und grob gehackte Zwiebeln. Dazu fanden sich kleine *köttbullar* aus Elchfleisch. Das war ein ziemlicher Luxus, den man sich auf dem Land, wo so fast jeder dann und wann auf die Jagd ging, eher leistete als in der Stadt.

Vorsichtig hob Greta nun mit dem Pfannenwender ein Spiegelei nach dem anderen aus der schweren Pfanne, die sie in der anderen Hand balancierte, und legte sie nebeneinander auf die Gemüsestückchen und Fleischbällchen. Agatha brachte die ebenfalls zum Pyttipanna gehörenden

Scheiben Rote Bete, die sie konzentriert am Rand der Platte drapierte. Ihr stand der Schweiß auf der Stirn. Die Arme! Auch ihre Arbeit war nicht leicht, wusste Maria. Oft genug hatte sie selbst stundenlang in der Küche gestanden und in der Sommerhitze bei der Zubereitung des Essens für die hungrige Meute mitgeholfen. An diesem Abend war Besuch gekommen, da musste noch ein bisschen mehr vorbereitet werden, und daher gab es wahrscheinlich die *köttbullar*.

Ida stellte eine Schale mit Knäckebrot dazu, während Greta noch eine Platte mit unterschiedlich eingelegtem *sill* – Hering – holte. Maria lief das Wasser im Mund zusammen, sie konnte sich kaum mit dem Gast beschäftigen, der neben ihr saß. Mia und ihr Verlobter waren bereits anwesend gewesen, als Maria die Küche betreten hatte. Sie hatte Mia umarmt wie früher, die Magd war ihr jedoch sehr zurückhaltend vorgekommen. Ihr Verlobter hatte sich der Familie als Lasse Widström aus Öjaby vorgestellt. Dort betrieben seine Eltern einen Krämerladen, doch er hatte schon von Kindesbeinen an auf dem Hof seines Großonkels nördlich des Städtchens mitgearbeitet.

»Er hat sein ganzes Land an einen Großindustriellen verkauft«, sagte Lasse gerade. »Der will dort angeblich eine neue Fabrik hinstellen. Was für eine das sein soll, weiß allerdings keiner. Bisher hat sich auf dem Gelände auch noch nichts getan.«

»Ich hab gehört«, führte Agatha wichtigtuerisch aus, »dass dort womöglich der neue Flughafen von Växjö gebaut werden soll. Wenn das stimmt, hätte Lasses Großonkel sicherlich noch viel mehr Geld für sein Grundstück herausschlagen können.«

Lasse zuckte dazu nur mit den Schultern. »Das Geld,

das er bekommen hat, reicht ihm. Er hat sich davon am Stadtrand von Växjö ein kleines Häuschen gekauft. Da wollen er und seine Frau ihren Lebensabend verbringen.«

»Ich würde unseren Hof und unser Land niemals verkaufen«, sagte Leif, worauf Greta ihm einen dankbaren Blick zuwarf.

Er nahm ihre Hand und sah ihr beinahe verliebt in die Augen. Maria wünschte sich in dem Moment, auch einmal eine solche Ehe zu führen, und sah verstohlen zu Anders hinüber. Der beachtete sie aber nicht. Er hatte gerade irgendwas mit Bengt zu bereden.

Alle ließen sich die warme Mahlzeit schmecken und langten immer wieder herzhaft zu. Greta und Leif erzählten viel und schienen gelöst und lustig. Keine Spur mehr von der angespannten Stimmung, die Greta gestern auf der Autofahrt angedeutet hatte. Mia war ungewöhnlich schweigsam. Maria kannte die ehemalige Magd eigentlich als redselige und fröhliche junge Frau, die mit ständig geröteten und glänzenden Wangen und funkelnden Augen an jedem Ort gleichzeitig zu sein schien. Sie war stets voller Tatendrang gewesen und hatte dabei immer von einem besseren Leben geträumt.

Früher hatte sie Maria manchmal Geschichten erzählt, die sie aus ihren Liebesromanen hatte, die sie so gern las. Von Männern, die ihren Frauen jeden Wunsch von den Lippen ablasen und ihnen ein schickes Häuschen bauten mit einem Auto vor der Tür. Jetzt sah sie beinahe ein bisschen blass aus, fand Maria. Als sie sie zuletzt gesehen hatte, war sie eher rundlich gewesen, drall, aber attraktiv. Das war sie immer noch, aber sie strahlte nicht mehr so von innen heraus wie früher, als sie vor lauter Lebensfreude schier zu platzen schien. Ihre Haut war nun fahler, das Gesicht wirkte kantiger, kleine Falten zeichneten sich auf ihrer Stirn ab. Und das, obwohl sie mit Lasse doch anscheinend ihren Traumprinzen gefunden hatte, den Mann, den sie heiraten wollte. Die beiden wirkten durchaus verliebt, befand Maria. Sie zeigten es nicht so, waren beide ein wenig schüchtern, aber da Maria direkt neben Lasse auf der Bank saß, konnte sie sehen, wie er und Mia immer wieder unter dem Tisch Händchen hielten.

Im Gegensatz zu Mia erzählte Lasse mehr – davon, wie sie sich im vergangenen Jahr beim Mittsommertanz kennengelernt hatten, von dem Hof seines Großonkels, der angeblich viel Ähnlichkeit mit Ellanda hatte, von der Musik, die sie beide gern hörten. Eine englische Band namens The Beatles hatte es ihnen angetan. Maria kannte die Musikgruppe nur ein wenig. Sie wusste, dass Bengt und Magnus mehr für die Rolling Stones waren, doch ihr Vater verbot diese »Hottentottenmusik« zu Hause, weswegen ihre Brüder die Schallplatten heimlich kauften und bei Freunden hörten.

Die beiden wirkten seltsam nervös. Lag es daran, dass Lasse gern in Ellanda arbeiten würde? Wollten seine Eltern denn nicht, dass er ihren Krämerladen eines Tages übernahm? Maria wusste, dass es ihr nicht zustand nachzufragen. Sie musste geduldig sein, denn sicherlich würde früher oder später das Gespräch darauf kommen.

Maria wartete lange. Erst nach dem Essen, als Siegfried sich mit seiner Zigarette auf die Bank vor dem Haus verzogen hatte, Bengt und Magnus ebenfalls nach draußen verschwunden waren, um Schubkarren und Mistgabeln wegzuräumen und die Gänse einzufangen, sprach Leif Lasse darauf an. Agatha hatte gerade begonnen, den Tisch abzuräumen, Ida und Maria ließen das Wasser in der Spüle ein, um abzuwaschen. Sie alle arbeiteten so leise wie möglich, um ja viel von der Unterhaltung mitzubekommen.

»Also, Lasse, du möchtest wirklich unsere Mia heiraten?«, begann Leif.

Lasse schien sich für einen Moment zu entspannen. Er lächelte sogar und griff ganz offen nach Mias Hand.

»Ja, das ist richtig. Wir haben auch schon mit ihren und meinen Eltern gesprochen. Die Hochzeit wird im August stattfinden.«

»Soso. Ihr könnt es wohl kaum noch erwarten.« Leif griff zu der Kanne, die Agatha auf den Tisch gestellt hatte, und schenkte sich Kaffee ein. Er nahm einen Schluck und behielt die Tasse dann in beiden Händen, drehte sie nachdenklich hin und her. »Und wo werdet ihr wohnen? Wovon wollt ihr leben?«

»Wir bleiben zunächst einmal in Öjaby, im Haus meiner Eltern«, antwortete Lasse und wirkte nun wieder nervöser. »Mia arbeitet ja noch bei Björklunds in Sandsbro, wo sie gut mit dem Bus hinkommt, und ich bei meinen Eltern im Laden, den ich in ein paar Jahren übernehmen soll. Im Geschäft gibt es so viel Arbeit aber auch wieder nicht. Ich mache zurzeit vor allem die Buchführung, und deshalb wollte ich fragen, ob ich mir was dazuverdienen kann hier auf dem Hof.«

»Was heißt hier eigentlich ›noch‹?«, schaltete sich da überraschend Greta in das Gespräch mit ein, die bisher schweigend neben ihrem Mann gesessen hatte.

Lasse schaute sie fragend an, und auch Leif warf seiner Frau einen verständnislosen Blick zu.

»Du hast gesagt, ›Mia arbeitet ja *noch* bei Björklunds‹«, fuhr sie unbeirrt fort. »Gibt es vielleicht einen bestimmten Grund, warum ihr es mit der Hochzeit so eilig habt?«

Lasse senkte den Kopf. Wurde er rot? Die Mädchen starrten nun allesamt unverhohlen von ihrem Platz an der Spüle zum Esstisch hinüber.

»Das stimmt.« Er zögerte und sah Mia an, die seine Hand so fest drückte, dass ihre Knöchel weiß wurden. »Es ist so… Mia wird nicht mehr sehr lange in der Fabrik arbeiten können, weil sie… weil sie schwanger ist.«

Beinahe ängstlich sah er auf, doch da brach unter den Mädchen schon Jubel aus. Freudig sprangen sie auf Lasse und Mia zu und herzten und drückten sie. Auch Greta kam um den Tisch herum und umarmte beide, sah aber ernst dabei aus.

»Ich freue mich für euch«, sagte sie, als sie wieder auf ihrem Stuhl saß und alle sich etwas beruhigt hatten. »Es wird jedoch nicht leicht für euch werden. Denn auch wenn die Gesellschaft sich geändert hat, wird es immer Leute geben, die sich nicht damit abfinden können, dass Mia außerhalb der Ehe schwanger geworden ist. Sie werden euch das Leben schwer machen. Ihr habt kein eigenes Heim und kein großes Einkommen. Aber es ist gut, dass ihr bald heiratet.«

Lasse wirkte beschämt. »Unsere Eltern wollen uns aber, so gut es geht, unterstützen.«

Mia nickte eifrig.

Greta sah die beiden ernst an. »Ehrlich gesagt weiß ich nicht, wie das funktionieren soll, wenn du, Lasse, bei uns in Ellanda arbeitest, während Mia oben in Öjaby mit dem Neugeborenen sitzt.« Lasse wollte etwas erwidern, doch Greta bedeutete ihm mit einer Handbewegung, dass sie noch nicht fertig war. »Wie willst du jeden Tag von Öjaby hierherkommen? Oder denkst du darüber nach, ganz bei uns zu wohnen? Dann würdest du deine

Familie überhaupt nicht sehen können, außer vielleicht an den Sonntagen. Wäre es nicht geschickter, du würdest dir eine Anstellung in Växjö suchen? Du scheinst mir doch ein helles Köpfchen zu sein, wenn du für deine Eltern die Buchführung machst. Mal davon abgesehen, dass wir uns hier auf Dauer keine Zusatzkraft leisten können …« Greta sah zu ihrem Mann hinüber und schwieg für einen Moment. Es schien, als würden sich die beiden ohne Worte über etwas verständigen. »Leif und ich«, fuhr sie schließlich fort, »werden darüber nachdenken, ob wir dich den Sommer über einstellen können. Dann könntet ihr noch etwas Geld auf die hohe Kante legen. Für die Zeit danach solltet ihr euch dringend etwas überlegen. Auch wenn wir euch natürlich, so gut es geht, zur Seite stehen wollen.«

Damit standen sie und Leif auf und gingen nach draußen.

»Wir sind gleich wieder da«, sagte Leif.

Durchs Küchenfenster konnte Maria sehen, wie die beiden Hand in Hand über den Hof in Richtung Bauerngarten gingen.

Es dauerte lange, bis sie wiederkamen. Mia, Lasse, Agatha, Ida, Maria und Anders warteten ungeduldig, der Abwasch war längst erledigt, die Mädchen hatten sich zu Mia und Lasse an den Tisch gesetzt. Die zwei hielten sich immer noch an den Händen, Lasse standen Schweißperlen auf der Stirn. Nur Per-Olov spielte unbekümmert mit einer Eisenbahn auf dem Küchenboden. Sie unterhielten sich über dieses und jenes, und Maria bekam mehr und mehr den Eindruck, dass das Leben in der Stadt auch nicht viel leichter war als das auf dem Land. Mias Situation wäre überall schwierig. Sie und Lasse waren schon Anfang zwanzig und trotzdem zu jung, um eine Familie versorgen zu können. Sie hatten sich noch nichts Eigenes aufgebaut. Lasses Eltern konnten nicht viel helfen, sie waren in ihrem Geschäft eingespannt, Mias Eltern lebten nicht mehr. Bei Greta und Leif war es damals vielleicht etwas einfacher gewesen. *Mormor* hatte sich um Anders und Ida gekümmert, während die Tante und der Onkel die Hofarbeit verrichtet hatten. Zudem hatten sie noch Siegfried.

Maria musste an ihre eigenen Eltern denken. Ihre Mutter war wie Mia in die Stadt gegangen, aber nicht etwa in die Nähe, nach Växjö, sondern an die Küste nach Karlskrona. Dort hatte zwar eine gute Arbeit auf sie gewartet, sie und der Vater waren aber doch weitgehend auf sich gestellt gewesen. Bertils Mutter hatte sie nur wenig unterstützen können mit den Babys und der Arbeit.

»Wir könnten dir eine Stelle bis Ende September anbieten«, sagte Leif, als er und Greta nach einer gefühlten Ewigkeit wieder in die Küche traten und auf die erwartungsfrohen bis ängstlichen Gesichter sahen, die sich ihnen entgegenstreckten. »Natürlich nur, wenn du möchtest.« Lasse und Mia nickten eifrig. »Du kannst in dieser Zeit hier wohnen«, setzte Leif fort. »Mia wird vermutlich noch ein paar Monate bei Björklunds arbeiten und bei deinen Eltern in Öjaby wohnen?« Wieder nickten beide. »Dann wirst du an den Wochenenden freibekommen, um nach Hause zu fahren.«

Dankbar sprang Mia auf und fiel Greta um den Hals. Die drückte sie fest an sich und flüsterte ihr etwas zu, das Maria jedoch nicht verstehen konnte. Nach einem kurzen Zögern nahm Mia auch Leif in den Arm und bedankte sich unter Tränen bei ihm.

»Mädchen, Mädchen«, sagte der Ältere gutmütig und klopfte ihr auf die Schulter, »es wird sich alles finden, wirst schon sehen. Du kannst gleich übermorgen anfangen, Lasse, wenn du deine Sachen hergeholt hast. Wir haben gerade mehr als genug zu tun, wo unser Traktor uns im Stich lässt.«

»Vielleicht kann ich dabei helfen, ihn zu reparieren«, bot Lasse an.

»Hast du denn Ahnung von Landmaschinen?«, fragte Leif erstaunt.

»Nun ja, mein Großonkel hatte auch einen Traktor, einen gebrauchten, der wollte nicht immer so, wie er sollte, und da hab ich mir ein bisschen was abgeguckt…«

»Na, dann schauen wir mal.«

***

»Der Traktor läuft, der Traktor läuft wieder«, rief Ida ein paar Tage später über den Hof und führte eine Art Freudentanz auf.

Von dem Jubel angelockt, kamen Leif und Siegfried aus dem Stall, Bengt, Magnus und Anders vom Kartoffelacker und Maria und Per-Olov aus dem Gänseverschlag.

»Lasse hat ihn repariert«, erklärte Ida nun, da alle sich um die große graue, laut ratternde Maschine versammelt hatten. Der alte Ferguson Grålle konnte wieder seine Arbeit verrichten.

»Gut gemacht!« Leif nickte anerkennend.

Lasse, der mit stolzgeschwellter Brust vor dem Trecker stand, wurde rot vor Verlegenheit.

Siegfried brummte und zündete sich eine Zigarette an. »Hab halt gute Vorarbeit geleistet.«

Der Blick, den Ida ihm zuwarf, war Gold wert. »Na ja, du hast es halt schon ein paar Tage versucht und …«

»Woran lag es denn?«, unterbrach Leif seine Tochter und warf ihr einen strengen Blick zu.

»Ein paar Teile hatten sich gelöst, eine Schraube fehlte, so dieses und jenes … War nicht so leicht zu finden«, fügte er mit Blick auf Siegfried beinahe verschämt hinzu.

»Seltsam.« Leif rieb sich das frisch rasierte Kinn. »Wie kann das denn kommen?«

Lasse zuckte mit den Schultern.

Dann ergriff Siegfried das Wort. »Wie dem auch sei, jetzt können wir endlich mit der Heuernte anfangen.« Damit warf er seine Zigarette auf den Boden, trat sie aus und ging zurück in den Kuhstall.

»Siegfried hat recht. Vielleicht fangen wir gleich an, wenn wir im Stall fertig sind«, meinte Leif und sah zum Himmel hoch. »Die letzten Tage hatten wir so gutes Wetter. Wer weiß, wie lange das so bleibt.«

Maria sah nun ebenfalls nach oben. Es war wirklich ein herrlicher Tag. Vielleicht konnten sie am Sonntag mal zum See gehen? Dort waren sie noch gar nicht gewesen, seit sie angekommen waren. Sie erinnerte sich an viele heiße Sommertage, die sie dort in den vergangenen Jahren verbracht hatten. Es war herrlich am See. Sie waren immer mit den Rädern hingefahren, hatten manchmal sogar zu dritt auf einem gesessen. Sonntags, wenn die Tiere versorgt waren, hatten die Kinder normalerweise »frei«, und auch sonst waren Greta und Leif großzügig und ließen sie gewähren. Jetzt, da der Traktor wieder lief, waren alle merklich entspannter. Für die erste Heuernte war es höchste Zeit, das Wetter war gut, der Zeitpunkt perfekt, und mit dem Trecker ging es um ein Vielfaches schneller als mit dem alten Pferdefuhrwerk.

Früher, so erzählte Greta manchmal, war es gang und gäbe gewesen, mithilfe der Pferde das Heu einzuholen. Da hatten alle mit aufs Feld gemusst. Das getrocknete Gras wurde nach dem Schnitt mehrfach gewendet, dann zu Schwaden zusammengelegt. Anschließend hievte man die Fuder auf den Hänger und brachte die Ladung in die Scheune. Damit alles vor dem nächsten Regen sicher verstaut war, beeilte man sich. Es war auch heute noch spannend, alles rechtzeitig fertigzubekommen. Siegfried, Leif und Lasse hätten die Arbeit dank des reparierten Treckers allein bewältigen können, doch Marias Brüder rissen sich darum, auf dem Hänger mitfahren zu dürfen, und packten deshalb tatkräftig mit an.

Maria nahm sich vor, mit Ida zu sprechen. Sie konnten versuchen, schon am nächsten Tag zum See zu fahren.

Am späten Samstagnachmittag war es endlich so weit: Der erste Heuschnitt war trocken in die Scheune gebracht worden, die Kühe waren gemolken und auch die anderen Tiere versorgt.

Leif verkündete feierlich: »Zur Feier des Tages darf jeder, der unter sechzehn Jahren ist, zum See fahren.« Als er Bengts und Magnus' entsetzte Blicke sah, korrigierte er sich schnell lachend: »In Ordnung, jeder unter … zwanzig?«

Bengt und Magnus nickten erleichtert. Das ging gerade auf. Und dann kam von Bengt etwas, das Maria von ihrem Bruder nie erwartet hätte. »Heute Abend gibt es in Gemla ein Fest«, platzte er heraus. »Dürfen wir da hin?«

»Ein Fest? Was für ein Fest denn?«, fragte Leif.

»Na ja …«, Bengt schien das Ganze ein wenig unangenehm zu sein. Da sprang Ida ihm hilfreich zur Seite.

»Das ist wahr, davon hab ich auch gehört. Ein Tanz. Das ist bestimmt ganz toll. Dürfen wir da hin, Papa?« Sie umarmte den großen Mann ganz fest und sah zu ihm hoch. »Bitte, Papa.«

Leif rang ganz offenbar mit sich, versuchte dann aber in einem letzten Anflug von Vernunft, sich von seiner ihn anhimmelnden Tochter zu lösen. »Moment mal. Also, wenn Lasse, Bengt und Magnus gehen, ist das eine Sache, ihr jedoch …« Er sah zu den Mädchen und Anders hinüber.

»Ach, Papa, jetzt sag nicht wieder, dass wir noch nicht alt genug sind. Tanzen können wir schon. Und die großen Jungs sind dabei, die passen sicher auf uns auf!« Keck sah Ida zu Bengt und Magnus hinüber.

Die wirkten zwar nicht sonderlich begeistert von der Aussicht, ihre kleine Schwester und ihre Cousine mitzunehmen, nickten aber eifrig, als sie begriffen, dass dies womöglich dabei half, dass sie hingehen durften.

»In Gemla im Dorfhaus?«, fragte Leif.

Magnus bejahte.

»Es werden sicher alle Jugendlichen aus der Gegend dort sein, du brauchst dir also keine Sorgen zu machen, Papa«, fügte Ida hinzu.

»Na, wenn alle Jugendlichen aus der Gegend da sind, ist es gerade Grund genug, sich Sorgen zu machen«, murmelte Leif. Er seufzte. »Na schön, aber ihr seid spätestens um zehn Uhr zurück, und ihr bleibt alle beieinander. Ihr fahrt zusammen hin und kommt zusammen zurück.«

»Prima«, rief Magnus, und Ida hüpfte jubelnd durch die Küche. »Dürfen wir mit dem Trecker hinfahren?«, fragte Magnus, nun mutig geworden.

»Ich werd dir helfen! Mit dem Traktor, dem guten Stück. Ich bin heilfroh, dass der wieder läuft. Da werde ich ihn wohl kaum ein paar Jungs überlassen, die noch ganz grün hinter den Ohren sind. Nein, ihr könnt schön mit den Rädern fahren. So, wie ihr auch zum See kommt. Und jetzt verschwindet! Nicht dass ich es mir noch anders überlege.«

Schnell wie der Wind hatten alle unter zwanzig den Raum verlassen.

Wie selbstverständlich schnappten sich die Jungen die Räder und schwangen sich auf die Sättel. Den Mädchen blieb nur der Platz auf den Gepäckträgern. So gesellte sich Ida zu Bengt, dem Ältesten in der Runde, die Handtücher hielt sie an sich gepresst. Da Per-Olov ganz stolz auf die Fahrradstange zu Anders geklettert war, setzte Maria sich hinter Magnus, ebenfalls mit ein paar Handtüchern, die unter ihrem Arm klemmten. Badeanzüge und -hosen hatten sie schon angezogen.

Kraftvoll traten die Großen in die Pedale und sausten, so schnell es ging, den Schotterweg entlang in Richtung See. Maria warf einen Blick zurück. Wie schön der Hof der Olssons in Ellanda doch war! Besonders jetzt, im Sonnenschein. Was für ein Gegensatz zu ihrer Ankunft! Das Wohnhaus aus dem für Schweden so typischen rot gestrichenen Holz mit den weißen Zargen und Fensterrahmen und dem mit Schnitzereien verzierten Vordach über der Haustür leuchtete im Sonnenlicht. Die blaue Tür stand offen wie meistens. Gerade schlich Minka, die eine der zwei Hofkatzen, ins Haus, wohl um sich einen Leckerbissen von Agatha aus der Küche zu erschmeicheln. Auch die Wirtschaftsgebäude leuchteten in schönstem Falunrot, hinten im Stall entdeckte Maria – das Scheunentor stand offen – die hin- und herschlagenden Kuhschwänze, aus dem Geräteschuppen gegenüber dem Wohnhaus kam Lasse und winkte ihnen nach. Hühner pickten und gackerten im Hof und ließen sich von der Sonne bescheinen, Blumen blühten in den buntesten Farben in den Beeten ringsum.

Maria stiegen Tränen in die Augen. Ellanda war für sie der schönste Ort der Welt. Als Magnus durch ein Schlagloch fuhr, erschrak sie so sehr, dass sie beinahe vom Fahrrad gefallen wäre. Durch ihre ruckartige Bewegung geriet das Rad gefährlich ins Schwanken, und Magnus schimpfte sogleich mit ihr. Schnell richtete Maria den Blick nach vorn und klammerte sich nun brav an Magnus fest.

Sie bogen um eine Kurve und verließen die schmale Hauptstraße von Ellanda, passierten die Äcker, die zum Grund der Pährssons gehörten, dann schließlich den Hof der Erikssons mit seinen ebenfalls roten Holzhäusern. Jetzt gab es bis zum See nur noch Wald und Wiesen. Sie wollten zu ihrem Lieblingsplatz, einer kleinen Insel, die seltsamerweise ein bisschen die Form eines Herzens hatte. Sie war über flache Felsen mit dem Ufer verbunden. Der Weg dorthin war zwar etwas weiter als die nächstgelegene Bucht am See, aber es lohnte sich, denn man war dort ziemlich allein und konnte wunderbar ins flache Wasser gleiten oder sich sonnen.

Nach einer Weile hielten Bengt, Magnus und Anders an. Ein kleiner Weg führte durch den nun sehr dichten Wald, sie mussten absteigen und das letzte Stück zu Fuß bewältigen. Per-Olov lief mit Anders vor. Er war so stolz und fühlte sich so groß, weil er mit dabei sein durfte. Genauso war es ihr, Maria, früher auch gegangen. Nur dass die großen Brüder damals viel jünger gewesen waren, und es war eigentlich immer noch ein Erwachsener mitgefahren – meistens Greta, manchmal *mormor*. Diese besondere Stelle am See hatte ihnen jedoch Leif gezeigt. Es war schon sein Lieblingsplatz gewesen, als er ein Kind gewesen war, und sehr schnell hatte er sich auch zu ihrem entwickelt.

Sie stapften und schoben über den wurzeldurchwachsenen sandigen Trampelpfad, bis die Bäume vor ihnen langsam den Blick freigaben auf eine sonnige kleine Stelle am Ufer und den friedlich daliegenden dunkelblauen See. Etwas weiter stand ein kleines rotes Holzhäuschen, das den Eltern von einem Freund von Anders gehörte. Manchmal hatten sie die Familie dort getroffen, in der Regel war diese jedoch nur dann und wann am Wochenende hier, heute schien das Häuschen leer zu sein. Ein betörender Duft von Kiefern und Birken lag in der Luft, die Sonne wärmte ihre Arme und Gesichter, als sie aus dem Wald heraustraten.

Während Maria noch dastand und den Anblick und die angenehme Wärme nach der Kühle des Waldes genoss, lagen die Fahrräder bereits im Gras. Die Jungen hatten sich die Sandalen von den Füßen gestreift und sie achtlos fallen lassen. Ida half Per-Olov, der mit den Schnallen nicht zurechtkam. Ungeduldig zappelte er herum, während Ida an seinen Schuhen nestelte. Er wollte so schnell wie seine großen Brüder in den See, das war klar, doch die hatten Hemden und Hosen noch beim Laufen vom Körper gezogen und von sich geworfen. Sie waren schon über die Felsen balanciert und drüben bei der kleinen Insel ins dunkle Wasser gerutscht. Bengt und Magnus juchzten, tauchten und spritzten sich gegenseitig nass, ihre feuchten Haare glänzten im Sonnenlicht. Jetzt waren sie wieder die alten Kindsköpfe, nicht die halbwüchsigen Jungen, die gern erwachsen wirken wollten.

Langsam gingen Ida, Per-Olov und Maria ihnen nun hinterher. Anders wartete bei den Felsen auf sie. Er nahm Per-Olov an die Hand und suchte sich mit ihm eine seichte Stelle, an der der Kleinere gut ins flache Wasser gehen konnte.

»Er kann noch nicht schwimmen«, rief Maria Anders zu.

Der nickte und begann nach ein wenig Plantschen gleich damit, Per-Olov die Arm- und Beinbewegungen zu zeigen. Der Kleine wollte seinem Cousin unbedingt beweisen, dass er alt genug war, um bei allen Aktivitäten dabei sein zu können, und entwickelte sichtlichen Ehrgeiz. Die beiden hatten offensichtlich Spaß. Per-Olov schrie vor Vergnügen, wenn Anders ihn ins Wasser warf oder versuchte, zu dessen Füßen zu tauchen.

Auch Maria hatte in Ellanda schwimmen gelernt. Sie und Ida gingen nun von den Felsen zurück in den Schatten der Bäume und zogen sich dort, etwas versteckt, Rock und Bluse aus. Ihre Körper hatten sich verändert, sie waren nicht mehr so unbedarft wie früher in der Gegenwart der Jungen. Schließlich gab es auch für die Mädchen kein Halten mehr, und sie hüpften ins erfrischende Nass, wuschen den Staub der Arbeit von sich, schwammen um die Wette oder zu Anders und Per-Olov hinüber, spielten Abschleppen mit ihm oder prustendes Walross. Das fand er am besten, wenn Ida nur mit der Nase über Wasser auf ihn zugeschwommen kam und dabei mit dem Mund wilde Blubberblasen erzeugte.

Nach einer Weile legten sich Ida und Maria auf die

glatten Felsen und ließen sich von der Sonne bescheinen. Die Steine waren heiß unter ihrer kühlen, feuchten Haut, und Maria schloss genießerisch die Augen. So ließ es sich aushalten.

Ida lag neben ihr und erzählte ihr von Gott und der Welt. Wen sie alles am Abend im Versammlungsheim zu treffen hoffte, was sie anzuziehen gedachte und wie Maria ihr die Haare frisieren sollte. Maria bekam nur die Hälfte davon mit. Aus den Augenwinkeln sah sie, wie Bengt und Magnus mit langen Stöcken, an die sie Schnüre mit einem Haken geknotet hatten, auf einem weit herausragenden Findling bei der Insel saßen.

Dann musste sie wohl eingedöst sein, denn plötzlich war es dunkel und fing an zu regnen. Erschreckt quietschte sie auf und riss die Augen auf. Nein, das war kein Regen, es war der klatschnasse Anders, der über ihr stand, seinen Schatten auf sie warf und – schlimmer noch – Wasser auf sie herabtropfen ließ. Als er merkte, dass ihr die kalten Tropfen auf ihrer erhitzten Haut nicht gefielen, wuschelte er sich lachend durchs Haar. Schnell wie der Blitz schoss Maria hoch.

»Hör sofort auf damit!«, rief sie und wollte nach ihm schlagen.

Doch Anders war schneller als sie und hielt sie mit seinen, für ihr Empfinden, eiskalten Händen fest.

»Lass das, du bist so kalt«, schimpfte sie.

Anders lachte weiter und tat daraufhin etwas noch Gemeineres: Er drückte sie an sich. Eine Gänsehaut überkam Maria, ihr wurde kälter und kälter. Sie packte ihn und wollte sich losreißen, doch dann spürte sie, dass Anders' Hände auf ihrem Rücken gar nicht mehr so kalt waren, sondern beinahe angenehm. Und plötzlich nahm sie noch etwas anderes wahr: Anders' weiche Haut, die feinen Härchen und das Auf und Ab seiner Rippen, wenn er atmete. Ihr Kopf lehnte an seinem, Nase und Mund lagen an seinem Hals, an der Kuhle an seinem Schlüsselbein duftete es nach frischem Wasser, Wald und Sonne. Maria sog Anders' Geruch tief ein. Unwillkürlich fuhr sie mit einer Hand durch sein Haar und meinte, seine Lippen an ihrem Hals zu spüren. Sein Atmen kitzelte sie, seine Hände lagen weiter warm und fest an ihrem Rücken.

Maria hätte noch stundenlang so stehen können, doch da löste Anders sich mit einem leichten Seufzen von ihr, nicht ohne sie grässlich kitzelnd anzupusten. Sie bekam eine Gänsehaut.

»Komm, *min lilla stjärnan*, wir müssen los, wenn wir heute Abend nicht zu spät zum Tanz kommen wollen.«

Maria liebte es, wenn Anders sie so nannte.

In dem Moment erscholl ein lauter Pfiff von drüben von der Insel. Sie sahen sich erschrocken um und fühlten sich beide ein wenig ertappt. Anders fing sich jedoch schnell wieder und winkte Bengt und Magnus zu. Er zeigte ihnen mit einer Geste, dass sie nach Hause fahren müssten. Die beiden verstanden und packten ihre Sachen zusammen.

»Wo sind Ida und Per-Olov?«, fragte Maria und sah sich suchend um.

»Da vorne.« Anders zeigte zu der Stelle, wo sie ihre Fahrräder liegen gelassen hatten. »Ida hilft Per-Olov schon beim Anziehen.«

»Das kann er doch allein!« Maria wollte hinüberstapfen und ihren kleinen Bruder zurechtweisen.

Anders hielt sie zurück. »Lass sie«, bat er. »Ich glaube,

Ida hat Per ins Herz geschlossen. Sie bemuttert ihn so gern.« Er grinste. »Und wenn sie bei ihm ist, kann sie mir nicht auf den Geist gehen.«

Maria musste ebenfalls grinsen, sagte aber nichts. Sie wusste aus Erfahrung, dass ihre Cousine ein recht einnehmendes Wesen haben konnte.

Sie hatten das Essen noch nie so schnell hinuntergeschlungen wie an diesem Abend. Es gab Kartoffeleintopf, in dem dicke Scheiben Fleischwurst schwammen, und er war wirklich lecker, aber sie hatten anderes im Sinn. Bengt war erstaunlich hibbelig gewesen, und Ida hatte jeden gefragt, was sie denn bloß anziehen sollte.

Für Maria gab es da nicht viel nachzudenken. Sie hatte ein gutes Kleid mitgebracht, ihr Sonntagskleid, sie war sich nur nicht sicher, ob ihre Mutter es gutheißen würde, wenn sie es an einem anderen Tag als einem Sonntag tragen würde, noch dazu zu einer Tanzveranstaltung.

»Zieh dein buntes Trägerkleid an, das Sonntagskleid ist ohnehin viel zu steif«, sagte Ida nun.

»Ist das denn schick genug?«, fragte Maria unsicher, schlüpfte hinein und drehte sich. Das Kleid war aus blumigen Stoffen in mehreren Lagen genäht. »Und für den Abend nicht ein wenig zu luftig?«

»Ach was, du kannst ja eine Strickjacke drüberziehen oder eine Bluse oder einen dünnen Pullover drunter«, antwortete Ida und ließ etwas, das aussah wie ein Stift, in eine kleine Handtasche fallen. Ein Eyeliner? Nein, das konnte nicht sein! Sie trug einen knielangen orangefarbenen Rock und eine weiße Bluse mit kurzen Ärmeln. »Ich würde die Strickjacke nehmen, die kannst du ausziehen, wenn dir warm ist«, ergänzte sie und zog sich ihre über. »Kannst du mir jetzt die Haare machen?«, fragte sie dann und betrachtete sich ebenfalls im Spiegel im Bad. »Hier vorne die Strähne eindrehen«, sie zeigte auf ihre Stirn, »und dann hinter dem Ohr feststecken. Und oben ordentlich toupieren«, sie zeigte auf ihren Oberkopf. »Ansonsten will ich sie offen lassen.«

Maria seufzte. »Ich weiß nicht, ob ich das hinbekomme.« Sie stellte sich hinter Ida und griff in deren dicke blonde Locken. Sie wünschte sich, solche Haare zu haben. Mit denen konnte man alles machen. Sie selbst hatte nur dünne hellbraune Zotteln. Ihre Zöpfe sahen aus wie Schnittlauch. »Ich kann es versuchen. Gib mir mal die Bürste und ein paar Haarnadeln.«

Ida reichte ihr das Gewünschte, und Maria begann damit, die langen Locken zu bürsten. Sie waren noch leicht feucht vom Bad im See. Sie staunte. Das musste daran liegen, dass sie so dick waren.

»Mach das hier so«, Ida nahm ein paar Strähnen und hielt sie hoch. »Und den Rest, wie gesagt, schön toupieren, wie es gerade modern ist. Nicht vergessen.«

»Mh …«, machte Maria und fing an, sich mit dem Kamm durch Idas Haar zu arbeiten. Sie hatte keine Ahnung, was gerade modern war, und imitierte somit das, was sie bei ihrer Mutter schon manchmal beobachtet hatte.

»Ich hoffe, ich gefalle Gabriel so«, sagte Ida aufgeregt. Aha, dachte Maria, darum geht es also. Deswegen war die Cousine schon den ganzen Nachmittag so aufgedreht und redete von nichts anderem als dem Tanz am Abend. »Er hat gesagt, er mag mein Haar.«

»Wer ist Gabriel?«, murmelte Maria konzentriert und steckte die vordere Haarsträhne so ordentlich wie möglich fest.

»Einer aus der Schule. Er ist total süß. Und er kann schon Auto fahren.«

»Du meine Güte, wie alt ist er denn?« Maria hielt kurz inne und sah Ida streng im Spiegel an.

»Jetzt reg dich nicht auf. Mach einfach weiter. Neunzehn ist er. So alt wie Bengt.«

»Na ja, dann ist er wenigstens nicht so alt wie Lasse.«

»Och, das Alter würde mich nicht stören, ist doch gut, wenn der Mann ein bisschen reifer ist. Lasse ist süß, aber der ist ja nun mal mit unserer Mia verlobt.« Sie seufzte und tat dabei so, als würde sie diese Tatsache furchtbar traurig machen.

»Ida!« Maria war entsetzt. »Du würdest doch nicht etwa mit einem Mann wie Lasse …«

»Meine Güte, bleib ruhig.« Ida rollte mit den Augen. »Nicht, solange es noch andere interessante Jungs in unserem Alter gibt«, setzte sie schelmisch hinzu.

»Wieso, gibt es da noch mehr?«

»Klar, da sind zum Beispiel Markus und Mikael. Auch ganz hübsche Kerle. Sind Brüder aus Gemla. Mikael geht mit Anders in eine Klasse. Da sollte also für dich ebenfalls jemand dabei sein, Mariechen.«

»Mariechen? Seit wann nennst du mich so?«

»Seit ich das Gefühl habe, dass ich die ältere und du die jüngere Cousine bist und ich dich ein bisschen in die Gesellschaft einführen muss.« Ida grinste.

»Soso.« Dazu fiel Maria nichts ein. Und zu allem Überfluss konnte sie nicht abstreiten, dass sie gerade einen ganz ähnlichen Eindruck hatte. Sie wusste allerdings nicht, ob ihr diese Aussicht behagte. »Fertig.« Sie hielt den Handspiegel hoch, sodass Ida sich betrachten konnte. Die wendete den Kopf von rechts nach links und war anscheinend zufrieden. »Gibst du mir noch eine Haarnadel, damit ich das toupierte Haar hier hinten ein bisschen fester stecken kann?«

Ida reichte ihr die Nadel. »Mach ordentlich was hiervon drauf.« Ida griff in den Schrank und zog eine Flasche Haarspray hervor. »Gehört Mama, aber die braucht es kaum.« Ida lachte vergnügt.

»Ja, ja«, sagte Maria nur.

Im *församlingshem*, dem Dorfgemeinschaftshaus, das von außen aussah wie eine große Scheune mit seinen rot gestrichenen Holzwänden und dem mit weißen Zierlatten abgehobenen, geschwungenen Mansardendach, war es bereits ziemlich voll. Stickige Luft schlug ihnen entgegen, als sie die Tür öffneten. Und ein junger Mann kam gerade mit einem Stuhl in den Händen heraus, um ihn gegen die Tür zu stellen, damit diese offen blieb.

»*Hej*, Markus«, sagte Ida und umarmte den Jungen freundschaftlich. »Wie geht's?«

»Gut, danke«, antwortete er heiser. »Total viel los hier. Die Band ist echt gut, hab sie letztens schon in Alvesta gesehen. Es sind Gyllene Fåglar aus Växjö, die spielen was von den Beatles, von Hendrix und den Stones, aber auch eigene Stücke. Kommt rein, die anderen sind vorne bei der Bühne.«

Goldene Vögel, dachte Maria. Was das wohl geben würde?

Doch da griff Ida schon nach ihrem Arm und zog sie hinter sich her. »Wir kommen gleich!«, rief sie jemandem zu, wem genau, war nicht so recht klar.

»Wohin wollen wir?«, fragte Maria und versuchte mit ihrer Cousine Schritt zu halten.

»Zum Klo. Glaubst du, ich will, dass mich noch mehr Typen so sehen?«

»Wie denn? Gefällt dir deine Frisur jetzt doch nicht?«

»Ach, die Frisur… Komm einfach«, antwortete Ida ungeduldig.

Schließlich hatten sie sich einen Weg durch die Menge gebahnt. Jüngere und Ältere, Männer und Frauen standen in Grüppchen herum, teilweise mit einem Getränk in der Hand oder einer Zigarette, unterhielten sich, lachten. Maria wäre gern stehen geblieben und hätte sich das alles in Ruhe angesehen, die Frauen mit ihren modernen Frisuren und kurzen Röcken, die Männer in Jeans und legerem T-Shirt oder Holzfällerhemd. Aber Ida zerrte sie unaufhaltsam weiter. Maria war es unangenehm, dass sie noch nie auf solch einer Tanzveranstaltung gewesen war, während ihre Cousine sich so weltgewandt bewegte, als würde sie jedes Wochenende ein solches Fest besuchen.

Sie erreichten die Toilettenräume. Bei den Waschbecken der Damentoilette tummelten sich ein gutes halbes Dutzend Frauen und Mädchen. Stimmengewirr lag in der Luft, ebenso wie Zigarettenqualm. Maria musste husten. Ida schob sie beide bis zu den Waschbecken durch. Die Mädchen, die hier standen, bemalten sich die Lippen, zupften an ihren Haaren oder strichen sich die kurzen Kleider zurecht.

Ida ließ ihr kleines Täschchen auf den Beckenrand fallen. »So, dann wollen wir mal.«

Maria beobachtete fasziniert, wie die Jüngere an ihrem Rock zerrte, der plötzlich ein ganzes Stück über dem Knie endete. Das Bündchen krempelte sie an der Taille ein paarmal um und ließ anschließend die Bluse wieder darübergleiten, sodass der Schummel gar nicht auffiel.

Als sie mit dem Rock zufrieden war, kramte sie in ihrem Täschchen und zog einen schwarzen Stift heraus, den Eyeliner, den Maria vorhin hatte hineinfallen sehen. Geschickt malte sie sich einen dicken, geschwungenen Strich auf das Oberlid.

Maria riss die Augen auf. »Aber… aber, Ida, was machst du denn da?«, stammelte sie, nicht sicher, ob sie Ida bewunderte oder entsetzt war.

»Ach, Mariechen…« Ida legte den Stift zur Seite, zauberte einen Lippenstift aus dem Täschchen und zog damit ihre Lippen dunkelrot nach. Dann machte sie einen Kussmund, begutachtete sich noch ein wenig im Spiegel, zupfte hier und da ein paar Strähnchen aus ihrer Frisur, und als sie mit sich zufrieden war, wandte sie sich Maria zu. »Und nun zu dir.«

Maria sah sie verblüfft an. Sie sollte sich auch so schminken? Aber das konnte sie doch gar nicht! Plötzlich kam sie sich vor wie der letzte Dorftrottel. War sie nicht die Ältere und noch dazu die Städterin? Sollte sie das nicht alles viel besser können und der Jüngeren zeigen? Stattdessen war es genau andersherum. Zwar schminkte ihre Mutter sich ebenfalls, wenn sie morgens zur Arbeit ging, jedoch wesentlich dezenter. Und Ulrika würde es Maria niemals erlauben.

»Hat Tante Greta dir das gezeigt?«, fragte sie unsicher, vielleicht, um etwas Zeit zu gewinnen. Wie sollte sie aus dieser Situation herauskommen, ohne wie ein Idiot dazustehen?

»Meine Mutter? Hahaha.« Ida bog sich schier vor Lachen. »Das glaubst du doch wohl selbst nicht. Was meinst du, warum ich das alles erst hier mache?« Sie beantwortete ihre Frage gleich selbst. »Vermutlich aus demselben

Grund wie fast alle anderen Mädchen auch.« Sie zeigte mit einer Kopfbewegung um sich. »Meine Mutter würde das sicher nicht gutheißen.« Grinsend sah sie in den Spiegel und dann auf ihren nun sehr kurzen Rock. »Und Papa erst recht nicht. Er ist der liebste Papa von der Welt, aber wenn er wüsste, wie seine kleine süße Tochter hier rumläuft, würde er einen Tobsuchtsanfall bekommen und sie nie wieder vor die Tür lassen. Außer zur Kirche und zur Schule«, ergänzte sie schulterzuckend. »Nee, die Klamotten hab ich von Agatha, die hat mir auch das Schminken beigebracht.«

Ach, von Agatha hatte Ida das alles. Die sich ja angeblich für etwas Besseres hielt, wie Ida gemeint hatte.

»Und Anders? Was sagt der dazu? Und meine Brüder, halten die dicht?«

»Was Anders sagt, weiß ich nicht, aber er ist eine gute Seele, der petzt nicht. Und Bengt und Magnus wollen doch selbst heute Abend ihren Spaß haben, die werden schön die Füße still halten.«

Maria nickte schweigend. So würde es wohl sein. Nur … was um Himmels willen tat sie eigentlich auf dieser Veranstaltung? Und wollte Anders wohl auch bloß seinen Spaß haben?

»Na los«, Ida stupste sie an, »an die Arbeit. Wir wollen nicht ewig auf dem Klo herumhängen. Zumal die Luft hier nicht die beste ist.« Mit vorwurfsvollem Blick drehte sie sich zu zwei Mädchen um, die sich in einer Toilettenkabine bei geöffneter Tür eine Zigarette teilten, die die Anspielung aber nicht bemerkten oder einfach ignorierten. Ida nahm den Eyeliner. »Mach die Augen zu«, sagte sie, »ich zieh erst mal einen dünneren Strich als bei mir. Sonst erkennt man dich gar nicht wieder.«

Maria war das sehr recht. Sie öffnete erneut die Augen und sah, wie Ida nun ein wenig Lippenstift auf ihren Zeigefinger gab und die Farbe auf ihren Lippen verteilte. Anschließend gab sie zwei leichte Tupfer auf Marias Wangen, die sie gekonnt verwischte, sodass sie nicht ganz so intensiv dunkelrot leuchten würden. Zum Schluss löste sie Marias Zöpfe.

»Was machst du da?«, fragte Maria.

»Die müssen weg«, sagte ihre Cousine. Als sie Marias entsetzten Blick sah, fügte sie etwas sanfter hinzu: »Sie sehen hübsch aus, und zu Hause sind Zöpfe auch wirklich sehr praktisch, aber auf einer Tanzveranstaltung haben sie nichts zu suchen.« Sie nahm die beiden Gummis, strich mit den Fingern wie mit einer Bürste durch die langen Haare der Cousine und nahm dann von beiden Seiten des Kopfes je eine Strähne, die sie am Hinterkopf fest mit einem der Gummis zusammenband. Nun hob sie die unteren Haare an und wickelte sie zu einem Knoten, den sie mit dem zweiten Gummi befestigte. Sie wickelte noch ein paar Strähnchen um das Gummi, um es zu verdecken, und zog hier und dort ein paar Härchen frech ins Gesicht – fertig. Die Jüngere betrachtete ihr Werk zufrieden, indem sie Marias Gesicht nach rechts und nach links drehte. »Prima, so kann's gehen«, sagte sie fröhlich. »Schau dich an.«

Als Maria sich im Spiegel betrachtete, glaubte sie zuerst, ein anderes Mädchen stünde auf der anderen Seite einer Glasscheibe und schaute sie an. Doch dann erkannte sie sich wieder – ihre Nase, die hohen Wangenknochen, ihre dunklen Augen, die erstaunlicherweise größer wirkten. Der Lidstrich intensivierte ihre Augenfarbe. Die Lippen ließen sie beinahe sinnlich wirken, so wie die Frauen auf den Werbeplakaten in Karlskrona. Insgesamt wirkte sie älter, fand Maria. Wie jemand anderes. Aber nicht schlecht.

Draußen tobte die Menge bereits. Die Band Gyllene Fåglar musste wohl tatsächlich ganz gut sein. Und je weiter sie und Ida nach vorne zur Bühne kamen, desto mehr zogen der Rhythmus des Schlagzeugs, die durchdringenden Akkorde der E-Gitarre und die Stimme des Sängers sie in den Bann. Maria ertappte sich dabei, dass sie mit der Hand im Takt gegen ihren Oberschenkel klopfte und den Kopf hin- und herbewegte. Kurz erhaschte sie einen Blick auf Bengt, der mit einem Mädchen, das sie nicht kannte, etwas abseits stand und sich unterhielt – was bei der lauten Musik vermutlich ein ziemlich schwieriges Unterfangen war. Magnus konnte sie erst nicht entdecken – ach doch, er stand bei ein paar anderen Jungen, hielt ein Bier in der Hand und hatte ein schon verdächtig rot glänzendes Gesicht.

Aber wo war Anders geblieben?

Sie fanden ihn schließlich vorne am Bühnenrand, wo auch der junge Mann vom Eingang, Markus, stand und sich sachte bewegte. Maria schätzte, dass er etwa so alt wie Bengt oder Magnus war. Neben ihm hüpfte ein etwas jüngerer Typ im Rhythmus der Musik hin und her. Es sah lustig aus, daran schien allerdings niemand Anstoß zu nehmen. Bei näherem Hinsehen bemerkte Maria, dass der Junge diesem Markus ähnlich sah. Also musste es wohl sein Bruder Mikael sein, der mit Anders in eine Klasse ging. Zu dem Grüppchen gehörten anscheinend noch zwei weitere Jungen und zwei Mädchen, denn sie tanzten alle und riefen sich immer wieder etwas zu und lachten miteinander. Auf einen der beiden Jungen schoss Ida nun zu.

»Gabriel, *hej*, Gabriel«, rief sie.

Ein junger Mann mit fast schwarzem Haar drehte sich um, auch seine Augen waren ganz dunkel. Ob er aus der Gegend kam? Oder überhaupt aus Schweden? Er sah völlig anders aus als die anderen Jugendlichen hier, seine Haut hatte einen olivfarbenen Ton. Maria konnte verstehen, dass Ida ihn anziehend fand.

Als Gabriel Ida auf sich zustürmen sah, veränderte sich sein Blick. Maria hatte den Eindruck, dass ihm Idas stürmische Begrüßung ein wenig peinlich war. Beinahe nervös sah er nach rechts und links. Als er jedoch bemerkte, dass die anderen in seiner Gruppe ihn nicht weiter beachteten, breitete sich ein zaghaftes Lächeln auf seinem Gesicht aus.

»*Hej*, Ida«, sagte er und steckte seine Hände lässig in die Taschen seiner Jeans, was diese kurz innehalten ließ. Offenbar hatte sie sich eine andere Begrüßung gewünscht. Dann umarmte sie ihn einfach trotzdem und gab ihm einen Kuss auf die Wange, die daraufhin einen leuchtend roten Abdruck von Idas Lippenstift aufwies.

Ida drehte sich zu Maria um. »Maria, das ist mein Freund Gabriel. Gabbi, das ist meine Cousine Maria. Sie kommt aus Karlskrona, ist aber jeden Sommer bei uns.«

»Freut mich«, sagte Gabriel und reichte Maria eine Hand.

»Gleichfalls«, antwortete Maria.

Der Arme hatte noch immer den Abdruck von Idas Mund auf seiner Wange, und keiner der beiden schien es zu bemerken. Ida war gerade dabei, die anderen Freunde zu begrüßen. Sollte sie etwas tun? Aber was? Es wäre ihm bestimmt unendlich unangenehm, wenn er davon wüsste. Schließlich nahm sie all ihren Mut zusammen. »Entschuldige, du hast da was.«

Schnell zog sie den Ärmel ihrer Strickjacke über die Hand und wischte eilig über Gabriels Wange. Jetzt war sie zwar noch etwas rot, aber wenigstens war der Kussmund verschwunden. Dass der Lippenstift ihren Ärmel gefärbt hatte, versuchte sie zu ignorieren.

»Oh, danke«, murmelte er. Bevor es zu weiteren Peinlichkeiten kommen konnte, war Ida wieder bei ihnen.

»Komm, Gabbi, lass uns tanzen gehen.« Ohne auf eine Antwort zu warten, zog Ida den Jungen mit sich auf die Tanzfläche.

»Ich sag's ja, sie hat ein einnehmendes Wesen, meine Schwester«, hörte Maria da Anders' Stimme neben sich. Sie drehte sich zu ihm um, doch da schreckte er zurück.

»Hui, wer bist du denn? Und was hast du mit meiner Cousine gemacht?«

»So schlimm?«, fragte Maria unsicher. »Ida meinte, das wäre nötig.«

»Nein, nicht schlimm, nur… Na ja, halt anders«, gab Anders versöhnlicher zurück. »Du siehst irgendwie gar nicht mehr aus wie du. Aber ich werde mich schon dran gewöhnen.« Er lachte. »Komm, ich stelle dich den anderen vor.«

Ganz selbstverständlich nahm er sie an die Hand und brachte sie zu der kleinen Runde. Maria gefiel das Gefühl, sie hoffte, er würde sie nicht so schnell wieder loslassen.

»*Hej*, Leute, das ist unsere Cousine Maria aus Karlskrona. Sie ist mit ihren Brüdern praktisch jeden Sommer bei uns. Das sind Mikael und Jerker, Markus hast du eben schon kennengelernt, und das sind Tina und Anna. Mit Mikael, Jerker und Anna gehe ich in eine Klasse.«

Sie begrüßten sich mit einem lockeren *Hej*. Dann nahmen die anderen ihre Gespräche wieder auf beziehungsweise tanzten weiter.

Anders nahm nun auch Marias zweite Hand und sah ihr tief in die Augen. »Also, mein kleiner Stern kann ich jetzt wohl nicht mehr zu dir sagen, so wie du heute aussiehst. Da passt eher das englische *star*. Also, *my star*, was willst du machen? Tanzen, etwas trinken, ganz was anderes?«

»Bitte, nenn mich weiter kleiner Stern, das ist viel schöner. Und wenn ich dir so nicht gefalle, kann ich versuchen, die Schminke abzuwaschen. Ich weiß zwar nicht, ob ich die Farbe je wieder loswerde, aber …« Sie sah auf ihren rot gefärbten Ärmel hinunter.

Anders lachte. »Ach, das hast du eben bei Gabriel gemacht? Dem armen Kerl Idas Kussmund von der Wange gewischt? Ich hatte mich schon gewundert.«

»Das hast du mitbekommen? Ich wusste nicht, was ich tun sollte. Ich dachte, es wäre ihm bestimmt furchtbar peinlich, so herumzulaufen …«

»Das war sehr heldenhaft von dir.« Anders legte einen Arm um Marias Schulter und drückte sie an sich. »Auch wenn ich befürchte, dass Gabriel nun denkt, alle Frauen in meiner Familie wären so verrückt wie meine Schwester.« Als er Marias schockierten Blick sah, sagte er schnell: »Ich werde ihn nachher darüber aufklären, dass du ihn retten wolltest. Vor Ida muss er sich allerdings selbst retten.« Er schaute zur Tanzfläche hinüber, wo Ida die Finger nicht von ihrem *Freund* lassen konnte. Maria folgte seinem Blick. Gabriel war das Ganze offenbar nicht geheuer, aber er war anscheinend zu freundlich, um Ida das klarzumachen.

Maria seufzte. »Ich weiß gar nicht, wer mir mehr leidtut.« Anders sah sie fragend an. »Na ja«, erklärte sie. »Gabriel will das ja offenbar gar nicht, was Ida mit ihm macht, er kommt nur nicht aus der Situation heraus. Früher oder später wird er Ida allerdings unweigerlich das Herz brechen.«

Ernst schaute Anders ihr nun in die Augen. Maria kam es vor, als würde er bis auf den Grund ihrer Seele sehen. Verlegen blickte sie auf den Boden. Doch da hob Anders ihr Kinn an, sodass sie nicht wieder wegsehen konnte.

»Du bist ein ganz besonderer Mensch, Maria Enqvist aus Karlskrona. Bleib so, wie du bist. Mich stört gar nichts an dir, nicht mal die ganze Schminke. Du siehst sehr hübsch aus heute Abend, aber auch jeden anderen Tag. Ich wünschte, du würdest nicht so weit weg wohnen.« Betreten sah er zur Seite und wollte die Hand fortziehen, doch Maria ergriff sie schnell und hielt sie fest. »Du bist ebenfalls ein ganz besonderer Mensch, Anders«, flüsterte sie, und für einen Moment schien die Welt um sie herum stillzustehen. Die Menschen, ihre Bewegungen und Farben verschwammen, die laute Musik zog sich zurück wie eine Welle ins weite Meer. »Ich hab dich sehr gern.« In Marias Bauch kribbelte es, und ihre Beine fingen an zu zittern, beinahe so sehr, dass sie Angst hatte einzuknicken.

Dann kam mit aller Macht die Realität zu ihnen zurück. Die Musik schwappte erneut über sie hinweg, das Lachen und die Stimmen der anderen waren wieder da. Die Band spielte nun *All you need is love*.

»Mein Lieblingsstück!«, rief Anders und zog Maria auf

die Tanzfläche, drehte sie zur Musik um sich, wirbelte mit ihr hierhin und dorthin. Sie ließ alles mit sich geschehen, genoss das Stampfen des Schlagzeugs in ihrem Bauch, die Hitze und den Wind um sich, den ihre Bewegungen erzeugten, und – vor allem – den wunderbaren Jungen, der sie festhielt, dann wieder von sich wegschob, damit sie sich drehte, der sie mit strahlenden Augen ansah und immer wieder lachte, der sie mit seinen kräftigen Händen bei alldem niemals losließ.

So musste sich Glück anfühlen.

Sie tranken etwas und tanzten wieder. Der Abend hätte für immer so weitergehen können, doch viel zu bald schon war die Zeit um, und sie mussten sich sputen, um rechtzeitig nach Hause zu kommen. Bengt kam mit dem Mädchen, das Maria zu Beginn der Feier bei ihm gesehen hatte, im Arm zu ihnen und sagte, dass es höchste Zeit sei, sich fertig zu machen. Die Reihen hatten sich bereits merklich gelichtet, die Band spielte ihr letztes Stück. Ein langsameres Lied. *Hey Jude* von den Beatles.

»Na gut, das nehmen wir noch mit«, beschloss Bengt und verschwand mit seiner Freundin ein letztes Mal auf der Tanzfläche.

Maria wollte den beiden gerade mit Anders folgen, da bemerkten sie Ida, die zusammengekauert an der Wand hockte. Sie schaute ihren Cousin an, der mit den Schultern zuckte. Sie verstanden einander ohne Worte. Ida war das Herz gebrochen worden – so bald schon –, und sie mussten sich um sie kümmern.

»Hallo, kleine Schwester«, sagte Anders und streichelte Ida über den Arm, während er sich neben sie hockte. Maria rutschte auf Idas anderer Seite an der Wand hinunter. Ida sah sie aus rot umränderten Augen an. Ihr Lidstrich war verwischt und zog Schlieren über das ganze Gesicht. »Was ist passiert?«, fragte Anders.

»Gabriel… Gabriel…«, brach es aus Ida hervor, dann ließ sie den Kopf wieder zwischen die Knie fallen. Ihr Rücken bebte.

Maria strich ihr darüber, im gleichen Moment tat Anders dasselbe, sodass ihre Hände sich kurz berührten. Sie sahen sich stumm an.

»Er wollte nicht so, wie du wolltest?«, fragte Maria.

Ida sah wieder auf und wischte sich mit dem Handrücken über die Nase. »Er will mich nicht mehr sehen. Er… er will seine Ruhe vor mir«, sagte sie schluchzend.

»Das hat er gesagt?« So unsensibel hätte Maria ihn nicht eingeschätzt.

»Nein, nicht so richtig. Mehr so, dass er sich noch nicht bereit fühlen würde für ein Mädchen wie mich.«

»Na, aber das klingt doch nett.« Aha, dachte Maria.

»Meine süße kleine Schwester«, sagte Anders und nahm Ida in den Arm. »Auch andere Mütter haben tolle Söhne.« Dann sah er zur Uhr, die an der hinteren Wand des Saales hing.

Vorne an der Bühne erscholl der Schlussapplaus. Die Jugendlichen klatschten und jubelten der Band frenetisch zu.

»Wir müssen los, Ida. Sonst kriegen wir zu Hause Ärger. Ich schlage vor, dass du mit Maria noch zur Toilette gehst. Macht euch ein bisschen zurecht, ich werde mich in der Zwischenzeit auf die Suche nach Magnus machen, den hab ich nämlich schon lange nicht mehr gesehen. Das letzte Mal hing er mit den Viklund-Jungs herum, und das ist nie ein gutes Zeichen.«

Bevor Maria ihn fragen konnte, wer die »Viklund-

Jungs« waren, war er bereits aufgestanden und irgendwo in der sich nun schnell leerenden Halle verschwunden. Das Saallicht wurde gerade angeschaltet, und Maria musste blinzeln. Sie ließ den Blick schweifen: Vereinzelt standen Grüppchen herum, aber Magnus war nicht dabei. Die Band packte ihre Instrumente, die Kabel und Geräte zusammen, die stickige, verbrauchte Luft hing schwer im Raum. In der hintersten Ecke neben der Bühne entdeckte Maria Bengt, wild knutschend mit dem ihr unbekannten Mädchen. Du meine Güte, dachte sie, ihr Bruder, mit einem Mädchen! Das war ein ungewohnter Anblick. Sie würde Ida nachher fragen müssen, wer das war.

In dem Moment hörte sie Ida seufzen. Die Cousine wischte sich über die Augen und stand auf.

Auch Maria erhob sich. »Geht es wieder?«, fragte sie. Als Ida nickte, fuhr sie fort: »Dann lass uns zur Toilette gehen und uns fertig machen, wir müssen in fünfzehn Minuten zu Hause sein.«

»Auweia, das schaffen wir nie …«

Als die beiden Mädchen sich die Schminke vom Gesicht gewaschen hatten und draußen vor der Tür standen, war es frisch geworden. Es war nicht dunkel, nur dämmerig – sie näherten sich schließlich Mittsommer. Maria zog ihre Strickjacke fest um sich. Bengt stand schon bei ihren Rädern, aber ohne das Mädchen. Er war sehr schweigsam. Maria traute sich nicht, ihren großen Bruder nach seinem Schwarm zu fragen.

Ganz anders Ida, die schon wieder erstaunlich fröhlich war. »He, Bengt, ich hab dich gesehen. Was hast du denn mit der Alicia zu tun?«, fragte sie keck.

Bengt brummte: »Na, wenn du's gesehen hast, dann weißt du's ja.«

Maria musste grinsen. Insgeheim beeindruckte es sie, dass ihr Bruder sich nicht so ohne Weiteres von Ida ausfragen ließ. Obwohl sie auch gern mehr gewusst hätte. Zumindest kannte sie jetzt den Namen von Bengts Freundin. *Bengts Freundin* … Wie das klang!

»Sie ist hübsch«, sagte Maria nur, woraufhin Bengt zu ihr hinüberschaute und sie ansah, als ob er sich über ihre Meinung freute.

»Und du?«, fragte Bengt, nun wieder an Ida gewandt, »was hast du mit diesem dunkelhaarigen Bengel zu schaffen?«

»Nichts mehr«, antwortete Ida selbstbewusst. »Ich dachte, ich würde ihn mögen, aber ich hab mich geirrt. Eigentlich gefiel mir Mikael ohnehin immer viel besser.«

Sie hörten ein Seufzen hinter sich und drehten sich alle gleichzeitig zur Tür um. Dort stand Anders mit dem offenbar ziemlich betrunkenen Magnus. Einen Arm hatte er sich über die Schulter gelegt und hielt die schlaffe Hand auf der rechten Seite fest, während er ihn auf der anderen Seite, so gut es ging, stützte.

»Freut mich ja, dass du dir meinen Rat zu Herzen genommen hast, Schwesterherz, aber lass es ein bisschen langsamer angehen, in Ordnung?«, sagte Anders. Ida nickte betreten. »Und wenn mir jetzt mal jemand mit dem nassen Sack hier helfen könnte …«

Bengt ließ sein Fahrrad fallen und lief zu Anders. Er schaute Magnus ins Gesicht und erfasste die Situation sofort. »Magnus, was soll der Mist? Kannst du dich nicht zusammenreißen? Wegen dir dürfen wir nie wieder irgendwohin.« Bengt war offensichtlich sinksauer. Magnus sah kaum auf, so weggetreten war er. »Bin gleich wieder da«, rief Bengt und lief zurück ins Dorfgemeinschaftshaus.

Maria ging an Magnus' linke Seite. Sie legte sich dessen zweiten Arm um die Schulter, wie Anders es getan hatte. »Komm, wir versuchen, ihn die Treppe hinunterzubekommen.« Gemeinsam schleppten sie den großen, kräftigen Jungen die drei Holzstufen vor dem Versammlungsheim hinunter und setzten ihn auf der untersten Stufe ab.

Anders seufzte und baute sich vor ihm auf. »Wie sollen wir den denn bloß nach Hause bekommen?«

Ida schimpfte: »Wenn wir wegen dem nicht zur Mittsommerfeier dürfen, dann … dann … werfe ich ihn morgen in den Misthaufen.«

In dem Moment kam Bengt zurück. Schneller, als sie alle schauen konnten, packte er Magnus' Schopf und drückte seinen Kopf mit dem Gesicht voran in einen Eimer voller Wasser, den er von drinnen mitgebracht hatte. Magnus fing plötzlich an zu zappeln und um sich zu schlagen, aber Bengt hielt ihn noch einen Moment länger fest. Schließlich zog er ihn schwungvoll an den Haaren wieder aus dem Eimer heraus. Wasser spritzte, als Magnus hustend und prustend an die Luft kam.

»Bist du verrückt geworden?«, brüllte er seinen Bruder an. »Ich hätte ertrinken können!« Er sprang auf und wollte sich auf seinen Bruder stürzen, war aber nicht schnell genug, stolperte und fiel bäuchlings auf den staubigen Weg.

»Nun krieg dich mal wieder ein und versuch, nicht noch mehr Schaden anzurichten«, sagte Bengt und reichte dem Jüngeren die Hand. »Lass uns zusehen, dass wir nach Hause kommen.«

Magnus stand auf, schlug die Hand seines Bruders aus und fuhr sich durchs wild abstehende, nasse Haar. Er griff nach dem am Boden liegenden Fahrrad und starrte schweigend in Richtung Straße. Niemand riss sich darum, bei Magnus mitzufahren, Maria beeilte sich, hinter Anders Platz zu nehmen, Ida schwang sich auf den Gepäckträger hinter Bengt. So schnell es ging, nahmen die drei Fahrt auf, nur Magnus hatte Probleme mitzuhalten. Maria genoss die Fahrt, sie schmiegte sich genüsslich an Anders. Er sah sich ein paarmal zu ihr um und lächelte sie an. Was für ein schöner Abend!

Sie kamen ein paar Minuten nach zehn auf dem Hof an, Leif und Greta saßen noch bei Kerzenschein in der Küche. Sie hatten den Abend in Ruhe wohl auch genossen.

»Na, da seid ihr ja wieder«, meinte Leif und blickte von einem zum nächsten. Sie waren von der rasanten Fahrt erhitzt, ihre Gesichter glühten, aber Leif schimpfte nicht. Nur als er Magnus sah – seine Haare waren noch feucht und er versuchte, sein schmutzverschmiertes Gesicht zu verstecken –, konnte der Onkel sich eine Bemerkung nicht verkneifen: »War wohl ein anstrengender Tanz, was?« Er grinste. »Na dann, mal schnell ab ins Bett mit euch.«

Geschwind verließen sie alle die Küche, froh darüber, sich keine Standpauke eingehandelt zu haben.

Der nächste Morgen war ein Sonntag – und Anders' Geburtstag. Ein frisch gebackener Himbeerkuchen stand auf dem Tisch und verströmte einen verführerischen Duft. Die Familie frühstückte gemeinsam – selbst der stets mürrische Siegfried war dabei – und ließ sich den köstlichen

Kuchen mit Vanillesoße schmecken. Von seinen Eltern bekam Anders ein quadratisches, in Blümchenpapier eingepacktes Geschenk.

Als er es ausgepackt hatte und einen ersten Blick darauf erhaschen konnte, entfuhr ihm ein Schrei. Eine Schallplatte! Alle Jugendlichen in der Küche stürzten um den Tisch herum zu ihm. Es war das neueste Album der Beatles: *Yellow Submarine*, das zu Beginn des Jahres erschienen war.

»Woher wusstet ihr, dass das mein größter Wunsch war?«, fragte Anders seine Eltern und umarmte Leif und Greta stürmisch.

Anschließend stürzte er ins Wohnzimmer und legte die Platte auf. Alle waren völlig aus dem Häuschen und tanzten und hüpften durch die gute Stube der Olssons, bis Greta dem Ganzen Einhalt gebot.

»Ihr könnt gern später weitermachen, aber jetzt lasst uns eben in Ruhe zu Ende frühstücken und danach die Tiere versorgen. Heute Nachmittag habt ihr dann frei und könnt machen, was ihr wollt.«

Anders gab seiner Mutter einen Kuss auf die Wange und stellte anschließend brav den Plattenspieler wieder aus. Auch Ida und Maria küssten Greta und liefen anschließend zu Leif, um ihn ebenfalls zu umarmen.

»Ihr seid die Besten!«, rief Ida enthusiastisch.

Den Nachmittag verbrachten sie erst wieder am See, später hörten sie die Beatles-Scheibe rauf und runter.

Nach dem Abendessen wurde es etwas ruhiger im Haus. Magnus und Bengt waren irgendwo draußen verschwunden, Leif und Siegfried waren im Stall, Greta räumte die Küche auf, Ida war auf ihrem Zimmer und heckte vermutlich mal wieder etwas aus. Die Gelegenheit war also das erste Mal an diesem Tag günstig, Anders zur Seite zu nehmen.

»Ich hab dir noch gar nicht mein Geschenk für dich gegeben«, raunte Maria ihm zu.

Anders sah sie überrascht an. »Du hast etwas für mich?«

»Natürlich«, antwortete sie und zog ihn nach draußen.

Sie liefen ein Stück vom Haus weg, zum Gemüsegarten. Hinter der Hecke des kleinen Gärtchens lag ein großer Findling, auf dem Anders häufig in der Sonne saß und schnitzte, wie Maria wusste. Diesen Platz steuerten sie nun an. Anders war sehr geschickt und konnte die tollsten Figuren fertigen. Einmal, als sie noch kleiner gewesen war, hatte er ein Pferdchen für sie angefertigt, im nächsten Jahr dann, weil sie so viel Freude daran gehabt hatte, eine dazu passende Reiterin.

Heute wollte Maria Anders eine Freude machen, und sie hoffte inständig, dass sie das Richtige gewählt hatte. Sie hatte sich zuvor viele Gedanken gemacht, ob es das passende Geschenk für einen Sechzehnjährigen war, und war zu dem Schluss gekommen, dass sich vermutlich nicht jeder Junge in diesem Alter darüber freuen würde, aber wenn es einer tat, dann Anders. Er war nachdenklich, ruhig, sensibel, tiefgründig und so viel reifer als die anderen Jungen, die Maria kannte.

Sie hatten den Findling erreicht und richteten sich, so bequem es ging, darauf ein. Trotz der fortgeschrittenen Stunde war er noch warm von der Sonne. Maria war aufgeregt, ihr Herz klopfte wie wild, und eine beinahe unerträgliche Spannung lag in der Luft. Sei nicht albern, schalt sie sich und griff in die Tasche ihres Rockes. Heraus zog sie ein kleines, in Butterbrotpapier gewickeltes Päckchen. Mit schwitzigen Händen überreichte sie es Anders. Ganz langsam wickelte er es aus, so als ob ihm das Auspacken beinahe so viel Glück bereitete wie das Geschenk selbst. Noch bevor die kleine silberne Taschenuhr sichtbar wurde, rutschte ihre ebenfalls silberne Kette heraus.

»Ja Wahnsinn, eine alte Taschenuhr!«, rief Anders begeistert aus, legte sie vorsichtig in seine Handfläche und wendete sie hin und her, bevor er gekonnt den Knopf betätigte, der den Deckel aufspringen ließ. »Unglaublich, dieses Ziffernblatt! Die ist schon richtig alt, nicht?«

Maria nickte erleichtert. Gott sei Dank, er mochte sie! »Sie ist von unserem Urgroßvater. Er hat sie zu seiner Konfirmation erhalten, das muss so Ende des 19. Jahrhunderts gewesen sein. Er hatte ja vier Töchter und hat sie seiner ältesten Tochter vermacht. Die wiederum hat sie ihrer ältesten Tochter weitergegeben – meiner Mutter –, die aber nichts damit anfangen konnte und sie mir schon vor ein paar Jahren geschenkt hat. War ihr zu altmodisch. Zu meiner Konfirmation habe ich dann auch eine Armbanduhr bekommen.« Sie reckte stolz den Arm mit der schmalen goldenen Uhr in die Höhe. »Ich habe lange darüber nachgedacht, ob ich dir die Taschenuhr geben soll, vor allem darüber, ob sie dir gefallen würde, aber dann habe ich beides für mich bejaht. Ich weiß ja, dass du Freude an alten und besonderen Dingen hast, und ich brauche sie nicht. Außerdem ist es ja auch dein Urgroßvater, dem sie gehörte … Ich glaube, bei dir ist sie in besten Händen«, schloss sie ihre kleine Ansprache.

»Du hast recht«, sagte Anders, sichtlich gerührt. »Ich werde auf sie achtgeben wie auf meinen Augapfel. Sie ist etwas ganz Besonderes, vielleicht sogar das schönste Geschenk, das ich je bekommen habe.« Er ließ die Uhr an ihrer Kette baumeln und schaute sie eine Weile gebannt an, bis er danach griff und sie mit einer Hand umschloss. Er schien einen Augenblick nachzudenken, bevor er die Uhr sorgsam in seiner Hosentasche verstaute. Maria war völlig überrascht, als er sie plötzlich in den Arm nahm und fest an sich drückte. Solche Gefühlsäußerungen waren bei ihr zu Hause äußerst selten, beschränkten sich auf Situationen, in denen jemand krank war oder sich verletzt hatte oder etwas ganz besonders Tolles vollbracht hatte, wie Klassenbester zu sein zum Beispiel.

Sie genoss Anders' Umarmung, schmiegte sich so nah wie möglich an ihn, sog seinen Duft in sich auf. Seine warmen, sanften Hände streichelten über ihren Rücken, sein Atem kitzelte ihren Hals und sorgte dafür, dass sie eine Gänsehaut bekam. Schließlich wanderten seine Hände nach oben, verharrten bei ihren Haaren, öffneten ihre Zöpfe, spielten eine Weile mit den sich lösenden Strähnen, bevor er begann, ihren Kopf zu streicheln. Sanft nahm er ihr Gesicht in beide Hände und sah sie ernst an. Maria wurde heiß und kalt, und sie bekam ein wenig Angst. Andererseits fühlte sie sich so sicher und geborgen wie noch nie zuvor in ihrem Leben.

Anders' Kuss traf sie dennoch völlig unvorbereitet, seine Lippen auf ihren ließ etwas in ihr explodieren. Wie von selbst öffnete sich ihr Mund und ließ seine forschende Zunge hinein. Sie wurde mutiger, ließ sich gehen, und ihre Zunge spielte mit seiner. Seine Hände griffen nun wieder in ihr Haar, ließen Strähnen nach vorne fallen, die er streichelte, sodass er den Ansatz ihrer festen, kleinen Brüste berührte. Das Kribbeln in Marias Körper weitete sich immer weiter aus, ließ ihren Kuss gieriger werden, ihre Hände begaben sich auf die Suche, fanden Anders' Wangen, seinen Hals, seine nackten Arme. Auch er hatte eine Gänsehaut. Maria war überrascht und zugleich beruhigt. Es ging ihm wie ihr! Sie sah wieder Anders an, der sie fasziniert betrachtete.

»Du bist so schön, mein kleiner Stern«, sagte er leise, nur um sie gleich darauf wieder zu küssen. Sie machten genau da weiter, wo sie eben unterbrochen hatten. Auf einmal knackte es hinter ihnen. Beinahe panisch ließen sie voneinander ab und sahen sich um. Aber es war nichts und niemand in der Nähe auszumachen. »Wahrscheinlich nur ein Vogel oder ein verirrtes Reh«, sagte Anders, aber seine Stimme verriet Unsicherheit. »Vielleicht gehen wir doch lieber wieder rein. Es ist spät geworden, man wird uns vermissen.« Er stand auf, strich seine Kleidung glatt und half danach Maria auf, die sich ebenfalls fahrig über den Rock fasste. Dann legte er einen Arm um sie, und langsam machten sie sich auf den Weg zurück zum Wohnhaus. Kurz bevor sie wieder in den Schein der Gebäude zurückkamen, hielt Anders noch einmal an und drehte Maria erneut zu sich. »*Min lilla stjärnan*, ich möchte, dass du etwas weißt.« Er zögerte, musste sich offenbar sammeln, sich seine Worte zurechtlegen. »Mir ist klar, dass wir beide erst sechzehn sind – also ich schon und du fast – und dass das sehr jung ist. Dennoch bist du, Maria, für mich der wichtigste und wunderbarste Mensch in meinem Leben.«

Während Anders Maria die ganze Zeit tief in die Augen geschaut hatte, wandte er nun den Blick beinahe beschämt ab. Er wollte weitergehen, doch Maria hielt ihn fest und zog ihn zu sich zurück.

»Danke«, flüsterte sie. »Danke, dass du das gesagt hast. Das war unheimlich mutig von dir, und ich weiß nicht, ob ich jemals den Schneid gehabt hätte, dir so etwas zu sagen. Aber nun habe ich keine Angst mehr. Ich weiß zwar nicht, was Liebe ist, ich glaube jedoch, dass es das ist, was ich für dich empfinde, Anders Olsson. Ich würde mit dir überallhin gehen.«

Einen Moment lang schwiegen sie, sahen sich nur an, in stillem Einverständnis. Es schien, als wäre in diesem Augenblick alles eindeutig, klar und einfach.

Händchen haltend gingen sie über den verlassenen Hof zum Wohnhaus. Erst vor der Tür lösten sie sich voneinander und traten leise nacheinander ein.

***

Die Tatsache, dass sie zusammen waren, blieb Marias und Anders' Geheimnis. Sie waren sich ziemlich sicher, dass dies bei den jeweiligen Eltern nicht besonders gut ankommen würde, schon gar nicht bei Marias. Diese beklagten sich manchmal darüber, dass ihre vier Kinder so viel Arbeit machten und zu viel kosteten, dass sie ihnen die Zeit raubten und insbesondere die großen Jungen viel zu ungestüm und, im Fall von Magnus, auch zu faul wären. Wenn Maria bei den Olssons war, bei denen man so herzlich miteinander umging und meistens fröhlich war – trotz der vielen und harten Arbeit –, wurde ihr immer wieder klar, dass vor allem ihr Vater sehr kalt und herrisch war.

Er sei ein Mann des alten Schlags, hatte sie im vergangenen Jahr irgendwann einmal aus einem Gespräch zwischen Leif und Greta aufgeschnappt. Das war am Tag von *mormors* Beerdigung gewesen. Magnus hatte – wieder einmal – eine Tracht Prügel einstecken müssen, als er, nach Ansicht seines Vaters, nicht schnell genug auf dessen Anweisungen reagiert, sondern sogar noch widersprochen hatte. Und das vor der ganzen Familie. Das hatte ihr Vater nicht auf sich sitzen lassen können, und er war wie stets nicht in der Lage gewesen, mit Worten zu reagieren, wenn ihm die Hutschnur platzte.

Maria wusste zwar nicht genau, was mit einem Mann alten Schlags gemeint war, wohl aber erkannte sie mehr und mehr, dass es im Hause Enqvist in Karlskrona anders zuging als im Hause Olsson in Ellanda. Hier wurden die Kinder gehört, durften ihre Meinung sagen, wurden fast so behandelt wie die Erwachsenen. Man respektierte sich und ging freundlich und liebevoll miteinander um. Es wurde viel gesungen, gelacht und sich umarmt. Wie schon oft dachte Maria, dass nur Siegfried nicht auf den Hof passte, mit seiner mürrischen, wortkargen Art ähnelte er eher ihrem Vater.

Kaum hatte Maria den Gedanken zu Ende gedacht, schalt sie sich dafür. Sie liebte ihren Vater doch. Nein, mürrisch war er eigentlich nicht, er fuhr nur schnell aus der Haut, wollte es vor allem seinen Chefs auf der Werft recht machen. Er steckte seine ganze Energie in die Arbeit. Zu Hause erlebten die Geschwister ihn meistens müde und ausgelaugt, wenn er abends aufs Sofa fiel, durfte er nicht gestört werden.

Ihre Mutter konnte das nicht auffangen. Sie hatte ein Leben in der Stadt dem auf dem Land vorgezogen und sich einen Lebensstil geschaffen, den es unbedingt zu halten galt. Sie trug modische Kleider, ging regelmäßig zum Friseur und fuhr Auto. Doch ihr Mann war ein einfacher Arbeiter und verdiente nicht sonderlich viel, und um sich all das leisten zu können, schuftete sie nun ebenso viel im Büro wie er bei den Schiffen. Ihre Freundinnen bewunderten sie. Sie war kein schlechter Mensch, aber sie steckte in ihrem eigenen, persönlichen Teufelskreis fest. Und das hatte auch sie im Laufe der Zeit hart werden lassen.

Idas hektisches Rufen riss Maria aus ihren Gedanken. »Wo ist denn mein weißes Sommerkleid? Mama, wo hast du das Kleid hingehängt?«

»Hier unten ist es«, rief Greta nach oben, »bei den anderen Sommersachen! Ich hab sie alle noch mal gewaschen.«

Im Wohnzimmer türmten sich weiße und bunte Kleider, helle Stoffhosen, Hemden. Ein hellgrauer Anzug hing an einer Schranktür und ein rot-blaues Trachtenkleid über der Stuhllehne. Es war *midsommarafton* – die Tage nach Anders' Geburtstag waren wie im Flug vergangen. Der Tanz um die Mittsommerstange samt der ganzen Feierlichkeiten stand an, und natürlich war Ida mal wieder die Aufgeregteste im ganzen Haus.

»Wir müssen noch unsere sieben Sorten Blumen pflücken! Wo ist Mariechen?«, rief Ida wieder.

»Sie ist hier bei mir im Wohnzimmer«, erwiderte Greta, nun leicht ungeduldig. »Wenn du einfach mal runterkommen würdest, bräuchten wir nicht so durchs Haus zu brüllen.«

Von oben hörten sie ein Seufzen, dann ein Poltern, schließlich hastige Schritte auf der Holztreppe.

»Wie siehst du denn aus?«, fragte Greta entsetzt, als sie ihre Tochter sah. Diese trug wieder einen schwarzen Lidstrich – beinahe dezent im Vergleich zum letzten Mal –, hatte ihre Wimpern mit schwarzer Mascara getuscht und knallroten Lippenstift aufgelegt. »Was hast du mit deinem Gesicht gemacht?«

»Ich hab mich geschminkt«, antwortete Ida trotzig. »Das macht man heute so.«

»Das weiß ich«, gab Greta zurück, »aber doch nicht so. Das sieht ja furchtbar aus. So gehst du mir nicht aus dem Haus! Du siehst aus wie eine …«

»Na, schönen Dank auch«, fauchte Ida und lief schluchzend wieder die Treppe hinauf.

»Auweia«, murmelte Greta. »Da bin ich wohl etwas übers Ziel hinausgeschossen.«

»Ida allerdings ebenso«, versuchte Maria ihre Tante zu trösten. »Soll ich mal zu ihr gehen?«

Greta nickte. »Lass uns beide gehen. Von mir aus darf sie sich ja ein bisschen schminken, aber man muss es doch nicht gleich übertreiben. Dezent, nicht so, als ob sie in eine dieser neumodischen Diskotheken in Stockholm gehen wollen würde. Es ist ein Mittsommerfest, meine Güte, Blumen und Natürlichkeit sind da passend. Außerdem ist sie erst vierzehn! Oder bin ich zu altmodisch?«

»Nein, finde ich nicht«, sagte Maria. »Ich glaube, ich mag es auch lieber natürlich, selbst wenn gerade ganz was anderes modern wird.« Sie lächelte. »Wenn, dann sind wir wohl beide altmodisch.« Sie hakte sich bei ihrer Tante unter, und gemeinsam gingen sie die Treppe hoch.

»Komm, wir schauen mal, ob wir uns nicht alle zusammen ein bisschen hübsch machen können«, meinte Greta.

Zwei Stunden später standen alle geschniegelt und gebügelt im Hausflur. Leif hatte seinen grauen Anzug angezogen, der höchst selten mal den Kleiderschrank verließ. Dann und wann an Sonntagen trug er ihn, wenn es zur Kirche ging, aber meistens behielt er auch zum Gottesdienst seine normale Freizeitkleidung an. Greta hatte sich für ihre småländische Tracht entschieden: ein rotes Leibchen mit runden silbernen Knöpfen über einer weißen Bluse zu einem langen dunkelblauen Rock, dessen Saum mit einer roten Kante abschloss, sowie eine ebenfalls dunkelblaue Schürze mit bunten Stickereien am Saum. Bengt, Magnus und Anders hatten beigefarbene Sommerhosen angezogen, dazu gestärkte weiße Hemden. Alles Kleidungsstücke, die an diesem schönen Festtag in Ellanda zum ersten Mal den Koffer verließen und eigens für diesen Anlass mitgebracht worden waren. Selbst Per-Olov trug seine gute Sonntagshose mit einem Hemd und darüber eine dunkelblaue Strickjacke. Er wurde mehrfach angehalten, ja nicht auf die Idee zu kommen, sich ins Gras zu setzen oder womöglich Fußball zu spielen. Auch Siegfried hatte sich in seinen knittrigen alten Ausgehanzug gezwängt, stand aber nun schon wieder rauchend draußen auf dem Hof. Er hatte für den Nachmittag freibekommen, würde aber am Abend wieder zurückkehren, um das Kühemelken und Füttern zu übernehmen. Ida und Maria sahen bezaubernd aus in ihren hellen Sommerkleidern, das Haar kunstvoll um den Kopf geflochten. Greta und Maria hatten Ida überreden können, beim Mittsommerfest eher auf Natürlichkeit zu setzen, und sich auf einen ganz feinen Lidstrich und nur einen Tupfer roter Farbe auf den Lippen geeinigt. Aufgeregt schnatterten die Mädchen vor sich hin, bis es Leif zu viel wurde.

»Nun geht schon los«, sagte er. »Wir treffen uns später auf dem Dorfplatz.«

Ida fiel ihrem Vater um den Hals: »Danke, Papa, du bist der Beste!«

Die Mädchen wollten nämlich unbedingt noch über

die Wiesen gehen und sich sieben verschiedene Sommerblumen pflücken, um sie zu einem Kranz zu binden, der vor dem Schlafengehen unter das Kopfkissen gelegt wurde. Ida redete den ganzen Tag von nichts anderem, als dass sie in der kommenden Nacht von ihrem zukünftigen Ehemann träumen würde.

Maria sah verstohlen zu Anders hinüber. Sie würden sich nachher wiedersehen, zur großen Feier auf dem Dorfplatz zwischen Kirche und *församlingshem* in Gemla. Ellanda war zu klein, man hatte sich unter den drei Familien des Ortes wie in jedem Jahr geeinigt, an den Feierlichkeiten in Gemla teilzunehmen. Alle würden dort sein – neben den Olssons also auch die Pährssons und die Erikssons aus Ellanda, die Familien der anderen kleinen Weiler in der Nähe wie Törnåkra, Usteryd und Gransholm, natürlich die Bewohner von Gemla selbst, alle Klassenkameraden von Anders und Ida, vermutlich Bengts Alicia und auch die Küchenhilfe Agatha. Mia und Lasse hatten frei und feierten in ihrem neuen Zuhause in Öjaby.

Wie sie von Lasse erfahren hatten, ging es Mia nicht besonders gut, ihr war häufig übel, sie litt unter Kopfschmerzen, womöglich konnte sie gar nicht mit dabei sein. Lasse machte sich Sorgen um seine Verlobte, obwohl Mia seiner Aussage nach alle Wehwehchen zu ignorieren versuchte. Sie wollte der Familie ein schönes Heim schaffen und räumte, sooft es ihre Arbeit in der Marmeladenfabrik zuließ, in der Wohnung über dem Krämerladen von Lasses Eltern um, tapezierte, suchte nach Möbeln für das Kinderzimmer, schob Kartons und Einrichtungsgegenstände hin und her. Lasse hoffte, dass sie, wenn die Hochzeit überstanden war, ein wenig ruhiger würde.

Ida zog Maria hinter sich her aus dem Haus. Sie hatte

es eilig, ihre Blumen zu pflücken und zum Fest zu kommen. Mikael würde dort sein und Markus – und, ja, vermutlich auch Gabriel.

»Wäre Gabriel nicht was für *dich?*«, fragte Ida ihre Cousine.

Maria sah die Jüngere verblüfft an. »Wie, nach den schlechten Erfahrungen, die du mit ihm gemacht hast?«

Ida zuckte mit den Schultern. »Er ist doch süß. Und dass er mit mir nichts anfangen konnte, kann man ihm nicht vorwerfen. Ich sehe es inzwischen genauso wie er. Wir haben einfach nicht zusammengepasst. Er ist mir eh viel zu ruhig, zu dir würde er besser passen.« Ida schaute ihre Cousine an, ihr Blick war ehrlich. »Nein, wirklich, ihr wäret ein schönes Paar.« Sie strich Maria eine Haarsträhne aus dem Gesicht. »Und wenn du ihn heiratest, würdest du in die Nähe ziehen, und wir könnten uns viel öfter sehen.«

»Warten wir's ab«, murmelte Maria und überlegte kurz, ob sie Ida von sich und Anders erzählen sollte. Bevor sie eine Entscheidung getroffen hatte, sprach ihre Cousine jedoch bereits weiter.

»Ich werde mich auf Mikael konzentrieren, der ist viel lustiger.« Sie dachte einen Moment nach. »Oder auf seinen Bruder Markus, der ist ja schon ein bisschen älter und reifer. Und erfahrener«, setzte sie mit einem neckischen Gesichtsausdruck hinzu.

Maria beschloss, den Zusatz geflissentlich zu überhören. »Und von wem willst du dann heute Nacht träumen?«

»Weiß nicht, der Traum wird mir schon den richtigen Mann zeigen.«

Die Mädchen waren vom Hof über die kleine Straße

gegangen und standen nun vor dem Holzzaun der Wiese, auf der sie ihre ersten Blumen pflücken wollten. Danach würden sie sechs weitere Felder besuchen, um dort ihrer Sammlung jeweils eine andere Sorte Blumen hinzuzufügen. So würden sie sich langsam in Richtung Gemla vorarbeiten. In dem Waldstück wollten sie noch ein paar Birkenzweige abbrechen und anschließend mit dem Binden ihres Kranzes beginnen. Idealerweise würden sie ihn fertig haben, wenn sie in Gemla auf dem Dorfplatz ankamen.

»Du darfst jetzt gleich nichts mehr sagen«, erinnerte Maria ihre Cousine, »du weißt ja, im Traum erscheint einem der Mann fürs Leben nur, wenn man beim Pflücken der sieben unterschiedlichen Blumen von sieben verschiedenen Wiesen geschwiegen hat.«

»Ist klar.« Ida zuckte wieder mit den Schultern und begann damit, über den Zaun zu klettern, möglichst ohne mit ihrem weißen Kleid irgendwo hängen zu bleiben. »Vielleicht brauche ich den Traum ja auch gar nicht mehr.« Maria, die bereits auf der anderen Seite des Zaunes stand und auf ihre Cousine wartete, sah Ida fragend an. »Na ja, heute Abend könnte doch schon etwas in der Richtung passieren. Ich bin jedenfalls für alles bereit.« Wieder zeigte sie ihren vielsagenden Blick und schwang sich dann vom Zaun ins Gras hinunter.

Schweigend hatten sie sich an die Arbeit gemacht, die Blumen gesammelt und schließlich mit Gräsern und Birkenzweigen zu Kränzen gebunden. Margeriten, Kornblumen, Klatschmohn, Vergissmeinnicht, Glockenblumen, Johanniskraut und Schafgarbe leuchteten nun in Rot, Weiß, Gelb und Blau von ihren Häuptern um die Wette.

Auf dem Dorfplatz in Gemla steppte schon der Bär.

Die *majstång* war bereits aufgestellt, Kinder liefen aufgeregt hin und her, die Erwachsenen standen in Grüppchen, unterhielten sich und lachten, viele hielten ein Getränk in der Hand. Die Musiker machten sich bereit.

»Keine Beatles heute«, sagte Ida mit Blick auf Akkordeon, Fidel und Tuba, und Maria war sich nicht sicher, ob sie spöttelte oder auch ein bisschen glücklich war. So wie früher, als sie sich den ganzen Tag auf das Lied mit den kleinen Fröschen, *Små grodorna*, gefreut und gesungen hatten und herumgehüpft waren, ohne sich Gedanken darüber zu machen, wie sie dabei aussahen und ob die Frisur noch saß.

Ida entdeckte Markus und Mikael und war von jetzt auf gleich verschwunden. Maria stand allein da und sah sich um. Wo waren die Olssons und ihre Brüder? Sie entdeckte Magnus und Bengt in einer Gruppe junger Erwachsener, die etwas abseits standen. Fast jeder hatte ein Bier in der Hand, Bengt hielt ein Mädchen fest an sich gedrückt – Alicia. Ob es etwas Ernstes war oder nur eine Sommerliebe? Nun ja, spätestens, wenn sie wieder zu Hause waren, würde sie es merken – je nachdem, ob ihr ältester Bruder noch von ihr sprach und ihr womöglich schrieb oder eben nicht mehr.

In dem Moment tippte ihr jemand auf die Schulter. Sie drehte sich um. Es war Gabriel.

»Hallo! Maria, stimmt's?« Maria nickte. Sie hatte gehofft, Anders hätte sie gefunden. »Wir kennen uns vom Tanz im *församlingshem*. Ich bin Gabriel«, sagte er fast etwas verlegen.

»Natürlich, entschuldige, das … das weiß ich doch«, stammelte Maria. Es war ihr unangenehm, dass sie womöglich abweisend gewirkt haben könnte.

»Du hast mich gerettet, da, an dem Tag …«

»Hab ich?

»Du weißt schon, mit dem Lippenstift. Anders hat es mir erzählt.«

»Ah ja, richtig.« Aus irgendeinem Grund fühlte Maria sich nicht wohl in ihrer Haut. Wo steckten bloß die restlichen Olssons? Vielleicht beim Büfett? Jeder hatte etwas dazu beigesteuert, Greta und Leif hatten Erdbeerkuchen und Kartoffelsalat mitgebracht. »Hast du Anders gesehen? Ich bin später gekommen, und jetzt finde ich niemanden von meiner Familie.«

»Wir können sie ja zusammen suchen gehen«, schlug Gabriel vor.

Maria willigte ein, und gerade als sie losgehen wollten, begannen die Musiker zu spielen. *Små grodorna*, natürlich.

»Oh, komm, Maria, dazu müssen wir tanzen!«, rief Gabriel und nahm sie an die Hand. »Bestimmt sehen wir die anderen dabei.«

Maria wollte eigentlich nicht, aber Gabriel hatte sicher recht. Erstens konnte man bei dem wohl wichtigsten Mittsommerlied nicht einfach *nicht* tanzen, außerdem wäre es unhöflich abzulehnen, und zweitens würde sie die anderen bestimmt dabei entdecken und könnte dann immer noch ganz schnell die Flucht ergreifen.

Also reihten sie sich in den Kreis der Tanzenden um die Maistange ein und sangen von kleinen Fröschen, die keine Ohren und keine Schwänze hatten, hüpften dabei verrückt hintereinander her und machten »Quak, quak, quak«. Maria konnte nicht anders, als zu lachen und Spaß zu haben. Doch dann erblickte sie am Rand des Platzes, unter einer Linde stehend, Anders, der mit verschränkten Armen auf das Gewimmel starrte. Maria winkte ihm zu, als sie an ihm vorbeihüpften, aber er schaute nur ins Leere. Sah er sie nicht, oder wollte er sie nicht sehen? Schließlich wandte er sich um und ging an der Linde vorbei in Richtung Kirche. Hoffentlich ist er nicht ärgerlich, weil ich mit Gabriel tanze, dachte Maria. Sie wollte zu ihrem Cousin, doch Gabriel hielt sie fest und zog sie mit den Tanzenden weiter.

»He, nicht stehen bleiben«, rief er hinter ihr.

Maria bewegte sich wie ferngesteuert weiter, aber ihre Gedanken waren nun nicht mehr bei der Sache. Dann war das Lied endlich vorbei, die meisten Leute blieben einfach auf dem Platz, auf dem sie angekommen waren, stehen und warteten auf das nächste Stück, manche stoben zu dem Stand mit Getränken, und Maria nutzte die Gelegenheit, um von Gabriel wegzukommen.

»Tut mir leid, ich habe Ida gesehen. Sie wollte irgendwas von mir, hat mir zugewinkt«, flunkerte sie und lief los, bevor Gabriel noch etwas sagen konnte.

Er tat ihr leid, nun ließ sie ihn genauso abblitzen wie er zuvor ihre Cousine, aber noch mehr beunruhigte sie, was mit Anders los war. Sie eilte in die Richtung, in der sie ihn hatte davongehen sehen, öffnete das Tor in der weißen Mauer, die den Friedhof umgab, und sah sich suchend um. Niemand zu sehen. War er in die Kirche gegangen? War sie denn heute überhaupt geöffnet? Und warum sollte er hineingehen? Was war bloß los? Hinter ihr spielte die Kapelle den nächsten Mittsommerklassiker an, *Flickorna de små*, und die Menge jubelte. Sie sah sich kurz um, konnte durch die Gitterstäbe des Tores die *majstång* und die Tanzenden erkennen. Sie ging weiter den Weg zum Eingang der Kirche hinauf. Da entdeckte sie Anders auf der Bank an der seitlichen Wand des Eingangsvorbaus. Er hatte den Kopf in die Hände gestützt und sein Gesicht in ihnen verborgen. Als er den Kies unter Marias Füßen knirschen hörte, sah er auf.

»Ach, da bist du ja«, sagte er.

»Ja. Was machst du hier?«

»Was wollte Gabriel denn von dir?«

»Er hat sich bei mir dafür bedankt, dass ich ihn an jenem Abend gerettet habe. Du hast ihm davon erzählt, nicht?«

Anders nickte. »Und zum Dank hast du dann mit ihm getanzt?«

»Nein, ich konnte doch nicht … Die … die Musik ging los, und er hat mich gefragt … Du warst nirgends zu sehen …«, stammelte Maria.

»Ach, komm schon her.« Anders' Gesicht hellte sich auf, und ein Lächeln breitete sich auf seinen Wangen aus. Er legte den Arm um Maria und zog sie an sich. »Um dich mache ich mir ja gar nicht wirklich Sorgen.« Er gab ihr einen leichten Kuss auf die Wange.

Maria war erleichtert, doch dann fiel ihr der Tonfall in Anders' Stimme auf. »Um mich nicht? Um wen denn dann?«

»Um meine Schwester. Ida ist zu wild. Ich hab Angst, dass sie Dummheiten macht. Sie stand erst bei Mikael rum und ist eben mit Markus und zwei älteren Jungs weggegangen. Den Viklund-Brüdern. Kein guter Umgang, hab ich dir ja schon beim Tanz gesagt. Und ich weiß nicht, was ich machen soll. Sie ist einfach verschwunden, ich kann sie nirgends finden. Du weißt, wie Magnus drauf war, nachdem er mit den Viklund-Brüdern zusammen war.«

Nun war Maria wieder einigermaßen beruhigt. »Anders, es ist toll, wie du dich um deine Schwester sorgst, aber ich glaube, sie kann ganz gut allein auf sich aufpassen.« Anders sah sie zweifelnd an. »Ja, sie ist ziemlich draufgängerisch, aber letztendlich wird sie tun, was sie tun will, ob wir nun die ganze Zeit auf sie aufpassen oder nicht. Und heute ist Mittsommer, da trinken alle ein bisschen zu viel und sind etwas aufgedrehter als sonst. Lass uns zurück zum Festplatz gehen und dort ein offenes Auge haben. Hier …«, Maria schaute sich auf dem Friedhof um, »wird sie vermutlich nicht auftauchen.«

Anders folgte Marias Blick und musste lachen. »Da hast du wohl recht. Also komm, lass uns zurückgehen und auch ein bisschen Spaß haben«, sagte er und zog sie mit sich von der Bank. Er legte den Arm um ihre Taille, und gemeinsam gingen sie zurück zu den anderen Feiernden.

Sie lachten, sie tanzten, sie sangen den ganzen Nachmittag. Dies ist der schönste Tag meines ganzen Lebens, dachte Maria. Wenn bloß jeder Tag wie dieser sein könnte! Irgendwann würde sie leider wieder nach Hause müssen – weg von Anders, weg von Ellanda. Was wäre dann? Aber darüber wollte sie in diesem Augenblick nicht nachdenken. Jetzt würde sie das Leben genießen, als ob es kein Morgen gäbe.

Sie schlenderten gemeinsam zum Büfett. Es gab unter anderem frische Erdbeeren mit Sahne, Lachs, in Senf eingelegten Hering und Fisch in Zitronensoße, dazu geröstete Pellkartoffeln. Maria lief das Wasser im Mund zusammen, sie entschied sich für einen Kuchen mit viel Sahne. Anders gab sich einen großen Löffel vom Kartoffelsalat auf, den er besonders mochte – ein Rezept von *mormor* –, ein Stück Västerbottenpaj, der sicherlich von den Gustafssons beigesteuert worden war, die Verwandte oben in Umeå hatten und der Meinung waren, sie würden somit als Einzige hier in Småland richtige Käse-Tarte backen können, dazu Lachs und mehrere unterschiedlich eingelegte Heringe. Auf den kleinen Platz, der noch auf dem Teller blieb, schob er schließlich ein Stück Erdbeertorte. Maria rümpfte die Nase, als sie sah, wie sich die Heringssoße mit der Erdbeertorte vermischte, aber Anders schien das nichts auszumachen. Gierig schlang er das Essen in sich hinein, als sie zwei Plätze nebeneinander auf einer etwas abseits stehenden Bank gefunden hatten. Schweigend aßen sie und beobachteten das Treiben. Da gesellten sich überraschend Greta und Leif zu ihnen. Greta hielt einen leeren Teller in der Hand, den sie auf dem Boden abstellte, als sie und Leif sich links und rechts von Maria und Anders niederließen.

»Na, ihr beiden, ihr habt wohl auch Spaß«, sagte sie.

Maria und Anders sahen sich verstohlen an. Hatten seine Eltern sie beobachtet? Wussten sie etwas? Anders nickte nur und aß einfach weiter.

»Ihr versteht euch ganz gut, nicht?«, fragte nun Leif.

Maria wurde mulmig zumute, und sie legte ihre Gabel auf dem halb vollen Teller ab. »Ja«, erwiderte sie zaghaft. Sie kam sich im wahrsten Sinne des Wortes in die Zange genommen vor.

Anders hingegen nickte wieder nur und aß stoisch weiter.

Maria sah Greta stumm an, dann sah sie Hilfe suchend zu Anders hinüber, der aber den Blick weiter gesenkt hielt.

»Jetzt seid doch nicht so verschreckt«, sagte Leif schließlich nach einer spannungsgeladenen Pause, die für Maria kaum auszuhalten war. »Tut nur nichts Unüberlegtes.« Kurz tätschelte er Anders' Knie. Er war nicht der

Mann für schwierige Gespräche. »Ich geh schon mal vor zum Getränkestand«, sagte er, stand auf und ging schulterzuckend davon.

Maria beobachtete, wie er sich einen Schnaps einschenken ließ und ihn in einem Zug hinunterstürzte.

Greta sah ihrem Mann hinterher, sie wirkte ärgerlich darüber, dass er einfach abgezogen war. Nun suchte sie Anders' und Marias Blick und wurde ernst. »Ihr zwei … Ihr seid euch so ähnlich.« Sie seufzte. Offenbar fiel es ihr nicht leicht weiterzusprechen. »Aber ich glaube, Maria, dass deine Eltern es nicht gutheißen würden, wenn sie wüssten, dass du und Anders … dass ihr ein Paar seid. Ihr seid Cousin und Cousine, das ist nicht so gut … Nun, vielleicht ist es ja auch nur eine Sommerliebe.«

Greta weiß es, es hat keinen Sinn, irgendetwas abzustreiten, dachte Maria. Sie wollte es auch gar nicht. »Nein, Tante, das ist nicht nur eine Sommerliebe.« Maria hatte Tränen in den Augen. Der Teller in ihrer Hand zitterte.

»Meine Kleine, ich mag dich wirklich sehr«, sagte Greta liebevoll und wollte Maria eine Hand auf den Arm legen. Die aber schreckte zurück. »Nur … wie soll das gehen, habt ihr euch darüber schon mal Gedanken gemacht? Und ihr seid noch so jung. Ich denke, es ist besser, wenn du, Maria, bald wieder nach Hause fährst.«

»Was?« Anders sprang entsetzt auf, sein Teller fiel auf den Boden. »Das könnt ihr nicht machen!«, rief er. Maria sah ungläubig auf. Ihr sonst so stiller Anders wurde laut. »Ihr werdet uns nicht trennen«, wütete er, griff nach Marias Hand und zog sie hoch. Auch ihr Teller fiel zu Boden. Wie im Nebel sah sie Erdbeeren über den Sand rollen. Ein paar Leute drehten sich zu ihnen um. Leif stand noch immer bei den Getränken, mit dem Rücken zu ihnen. Er bewegte sich nicht. »Du sagst doch selbst, dass wir gut zueinander passen. Vielleicht gehören wir einfach zusammen? Das kann sein, obwohl wir erst sechzehn sind.« Seine Stimme klang jetzt verzweifelt. Hilflos stand er vor seiner Mutter, Maria dicht neben sich.

Greta schien ebenso hilflos. »Wir wollen euch wirklich nichts Böses …« Sie drehte sich zu ihrem Mann um und rief: »Leif, kommt doch mal her!« Und murmelte: »Immer müssen die Männer verschwinden, wenn es schwierig wird.«

»Was ist denn?«, fragte Leif scheinbar ahnungslos, als er sie erreichte.

»Leif, meine Güte, was soll die Frage? Anders und Maria sind erwartungsgemäß nicht glücklich über das, was ich ihnen gesagt habe.«

Leif schwieg betreten, schob mit dem Fuß eine Erdbeere im Sand hin und her. »Jaaa«, sagte er dann langgezogen. »Das wird sich doch sicher alles finden.«

Greta schnaubte. »Du machst es dir wieder so leicht. Was sollen wir denn Ulrika und Bertil sagen? Wie soll es mit den beiden weitergehen? Wir können nicht mehr die Verantwortung übernehmen. Ich fürchte, Maria muss nach Hause fahren«, schloss sie.

»Nein, das wird sie nicht!«, schoss Anders zurück.

»Nun bleibt mal alle ruhig.« Leif machte eine beschwichtigende Geste. »Vielleicht sollten wir ein Stückchen zusammen spazieren gehen. Die Leute schauen ja schon …«

»Nein, wir wollen jetzt nicht spazieren gehen!« Anders kam wieder in Fahrt. »Und Maria wird nirgendwo hingehen. Jedenfalls jetzt noch nicht. Im August, wenn die Schule wieder anfängt …« Er ließ den Satz in der Luft hängen und sah scheu zu Maria hinüber, die seine Hand fest drückte.

»Dann werden wir weitersehen«, beendete sie den Satz.

»Ich weiß nicht …« Leif kratzte sich am Kopf und sah seine Frau scheu an. »Können wir die Kinder nicht einfach eine gute Zeit haben lassen? Vielleicht müssen wir Ulrika und Bertil ja erst mal gar nichts sagen. Maria und Anders sind halt gute Freunde. Und wenn die Ferien zu Ende sind …«

Leif ließ unausgesprochen, dass er sich erhoffte, dass im August, wenn die beiden wieder getrennt würden, der ganze Spuk vorbei wäre. Maria und Anders warfen sich einen Blick zu. Sie wussten es besser, waren aber klug genug, jetzt nicht zu widersprechen.

Greta sah ihren Mann grimmig an. »Na bravo, Leif, jetzt lässt du mich als die Böse dastehen. Das hatten wir doch ganz anders besprochen!« Sie sah das junge Paar vor sich an und seufzte. »Ich wünsche euch wirklich nur das Beste … und ich hoffe, das wisst ihr.« Maria nickte, nach einer kurzen Weile tat Anders es ihr nach. »Ich weiß nur nicht … Dein Vater ist sehr streng, Maria, er würde es nicht erlauben, dass du dich mit Jungs triffst, egal, mit wem. Wir machen uns hier also zu Mitwissern. Ich habe dabei kein gutes Gefühl.« Greta seufzte erneut, zuckte jedoch mit den Schultern. »Aber gut, wenn du meinst, wir können das so machen, Leif, dann bin ich mit dabei. Auf deine Verantwortung.« Mit dem Zeigefinger drohte sie ihrem Mann spielerisch, der daraufhin lächelte und Greta in den Arm nahm.

»Tut mir leid, dass ich dir in den Rücken gefallen bin«,

sagte er, zog seine Frau hoch und wirbelte sie herum. »Du bist und bleibst einfach die Beste!«

Anders und Maria sahen sich lächelnd und erleichtert an. Felsbrocken fielen von ihren Herzen. Anders legte den Arm um Maria.

»Komm, lass uns wieder tanzen gehen«, raunte er ihr zu.

Als sie glücklich und erschöpft vom Tanzen waren, beschlossen sie, hinunter zum Fluss zu gehen. Eine Weile standen sie auf der Brücke der Straße, die nach Ellanda führte. Der Mörrumsån, der sich vom Helgasjön im Nordosten von Växjö durch die småländische Landschaft schlängelte, dabei mehrere größere und kleinere Seen, auch den Furen-See bei Ellanda, durchquerte, plätscherte gemächlich unter ihnen. Sie schauten auf das dunkle Wasser des Flusses.

»Wenn wir jetzt ein Boot hätten, könnten wir uns bis zu unserem Lieblingsplatz am See treiben lassen«, scherzte Maria.

»Wir könnten sogar bis zur Ostsee paddeln«, erklärte Anders. »Wenn der Mörrumsån, der hier oben übrigens Helige å heißt, bei Ellanda *unseren* See passiert hat, fließt er weiter durch den Salen bis hinunter in den großen Åsnen mit seinen kleinen Inseln und Halbinseln. Viele Menschen machen hier Urlaub und paddeln in der Seenlandschaft herum. Man kann auch gut Lachse angeln. Vom Åsnen geht es dann ein ganzes Stück in Richtung Süden weiter, bis der Mörrumsån schließlich bei Mörrum, in der Nähe von Karlshamn, in die Ostsee fließt.«

»Und von Karlshamn ist es nicht mehr weit bis nach Karlskrona.«

»Na ja, ein paar Kilometer an der Ostsee entlang sind es schon noch …« Anders war merklich stolz, dass er sich so gut auskannte, obwohl er nie weiter als bis nach Växjö im Norden beziehungsweise bis zum Åsnen im Süden gekommen war.

»Na gut, also bleiben wir doch besser hier«, sagte Maria lächelnd und griff Anders' Hand ein bisschen fester.

»Wir könnten von Gemla aus nach Hause laufen«, meinte Anders.

»Klar, ich kenne den Weg«, entgegnete Maria. »Ich bin doch auch mit Ida hergelaufen, um auf den Wiesen unsere Blumen zu pflücken.«

Anders grinste verschmitzt. »Meinst du denn, die brauchst du noch?«

Maria gab ihm einen spielerischen Knuff in die Seite. »Sei dir mal deiner Sache nicht zu sicher.« Doch als sie bemerkte, wie Anders' Gesicht plötzlich ernst wurde und er sich von ihr abwandte, tat es ihr sofort wieder leid. »Es ist ja nur so ein Brauch … Du musst dir keine Sorgen machen, dass … dass ich …«, stammelte sie.

»Das weiß ich doch.« Anders lachte auf, drehte sich um und nahm Maria stürmisch in die Arme. »Das weiß ich doch. Lass dich nicht immer so von mir veräppeln!« Er gab ihr einen Kuss auf die Nasenspitze und sah Maria tief in die Augen, während er sie weiter fest im Arm hielt. »Ich mache mir überhaupt keine Sorgen um dich, *min lilla stjärnan*. Wenn es etwas gibt, bei dem ich mir ganz sicher bin, dann bist es du.«

Verträumt sah Maria Anders an. *Ihren* Anders. Nichts und niemand würde sie je trennen können. Sie betrachtete seine blauen Augen, die noch so viel heller waren als der Fluss unter ihnen, die beinahe weißen Augenbrauen, die vom Tanzen und der Sonne gerötete Haut. Nichts wäre schöner, als für immer so mit Anders dazustehen, wie sie es jetzt gerade taten.

Doch da löste er sich wieder von ihr und sprach weiter. »Du kennst zwar einen Weg nach Ellanda, den über die Wiesen und Felder, und, na gut, auch einen zweiten, den über die Straße, aber ganz bestimmt nicht meinen. Der ist nämlich ganz geheim.« Anders grinste wieder verschmitzt, und Maria war sich nicht sicher, ob er sie erneut hochnahm. »Mein Weg führt am Fluss entlang und ist mit Abstand der kürzeste von allen. Es ist nicht weit von hier bis zum See. An der Nordspitze ist es allerdings ein bisschen sumpfig, da müssen wir vorher in den Wald abbiegen, aber ich kenne mich da aus. Bis zu unserer Badestelle bei der Herzinsel kommt man von hier aus genau deswegen übrigens nicht so gut. Na ja, da müssten wir ohnehin noch fast den halben See umrunden, das versuchen wir lieber ein andermal.« Er grinste.

»Du läufst also öfter von hier aus am Fluss entlang nach Hause?«, fragte Maria erstaunt.

»Ja, dann und wann. Es ist ein schöner Weg. Und man kann gut dort angeln. Soll ich ihn dir zeigen?«

»Gern. Wir sollten nur den anderen Bescheid sagen, oder?«

»Sie werden sich denken können, dass wir vorgegangen sind. Es ist ja schon spät, Mama und Papa werden sich sicher auch bald auf den Heimweg machen.« Anders zuckte mit den Schultern.

»Gut.« Sie schlenderten los, ließen die Straße und das letzte Haus hinter sich, die abendliche Sonne schien noch immer warm auf sie herunter.

Da kamen ihnen Ida und Markus entgegen – Händchen

haltend. Als sie näher kamen, entdeckte Maria, dass Idas Wangen gerötet waren, außerdem war ihr geflochtener Haarkranz ganz unordentlich, hier und da waren Strähnen herausgerutscht, Tannennadeln und kleine Blätter hingen in den blonden Locken.

»Oh, hallo«, sagte Ida. »Wo wollt ihr denn hin?«

Maria hatte den Eindruck, dass sie sich ertappt fühlte.

»Nach Hause«, antwortete Maria. »Und wo kommt ihr her?«

»Och, Markus hat mir nur eine schöne Stelle am Fluss gezeigt«, sagte Ida lächelnd und drückte sich näher an Markus. Keiner von beiden machte Anstalten, etwas verbergen zu wollen. »Und ihr geht jetzt nach Hause«, wiederholte Ida. »Ich glaube, dann komme ich mit.« Sie wandte sich Markus zu, und beide küssten sich lange und intensiv.

Meine Güte, will er sie auffressen?, dachte Maria.

»Ich glaube, das reicht jetzt.« Anders griff nach Idas Arm.

»Kein Stress, Brüderchen«, gab Ida frech zurück und schüttelte seine Hand ab. »Jetzt brauchst du dich auch nicht mehr aufzuregen«, murmelte sie grinsend. »Schatz, würdest du bitte Greta und Leif Bescheid sagen, dass ich schon mit Anders und Maria zurückgegangen bin?«, sagte sie an Markus gewandt.

»Klar«, gab Markus zurück. Seine Stimme klang irgendwie heiser. »Bis demnächst, Süße.« Er winkte, drehte sich um und ging in Richtung Brücke.

»Bis demnächst, *Süße*«, äffte Anders ihn nach, als er außer Hörweite war. »Was sollte das denn?«

»Geht dich gar nichts an«, antwortete Ida. Maria betrachtete ihre Cousine im Dämmerlicht, und wieder einmal wunderte sie sich darüber, wie diese sich verändert hatte. Wo war nur das kleine Mädchen geblieben, mit dem sie den letzten Sommer in Ellanda verbracht hatte und das ihr auch jetzt noch an manchen Tagen auf dem Hof begegnete? Aus dem unbedarften, fröhlichen Kind war eine selbstbewusste, freche, forsche Ida geworden, die sich ihrer weiblichen Reize nur zu bewusst war und sich fast nur noch für Jungen interessierte. »Auf jeden Fall ist Markus der bessere der beiden Brüder«, setzte Ida nach, drängte Anders zur Seite und hakte sich bei Maria unter. Maria sah zu Anders hinüber, der ihren Blick erwiderte. Schade, wie gern hätte ich den Rest des Abends mit dir allein verbracht, hätte sie am liebsten gesagt. Weder sie noch Anders wollten auf Idas Bemerkung eingehen, aber Ruhe war ihnen nicht vergönnt. Ida war nicht zu bremsen. »Markus ist so süß. Er hat gesagt, dass ich heute Abend ganz toll aussehen würde, dass ich überhaupt das hübscheste Mädchen in ganz Småland wäre. Und dass er mich witzig findet. Alle anderen wären langweilig im Vergleich zu mir«, schwärmte sie.

»Lass mich raten«, unterbrach Anders sie mit zynischem Unterton, »und dann wollte er dir im Wald die Blümchen und Bienchen zeigen und sich von dir ein paar Witze erzählen lassen.«

»So ähnlich«, antwortete Ida ärgerlich. »Aber mit dir rede ich ja gar nicht. Komm, Mariechen, lass uns ein bisschen schneller gehen, damit uns diese Schnarchnase von Bruder nicht den Abend vermiesen kann.« Sie wollte ihre Cousine mit sich ziehen, das ging Maria allerdings nun doch zu weit.

»Halt, Ida, nicht so schnell. Ich wollte mit Anders nach Hause gehen, und das mache ich jetzt auch. Im Übrigen finde ich gar nicht, dass er eine Schnarchnase ist.«

»Ui, was ist denn hier los?« Ida war verblüfft und löste sich von Maria. Prüfend sah sie von einem zum nächsten. »Alles klar, da läuft was. Ha, mein Bruder und meine Cousine haben was miteinander.«

»Haben wir gar nicht«, antwortete Anders zornig. »Und nun lass uns endlich in Ruhe mit deinem dummen Gequassel. Es interessiert mich ehrlich überhaupt nicht, welcher meiner Kumpels dein derzeitiger Favorit ist.« Er verschränkte die Arme und lief einen Schritt schneller.

»Nee, ist schon klar …« Ida grinste vielsagend.

»Können wir uns jetzt bitte beeilen?«, fragte Anders ungeduldig. »Wir müssen gleich in den Wald abbiegen, und da dürfte es bald zu dunkel werden. Sind schließlich nicht in Lappland, wo die Sonne an *midsommar* gar nicht untergeht.« Er streckte seine Hand aus, Maria nahm sie.

Ida beobachtete sie einen Moment, kam dann aber fröhlich hinter ihnen her. Das musste Maria an ihrer Cousine wirklich bewundern: Sie ließ sich niemals aus der Ruhe bringen, verlor selten ihre gute Laune.

»Habt ihr eigentlich Siegfried auf dem Fest gesehen?«, fragte sie, ohne sich um Anders' Ärger zu kümmern.

»Nein«, antwortete Maria, »er hat mir auch wahrlich nicht gefehlt.«

»Das meine ich nicht«, sagte Ida schnell, »von mir aus hätte er wegbleiben oder sich in irgendeiner Höhle vergraben können, aber ich habe ihn mit einer Frau gesehen.«

»Was?«, fragten Anders und Maria wie aus einem Munde. »Mit wem denn?«

»Tja«, Ida tat geheimnisvoll, »das wird immer besser. Er hat nicht nur mit einer Frau getanzt und sich mit ihr unterhalten, sondern sogar *gelacht.*« Sie zog das letzte

Wort absichtlich in die Länge. »Und es handelt sich dabei um eine Frau, von der ihr niemals geglaubt hättet, dass sie sich mit unserem Siegfried überhaupt abgeben würde.«

»Nun sag schon«, bettelte Maria.

Ida genoss es sichtlich, die ganze Aufmerksamkeit zu haben. »Er trifft sich mit Hedda Gustafsson, Agathas Tante.«

»Warum ist das so ungewöhnlich?«, fragte Maria.

»Weil die Gustafssons uns nicht besonders mögen.«

»Warum denn das?«

Ida zuckte mit den Schultern. »Alte Reibereien.«

»Aber Agatha arbeitet doch bei euch.«

»Was schon seltsam genug ist«, gab Ida zurück. »Vielleicht liegt es daran, dass Agatha nur wenig älter ist als wir und ihr die ganzen alten Geschichten egal sind. Sie will einfach nur irgendwo ein bisschen was dazuverdienen.«

»Genau, so wird es sein«, brummte Anders. »Können wir damit den Kaffeeklatsch beenden? Lasst Siegfried doch seine Freude. Solange er mit Hedda beschäftigt ist, kann er uns wenigstens nicht piesacken.«

»Da ist natürlich was dran«, gab Ida zu. »Trotzdem, warum ausgerechnet Hedda? Die ist die Schlimmste in dem ganzen Clan.«

Anders rollte mit den Augen, woraufhin Maria seine Hand fester fasste und ihm aufmunternd zulächelte. Eine Weile liefen sie schweigend weiter, bis der dunkle Wald sich vor ihnen öffnete und die Sicht freigab auf grüne Wiesen.

»Sind wir schon in Ellanda?«, fragte Maria ungläubig.

»Ja, das sind Pährssons Felder«, sagte Anders. »Wir gehen praktisch hintenrum.«

Ein paar Minuten später kamen sie an einen weißen Holzzaun, der zwei Felder voneinander trennte.

»Diese Wiese hier gehört zu unserem Hof«, erklärte Ida fröhlich und kletterte über den Zaun.

Tatsächlich, in der Ferne entdeckte Maria die falunrote Rückseite der Scheune der Olssons. »Das ging ja wirklich viel schneller als auf dem Hinweg«, sagte sie überrascht.

»Genau«, rief Ida und begann zu rennen, »und wer zuletzt im Bett ist, den zwicken die Hühner.«

Da war sie wieder, die kindliche Ida. Doch Maria und Anders ließen sich nicht zu einem Wettrennen hinreißen. Stattdessen genossen sie die letzten gemeinsamen Minuten, die sie für sich hatten.

»So geheim kann dein Weg dann aber doch nicht sein, Ida scheint ihn ja auch ganz gut zu kennen«, sagte Maria lächelnd und sah ihrer Cousine nach.

Anders zuckte nur mit den Schultern und fasste Marias Hand noch etwas fester. Das letzte Stück zum Hof gingen sie schweigend. Sie wollten jetzt nicht darüber nachdenken, was der kommende Tag bringen würde oder was die Eltern oder die anderen sagen könnten. Sie wollten einfach nur den Augenblick genießen.

***

Der Mittsommertag fühlte sich an wie ein Sonntag. Auf dem Hof wurde nur das Nötigste an Arbeit verrichtet, was bedeutete, dass die Tiere versorgt und die Kühe gemolken werden mussten. Alle genossen das lange Wochenende, und jeder auf dem Hof außer Greta und Leif durfte ausschlafen. Agatha, Lasse und Siegfried hatten an diesem

Tag und auch am nächsten frei, und somit war die Familie unter sich.

Bengt, Per-Olov, Anders, Ida, Maria und Greta saßen in der Küche bei einem gemütlichen Frühstück, als Leif vom Melken hereinkam. Magnus schlief noch. Offenbar hatte er am Abend zuvor wieder mal über die Stränge geschlagen. Da würde ihn womöglich später ein Donnerwetter erwarten. Leif ließ sich erschöpft auf einen freien Holzstuhl fallen und nahm sich einen Kaffee.

Greta tätschelte ihrem Mann liebevoll das Knie. »War's anstrengend?«

Leif nickte. »Allein ist es eben doch viel Arbeit.« Er seufzte. »Zwei der Kühe werden demnächst kalben, und wir sollten mal wieder schlachten. Eine unserer Gänse ist schon ziemlich alt, und die Kaninchen werden zu viele.«

»Aber das kann doch noch ein wenig warten, oder?«, fragte Greta.

»Ja, sicher. Es ist ganz gut, dass wir momentan Lasse dahaben, also ab Montag wieder.«

»Ich kann helfen«, empörte sich Bengt.

»Natürlich«, antwortete Leif. »Du bist auch fest eingeplant bei den Nachtschichten, wenn die Kälber kommen.«

»Und beim Schlachten?«

»Iiiih«, entrüstete sich Ida, »wieso willst du da unbedingt dabei sein? Das ist schrecklich.«

»Quatsch. Ich kann das alles genauso gut wie Lasse«, ereiferte sich Bengt.

Aha, darum geht es also, es ist so ein Männerding, dachte Maria. Nicht nur Ida hatte sich verändert, auch aus den Jungen wurden Männer …

»Bengt, deine Hilfe wird auf jeden Fall benötigt, ob auf

dem Feld, bei den Kühen oder beim Schlachten«, sagte Greta versöhnlich. »Aber wir werden die Dinge, die warten können, aufschieben, bis alle verfügbaren Hände wieder da sind.«

Leif sah seine Frau dankbar an. Er war wohl gerade viel zu müde, um Rücksicht auf Empfindlichkeiten zu nehmen, hatte er doch in der Nacht, nachdem sie von den Feierlichkeiten zurückgekommen waren, noch mehrmals nach den beiden Kühen gesehen, die demnächst kalben würden.

»Wo wir gerade über Siegfried sprechen ...«, setzte Ida an.

»Ich wüsste nicht, dass wir über Siegfried gesprochen haben, ich dachte, wir sprachen gerade übers Schlachten«, unterbrach Anders sie, der wohl wusste, dass seine kleine Schwester nun gern in großer Runde den Tratsch zum Besten geben wollte, von dem sie am Abend zuvor erfahren hatte.

»Haha«, sagte Ida, »jedenfalls ... Wo ist Siegfried eigentlich?«, fiel ihr dann ein.

»Hab ich doch gesagt«, brummte Leif, »er hat frei.«

»Ja, aber *wo* ist er?«, bohrte Ida weiter. »Sonst ist er doch immer in der Nähe, auch wenn er freihat.«

»Keine Ahnung, er kennt sicher noch andere Menschen außer uns.« Leif zuckte mit den Schultern. Ihm war das völlig egal.

»Mit wem sollte der mürrische alte Kerl denn noch befreundet sein?«, murmelte nun Bengt. »Den will doch keiner um sich haben.« Leif sah Bengt streng an, der daraufhin den Blick abwandte.

»Wie dem auch sei«, setzte Ida erneut an, jetzt sichtlich ungeduldig, weil sie ihre Neuigkeiten loswerden wollte. »Tatsächlich gibt es jemanden, der Siegfried um sich haben will.« Sie machte eine dramatische Pause. »Hedda Gustafsson.« Alle sahen sie an, und Ida genoss merklich die Aufmerksamkeit.

»Hedda Gustafsson?«, fragte Greta schließlich ungläubig. »Agathas Tante?«

»Genau die«, antwortete Ida stolz.

»Das kann ich mir nicht vorstellen.« Greta schüttelte den Kopf. »Die ist doch viel zu fein, keiner von der Familie grüßt, wenn sie uns sehen. Ich verstehe auch bis heute noch nicht so ganz, wieso Agathas Eltern ihr erlaubt haben, dass sie bei uns aushilft.«

»Das verstehe ich ebenfalls nicht«, gab Ida zu. »Aber es stimmt, was ich sage. Hedda Gustafsson hat gestern erst mit Siegfried getanzt und sich dann lange mit ihm unterhalten. Sie schienen sich gut zu verstehen, waren so ins Gespräch vertieft, dass sie nicht einmal was gesagt haben, als Magnus sie angerempelt hat. Der Arme war da schon ein bisschen wacklig auf den Beinen.« Erschrocken schlug sie sich auf den Mund. Das Letzte hatte sie eigentlich nicht ausplappern wollen.

»Was war denn mit Magnus?«, stieg Leif auch gleich ein.

Von einem Moment auf den nächsten hatte das Gespräch eine Wendung genommen, die Ida sicher nicht recht war. »Ach, nichts weiter…«, entgegnete sie schnell.

Bengt kam seiner Cousine zu Hilfe. »Er hat eine Wette verloren, und soweit ich das mitbekommen habe, haben ihn die Viklund-Brüder zur Strafe ziemlich abgefüllt. Ich hab das aber erst bemerkt, als es schon zu spät war«, ergänzte Bengt schnell, »und ihn dann gleich nach Hause gebracht. Er konnte nichts dafür.«

»Soso«, machte Leif und zog die Augenbrauen hoch. »eine Wette also. Dann weiß ich ja, warum der Herr es noch nicht aus den Federn geschafft hat.«

Die Geschwister sahen sich stumm an. Magnus würde später definitiv etwas zu hören bekommen. Auch wenn Leif, im Gegensatz zu ihrem Vater, ziemlich ruhig zu bleiben schien, konnte er dennoch bei Fehlverhalten drakonische Strafen verhängen. Er schrie nicht, er prügelte nicht und strahlte doch Autorität aus.

»Um Magnus kümmern wir uns nachher«, sagte Greta nun, »ich möchte trotzdem noch einmal zu Siegfried und Hedda Gustafsson zurückkommen.«

»Seit wann interessierst du dich für Klatsch und Tratsch?«, fragte Leif überrascht, und auch Ida sah ihre Mutter erstaunt an.

»Na ja, es ist irgendwie seltsam …« Greta überlegte. »Die Gustafssons wollen nichts mit uns zu tun haben, warum, wissen wir eigentlich gar nicht. Schon die Alten waren immer komisch. Ich weiß noch, dass Agathas Großmutter mich immer ganz streng angesehen hat, als ich damals hergezogen bin. Fast als hätte ich ein Verbrechen begangen. Ich habe das nie verstanden. Dann schicken sie plötzlich Agatha zu uns, um hier stundenweise in der Küche zu helfen, und nicht nur das, jetzt versteht sich Hedda – ausgerechnet Hedda, die Schlimmste aus dem ganzen Clan – plötzlich auch noch blendend mit Siegfried.«

»Was willst du denn damit andeuten?«, fragte Leif. »Vielleicht werden die Gustafssons jetzt einfach normal? Vielleicht haben sie uns endlich als gleichwertig anerkannt, sodass sie nun ihre Tochter zu uns schicken können? Und selbst wenn dem nicht so sein sollte, mit wem sich unser Knecht trifft, können wir ohnehin nicht beeinflussen. Letztlich gehört Siegfried auch nicht zur Familie.«

»Na ja«, meinte Greta grüblerisch. »Ich finde, er sollte uns gegenüber schon Loyalität zeigen.«

»Ach, Himmel«, Leif schlug auf den Tisch, »natürlich ist er uns gegenüber loyal. Er arbeitet gut, ich möchte ihn nicht missen. Und schließlich ist er auch nur ein Mann.«

Ida pustete verächtlich durch die Zähne, woraufhin Leif nun wirklich ärgerlich zu werden drohte.

»Ich weiß, dass ihr ihn alle nicht mögt, aber ich verstehe nicht, warum. Ich kann mich nur wiederholen, er ist hier auf dem Hof unverzichtbar. Ihr anderen kommt für ein paar Wochen im Sommer her – was prima ist –, doch dann seid ihr wieder weg. Und was meine Kinder eines Tages machen werden …«, er sah von Anders zu Ida, »… das ist noch lange nicht klar. Ich bin nicht sicher, ob sie hier ihre Zukunft sehen.« Als Anders etwas erwidern wollte, hob Leif die Hand und bedeutete ihm damit zu schweigen. »Ich sage nur, dass die Zukunft ungewiss ist. Vielleicht geht ihr ja wirklich irgendwann in die Stadt, um etwas anderes zu lernen. Es wird sich zeigen. Was mir dann bleibt, sind meine bezaubernde Frau …«, er sah zu Greta hinüber und lächelte sie zärtlich an, »… und eben Siegfried. Siegfried ist beinahe so etwas wie ein Bruder für mich, er ist schon ewig bei uns. Er hat bereits für meine Eltern gearbeitet. Ich möchte nicht, dass ihr schlecht über ihn redet.«

Greta warf Leif einen innigen Blick zu. »Ich liebe dich, mein wunderbarer Mann, und ich werde niemals von dir und von Ellanda weggehen.« Sie beugte sich über den Tisch und gab ihm einen Kuss. »Ich will auch nicht schlecht über Siegfried reden, selbst wenn es mir manchmal nicht gefällt, was er sagt oder wie er sich verhält. Ich muss dennoch eine Sache fragen.« Leif seufzte. »Tut mir leid, mein Herz, aber mir geht da etwas nicht aus dem Kopf. Irgendwann einmal, als ich hier noch nicht lange lebte, habe ich die alte Frau Gustafsson im Krämerladen in Gemla getroffen, und sie hat sich sehr übel mir gegenüber verhalten. Hat mich angegiftet, ich sei ja nur eine Zugezogene, was ich denn auf *ihrem* Land wolle, wir sollten dahin zurückgehen, wo wir hergekommen seien, und so weiter. Als ich ihr erklärte, dass deine Familie, Leif, doch schon immer in Ellanda gewohnt hat, wollte sie mir gar nicht zuhören. Überhaupt klang alles, was sie sagte, ziemlich wirr, sie war damals natürlich schon sehr betagt, aber der Vorfall hat mich einfach nicht in Ruhe gelassen. Ich habe deiner Mutter damals davon erzählt. Erinnerst du dich daran? Wir haben danach darüber geredet.«

Leif nickte stirnrunzelnd. »Ja, das stimmt«, sagte er zögerlich.

Seine Mutter war bereits vor vielen Jahren gestorben. Maria hatte sie gar nicht mehr kennengelernt, zumindest konnte sie sich nicht mehr an sie erinnern.

»Jedenfalls hat sie erzählt, dass die Gustafssons früher einmal einen Hof in Ellanda hatten«, fuhr Greta fort.

»Was?«, rief Ida erstaunt. »Die leben doch schon immer in Gransholm.«

»Nur, solange *du* zurückdenken kannst«, entgegnete Leif. »Es stimmt. Die Gustafssons lebten auf dem Grund, der heute den Pährssons gehört. Peder und Birgitta kamen vor zwanzig, dreißig Jahren, so genau weiß ich das nicht mehr, aus der Gegend von Alvesta. Peders Eltern hatten zu viele Kinder, sodass er sich schon als junger Mann seinen Erbteil hat auszahlen lassen und sich etwas Eigenes gesucht hat, während die anderen den Hof unter sich aufgeteilt haben und somit wahrscheinlich keiner mehr genug zum Leben hatte. Peder hatte Glück, denn der Bauernhof der Gustafssons hier in Ellanda war günstig zu haben. Örjan Gustafsson war ein Spieler und Trinker, so sagte man. Er hat sein ganzes Anwesen verzockt und musste zu seiner Schwester nach Gransholm ziehen. Ein Teil seines Landes ging damals an uns, die zwei Äcker ganz hinten, denn er hatte wohl auch bei meinem Vater Schulden. Deswegen ist der Pährsson-Hof der kleinste hier in Ellanda. Örjans Familie war, zum Glück für ihn, ziemlich findig, man könnte sagen, es waren recht gerissene Leute. Er, Frau und Kinder kamen schnell wieder auf die Füße. Dazu beigetragen hat sicher auch, dass sein Schwager ein Cousin von Joseph Stephens war, dem Abkömmling eines englischen Philologen und Archäologen, der unter anderem in Kopenhagen lehrte. Wie ihr vielleicht wisst, gehörte ihm ein Anwesen mit Eisenwerk, Sägewerk, Mühle und Land. Joseph Stephens war geschäftstüchtig und fleißig und ein Mann von Welt, und Örjans Schwager war stark in Stephens' Handel eingebunden. Als Stephens verstarb und seine Tochter Florence das Anwesen erbte, die damit völlig überfordert war, brachte Örjans Schwager sich geschickt ein. Als Örjan seinen Hof in Ellanda verlor, wurde er in das Geschäft geholt. Es florierte, und sie häuften ein kleines Vermögen an, vor allem durch den Handel mit Holz. Vom Eisenwerk waren sie nicht mehr abhängig. Die Landwirtschaft in Gransholm wurde nur zum Nebenerwerb.«

»Dann ist mir klar, warum die Gustafssons sich für etwas Besseres halten«, meinte Maria.

»Ja«, stimmte ihr Ida zu, »denn sie sind tatsächlich etwas Besseres. Sie sind nicht nur *Bauern*, sondern Geschäftsleute.«

»Sag das nicht so abfällig«, schalt Leif sie. »Hier in Schweden sind alle gleich, egal, was wer macht. Diese Ansicht setzt sich in der Gesellschaft immer mehr durch, und das ist auch gut so.«

»Na ja, manche sind halt gleicher als andere«, murmelte Ida.

»Könnte es sein«, schaltete sich Greta wieder ein, »dass sie uns nicht leiden können, weil sie einen Teil ihres Landes an uns verkauft haben, als sie ihren Hof in Ellanda verloren? Hat die alte Gustafsson mich deswegen so verachtet? Wegen ein paar Quadratmetern Acker?«

Leif zuckte mit den Schultern. »Vielleicht. Vielleicht hat sie aber auch bloß etwas durcheinandergebracht und dich für eine Pährsson gehalten. Du sagst ja selbst, dass sie schon etwas wirr dahergeredet hat damals.«

»Kann sein.« Greta schien allerdings nicht so recht überzeugt.

»Sollten sie nicht trotzdem so langsam mal das Kriegsbeil begraben, wenn es ihnen doch offensichtlich wieder ganz gut geht?«, fragte Anders.

»Vielleicht tun sie das ja«, meinte Leif. »Agatha arbeitet jetzt bei uns, und Hedda hat was mit unserem Knecht. Bevor ihr euch allerdings weiter die Mäuler über Siegfried und Hedda zerreißt, will ich etwas erklären. Die beiden kennen sich schon lange, fast von klein auf. Siegfried kam 1940, als Achtzehnjähriger, nach Schweden, nach Ellanda, auf den Hof der Gustafssons. Sein Vater war über irgendwelche Ecken mit dem alten Örjan Gustafsson bekannt, wie genau, weiß ich nicht. Die Gustafssons haben nie viele Worte über ihren neuen Knecht verloren – war auch eine schwierige Zeit im Zweiten Weltkrieg. Schweden wollte neutral bleiben, und Deutsche waren hier nicht so gern gesehen. Siegfried selbst redet auch nicht über seine Vergangenheit. Jedenfalls kennt er daher natürlich Örjans Kinder. Axel ist ein paar Jahre älter als Siegfried, Hedda etwas jünger. Hedda und ich sind gleich alt.«

»Was?«, fragte Ida ungläubig. »Sie kennen sich schon seit immer? Und wir haben nichts davon gemerkt?«

Leif sah seine Tochter nachdenklich an. »Als Örjan, ich meine etwa 1945, seinen Hof verloren hat und mit Frau und Kindern zu seiner Schwester nach Gransholm gezogen ist, konnte Siegfried nicht mit. Die Schwester konnte oder wollte nicht mehr Leute aufnehmen müssen als unbedingt nötig. Ist ja auch verständlich, wenn mit einem Schlag vier Personen in einen Haushalt dazukommen, bedeutet das einen ziemlichen Einschnitt. Jedenfalls haben meine Eltern dann Siegfried auf unserem Hof eingestellt. Deswegen kennt er sich mit allem hier so gut aus.«

»Hatte er denn zwischendurch gar keinen Kontakt zu den Gustafssons in Gransholm?«

Leif zuckte mit den Schultern. »Ich denke, Siegfried hat es versucht. Aber es gab schon immer Spannungen zwischen ihm und Heddas Bruder Axel. Ich glaube, dass irgendwann nach Örjans Tod dessen Schwester und Axel Siegfried mehr oder weniger klargemacht haben, dass sie ihn bei sich nicht haben wollen.«

»Ist ja ein Ding«, meinte Ida. »Aber Hedda hat das anders gesehen?«

»Scheint so«, antwortete Leif nur knapp.

»Ich kann nicht fassen, dass ich das alles nicht wusste«, murmelte Greta ungläubig. »Ich wusste nur, dass er im Zweiten Weltkrieg aus Deutschland geflohen ist, aber ich dachte immer, er wäre direkt bei deiner Familie untergekommen, Leif.«

»Weißt du denn, warum er aus Deutschland geflohen ist?«, fragte Anders seinen Vater.

»Na ja, wie ihr wisst, war es Anfang der Vierziger in Deutschland ziemlich ungemütlich. Vielleicht wollte er einfach nicht an die Front.«

Eine Weile war es still in der gemütlichen Küche der Olssons, alle dachten über die Neuigkeiten nach. Dann schlug sich Leif auf die Oberschenkel und stand auf.

»So, ich werde jetzt noch mal nach meinen beiden Kühen sehen und danach auf den Kartoffelacker gehen und mir die Frühkartoffeln angucken. Vielleicht können die nächste Woche schon raus.«

»Ich komme mit«, sagte Bengt eifrig, stand ebenfalls auf und leerte seinen Kaffee im Stehen.

»Ich auch«, fügte Anders hinzu.

»Und ich? Bitte nehmt mich mit«, bettelte Per-Olov.

»Na gut, los geht's.« Leif winkte allen mitzukommen. »Ach, und es wäre schön, wenn jemand mal nach Magnus sehen und ihn zu mir schicken könnte. Er muss ja nicht auch noch damit belohnt werden, den ganzen Tag verschlafen zu dürfen.«

Greta nickte. Als die Männer das Haus verlassen hatten, folgte sie ihnen mit dem Blick noch eine Weile über den Hof, bis sie außer Sichtweite waren. Dann seufzte sie.

»Ich kann mir nicht helfen«, sagte Ida grüblerisch, »ich traue Siegfried trotzdem nicht über den Weg.«

»Ach, ich bin so froh, dass du das sagst«, stimmte

Maria ihr aus tiefster Seele zu, überrascht, aber erleichtert, dass ihre Cousine ebenso empfand wie sie.

Gleich darauf hatte sie jedoch wieder ein schlechtes Gewissen. Man sollte Menschen nicht vorverurteilen. Siegfried hatte schließlich niemandem etwas getan, und Leif hielt große Stücke auf ihn, das hatte er mehrmals betont.

Greta sah mit ernster Miene von einem Mädchen zum anderen. Maria dachte, sie würde sie erneut zurechtweisen, aber bevor Greta etwas sagen konnte, sprudelte es weiter aus Ida heraus.

»Geht es dir auch so, ja? Ich kann gar nicht sagen, was mich an ihm stört. Vielleicht ist es, weil er immer so brummig wirkt, so selten lacht, oder vielleicht, weil er Deutscher ist, keine Ahnung. Das, was Papa uns jetzt erzählt hat, macht ihn nur noch verdächtiger, finde ich. Wir wissen überhaupt nichts über ihn! Woher kommt er genau? Und warum ist er gerade hier? Will er nicht mal wieder weg in sein Heimatland?« Ida überlegte. »Die Gustafssons wollten ihn also auch nicht mehr haben«, sagte sie spöttisch und erntete dafür einen scharfen Blick ihrer Mutter, kümmerte sich allerdings nicht darum. »Oder er ist ein Nazi und spioniert hier bei uns herum?«, überlegte sie unbekümmert weiter.

»Na, wohl kaum. Wenn er als junger Mann vor dem Krieg desertiert ist, wird er sicher nicht die besten Verbindungen nach Deutschland haben. Und ganz gewiss kein Nazispitzel sein«, entgegnete Greta.

»Es sei denn, er ist gar nicht desertiert, sondern zum Spitzeln von den Deutschen hergeschickt worden«, meinte Ida. Greta sah sie kritisch an. »Wieso, könnte doch sein, oder nicht? Wir wissen gar nichts über ihn, wie ich schon sagte«, setzte sie unbeirrt fort.

»Ich glaube, jetzt geht deine Fantasie mit dir durch, meine liebe Tochter.« Greta legte den Arm erst um Ida, dann um Maria. »Bei uns gibt es ja nun wirklich nichts zu bespitzeln, außerdem ist der Krieg, Gott sei Dank, seit vielen Jahren vorbei.« Greta stellte das Geschirr zusammen und erhob sich. »Wie dem auch sei, genug der Spekulationen. Macht euch nützlich, Mädchen, oder genießt den Mittsommertag.« Sie wandte sich dem Abwasch zu, Ida machte sich daran, die Katzen zu füttern.

Maria trat zu Greta an die Spüle, um zu helfen. Sie traute sich nicht so recht, wollte aber unbedingt noch eine Sache loswerden. Ida sollte das nicht mitbekommen – am Ende ersann sie noch neue Gerüchte, deswegen sprach sie Greta ganz leise an.

»Es tut mir leid, Tante, ich muss eine letzte Sache wissen.«

Greta nickte. »Was denn?«, fragte sie.

»Als du uns aus Växjö vom Bahnhof abgeholt hast, da warst du auch nicht gut auf Siegfried zu sprechen, oder?« Sie gab ihrer Tante einen Moment, um sich an die Autofahrt zu erinnern.

»Das stimmt«, sagte diese schließlich.

»Du hast da etwas gesagt, wie, dass Siegfried den ganzen Hof ummodeln will, dass ihr die Tiere verkaufen sollt und so. Du warst ganz und gar nicht seiner Meinung. Wie kam es dazu? Wieso könnte er das wollen?«

Greta legte den Abwaschschwamm aus der Hand und trocknete sich die Hände am Geschirrtuch ab. Ida war aus der Küche verschwunden. Der Himmel wusste, was sie jetzt wieder anstellte. Womöglich nutzt sie die Gelegenheit, um für eine Weile zu Markus zu kommen, dachte Maria.

»Du erinnerst dich richtig«, antwortete Greta. »Er

meint, dass wir unsere Tiere verkaufen und ganz auf den Ackerbau setzen sollten. Wir hatten deswegen einen ziemlichen Streit. Auch Leif und ich, weil Leif sehr viel Wert auf Siegfrieds Urteil legt. Ich habe nicht verstanden, wie er darauf kommt. Natürlich machen die Tiere die meiste Arbeit, du siehst es ja selbst, die Kühe, Gänse, Hühner, Kaninchen haben kein Wochenende. Aber der reine Ackerbau wirft nicht so viel ab, dass man allein davon leben könnte. Es sei denn, man hätte mehr Grund. Dann bräuchte man allerdings mehr und größere Maschinen, die wiederum viel kosten würden, und wohl auch mehr Arbeiter. Außerdem nennt man nicht umsonst Schonen die Kornkammer Schwedens. Dort wird das meiste Getreide in Schweden angebaut, die Böden da sind besser dafür geeignet als unsere hier.«

»Wie viel Land bräuchte man denn etwa, damit man allein vom Ackerbau leben könnte?«, fragte Maria.

»Das weiß ich nicht«, antwortete Greta.

»Vielleicht, wenn einem ganz Ellanda gehören würde, euer Hof, der der Pährssons und der der Erikssons mit allen zugehörigen Ländereien, würde das reichen?«

»Möglicherweise.« Greta sah Maria verständnislos an. »Wieso fragst du?«

Maria zuckte mit den Schultern. »Ich habe mich nur gefragt, warum Siegfried auf die Idee kommt, euren Hof umstrukturieren zu wollen. Es ist doch alles gut so, wie es ist, oder?«

»Eigentlich läuft es zufriedenstellend. Wir häufen zwar keine Reichtümer an, aber wir können ganz gut leben. Wir verkaufen unsere Milch an die Molkerei in Alvesta und das Getreide an die Mühle in Huseby, die Kartoffeln gehen in den Genossenschaftsladen nach Alvesta und in den Krämerladen in Gemla, den wir zudem auch noch direkt mit Eiern, Gemüse und Fleisch beliefern. Es ist übrigens der einzige zwischen Salen und Gemlasjön«, erklärte Greta nicht ohne Stolz. »Mit dem Rest können wir uns weitgehend selbst versorgen.«

»Machen das die anderen Höfe in der Umgebung genauso?«

»Ich denke ja, der eine mehr, der andere weniger, je nachdem.«

»Und wird das in der Zukunft so bleiben?«

»Wer weiß das schon? Es kann doch niemand in die Zukunft sehen …«

»Nein, das ist natürlich richtig«, lenkte Maria ein. »Es ist nur so, dass es jetzt in Karlskrona und anderen großen Städten … dass es immer mehr große Lebensmittelgeschäfte gibt, die zusammengehören. Die kleinen Läden werden in Karlskrona immer weniger, weil die großen einfach günstiger sind. Sie haben einen zentralen Einkauf, hat mir Mutter mal erklärt, und einen festen Stamm an Lieferanten. Selbst die, die zu den Konsumgenossenschaften gehören, haben immer öfter Probleme. Die Frage ist, wie lange wird es den Krämer in Gemla noch geben? Und wenn der eines Tages weg sein sollte, was wird dann aus euch?«

Greta war blass geworden. »Was, meinst du, bedeutet das für uns?«

»Vielleicht, dass Siegfried in gewisser Weise recht hat. Ihr müsst euch umstellen, auf die neuen Entwicklungen vorbereiten. Ich weiß nur nicht, ob das, was Siegfried vorgeschlagen hat, in die richtige Richtung geht. Vielleicht solltet ihr mal mit meiner Mutter darüber sprechen, die kennt sich ganz gut mit diesen geschäftlichen Dingen aus, glaube ich.«

Greta nickte stumm. »Wieso habe ich davon bloß selbst noch nichts mitbekommen?«, fragte sie sich.

»Das ist halt noch nicht bis aufs Land vorgedrungen, und selbst in der Stadt wird es erst nach und nach deutlich. Die Mutter einer Schulfreundin musste ihren Laden aufgeben, obwohl sie in der Genossenschaft war. Um die Ecke hat ein Supermarkt aufgemacht, der viel größer und günstiger ist als ihr Geschäft. Klar, dass die Leute lieber dorthin gehen.«

»Und wir … Was würde es bringen, die Viehwirtschaft abzustoßen? Dann säßen wir nur noch auf Getreide und Gemüse. Das würden wir doch auch nicht an die großen Läden loswerden. Oder?« Greta war verunsichert.

»Nur, wenn ihr viel Land hättet, schätze ich, und somit ein großer, bedeutender Lieferant werden könntet«, überlegte Maria. »Das könnte allerdings genauso gut schiefgehen. Ihr setzt nur noch auf ein Pferd, aber keiner will eure Ware abnehmen, was dann? Mit dem, was ihr jetzt habt, könntet ihr, selbst wenn es den Krämer nicht mehr geben sollte, zumindest noch die Milch, Eier, Fleisch und Kartoffeln auf dem Markt verkaufen …«

Greta nickte. »Wenn ich so darüber nachdenke, fällt mir ein, dass es früher viel mehr Höfe in der Gegend gab. Einige im Umland haben sich zusammengeschlossen, andere haben ihre Ländereien verkauft. Ich habe immer gedacht, dass die Besitzer einfach nicht mehr wollten und sich andere Berufe gesucht haben. Aber vielleicht *konnten* sie bloß nicht mehr.« Sie grübelte weiter. »Ich verstehe wohl, dass wir uns womöglich etwas verändern müssen, andererseits habe ich gar keine Idee, wie. Dazu kommt, dass Siegfried uns zu einem höchst riskanten Weg rät. Er weiß es bestimmt auch nicht besser?«

»Oder weiß er es womöglich gerade besser?« Greta schaute Maria verständnislos an. »Also, ich meine …« Maria zögerte. »Ich will nichts Schlechtes über Siegfried sagen, Leif hält schließlich große Stücke auf ihn …«

»Na los, nun sag schon, was dir im Kopf herumgeht. Du meinst, es gibt womöglich einen Grund dafür, dass weder du noch Ida noch *ich*«, sie betonte das letzte Wort, »ein gutes Gefühl bei Siegfried haben?« Maria sah Greta erstaunt an, die lächelte. »Ja, mir geht es genauso wie euch. Er führt sich eben manchmal auf, als wäre er der Herr im Haus. Also, sprich aus, was du denkst.«

»Na ja, es ist doch irgendwie seltsam, dass die Gustafssons jetzt wieder so viel in eurer Nähe sind und dass Siegfried so viel mit Hedda zu tun hat, die, soweit ich das verstanden habe, nach ihrer Mutter immer diejenige war, die am meisten daran zu knabbern hatte, dass sie den Hof in Ellanda so unrühmlich verloren haben. Vielleicht wollen sie mithilfe von Siegfried einen Konkurrenten loswerden? Womöglich weiß Siegfried irgendetwas und rät euch bewusst etwas Falsches?«

»Du meinst, es könnte sein, dass er uns loswerden will?« Greta war entsetzt, alle Farbe war aus ihrem Gesicht gewichen.

»Ich kann es wirklich nicht sagen. Warum versteht er sich plötzlich so gut mit den Gustafssons, die überall ihre Finger mit drinhaben? Und dann diese Geschichte mit ihrem verlorenen Hof in Ellanda. Das ist doch einfach alles zu merkwürdig.«

***

»Guten Morgen, Familie!« Leif schaute durch die halb geöffnete Küchentür, kam herein, nahm sich eine Tasse und schenkte sich erst einmal einen Kaffee aus der großen Thermoskanne ein, die immer auf der Arbeitsplatte neben dem Herd stand. Er setzte sich neben Ida, die ein Stück weiterrutschte, auf die Bank. »Ich habe gerade Jesper Eriksson auf der Straße getroffen – wo ich mich nur rumtreiben konnte, weil Magnus diese Woche die Früh- und die Spätschicht im Stall übernommen hat«, ergänzte er grinsend und sah in die erwartungsfrohen Gesichter seiner am Tisch versammelten Familie. »Jedenfalls, ihr werdet nicht glauben, was er mir erzählt hat.«

»Nun mach es nicht so spannend«, sagte Bengt.

»Die Pährssons verkaufen ihren Hof.«

»Was?«

»An wen?«

»Wieso denn?«

Alle fragten gleichzeitig.

Leif hob die Hand. »Das ist etwas mysteriös. Den Pährssons steht das Wasser, laut Jesper, bis zum Hals. Ihre Felder wären zu klein, sagt er, außerdem hätten sie nicht viel Glück mit der Auswahl ihrer Getreidesorten gehabt – sie haben ja auch kein Vieh und keine anderen Einnahmen. Also wollen sie nach Halmstad ziehen, wo sie Verwandte haben, und dort ganz neu anfangen. Birgitta hat schon eine Stelle im Krankenhaus gefunden, und Peder fängt als Fahrer in der Spedition seines Cousins an. Vor Kurzem hat sich anscheinend ein Käufer gefunden, irgendein Geschäftsmann aus Växjö, der den Pährsson-Hof zu seinem Ferienhaus machen will. Sie sind angeblich ganz zufrieden mit der Summe, außerdem würde sie hier nicht viel halten, meint Jesper, unter anderem, weil Peder – ganz im Gegensatz zu seinen Vorfahren – nicht so das Händchen für die Landwirtschaft hat und weil es immer wieder Spannungen mit den Gustafssons gab.«

»Ach nee«, meinte Ida. »Das ist ja ein Ding. Warum denn Spannungen?«

»Vermutlich, weil die Pährssons den Gustafsson-Hof damals übernommen haben«, mutmaßte Leif.

Maria und Greta sahen sich vielsagend an.

»Und Jesper, ist er auch gefragt worden, ob er verkaufen will?«, fragte Greta.

»Nicht dass ich wüsste. Wieso?«, fragte Leif zurück. »Die Erikssons sind schon fast so lange in Ellanda wie wir Olssons. Ich glaube nicht, dass sie von hier wegwollen.«

»Wie ist eigentlich ihr Verhältnis zu den Gustafssons?«, fragte Maria vorsichtig.

»Gut, glaube ich.« Leif blickte sie fragend an. »Also nicht, dass sie besonders eng befreundet wären ... Man kennt sich halt.«

»Aber der Käufer ist ein Geschäftsmann aus Växjö?«, fragte nun Anders misstrauisch.

»Ja«, antwortete Leif, langsam ungeduldig werdend. »So hat es mir Jesper erzählt. Was ist, wittert ihr schon wieder eine Verschwörung der ach so bösen Gustafssons?«

»Keine Verschwörung«, Greta legte ihrem Mann beruhigend die Hand auf den Unterarm, »es ist nur alles etwas seltsam. Die Gustafssons haben doch von jeher danach getrachtet, irgendwann ihren Hof zurückzubekommen, nachdem sie ihn so schmähvoll abgeben mussten. Man könnte halt denken, dass sie die Chance genutzt hätten, wenn sie sich ihnen gerade bot.«

»Vielleicht bildet ihr euch das alles auch nur ein, und sie haben längst ihr Interesse an dem Hof verloren.

Warum sollten sie ihn zurückhaben wollen? Sie leben doch ganz gut drüben in Gransholm. Ihr Holzhandel läuft bestens, was man so hört, und ich kann mir kaum vorstellen, dass sie wieder Bauern sein wollen. Wo sie sich, wie ihr immer sagt, ja sowieso für etwas Besseres halten. Außerdem gehört zum Pährsson-Hof, wie gesagt, nicht besonders viel Land. Ich habe nie verstanden, warum Peder sich kein Vieh zugelegt hat.«

»Vielleicht wegen der Lage an der Moräne«, grübelte Bengt.

»Wie?«

»Na ja, Ellanda liegt doch an einer Moräne, genau wie die Nachbardörfer. Sie erstreckt sich von Törnåkra bis hierher. Ist nicht besonders groß …«, erklärte Bengt.

»Woher weißt du das?«, fragte Leif. »Und was hat das mit den Pährssons zu tun?«

»Wir haben in der Schule in Erdkunde über Schwedens Bodenschätze und die Bodenbeschaffenheit gesprochen. Und dabei habe ich gelernt, dass die Erde an Moränen besonders fruchtbar ist.« Bengt war sichtlich stolz.

»Ja, ich weiß, dass der Boden hier gut ist, aber dass es mit einer Moräne zusammenhängt … Und du meinst, dass die Pährssons deswegen ausschließlich auf den Ackerbau gesetzt haben?«, fragte Leif weiter.

Bengt nickte. »Das könnte sein. Allerdings hast du trotzdem recht, ihr Land ist zu klein, um dauerhaft bestehen zu können – vor allem, wenn es mal nicht so gut läuft wie in den vergangenen Jahren bei ihnen. Das rechnet sich einfach nicht.«

»Du hast dich ja ziemlich mit dem Thema beschäftigt«, sagte Greta anerkennend.

»Ja, mich interessiert das alles sehr. Ich möchte gern Agrarwissenschaften oder Geologie studieren.« Bengt blühte vor Stolz richtig auf. »Ich habe ein ziemlich gutes Abitur gemacht. Meine Lehrer sagen, ich könnte zur Universität gehen. Ist das nicht großartig?« Dann stockte er und wirkte plötzlich betrübt. »Wenn Vater es denn erlaubt.«

»Hast du mit ihm darüber gesprochen?«, fragte Maria neugierig. Sie hörte zum ersten Mal von den Plänen ihres Bruders.

»Ja, natürlich. Und es hat einen Riesenkrach gegeben. Was ich mir denn einbilden würde, noch keiner in unserer Familie sei je *studieren* gegangen. Wie er das gesagt hat, so, als wäre Studieren nur etwas für Leute, die zu faul zum Arbeiten sind. Ich solle doch bitte schön eine vernünftige Ausbildung machen, am besten bei ihm in der Werft, da könne ich entweder Schiffe zusammenbauen wie er – das wird angeblich immer gebraucht – oder ins Büro gehen, in den Verkauf oder Einkauf oder was auch immer. Aber ich bin mir nicht mal sicher, ob er recht hat, mal davon abgesehen, dass ich keine Lust habe, mich im Schiffbau kaputtzuschuften oder gar am Schreibtisch irgendwelche Zahlen hin- und herzuschieben. Ich glaube nicht, dass die Nachfrage nach Schiffen so hoch bleiben wird. Irgendwann ist der Markt gesättigt. Und dann ist da die Konkurrenz aus Asien … Nein, das ist nicht meine Welt. Ich will mit Erde zu tun haben, mit Natur, mit Tieren, und ich will die Landwirtschaft zukunftsfähig machen. Alicia und ich könnten irgendwann den Hof ihrer Tante weiterbewirtschaften und ausbauen. Er liegt oben in Odensjö bei Jönköping, an der Südspitze des Vättern-Sees, wo sehr gutes Land ist …«

»Moment mal, wer ist denn jetzt Alicia?«, fragte Greta.

»Du willst aus Karlskrona weg?«, fragte Magnus.

»Heiratest du?«, wunderte sich Per-Olov.

»Du willst wirklich studieren und dann tatsächlich mit deiner Freundin in die Landwirtschaft zurück?«, wollte Ida ungläubig wissen, während Leif nur anerkennend den Kopf schüttelte.

»Wir könnten dich hier bestimmt auch gebrauchen …«, sagte er.

Bengt wurde verlegen. »Danke, das weiß ich zu schätzen. Aber Alicia wird den Bauernhof erben, wenn sie will. Es ist nur noch ihre Tante dort, der Onkel ist vor Kurzem verstorben, und die schafft es nicht allein. Außerdem verfügt er über mehrere Hektar Ackerland. Es ist einfach eine unglaubliche Chance, alle meine Ideen umzusetzen.« Er wurde rot. »Tut mir leid«, setzte er hinzu.

»Schon gut, mein Junge«, Leif schlug Bengt freundschaftlich auf die Schulter, »wenn wir uns dann zumindest ab und an einen Rat bei dem studierten Agrarwissenschaftler abholen dürfen …«

Bengt wurde die ganze Angelegenheit immer unangenehmer, das konnte Maria erkennen. »Ihr kommt doch auch so ganz gut zurecht«, winkte er ab. Es war für einen Moment ruhig in der Küche, jeder hing seinen Gedanken nach. »Allerdings ist es schade, dass ihr keine Gelegenheit hattet, den Pährsson-Hof zu kaufen. Das zusätzliche Land hätte euch mehr Sicherheit verschafft«, ergänzte er grübelnd.

Greta und Leif sahen sich an. Da war sie wieder, die ungewisse Zukunft.

»Jetzt musst du uns aber mal von Alicia erzählen«, drängte Ida, ohne die sorgenvollen Blicke ihrer Eltern zu bemerken.

Bengt wurde erneut rot, sah aber wohl keinen Ausweg

und erklärte schulterzuckend: »Na gut. Alicia und ich haben uns letztes Jahr im Sommer hier kennengelernt. Ihre Eltern sind Edvard und Lovis Wikander, sie haben ein Möbelgeschäft in Alvesta.«

»Und ihr versteht euch gut?«, fragte Greta.

»Ja, das tun wir.« Bengt nickte bestätigend. »Sehr sogar. Und sie will dasselbe wie ich. Einen Bauernhof, Kühe, Schafe, Hunde ... Natürlich muss das Ganze professionell aufgezogen werden, ganz anders als früher.« Bengt stockte, er merkte wohl, wie sich das für Leif und Greta angehört haben musste. »Also, ich meine natürlich, dass es heute ...«

»... einfach anders läuft als früher«, beendete Leif den Satz für ihn. »Schon gut, mein Junge, das klingt doch sehr gut.«

»Wir freuen uns für dich«, sagte Greta und nahm Bengt, der neben ihr saß und gut einen Kopf größer war als sie, in den Arm. »Wie soll es nun weitergehen?«

»Ich werde mich an der Uni in Jönköping zum Wintersemester einschreiben und dann mit Alicia auf den Hof ihrer Tante ziehen. Beides soll und muss parallel laufen. Ihre Tante kann uns sicher noch so einiges über den Betrieb erzählen, und das Neue kann ich hoffentlich bald aus meinem Studium mitbringen. Leben werden wir von dem, was der Betrieb erwirtschaftet. Das müsste erst mal für uns reichen.«

»Toll!«, sagte Maria und umarmte Bengt ebenfalls. »Mein großer Bruder! Aber vergiss uns nicht ganz, wenn du da oben reich und glücklich bist, ja?«

»Nein, Schwesterherz, meine Geschwister werde ich nie vergessen. Ihr werdet immer bei Alicia und mir willkommen sein.«

Meine Geschwister hat er gesagt, dachte Maria, kein Ton von ihren Eltern. Doch sie erwiderte nichts.

»Na, das sind ja vielleicht Neuigkeiten«, Leif schlug sich auf die Schenkel. »Liebe überall. Unsere Mia und Lasse heiraten bald und bekommen ein Baby, Bengt zieht mit einer gewissen Alicia zusammen und will studieren …«

Greta seufzte. »Aus Kindern werden Leute.«

»Tja, und Siegfried hat was mit Hedda Gustafsson …«, fügte Ida giftig hinzu. »Obwohl die doch so fein ist und auch noch zur falschen Familie gehört … Bäh.« Sie tat so, als wollte sie ausspucken.

»Jetzt reicht es aber!« Ärgerlich stand Leif auf und schlug mit der flachen Hand auf den Tisch. »Ich verbiete dir ein für alle Mal, schlecht über unseren Knecht zu sprechen! Sei nicht so respektlos gegenüber Erwachsenen. Ich fürchte, ich habe dich zu lange machen lassen, was du willst. Damit ist jetzt Schluss. Mir missfällt es schon einige Zeit, wie du dich auf der Straße zeigst, wie du herumläufst mit der ganzen Farbe im Gesicht und mit wem du dich alles triffst. Du wirst Ellanda in den nächsten zwei Wochen nicht verlassen, wirst deine Arbeit verrichten und Magnus im Stall helfen. Du darfst mit den anderen zum See gehen, aber du hältst dich fern von Gemla, Gransholm oder irgendwelchen anderen Orten und Höfen und vor allem von fremden Jungen. Die Zeit des Herumtreibens ist für dich erst einmal vorbei!«

»Aber Papa, das kannst du doch nicht machen!« Ida sprang ebenfalls auf, Tränen liefen ihr über das Gesicht. »Du kannst mich hier nicht einsperren. Es ist Sommer, und ich bin jung …« Sie begann zu schluchzen.

»Eben weil du jung bist, viel zu jung noch. Wenn du

dich wieder anständig benehmen kannst, können wir darüber reden, ansonsten bleibt es so bis zum Ende der Schulferien.«

»Was? Das ist so gemein. Du bist so gemein!« Weinend lief sie aus der Küche. Man hörte das Poltern ihrer Schritte auf der Treppe nach oben, dann das Knallen ihrer Zimmertür.

Leif zuckte hilflos mit den Schultern und ließ sich wieder auf die Bank fallen. An Greta gewandt, sagte er: »Die Leute reden schon über sie. Sie ist mit den Viklund-Brüdern gesehen worden, mit Gabriel und Mikael aus Anders' Klasse und mit was weiß ich für Jungen noch. Was soll ich nur mit ihr machen?«

Greta nahm ihren Mann in den Arm. »Es ist schon richtig so«, murmelte sie. »Ich werde nachher mit ihr sprechen. Vielleicht kommt sie ja zur Vernunft. Aber«, sie streichelte ihrem Mann sanft über die Wange, »sie ist kein kleines Mädchen mehr, sie wird langsam eine Frau …«

»Tja, wo wir gerade über die Liebe sprachen … Vielleicht kommt ja bald noch ein weiteres Paar dazu«, munkelte Magnus, woraufhin ihn alle Anwesenden fragend ansahen. »Na ja, vielleicht heiratet Ida ja auch bald und bekommt Kinder«, fuhr er fort, taktvoll wie immer.

Leif und Greta lösten ihre Umarmung ruckartig und sahen Magnus entsetzt an. Dann fasste sich Leif wieder. Erneut schlug er mit der Hand auf den Tisch. »Genug jetzt von alldem. Die Frühkartoffeln müssen aus der Erde. Ihr kommt jetzt alle mit zum Acker. Maria, siehst du bitte zu, dass Ida auch erscheint?«

Anders und Maria warfen sich einen verschwörerischen Blick zu, dann ging jeder seines Weges.

Die Kartoffelernte dauerte zwei Tage – trotz des nun reibungslos funktionierenden Traktors und des Einsatzes aller verfügbaren Hände. Danach waren sie alle erschöpft. Sie waren von morgens bis abends in der sengenden Sonne – es war ein besonders heißer Juni dieses Jahr – hinter dem Trecker mit seinem angehängten Siebroder hergelaufen, hatten die Kartoffeln aus dem erdigen Boden geklaubt und die mit zutage geförderten Steine aussortiert. Ihnen brannten Gesicht und Schultern, die gebeugten Rücken schmerzten. Dennoch waren sie glücklich und zufrieden, als die letzten Kartoffeln in der Scheune untergebracht waren. Zur Feier des Tages hatten Greta und Agatha im Hof eine große Kaffeetafel aufgebaut, sogar mit dem guten Geschirr. Es gab Zimtschnecken und Blaubeeren mit Sahne, ein laues Lüftchen wehte, die Stimmung war ausgelassen.

Selbst Agatha und Siegfried lachten dann und wann, und Lasse erzählte glücklich von den Hochzeitsvorbereitungen. Nur dass es seiner Verlobten nicht besser gehen wollte, bekümmerte ihn. Die Übelkeit müsse doch mal aufhören, meinte er.

Bengt verabschiedete sich frühzeitig vom Kaffeetrinken, er wollte zu Alicia nach Alvesta fahren, die beiden verbrachten inzwischen jede freie Minute miteinander. Was im vergangenen Sommer noch vollkommen geheim geblieben war, wurde jetzt offen gelebt. Die Mädchen und Anders sehnten sich nach einem erfrischenden Bad in »ihrem« See und düsten mit Per-Olov davon, sobald die Kaffeetafel offiziell aufgehoben worden war. Nur Magnus dümpelte unglücklich herum. Sein großer Bruder und bester Kumpel Bengt hatte nun keine Zeit mehr für ihn und würde zu allem Überfluss die Familie über kurz oder lang ganz verlassen, so viel war sicher. Das Verhältnis der beiden Jungen zu ihrem Vater war nicht das beste, noch nie gewesen, aber nach dem letzten Zusammenprall zwischen Bengt und Bertil hatte es sich enorm verschlechtert. Bengt hatte sich längst von seinen Eltern gelöst und war dabei, sich sein eigenes Leben aufzubauen, Magnus war noch zu jung, er war von seinem Vater abhängig. Er grübelte an diesem Nachmittag lange darüber nach, wo für ihn die Reise hingehen sollte.

Was dann passierte, erzählte Magnus erst viel später.

Er saß auf einem Findling am Ufer des kleinen Zuflusses zum See, der ein Stück hinter dem Kuhstall entlangplätscherte. Hier ließ er die Füße im kühlen Wasser und die Seele baumeln, während er, mehr um sich zu beschäftigen, als in der Hoffnung, etwas zu fangen, die Angel in den brausenden Bach hielt. Ein paar Kilometer weiter plantschten die anderen im See, so wie er es bis vor Kurzem auch immer getan hatte. Nur dass er sich jetzt plötzlich nicht mehr zugehörig fühlte. Er kam sich älter vor als Maria und Ida, auch wenn aus der kleinen, sommersprossigen blonden Cousine von jetzt auf gleich ein ganz ansehnliches Ding geworden war, kess wie eh und je. Schade eigentlich, dass sie einen Narren an diesem Markus aus Gemla gefressen hatte. Auch Anders, der nur ein gutes Jahr jünger war als er selbst, fühlte er sich seltsam überlegen. Sie beide verband nichts. In seinen Augen war Anders ein netter Kerl, aber ein Schwächling. Der Einzige, an den er sich hatte halten können, sein Vorbild gewissermaßen, war Bengt gewesen. Und er war es immer noch, musste Magnus sich eingestehen, vielleicht sogar mehr denn je, jetzt, da er offenbar sein Ding durchziehen wollte. Andererseits war er furchtbar wütend auf ihn. Darüber, dass er ihm nie etwas von Alicia gesagt hatte, ihn nicht in seine Pläne bezüglich des Studiums und des Hofs in Odensjö eingeweiht hatte. Wie hatte er ihn so übergehen können!

Während Magnus ins Leere starrte und grübelte, die Angel steif in den Händen haltend, erfasste er aus den Augenwinkeln eine Bewegung. Er sah auf. Jemand lief am Holzzaun entlang, der die Kuhweide der Olssons vom Grund der Pährssons trennte. Magnus konnte nicht genau erkennen, um wen es sich handelte, denn im nächsten Moment war derjenige schon hinter dem Hügel verschwunden, der von Magnus' Platz aus auch die alte Wassermühle verbarg. Er zuckte mit den Schultern und starrte wieder in den Bach, wo der kleine Schwimmer emsig auf den Wellen auf und ab hüpfte. Wahrscheinlich überprüft Peder Pährsson die Zaunlatten, dachte er. Doch dann hörte er ein Quietschen wie von einem schlecht geölten oder eingerosteten Türscharnier. War es das alte Gatter, das praktisch nie benutzt wurde, weil es die Wiese der Olssons von der Wiese der Pährssons trennte? Einen Moment zögerte Magnus, aber schließlich siegte die Neugier. Hier hatte er ohnehin nichts mehr auszurichten, kein Fisch wollte anbeißen, also konnte er genauso gut zur Wiese hinüberschlendern und mit dem Alten einen Plausch halten.

Als er die Hügelkuppe erreicht hatte, traute er seinen Augen nicht. Es war nicht Peder, der seine Zäune abschritt, sondern Siegfried, der geduckt umherschlich. Intuitiv ging Magnus langsam ein paar Schritte zurück und hinter der Kuppe in die Hocke. Was tat der Knecht auf dem Pährsson-Grundstück? Erst vor ein paar Wochen, als sie gerade in Ellanda angekommen waren und er am

Abend mit den Viklund-Jungen bei einer Flasche gestohlenem Schnaps im kleinen Wäldchen Wiedersehen gefeiert hatte, hatte er Siegfried um den Pährsson-Hof herumgeistern sehen. Der Knecht hatte zunächst eine Weile auf das Haus geschaut, war dann aber auf das nächste Feld abgebogen und hatte etwas auf das Getreide gespritzt. Magnus hatte sich damals nichts weiter dabei gedacht – aufgrund des Alkohols konnte er auch nicht mehr richtig denken, wie er zugeben musste. Doch dann waren irgendwann Peder Pährssons Hunde darauf aufmerksam geworden, dass etwas nicht stimmte, und hatten laut angeschlagen. Siegfried war blitzschnell verschwunden, und Magnus hatte den Vorfall vergessen.

Auch jetzt musste Magnus nicht lange warten, denn schon bald hörte er aufgeregtes Gebell, das schnell lauter wurde. Peders zuverlässige Hunde. Der alte Pährsson war ein Hundenarr, der eine besondere Leidenschaft für alte nordische Rassen hegte. Jeder in der Gegend kannte Bella, den Norrbottenspitz, der zwar klein war, aber in seiner Funktion als Wachhund nicht unterschätzt werden sollte, Remus, den Altdänischen Vorstehhund, der eigentlich eine treue Seele war, jedoch allein durch seine Größe beeindruckte, und Titus, den schwarz-braunen Smålandsstövare. Die drei waren friedlich und nett, solange sie einen nicht allein auf dem Grund und Boden der Pährssons antrafen. Magnus hatte das am eigenen Leib erlebt, als er vor Jahren einmal in den Garten der Pährssons geklettert war, um sich ein paar süße rote Kirschen von deren Baum zu stibitzen. Die drei Hunde hatten ihn in null Komma nichts vom Grundstück verjagt, die kleine Bella hatte ihn noch an der Ferse erwischt, als er schon auf dem Zaun gewesen war, und ordentlich gezwickt.

Aus seinem Versteck hörte Magnus Siegfried leise fluchen, dann quietschte das Gatter erneut. Magnus kroch weiter zurück, schob sich hinter einen Busch. Gerade noch rechtzeitig, denn in dem Augenblick kam Siegfried die Kuppe hinaufgehastet, steckte sich oben eine Zigarette an und lief strammen Schrittes an Magnus vorbei. Das laute Gebell kam nun direkt vom Gatter herüber, bald würde Peder auftauchen, seine Hunde zurückholen und sich fragen, was sie so aufgeschreckt hatte. Es war besser, wenn auch er verschwand, nicht, dass der alte Pährsson noch dachte, er, Magnus, wäre in seinem Garten gewesen. Aber die Frage, was Siegfried auf dem Pährsson-Hof gewollt haben mochte, ließ ihn einfach nicht los.

Anders, Per-Olov, Ida und Maria hatten den Rest des Nachmittags am See verbracht und fühlten sich wieder erfrischt und sauber. Das Abendessen hatten sie an der Tafel im Hof eingenommen, die seit dem Kaffeetrinken dort stand, und sie genossen die abendliche Wärme auf ihrer abgekühlten Haut. Greta hatte eine große *paj* vorbereitet, mit einem Schinken, den Lasse aus dem Geschäft seiner Eltern mitgebracht hatte. Dazu gab es grünen Salat mit herrlich süßen Tomaten, beides aus dem Gemüsegarten. Die Meute stürzte sich heißhungrig darauf. Als der Tisch abgeräumt war und sich die Erwachsenen samt Bengt und Magnus ein Feierabendbier genehmigten, verzogen sich alle in unterschiedliche Richtungen. Ida verschwand in ihrem Zimmer, angeblich, um Musik zu hören, Maria brachte Per-Olov ins Bett, der zunächst lautstark protestierte, dann aber doch – wie an den meisten Abenden in Ellanda – fast sofort in seinem kuscheligen Federbett einschlief. Danach machte sie sich auf die Suche nach Anders und fand ihn schließlich auf »seinem« Findling hinter dem Gemüsegarten, wo er wieder einmal an einer Figur schnitzte.

»*Hej*«, sagte Anders, ohne sich umzudrehen. Er hatte bestimmt Marias Schritte vernommen.

»*Hej*«, antwortete Maria und kam langsam näher. »Was schnitzt du?«

Anders zeigte ihr die Figur, an der er arbeitete. Sie war größer als die Schnitzereien, die er sonst anfertigte.

»Per-Olov hat sich von mir einen Drachen gewünscht. Hab so was noch nie gemacht.« Er grinste.

Maria nahm den halb fertigen Drachen und drehte ihn bewundernd hin und her. »Sieht toll aus.«

»Na ja, danke. Ist fast fertig, ich muss ihn nur noch ein bisschen abschleifen, damit die Zacken am Rücken nicht so rau sind.« Er fuhr mit dem Zeigefinger die Spitzen ab, wie um zu zeigen, wo das Holz noch splittrig war. Dann klappte er sein Taschenmesser zusammen und steckte es in die Hosentasche. »Wollen wir ein Stück laufen?«

»Gern.«

Maria gab Anders den Drachen zurück, der ihn sich in den Hosenbund klemmte. Schüchtern griff sie nach seiner Hand. Sie fühlte sich warm und weich in ihrer an.

Eine Weile gingen sie schweigend nebeneinander, erst ein Stück über den nun abgearbeiteten Kartoffelacker, dann über die Wiese, bis sie den Bach erreichten, der fröhlich und unaufhaltsam neben ihnen herplätscherte. Sie liefen an ihm entlang vorbei am Zaun des Pährsson-Hofs, durch ein Grüppchen dreier alter Eichen, bis sie zum Lehmbau der Wassermühle fanden. Hier setzten sie sich auf eine schon morsche Holzbank und sahen den Mücken zu, die über dem Bach auf und ab tanzten, und dem Wasser, das unter den still stehenden Schaufeln des Mühlrades hindurchwirbelte. Maria genoss das Kribbeln, das die zarte Berührung ihrer nackten Oberarme in ihr auslöste. Anders hielt ihre Hand ganz fest in seiner. Sie hatten die ganze Zeit geschwiegen, und gerade als Maria sich fragte, ob alles in Ordnung war, beugte Anders sich zu ihr herüber und gab ihr einen Kuss, erst vorsichtig, dann immer leidenschaftlicher. Maria, kurz überrumpelt, ließ bald ihren Widerstand fallen und gab sich ganz diesem Kuss, der ihr die Welt bedeutete, hin. Viel zu schnell löste sich Anders wieder von ihr und zog einen kleinen Gegenstand aus seiner Hosentasche.

»Mein kleiner Stern…«, setzte er an, verstummte aber wieder und reichte Maria still eine Holzfigur.

Es war ein fein geschnitztes Mädchen, das ein langes Kleid trug, um das sich in der Taille ein Band schlang. Sein wallendes Haar endete unter den Schultern, der Kopf wurde von einem Kranz mit fünf winzig kleinen Kerzen gekrönt.

»Eine Lucia?«, fragte Maria staunend. »Sie ist wunderschön.«

»Ja, eine Lucia.« Anders nickte. »Ich weiß, sie gehört in den Winter, nicht in den Sommer, aber ich wollte sie unbedingt für dich machen.« Er stockte, und wenn Maria es richtig erkennen konnte, errötete er sogar ein wenig. »Weißt du… Also, Lucia bringt ja in den dunklen Wintermonaten in Schweden das Licht, und… also…, ich wollte dir damit zeigen, dass du das Licht zu mir bringst. Immer, wenn du da bist.«

Maria stiegen Tränen in die Augen, sie wusste nicht, was sie darauf antworten sollte. Rasch legte sie ihre

Hände an Anders' Wangen, sah ihm tief in die wasserblauen Augen, strich ihm über sein so unfassbar helles Haar. Dann legte sie ihre Lippen auf seine und küsste ihn mit aller Liebe und Leidenschaft, die es in ihr gab. Er öffnete seinen Mund, und ihre Zungen trafen sich, spielten und liebkosten einander. Plötzlich waren seine Hände überall, verursachten ein Gefühl in Maria, das sie noch nie zuvor erlebt hatte, und auch ihre Hände gingen, nun ohne Angst, auf Entdeckungsreise. Sie schoben sein Hemd hoch und öffneten den Knopf an seiner Hose. Anders' warme Haut zitterte unter ihren Fingerspitzen, sein Brustkorb hob und senkte sich, sein Atem kitzelte ihren Hals. Dies war ihr Anders, sie musste vor nichts Angst haben, er und sie gehörten zusammen. Es war wie ein Versprechen: Anders und Maria, für immer und ewig.

3. Teil

Juni 2018

18

Christine

Leo legte das Tagebuch aus der Hand. Es war später Nachmittag geworden, aber die Sonne schien noch immer hell durch die großen Scheiben ins Esszimmer. Die Verandatür stand offen, eine angenehm warme Brise kam zu uns herein. Wir saßen an dem massiven Esszimmertisch, Briefe lagen darauf verteilt. Der Lufthauch hob einige der Papierbögen leicht an, doch sie flogen nicht weg, dafür war er zu schwach. Einen Moment lang sahen wir vier Geschwister uns stumm an.

»Und was hat das jetzt alles zu bedeuten?«, fragte ich schließlich in die Runde. »Wie kommen diese persönlichen Dinge in eine Kiste ins Haus unserer Eltern?«

»Jetzt wird mir einiges klar«, antwortete Mona zu unser aller Erstaunen. »Diesen Teil kannte ich noch nicht. Die Briefe und das Tagebuch, die ich damals von zu Hause mitgenommen habe, schließen daran an.« Sie griff in ihre übergroße, abgegriffene Ledertasche und holte ein paar Umschläge und eine Kladde hervor, die der glich, die wir gelesen hatten. »Weiß der Geier, warum ich diese Sachen eingepackt habe, als wir uns auf den Weg nach Schweden gemacht haben.« Sie schüttelte den Kopf wie in Verwunderung über sich selbst.

»Muss wohl Schicksal gewesen sein«, murmelte ich, worauf ich einen abfälligen Blick von Mona erntete.

»Wie dem auch sei«, fuhr sie fort, »diese Aufzeichnungen beginnen im September 1969.« Mona blickte bedeutungsschwer von einem zum Nächsten. »Darin erfahren wir viel von Marias Gefühlen Anders gegenüber, von ihrer Einsamkeit in Karlskrona, davon, dass sie einfach weglaufen möchte zu ihrem Freund, aber nicht weiß, wie es dann weitergehen soll. Von ihrem Bruder Bengt, der die Familie verlassen hat, von dem schrecklichen Streit, den dessen Entscheidung ausgelöst hat. Der Vater hat seinen ältesten Sohn beinahe aus dem Haus geprügelt. Von Magnus, der trotzdem immer aufmüpfiger wurde. Und schließlich schreibt sie davon, dass etwas mit ihrem Körper passiert, das sie nicht versteht. Sie traut sich nicht, mit ihrer Mutter darüber zu sprechen, die anscheinend immer mehr hinter dem jähzornigen, unzufriedenen Vater zurücksteht.« Mona schüttelte den Kopf. »Ich glaube, der Mann hatte ein echtes Minderwertigkeitsproblem«, setzte sie verächtlich hinzu und fuhr gleich fort: »Es geht Maria nicht gut, weder in der Familie noch mit sich selbst. Sie vermisst Anders schrecklich, und ihr ist immer wieder übel, sie muss sich übergeben. Ihr ahnt vermutlich, worauf das Ganze hinausläuft.«

»Ist sie schwanger?«, fragte ich. Und weil ich plötzlich wieder an meine eigene Lage denken musste, klang meine Stimme seltsam schrill.

Beate betrachtete mich einen Moment lang mit gerunzelter Stirn, ihr musste der Missklang aufgefallen sein, aber sie konnte sich sicher keinen Reim darauf machen.

»Ja«, erklärte Mona weiter. »So sieht es aus. Maria und Anders haben wohl nicht so gut aufgepasst und sich ihrer Leidenschaft einfach so hingegeben.« Sie grinste. »Kommt in den besten Familien mal vor.«

»Was soll das denn heißen?« Ich schoss in die Höhe, meine Wangen fühlten sich glutrot an, und ein Kloß steckte mir in der Kehle.

»Nichts weiter…« Mona sah mich verständnislos an. »Ist doch nicht schlimm, wenn…«

Leo hob die Hand und unterbrach sie damit, schaute kurz kritisch zu mir, blickte dann wieder zu Mona. »Es kann schon schlimm für eine Frau sein, wenn sie sich plötzlich in solch einer Lage wiederfindet, unverheiratet, ohne den potenziellen Vater an ihrer Seite. Vielleicht ohne Ausbildung, ohne eine Familie, die sie unterstützt. Das ist sogar heutzutage manchmal noch schwierig genug, obwohl die Gesellschaft toleranter geworden ist, es zahlreiche Hilfsprogramme und -gelder gibt, eine gut funktionierende Kinderbetreuung, die jedem offensteht. In jedem Fall ist es für Frauen eine starke psychische Belastung, wir erleben das im Krankenhaus immer wieder. Und jetzt stell dir das ganze Szenario mal vor fünfzig Jahren vor – wenn es auch gerade einen Umbruch gab von wegen freier Liebe und Pille und so weiter.«

»Bis in Marias Familie war das moderne Leben bestimmt noch nicht vorgedrungen«, fügte Beate grübelnd hinzu. »Und wie geht es weiter? Sagt Maria es ihren Eltern irgendwann? Was ist aus ihr geworden?«

Sie nahm meine Hand, und ich setzte mich wieder, peinlich berührt, dass ich so ausgeflippt war. Doch meine eigene Geschichte setzte mir mehr und mehr zu. Jahrelang hatte ich gut mit meiner Verdrängung gelebt, hatte kaum einen Gedanken daran verschwendet, dass die Möglichkeit bestand, wenn auch nur eine kleine, dass Emil nicht

Heikos Sohn sein könnte. Sie waren sich so ähnlich! Nicht nur vom Aussehen, charakterlich genauso. Emil war sehr penibel… wie sein Vater… wie Heiko. Jeder Stift hatte seinen Platz, Unordnung war ihm ein Graus, ebenso wie Chaos in seinem Leben. Beide hatten einen Plan, ein Ziel, dem sie folgten. Von Spontaneität keine Spur. Wenn es plötzlich zwei Möglichkeiten gab, brauchten sie stundenlang, um sich zu entscheiden. Emil hatte Heikos braune Augen und sein hellbraunes Haar. Nein, Emil war Heikos Sohn, da hatte ich in den letzten Jahren kaum Zweifel gehabt. Wenn überhaupt, kam sowieso nur dieses letzte Mal mit Jan in Frage. Es war so unwahrscheinlich, dass dabei etwas passiert war!

Aber auch bei Maria hatte es anscheinend nur das eine Mal gegeben. An dem Abend an der Mühle… Und es hatte gereicht.

Emil ist so lustig, einfühlsam und stur wie Jan, fuhr es mir durch den Kopf. Plötzlich erfasste mich eine unbändige Angst. Mein Herz fing an zu rasen, und mir wurde übel. Was war, wenn ich mich doch geirrt hatte? Was war, wenn das eine Mal etwas passiert war? Dann war mein ganzes Leben eine einzige Lüge. Und Emil… O mein Gott, an Emil mochte ich gar nicht denken.

»Entschuldigt mich«, sagte ich und wollte aufstehen, denn die Übelkeit wurde immer schlimmer, ich hatte Angst, mich übergeben zu müssen. Doch ich spürte meine Beine nicht, wie eine alte Frau versuchte ich mich am Tisch abzustützen.

»Was ist los?«, fragte Beate besorgt.

»Ich… ich muss mal zur Toilette«, stammelte ich.

Beate stand ebenfalls auf und stützte mich. »Was ist denn passiert? Hast du etwas Falsches gegessen?«

»Vielleicht ist es ein Magen-Darm-Virus«, vermutete Leo.

Ich war dankbar, dass die beiden diese Möglichkeit aufwarfen, und nickte. »Könnte sein.« Mithilfe von Beate und Leo schleppte ich mich zur Toilette. Mir war schwindlig. Ich würgte ein paarmal, doch es kam nichts.

Als ich wieder zurückkam, sagte Leo: »Ich glaube, es ist besser, wenn du dich hinlegst. Du siehst ziemlich blass aus. Ich bringe dich nach oben ins Gästezimmer.«

»Tut mir leid, dass ich so viele Umstände mache«, murmelte ich.

Leo winkte ab. »Blödsinn, das kann jedem passieren. Wenigstens bist du hier im Haus eines Arztes.« Er grinste. »Ich hole gleich mal meine Arzttasche, dann werden wir schön deinen Blutdruck messen und so. Vielleicht ist es ja auch nur ein Kater.«

Er wollte mich aufmuntern, das war wirklich süß von ihm. Er hatte ja keine Ahnung.

»Åsa«, rief er Richtung Arbeitszimmer, »Åsa, kannst du mal bitte kommen?«

Ein blonder Schopf schaute aus dem kleinen, gemütlichen Raum, in dem Åsa ihre Bilder bearbeitete und auch sonst alles erledigte, was mit ihrem Job als selbstständige Fotografin zusammenhing.

Sie erfasste die Situation sofort und sprang herbei. »Oh, was ist passiert?«

»Nichts Schlimmes, Christine geht es nur nicht so gut. Wahrscheinlich der Kreislauf oder ein Magen-Darm-Virus. Ich bringe sie nach oben. Könntest du bitte meine Arzttasche holen und vielleicht einen Tee kochen und ein paar Salzstangen mitbringen?«

»Natürlich!« Sie verschwand in der Küche.

Ich war froh, als man mich oben im Gästezimmer allein ließ, und vergrub mich, so tief es ging, unter der Bettdecke. Die Übelkeit hatte nachgelassen, dennoch ging es mir weiterhin einfach nur bescheiden. Was war ich doch für ein grässlicher Mensch! Was hatte ich Jan angetan, was Heiko und was vor allem Emil? Wie sollte mein geliebter Sohn damit zurechtkommen, dass der Mann, den er sein Leben lang für seinen Vater gehalten hatte, gar nicht sein Vater war? Dass seine Mutter ihn belogen hatte? Es war entsetzlich. Und all das war nur geschehen, weil ich mich in Jan verliebt hatte, unsterblich. Erneut dachte ich kurz an Maria, der es so ähnlich ergangen sein musste wie mir. Ich schob die Decke zurück und warf einen Blick auf den Stapel mit Papieren auf dem kleinen Sekretär. Wir hatten uns zuletzt nur mit Marias Tagebüchern befasst und die Briefe außer Acht gelassen. Ob in den Unterlagen hier noch etwas Interessantes zu finden war? Die Neugier gewann trotz meiner misslichen Lage die Oberhand, und ich setzte mich auf. Wie war es Maria weiter ergangen? Ich stand auf und durchwühlte den Stapel. Alte Fotos und Urkunden waren dabei, auf Deutsch. Dann, schließlich, ein paar handschriftliche Briefe auf Schwedisch. Ein unerklärliches Kribbeln lief durch meinen Körper. Ich las einen Brief, den Anders im September 1969 geschrieben hatte.

Kära Maria,
ich hoffe, es geht dir gut, meine Liebste. Ich vermisse dich unsagbar. Es macht mich traurig zu hören, dass es bei dir zu Hause so unerträglich geworden ist, seit Bengt euch verlassen hat. Er hat wahrscheinlich das für ihn einzig Richtige getan. Wenn der Vater einen verprügelt, nur weil

man wegziehen und studieren und nicht das machen will, was der Vater für richtig hält, ist das furchtbar! Gibt es etwas, das ich tun kann? Lässt er wenigstens dich in Ruhe und Per-Olov? Was ist mit Magnus? Am liebsten würde ich sofort kommen und dich da rausholen. Aber das geht wohl nicht.

Hier ist alles beim Alten. Viel Arbeit, und die Schule ist auch anstrengend. Gabriel fragt übrigens öfter nach dir. Er hat ja keine Ahnung … Und mein Mund ist versiegelt. Ich werde niemandem etwas über uns verraten, wenn du es nicht möchtest. Allerdings kann ich nicht vollkommen sicher sein, dass Ida dichthält. Du kennst sie, ihr fällt es schwer, Klatsch und Tratsch für sich zu behalten. Aber letztlich weiß sie ja nichts Genaues.

Papa, Mama und Ida lassen dich und deine Familie herzlich grüßen!

Dein Anders

Der nächste Brief, den ich fand, musste von Ende November sein, es schien, als fehlten dazwischen ein oder mehrere Briefe.

Kära Maria,
wie geht es dir, min lilla stjärnan?

Ich war überglücklich, als du mir in deinem vorletzten Brief von deiner Schwangerschaft berichtet hast, und bin es immer noch! Ein Kind, das Ergebnis unserer Liebe … Wie wundervoll! Doch ich mache mir auch Sorgen um dich, um uns und darum, wie es weitergehen soll. Noch kannst du deinen Bauch vielleicht unter dicken Pullovern und Wintermänteln verstecken, aber irgendwann wird es herauskommen. Es bedrückt mich zutiefst, dass ich nicht bei dir sein kann und du solche Angst vor deinem Vater haben musst. Was ist mit deiner Mutter, Tante Ulrika? Kannst du dich ihr nicht anvertrauen? Aber du schreibst ja, dass sie sich ihrem Mann völlig unterordnet. Soll ich nicht doch mit Papa und Mama darüber sprechen? Vielleicht können sie uns helfen? Vielleicht könntest du zu uns kommen. Aber ich verstehe, dass du uns schützen möchtest. Tut mir leid, das so direkt zu sagen, aber dein Vater ist ein harter, verbitterter Mensch. Sogar meine Eltern haben nach der Sache mit Bengt gemeint, ihm sei alles zuzutrauen.

Freut mich, dass es Bengt mit seiner Alicia auf dem Hof ihrer Tante gut geht und er glücklich ist mit Studium und Landwirtschaft. Schlimm nur, dass euer Vater seine Unzufriedenheit und seinen Selbsthass nun an Magnus auszulassen scheint.

Ich denke jede Sekunde an dich, meine Liebste! Bitte lass mich wissen, wenn es irgendetwas gibt, das ich tun kann!

Dein Anders

Und seltsamerweise fand ich bei Marias Unterlagen noch diese Notiz, von ihr selbst verfasst:

Anders,
sie haben es herausgefunden. Mutter hat mich danach gefragt. Vater ist vollkommen ausgerastet. Er hat mir eine heftige Ohrfeige gegeben. Jetzt hat er irgendetwas vor. Ich darf das Haus nicht mehr verlassen, darf nicht mehr in die Schule gehen. Sie sagen mir nichts …

Ich hab solche Angst! Schreib mir nicht und komm nicht her! Ich weiß nicht, was Vater mit dir machen würde, wenn er dich in die Hände bekäme. Ich schreibe dir wieder, sobald ich kann.

Ich liebe dich!

Maria

Was war da los? Ich bekam es beinahe mit der Angst zu tun, obwohl ich in absoluter Sicherheit auf dem weichen Bett eines gemütlichen schwedischen Hauses im 21. Jahrhundert saß. Maria war in einer weitaus schwierigeren Situation als ich gewesen. Hektisch kramte ich nach weiteren Briefen, konnte aber nichts mehr finden, was später datiert war.

Ich musste wieder zu den anderen gehen und erfahren, was weiter passiert war. Und ich musste, verdammt noch mal, endlich mein eigenes Leben in den Griff bekommen. Bloß wusste ich noch nicht, wie.

Ich schlüpfte in Hose und Strickjacke, die ich vorhin wie ferngesteuert vom Leib gezogen hatte, und ging über den Flur ins Badezimmer, um mich ein wenig frisch zu machen. Als ich mich im Spiegel sah, erschrak ich vor mir selbst. Ich sah aus wie ein Geist, die Mascara war verschmiert, die Augen rot unterlaufen, mein Gesicht war blass mit rötlichen Flecken. Hier gäbe es einiges zu tun. Ich wusch mich notdürftig, dann lieh ich mir ein paar von Åsas Schminksachen, die ich in der obersten Schublade fand. Das war sonst nicht meine Art, aber so, wie ich aussah, mochte ich niemandem unter die Augen treten.

Während ich mich zurechtmachte, hörte ich unten die Türklingel, dann eine neue Stimme. Besuch? Wer konnte das sein? Die Stimme klang aufgeregt. Ich konnte nicht anders, als die Badezimmertür einen Spalt breit zu öffnen.

19

Leonhard

»Was ist denn mit Christine?«, fragte Beate mich besorgt, als ich wieder zu den anderen ins Esszimmer kam.

Auch Åsa saß jetzt mit dabei, hatte Christines Platz eingenommen. Die drei Frauen sahen mich aufmerksam an.

»Ich weiß es, ehrlich gesagt, nicht so genau. Vielleicht tatsächlich ein Virus oder bloß ein Kater. Obwohl das etwas plötzlich kam. Beim Frühstück war doch noch alles in Ordnung, oder?« Alle nickten. »Seltsam. Ihr Blutdruck war ziemlich niedrig. Warten wir es ab. Ich denke, sie schläft jetzt.«

»Kann es etwas mit Jan zu tun haben?«, fragte Åsa da plötzlich.

»Mit Jan, wieso mit Jan? Ist das dieser Typ, den sie gestern kennengelernt hat?«, fragte Mona verständnislos.

»Na ja«, setzte Åsa an, »so ungefähr. Sie hat gestern auf der Feier Jan getroffen, Malins Bruder. Sie kannten sich von früher. Deswegen hat sie auch hier übernachtet. Ihr ging es letzte Nacht schon nicht besonders gut.«

Ich nickte. Åsa hatte mir in der Nacht kurz davon erzählt, dass Christine bei uns ihre ehemalige große Liebe wiedergetroffen hatte, sie in keiner guten Verfassung war und deswegen in unserem Gästezimmer übernachtete. Ich war allerdings zu müde gewesen, um nach den Hintergründen zu fragen.

»Sagt mal, mir schießt da gerade etwas durch den Kopf«, sagte Beate. »Es ist sicherlich Quatsch, weil ziemlich unwahrscheinlich, aber das ist nicht zufällig der Jan, den Christine vor, ich weiß nicht, zig Jahren während ihres Auslandssemesters hier in Schweden kennengelernt hat?«

»Bitte?«, machte Mona pikiert und verschränkte die Arme vor der Brust. »Ihr wisst mal wieder alle mehr als ich, scheint mir.«

»Christine hat mir vorgestern zum ersten Mal von Jan erzählt, ich weiß nicht mehr, wie wir darauf kamen, sie wollte auch nicht viel sagen«, gab Beate entschuldigend zurück, »aber sie war wohl ziemlich in ihn verliebt. Sie hat es zwar nicht direkt gesagt, ich bin mir dennoch sicher, dass sie zu dem Zeitpunkt schon eine ganze Weile mit Heiko zusammen gewesen ist...«

»Sie hatte also quasi eine Affäre? Unsere bodenständige Christine?«, rief Mona ungläubig aus. »Stille Wasser sind tief, sagt man ja...«

»Tja, Mona, du bist offenbar nicht die Einzige, mit der mal die Leidenschaft durchgeht«, entgegnete Beate süffisant, um gleich darauf wieder ernst zu werden. »Ich weiß nicht, ob sie Heiko davon erzählt hat, als sie wieder in Deutschland war, aber ich meine mich zu erinnern, dass die beiden ein paar harte Wochen hatten, bevor sie geheiratet haben. Christine war auf der Hochzeit ja auch schon schwanger, Emil kam im September zur Welt.«

»Das ist wirklich ein Ding«, rief Mona. »Und wie ist es mit Jan auseinandergegangen? Hat Christine dir das auch erzählt?«

»Ziemlich emotional, glaube ich.«

»Emotional? Inwiefern?«, bohrte Mona gleich weiter.

Beate zuckte mit den Schultern. »Genaueres weiß ich nicht. Aber da sie bis jetzt mit niemandem von uns über die Sache gesprochen hat und auch vorgestern nicht viel sagen wollte …«

»Wir wissen, was wir wissen müssen«, warf ich ein. »Christine und Jan hatten also vor gut zwanzig Jahren eine turbulente und unglückliche Liebesbeziehung. Sie haben sich gestern Abend zum ersten Mal seitdem wiedergetroffen, dass es ausgerechnet bei uns auf der Mittsommerfeier passiert ist … Die Welt ist wirklich sehr klein … Man kann sich vorstellen, dass es für die beiden möglicherweise nicht ganz leicht war.«

Beate nickte. »Die Arme. Was können wir jetzt für sie tun?«

Mona wirkte ungewohnt schweigsam, beinahe hilflos wiegte sie den Kopf. »Sollen wir hochgehen und mit ihr reden?«

Kurz trafen sich Åsas und mein Blick. Zu gern hätte ich gewusst, ob sie dasselbe dachte wie ich. Wenn Christine im Wintersemester 1996/97 mit Jan zusammen gewesen und ihr Sohn Emil im September 1997 geboren war, konnte da ein Zusammenhang bestehen?

»Ich denke, wir lassen sie erst einmal in Ruhe und sehen später wieder nach ihr«, sagte ich, statt Åsa zu fragen. »Aber es wäre bestimmt gut, wenn sie sich nachher mal bei jemandem aussprechen könnte.« Ich seufzte leise in mich hinein. In dieser Familie lag noch viel mehr begraben, als irgendjemand hätte ahnen können. »Vielleicht machen wir jetzt mit Maria weiter«, fuhr ich fort. »Åsa, lass uns in die Küche gehen und frischen Kaffee aufsetzen.« Ich nahm die noch halb volle Thermoskanne. Åsa sah mich einen Moment lang fragend an, kam dann jedoch wortlos mit.

In der Küche erzählte ich ihr leise, worüber ich nachgedacht hatte, während ich aus dem Esszimmer die Stimmen von Mona und Beate hörte, die sich anscheinend wieder über Maria aus Ellanda unterhielten.

Meine Frau stand mit vor der Brust verschränkten Armen an die Küchenzeile gelehnt und kaute auf ihrer Unterlippe, was sie immer tat, wenn sie überlegte.

»Unmöglich ist das sicher nicht«, sagte sie schließlich, während ich Kaffeepulver in die Maschine füllte. »Es kommt natürlich auf den genauen Zeitpunkt an und wann sie dann wieder mit Heiko geschlafen hat … Aber du bist der Arzt, du weißt das alles viel besser als ich.«

»Ich bin kein Frauenarzt«, murmelte ich.

Åsa lächelte. »Nein, natürlich nicht. Aber du hast drei Töchter.« Sie wurde wieder ernst. »Meinst du denn, dass Christine das in Erwägung gezogen hat? Hat sie mal einen Vaterschaftstest machen lassen?«

Ich zuckte mit den Schultern. »Ich habe keine Ahnung. Ich wusste ja nicht einmal von ihrer Affäre mit Jan, hatte doch ohnehin kaum Kontakt zu ihr und meinen anderen Schwestern. Ich denke nur, dass … na ja, das Zusammentreffen mit Jan nimmt sie außergewöhnlich hart mit, wenn man bedenkt, dass das Ganze schon so lange her ist …«

»Du meinst, es steckt mehr dahinter als nur eine sehr unglückliche Liebe?«

»Vielleicht.«

Åsa kaute wieder nachdenklich auf ihrer Unterlippe, während der Kaffee neben ihr langsam durchlief und dabei seinen verführerischen Duft verströmte. »Haben sie denn Ähnlichkeit, Jan und … Emil?«

Wieder zuckte ich mit den Schultern. »Ich weiß es gar nicht. Es ist so eine Schande, ich weiß kaum, wie mein Neffe aussieht. Sag, *älskling*, was sind wir eigentlich für eine seltsame Familie?«

Åsa lächelte. »Jede Familie ist ein bisschen seltsam.«

»Meine liebe Frau, diplomatisch wie immer.«

Ich nahm sie in den Arm und drückte sie fest. Es war kaum zu fassen, welches Glück ich mit ihr hatte. Sie hatte mich damals aus dem Sumpf gezogen, jetzt war sie immer noch an meiner Seite und half mir, die verwickelten Fäden meiner Familiengeschichte zu entwirren.

»Ich fürchte, dass ihr einfach immer zu wenig miteinander gesprochen habt«, sagte sie sanft in meinen Nacken.

Widerstrebend löste ich mich von ihr. »Da hast du sicherlich recht. Diese ganzen Geheimnisse. Jeder von uns scheint eine Leiche im Keller zu haben, das ist doch nicht normal. Ich habe bis jetzt gedacht, dass zumindest meine Schwestern alles voneinander wissen. Dass *ich* ein wenig außen vor war, war mir klar, aber dass die drei sich untereinander ihre Männergeschichten verheimlicht haben, finde ich seltsam.«

»Vielleicht hat es ihnen zu sehr wehgetan«, überlegte Åsa. »Ich hatte ja keine Schwestern, nur Brüder, da war der Umgang sicher etwas anders. In Liebesdingen, wenn sie mit den Frauen nicht weiterwussten, haben sie dann und wann mit mir gesprochen. Ansonsten waren sie allerdings eher schweigsam, haben viel mit sich selbst ausgemacht.« Sie lächelte in sich hinein, als ob ihr gerade wieder eine Situation von früher ins Gedächtnis gekommen wäre. »Ich könnte mir vorstellen, dass Mona sich und ihren Schwestern einfach nicht eingestehen wollte, dass es einen Mann gab, der sie wirklich, wirklich berührt und ihr Herz erobert hat – und sie schließlich anscheinend sehr verletzt hat.«

Ich nickte. »Das würde passen.«

»Und bei Christine war es vielleicht so, dass sie einerseits nicht glauben wollte, dass ihr Kind von einem anderen Mann als Heiko stammen könnte, und sich andererseits furchtbar geschämt hat. Wahrscheinlich wollte sie nicht schlecht vor ihren Schwestern dastehen. Oder sie hatte Angst, dass ihr Geheimnis die Runde machen könnte, wenn sie überhaupt jemandem davon erzählt. Es ist schrecklich, so etwas mit sich herumzutragen. Womöglich ist deswegen ihre Ehe zerbrochen.«

Wieder musste ich seufzen wie so oft in diesen Tagen. Åsa sah mich aus ihren leuchtenden blauen Augen liebevoll an.

»Lass uns immer ehrlich miteinander sein, ja?«, sagte sie.

Ich nickte stumm und nahm sie wieder in den Arm, spürte die starke Verbindung und Innigkeit zwischen uns, die ich als Kind bei meinen Eltern nie erfahren hatte.

Ich gab ihr einen Kuss, dann löste ich mich wieder von ihr. »Wir sollten zurückgehen. Wir können ja mal die alten Fotos heraussuchen, die sie uns zu Weihnachten und so geschickt hatten.«

»Ja, das ist eine gute Idee. Ich habe sie in unseren Verwandten- und Bekanntenordner geklebt, in dem wir Geburtsanzeigen, Weihnachtsfotos et cetera aufbewahren.«

Ich gab meiner Frau gleich noch einen Kuss. Sie war einfach wunderbar. »Du bist so ordentlich!«

»Nur was Fotografien angeht«, gab sie lächelnd zurück, gab mir einen Stoß und drückte mir die neu gefüllte Kaffeekanne in die Hand. »Nun geh du mal zurück zu Mona und Beate, ich suche die Fotos heraus. Nachher sehen wir nach Christine und sprechen mit ihr.«

»Gut«, gab ich zurück.

Mona und Beate schauten auf, als ich mit dem Kaffee hereinkam.

»Möchte jemand?«, fragte ich und hob die Kanne, aber beide schüttelten den Kopf.

»Hab noch«, meinte Mona.

»Lasst uns mit Maria weitermachen«, sagte Beate.

Ich nickte und setzte mich. Aus den Augenwinkeln sah ich, wie Åsa am Regal stand und in einem Ordner blätterte. Unsere Recherchen interessierten sie genauso wie mich.

»Åsa, wenn du magst, setz dich zu uns«, sagte da Beate.

»Äh… ja, gern«, antwortete sie und kam mit dem Familienordner in der Hand zu uns herüber.

»Was hast du denn da?«, fragte Mona.

»Ach, Leo und ich dachten, wir könnten uns die Fotos noch mal gemeinsam ansehen, die ihr uns die Jahre über geschickt habt zu Geburten, Taufen, Weihnachten und so. Weil mir Christine so leidtut, bin ich bei diesem Bild ihrer Familie hängen geblieben, dem neuesten, was wir haben. Das muss gewesen sein, kurz bevor sie sich getrennt haben, jedenfalls hat sie uns danach keine Familienfotos mehr geschickt, nur noch hier und da Bilder ihrer Kinder.«

»Zeig mal«, Mona griff nach dem Ordner, und auch Beate schaute herüber.

»Ja, richtig, das sind Heiko, Christine, Emil und Elena. Es ist eine Schande, so eine nette Familie«, sagte Beate.

»Ja, das stimmt«, meinte Åsa. »Emil und Elena sehen sich aber gar nicht ähnlich, oder?«

Beate lachte. »Nein, die beiden sind völlig verschieden. Emil ist ein dunklerer Typ, Elena eher hell. Emil ist ruhig, ordentlich, bedacht, Elena ist spontan, wild und manchmal etwas gedankenlos.«

»Sie kommt definitiv nach mir.« Mona grinste.

»Das kommt ja oft vor, dass die Geschwister ganz unterschiedlich sind«, überlegte Åsa. »Schau dir nur unsere Kinder an«, sagte sie, an mich gewandt.

Ich musste lächeln. »O ja, wer Liv, Sofia und Elin nicht gut kennt, würde sie nicht für Schwestern halten.«

»Was meint ihr, kommen Emil und Elena eher nach ihrem Vater oder nach ihrer Mutter?«, fragte Åsa geschickt weiter.

»Keine Ahnung. Elena ist noch die Spontanste in der Familie. Das kann sie eigentlich weder vom Vater noch von der Mutter haben«, antwortete Mona spöttisch.

»Ich würde sagen, sie haben beide was von beiden.« Beate gab sich diplomatisch. »Vom Aussehen her kommt Emil mehr nach Christine – Augen, Nase und Mundpartie zumindest … Haar- und Augenfarbe passen eher zu Heiko. Aber irgendwie sieht ja jeder etwas anderes in den Kindern. Bei Elena sehe ich zum Beispiel immer unsere Mutter vor mir, obwohl sie ein ganz anderer Typ ist.«

»Gott bewahre!« Mona seufzte. »Ich fand immer, dass Elena mir nicht nur ähnlich *ist*, sondern auch ähnlich *sieht*.«

»In gewisser Weise tut sie das ja auch …«, gab Beate zurück.

»Himmel, das wird ja immer schlimmer hier.« Mona

war entsetzt. »Das heißt also, dass ich Renate ähnlich sehe?«

»Ob es dir gefällt oder nicht…«, setzte Beate an.

»Letztlich steckt in jedem von uns etwas von beiden Elternteilen und etwas von den Generationen davor«, meinte Åsa versöhnlich. »Aber es ist schon auffällig, dass Heiko und Emil beide dunkle Typen sind, oder?«

Beate nickte. »Ja, stimmt.«

Und Jan war blond und blauäugig. Mh… Frisch mal deine Kenntnisse in Vererbungslehre auf, Leo, dachte ich. Vielleicht konnte mir auch mein Freund David auf die Sprünge helfen, der kannte sich da, meinte ich zu wissen, ganz gut aus. Mit David musste ich ohnehin mal unter vier Augen sprechen. Ob sich da tatsächlich etwas zwischen ihm und Beate anbahnte?

»Christine tut mir wirklich leid«, sagte Åsa. Dann seufzte sie, schlug den Ordner zu und brachte ihn zurück ins Regal.

Gerade als wir uns wieder den Briefen und Tagebüchern von Maria zuwenden wollten, klingelte es an der Tür.

»Ich gehe schon«, sagte Åsa. »Es ist vielleicht eine Freundin der Mädchen.«

Als sie die Tür öffnete, erkannte ich gleich Malins Stimme. Sie sprach zwar nicht sehr laut, wirkte aber aufgebracht. Unwillkürlich entfuhr mir ein Stöhnen. Sie musste mit Jan gesprochen haben.

»Was ist los?«, fragte Beate.

»Es ist Åsas Freundin Malin«, antwortete ich. »Ich gehe mal besser hin.« Ich erhob mich.

Beate hielt mich an der Hand. »Meinst du, Jan war bei seiner Schwester und hat ihr davon erzählt, dass er gestern hier seine Ex wiedergetroffen hat?«

»Ich denke schon. Es war ja sehr emotional. Malin und Jan stehen sich sehr nah, und Malin musste ihn damals, nach der Trennung von Christine, wieder aufpäppeln. Sie war oft hier, weil sie sich solche Sorgen um ihren Bruder gemacht hat. Er war zeitweise richtiggehend depressiv.«

Beate ließ meine Hand los.

»Bin gleich wieder da«, sagte ich. »Hoffentlich.«

»*Hej*, Malin«, begrüßte ich die beste Freundin meiner Frau, und meine Stimme klang selbst in meinen Ohren irgendwie müde.

»*Hej*, Leo.« Sie umarmte mich kurz und gab mir einen schnellen Kuss auf die Wange. Sie wollte offenbar etwas loswerden. »Kann ich reinkommen? Jan war eben bei mir.«

»Ja, natürlich«, sagte ich, »wir haben gerade Besuch und sitzen im Esszimmer und besprechen etwas. Vielleicht magst du mit Åsa in die Küche gehen?«

Malin ging gar nicht darauf ein, trat ein und schloss die Tür hinter sich. »Ist *sie* auch da?«

»Ich denke, du meinst Christine.«

»Ja, genau die meine ich. Die Frau, die es geschafft hat, meinem Bruder nach über zwanzig Jahren noch einmal das Herz zu brechen. Ich will zu ihr.«

»Nun beruhige dich doch erst mal.« Åsa versuchte, Malin sanft in die Küche zu schieben. »Wir setzen uns, trinken einen Kaffee und dann …«

»Ich will keinen Kaffee. Ich will zu ihr und sie fragen, was, um Himmels willen, sie sich bloß dabei gedacht hat. Wenn sie überhaupt mal denkt. Was ist eigentlich ihr Problem?«

Malin schüttelte Åsa unwirsch ab. Sie war wirklich

sauer. So hatte ich sie selten erlebt. Ja, sie konnte ziemlich temperamentvoll sein, aber sie war nicht bösartig, normalerweise sogar sehr mitfühlend. Jetzt allerdings lag ihr Mitgefühl eindeutig auf der Seite ihres Bruders.

»Malin, bitte«, setzte ich nun an, legte beide Hände beruhigend, wie ich hoffte, auf ihre Schultern. »Zu so etwas gehören immer zwei Leute. Ich finde, du solltest Christine die Chance geben, ihre Sicht der Dinge darzulegen.«

»Das will ich ja, nur muss ich sie dafür sehen«, antwortete sie wenig überzeugend. »Also, wo ist sie?«

Hinter mir tauchten Mona und Beate, wohl aufgeschreckt durch den nicht ganz leisen Wortwechsel, im Flur auf. Mir war das etwas unangenehm, aber ich konnte Malin ja schlecht wieder wegschicken.

»Malin, so aufgebracht, wie du bist, kann ich dich nicht zu ihr lassen. Ob du es glaubst oder nicht, Christine geht es auch nicht gut.«

»Nicht gut? Das ist ja wohl das Mindeste. Meinem Bruder geht es beschissen. Wieder einmal.«

Mona baute sich neben mir auf, die Arme in die Hüften gestemmt. »Unsere Schwester liegt oben im Gästezimmer und hat sich die Seele aus dem Leib gekotzt.«

»Ach …« Malin machte einen Schritt auf Mona zu.

Wie zwei Kampfhähne standen sich die beiden wütenden Frauen gegenüber. Und wir anderen konnten nur hilflos zusehen.

»Hat sie euch erzählt, dass ihr Sohn möglicherweise Jans Kind ist?«

»Was?«, fragten Beate und Mona wie aus einem Mund.

Die Bombe war geplatzt. Unweigerlich fasste ich mich an die Stirn. Sollte es also tatsächlich wahr sein? Und wusste Jan mehr? Wir mussten dringend mit Christine selbst sprechen – in Ruhe und ohne ihr Vorwürfe zu machen, nicht in so einer aufgeheizten Situation wie dieser.

»Vielleicht ist es doch besser, wenn wir uns jetzt alle erst einmal hinsetzen«, meinte ich und begann, Malin und Mona vor mir her in Richtung Esszimmer zu schieben. Wie durch ein Wunder wehrten sie sich nicht.

Wir setzten uns, Åsa holte Malin eine saubere Tasse, und ich, froh darüber, etwas Sinnvolles tun zu können, schenkte allen Kaffee ein. Ich schob die auf dem Tisch verstreuten Unterlagen notdürftig zusammen. Maria würde warten müssen, jetzt mussten erst einmal Probleme in der Gegenwart beseitigt werden.

»Also, Malin, erzähl uns einfach von Anfang an, was passiert ist, was du gehört hast«, forderte Åsa ihre Freundin auf. »Und bitte«, sie griff ihre Hand, »was auch immer du empfindest, hier gibt es noch einen Menschen, dem es schlecht geht, und dieser Mensch ist zudem Leos Schwester.«

Malin schluckte. »In Ordnung, ich werde versuchen, mich zusammenzureißen. Es ist nur so, dass Jan letzte Nacht plötzlich verschwunden war. Normalerweise verabschiedet er sich zumindest, wenn er von einer Party nach Hause geht. Aber gut, da habe ich mir noch nichts bei gedacht. Nur waren wir heute Mittag verabredet, er wollte mir ein paar DVDs zurückbringen, die er vor ewigen Zeiten ausgeliehen hatte. Als ich bis nachmittags um drei nichts von ihm hörte, bin ich zu ihm gefahren. Erst nach dem dritten Klingeln, ich wollte gerade wieder umkehren, ging der Summer. Seine Wohnungstür war geöffnet, aber niemand war zu sehen. Es stank nach Zigaretten, er muss die ganze Nacht geraucht haben. Ich fand ihn auf dem Sofa im Wohnzimmer in einem erbärmlichen Zustand. Er hatte offenbar zu viel getrunken, eine fast leere Whiskeyflasche lag neben ihm auf dem Boden, seine Augen waren rot, und er war völlig zerzaust. Ich habe zuerst überhaupt nichts Vernünftiges aus ihm rausbekommen, er hat nur gelallt und geweint. Schließlich habe ich ihn unter die Dusche gestellt und ihm einen Kaffee gemacht. Dann ging es etwas besser. Nach einer Weile hat er angefangen zu erzählen.«

»Was hat er gesagt?«, fragte ich, als Malin einen Schluck Kaffee nahm.

Sie war ein sehr impulsiver Typ, ich hoffte, dass sie sich ein wenig beruhigen würde.

»Dass er gestern bei euch Christine getroffen hat... Ich wusste erst gar nicht, von wem er spricht, bis er mir erklärte, es handle sich um *die* Christine, die er damals im Studium in Uppsala kennengelernt hatte, die seine große Liebe gewesen war und die ihn dann von jetzt auf gleich verlassen hatte. Die nach fast vier Monaten Beziehung plötzlich nach Deutschland abgehauen war, ohne irgendetwas zu erklären. Die seine Briefe und Telefonate nicht mehr beantwortet hatte. Die ihm schließlich nur eine SMS geschickt hatte mit einem Text wie: ›Es ist aus zwischen uns. Lass mich einfach in Ruhe.‹ Er hat erzählt, dass sie Leos Schwester ist und sie ihn damals einfach so aus ihrem Leben gestrichen und einen anderen geheiratet hat. Und sie ihm nun gestern offenbart hat, dass ihr Sohn womöglich von ihm ist. Das hat mich verständlicherweise auch ziemlich fertiggemacht. Nachdem ich Jan wieder einigermaßen aufgepäppelt hatte – soweit das möglich war zumindest –, konnte ich nicht anders, als direkt zu euch zu fahren.«

»Das wusste ich alles nicht«, sagte Mona ungläubig. »Ich habe eben erst davon gehört, dass Christine während ihres Auslandssemesters eine Affäre hatte, obwohl sie doch zu Hause längst schon mit Heiko zusammen war. Das hat sie noch nie erzählt. Also, jedenfalls mir nicht.«

Malin sah Mona an. »Sie hatte also zu Hause jemanden?«

Ich seufzte. »Es sieht so aus. Hat sie Jan denn erzählt, für wie wahrscheinlich sie es hält, dass er Emils Vater ist?«

Malin zuckte mit den Schultern. »Nein. Ich glaube, sie hat es ihm nur an den Kopf geworfen. Vielleicht, weil sie endlich mal reinen Tisch machen wollte. Aber nach zwanzig Jahren ist das natürlich ein Hammer für alle Beteiligten. Vor allem für das arme Kind wird es schwer.«

»Wir wissen nicht, wie es damals wirklich gelaufen ist«, versuchte ich sie zu beruhigen. »Aber wir sind uns wohl alle einig, dass es nicht optimal gewesen ist. Und vermutlich geht es genau deswegen Christine gerade so schlecht.«

»Sie wird schon ihre Gründe gehabt haben«, entgegnete Mona mit zusammengebissenen Zähnen. Ich spürte, wie der Ärger erneut in ihr aufkochte. Selbst wenn sie es insgeheim für falsch halten mochte, was ihre Schwester getan hatte, würde sie dies niemals vor einer für sie beinahe Fremden zugeben. Sie sah aus wie eine Löwin mit ihrer wilden Lockenmähne, sie war eine Löwin, wenn es um ihre Schwestern ging. »Aber du kannst nicht einfach nur ihr die Schuld in die Schuhe schieben. Zu so etwas gehören immer zwei.«

Malins Emotionen drohten wieder mit ihr durchzugehen. »Du willst doch wohl nicht behaupten, dass mein Bruder, der so dermaßen gelitten hat …«

Åsa, die neben Malin saß, legte ihrer Freundin einen

Arm um die Schultern. »Schsch«, sagte sie mütterlich und strich Malin wie einem Kind über das Haar. »Das bringt doch nichts, wenn wir uns jetzt hier gegenseitig zerfleischen. Die Situation ist für beide schlimm.«

»Ich schaffe das nicht noch einmal«, stöhnte Malin und ließ den Kopf sinken, rieb sich mit den Händen über das Gesicht. »Es ging Jan damals so schlecht, ich hatte so Angst um ihn. Jeden Tag war ich bei ihm … Ich stehe das nicht noch mal durch.«

»Es wird nicht wieder so schlimm werden«, versuchte Åsa es weiter. »Wir werden nachher mit Christine reden und ganz bestimmt eine Lösung finden.«

Wir schwiegen eine Weile, dann hörte ich, wie die Haustür leise ins Schloss fiel. Sicher war das Sofia, die eine Runde joggen ging.

»Jeder macht mal Fehler«, bemerkte ich. »Und Christine ist unsere Schwester, wir lieben sie, wir müssen ihr in dieser schwierigen Sache beistehen. Wir werden bestimmt eine Lösung finden.«

»Ja, natürlich«, sagte Åsa und sah Malin an, die die Stirn runzelte. »Aber was können wir tun, das allen Beteiligten hilft?«

»Da gibt es wohl nur eins, auch wenn es qualvoll werden könnte«, meinte Malin. »Einen Vaterschaftstest.«

Ich nickte. »Darüber habe ich auch schon nachgedacht. Ich werde mit Christine reden, ob sie damit einverstanden ist, und anschließend werde ich David anrufen. Der kann uns da bestimmt helfen.«

Beate verschluckte sich an ihrem Kaffee und musste husten. Ich bemerkte, wie Mona ihr einen vielsagenden Blick zuwarf. Tatsächlich, da lief also irgendetwas zwischen Beate und David.

Malin seufzte. Sie schien sich ein wenig beruhigt zu haben. »Also schön, dann warten wir mal ab, was Christine dazu sagt.« Sie sah auf den Papierstapel, der auf dem Tisch lag. »Womit seid ihr gerade beschäftigt?«

Ich schaute in die Runde. War es in Ordnung für alle, wenn wir Malin in unsere Recherchen mit einbezogen? Niemand protestierte. »Wir haben hier ein paar alte Briefe, Tagebücher und so weiter von einer jungen Frau, die uns einfach nicht loslassen«, versuchte ich unsere Faszination von Marias Leben in Worte zu fassen, ohne auf meinen speziellen Anteil an dieser Recherche zu sprechen zu kommen. Bisher hatte ich noch nicht einmal meinen Schwestern so richtig gesagt, warum mir diese Dinge so wichtig waren. »Sie sind aus dem Nachlass unserer Eltern.« Ich ließ die ganzen Querelen, die dieser Fund verursacht hatte, wohlweislich aus. »Die junge Frau, Maria, scheint offenbar irgendwie mit unserer Familie verbandelt zu sein. Was würden ihre Briefe sonst bei den Unterlagen unserer Eltern machen? Das Seltsame ist, niemand von uns«, ich sah in die Runde, alle hörten mir aufmerksam zu, Mona und Beate nickten, »weiß etwas von dieser Maria, niemand hat je ihren Namen gehört.« Ich stockte. Was sollte ich noch erzählen?

Doch Malins journalistischer Spürsinn schien schon geweckt zu sein. »Das klingt interessant, erzähl weiter«, bat sie.

Auch Mona, Beate und Åsa nickten mir aufmunternd zu. Mir war die ungeteilte Aufmerksamkeit aller etwas unangenehm, aber ich umriss in groben Zügen alles Weitere. »Wir wissen, dass Maria 1953 geboren wurde und aus Karlskrona stammt, dass sie drei Brüder hat – von denen der älteste, Bengt, nach einem heftigen Streit mit ihrem Vater, der offenbar auch handgreiflich geworden ist, Ende der Sechziger ausgezogen ist. Das stand in einem der Briefe, die noch oben liegen«, erklärte ich Mona und Beate. »Er hatte vor, mit seiner Freundin Alicia den Hof ihrer Tante in Odensjö zu übernehmen und in Jönköping Agrarwissenschaften zu studieren, was der Vater nicht gutgeheißen hat.«

»Dieser … Wie hieß er noch?«, fragte Mona.

»Bertil«, half Beate aus.

»Richtig, dieser Bertil wird mir immer unsympathischer. Er scheint ein cholerischer Typ mit einem ordentlichen Minderwertigkeitskomplex gewesen zu sein«, warf Mona ein.

»Das wissen wir doch gar nicht«, bemerkte Beate. »Vielleicht ist er auch einfach nur anders erzogen worden, sehr konservativ eben.«

»Kann sein«, Mona zuckte mit den Schultern. »Dass er seinen Kindern gegenüber nicht besonders empathisch war, wissen wir jedenfalls. Da war er wohl ein bisschen wie Horst.«

»Jetzt wirst du aber böse«, sagte Beate.

»Findest du?«, entgegnete Mona. »Er hat uns nicht geschlagen, aber altmodisch mit strengen Prinzipien und Vorstellungen war er doch auch. Seine Töchter hatten eine vernünftige Ausbildung zu machen und dann zu heiraten und Kinder zu bekommen. Sein Sohn war sein Ein und Alles, hatte aber bitte schön so zu leben wie er selbst und das Familienunternehmen zu übernehmen«, giftete sie.

Ich war überrascht. Mona gab nicht mehr mir die Schuld an allem, sondern bedachte nun auch, wie unser Vater mich behandelt hatte.

Malin sah interessiert zu Mona hinüber. »Von wann sind die Unterlagen denn?«

»Wir haben uns bisher vor allem mit Marias Aufzeichnungen aus dem Sommer 1969 beschäftigt«, erklärte ich.

Malin nickte. »Vielleicht war ihr Vater wirklich bloß schrecklich altmodisch. Womöglich hat er es selbst einfach nicht anders kennengelernt. Früher ist man noch ganz anders mit Kindern umgegangen als heutzutage. Aber sprich bitte weiter, Leo«, forderte sie mich auf.

»Im Sommer 1969 sind die vier Geschwister wie in den Jahren zuvor zu Verwandten gefahren – einer Familie Olsson, die einen Hof in Ellanda hatte und sich über Hilfe bei der Ernte freute«, versuchte ich den Faden wieder aufzunehmen. »Ellanda ist ein kleiner Ort südwestlich von Växjö. Dort gab es zu der Zeit drei Höfe. Den der Pährssons, den der Erikssons und ebenden der Olssons.«

»Freuen taten sich wohl auch ihre Eltern, weil sie die vier den Sommer über loswurden und ungestört arbeiten konnten«, murmelte Beate.

»Die verwandtschaftliche Verbindung bestand darin, dass Marias Mutter Ulrika die Schwester von Greta Olsson war, die wiederum nach der Heirat mit einem gewissen Leif zu ihm und dessen Mutter auf den Hof gezogen war. Wir wissen nicht genau, wann das war, nur dass sie auch ihre und Ulrikas Mutter mitgenommen hat. Gretas und Ulrikas Familie stammte ursprünglich ebenfalls aus Småland, Ulrika kehrte dem Landleben und der Familie jedoch vollständig den Rücken und zog zu ihrem Mann nach Karlskrona.«

Ich sah, wie Malin die Stirn runzelte. »Auch viel Konfliktpotenzial. Ging das denn gut?«

»Was meinst du damit?«, fragte ich.

»Das Zusammenleben mit Frau, Mann, Mutter und Schwiegermutter.«

»Das war doch damals ganz normal«, entgegnete Åsa, »denk an die Großfamilien, die früher überall auf dem Land zusammenwohnten.«

»Ich weiß«, sagte Malin, »aber trotzdem. Lief es zwischen allen Beteiligten einigermaßen?«

»Es scheint so.« Ich nickte. »Von *farmor*, also von Leifs Mutter, wissen wir nicht so viel, sie muss recht bald nach der Heirat ihres Sohnes verstorben sein. Wir wissen nur, dass sie Greta bei einer Frage helfen konnte, die in der Familie anscheinend immer wieder aufgetaucht ist, nämlich der, warum es zwischen den Bewohnern von Ellanda und explizit den Pährssons und den Olssons immer wieder zu Spannungen mit einer Familie namens Gustafsson aus Gransholm gekommen ist.« Als Malin fragend eine Augenbraue hob, erklärte ich die Angelegenheit, so gut ich konnte. Auch Åsa beugte sich interessiert vor, sie war ja bisher ebenfalls noch nicht über alles informiert. »Für uns ist allerdings viel interessanter, dass Maria und ihr Cousin Anders, der Sohn der Olssons, sich ineinander verliebt haben und dass sie anscheinend in diesem Sommer schwanger geworden ist. An der Stelle haben wir abgebrochen, nachdem Christine übel geworden war«, schloss ich und faltete unbewusst die Hände.

Wie würde es mit Maria weitergehen? Was konnte Mona noch beisteuern? Aber ich wusste es ja. Langsam fügte sich alles zusammen – auch mit dem Brief, der unsere Eltern erreicht hatte. Der mir in die Hände gefallen war und mich zutiefst beunruhigt hatte. Den würde ich ganz zum Schluss hervorholen. Und dann würde sich zeigen, ob sie dasselbe dachten wie ich.

»Das klingt echt spannend«, bemerkte Malin. Ihre Augen glühten. Das war etwas für die Journalistin. Sie hatte eine Fährte gefunden, die sie verfolgen konnte, das lenkte sie von Jan und Christine ab. »Was habt ihr noch?«, fragte sie.

»Es gibt noch das anschließende Tagebuch von Maria über die Zeit ab September 1969«, erklärte Mona. Sie sah kurz zu mir herüber, aber es war keinerlei Vorwurf oder Ähnliches mehr in ihren Augen zu erkennen. Wir hatten uns ausgesöhnt. »Meine Freundin Anne hat es für mich übersetzt. Maria weiß es anfangs noch nicht, aber ich war mir gleich sicher, dass sie schwanger von Anders ist. Es wird wohl immer offensichtlicher, ihr geht es ziemlich schlecht. Irgendwann spricht ihre Mutter sie an. Sie reagiert kühl, aber nicht abweisend, vor allem warnt sie Maria vor ihrem Vater. Sie beschließen, ihn einzuweihen, Maria schreibt davon, dass sie furchtbare Angst vor dem Gespräch mit ihm und vor seiner Reaktion hat. Er reagiert erwartungsgemäß sehr zornig, schreit, bedroht sie und schlägt sie. Er will wissen, von wem das Kind ist, doch Maria schweigt, wohl auch aus Angst, dass ihr Vater Anders etwas antun könnte. Wohlweislich hat sie von Anfang an in diesem Tagebuch nur noch von A. geschrieben. Sie erwähnt, dass sie das Haus nicht mehr verlassen darf, dass sie verzweifelt versucht, Anders noch einen Brief zukommen zu lassen, um ihn zu warnen. Er sollte ihr auf keinen Fall mehr schreiben und auch sonst nichts unternehmen.«

»Diesen Brief haben wir«, unterbrach ich Mona und wühlte mich durch die auf dem Tisch liegenden Papiere, konnte das Blatt, das mehr aussah wie eine kurze Notiz, aber auf die Schnelle nicht finden. »Er liegt wohl noch oben im Gästezimmer… Jedenfalls hat sie es anscheinend nicht mehr geschafft, ihn abzuschicken.«

Einen Augenblick blieb es still im Esszimmer, alle dachten über diese neue Information nach.

»Wie es danach weiterging, ob und wann sie wieder Kontakt zu Anders hatte, wissen wir nicht«, setzte ich fort.

Wieder sagte niemand etwas. Bis schließlich Åsa das Schweigen brach. »Wie furchtbar. Maria musste das alles allein durchstehen. Wie mag es nur weitergegangen sein?«

Bevor ich etwas antworten konnte, sprach Mona: »Das verraten uns leider auch Marias Aufzeichnungen nicht. Im März 1970, offenbar kurz vor der Geburt des Kindes, enden sie abrupt.« Mona hielt die graue Kladde hoch und blätterte durch die letzten leeren Seiten. »Es gibt keinen Hinweis darauf, wie es mit Maria, Anders und dem Kind weitergegangen ist. Ich weiß nicht, warum sie nichts über die Entbindung geschrieben hat, wo sie ansonsten doch alles, was passiert ist, ziemlich akribisch beschrieben hat.« Mona sah mich an. »Vielleicht verstehst du nun ein bisschen, warum mir diese Sache keine Ruhe gelassen hat und ich so hinter den anderen Unterlagen her war«, setzte sie, beinahe entschuldigend, hinzu.

Ich nickte. »Das verstehe ich.« Einen Moment lang sahen Mona und ich uns an, in einem tief verbundenen Mitgefühl füreinander. Ich holte Luft und griff nach einem Blatt Papier, das, bislang von den anderen unbemerkt, auf dem Stuhl neben mir gelegen hatte. »Dann will ich euch jetzt mal sagen, warum diese Unterlagen für *mich* so wichtig sind.«

20

Beate

Leos Neuigkeit schlug ein wie eine Bombe.

»Maria musste ihr Kind weggeben?«, fragte ich und spürte, wie mir Tränen in die Augen stiegen.

Auch Åsa war aufgewühlt. Leo nickte und griff nach Åsas Hand.

»Ich kann es nicht fassen«, sagte Mona, ebenso schockiert wie ich.

»Du weißt das aus einem Brief, den Maria geschrieben hat?«, fragte ich.

»Genau«, erwiderte Leo geduldig. »Es ist ein Brief von Maria, der jedoch keine Empfängeradresse enthält, er muss also persönlich von jemandem übergeben worden sein. Ich vermute, dass es nicht Maria selbst war. Der Brief ist nicht datiert, aber wegen des Inhalts können wir davon ausgehen, dass er irgendwann im Frühjahr 1970 geschrieben worden ist. Ich werde ihn euch am besten Satz für Satz übersetzen.«

Und dann las er den Brief von Anfang bis Ende vor.

Sehr geehrte Verwandte,
ich weiß nicht genau, wer ihr seid, aber der Knecht Siegfried, der bei den Olssons arbeitet, hat mir anvertraut,

dass ihr gute Menschen seid und dass euer und sein Großvater wohl Brüder waren.

Ich habe ein Kind zur Welt gebracht, das ich über alles liebe, das ich aber nicht behalten darf, weil ich zu jung bin. Ich habe drei Geschwister. Wir könnten kein weiteres Kind mehr durchfüttern, hat mein Vater gesagt. Er will auch kein uneheliches Kind im Haus haben. Das Kleine habe ich nur ganz kurz ansehen dürfen, ich weiß nicht einmal, ob es ein Junge oder Mädchen ist. Aber es hat so ein zauberhaftes Gesicht, ist so perfekt mit seiner kleinen Stupsnase und den rosigen Wangen …

Siegfried hat mir versprochen, euch eine kurze Nachricht von mir zu überbringen. Meinem Vater wäre das nicht recht, deshalb muss ich es heimlich tun. Ich will es aber unbedingt. Dieses Kind ist entstanden durch meine große Liebe zu einem Jungen, kaum älter als ich. Es ist wahrhaftig ein Kind der Liebe, und ich wünsche mir mehr als alles auf der Welt, dass ihr ihm all eure Liebe geben und dass ihr euch gut um das Kleine kümmern werdet. Siegfried hat gesagt, dass ihr keine Kinder bekommen könnt, und deswegen bin ich mir sicher, dass es ihm bei euch gut gehen wird und dass ihr es lieben werdet. Vielleicht ebenso sehr wie ich.

Wenn ihr es möchtet oder wenn das Kind es irgendwann möchte, würde ich mich unendlich freuen, wenn ihr mir schreibt und mich besucht. Allerdings weiß ich nicht, wie lange ich noch hier in Karlskrona bei meinen Eltern sein werde. Es hält mich nichts mehr. Deswegen schreibe ich auf die Rückseite zwei Adressen, die von meinem Elternhaus und die von meiner Tante in Ellanda, wo ich vielleicht hingehen werde.

Nichts würde ich mir mehr wünschen, als eines Tages

von euch zu hören oder ein Foto von meinem, eurem, Kind zu bekommen. Bitte sagt dem oder der Kleinen, dass ich es nicht weggegeben habe, weil ich es nicht wollte!

Eure Maria

Wir waren sprachlos und hatten nun alle Tränen in den Augen.

»Warum war dieser Brief bei unseren Eltern?«, fragte Mona schließlich, aber die Antwort war uns eigentlich allen klar.

Malin sprach es aus. »Kann es sein, dass einer von euch … Marias Kind ist?«

»Das eben ist die Frage«, sagte Leo, und es klang irgendwie abgeklärt. »Genau damit habe ich mich die letzten Wochen herumgeschlagen. Ich hatte ja nur die Briefe und Marias Aufzeichnungen vom Sommer 1969. Das Tagebuch vom darauf folgenden Herbst, das ich brauchte, um wirklich sicher zu sein, hatte Mona.«

Leos Stimme brach, er räusperte sich. Er sah plötzlich sehr blass aus. Åsa drückte Leos Hand, die sie, seitdem er den Brief vorgelesen hatte, nicht mehr losgelassen hatte, und lehnte ihren Kopf an seine Schulter.

Plötzlich waren wir alle ganz still. Jeder hing einen Moment lang seinen Gedanken nach.

»Einer von uns ist adoptiert!«, rief Mona schließlich. »Wer hätte das gedacht?« Ihre Stimme klang hysterisch. Doch sie fing sich ziemlich schnell wieder. »Ich hätte ja wetten können, dass *ich* das bin, dass *ich* nicht zu dieser Familie gehöre. Aber das kann nicht sein. Ich bin schon 1966 geboren.«

Malin runzelte die Stirn, Leo und Åsa wechselten einen Blick.

»Stimmt. Du kannst es nicht sein«, sagte ich langsam, noch immer wie paralysiert, »auch wenn es dir ganz gut in den Kram passen würde. Du bist zu alt.«

»Danke«, antwortete Mona keck.

»Maria ist im Sommer 1969 schwanger geworden«, überlegte Malin, »vermutlich Ende Juni. Dann wird das Kind irgendwann im …« Sie rechnete.

»… im März 1970 geboren sein«, beendete Leo den Satz ungeduldig. »Als das Tagebuch endet. Und wer von uns Geschwistern wurde da geboren?« Wir alle sahen Leo stumm an. Er schlug mit den Handflächen auf den Tisch. »Genau, ich.«

21

Mona

»Das kann nicht sein! Was ist denn hier heute los?« Ich konnte es einfach nicht glauben. »Du, Leo, bist adoptiert? Du sollst Marias Kind sein?«

Es hielt mich nicht mehr auf meinem Stuhl, ich stand auf und lief unruhig im Esszimmer auf und ab. Das waren eindeutig zu viele Geständnisse und Neuigkeiten. Nicht nur, dass unsere kleine Schwester womöglich ein Kuckuckskind hatte, das sie uns allen über Jahre verheimlicht hatte, nun sollte unser gerade wiedergewonnener Bruder gar nicht unser leiblicher Bruder sein? Es war unfassbar. Ich stand an der großen Fensterscheibe und starrte in den Garten und auf die Schärenlandschaft hinaus. Von einem Augenblick auf den anderen hatte sich alles zusammengefunden, nur um gleich darauf wieder auseinanderzubrechen. War denn auf überhaupt nichts mehr Verlass?

»Es sieht so aus«, antwortete Leo erschreckend ruhig. »Überlegt mal, es passt alles zusammen. Unsere Mutter hatte, kurz nachdem Beate geboren war, diesen schrecklichen Unfall. Ich meine, dass es sogar unser Vater war, der den Lastwagen gesteuert hatte.«

Ich nickte. Erinnerungsbruchstücke kamen zurück. Das

Quietschen der Bremsen, die Schreie … Ich musste etwa zweieinhalb Jahre alt gewesen sein, unsere Oma hatte mich auf dem Arm gehabt. Wir hatten ein bisschen bei den Bauarbeiten zugesehen und den kleinen Laster bestaunt, den Horst gefahren hatte.

»Er hat zurückgesetzt und dabei übersehen, dass Renate noch dahinterstand, um Steine zur Seite zu räumen …«

Ich schlug die Hände vors Gesicht, so brutal kam plötzlich alles wieder hoch. Niemand hätte damals gedacht, dass ein zweieinhalbjähriges Kind etwas von den Geschehnissen behalten würde. Hatte ich auch nicht, nicht wirklich, aber diese Erinnerungsfetzen reichten … Ich spürte, wie jemand kam und mir den Arm um die Schultern legte. Es war Leo. Ich lehnte meinen Kopf an den starken Oberkörper meines Bruders, spürte das Auf und Ab seines Brustkorbs.

»Und danach konnte Renate keine Kinder mehr bekommen«, überlegte ich schließlich in die Stille des Raumes hinein. »Das war ein offenes Geheimnis, ich habe mal die Nachbarn darüber reden hören. Uns Kindern hatte man selbstverständlich nichts gesagt.« Ich machte eine Pause, Leo und ich gingen zum Tisch zurück und setzten uns wieder.

»Und das, wo sie sich noch so sehr einen Stammhalter gewünscht haben«, sagte Beate da.

»Wie gut es dann passte, dass irgendwo im fernen Schweden gerade ein Kind geboren wurde, das von seinem Großvater nicht erwünscht war«, ergänzte ich.

»Zudem ein Junge«, meinte Leo.

»Was wir allerdings nicht genau wissen«, gab Malin zu bedenken. »Könnte es nicht sein, dass Marias Kind rein gar nichts mit euch zu tun hat? Trotzdem … Das ist ja ein ganz schöner Schock.« Sie griff Leos Hand und streichelte sie freundschaftlich. »Es ist ordentlich was los in eurer Familie, das muss man sagen. Und es gibt seltsame Parallelen …«

»Du weißt, dass das nichts ändern wird zwischen uns, ja?«, fragte Åsa, die zu ihrem Mann gegangen war und ihm von hinten die Arme umgelegt hatte.

Sie wirkte nicht so überrascht wie wir anderen. Wahrscheinlich hatte Leo mit ihr schon vorher einmal über seinen Verdacht gesprochen.

Leo küsste Åsas Hand und sah zu ihr auf. »Das weiß ich, *min älskling*. Es tut gut zu wissen, dass manche Dinge bleiben.«

Åsa drückte ihn fester und legte ihre Wange an seine.

»Aber wir haben Marias Brief bei unseren Eltern gefunden, Malin. Wie sollte er sonst zu ihnen gekommen sein, wenn nicht zusammen mit ›dem Kind‹«, nahm Leo den Faden wieder auf.

»Ich gebe zu, die Indizien sprechen dafür.« Malin nickte. »Aber wieso kamen Marias Eltern gerade auf euch, als sie ihren Enkel weggeben wollten? Da wird es doch in Schweden auch Familien gegeben haben, die einen unerfüllten Kinderwunsch hatten, oder ein Heim …«

»Das verstehe ich ebenfalls nicht«, grübelte Leo.

»Wartet mal«, sagte Beate da. »Was ist denn mit diesem Siegfried? Aus Marias Brief geht hervor, dass dessen Großvater und der Großvater der Adoptiveltern Brüder waren. Komisch, Siegfried war doch Deutscher …«

»Das stimmt!«, fiel ich ein. »Allerdings wissen wir sonst nichts über ihn. Und wie kamen Marias Eltern darauf, Siegfried um Hilfe zu bitten? Oder wusste Siegfried von den Sorgen seiner Verwandten in Deutschland und machte ihnen den Vorschlag? Wie hat Siegfried überhaupt von Marias Schwangerschaft erfahren?«

»Vielleicht haben Marias Eltern die Olssons kontaktiert«, erwiderte Leo. »Um zu erfahen, was im Sommer vorgefallen ist. Und Siegfried hat das mitbekommen.«

»Ihr solltet diese Unterlagen noch ein bisschen weiter durchforsten«, schlug Malin vor. »Womöglich findet sich da ja noch etwas.«

»Macht ihr das«, sagte Leo da und erhob sich. »Ich werde mal hochgehen und nach Christine sehen. Bei der Gelegenheit kann ich ihr gleich mitteilen, dass ihr Bruder gar nicht wirklich ihr Bruder ist.«

»Doch, Leo, das bist du«, schoss es da aus mir heraus, und meine Gefühle drohten mich erneut zu überwältigen. »Du bist unser aller Bruder!« Ich stand ebenfalls auf und umarmte Leo. Wie schön es war, einen kleinen Bruder zu haben! Wieso nur hatten wir uns so voneinander abgewendet? Wieso hatten wir zugelassen, dass unsere Eltern einen Keil zwischen uns treiben konnten?

Auch Beate kam nun zu uns und drückte uns beide gleichzeitig.

»Danke«, sagte Leo schließlich und löste sich wieder. »Das tut gut.«

»Ihr dürft euch nie wieder so weit voneinander entfernen«, flüsterte Åsa ergriffen.

»Das werden wir nicht«, sagte Beate mit fester Stimme.

Wir durchforsteten also weitere Papiere, während Leo in der Küche einen Tee für Christine kochte. Malin und Åsa übersetzten für Beate und mich, so schnell sie konnten.

»Am besten wäre es vermutlich, wenn man Maria

direkt fragen könnte«, meinte ich recht bald, weil mir die Sucherei zu anstrengend wurde. Mich interessierte die Sache brennend, aber ich war einfach niemand für Papierkram, ich war halt eher eine Frau der Tat.

»Das ist keine schlechte Idee«, meinte Malin und legte einen Stapel Briefe, den sie gerade aus der Kiste genommen hatte, aus der Hand. »Es dürfte nicht allzu schwer sein, den Hof einer Familie Olsson in einem Kaff wie Ellanda zu finden. Vielleicht weiß dort auch jemand etwas über Maria und Anders.«

»Wenn es den Hof noch gibt … Wäre schön, wenn jemand von der Familie noch dort leben würde«, Beate gefiel die Idee offenbar ebenfalls. »Vielleicht sogar Anders selbst!«

»Das wäre die Lösung!«, rief ich begeistert. »Dann könnten wir aus erster Hand erfahren, ob Leo wirklich Marias Sohn ist und wie er nach Bremen zu unseren Eltern kam.«

»Nein«, sagte Åsa da und hielt ein Stück Papier hoch. »Können wir leider nicht. Dies hier ist der Ausschnitt aus einer Zeitung, die Bekanntmachungen einer schwedischen Kirchengemeinde über Geburten und Todesfälle. Ich habe ihn gerade zwischen den Briefen gefunden. Unsere Maria ist tot.«

Wir waren alle einen Moment still, wie im Schock.

»Der arme Leo.« Beate rieb sich mit den Händen über das Gesicht. »Jetzt wird er nicht mehr herausfinden, ob Maria tatsächlich seine leibliche Mutter war. Und sie schon gar nicht mehr kennenlernen … Es hätte ihm sicher geholfen.«

»Und wenn noch jemand anderes aus der Familie in Ellanda lebt?«, versuchte ich es vorsichtig.

»Zeig mal her«, bat Malin ihre Freundin, die ihr den Ausschnitt reichte. »Es ist kein Datum zu erkennen. Hier ist die Rede von einer Maria Widström, die anscheinend im Kindbett gestorben ist. Gleichzeitig wird angegeben, dass ein Jarl Widström geboren worden ist.« Sie legte den Ausschnitt ab und massierte sich die Schläfen mit Zeige- und Mittelfingern.

»Kein Wunder, dass unsere Eltern Maria nie kontaktiert haben, wenn sie kurz nach der Geburt gestorben ist«, sagte Beate ernüchtert.

»Das wissen wir doch gar nicht«, meinte ich. »Vielleicht haben sie es ja versucht.«

Beate sah nicht überzeugt aus. »Wenn sie ihren Brief überhaupt verstanden haben. Sie konnten doch kein Schwedisch.«

»Selbst wenn sie ihn nicht übersetzen lassen haben, werden sie die Adressen ja wohl gesehen haben. Außerdem hätte Siegfried doch übersetzen können. Und wenn sie mit dem Brief nichts anfangen konnten, dann sicher auch nicht mit der Todesanzeige.« Ich wollte nicht aufgeben.

Malin sah auf den Zeitungsausschnitt und überlegte. »Etwas macht mich stutzig. Diese Meldungen kommen von einer Kirchengemeinde in Öjaby. Das ist nicht weit von Växjö. Aber Ellanda gehört zu Gemla, oder nicht? Und Karlskrona ist wieder ganz woanders. Wie hieß ›eure‹ Maria denn eigentlich mit Nachnamen?«

»Das muss doch auf der Rückseite des Briefes stehen, den sie unseren Eltern geschrieben hat. Zeig mal her, Beate.« Ich schöpfte wieder Hoffnung und nahm das Papier auf, das Beate mir herübergeschoben hatte. »Hier steht es: Maria Enqvist, Gyllenstjärnas väg 9, 37140

Karlskrona. Und: Familj Olsson, 36032 Ellanda. Keine Straße.« Ich hob den Kopf. »Sie hieß Enqvist, nicht Widström. Sie ist nicht tot.«

»Und warum ist diese Anzeige dann bei den anderen Unterlagen? Wie kam sie zu unseren Eltern?«, fragte Beate.

»Vielleicht steckte sie aus Versehen in einem der Tagebücher …«, grübelte ich.

»Ich habe eine Idee«, sagte Malin da. »Ich habe ganz gute Kontakte zum Skatteverket, das ist die schwedische Finanz- und Steuerbehörde, die, seit die Kirchenbuchführung und die Steuerregistrierung zusammengelegt wurden, die Registrierung der Einwohner Schwedens betreut – was bei euch das Standesamt macht. Wir haben da öfter Rechercheaufträge von der Zeitung. Ich werde mal eine Anfrage zu Maria Widström schicken. Vielleicht finden wir damit heraus, ob eine Verbindung zu unserer Maria besteht. Allerdings wird es wegen des Feiertagswochenendes wohl etwas dauern.«

»Das klingt gut.« Es war praktisch, eine Journalistin an der Seite zu haben. Jetzt, da sie nicht mehr so auf unserer Schwester herumhackte, fand ich sie eigentlich ganz nett. Irgendwie mochte ich sie sogar. Sie war zupackend und emotional wie ich selbst, und sie stand fest zu ihrem Bruder. Das imponierte mir.

In dem Moment polterte es auf der Treppe, und Leo kam ins Esszimmer gestürzt. »Christine …«, stieß er keuchend aus. »Sie ist nicht da. Ich kann sie oben nirgends finden. Hab vom Fenster aus den Garten abgesucht, da ist sie auch nicht. Sie muss vorhin, als wir die Tür gehört haben, rausgegangen sein.«

Mit einem Satz waren wir alle auf den Beinen.

»Wir müssen sie finden«, sagte Åsa besorgt. »Sie hat mir gar nicht gefallen.«

»O mein Gott! Hat sie gehört, wie ich über sie geschimpft habe?« Malin schlug sich die Hände vors Gesicht.

»Was, wenn sie sich etwas antut?«, fragte Beate ängstlich.

»Los, los, wir teilen uns auf«, bestimmte Leo.

22

Christine

Malins Wut so unverhohlen zu spüren gab mir den Rest. Vom Badezimmer aus hörte ich ihre Stimme. Sie klang aufgebracht. Ich musste einfach lauschen, musste wissen, was sie von Jan erzählte, also schlich ich in den Flur und hockte mich auf den Treppenabsatz, verborgen hinter dem dicken Pfeiler des hölzernen Geländers. Es ginge Jan sehr, sehr schlecht, sagte Malin. Sie hätte mich am liebsten in der Luft zerrissen. Wer konnte es ihr verdenken?

Mir ging es selbst nicht anders. Ich konnte mich nicht mehr ausstehen. Was hatte ich bloß getan? Warum hatte ich damals nicht gleich reinen Tisch gemacht? Emil hätte von Anfang an erfahren, dass Heiko nicht sein Vater ist, wenn es denn so war. Heiko hätte mich vielleicht gar nicht erst geheiratet, aber damit wäre ich bestimmt fertig geworden. Nur dass es Elena dann nicht gäbe …

Ich hatte mich noch nie so schrecklich gefühlt.

Als alle mit Malin im Esszimmer verschwanden, dachte ich nicht lange nach, schlüpfte in meine Schuhe und rannte aus dem Haus. Einfach nur weg. Ich lief und lief. Die Wärme auf der Haut, die salzige Brise, das Plätschern der Wellen, die leicht gegen das Ufer schlugen, bemerkte ich kaum. Es waren Segler auf dem Wasser, ein Motorboot rauschte an mir vorbei und verstärkte für einen Moment den Schlag der Wellen. Normalerweise wäre ich stehen geblieben und hätte die ganze Pracht dieses Ortes in mich aufgesogen, aber an diesem Tag interessierte mich das alles nicht. Weil es in mir nicht schön aussah, konnte ich auch die Schönheit um mich herum nicht würdigen.

Schließlich fand ich mich auf einer Landzunge wieder. Ich stand, leicht erhöht, über einem kleinen Strand, an dem sich ein paar Leute tummelten. Sie badeten oder genossen die letzten wärmenden Sonnenstrahlen des Mittsommertages. Vielleicht erholte sich der ein oder andere auch noch von seinem Rausch der Feierlichkeiten. Saß mit Hämmern im Kopf im Sand, der ihm die Haut aufrieb, und fragte sich, was um Himmels willen er bloß in der vergangenen Nacht getrieben und wem er das Herz gebrochen hatte. So wie ich. Ich setzte mich ins Gras, lehnte meinen Rücken an eine Sumpfkirsche, deren traubenförmig angeordneten weißen Blüten ihren honigartigen Duft verströmten. Bald würden sie verblühen. Es wirkte wie ein letztes Aufbäumen.

Meine Arme und Beine waren völlig kraftlos, in keiner Faser meines Körpers spürte ich noch etwas. Ich schloss die Augen. Was sollte ich tun? Was würde passieren, wenn ich wieder nach Hause kam?

Da bemerkte ich, wie sich jemand neben mich setzte. Was sollte das denn? Das Letzte, was ich jetzt wollte, war Gesellschaft. Die Person sagte nicht einmal etwas. Ich war also gezwungen, die Augen zu öffnen, und entdeckte meinen Bruder.

»Leo.«

»Christine … Tut mir leid, dich zu stören, aber wir haben uns Sorgen um dich gemacht.«

»Ach ja, ich bin einfach davongelaufen, tut mir leid. Aber ich schäme mich so.« Ein dicker Kloß drückte in meinem Hals. »Du weißt ja jetzt alles von Malin. Ich habe dieses schreckliche Geheimnis, diese Ungewissheit all die Jahre mit mir herumgetragen … Ich weiß nicht, was ich tun soll. Wie soll es weitergehen? Was soll ich Emil bloß sagen?«

»Du hast ein paar Fehler gemacht, sogar ein paar ziemlich große«, sagte Leo und legte mir einen Arm um die Schultern, »das muss ich zugeben. Aber ich denke, wir können das Knäuel an Problemen lösen.«

Er lächelte mich an, beinahe zärtlich, und verströmte dabei so viel Zuversicht, dass ich wieder ein klein wenig Hoffnung schöpfte.

»Wie denn?«

»Nun, es wird nicht ganz leicht werden, ich denke dennoch, du solltest einen Vaterschaftstest machen lassen. Mit großer Wahrscheinlichkeit wird dabei herauskommen, dass Heiko der Vater von Emil ist, und nichts wird sich ändern.«

»Und was, wenn nicht?«, fragte ich besorgt.

»Das sehen wir dann. So oder so bringt es Klarheit für alle. Und das braucht ihr jetzt. Du und Jan und vielleicht Heiko. Wenn es doch anders ausgehen sollte, als wir es erwarten, dann auch Emil.«

Ich seufzte. »Aber für einen Vaterschaftstest muss ich die Einverständniserklärung aller Beteiligten haben?«

»Normalerweise schon. Ein guter Freund von mir, David, du kannst dich vielleicht an ihn erinnern, er war gestern Abend hier …«

»Ja, ich erinnere mich an ihn. Dein Kollege aus dem Krankenhaus, mit dem sich Beate so gut verstanden hat.«

»Genau der. Er ist ja Kinderarzt und kennt sich ganz gut aus mit solchen Tests. Außerdem hat er einen guten Kontakt zum Labor …« Er ließ den Satz in der Luft hängen.

»Die Sache wäre also nicht ganz legal?«, fragte ich. Na, immerhin machbar, fügte ich in Gedanken hinzu.

»Selbstverständlich wäre es besser, Emil vorher zu fragen, wir können uns strafbar machen, wenn wir sein Einverständnis nicht haben und die Sache herauskommt.«

»Verstehe«, ich seufzte erneut, »aber so werden wir es wohl machen.«

»Dafür müsstest du allerdings zurück nach Hause fliegen und es irgendwie schaffen, deinem Sohn eine Speichelprobe abzunehmen. Notfalls gingen auch ein paar Haare samt Wurzeln, aber die Speichelprobe wäre besser.«

»Was soll ich ihm sagen?«

Leo überlegte einen Moment. »Du könntest ihm vielleicht etwas von einem Verdacht auf irgendeine Erbkrankheit erzählen. Nichts Schlimmes, nur etwas, das du gerne abgeklärt hättest, bevor du ein paar Wochen um die Welt reist. Da könnte ich dich bei einem Gespräch draufgebracht haben. Allerdings würde ihn das wohl ziemlich belasten, so ein Verdacht auf eine Krankheit …«

Das klang nicht so gut. Noch eine Lüge, noch etwas, das ich meinem Sohn aufbürdete. Ich war einen Moment lang still und grübelte. Dann fiel mir etwas ein.

»Emil weiß, was ein Speicheltest ist. Er hat sich typisieren lassen, kaum dass er achtzehn war. Ein Mitschüler hatte Leukämie und brauchte eine Stammzellenspende, und Emil hat keine Sekunde gezögert. Seine Gewebemerkmale passten allerdings nicht …«

»Das könnte was sein«, meinte Leo. »Du könntest ihm erzählen, dass wir bei mir im Krankenhaus dringend eine Knochenmarkspende für jemanden suchen … Und in der schwedischen Kartei niemand Passendes ist … Denkst du, er würde das tun? … Wenn er sich schon mal so hilfsbereit gezeigt hat? Moralisch ist das zwar auch fragwürdig, aber … Du könntest ja sagen, dass die Chancen gering sind, dass ausgerechnet er als Spender in Frage kommt, aber dass wir alles versuchen wollen. Und hinterher könntest du ihm erzählen, dass wir einen anderen Spender gefunden haben …«

»Ich denke schon, dass er das machen würde …«

Emil war ein guter Mensch. Wieder spürte ich diesen Stich im Herzen. Ich belog meinen Sohn erneut. Und was wäre, wenn bei dem Vaterschaftstest doch etwas herauskäme, was ich nicht wollte? Dann müsste ich Emil auch noch beichten, dass die Sache mit der Typisierung erfunden war …

Leo schien meine Bedenken zu spüren. »Es ist nicht optimal so, aber die Alternative wäre nur …«

»… ihm gleich die Wahrheit zu sagen. Nein, das wäre noch schlimmer. Ich bekomme das schon hin. Allerdings denke ich, dass ich ihn vorher anrufen sollte, um ihn darauf vorzubereiten. Er wird bei so wichtigen Dingen nicht gern überfallen.«

Leo nickte. »Das wäre wahrscheinlich das Beste.«

»Hauptsache, er sagt dann nicht Nein.« Ich ließ den Gedanken an die mir bevorstehende Aufgabe kurz sacken. »Und was ist mit Heiko?«

»Den brauchen wir dafür erst mal noch nicht. Wir können den Test mit dir, Emil und Jan machen. So wie Malin sich anhörte, wäre Jan bestimmt einverstanden. Es scheint, als ob er diese Klarheit mehr bräuchte als irgendjemand sonst.«

»Außer mir vielleicht«, murmelte ich. »In Ordnung, lass es uns so machen.«

»Gut. Dann werde ich David anrufen und ihn um die Sets mit den Teströhrchen bitten.«

»Und ich fliege damit nach Hause und komme so schnell wie möglich wieder.« Plötzlich ging mir ein weiterer Gedanke durch den Kopf. »Unsere Weltreise müssen Beate, Mona und ich wohl für ein paar Tage verschieben …«

»Das solltest du mit den beiden besprechen, aber ich denke, das könnte passieren. Zumal wir noch ein paar andere Dinge zu klären haben. Zum Beispiel einen Besuch in einem kleinen schwedischen Dorf in der småländischen Provinz.«

»Ellanda?«, fragte ich erstaunt. »Du willst nach Ellanda?«

»Nicht nur ich, unsere Schwestern wollen es auch.«

Und dann setzte Leo mich über all das in Kenntnis, was er und die anderen in der Zwischenzeit herausgefunden hatten. Ich konnte es nicht fassen. Nicht nur meine Welt war zusammengebrochen, sondern auch seine.

Wie mochte es in seinem Inneren aussehen? Äußerlich wirkte er seltsamerweise erstaunlich gefasst, beinahe so, als hätte er schon immer gewusst, dass er nicht »richtig« dazugehören würde. Er hatte uns gegenüber ja auch etwas in dieser Richtung erwähnt. Fühlte er sich nun in seiner Annahme bestätigt? Würde mein eigener Sohn ebensolche Empfindungen haben? Das, was wir anderen an diesem Tag von Leo erfahren hatten, war für ihn selbst sicherlich nicht ganz neu gewesen. Er hatte einige der

Unterlagen schon vor einer Weile durchgesehen und Gelegenheit gehabt, sich mit diesem Gedanken zu beschäftigen. Dennoch nahm es kein Ende. Wir würden sehr viel aufzuarbeiten haben. Es gab eine Menge Baustellen in unserer Familie.

23

Beate

»Gut, dass du wieder da bist, Christine! Ich bin so froh, dass dir nichts passiert ist. Wir haben uns solche Sorgen um dich gemacht.« Ich umarmte meine Schwester lange, als Leo mit ihr in den Garten kam, wo ich mit Åsa auf der Verandatreppe gesessen hatte. Wir hatten das Haus und das Grundstück vergeblich nach ihr abgesucht und uns dann auf die warmen Holzstufen gesetzt, in die mittlerweile tief stehende Sonne geschaut und gewartet. »Wie geht es dir?«

Christine schüttelte ungläubig den Kopf. »Es ist ja alles so verrückt, was hier gerade geschieht. Ich kann nicht fassen, dass Leo adoptiert sein soll! Es muss hart für dich sein, Leo.«

»Ja, es bleibt kein Stein auf dem anderen.« Leo zuckte mit den Schultern. »Andererseits erklärt es einiges. Warum ich mich immer als ein Fremdkörper gefühlt habe, warum ich mich mit unseren Eltern nie richtig verstanden habe, vielleicht auch, warum wir Geschwister uns nie so recht zusammengefunden haben.«

»Du klingst fast ein bisschen erleichtert«, stellte Åsa fest.

»Womöglich bin ich das sogar. Es wäre natürlich schön,

wenn wir wasserdichte Beweise für unsere Vermutung finden könnten oder ich gar meine leiblichen Eltern kennenlernen würde. Schauen wir mal. Aber jetzt sollten wir erst einmal einen Flug für Christine buchen, nicht?« Leo sah unsere Schwester an, die nickte und tief durchatmete.

»Ja. Es muss sein. Leo hat einen Plan. Und der klingt ganz gut für mich. Na ja, nicht gut, aber er ist die beste aller möglichen Alternativen.«

»Dann wirst du zurückfliegen?«

»So schnell es geht.«

»Wollen wir den Laptop rausholen und nach Flügen schauen?«, schlug Åsa vor. Christine nickte.

»Gut, und ich werde David anrufen, damit er ein paar Teströhrchen vorbeibringt«, sagte Leo und ging ins Haus.

Seltsamerweise rief diese eigentlich banale Aussage ein Kribbeln in meinem Bauch hervor. Ich würde David wiedersehen.

Mona und Malin kamen um die Ecke, sie hatten im Ort gesucht.

»Da bist du ja wieder, Christine.«

Auch Mona umarmte unsere Schwester, drückte sie fest an sich. »Meine Güte, du hast uns vielleicht einen Schrecken eingejagt! Wir müssen unbedingt mal in Ruhe reden. Es ist ja nicht zu glauben, was in unserer Familie für Geheimnisse schlummern.«

Christine nickte, ich bemerkte jedoch den unsicheren Blick, den sie Malin zuwarf. Natürlich, vor ihr wollte sie nicht über das sprechen, was sie mit deren Bruder erlebt hatte. Eine peinliche Stille trat ein.

»Christine wird erst einmal zurück nach Braunschweig fliegen«, klärte ich Mona und Malin auf. »Ich denke, unter diesen Umständen sollten wir in Erwägung ziehen, den Start unserer Weltreise ein bisschen zu verschieben. Oder?«

Christine und Mona nickten.

»Natürlich«, sagte Mona. »Wir können uns ja darum kümmern, wenn Christine aus Braunschweig wieder zurück ist und wir wissen, wie lange die Untersuchung der Probe dauert. Zur allergrößten Not verschieben wir die Weltreise ganz. Momentan gibt es ja genug andere Dinge, die wichtiger sind.«

»Danke für euer Verständnis«, sagte Christine verlegen. »Ich würde ja so gern herausfinden, ob Leo wirklich Marias Kind ist. Aber ich fürchte, ich muss erst einmal in meinem Leben Ordnung schaffen.« Wieder kam dieser verstohlene Blick in Malins Richtung, die jedoch nichts sagte, nur nickte. Ich war froh, dass sie nicht auf Christine losging. Wäre diese ihr eine Weile vorher über den Weg gelaufen, wäre Malin wahrscheinlich vollkommen ausgeflippt.

»Und wir anderen? Was machen wir? Fahren wir nach Ellanda?«, fragte Mona.

In dem Moment kam Leo wieder auf die Veranda. »Gern. Von mir aus gleich morgen. Praktischerweise habe ich mir nicht nur am Wochenende, sondern auch Montag noch freigenommen.«

»Dann haben wir also noch zwei Tage«, grübelte ich.

»Ich würde so gern mitkommen, jetzt, wo wir endlich wieder wie richtige Geschwister sind. Wir sollten das gemeinsam durchstehen.« Christine sah uns bedauernd an.

Ich bemerkte, wie Leo lächelte. So seltsam es war, aber nun endlich schien er wirklich dazuzugehören. Unwillkürlich griff ich nach seiner Hand, drückte sie fest.

»Das stimmt«, meinte auch Mona. »Es wäre schön,

wenn wir zusammenbleiben könnten, wo wir uns doch gerade erst wiedergefunden haben.« Sie zuckte mit den Schultern. »Aber du hast definitiv andere Dinge zu erledigen, Christine.«

Christine sah sie mit großen Augen an. Ihr stand einiges bevor.

»Du schaffst das!« Mona klopfte ihr liebevoll auf den Rücken. »Wer hätte jemals gedacht, dass du diejenige von uns bist, die das chaotischste Leben vorweisen kann?« Sie grinste.

»Moment mal«, schaltete sich Leo ein. »Ich finde, ich kann das toppen.«

»Okay, okay«, sagte Mona beschwichtigend, »ich würde sagen, zwischen euch beiden steht's unentschieden.«

Åsa lachte. »Ihr erzählt mir hinterher alles haarklein, ja? Ich werde bei den Mädchen bleiben. Außerdem habe ich für morgen einen Auftrag. Ich soll bei einer Taufe fotografieren. In der Santa Clara kyrka in Norrmalm.«

»Die Kirche ist sehr schön, das wird bestimmt eine ganz besondere Feier«, bemerkte Malin. »Und was euch Geschwister angeht … Ich bin gespannt, was ihr berichtet.«

»Magst du vielleicht mitkommen?«, fragte Mona. Sie schien Malin zu mögen, sie waren sich recht ähnlich.

»Nein, danke für das Angebot, aber das ist doch eine sehr private Sache. Und ich habe ja auch Familie, die will mich am Wochenende gern mal um sich haben. Außerdem werde ich mich wohl ein bisschen um meinen Bruder kümmern. Ihn vielleicht zu uns holen.« Aus den Augenwinkeln sah ich, wie Christine den Kopf senkte. Malin bemerkte es offenbar ebenfalls. »Wir werden das schon hinbekommen«, sagte sie versöhnlich und ging zu

Christine. »Es wird ihm und euch helfen, wenn ihr endlich Klarheit habt. Und danach solltet ihr euch noch einmal in Ruhe aussprechen.«

Christine blickte sie dankbar an. »Du hast recht. Und wenn du deinen Bruder siehst, bitte sag ihm, dass …«, sie schluckte schwer, »… dass es mir wirklich unendlich leidtut und dass ich ihn ehrlich geliebt habe.«

»Das Erste richte ich ihm aus, das Zweite sagst du ihm vielleicht lieber selbst.«

»*Hej*«, rief da jemand von der Auffahrt her. »Ihr seid mal wieder im Garten, da kann ich ja lange klingeln.« David bog um die Hausecke, und mein Herz machte sofort einen Sprung. Ich hatte zwischendurch immer wieder an ihn denken müssen, und so empfand ich eine richtige Freude, ihn wiederzusehen. Es war, als würde ich ihn schon viel, viel länger kennen. Unglaublich, dass wir uns erst am Abend zuvor zum ersten Mal getroffen hatten. Dadurch, dass er meinen persönlichen Tiefpunkt der letzten Wochen, vielleicht sogar Jahre, miterlebt und wunderbar darauf reagiert hatte, fühlte ich mich ihm sehr nahe. Ich brannte darauf, wieder in seiner Nähe zu sein und mich mit ihm unterhalten zu können. Er lächelte mich an, grüßte winkend in die Runde und ging dann zu Leo. »Hier ist das, was du haben wolltest«, sagte er und reichte Leo zwei Papiertüten.

»Gib eine am besten direkt meiner Schwester Christine, die andere ist für Malin. Dann kannst du ihnen auch gleich erklären, wie das Ganze funktioniert.«

Christine, Malin und David unterhielten sich kurz, dann rief Åsa vom Verandatisch herüber, dass sie ein paar Flüge gefunden habe.

»Einer geht noch heute am späten Abend, und der ist

gar nicht mal teuer. Das müsstest du schaffen, wenn Leo dich gleich zum Hotel und dann zum Flughafen fährt.«

Christine, Leo und Malin gingen zu ihr, um das weitere Vorgehen zu besprechen.

David blieb allein auf dem Rasen zurück und sah fast ein wenig verlegen zu mir herüber. Wie bei einem Teenager packte mich die Aufregung, Schmetterlinge tobten durch meinen Bauch. Konnte es sein, dass ich mich in meinem Alter wieder verliebt hatte? Und so schnell nach Frederiks Tod? War das nicht ein wenig lächerlich? Und würde er noch genau so nett zu mir sein wie gestern Abend? Oder war es nur eine nette Mittsommernachtsromanze gewesen, befeuert durch die Magie der Nacht und zu viel Alkohol?

Ich schlich zu ihm, und als ich an seiner Seite war, lächelte er mich wieder mit seinen gold gesprenkelten braunen Augen an. Genauso warm und sanft wie vierundzwanzig Stunden zuvor.

»Hallo, Beate«, sagte er mit seiner weichen, rauen Stimme, »wie schön, dich wiederzusehen. Hast du Lust, einen Spaziergang zu machen?«

Ich nickte, und nebeneinander verließen wir das Anwesen der Familie meines Bruders. Im Rücken spürte ich die Blicke der anderen, und Mona rief mir hinterher: »Nicht vergessen, morgen früh geht es nach Ellanda. Wir treffen uns hier bei Leo.«

Das würde ich nicht vergessen, natürlich nicht.

24

Leonhard

Ich war aufgeregt, keine Frage, als Mona, Beate und ich in meinem Auto saßen und die E4 hinunter Richtung Växjö fuhren. Die Fahrt würde fast fünf Stunden dauern.

Dies waren sicher die nervenaufreibendsten Tage meines Lebens. Ich hatte herausgefunden, dass ich mit hoher Wahrscheinlichkeit nicht der leibliche Sohn der Leute war, die ich achtundvierzig Jahre lang für meine Eltern gehalten hatte. Ich hatte meine Familie verloren und sie auf wundersame Weise wiedergewonnen. Das war eine großartige Erfahrung. Weshalb unsere Beziehung sich im Laufe der Zeit so entwickelt hatte, lag sicher in unserer ungünstigen Familienkonstellation und den Erfahrungen, die jeder von uns in der Kindheit und Jugend hatte machen müssen, begründet. Meine Schwestern und ich hatten wieder zusammengefunden, und der Schmerz über den »Verlust« meiner Eltern war seltsamerweise, nachdem ich mich vom ersten Schock erholt hatte, nicht mehr so schlimm. Horst und Renate waren fast immer gut zu mir gewesen, sie hatten ihr Bestes gegeben und das Beste gewollt, das musste ich eingestehen, auch wenn sie viele Fehler gemacht hatten. Aber kein Vater und keine Mutter war perfekt. Vermutlich hatten sie uns sogar geliebt, nur auf eine Art und Weise, die keinen von uns glücklich gemacht hatte. Nun fühlte sich plötzlich alles so an, als würde es an die richtige Stelle rutschen, als hätte ich schon immer irgendwie geahnt, dass etwas falsch gewesen war.

»Wie merkwürdig, dass deine leibliche Mutter eine Schwedin ist und du auch eine Schwedin geheiratet hast«, fiel Beate unvermittelt in meine Überlegungen hinein.

»Du klingst schon wie Christine«, spöttelte Mona. »So von wegen alles ist Schicksal und so.«

»Du kannst doch wohl nicht abstreiten, dass es zumindest ein seltsamer Zufall ist«, widersprach Beate.

»Nein, das würde ich nicht abstreiten.«

Ich musste Beate zustimmen. Es war fast so, als hätte mich etwas in dieses Land zurückgezogen.

Je südlicher wir kamen, umso heftiger schlug mein Herz. Die Straße hatte uns von der Küste mit ihren Schären weggeführt, gerade passierten wir den Vättern-See, und als die Ausfahrt Jönköping vor uns auftauchte, rief Mona vom Rücksitz: »Wollte nicht Bengt irgendwo hier in die Gegend ziehen?«

»Ja, nach Odensjö, das ist noch etwas weiter südlich. Wir müssten daran vorbeikommen«, erklärte ich.

»Dann könnten wir ihn ja besuchen«, jubelte Mona.

»Du vergisst, dass wir von ihm noch weniger wissen als von Maria«, entgegnete Beate geduldig.

»Na gut, vielleicht auf dem Rückweg.« Mona klang unbekümmert. Für sie war das alles vor allem eine spannende Geschichte. Für mich war es existenziell. Ich *musste* Maria finden.

Als ob sie meine Gedanken gelesen hätte, murmelte

Beate: »Ich hoffe so sehr, dass Maria noch lebt.« Sie schaute vom Beifahrersitz zu mir herüber.

»Das hoffe ich auch«, flüsterte ich.

»Bin gespannt auf Malins Recherchen … Wie hieß diese Behörde noch?«

»Skatteverket. Aber heute ist Sonntag, da wird wohl nichts kommen.«

Ich merkte, dass ich ganz froh darüber war. Wenn wir erfahren würden, dass Maria Widström meine Mutter war, wer würde mir dann meine Fragen beantworten? Dann könnten wir auch gleich wieder zurück nach Stockholm fahren.

Wir schwiegen eine Weile, passierten unzählige kleinere und größere Seen und Wälder. Ortschaften wechselten sich ab mit Wiesen, Wäldchen und verstreut liegenden Anwesen mit rot-weißen oder gelb-weißen Holzhäusern. Die Sonne ließ die Farben besonders intensiv leuchten, ich kam mir beinahe vor wie in einem Traum.

»Es ist wunderschön hier«, sagte Beate.

»Ich muss gerade an Christine denken«, meinte Mona plötzlich, es ging ja gestern Abend alles so schnell. Wir hatten kaum noch Zeit, uns vernünftig voneinander zu verabschieden. »Was wird sie bloß Emil sagen? Vielleicht: Ich hab meine Weltreise mal kurz unterbrochen, weil ich dringend eine Speichelprobe von dir brauche. Warum, erzähl ich dir später.«

»Vielleicht sagt sie ihm die Wahrheit …«, überlegte Beate.

Ich hörte Mona stöhnen. »Ich würde das nicht tun. Was, wenn alles nur falscher Alarm ist?«

»Stimmt auch wieder«, antwortete Beate. »Ihr wird

schon etwas einfallen. Vielleicht eine Krankheit oder so. Ich glaube nicht, dass Emil da Verdacht schöpfen würde.«

»Darüber habe ich mit ihr auch gesprochen, als ich sie zum Hotel und danach zum Flughafen gefahren habe«, ergänzte ich. »Ihr ist eingefallen, dass Emil mal an einer Typisierungsaktion teilgenommen hat. Sie wollte ihn noch vom Flughafen aus anrufen und ihm eine Geschichte von einem Jungen in meinem Krankenhaus erzählen, der eine Knochenmarkspende braucht. Sie war zuversichtlich, dass Emil sich dazu bereit erklären würde.«

»Puh, auch ziemlich starker Tobak.« Ich konnte im Rückspiegel sehen, wie Mona sich durch das Haar fuhr und dann wieder aus dem Fenster sah.

»Aber sonst hätte sie ihm gleich die Wahrheit sagen müssen«, beharrte Beate. »Ich weiß nicht, ob das nicht sowieso besser wäre.«

Mona atmete zischend aus. »Wie dem auch sei. Bleibt die Frage, was sie tun wird, wenn nicht das gewünschte Ergebnis bei dem Test herauskommt«, grübelte sie weiter.

»Hoffen wir einfach, dass es falscher Alarm ist«, entgegnete Beate.

Tja, das war doch immer die Frage. Was tat man, wenn sich alles änderte?

Ellanda war ein hübscher, verschlafener kleiner Ort im schönsten Småland. Ein echter schwedischer Traum. Es war größer als in den Sechzigern. Laut Marias Tagebuch hatte es damals nur die drei Höfe gegeben, nun waren es mehr als doppelt so viele Gebäude, die meisten davon kleine Einfamilienhäuser. Vermutlich waren die großen Grundstücke aufgeteilt und verkauft worden. Die Besitzer der verbliebenen Höfe betrieben Ackerbau beziehungsweise Viehwirtschaft wahrscheinlich nur noch nebenbei, hatten »richtige« Jobs in Växjö oder anderen Orten in der Umgebung oder lebten vom Tourismus, indem sie ihre Nebengebäude Feriengästen zur Verfügung stellten.

Trotz all der Veränderungen konnte ich verstehen, warum Maria sich in Ellanda wohlgefühlt hatte. Es ist eine prima Gegend, um Ferien zu machen, dachte ich. So ruhig. Wobei es Liv, Sofia und Elin inzwischen bestimmt viel zu langweilig wäre. Wenn sie noch klein wären, hätten sie in dieser Gegend ihren Spaß. Würden mit den Tieren spielen, baden gehen oder reiten. Jetzt hatten sie andere Interessen. Wie lange wollten sie wohl noch mit uns in den Urlaub fahren? Ich wurde wehmütig. Es ging alles so schnell.

»Hier bist du also gezeugt worden …«, sinnierte Mona.

»Wo müssen wir denn hin?«, fragte Beate kopfschüttelnd über Monas Kommentar.

»Keine Ahnung. Maria hatte keinen Straßennamen aufgeschrieben. Wahrscheinlich müssen wir anhalten und jemanden fragen, ob er den Hof der Olssons kennt.«

»Ja, schau mal, da vorne läuft eine Frau«, rief Mona aufgeregt. »Vielleicht kann sie uns helfen. Halt an, halt an!«

Monas Aufgeregtheit machte mich nervös. Noch mehr, als ich es ohnehin schon war. Zitternd kam ich neben der Frau zum Stehen.

»*Hej*. Entschuldigung, wir suchen den Hof der Familie Olsson. Kennen Sie den?«

Sie kam dicht ans Auto heran und musterte uns. »Ja. Da müsst ihr ein Stück der Straße folgen.« Sie zeigte in die Richtung, in die wir fuhren. »Der Olsson-Hof liegt an der Kurve, direkt hinter dem Anwesen der Gustafssons. Das ist ziemlich pompös. Könnt ihr nicht verfehlen.«

Mein Herz fing an zu rasen. »Danke«, schaffte ich es noch zu sagen, dann fuhr ich das Auto an den Straßenrand.

Die Frau sah sich stirnrunzelnd um, fragte sich vermutlich, warum wir nicht direkt weiterfuhren.

»Warum bleibst du stehen?«, fragte Mona.

»Hat sie gerade ›Gustafsson‹ gesagt?«, fragte Beate.

Ich nickte und fuhr langsam wieder los. »Ja. Der Olsson-Hof befinde sich hinter dem Anwesen der Gustafssons, hat sie gesagt. Wisst ihr, was das bedeutet?«

»Moment, haben nicht eigentlich das Grundstück der Olssons und das der Pährssons nebeneinandergelegen?«, fragte Mona.

»Ja, eben. Das bedeutet entweder, dass der Pährsson-Hof weiter hinten liegt oder dass …«

»… die Gustafssons den Pährsson-Hof damals gekauft haben«, beendete Beate meinen Satz.

»Die Gustafssons? Sollte es nicht irgendein Geschäftsmann aus Växjö gewesen sein?«, fragte Mona.

»Ja, schon«, antwortete Beate, »aber die Gustafssons hatten ihren Hof doch früher so unehrenhaft verloren, Örjan Gustafsson hatte ihn verzockt. Das haben sie ja nie so richtig hinnehmen können. Es würde also passen …«

»Warum aber die ganze Geheimniskrämerei? Sie hätten den Pährssons den Hof doch auch ganz offen abkaufen können«, überlegte Mona weiter.

»Dann wäre er vielleicht viel teurer gewesen«, gab ich zu bedenken. »Die Pährssons werden schließlich gewusst haben, dass die Gustafssons ganz heiß auf ihren Hof sind, da hätten sie ja praktisch jede Summe von ihnen fordern können.«

»Mh …«, machte Mona, »ehrlich gesagt verstehe ich

trotzdem nicht so ganz, warum sie so sehr an diesem Stück Land hingen. Wenn ich mich recht erinnere, waren die Äcker um den Hof der Pährssons nicht einmal besonders groß, außerdem hatten sich die Gustafssons doch in Gransholm ordentlich etwas aufgebaut, diesen Holzhandel und so. Warum hätten sie zurückgehen sollen? Nur um ihre Schmach auszulöschen?«

»Das, so hoffe ich jedenfalls, ist eines der Dinge, die uns Maria beantworten könnte. Neben all den Fragen, die mir persönlich unter den Nägeln brennen, natürlich«, entgegnete ich.

»Das da, könnte es das sein?«, fragte Beate, als wir hinter einer Biegung ein wirklich sehr imposantes Bauwerk auf einer Wiese entdeckten.

Es war eine gelb-weiß gestrichene Villa aus Holz, ganz im schwedischen Stil zwar, aber mit drei Stockwerken, mehreren Veranden und Schnitzereien über Tür und Fenstern, die auf einer kleinen Anhöhe stand.

»Das muss wohl das Anwesen der Gustafssons sein«, stimmte ich zu.

»Die Frau hatte recht, es ist in der Tat pompös und nicht zu verfehlen«, ergänzte Mona.

»Jetzt erklärt sich auch ihr abschätziger Ton«, sagte ich und zog die Augenbrauen hoch. »In Schweden schätzt man es nicht so sehr, wenn die Leute ihren Reichtum zur Schau stellen.«

»Wie, und das kommt von dir?«, fragte Mona.

Ich meinte, einen leicht spöttischen Unterton in ihrer Stimme zu hören. Jedenfalls verursachte das in mir sofort den Drang, mich zu rechtfertigen.

»Wir haben unser Haus von Åsas Eltern bekommen«, sagte ich, beinahe entschuldigend, »und wir protzen nicht damit. In der Stockholmer Gegend, wo es viele Reiche und Superreiche gibt, ist das sowieso anders. Generell ist Schweden aber ein Land, in dem es im Grunde jedem gut gehen kann. Der Staat kümmert sich …«

»Ist ja schon okay«, wiegelte Mona ab. »War nicht böse gemeint.« Sie tätschelte mir von hinten die Schulter. »Ihr habt allerdings ein wirklich sehr schönes Haus in einer sehr schönen Gegend, und du musst zugeben, dass es ein wenig Ähnlichkeit mit der Villa da hat.« Sie konnte es einfach nicht lassen.

»Haben die Gustafssons das alte Bauernhaus abgerissen oder sah es bei den Pährssons auch schon so aus?«, fragte Beate. »Was meint ihr?«

»Ich vermute, sie haben neu gebaut«, erwiderte ich schulterzuckend. »Kann mir nicht vorstellen, dass die Pährssons als einfache Bauern solch eine Villa hatten. Jedenfalls soll dahinter das Grundstück der Olssons liegen.«

Und tatsächlich, kurz nachdem wir die Anhöhe mit der Gustafsson-Villa umfahren hatten, entdeckten wir ein kleineres rot-weiß gestrichenes Holzhaus. Das Grundstück war mit weiß getünchten Latten umzäunt, die Veranda wurde von der strahlenden Sonne in ein schönes Licht getaucht, ebenso wie das Wirtschaftsgebäude und der Stall im Hintergrund. Bunte Blumen blühten rund ums Haus, auf dem Hof gackerten ein paar Hühner. Ein alter Volvo stand neben dem Haus.

»Und was nun?«, fragte ich. »Sollen wir reinfahren?«

»Nein, bleib hier am Straßenrand stehen«, erwiderte Beate. »Wir wollen ja nicht mit der Tür ins Haus fallen.«

Ich nickte und parkte das Auto im frisch gemähten Gras des Seitenstreifens. Meine Beine fühlten sich an wie Pudding, als ich den Motor ausschaltete. Lag das nur an der langen Fahrt? Wir hatten kaum Pausen gemacht. Ich nahm einen Schluck aus meiner Wasserflasche.

»Worauf warten wir?«, fragte Mona von hinten. »Lasst uns zum Haus gehen.«

Sie hatte gut reden. Aber ich öffnete die Tür und verließ die Sicherheit meines Autos für die Wirklichkeit eines neuen Lebens.

25

Beate

Leo gefiel mir gar nicht. Er war blass und nervös, so hatte ich ihn noch nie erlebt. Aber war das ein Wunder? Vielleicht würde er gleich zum ersten Mal seine wahre Mutter treffen – oder erfahren, dass sie nicht mehr lebte.

Mein Handy vibrierte, ausgerechnet jetzt. Verstohlen zog ich es aus der Handtasche und warf einen Blick drauf. David. Er hatte eine WhatsApp geschickt.

Wünsche euch viel Glück! Sehen wir uns noch, bevor ihr weiterreist? Umarmung, David.

Wie lieb von ihm! Ich würde es auf später verschieben müssen, ihm zu antworten, denn wir waren die von zwei hohen Eichen gesäumte Einfahrt entlanggelaufen und standen jetzt vor dem Wohnhaus. Es öffnete sich der Blick auf den Hof, den zentralen Ort des Anwesens. Gackernde und pickende Hühner tummelten sich auf von Generationen abgetretenen Pflastersteinen, ein orangefarbener Rasenmähertraktor stand an der Seite. Ich sog die Atmosphäre des Ortes auf, von dem ich in den vergangenen beiden Tagen so viel erfahren hatte, der mir bereits so bekannt vorkam. Und doch sah es ganz anders als in meiner Vorstellung aus. Hatte es den Kirschbaum schon gegeben? Dort, zwischen dem damaligen Kuhstall und der Scheune hob er seine kräftigen Äste gen Himmel, leuchtete in Grün und Rot von Blättern und Früchten.

Dahinter musste der Gemüsegarten liegen, von dem Maria manchmal geschrieben hatte, dann war dort wohl auch irgendwo der Findling, auf dem Anders gern gesessen und geschnitzt hatte. Wie seltsam, wenn man so viel über einen Ort und über die Menschen dort wusste, obwohl man noch nie dort gewesen war. Wie würde Maria wohl reagieren, wenn sie erführe, dass wir ihre Aufzeichnungen gelesen hatten?

Ich ließ den Blick weiterschweifen. Der Kuhstall schien keine Kühe mehr zu beherbergen, ich sah einen, nein, zwei braune Schweife – also hatten sie Pferde – und die weiße Wolle von Schafen, hin und wieder erklang ein freundliches Mäh. Was für eine Idylle. Auf der vorderseitigen Veranda saß eine Katze und leckte sich die Pfoten. Ich erschrak zutiefst, als sich unvermittelt die blaue Tür öffnete und die Katze zur Seite sprang.

»*Hej, kan jag hjälper ni?*«, fragte der Mann, der aus der Tür getreten war.

Er stellte der Katze eine Schüssel mit Futter auf den Boden. Ich hatte natürlich nichts verstanden und sah den Mann hilflos, doch wie ich hoffte, freundlich an. Er war älter als wir, vielleicht zehn, fünfzehn Jahre. Aber es war schwer zu schätzen, denn sein Haar war ganz weiß, sein braun gebranntes Gesicht dagegen versprühte einen jungenhaften Charme, die blauen Augen blitzten schelmisch. Dieser Mann wirkte so, als arbeitete er viel an der frischen Luft.

Leo räusperte sich und trat einen Schritt vor. Er sagte etwas auf Schwedisch, zeigte auf uns, und ich verstand, dass er sich und uns vorstellte, und noch etwas: *Tyskland* – Deutschland.

Daraufhin runzelte der Mann die Stirn. Plötzlich sprach er in gebrochenem Deutsch weiter. »Meine Frau hat früher Deutsch gelernt«, sagte er. »Sie wollte unbedingt nach Deutschland reisen. Ich habe es dann auch irgendwann versucht, aber es ist ... schwierig.«

Wir versicherten ihm, dass er sehr gut Deutsch spreche, und dann holte Leo tief Luft.

»Es ist so ... Es ist etwas schwierig, ich weiß gar nicht, wo ich anfangen soll. Wir haben bei unseren inzwischen verstorbenen Eltern Unterlagen gefunden – wir können uns nicht erklären, wie sie dorthin kamen. Es sind Briefe zwischen einem Anders Olsson und einer Maria Enqvist und Tagebücher dieser Maria, in denen von ihren Sommerferien auf einem Hof in Ellanda berichtet wird ...«

Der Mann wurde blass. »Bitte, kommt doch erst mal herein«, sagte er. »Ich setze einen Kaffee auf. Und währenddessen erzählen Sie mir, was Sie herführt.«

Wir folgten ihm, und er führte uns durch einen kleinen Flur in eine große, gemütliche Wohnküche. Die Holzdielen knarrten leise unter unseren Füßen, und wir setzten uns an einen hellblau gebeizten Esstisch mit dazu passenden Stühlen. Auf jedem Sitz befand sich ein buntes Kissen, auf dem Tisch lag ein Spitzendeckchen, darauf stand eine Glasflasche, in der ein Trompetenbaumzweig mit seinen weißen Blüten prangte. Während wir uns setzten und umsahen, hantierte der Mann mit Kaffeetassen und einer Kanne an der Küchenzeile, und ich sah, wie er Leo zunickte.

Unser Bruder erzählte daraufhin von Maria, dass sie sich in Anders verliebt hatte und dann schwanger geworden war. Der Mann sah ihn nicht an, doch er schien sehr aufgeregt zu sein. Als Leo alles, was wir wussten, berichtet hatte, klirrte es plötzlich. Eine der zierlichen weißen Tassen war auf den Boden gefallen und zersprungen. Der Mann seufzte, holte einen Handfeger und kehrte die Scherben zusammen. Mona sprang auf und trug die verbliebenen Tassen und die Kaffeekanne hinüber zum Tisch.

»*Tack*«, sagte der Mann und kippte die Scherben in einen alten Zinkeimer, der neben einem weißen Büfettschrank stand. Eine Glasschale mit Zimtschnecken und eine neue Tasse in den zitternden Händen setzte er sich zu uns an den Tisch. »Ihr müsst verzeihen … Meine Frau … Sie hat immer versucht herauszufinden, wo … Na ja.« Er winkte ab.

»Wo ihr Kind lebt?«, fragte Mona, wie so oft mit dem Taktgefühl einer Erbse.

Der Mann sah auf. »Woher wisst ihr …? Oh …« Er schlug die Hände vor das Gesicht. »Ihr habt ja alles gelesen. Richtig. Und jetzt wollt ihr mehr von mir erfahren?« Er legte die Hände auf den Tisch, knetete sie.

Mona sah zu Leo hinüber, wartete offenbar darauf, dass er die Initiative übernahm.

»Es ist so … Wir glauben … Also, Maria hat ihr Kind vermutlich im März 1970 zur Welt gebracht, und ich … Ich bin genau zu dieser Zeit geboren worden, in Deutschland, wie ich bis gestern gedacht habe. Ich wohne seit vielen Jahren in Stockholm, denn ich habe eine schwedische Frau geheiratet. Und jetzt haben wir, das heißt meine Schwestern und ich, Marias Aufzeichnungen gefunden und Briefe, die Anders ihr geschrieben hat – und einen Brief, ihren letzten, in dem sie die Leute, die ihr Kind annehmen werden, direkt anschreibt ...« Leos Stimme brach. Er räusperte sich und sprach langsam und vorsichtig weiter. »Daraus geht hervor, dass Siegfried, der Knecht der Olssons, den Kontakt zu unserer Familie hergestellt hat. Maria bittet ihn auszurichten, dass sie ihr Kind nicht weggegeben hat, weil sie es nicht wollte, und dass sie sich nichts mehr wünscht, als es eines Tages zu sehen und zu erfahren, dass es ihm gut geht.«

Der Mann starrte uns an. Wasser sammelte sich in seinen Augen. »O mein Gott, dann bist du ... unser Sohn? Entschuldigt, ich glaube, ich habe mich gar nicht vorgestellt. Falls ihr es euch noch nicht gedacht habt ... ich bin Anders. Anders Olsson.«

Keiner sagte mehr ein Wort. Ich merkte, wie mir eine Träne über die Wange rollte, und sah, dass Mona ebenfalls heftig blinzelte. Leo stand unter Schock, wer konnte es ihm verdenken? Seine Gesichtsfarbe war beinahe grau, seine Augen waren gerötet. Er legte die Hände an die Wangen. Unser Bruder tat mir so leid. Wenn das alles für Mona und mich schon solche extremen Gefühle auslöste, wie musste es erst ihm gehen? Und dem armen Mann – Anders –, für den die Welt bis vor weniger als einer Stunde noch völlig in Ordnung gewesen war?

»Dann ist es sehr gut möglich, dass du mein Vater bist«, flüsterte mein Bruder schließlich. In der Stille, die nun folgte, war nur das Ticken der Wanduhr zu hören.

Als wir uns wieder ein wenig gefangen hatten, sprachen wir über alles, was wir wussten. Anders erzählte von früher, von sich und Maria, wir fragten viel. Aber dann konnte Mona sich nicht mehr zurückhalten.

»Und Maria ... Lebt sie noch?«, fragte sie unverblümt.

In dem Moment öffnete sich die Tür, und eine Frau trat ein – die Frau, die wir am Ortseingang nach dem Weg gefragt hatten.

»Habt ihr den Weg also gefunden?«, fragte sie.

Leichtes Misstrauen lag in ihrer Stimme. Sie war kleiner als Anders, ihr graues, kinnlanges Haar war dauergewellt, Lachfältchen zeichneten sich um ihre dunklen Augen ab, doch auch eine steile Stirnfalte, wie Menschen sie hatten, die sich viele Gedanken machten oder Sorgen hatten, war zu erkennen.

Warum hatte sie eben nicht gesagt, dass sie selbst auch zum Olsson-Hof gehörte? Aufregung kribbelte in meinem Bauch. Wer war diese Frau? War es *Maria?*

»Mein kleiner Stern«, Anders stand auf, schritt unsicher zu seiner Frau und legte ihr den Arm um die Schultern. »Dies sind Freunde. Sie kommen aus Deutschland.« Er holte tief Luft. »Sie haben bei ihren verstorbenen Eltern Unterlagen gefunden, Briefe und Aufzeichnungen. Der Mann dort, Leonhard, ist auf der Suche nach seiner leiblichen Mutter.«

Zum Glück stand Anders neben ihr, denn von einem Moment zum anderen ließ Maria die beiden Beutel, die sie getragen hatte, fallen und brach zusammen.

26

Maria

Es dauerte eine Weile, bis ich wieder richtig bei Sinnen war. Anders und Leonhard trugen mich zu unserem Sofa im Wohnzimmer, wohin die Schwestern uns folgten, dann stärkten wir uns erst einmal mit einem frisch aufgebrühten Kaffee. Ich begriff nach und nach, was geschehen war, dass wirklich mein Sohn vor mir stand, das Kind, das ich nach der Geburt nur einen Moment lang hatte sehen dürfen, das sofort in Siegfrieds Arme gelegt wurde. *Viel zu früh*. Nun endlich konnte ich es in die Arme nehmen, ich konnte mich an ihm nicht sattsehen. Wir hatten einen Sohn, und was für einen! Er hatte hellbraunes Haar, genau wie ich es früher gehabt hatte, ein Muttermal am linken Handgelenk, das ich auch hatte, nur dass seins kleiner war. Die hellen Augen hatte er von Anders, auch das verschmitzte Lächeln und einen gewissen jungenhaften Charme, der mich bis heute immer wieder beseelte. Leonhard sah meinem Mann, seinem Vater, sehr ähnlich. Ich war so stolz auf unseren Sohn, als er erzählte, er sei Kardiologe – als ob ich einen Anteil daran hätte!

In den letzten Jahren hatte ich nicht mehr zu hoffen gewagt, mein Kind noch kennenlernen zu dürfen. Im Oktober würde ich meinen fünfundsechzigsten Geburtstag feiern. Die Familie würde zusammenkommen, Anders und ich hatten zwei weitere zum Glück gesunde Kinder. Sie und mein Mann hatten mir in meinem Leben sehr geholfen, nicht den Mut zu verlieren. Sie waren so wundervoll gewesen und brauchten mich bis heute – auch wenn sie längst erwachsen und aus dem Haus waren –, sodass ich immer eine Aufgabe hatte. Ablenkung und Liebe waren die beste Medizin gegen den Schmerz, der mich dennoch immer wieder gepackt hatte. Wo ist unser erstgeborenes Kind? Ist es ein Junge oder ein Mädchen? Geht es ihm gut? Hat es liebe Eltern? Lebt es überhaupt noch? All diese Fragen kamen immer wieder in mir hoch. In Anders auch, aber er konnte besser damit umgehen, war vielleicht einfach stärker als ich. Ohne ihn und unsere anderen Kinder wäre ich womöglich in ein Loch gestürzt, aus dem ich nicht wieder herausgekommen wäre. Wir waren sogar ein paarmal nach Deutschland, nach Bremen, gereist, um etwas über den Verbleib unseres Kindes herauszufinden, aber Siegfried lebte nicht mehr, und da wir kaum etwas wussten, konnte uns niemand helfen. Irgendwann hatten wir die Suche aufgegeben.

Wegen all der Emotionen, die an diesem Nachmittag so überraschend auf mich einstürmten, musste ich die Geschwister, von denen eine Schwester fehlte, wie ich erfuhr, irgendwann bitten, mich zu entschuldigen. Mein Herz fand seinen Rhythmus nicht mehr – das Symptom kannte ich bei Aufregung schon. Anders und ich bereiteten die Gästezimmer vor und luden Mona, Beate und Leonhard ein, über Nacht bei uns zu bleiben. Die drei waren froh, die weite Fahrt nach Stockholm zurück nicht am Abend noch antreten zu müssen. Ich nahm eine Tablette und legte mich hin, doch ich konnte kein Auge zutun.

Am nächsten Morgen sah die Welt schon wieder ganz anders aus. Wie ich mich freute!

»Magst du uns erzählen, was während deiner Schwangerschaft mit Leo und nach seiner Geburt passiert ist?«, fragte Mona beim Frühstück.

Da brummte ein Handy. Leo zog es, ein wenig verschämt, aus der Tasche. »Entschuldigung, es könnte meine Frau sein.« Er sah auf das Display. »Nein«, er lächelte, »es ist eine SMS von Malin. Ihr Kontakt aus der Behörde hat geantwortet. Sie schreibt: *Maria Widström ist NICHT unsere Maria. Sie lebte in Öjaby.*«

Ich nickte. »Die arme Mia. Ihr kennt sie aus den Tagebüchern. Sie hatte eine Schwangerschaftsvergiftung, die niemand bemerkt hat. Sie hat ihren Jungen zu Hause zur Welt gebracht und ist noch in der Nacht gestorben. Sie hatte sich nicht untersuchen lassen, hat ihre Übelkeit und die Kopfschmerzen immer abgetan. Offenbar litt sie wohl auch an Diabetes. Nach der Beerdigung haben wir von Lasse und dem Kleinen nie wieder etwas gehört.«

»Mia hieß auch Maria?«, fragte Beate ungläubig.

»Ja, aber jeder hat sie nur Mia genannt, soweit ich weiß.«

»Wie traurig ihre Geschichte ist«, sagte Mona.

Alle waren einen Moment ruhig, dann nahm ich einen Schluck Kaffee, wie um Kraft zu tanken. Jetzt sollte alles, was ich so lange tief in mir verschlossen hatte, raus.

»Dann werde ich euch jetzt mal alles erzählen, was ihr noch nicht wisst. Im Sommer 1969 bin ich also von Anders schwanger geworden. Ich habe es erst sehr spät herausgefunden, da meine Eltern so genierlich waren und mir nicht viel darüber beigebracht hatten, was mit dem Körper einer Frau geschieht, wenn sie ein Kind erwartet. Und das, obwohl es doch die ach so wilden Sechziger waren! Meine Eltern waren eben altmodisch. Irgendwann habe ich es aber doch begriffen. Bis zum sechsten Monat habe ich die Schwangerschaft verstecken können. Meine Mutter fand es irgendwann heraus und war ganz und gar nicht begeistert, mein Vater jedoch ist regelrecht ausgerastet, als meine Mutter und ich ihm von meiner Schwangerschaft berichteten. Er hat um sich geschlagen und geschrien, ich erinnere mich, dass ein Glas, das auf dem Esstisch gestanden hat, hinunterfiel und zu Bruch ging, weil er so heftig auf den Tisch schlug. Ich hatte furchtbare Angst. Er gab mir eine sehr schmerzhafte Ohrfeige.«

Ich musste schwer schlucken, als die Erinnerungen an damals wieder hochkamen. Ich war zurückgewichen, gestolpert und gegen den Tisch geprallt. Meine Wange hatte gebrannt wie Feuer. »Er wollte auf keinen Fall noch ein Kind im Haus, dieses uneheliche Kind schon gar nicht. Dies sei schließlich eine ehrbare Familie, sagte er, und zudem reiche das Geld nicht, um ein weiteres Maul zu stopfen. Was weiß ich, was er noch alles ins Feld geführt hat. Er hat auch Leif und Greta, Anders' Eltern, furchtbare Vorwürfe gemacht. Sie hätten besser auf mich aufpassen müssen, hat er gewütet. Zum Glück habe ich nie jemandem verraten, dass Anders der Vater des Kindes war, ich möchte nicht wissen, was Bertil mit ihm angestellt hätte, hätte er das erfahren.« Ich räusperte mich, der Kloß in meiner Kehle wurde immer größer. Anders nahm meine Hand und hielt sie ganz fest, wofür ich ihm unendlich dankbar war. Ich schaute ihn an. Seine hellen Augen waren noch immer so warm wie früher und von diesem besonderen Glanz erfüllt. Ich seufzte. »Mein Vater stellte mich vor die Wahl: Wenn du das Kind behalten willst, musst du dich allein mit ihm durchschlagen, sagte er, zu Hause will ich dich damit nicht haben. Wenn du bei uns bleiben willst, musst du es weggeben.«

Tränen kullerten mir über die Wangen. Ich konnte sie nicht zurückhalten. Aus den Augenwinkeln sah ich, dass auch Leonhard weinte. Er reichte über den Tisch und griff nach meiner anderen Hand. Ich drückte sie, dann musste ich nach einem Taschentuch suchen. Nachdem ich mich geschnäuzt hatte, sprach ich schnell weiter. »Ich durfte das Haus nicht mehr verlassen. Ich merkte, dass sie etwas planten, wusste jedoch nicht, was. Ein paar Tage vor der Entbindung stand plötzlich Siegfried bei uns in Karlskrona vor der Wohnungstür. Er wüsste jemanden für das Kind, sagte er. Eine Familie in Deutschland, ein entfernter Cousin von ihm. Sie könnten keine Kinder bekommen, wünschten sich aber sehnlichst eines.«

»Ja, sie wollten allerdings nur einen Jungen«, unterbrach Mona zynisch.

»Was?« Ich verstand nicht.

»Ja, sie wollten unbedingt einen Stammhalter für ihr Geschäft. Zwei Mädchen hatten sie nämlich schon.« Mona zeigte auf sich und Beate.

»O mein Gott, das wusste ich nicht. Dass sie schon Kinder hatten. Und dass sie nur einen Jungen wollten. Wie entsetzlich.« Nun weinte ich hemmungslos. »Das ist einfach furchtbar. Was wäre gewesen, wenn ich ein Mädchen zur Welt gebracht hätte? Wir wussten damals ja noch nicht vorher, welches Geschlecht das Kind hat. Was wäre mit ihm passiert, wenn es ein Mädchen gewesen wäre? Hätten sie es dann in ein Kinderheim gebracht? Oder hätten sie es mir gelassen? Vielleicht hätte ich doch die Kraft gefunden, das Kind zu behalten und mit ihm wegzugehen. Ich weiß es nicht. Vielleicht, wenn ich es nach der Geburt länger hätte haben dürfen … Ich habe einen furchtbaren Fehler gemacht. Ich hätte mit dem Kind weggehen sollen, hätte zu Anders und den Olssons gehen sollen«, sagte ich schluchzend. »Aber ich hatte solche Angst vor meinem Vater, dachte, dass er seinen Neffen umbringen würde, wenn er wüsste, dass der seine Tochter geschwängert hatte. Ich wollte auch Leif und Greta schützen. Wahrscheinlich habe ich auch bis zum Schluss noch ein kleines bisschen gehofft, dass mein Vater es sich anders überlegen würde. Leider war das nicht so …« Ich konnte nicht weitersprechen, traute mich kaum, Leonhard in die Augen zu blicken. Doch er drückte erneut meine Hand ganz fest und schaute mich aufmunternd an. Er machte mir keine Vorwürfe.

»Bitte erzähl weiter«, sagte er.

Ich nickte und wischte mir die Tränen von den Wangen. »Mein Vater beschloss also, dass wir es so machen würden. Siegfried würde das Kind zu den Verwandten nach Deutschland bringen. Sie lebten in Bremen, das war das Einzige, was wir von ihnen wussten. Ich hatte vor der Geburt ein paar Dinge für das Kleine zusammengepackt, die ich ihm mitgeben wollte. Dinge von mir. Eine kleine Lucia-Figur, die Anders mir in jenem Sommer geschnitzt hatte, meine Tagebücher und ein paar Briefe von Anders und mir, damit das Kind etwas über mich erfahren könnte, so hoffte ich. Dann noch meinen alten Teddy, den ich selbst schon hatte, als ich klein war.«

»Einen Teddy?«, unterbrach Leonhard mich aufgeregt. »War das so ein dunkelbrauner, ein wenig abgenutzt, mit einer blauen Schleife, dem ein Glasauge fehlte, das mit der Hand nachgestickt worden war?«

Ich nickte. »Ja, genau. Das Glasauge ist immer wieder abgefallen, meine Mutter hatte dann irgendwann keine Lust mehr, es immer wieder anzukleben, und hat stattdessen einen schwarzen Kreis aufgestickt.«

»Den hatte ich, als ich noch ganz klein war. Aber irgendwann war er weg…« Leonhard wirkte bedrückt. »Wenn ich geahnt hätte, dass…«

»Bestimmt hat Renate den entsorgt«, warf Mona ein. »Sie hatte immer schon einen Putzfimmel und fand alles Alte, Benutzte eklig.« Es schien, als hätte Mona keine besonders gute Meinung von ihren Eltern.

»Vielleicht konnte sie es auch einfach nur nicht ertragen, immer wieder durch den Teddy mit der Nase darauf gestoßen zu werden, dass Leo nicht ihr Sohn war«, gab Beate zu bedenken.

Ich nickte. »Das ist gut möglich.«

»Ich habe dich unterbrochen«, sagte Leonhard da. »Was wolltest du noch erzählen?«

Ich räusperte mich. Wo war ich stehen geblieben? Ach ja, bei den Dingen, die ich meinem Kind mitgegeben hatte. »Ich habe außerdem noch einen Brief an die zukünftigen Eltern geschrieben. Siegfried stand daneben und drängte mich. Ich solle mich beeilen, sagte er.« Wieder musste ich innehalten, weil die Trauer mich zu überwältigen drohte. Ich hatte damals gedacht, mir würde das Herz herausgerissen. Erst nach Wochen hatte ich mich einigermaßen von der Geburt und der anschließenden Hormonumstellung erholt. Die Trauer um mein Kind hingegen endete nie – bis zum gestrigen Tag. »Ich habe nie mehr etwas von meinem Baby oder den neuen Eltern gehört, dabei hatte ich so gehofft, dass sie mir zumindest antworten und vielleicht ein Foto schicken würden. Ich wollte ja nur wissen, ob es ihm gut geht«, erklärte ich.

»Wahrscheinlich haben sie nicht reagiert, weil sie gedacht haben, die leibliche Mutter wäre tot«, sagte Mona.

Ich sah auf. »Wieso?«

»Na ja, wir hatten diese Todesanzeige einer Maria bei den Unterlagen gefunden. Ohne Datum. Sie hieß zwar Widström und nicht Enqvist und ist in Öjaby gestorben, aber vielleicht haben sie das nicht so genau gewusst. Wir wissen nun von dir, dass es sich um Mia, die ehemalige Magd, gehandelt hat. Ob Horst und Renate Becker, so hießen unsere Eltern, das damals auch verstanden haben? Sie konnten ja kein Schwedisch …«

»Die Todesanzeige …« Ich überlegte laut: »Wie kam die zu dem Stapel Briefe, die ich meinem Kind mitgegeben habe? Siegfried hatte sie mitgebracht. Er hatte ein bisschen von Ellanda erzählt und von der armen Mia. Als Siegfried mit meinem Baby weg war …«, ich musste erneut innehalten und mich räuspern, »… habe ich auch die Anzeige nicht mehr gefunden. Wahrscheinlich ist sie aus Versehen mit in die Kiste mit den Briefen, der Lucia und dem Teddy gerutscht.«

»Das ist tragisch«, murmelte Mona.

Ja, das war wirklich tragisch. Was wäre gewesen, wenn die Todesanzeige nicht bei Horst und Renate Becker gelandet wäre? Hätten sie dann womöglich doch versucht, mich zu finden? Dieser Gedanke schien mir unerträglich. Und war genau das womöglich Siegfrieds Absicht gewesen? Hatte er vielleicht die Anzeige in meine Kiste gesteckt, um den neuen Eltern meinen Tod vorzugaukeln? Wir würden es niemals erfahren. Alle weiteren Beteiligten von damals waren bereits verstorben.

»Ich glaube, unsere Eltern haben von Anfang an versucht, alles zu verdrängen«, sagte Beate. War sie zu denselben Überlegungen gekommen wie ich und wollte mich trösten? »Das zeigt doch die Sache mit dem Teddy ganz deutlich. Ich glaube kaum, dass sie jemals nach der leiblichen Mutter gesucht haben oder suchen wollten. Und irgendwann haben sie wahrscheinlich gar nicht mehr daran gedacht, ihrem Sohn die Wahrheit zu sagen«, meinte Beate.

»Sie hatten sich so sehr einen Stammhalter gewünscht«, ergänzte Leonhard. »Sie hatten sicher auch unheimlich Angst, ihn wieder zu verlieren, wenn sie ihm alles gebeichtet und Kontakt zur Mutter aufgenommen hätten …«

So hatte ich es noch nie betrachtet. Nachdenklich sah ich die Geschwister an.

»Was mich … was uns brennend interessiert«, begann Mona, und ich war ihr dankbar für die Ablenkung, »ist die Antwort auf die Frage, wie ihr beide eigentlich wieder zueinandergefunden habt.«

»Tja …«, murmelte ich. Anders warf mir einen liebevollen Blick zu. Sanft streichelte er meine Hand. »Ich habe das getan, was ich längst hätte tun sollen, schon viel, viel früher, und *mit* meinem Kind.« Wieder musste ich schwer schlucken, denn das Gefühl von Schuld, das mich immer wieder geplagt hatte, wollte mir nun, da mein verlorenes Kind mir gegenübersaß, schier die Kehle zuschnüren. »Ich habe mir von meiner Mutter etwas Geld aus dem Haushaltsportemonnaie ›geliehen‹ und bin weggegangen zu meinem ältesten Bruder Bengt und seiner Verlobten Alicia. Sie haben mich auf dem Hof ihrer Tante in Odensjö mit offenen Armen aufgenommen, denn Bengt wusste genau, was für ein Tyrann unser

Vater war. Er hatte seine eigenen Erfahrungen mit ihm gemacht. Ich blieb eine Weile bei den beiden. Sie haben mir dann Mut gemacht, mit den Olssons zu sprechen. Greta und Leif waren mehr als glücklich, mich zu sich zu nehmen. Es war das Beste, was mir hätte passieren können. Sie haben schnell ihren Frieden damit gemacht, dass Anders und ich … dass wir uns ineinander verliebt hatten.« Ich seufzte. »Bertil haben wir bis zu seinem Tod in dem Glauben gelassen, dass es irgendein Bengel aus der Gegend gewesen war, der mich am Mittsommerabend geschwängert hatte, ein Junge, von dem ich nicht mal den Vornamen wusste. Mein Vater hielt mich bis zum Ende seines Lebens für ein Flittchen …« Ich zuckte mit den Schultern. »Aber das konnte ich ertragen. Nur die Vorwürfe, dass ich nicht gleich zu den Olssons oder zu Bengt und Alicia geflüchtet bin, als ich mein Kind noch hatte, die plagen mich bis heute.« Der Schmerz des Verlustes brannte erneut so heftig in mir, dass ich unwillkürlich nach meinem Herzen fasste.

»Geht es, *älskling?*«, fragte Anders mich besorgt. »Ist mit deinem Herzen alles in Ordnung? Vielleicht sollten wir eine Pause …«

»Nein, nein, es geht schon«, wehrte ich leise ab. »Meinem Herzen geht es gut, zumindest körperlich.«

Unser Sohn sah mich liebevoll an. »Du musst dir keine Vorwürfe machen. Wirklich nicht. Du warst in einer sehr schwierigen Situation, und du hattest Angst vor deinem Vater.«

»Entsetzliche Angst, ja«, murmelte ich. Leonhards Blick war so verständnisvoll. Diesen Blick hatte er auch von Anders.

»Vielleicht ist es tatsächlich besser, wenn wir eine

kleine Pause machen. Du machst ja gerade ganz schön viel durch«, sagte er, ganz der Arzt. »Hast du Medikamente für dein Herz?«

Richtig, ich hatte es ja mit einem Herzspezialisten zu tun. Ich musste lächeln. »Die habe ich heute Morgen schon genommen, ja.«

»Noch etwas anderes«, meinte Mona da. »Was war das eigentlich für eine Sache mit den Gustafssons? Was hatte Siegfried mit ihnen zu tun? Und wieso haben sie den Pährsson-Hof zurückgekauft? Das war doch so, oder?«

Ich staunte. Was die Geschwister alles herausgefunden hatten!

»Ja, das stimmt. Die Gustafssons wohnen jetzt wieder in Ellanda. Zumindest Agatha und ihr Mann. Auch wenn Agatha seinen Namen, Holmgren, angenommen hat, wird es für uns wohl ewig der Gustafsson-Hof bleiben. Sie haben das Anwesen von ihrer Tante Hedda geerbt, die kinderlos geblieben ist. Und deren Lebensgefährten Siegfried.«

»Was?«

»Hedda und Siegfried waren ein Paar ab jenem Sommer – vielleicht auch schon länger –, er kannte sie ja fast von klein auf. Und Hedda wollte den Hof unbedingt zurückhaben. Als sie hörten, dass Peder Pährsson verkaufen wollte, haben sie ihm einen Strohmann geschickt, der ihnen vorgaukelte, ein Geschäftsmann aus Växjö zu sein, der sich ein Ferienhaus auf dem Land kaufen wollte. Wie wir später erfuhren, hat Siegfried Peder mehrfach nahegelegt, den Hof aufzugeben. Er sei ja viel zu klein für Landwirtschaft und die Böden wären hier nicht so gut, hat er behauptet.« Ich zuckte mit den Schultern. »Das war so ziemlich das Gegenteil von dem, was er uns immer erzählt hatte. Wir wissen es nicht sicher, aber möglicherweise hat er auch etwas mit den Feldern gemacht, sodass das Getreide nicht richtig wuchs. Magnus erwähnte da mal was.« Die Geschwister sahen mich ungläubig und gespannt an. »Jedenfalls, nachdem der Kauf über den Tisch und die Pährssons draußen waren, haben Siegfried und Hedda deren Haus abreißen lassen und sich diese protzige Villa hingestellt.«

»Wie haben sie sich das leisten können? Waren sie so reich?«, fragte Leonhard.

»Die Gustafssons waren schon lange wohlhabend, wenn auch nicht übermäßig reich. Man munkelte, Siegfried sei während des Zweiten Weltkriegs aus Deutschland desertiert und bei Örjan, einem Kumpel seines Vaters, in Ellanda untergekommen. Keine Ahnung, wie die alle genau miteinander verbandelt waren. Jedenfalls gibt es Gerüchte, dass Siegfried eine gute Portion Gold aus dem Land geschmuggelt hat, irgendwelchen Schmuck, den die Nazis jüdischen Familien abgenommen hatten. Er soll ihn unter dem Haus vergraben haben. Dumm nur, dass Örjan nichts davon wusste und sein Anwesen versoffen hat. Die Gustafssons sind dann nach Gransholm gezogen und haben sich ihren Holzhandel aufgebaut. Siegfried konnte jedoch nicht mit, so kam er zum Olsson-Hof. Vielleicht wollte er auch nur lieber in der Nähe seines Schatzes bleiben.«

»So genau wissen wir das nicht«, fügte Anders erklärend hinzu.

Ich nickte. »Siegfried hat im Laufe der Jahre wohl immer mal wieder versucht, an das Gold heranzukommen, hatte es aber zu gut versteckt, um es unbemerkt wieder hervorholen zu können. Er hätte einbrechen müssen, um vom Keller aus danach graben zu können. Hedda und Siegfried haben sich über all die Jahre nicht aus den Augen verloren, auch wenn Heddas Bruder Axel Siegfried überhaupt nicht mochte und ihn nicht auf seinem Hof in Gransholm duldete. Irgendwann müssen sich Hedda und Siegfried trotzdem ineinander verliebt und dabei festgestellt haben, dass sie ein gemeinsames Ziel verfolgten: Sie wollte den Hof zurück, um die Ehre der Gustafssons wiederherzustellen, und er wollte ihn, um sein Gold wiederzubekommen. Als sie den Hof wieder in ihre Finger bekamen, muss ein Lebenstraum für sie in Erfüllung gegangen sein. Wahrscheinlich hat Siegfried sein Gold dann über irgendwelche dunklen Kanäle zu Geld gemacht, und sie wurden noch reicher.«

»Auch das wissen wir nicht sicher«, gab Anders zu bedenken.

Ich seufzte. »Übrigens hat Hedda Siegfried damals wohl geholfen, mein Baby nach Deutschland zu bringen. Sie hatte ein modernes Auto und ein bisschen Erfahrung mit Kindern, schließlich hatte sie ihre Nichte, Agatha, mit großgezogen.«

»Wie hat sie das mit der Versorgung des Neugeborenen denn gemacht?«, fragte Beate. »Es hätte doch gestillt werden müssen …«

»Tatsächlich gab es damals schon künstlich hergestellte Babynahrung zu kaufen«, erklärte ich. »Ich denke, Hedda wusste darüber Bescheid, Siegfried kannte sich bestimmt nicht aus.«

»Ich hätte mich auch nicht ausgekannt.« Mona schnaubte verächtlich.

»Leben Siegfried und Hedda denn noch?«, fragte Beate.

»Nein, wie gesagt, heute lebt dort drüben der letzte

Gustafsson-Spross, Heddas Nichte Agatha mit ihrer Familie. Siegfried ist Ende der Achtziger gestorben, Hedda ein paar Jahre später.«

»Wie ist euer Verhältnis zu Agatha heute?«, wollte Leo wissen.

»Eigentlich ganz gut. Agatha ist vernünftig geworden.«

»Sie scheint ihren Frieden gefunden zu haben«, ergänzte Anders und streichelte zärtlich über meinen Rücken.

»So wie wir.« Ich lächelte ihn an, meinen wunderbaren Mann, der immer genau zu spüren schien, was in mir vorging, und intuitiv das tat, was ich brauchte.

»Hat sie denn nun damals bei euch spioniert oder nicht?«, fragte Mona. »Es hörte sich an manchen Stellen in deinem Tagebuch so an, als würdet ihr das vermuten.«

Ich betrachtete Mona genauer, sie gefiel mir. Sie war direkt, von scharfem Verstand, und ihr Herz lag ihr offenkundig auf der Zunge.

»Das wissen wir nicht so recht«, musste ich zugeben. »Meine Tante Greta und ich hatten damals schon manchmal das Gefühl, aber den anderen war es nicht so aufgefallen. Vielleicht wollten die Gustafssons mit Agatha einfach nur einen Fuß in der Tür behalten, wollten auf dem Laufenden bleiben, was in Ellanda so los ist – um womöglich rechtzeitig mitzubekommen, falls jemand verkaufen möchte.«

»Aber hätten sie diese Information nicht auch von Siegfried bekommen?«, bohrte Mona weiter.

Ich zuckte mit den Schultern. »Vielleicht wollte sie sich auch schlichtweg etwas Geld dazuverdienen, sie hat sich später ein Auto gekauft. Um das herauszubekommen, müssten wir sie vermutlich direkt fragen, aber wer weiß, was wir damit für eine Lawine lostreten würden …«

Unsicher sah ich zu Anders hinüber. Wir hatten uns diese Frage oft gestellt, jedoch beschlossen, die Vergangenheit ruhen zu lassen.

»Und so wichtig ist es nun ja auch nicht mehr«, stand Anders mir bei. »Agatha und ihr Mann betreiben heute jedenfalls keine Landwirtschaft mehr, sie leben im Wesentlichen von Örjans Holzhandel, den sie längst von ihrem Vater Axel und von Hedda übernommen haben. Sie haben noch ein paar Hektar Wald dazu gekauft und den Betrieb modernisiert und völlig neu ausgerichtet.«

»Das hatten übrigens bereits Hedda und Siegfried eingeläutet«, ergänzte ich. »Sie haben im Laufe der Jahre immer mehr Abstand von der Landwirtschaft genommen, haben auch keine Anstalten mehr gemacht, die Äcker, die Örjan aufgrund seiner Schulden an Anders' Großvater verloren hatte, zurückzukaufen.« Ich sah in die ratlosen Gesichter der Geschwister. »Örjan hatte doch damals nicht nur seinen Hof an die Pährssons verkauft, sondern auch zwei seiner Äcker an Leifs Vater, um seine Trink- und Spielschulden bei ihm zu begleichen …«

»Ach, stimmt ja«, sagte Leonhard.

»Richtig, ich erinnere mich auch. Aber ich kann trotzdem nicht so ganz folgen …«, warf Beate ein. »Was ist das mit Hedda und Axel und dem Holzhandel?«

»Axel und Hedda haben den Betrieb nach Örjans Tod übernommen und ihn gemeinsam geführt. Doch nachdem nun Hedda offen mit Siegfried zusammenlebte, bekam auch Siegfried immer mehr Mitspracherecht im Holzhandel. Das passte Axel, der ja nie gut auf Siegfried zu sprechen war, gar nicht, und ein paar Jahre später kam es zum großen Knall. Bevor der Betrieb hätte aufgeteilt oder ganz aufgelöst werden müssen, ließ Axel sich – er stand ohnehin kurz vor der Rente – lieber eine Abfindung auszahlen und übergab seiner Tochter seine Anteile. Als Siegfried in den Achtzigern starb, hat Agatha dann ganz übernommen.«

»Mh«, machte Mona. »Das sind ja Abgründe.«

Leo runzelte die Stirn. »Wie habt *ihr* denn mit der Landwirtschaft weitergemacht?«, fragte er. »Haben sich Leif und Greta Siegfrieds Ratschläge zu Herzen genommen oder nicht?«

»Sie haben so weitergemacht wie zuvor«, erklärte Anders. »Mein Vater hätte sich niemals von seinen Tieren trennen können. Wahrscheinlich wäre es auch nicht sinnvoll gewesen. Erst wir haben die Viehwirtschaft nach und nach reduziert und später dann den Ackerbau, nachdem die Konkurrenz immer größer wurde, die Großhändler immer mehr Bedeutung bekamen, die auf feste Lieferanten, vor allem Großbetriebe, setzten. Uns wurde die Arbeit mit zunehmendem Alter ohnehin zu schwer. Wir haben aus dem Hof einen reinen Selbstversorgerbetrieb gemacht, die ehemalige Gerätescheune sowie die Stallungen für die Kleintiere haben wir zu Ferienhäusern umgebaut, die wir recht erfolgreich an Urlauber vermieten. Sie kommen von überall her, vor allem aus Schweden und aus Deutschland. Wir haben ein paar Kühe, Pferde, Hühner, Schafe und Ziegen behalten, die alle in dem ehemaligen Kuhstall untergekommen sind. Das Konzept ›Ferien auf dem Bauernhof‹ wird sehr gut angenommen.«

Anders war offenbar sehr stolz. Und das konnte er auch sein. Die Idee hatten wir gemeinsam gehabt, die Umbaumaßnahmen hatte er fast alle selbst erledigt.

»Toll«, sagte Beate und sah bewundernd nach draußen. »Und was ist aus Bengt und Alicia und Magnus und Per-Olov geworden?«, fragte sie. »Und aus Ida?«

»Bengt und Alicia geht es gut. Für Bengt war es der richtige Weg, wie gesagt. Nicht so gut damit klargekommen, dass sein großer Bruder und bester Freund die Familie verlassen hatte, war Magnus. Er hatte viele Probleme zu Hause, hat die Schule mit Ach und Krach zu Ende gebracht und eine Mechanikerlehre angefangen, aber glücklich gemacht hat ihn das nicht. Er ist dann später an die Werft gegangen wie unser Vater, obwohl ihm das widerstrebte. Eigentlich wollte auch er nur weg von unserem Zuhause. Als es mit der Werft ein paar Jahre später bergab ging, hat Bengt Magnus bei sich aufgenommen. Dort hat er zum Glück doch noch die Kurve bekommen. Er ist seit einigen Jahren Inhaber eines Autohauses in Jönköping und wohl ganz zufrieden. Per-Olov wohnt übrigens bei uns in der Nähe, in Växjö. Er ist Lehrer geworden.« Ich lächelte beim Gedanken an meinen »kleinen« Bruder, der seine Sache recht gut machte.

»Und Ida ist, als sie alt genug war, erst mal quer durch die Weltgeschichte gereist, hat mal hier gejobbt und mal dort. Sie hatte ja schon immer Hummeln im Hintern ... Irgendwann hat sie dann in einem Hotel in Norwegen, in dem sie als Kellnerin gearbeitet hat, ihren Mann kennengelernt. Er hat dafür gesorgt, dass sie sesshaft wurde«, berichtete Anders stolz. »Sie hat eine Ausbilung zur Einzelhandelskauffrau gemacht und eine kleine Boutique eröffnet, die sie sogar immer noch hat. Sie und Gary haben zwei Jungs bekommen und nun schon fünf Enkelkinder.«

»Toll, dann habt ihr ja eine große Familie«, staunte

Mona. »Seht ihr euch öfter? Ich würde Ida zu gerne kennenlernen. Sie scheint eine interessante Frau zu sein.«

»Ihr würdet euch bestimmt gut verstehen«, erwiderte ich. »Nur leider ist Gary Australier, und sie leben in Canberra.« Ich zuckte bedauernd mit den Schultern. »Wir sehen uns nur selten.«

»Das ist schade«, sagte nun Leonhard. »Aber vielleicht kann ich einen kleinen Ersatz für diesen Teil eurer Familie bieten. Ich wünsche mir, dass wir unsere Zukunft gemeinsam verbringen. Und ich wünsche mir, dass ihr *meine* Familie kennenlernt. Bitte kommt bald zu uns nach Stockholm.«

Ich schaute zu Anders hinüber, der nickte und sehr glücklich aussah. »Das werden wir ganz gewiss tun. Wir lassen dich jetzt nicht mehr los. Nie wieder.«

27

Maria

»Was für ein Tag!«

Seufzend ließ ich mich auf die Bettkante fallen. Leo und seine Geschwister hatten sich kurz nach dem Mittagessen verabschiedet und sich auf den Rückweg nach Djursholm gemacht. Schweren Herzens hatten Anders und ich sie gehen lassen. In der kurzen Zeit, die sie bei uns gewesen waren, waren sie uns schon ans Herz gewachsen.

Nun war es Abend, und Anders hatte sich bereits unter seine Decke gekuschelt. Er blätterte noch, mit seiner Lesebrille auf der Nase, in einer Zeitschrift. Er sah auf, legte das Magazin beiseite und klopfte sacht auf meine Matratze.

»O ja, das war es«, sagte er voller Inbrunst und schaute mich neugierig an.

Ich cremte noch rasch meine Hände ein, dann legte ich mich hin, zog die Decke bis unter die Achseln hoch und drehte mich zu ihm.

»Ich kann es noch gar nicht richtig glauben«, gab ich zu. »Meinst du, wir können wirklich sicher sein? Ich könnte es nicht ertragen, wenn sich am Ende herausstellen sollte, dass alles nur ein Irrtum war.«

»Wir werden es bald sicher wissen«, sagte Anders. Er hatte sich ebenfalls auf die Seite gedreht und streichelte mir nun sanft über Kopf und Wange. »Aber findest du nicht, dass er uns verblüffend ähnlich ist?«

Unwillkürlich musste ich schmunzeln. »Ja, das stimmt. Er hat deine Augen und dein Lächeln. Und deine ruhige Art.«

Anders grinste. »Und von dir hat er die Nase.«

»Bitte?« Überrascht stützte ich mich auf meinem Arm.

»Ja, ist dir nicht aufgefallen, dass er genauso einen kleinen Höcker auf der Nase hat wie du?«

»Ich habe einen Höcker auf der Nase?«

»Ja, da.« Leicht fuhr er mit dem Zeigefinger über mein Nasenbein. Ich tat es ihm nach.

»Tatsächlich. Den habe ich nie zuvor bemerkt. Und den hat Leonhard auch?«

Anders nickte. »Und die Schwestern haben ihn nicht. Sie haben ganz andere Nasen, kleine feine Stupsnasen.«

Spielerisch schlug ich mit Anders' Zeitschrift nach ihm. »Was soll das denn heißen? Willst du damit etwa sagen, dass ich einen Riesenzinken hätte?«

»Nein, nein, das würde ich niemals wagen!« Er grinste, nur um gleich darauf wieder ernst zu werden. »Er gehört zu uns, Maria, da bin ich mir ganz sicher. Und ist es nicht verrückt, dass er in Schweden lebt? Dass ihn das Land quasi zurückgeholt hat?«

»Ein seltsamer Wink des Schicksals. Es ist zauberhaft, dass er eine Schwedin geheiratet hat. Ich hoffe, dass wir sie und seine Töchter bald kennenlernen werden. Was für ein wunderbarer Gedanke, so eine große Familie zu haben.«

»Leonhard scheint ein Familienmensch zu sein.«

»Wie du.«

Still lächelte ich in mich hinein. Anders hatte sich in jeder freien Minute um unsere Kinder gekümmert. Ich hatte ihm so vieles zu verdanken.

»Es ist schön, dass seine Schwestern zu ihm halten, obwohl sie gerade herausgefunden haben, dass sie gar keine leiblichen Geschwister sind.«

»Sie scheinen ebenfalls eine schwierige Zeit hinter sich zu haben. Klang es nicht so, als hätten sie sich früher gar nicht gut mit ihrem Bruder verstanden?«

»Ja, er sagte, er habe sich oft fremd gefühlt.«

»Da hat er wohl intuitiv das richtige Gespür gehabt.« Ich musste seufzen. Mein Sohn tat mir schrecklich leid. Was hatte er alles durchstehen müssen! Hätte ich ihm dieses Schicksal ersparen können?

Als wüsste er, welche Schatten sich gerade wieder auf meine Seele zu legen drohten, nahm Anders meine Hand wie so oft fest in seine.

»Er hat es überstanden, ist selbst aus seinem Loch herausgekommen. Mach dir keine Vorwürfe. Es ist doch alles gut geworden für ihn. Er hat sogar Medizin studiert.«

Ich nickte. »Das stimmt, aber …«

»Sieh es mal so, wenn es den Streit um diese Kiste, in der deine Erinnerungen verwahrt waren, nicht gegeben hätte, hätten die Geschwister vielleicht nie mehr zusammengefunden. Nur weil es dieses Geheimnis in ihrer Familie gab, haben sie überhaupt wieder richtig miteinander geredet.«

»Aber dieses Geheimnis hätte es nie gegeben, wenn Leonhard gleich bei seiner ›richtigen‹ Familie hätte bleiben können. Bei uns.«

»Natürlich, nur ging das damals nicht. Es war eine

schwierige Situation, und wir haben keine andere Lösung gesehen. Im Rückblick wirkt immer alles anders.« Er schob mir eine Haarsträhne hinter das Ohr. Eine so zärtliche Geste. »Und außerdem haben auch leibliche Kinder manchmal Schwierigkeiten, sich in der eigenen Familie wohlzufühlen, sich richtig mit den Eltern, mit den Geschwistern zusammenzufinden … Wir sollten nicht mehr mit der Vergangenheit hadern, sondern uns über die Zukunft mit unserer angewachsenen Familie freuen.«

Darüber musste ich eine Weile nachdenken. Vielleicht war es einfach Schicksal gewesen, und am Ende konnten wir alle zufrieden sein. Wir hatten so handeln müssen, wie wir es getan hatten, aber nun würde alles gut werden.

Ich drehte mich um und löschte das Licht auf dem Nachttisch.

»Mein weiser, liebevoller Anders«, flüsterte ich und wandte mich wieder meinem Mann zu, der ebenfalls das Licht ausschaltete und mich dann in den Arm nahm. Mit einem Gefühl voller Geborgenheit lehnte ich mich an seine Schulter, sog den Duft dieses wunderbaren Menschen, der mich seit Jahren durch alle Höhen und Tiefen begleitete, ein. »Du hast wieder einmal vollkommen recht. Die Vergangenheit soll in Frieden ruhen. Und ich freue mich auf die Zukunft, was sie auch bringen mag.«

Anders gab mir einen innigen Kuss, dann schlief ich erschöpft ein.

Epilog

Christine

Ich rannte durch die Wüste. Die Sonne brannte auf meinen Kopf, der heiße Sand scheuerte meine Füße wund. Ich rannte und rannte, doch ich kam einfach nicht vom Fleck. Es war niemand in der Nähe, der mir helfen konnte, ich war ganz allein …

Schweißnass wachte ich auf. Ich träumte noch immer solche Sachen, obwohl schon Monate nach den Tagen um Mittsommer in Schweden vergangen waren. Ich sah auf meinen Wecker, die rote Digitalanzeige leuchtete mir entgegen. 4:35 Uhr. Noch eineinhalb Stunden, dann würde ich aufstehen und mich fertig machen für die Schule. Ich hatte jetzt eine fünfte Klasse. Es war der erste Tag nach den Herbstferien, und die Schüler würden anders sein als an normalen Tagen, manche verschlafen, andere munter und aufgekratzt. Es würde viel zu erzählen geben.

Ich nahm das Bild meiner Kinder, das in einem silbernen Rahmen auf meinem Nachttisch stand. Ich brauchte nicht mehr zu rennen. Der Vaterschaftstest hatte zum Glück genau das zutage gefördert, was ich erhofft und eigentlich auch immer schon vermutet hatte: Jan war nicht Emils Vater. Es konnte alles so bleiben, wie es war.

Ich war mit Emils Speichelprobe so schnell wie möglich nach Stockholm zurückgekehrt, wo David Roselius sie, zusammen mit meiner und Jans Probe, in einem Labor untersuchen lassen hat. Kurze Zeit später war das Ergebnis da. Zusammen mit einem weiteren Ergebnis: David hatte stillschweigend auch Leo ein Testset mitgegeben, das dieser mit nach Ellanda genommen hatte. Nun bestand kein Zweifel mehr, mein Bruder Leonhard war Anders' und Marias leiblicher Sohn. Und Emil hatte ich erklärt, dass seine Probe nicht mehr gebraucht worden war und sich zwischenzeitlich ein Spender für den erdachten Jungen gefunden hatte.

Ich erinnerte mich an die Tage, in denen wir auf die Testergebnisse gewartet hatten, und die Zeit danach.

Wir redeten viel. Über unsere Vergangenheit, über unsere Fehler, über unsere Eltern und was es bedeutete, selbst Eltern zu sein. Es wurde die eine oder andere Träne vergossen, vor Trauer um die verlorene Zeit, aber noch mehr vor Rührung. Es tat uns allen gut, die Liebe und das Verständnis der anderen zu spüren. Natürlich waren wir grundverschieden, und jeder von uns führte sein eigenes Leben, das eigene Ansprüche an uns stellte, dennoch kamen wir uns in dieser Zeit weiter näher.

Beinahe selbstverständlich, als wäre es nie anders gewesen, nahmen Åsa und Leo uns bei sich auf. Es war schön, auch ihre Kinder richtig kennenzulernen. Verrückterweise schien es, als ob erst jetzt unser Bruder wirklich zu unserem Bruder geworden wäre. Wir beschlossen, so bald wie möglich wieder zu telefonieren und uns in Zukunft, sooft es ging, zu sehen. Außerdem brannte ich natürlich darauf, Maria und Anders kennenzulernen. Meine Geschwister berichteten mir haarklein von dem

Zusammentreffen in Ellanda, und ich war ein wenig traurig, dass ich nicht hatte dabei sein können. Aber meine Angelegenheiten waren wichtig gewesen, und ich war erleichtert und glücklich darüber, dass sich endlich alles geklärt hatte.

Nun blieb nur noch eine Frage: Wer war *ich?* Denn eigentlich hatte es immer geheißen, Renate könne nach diesem schweren Unfall keine Kinder mehr bekommen. Leo, das war ja nun geklärt, war nicht das leibliche Kind von Horst und Renate Becker. Wir konnten unsere Eltern nicht mehr fragen, aber Mona und Beate konnten sich daran erinnern, dass unsere Mutter nach Leo noch einmal schwanger gewesen war. Mona war acht Jahre älter als ich, da hätte man ihr nichts mehr vormachen können wie zu Leos »Geburt«, als sie erst vier Jahre alt gewesen war. Außerdem existierten Fotos aus dieser Zeit. Offenbar war unsere Mutter doch wieder ganz gesund geworden, wahrscheinlich war die Schwangerschaft mit mir, vier Jahre nachdem sie Leo zu sich genommen hatten, für unsere Eltern selbst eine ziemliche Überraschung gewesen. Leo und David hielten eine solche Entwicklung rein medizinisch für möglich, auch wenn sie die genaue Diagnose von damals natürlich nicht kannten.

Auch Jan und ich trafen uns und sprachen uns aus. Das war für uns beide nicht leicht. Wir bedauerten beide, dass wir durch die ganzen Missverständnisse und weil wir damals nicht gleich richtig miteinander geredet hatten, die Möglichkeit verpasst hatten, ein glückliches Paar zu werden beziehungsweise zu bleiben. Dadurch begriff ich jedoch, dass Heiko und ich eigentlich nie wirklich eine Chance gehabt hatten. Unsere Beziehung hatte von Anfang an auf wackeligen Füßen gestanden, da ich mich in meiner Unsicherheit an ihn gehängt und vollkommen auf ihn verlassen hatte. Ich war so jung gewesen, als wir geheiratet haben, ich hätte wahrscheinlich erst einmal lernen müssen, allein zurechtzukommen, meinen Weg zu finden und zu gehen, anstatt alles ihm zu überlassen und mich von ihm führen zu lassen. Wahrscheinlich wäre es damals für mich das Beste gewesen, Heiko nicht zu heiraten. Wenn es mit Jan geklappt hätte, hätte ich mich vielleicht sogar aus dieser fatalen Bindung zu Heiko lösen können, aber weil es nun anders gekommen war, hatte mein schlechtes Gewissen ein Übriges getan. Es hatte mich zurückgehalten, ehrlich mit mir selbst zu sein und mich von Heiko zu trennen.

Unsere Weltreise traten wir dann noch relativ pünktlich an. Von Stockholm flogen wir nach Tokio, um uns Kyoto anzusehen, wo wir zwei Tage blieben. Wir beschlossen, aufgrund der verlorenen Zeit, unsere Flüge nach Thailand und Vietnam zu stornieren, was glücklicherweise gegen eine geringe Gebühr möglich war, und nahmen uns vor, unseren Urlaub im nächsten Jahr komplett dort und gemeinsam zu verbringen. Von Japan ging es weiter nach Sydney, dann nach Neuseeland. Es folgte ein Stopp auf der Osterinsel, danach in Peru. Wir haben es tatsächlich auf den Machu Picchu geschafft, allerdings haben wir den Zug genommen und sind nur das letzte Stück von Aguas Calientes hochgewandert. Es war anstrengend, aber einfach atemberaubend!

Von Lima sind wir nach Cancun in Mexiko geflogen, wo wir in ein erschreckend kleines Flugzeug stiegen, das uns nach Havanna brachte. Kuba war wunderschön, und wie so oft dachten wir auch hier, dass wir unbedingt noch einmal mit mehr Zeit wiederkommen mussten. Unser letzter Stopover führte uns nach Marrakesch – Kapstadt haben wir, ebenso aufgrund von Zeitmangel, von unserer Liste gestrichen –, wo wir beeindruckt von Farben, Düften und Menschen waren. Beate erlebte hier in Erinnerung an Frederik besonders emotionale Momente.

Zurück auf deutschem Boden wurde Beate von Steffen und seiner Freundin Tatjana vom Frankfurter Flughafen abgeholt und ich von Emil und Elena, was mich sehr rührte. Mona blieb noch ein paar Tage bei Beate in Bremen, während es bei mir zwei Tage später schon wieder mit der Schule losgehen sollte.

Es war eine sehr, sehr schöne Reise, wir haben unglaublich viel gesehen, aber irgendwie waren wir alle nicht mehr recht bei der Sache, war die Zeit in Stockholm doch so besonders intensiv gewesen. Mona war wie ausgewechselt, war fröhlich und freundlich und wirkte verträumt. Sie gab es nicht zu, aber bestimmt dachte sie viel an die Tage, die sie mit Jonas verbracht hatte. Beate grübelte über ihr Leben an der Seite mit Frederik und über ihre Kinder nach.

Nach der Rückkehr von unserer Reise sprach ich lange mit Heiko, denn ich verstand nun, dass er sich von mir hatte trennen müssen. Ich hatte mich in den Jahren unserer Ehe endlich zu dem Menschen entwickelt, der ich sein wollte und konnte, und das war nicht die Person, die er geheiratet beziehungsweise Jahre vorher kennengelernt hatte. Wir konnten nun wieder besser miteinander umgehen.

Ob Jan und ich eine gemeinsame Zukunft haben würden, konnte ich noch nicht sagen. Wir schrieben uns dann und wann WhatsApps, schickten Sprüche und Fotos hin und her. Aber im Grunde hatte jeder von uns inzwischen sein eigenes Leben, das nicht mehr viel mit dem des jeweils anderen zu tun hatte.

Ganz anders bei Mona und ihrem Trompeter Jonas. Entgegen aller Prognosen lud Mona ihn zu sich nach Berlin ein, wo sie zwei offensichtlich »erfolgreiche« Wochen miteinander verbrachten. Kurz danach löste Jonas seine Wohnung in Stockholm auf, verkaufte das Musikaliengeschäft und zog ganz zu Mona, blieb aber Teilhaber des Fasan. Anscheinend war es doch ernster zwischen den beiden, als Mona jemals hatte zugeben wollen. Nun büffelte er fleißig Deutsch, damit er in Berlin Trompetenunterricht geben konnte. Gemeinsam mit Mona und ein paar ihrer Musikerfreunde hatte er außerdem eine kleine Jazzcombo gegründet, mit der sie hier und dort auftraten. Mona gab sich bedeckt, was ihre Zukunft anging, aber ich würde sagen, dass sie ziemlich rosig aussah.

Beate diskutierte viel mit uns über ihre Zukunft, wobei überraschend oft der Name David fiel. Insofern hatte es sich seltsam gut gefügt, dass Steffens Wohnung ab Januar frei wäre, auch wenn Mona jetzt wieder über meine Schicksalsgläubigkeit lästern würde. Beates Sohn ging tatsächlich nach Peking. Sie wollte das Angebot ihrer Freundin Marlene annehmen und übergangsweise bei ihr unterkommen, bis sie im neuen Jahr in Steffens Wohnung ziehen konnte. Dort hatte sie dann etwa drei Jahre Zeit, um sich über die Richtung, die ihr Leben einschlagen sollte, klar zu werden. Von Bremen aus war sie schnell bei ihrer Tochter in Ahrensburg, Caro war seit Kurzem schwanger. Ebenfalls relativ unkompliziert kam man vom Bremer Flughafen nach Stockholm-Skavsta. David war Beate wichtig geworden, auch wenn sie sich das noch nicht so ganz eingestehen mochte. Zu sehr plagte sie das Gefühl, Frederik dadurch zu hintergehen.

Mein Handy vibrierte auf dem Nachttisch, ich erwachte aus meinen Erinnerungen. Es war eine Nachricht von Beate. Um diese Zeit?

Wenn du wach bist und Zeit hast, melde dich doch bitte. David hat geschrieben, ich soll ihn besuchen kommen. So bald wie möglich, schreibt er. Weiß nicht, was ich tun soll. LG, B.

Meine liebe Schwester… David war ein netter Kerl, soweit ich es beurteilen konnte, und er mochte Beate wirklich sehr. Jetzt trau dich doch endlich, dachte ich. Bei Beate war ohnehin alles im Umbruch, und dieser Mann stand in den Startlöchern, wartete nur auf sie…

Dieser Sommer hatte alles verändert. Meine Schwestern hatten neue Lieben gefunden, mein Chaos war geklärt, ich konnte wieder offen durchs Leben gehen, und, wer weiß, vielleicht wartete auch auf mich irgendwo irgendwann eine neue große Liebe. Das Schönste an diesem Sommer war jedoch gewesen, dass meine Schwestern, unser Bruder und ich nun endlich wieder eine Familie waren. Wir hatten uns verloren und wiedergefunden. Und so hatte auch ich nun auf eine gewisse Art und Weise bereits eine neue Liebe in meinem Leben. Mit Beate und Mona traf ich mich nun regelmäßig an einem Wochenende im Monat immer reihum bei einer von uns, und mit Leo telefonierten wir häufig.

Mein Handy vibrierte erneut, eine zweite Nachricht von Beate.

Ach, noch was. Hab gestern mit Leo telefoniert. Sie laden uns alle für Weihnachten ein, wollen ein großes Familienfest machen, Maria und Anders sollen auch kommen. Freu mich schon!

Darüber freute ich mich ebenfalls sehr. Ich schrieb zurück.

Bin wach, können sprechen. Ruf mich an.

Dann würde also nach diesem wunderbaren schwedischen Sommer ein wahrscheinlich ebenso wunderbares schwedisches Weihnachtsfest für uns folgen. Darauf *Skål!*

Danksagung

Es ist für mich selbst immer noch völlig unglaublich, dass dieser, mein erster Roman – der sich tatsächlich wie mein viertes Baby anfühlt – nun wirklich als Buch erschienen ist. Ich bin überglücklich und unendlich dankbar und möchte dies ein paar Menschen ausdrücklich sagen.

Mein besonderer Dank gilt meiner Familie: meinem Mann Holger, der mich immer in allem unterstützt und glücklicherweise all meine Verrücktheiten teilt; meinen Kindern, die mir jeden Tag so viel geben und mir zeigen, was wirklich wichtig ist im Leben; meinen Eltern für die tolle Beziehung, die wir stets hatten, und für alles, was sie mir beigebracht haben.

Ein ganz dickes Dankeschön geht an meinen Verlag: Ihr Blanvaletten und -lettis seid einfach großartig! Danke dort besonders an meine wundervolle Lektorin Julia Fronhöfer, die mein Buch-Baby von Anfang an voller Liebe, Sorgfalt und Freude adoptiert hat.

Vielen Dank auch an Joachim Jessen und alle bei der Literarischen Agentur Thomas Schlück!

Nicht zuletzt bedanke ich mich bei allen, die ich hier nicht persönlich aufzählen kann, die aber immer für mich da sind und sich genauso über dieses Buch freuen wie ich, sowie bei allen, die *Ein schwedischer Sommer* herstellen, vermarkten, verkaufen und lesen. Ich hoffe, es gefällt euch!

Eva Seifert